Oír su voz

---❖---

ARTURO FONTAINE TALAVERA

Oír su voz

❖

PLANETA

Biblioteca del Sur

BIBLIOTECA DEL SUR

Novela

© Arturo Fontaine Talavera
Inscripción N° 84.866 (1992)

Derechos exclusivos de edición en castellano
reservados para América Latina:
© Editorial Planeta Argentina S.A.I.C.
Viamonte 1451. Buenos Aires
© Grupo Editorial Planeta
ISBN 950-742-204-8
© Editorial Planeta Chilena. S.A.
Olivares 1229 4° piso, Santiago, Chile
ISBN 956-247-088-1

Diseño de cubierta: Peter Tjebbes
Ilustración de cubierta: César Bandín Roy
Diseño de interior: Patricio Andrade S.
Composición: Ana María Folch V.
Diagramación: David Parra A.
Foto del autor: Iván Petrowitsch N.

Primera edición (Argentina): abril 1992
Primera reimpresión (Chile): noviembre 1992
Segunda reimpresión (Chile): febrero 1993

Impreso en Chile por Antártica. S.A.

PRIMERA PARTE

UNO

OIR SU VOZ

Oír su voz cuando se ponía, como ahora, un poco pastosa en el teléfono, hacía que empezara Pelayo a sentir por su cuerpo la corriente. Al principio era menos que eso, claro; era sólo la insinuación, el asomo, la virtualidad de la corriente, pero al poco rato esa vibración de sus cuerdas resonaba, contagiándolo por completo. El sonido de su voz subía como desde sombras cavernosas atravesando una tupida maraña de raicillas y llegaba por el auricular hasta el tímpano portando aún ese temblor de húmeda cueva vegetal.

No siempre era así. Su voz, a menudo, cuando empezaba a contar algo se precipitaba a toda carrera y de pronto se detenía en seco. Avanzando como a tirones, a trechos rápidos seguidos de silencios bruscos, suscitaba sensaciones de impulso contenido, intriga y movimiento furtivo. Otras veces, en cambio, se sosegaba y transcurría lenta y espesa.

Estaba sola en su casa esa noche. Bueno, con la cocinera, pero ya se había ido a acostar qué rato. La nana y los niños estaban en la playa, en Los Bellotos, con su papá. Habían partido ese día por la tarde a veranear. Ella viajaba definitivamente mañana, pasado mediodía. Así es que sí, estaba sola en su cama y sí, tenía puesta una camisa de dormir, aunque no rosada sino blanca. Blanca y lisa, sencilla. Y sí, claro, como él, quería besarlo y estar juntos esa noche. Sobre todo ahora que sabía que él estaba también solo, pues le había dado lata ir a comer donde la hermana de su mujer y se había escudado en una falsa jaqueca, y llamaba por si acaso, dispuesto a cortar si no era su voz la que salía al teléfono.

Estaba en pijama, sí. Azul. Con rayas blancas y delgadas. Sí.

No, eso sí que no. No se atrevía. ¿Y si llamaba justo su mamá? Además Lidia, la cocinera, la había visto acostada. Sí. Había llegado rendida después de cuatro horas en el estudio de grabación haciendo la mezcla y le había traído la comida a la cama. La oiría sacar el auto al salir. ¡Qué ocurrencia! Sí, claro.

Mira, veo pasto y más atrás los liquidámbares. El fondo está negro. Sí. Tiene focos. No, no tanto. El sitio creo que tiene 850 metros. A mí me cargan los liquidámbares. Ahora están verdes, pero después darán un otoño siútico, ¿no encuentras? Tú te ríes, y sin embargo es cierto. Nunca ves uno viejo; todos están a medio camino. ¿Y sabes por qué? Porque tienen la edad de las paisajistas. No, tonto, de cuando empezaron a ponerse de moda.

A mí no me gusta este jardín. Pero mi marido no me quiso hacer caso y se lo entregó a una paisajista. El resultado son lomitas verdes artificiales y regadores cada seis pasos; abedules, liquidámbares y piscina en forma de riñón, agua calipso y foco submarino. Se parece a cualquier otra del barrio. Claro que a mi marido supongo que le gusta justo eso. No, en serio. No le gusta llamar la atención. No. Es una casa estupenda. Los niños gozan. No me hagas caso. En el departamento de calle Manuel Montt, al final andábamos dándonos encontrones a cada rato. Sí, como cinco años, aunque pasábamos mucho tiempo en La Serena. Mi marido estaba recién empezando con la mina de manganeso y se pasaba casi todo el tiempo allá. No. Yo nunca quise instalarme, pese a que me quedaba temporadas largas. Desde que nos casamos tuvimos ese departamento en calle Manuel Montt. Hasta que se nos hizo chico. ¿Cómo? ¿De puro llena? No, este jardín de veras me carga. No es porque mi marido no me haya llevado de apunte en esto como tú dices. Aunque algo de eso también pudiera haber. La verdad es que estaría feliz si el resultado no hubiese sido tan fome. Pero ¿por qué te estoy hablando de él a ti? Ya sé. Porque jamás lo hago y por eso te pica a ti la curiosidad y como no lo conoces, además, me haces contarte cosas de él. Te quiero.

No. No había alcanzado a terminar el audio: el crujido de la almendra al partirse el chocolate en la boca no quedó todo lo nítido que ella quería. La crepitación del papel plateado al abrirse se oía demasiado y, aunque se veía en él la marca, no resultaba convincente si la almendra no se quebraba con un ruido seco, duro y distinto.

Lo demás, la sensación de dulzura asociada al paso de la barra sólida al estado líquido, ya no era asunto suyo sino de la imagen, ese otro idioma de la luz que se superponía al que fabricaba ella con el audio y de cuyo contrapunto se armaba lo que vendía la productora.

Grabarían mañana y lo repetirían cuantas veces fuese necesario hasta que sonara justo. El otro miércoles tendría que venirse de Los Bellotos para presentarle el audio al cliente.

LO QUE MIRO por mi ventana en este momento. No. ¿A ver? No. La luna no la alcanzo a ver. Echo de menos a Matías y a Catalina y a Diego, que es tan chiquitito todavía: a los tres... ¿Te imaginas el cuerpo bien gordo y apretado de Matías metido aquí conmigo? Se habría dormido qué rato. Me puedo pasar no sé cuánto tiempo mirándolo dormir. Parece que me transmitiera algo, no sé..., su actitud tan entregada, vulnerable y a la vez segura. ¿No te pasa a ti lo· mismo con Pedro? "No me gusta que me saques mis saquetines, mamá", me estaba diciendo anoche. "¡Mamá!, yo quiero ponerme estos saquetines; ¿sí que...?" Entonces se fijó en la ventana de su pieza, y las cortinas estaban descorridas. "¡Mira eso!" "Es la luna, Matías." "¿No se puede sacar, ¿no, mamá?" "No." "¡Ah! No se puede sacar." Eso fue todo.

Se hizo un silencio.

–Qué lata que no nos hayamos visto esta última noche, Pelayo –siguió diciendo.

–Sí; es una mierda.

–Mm.

Pelayo oyó un movimiento de sábanas. Sí. Era una voz extranjera, de un ser que definitivamente no era Pelayo. Dejarse permear, envolverse en ella era como irse hundiendo en el pantano de un paisaje remoto, ajeno y peligroso. De allí su resistencia. De allí su vano intento por ver, y romper, así, el hechizo ciego de esa voz.

–Prométeme algo.

–¿Qué cosa, Pelayo?

–Prométeme...

–¿Qué?

–Que mañana, cuando estés allá en Los Bellotos, lo harás pensando en mí.

–¿Cómo? –rió Adelaida.

Pelayo pensó que una risa·así tenía en mente Homero cuando hablaba de Afrodita como la diosa que ríe, "la riente".

–Sí. Sola. Quiero saber la hora exacta. Te imaginas por qué.

–¿Sí?

Adelaida seguía tentada de la risa. De pronto se calló y la oyó él respirar. Pero entonces brotó su risa otra vez. Era como una grieta que se abría primero al interior de su oído y se alargaba peligrosa y súbitamente hasta las raíces del pelo y de las uñas. Esa risa era para Pelayo otra lengua de Adelaida; más sutil y dúctil quizás que su castellano. Porque si bien podía sentirla en un caso como complicidad, en otro era despecho, maravilla, temblor, pitanza, seducción, sarcasmo, cazurrería, pica, turbación, ternura, deseo. Aunque no. Nunca era propiamente eso, alegría, por ejemplo. Sino, más bien,

11

una invitación a la alegría o a la dulzura o a la ironía, en su caso. Sí. En realidad no era parcelable su risa ni recorrible con el mapa conceptual del habla, pues era siempre transcurso y metamorfosis. De allí el recurso a las diosas griegas. Porque en ella oía Pelayo, la risa celosa de Juno, la clara y brillante de Atenea o la tímida y furtiva de Artemisa; cuando no era, como esta noche de comienzos del mes de enero, la contagiosa e insinuante risa de Afrodita.

Porque la risa de Adelaida, pretendía Pelayo, sólo cobraba sentido en la secuencia, nunca aislando una carcajada de las demás. Y aun la secuencia era poco, puesto que su comprensión exigía adivinar el modo en que encajaba en el vasto conjunto de las secuencias anteriores, y que esa risa sabía despertar en su memoria. Por eso, para vérselas cabalmente con la risa de Adelaida, había que estar ya empapado de su pasado. Claro.

Pelayo suponía que en algún punto de su memoria estaban sedimentadas todas esas risas, incluso la de la Adelaida que él había conocido cerca de veinte años atrás en esa fiesta de Los Bellotos. Era una risa entre atraída y atemorizada por el modo un poco arrogante con que interrumpió él su baile con Marcial para presentarse: "No le creas nada a este tipo que sólo te está tratando de engatusar." Y era, por supuesto, lo que Pelayo intentaba hacer con esa frase. Ella se había reído. Y al echarse un poco hacia atrás espontáneamente al reírse, sin dejar aún de bailar con Marcial, le había concedido a Pelayo algo, y una leve, minúscula complicidad se hizo un lugar y ató un lazo. Y cuanto a ello había seguido estaba presente, como un trasfondo, cada vez que él oía su risa; un poco como lo que uno escucha de una partitura está siempre impregnado por la música que ha oído antes. Y es que, en verdad, la risa de Adelaida era para Pelayo más cercana a la música que al lenguaje. Una música de muchos modos, pensaba Pelayo. Y en la que el modo mayor y el menor se combinaban con audacia mahleriana.

¿No era posible que ese scherzo de la Segunda Sinfonía le gustara tanto por eso? Con el tiempo Pelayo sospechó que se escondía allí un secreto. Oyó ese scherzo por primera vez en el tocacintas de la station wagon de Adelaida. Llovía. En el umbral de La Oropéndola, Adelaida le gritó "¡Apúrate!" y echó a correr, sorteando los charcos, a la Subaru 4WD, que estaba estacionada a pocos metros de allí. Abrió rápido la puerta del chofer y estiró el brazo para quitar el seguro y dejar entrar a Pelayo, mientras con la otra mano sacaba una cassette que había junto a la palanca de cambios.

—Son diez minutos, nada más —aseguró.

Apoyó atrás la cabeza, su pelo oscuro, y miró al frente. El estruendo de los timbales sobrevino cuando Pelayo observaba la lluvia barriendo el parabrisas. Adelaida marcaba el ritmo en el tapiz ceniciento de la Subaru con esos dedos suyos tan flacos, espatulados, disparejos y distintos unos de otros. Creyó ver que los labios un poco entreabiertos de Adelaida se movían casi imperceptiblemente. Cuando por fin se oyó ese hilo delgado y recurrente del clarinete en mi bemol, del cual Adelaida tanto le había hablado, ella lo seguía sin perderse corchea, como imantada, como succionada por él. Pelayo no recordó ese día haber escuchado ni percibido más que la violencia de la lluvia en el parabrisas y el efecto de esa pieza en Adelaida, un efecto precisamente de succión; no de otra cosa. Verla sonreír tras ese acorde final de zozobra con que termina el scherzo produjo en él una inesperada sensación de alivio y de entusiasmo, casi. Un momento después reía ella a lágrima viva a propósito de cualquier cosa que Pelayo no retuvo. Había vuelto a ser la misma.

Aun con la boca llena de risa, rara vez se carcajeaba Adelaida. Más bien se tragaba las carcajadas que colmaban su boca apretujándose por salir y ello le daba más risa. Se reía de lo que se estaba riendo y, al mismo tiempo, de tener ganas de reírse de eso. Como si presintiera que la dicha de su risa y el placer que con ella sentía no dependieran tanto del mundo "ancho y ajeno", como le dijo a Pelayo en una ocasión, sino de la manera de establecer relaciones uno con él. En el humor de Adelaida solía haber siempre un dejo de humor respecto de sí misma, de su capacidad de reír y gozar y pasarlo tan rebién en ese instante; seguramente, además, sin razón suficiente. Pelayo imaginaba que oía el sonido del puro gusto por la vida. Era siempre ligera y eludía hábilmente las exigencias graves y complicadas, pero no por simplicidad, sino... quién sabe por qué sería. Saberlo implicaría, quizás, conocer el misterio de su alegría y eso Pelayo no había llegado a penetrarlo. ¿Lo intuía su marido, acaso? Apartó de inmediato ese pensamiento ponzoñoso. Lo que sí sabía –o estaba seguro, Pelayo, de saber– es que su atractivo era virtualmente irresistible para cualquier hombre que la conociera. Pero no, no era eso. No era directamente genital su magnetismo. Era completamente otra cosa. Al mismo tiempo, era completamente eso.

–QUIERO QUE te des vuelta en tu cama.

–¿Para qué, Pelayo?

Oír la voz de Adelaida así, pegada a él por el teléfono, era internarse en una nube de agitaciones apenas perceptibles. La densidad neblinosa hacía inútiles los ojos. Se cerraban solos tal vez o permanecían abiertos porque sí, ya sin ver. Las raicillas o manojos de ellas eran recorridas por vibraciones distintas que contagiaban a sus vecinas. Se desplazaban unas a otras, disolviéndose, chocando y confundiéndose como los nubarrones en el viento. Cada raicilla podía dar al conjunto algo, o así se lo figuraba Pelayo al reconocer de pronto tonos francamente más altos o bajos que provocaban disonancias inusuales, perturbadoras casi y, no obstante, susceptibles de diluirse dejando en el oído un encanto extraño.

Hubo una pausa, una vacilación en su voz; y continuó Adelaida mientras se entregaba él por entero al vértigo de esa sensación.

–¿Dónde quieres llevarme, Pelayo?
–Quisiera sentir el ruido de tus sábanas.
–¿Oíste?
–Sí. ¿Estás de espaldas?
–Sí. ¿Y tú?
–¿Ahora o hace un rato?
–Ahora.
–Boca abajo.
–No me gusta esa expresión "boca abajo". Di mejor "de guata". Es como "jadear". Es atroz esa palabra: "jadear".
–Bueno. Tengo los ojos cerrados. ¿Tú también?
–Ahora sí.
–Espera, voy a sacarme el pijama.
–¿Sí? ¡Qué loco eres, Pelayo!
–¿Sí? Es que me gustas más de la cuenta. Mira...
–¿Qué?
–Te estoy dando un beso.
–¿Dónde?
–...
–¿Ahora no me lo quieres decir?
–No.
–¿Por qué?
–Te estoy queriendo.
–¿Sí?
–Sí.
–Yo también, parece.
Su risa se oyó apenas entre un rumor de sábanas.

–¡ADELAIDA! ¡Adelaida! ¿A dónde fuiste?
–Te quiero.
–Sí, pero ¿a dónde fuiste?

14

–A ninguna parte. Me gustas.
–¡Oye! ¡No te hagas la lesa! Contéstame...
–Cierra los ojos y te digo.
–Bueno. ¿Pero estás tú siempre de espaldas?
–No. Y tú, ¿te sacaste el pijama?
–Sí. De guata. ¿Estás tú sintiendo lo que yo?
–Sí. Te quiero así de guata y sin pijama, solo en tu cama.
Pelayo de nuevo oyó la insinuante, contagiosa risa de Afrodita.
–¿Me estás viendo tú?
–Sí.
–Dime ahora qué fuiste a hacer.
–No pienso.
–Entonces corto.
–Qué leso eres.
–¿A qué fuiste?
–...
–Dime...
–...
–...
–Fui a buscar un cojín.
La voz era apenas audible.
–¿Y dónde está? –rió Pelayo.
–Tú sabrás dónde está, tonto.
La risa de Afrodita.
–Voy a ir para allá.
–No puedes.
–Te recojo dentro de veinticinco minutos. Escápate por una ventana, ¿de acuerdo?
–Es imposible.
–Pero ¿por qué?
–Estaría intranquila pensando que si, por ejemplo, se le ocurriera llamar a León y se levantara la Lidia a contestar, me pillarían...
No era común que Adelaida lo nombrara. Hacía, cuando ello ocurría, una breve y casi imperceptible pausa. Bajaba un poquito la voz y decía luego "León", pronunciando esa palabra con un tono recatado, íntimo, cuidadoso: "León". Era lo único que hacía sospechar que lo había querido mucho que, quizás, y sin darse cuenta, temía Pelayo, lo quería aún, lo necesitaba, mejor, y no estaría jamás preparada para perderle.
–¡Es tan improbable!
–Y sin embargo bastaría esa posibilidad remota para mantenerme saltona toda la noche. No, Pelayo; es imposible.
–Qué miedo le tienes...
–No es por él. Es por los niños. Tú sabes.

–A veces me bajan dudas de que sea tan así.
–No seas leso. Te quiero.
–Patea tus sábanas.
–¿Para qué?
–Quiero verte destapada.
–Bueno. Escucha... Dime, ¿qué era?
–El fru fru de los vestidos de las novelas francesas del siglo pasado.
–¿Y eso qué?
–Te estabas sacando la camisa de dormir, ¿no?
–Mm.
Ahora oyó el anhelo de un suspiro.
–¿Me estás sintiendo?
–¿Cómo no te voy a estar sintiendo?
–Oigo que cruje tu colchón.
–Apuesto a que todavía no te has sacado los anteojos.
–¡Por supuesto que sí!
–Sacarte los anteojos me encanta. Es como si te sacara la ropa de la cara.
–Te quiero.
–Espera. Ahora sí.
–...
–...
–¿Qué?
–Nada.
–¿Qué?
–Puse la almohada a lo largo.
–¿Sí?
–Qué rico eres –susurró.
–¿Me sigues sintiendo?
–Sí. ¡Y cómo!
–Yo también y no puedo creerlo. ¡Qué estupidez no poder estar allá contigo! Ultima noche antes del veraneo. ¿Qué mierda voy a hacer sin ti? Déjame irte a buscar.
–Déjame apagar la luz.
–Bueno.
–Así está mejor.
–¿Siempre tienes los ojos cerrados?
–Semi.
–Mira cómo te siento, mira cómo te quiero.
–Mm.
–Te oigo respirar.
–Mm.
–Oigo el aire que te pasa por dentro con ganas.

16

–¡Tonto! No me digas eso.
–¡Te quiero! Estoy bajando..., te estoy tocando yo ahí.
–¿Sí?
–¿Te gusta?
–Sí, mucho.
–¡Crestas! ¡Cómo me gustas, cabrita!
–Ven.
–Sí.
–¿Quieres?
–Sí, amor, te estoy sintiendo.
–Eres un loco.
–¿Sí?
–Vieras cómo me tienes.
–Te quiero, Adelaida. Eres mía.
–Sí, mío. Te siento, Pelayo.
–¿Seguro?
–Seguro. Segurísimo. ¿Y tú?
–Te siento mojadita.
–¡Roto!
–Como la ostra de Afrodita.
–No me hagas reír. Te quiero. Mira lo que haces conmigo.
–Ven. ¿Te da vergüenza?
–Sí, mucha. Pero ven.
–Te quiero.
–Me duele abrir los ojos.
–No te vayas todavía.
–Te quiero. Adiós.
–Trata de pegarte una arrancadita a Santiago aunque sea por el día. ¿Crees tú que te pillarían?
–Sí. Es mejor que no.
–¡Qué ganas me dan de irte a ver yo a Los Bellotos!
–¡Qué fantástico sería! Pero acuérdate que el otro miércoles vendré a Santiago de un día para otro a presentar el audio.
–Ya.
–No el que viene, el otro.
–El de la otra semana, sí. Tú me llamas apenas llegues, entonces.
–Sí. Creo que será tipo diez y media en la mañana.
–Sí. Andate despacio. Maneja con cuidado. Qué rico fue, ¿no?
–Ay, cállate. No me hagas pensar.
–¿Te estás arrepintiendo, lesa?
–No...
–¿Entonces? Yo no siento culpa porque no era yo solo. Eras tú conmigo y eso hace toda la diferencia, ¿no?
–...

17

—¿No estás de acuerdo? ¿O es...?

—Ya, ya..., no lo digas.

—¿Pero es igual?

—No; no es igual. Te quiero.

—¿Así es como tú lo hacías, con ese cojín?

Adelaida se rió.

—¿Y desde cuándo?

—Ay, no sé; desde niña supongo, a veces, y no me preguntes más.

—Te quiero mucho.

—Lo sé. Y eres un bruto.

—Nunca pensé que me pasaría algo así con alguien.

—Yo tampoco; jamás. Y todavía no me reconozco. No sé si soy yo. Nunca había hablado de esto.

—¿No?

—¿Se te ocurre? Con nadie. Pero cambia de tema.

—Y sin embargo me había sucedido soñándote a ti.

—Lo sé. ¡Ah!

—¿Y tú? Dímelo...

—Yo también.

—Te quiero.

—Mentira; no me quieres. Tú no sabes qué es querer.

—¿Cómo que no te quiero?

—Tú quieres tirarme; eso quieres.

—Sí. ¡Un beso grande!

—Otro. Adiós —oyó Pelayo.

Y el clic lo arrancó de esa voz.

DOS

UN FILON DE ORO VEGETAL

No CREAS; jamás me he sentido un conservador, Herbert. Tú no me conoces bien todavía, Herbert Müller, pero ya te irás dando cuenta de cómo soy, una vez que empecemos a trabajar juntos aquí en el banco. A mí me educaron los curas en un colegio para niños bien, pero, la verdad, nunca estuve a gusto en ese ambiente. Ahora pienso que era porque no había sensación de lucha por el futuro. Era gente demasiado acomodada. Yo no. En mi casa la cosa era distinta. Te estoy hablando de fines de los sesenta, una época en que la mayoría de la juventud quería ser hippie o guerrillera. Tú eres demasiado joven. No sabes de lo que hablo. ¿Sabes tú lo que eran los hippies, Herbert? ¿*Woodstock*, te dice algo eso?

Cuando entré a la Universidad me acerqué a los grupos de la parroquia universitaria. No es que fuera demasiado religioso, pero tenía inquietud por lo social. Juan Cristóbal Sánchez, mi compañero de curso que se hizo cura, hacía en ese tiempo su trabajo pastoral en la Universidad. El me convidó. Al principio me atrajo el ambiente. Ibamos a las poblaciones a ayudar a los pobres a construir o mejorar sus mediaguas. Después celebrábamos misa sentados en torno a una mesa y el cura, el cura Díaz me acuerdo, no se ponía más ornamentos que una estola. Todo muy distinto que en el colegio. Lo estoy viendo con sus pantalones grises mal planchados y bolsones en las rodillas, y su camisa de popelina celeste de manga corta. Consagraba un pan común y lo masticábamos, mientras tomábamos el vino que también había sido consagrado en unas jarras de vidrio común y corriente. A mí me parecía que eso se acercaba mucho más a lo que debió haber sido la Ultima Cena. Era extraño *masticar* el cuerpo de Cristo. Tan distinto de la hostia blanca, inmaculada que se deshace en la lengua y comunica una sensación etérea, espiritual... Ahora pienso en todo eso y me parece una boludez. Eso de *masticar* el cuerpo de Cristo me parece de pésimo gusto ahora. Pero la verdad es que en ese entonces me produjo curiosidad, como te digo.

No; no te preocupes por el teléfono. Mi secretaria tiene instrucciones de no interrumpirme. Tú estás recién entrando al grupo

19

Toro. Es bueno que tengamos una conversación suelta y sin interrupciones, mientras llega Contreras, Rolf Contreras. Yo también la tuve cuando entré al grupo. Fue con Aliro Toro y no se me olvidó más.

Tú me explicabas que no eras conservador y que te daba miedo que por tus ideas no te hallaras en el grupo. De ahí partimos. Claro. Porque, como te estaba diciendo, cuando entré a la Universidad empecé a oír y también a repetir que las clases pudientes y oligárquicas no tenían más ideología que sus propios intereses y que defenderían sus privilegios hasta el último día aunque no tuviesen destino, aunque la revolución fuese inevitable. Esa era la impresión que, por lo demás, tenían algunos ya desde los últimos años de colegio. Pelayo, tal vez tú lo ubiques de nombre, el periodista Pelayo Fernández, con quien voy a almorzar mañana, dicho sea de paso, y que era de los intelectuales del colegio, hablaba de esto a veces con Puelma, el mejor alumno del curso, y el que transmitía más en esa onda. Tenía problemas en su casa. Padres divorciados que se odiaban. Una cagada de esas. Se hizo de izquierda y medio comunista el Puelma. Después del golpe militar se asiló. Mucha gente se hizo de izquierda en esa época. La cosa era romper, pero no estaba claro con qué. La gente de izquierda era más coherente: querían romper con el *statu quo*, ¿te das cuenta? Esa palabra se usaba mucho entonces; el *statu quo*, que era la violencia institucionalizada y cosas así.

Se pusieron de moda la marihuana, el poncho y el rescate de lo "nuestro" en ese tiempo. Yo veía mucho de eso en la parroquia universitaria y al principio, como te estaba diciendo, me gustó. A Juan Cristóbal Sánchez creo que le pasó lo mismo. Sólo que él sigue en eso hasta hoy y es cura obrero y de izquierda. Me sentí parte de algo, de algo que tenía futuro. En oposición a lo que –ahora que estaba en la Universidad me daba cuenta de ello– eran mis compañeros del colegio. Me empezaron a parecer como niños, que no tenían nada que hacer en el país, salvo aprovechar los últimos días de su riqueza...

Yo me aparté mucho de mis amigos del colegio. En todo el primer año de universidad no habré visto a Marcial, a Pelayo y otros compañeros míos más de un par de veces. La idea de la revolución no me parecía mala en esa época. Sentía que el futuro pasaba por cosas así. Casi todos los de la parroquia universitaria estaban en la onda política. Nos sentíamos socialistas. Pero en mi casa la cosa era distinta. Me pedían que hiciera la cola para comprar balones de gas y eso me reventó. Tú sabes, el desabastecimiento era cosa seria entonces. Yo era independiente, yo era apolítico, yo era estudiante de economía y me iba muy bien. Los profesores nos decían que ellos eran académicos y no se metían en política, aunque casi todos eran absolutamente contrarios al gobierno que alentaba la revolución. Esa posición se hacía cada día más popular entre los estudiantes y los de la parroquia universitaria pasamos a ser una minoría en la escuela, Herbert. Así fue.

❖

EN SU ADOLESCENCIA una determinación se había adueñado gradual, aunque íntegramente de sus huesos, músculos y fibras cerebrales: él no sería nunca pobre. A sus hijos no les faltarían, como a él, los mocasines argentinos de moda para entrar con aplomo al cumpleaños de un compañero de curso.

El padre de Mempo había muerto a causa de una leucemia cuando éste tenía seis años. Su madre, viuda de veinticuatro, se fue a vivir con su suegro, Benito, que se vino a Chile muy joven, desde Milán, su lugar de origen. Era dueño de un taller mecánico que funcionaba en los antiguos gallineros del patio, en una casa amplia, crujiente y destartalada de Ñuñoa. Era una construcción de madera, con techumbres altas y agudas, dos pisos y mirador. Una loggia rodeaba el frontis de la planta baja. Con el tiempo, la familia Tamburini, asediada por las dificultades económicas, se replegó al segundo piso, que era menos húmedo, y arrendó el primero. Durante los últimos años de colegio de Mempo funcionaría ahí una distribuidora de línea blanca. En verano, desde la calle, se distinguían los refrigeradores, cocinas y lavadoras exhibidos en la loggia. El parrón era invadido constantemente por motores en reparación, pese a las protestas de madre y abuela.

Mempo pensaba rara vez en esa calle. Cuando lo hacía, recordaba el falso torreón que servía de guardadero de objetos improbables y de refugio y club preferido de la pandilla que formaba con sus vecinos. Trataba de no pensar en el suelo con manchas de aceite bajo el parrón, ni en los artículos de línea blanca expuestos en la loggia. Reconocía que le apesadumbraba la chatura de la población de casitas iguales que empezaba a poco más de una cuadra. Para Mempo eran las casas de la gente sin rostro, sin vida perfilada, de los incrustados en un plano sin contornos, rígido e indiferenciado. Ese mundo deprimente no tenía ni siquiera la sordidez chocante de los que dormían de a seis por cama y tomaban a la noche un té puro por toda comida. Ni siquiera esa espectacularidad horripilante de los miserables entre los cuales Elenita hacía obras sociales de beneficencia bajo la inspiración de ese padre rumano tan santo, el padre Tarsicio Valeanu. En la imaginación de Mempo, las de esa población cercana a la casa de su abuelo Benito eran vidas meramente adocenadas, anodinas, incapaces incluso de suscitar gestos de caridad magnánima.

El polo opuesto de la existencia era el colegio de curas y niños bien al cual logró ir por la milagrosa intercesión del padre confesor de su madre, que era de esa congregación y le habló al rector. Le concedieron matrícula gratis. Un premio a sus aptitudes, un gesto de consideración debido a los menguados recursos de la familia y, sobre todo, a la piedad de su madre viuda. Y ello lo puso a rotar en torno al campo magnético de otro planeta, el del dinero. Porque el dinero, reflexionaría Mempo con los años, tenía la virtud de transmutar la vida de una persona y darle ese halo misterioso e irresistible, ese reconocimiento, esa impresión de logro y solidez que nada ni nadie podían desmentir. Lo demás –la fama, el triunfo, el poder, los honores, el cumplimiento cabal, la felicidad, en fin– son cosas relativas. La plata siempre es... la plata. Cuando todo falla, a la hora de los quiubo, sólo Don Dinero sigue siendo Don Dinero.

❖

Un día, Herbert, me tocó oír una prédica del cura Díaz que regresaba recién de un viaje a Francia, y me chocó. Lo encontré cambiado. Habló de los profetas y dijo que a los cristianos les correspondía trabajar en conjunto con todos los enemigos del sistema y destruir así la sociedad del pecado y la institucionalidad capitalista. Posteriormente, si era del caso, construiríamos por separado. En el asado que hubo después dijo que el demonio era sólo una alegoría del mal y que había que ser muy ingenuo para tomarse la Biblia al pie de la letra y creer, por ejemplo, que Dios había hecho el universo en siete días o que María había quedado embarazada sin dejar de ser virgen... Estaba contestando preguntas de los estudiantes, pero lo que me chocó no fue sólo lo que dijo, sino el que después que decía estas cosas entrecruzaba los dedos y hacía crujir las coyunturas, como si le costara mucho decir lo que estaba diciendo, y lo dijera sólo después de vencer esa resistencia, con odio hacia sí mismo por no ser capaz de tomar el asunto con naturalidad.

Era muy nombrado en ese tiempo el cura Díaz. Muchos estudiantes lo seguíamos. Pero a mí no me gustó esa noche su actitud. Y no me gustó que todo fuera tan alegórico. Porque si la Virgen no era virgen –y eso era, en sí, una alegoría de su pureza–, ¿dónde para, entonces, la alegoría? ¿Por qué no había de ser también alegoría que Cristo resucitó, que Dios existe, que después de esta vida hay otra? Entonces la cosa no me gustó y dejé de ir.

Además, tenía cada vez menos tiempo. Vicente Orellana me había pedido que fuera su ayudante en teoría de precios y la corrección de pruebas me tomaba mucho tiempo. Estudiar economía para mí era como estudiar física. Pura cuestión de lógica, ¿no te parece? ¿No encuentras tú que a los que les va bien en física en el colegio encontrarán fácil después estudiar economía? Es como lo mismo. Y a mí me gustaba eso. Y me gustaban las preguntas, los problemas matemáticos que el profesor Orellana inventaba para los controles. Eran siempre ingeniosos, siempre tenían una pillería y había que saber encontrársela y dar con el resultado justo. Porque en eso el profesor Orellana era inmisericorde. Había que llegar con el cálculo perfecto. Y había que ser rápido porque daba requete poco tiempo. ¡Qué lástima, Herbert, que a ti no te haya tocado ser alumno de Orellana!

Disculpa: ¿qué hora tienes? ¡Rolf ya debiera haber llegado! No hay que extrañarse. Ya te lo advertí: es un tipo medio chiflado y de horarios imprevisibles, pero muy aperrado para trabajar. El proyecto que se trae entre manos es *too good to be true*, querido Herbert. Tú revisarás los números y harás una evaluación económica seria y completa. De los agrónomos no hay que fiarse demasiado, ¿no te parece? Pero hasta ahora, por lo poco que sé, el negocio de exportar esta fruta nueva es *too good to be true*.

Bueno, Herbert. Me recibí y me pasé dos años trabajando en la mesa de dinero de este banco. Y después partí con una beca a estudiar business a la Universidad de Chicago, *of course*... Yo te diría que si lo haces bien, en dos años más, viejo, te podemos mandar a estudiar a Chicago. En serio. Es algo perfectamente factible. Si te desempeñas excelentemente, ¿está claro?

Ahí tomé la costumbre de levantarme a las seis treinta de la mañana todos los días, costumbre que todavía mantengo. Me pasaba a buscar Daniel Rendic, que vivía en el mismo edificio. En el *lobby* nos reuníamos con los demás del grupo chileno: Oscar Gacitúa, el que ahora es gerente de Citicorp-Chile; Miguel McNaughton, que fue asesor del ministro Echenique en Hacienda y es ahora el número dos del grupo Alam... ¿Ah? Sí, claro. Un grupito interesante. Daniel Rendic era el mejor y después de estar un tiempo en Planificación pasó al Banco Central y ahí está todavía trabajando al lado nada menos que de Antonio Barraza, ¿te das cuenta? Tú sabes... Era una rutina total la de Chicago. Atravesábamos el patio a las 7.30 A.M. tiritando, empujados por el viento helado, y entrábamos a la *Library* que ardía de calor. Dejábamos nuestras parkas azules, que habíamos comprado todos juntos en *Sale* por dieciséis dólares. Me acuerdo de esa sensación de libertad que daba no estar ya con la ropa pesada y que se hacía súbitamente calurosa. Deslizaba yo el tag de la guardarropía en el bolsillo de la camisa y de ahí, al cubículo.

El segundo día, al llegar al ascensor, venía un grupo de niñas y yo les cedí el paso. Ellas entraron al ascensor y nosotros no cupimos. Al cerrarse las puertas, se rieron de nuestra galantería que les pareció estúpida. Decidimos no ser nunca más galantes con estas gringas de mierda y dedicarnos a estudiar y punto.

No sé si leíste un artículo que escribió Pelayo Fernández. Se llamó "El laboratorio de los Chicago boys". Pasó por ahí y se quedó en mi casa con Márgara, su señora, un par de días y a partir de eso hizo el artículo. Muy a la diabla lo hizo, creo yo. Pero en Chile fue bastante comentado. Por lo menos allá nos llegaron recortes, cualquier cantidad. A mí no me gustó mucho, te diré. No sé qué me parecería ahora. Había un tonito irónico en eso de que no íbamos a museos ni aprovechábamos los espectáculos. ¡Qué nos iban a interesar los edificios de Mies van der Rohe a quien yo no había oído nombrar en mi perra vida! ¿Tú has oído hablar de Mies van der Rohe? Cosas que le interesan a gente intelectual, como Pelayo. El me llevó a ver sus rascacielos y la verdad, aunque no se lo diría nunca, me parecieron unos edificios modernos como cualesquiera otros. Hay tantos de esos. Yo tampoco sabía que la *Library* donde estudiábamos la había diseñado un arquitecto japonés que después se hizo famoso porque diseñó la East Wing de la National Gallery. Pei, se llama.

Nos comíamos un hamburger todos juntos, a la hora de almuerzo. Y seguíamos estudiando. Regresábamos a nuestros departamentos a comer para volver a la biblioteca y pegarnos un par de horas más de estudio. Fue una vida dura. Teníamos cuatrocientos ochenta dólares al mes. Claro que Elena, mi mujer, trabajaba, pero no ganaba casi nada. Era enfermera en un hospital de niños y lo bueno fue que eso nos permitió que el hospital pagara el parto. Fue harto conveniente, te diré. Así es que era una vida dura. Y por eso no nos cayó demasiado bien el reportaje que se mandó Pelayo. Nunca se lo dije. En verdad tampoco tuve mucha ocasión de hacerlo. No vine a estar con él sino hace muy poco, cuando lo llamé para que se incorporara a un proyecto grande en el que estamos metidos. Es el proyecto que a Aliro Toro más le interesa en este momento.

¡Francisca! Dígame, ¿no ha llamado Rolf Contreras? ¡Ah! Ya. ¡Qué tipo éste! Nada qué hacer. Lo esperamos, entonces, otro rato. Ya sé, ya sé. Le repito: no me pase llamados. Gracias, Francisca. Si necesito algo, la llamo yo.

Bueno, pero te decía que el artículo de Pelayo no nos gustó por eso. Nunca hemos vuelto a tocar el tema. No se dio cuenta hasta qué punto estábamos tensos por el estudio y las dificultades del idioma. Aunque Pelayo sí tuvo que poner en su reportaje que éramos los últimos en dejar nuestros cubículos de la *Library*, junto con los japoneses y los coreanos que eran los mejores alumnos. Pero a nosotros no nos iba nada de mal, te diré. Los profesores se llegaban a sorprender de eso.

Con Elena hicimos un viaje a Nueva York. Fuimos con Oscar Gacitúa y su señora. Fue después del segundo *quarter*, cuando ya nos sentíamos un poco más tranquilos. Me acuerdo bajando las escaleras mecánicas de Bloomingdale's un sábado por la mañana. Elena se había comprado un impermeable carísimo para nosotros, pese a que estaba en *sale*. Yo iba con la intención de comprarme un blazer azul, pero los encontré demasiado caros y terminé con un suéter que me costó más de cien dólares. Ibamos bajando las escalas mecánicas y mirando todas esas mujeres despampanantes que probaban rouge y polvos y qué sé yo qué otros maquillajes en esos miles de pequeños mostradores con espejos del área de perfumería. Comentamos con Oscar Gacitúa, mientras tanto nuestras señoras se compraban una sombras, que nos parecía mentira que estuviésemos ahí cuando sólo unos tres años atrás hacíamos cola en Santiago para poder conseguir un pollo. La gente vivía pasándose datos sobre que en tal parte iban a llegar los pollos o que allá estaban vendiendo sal. Y yo creía en el futuro, yo me sentía un progresista y me siento así todavía. Pero en esas circunstancias el horizonte temporal no iba más allá de treinta días. Comparado con eso, estarse dando vueltas en Bloomingdale's parecía un sueño, aunque tuviésemos tan pocos dólares que gastar. Algún día volveríamos con plata. Y claro que ocurrió. Por eso ahora cuando llego a Nueva York, lo primero que hago es ir a Bloomingdale's porque siento esa satisfacción tan requete grande, Herbert. Porque yo sé lo que vale un dólar y eso lo aprendí allá como becario cuando vivía con cuatrocientos ochenta dólares al mes: *A buck is a buck...*

Fernández también puso unas frasecitas irónicas con respecto a que nosotros no teníamos amigos gringos y no comprendíamos nada de la vida y la sociedad americana. ¿Y cómo íbamos a tener amigos americanos cuando no teníamos tiempo para nada que no fuera estudiar? Si ni siquiera teníamos tiempo para leer los diarios. Alguna que otra vez Rendic nos contaba que en el *New York Times* o que en el *Herald Tribune* o que en el *Washington Post*, diarios que él hojeaba en la *Library*, había artículos sobre Chile, sobre las violaciones a los derechos humanos... Pero nosotros sabíamos que los gringos no entienden nada de política y no nos interesaba estar leyendo allá sobre cosas que nosotros sabíamos mejor.

Eso hay que tenerlo bien claro. Los gringos saben estudiar y saben ganar plata, *how to make money*, pero de política no saben absolutamente nada. ¿Y cómo van a saberlo? La gente joven allá no habla de política... Así son los países desarrollados, Herbert. Hablan de *jobs* y de *how to make it* y son gente *tough* que tiene *drive*... No estos blanduchos aficionados al bla bla bla que tenemos acá y que se refugian en la política para ocultar sus resentimientos y sus fracasos. Porque en Chile la política ha servido para escamotear los fracasos y la mediocridad. Claro, el cojo le echa la culpa al empedrado. Cuanto más se habla de política en un país, peor está ese país. ¿No crees tú? Yo eso lo tengo muy claro. Una vez que se ha generado capital y hay riqueza, y esa riqueza empieza a chorrear, defender el sistema resulta mucho más fácil. Y la democracia funciona bien. Entonces a los políticos se les hace más cuesta arriba empezar a vender cuchufletas porque la gente ya no quiere aventuras. Entonces los políticos aventureros se van sonados. ¿Por qué? Porque después de ese crecimiento económico se ha creado un colchón. Y aunque la gente vote por la izquierda por razones del coranzoncito, llegado el momento no apoya políticas expropiatorias y revolucionarias: esas tocan el bolsillito, ¿no?

Aquí se hablaba mucho de la demagogia y el viejo Alessandri se pasó la vida diciendo que a este país lo estaba arruinando la demagogia, el populismo. No veía que la pobreza le baja el costo a la demagogia, y la riqueza, por el contrario, se lo sube. Los políticos saben eso muy bien. Por eso los demagogos hacen nata en las sociedades pobres. Ahí tienes tú la explicación del gobierno militar. Llegó un momento en que el caos económico creó el caos político, ¿te das cuenta? Tú andarías, entonces, de pantalón corto y jugando a las bolitas, ¿no? Había que disciplinar las expectativas, Herbert. Cuando la gente empieza a sentir hambre, pierde la paciencia. Y cuando empieza el caos y ya nadie manda y no hay derecho ni respeto, sube la demanda por autoridad y orden. La gente está dispuesta a pagar un precio muy alto con tal de saber quién manda, aunque no le guste quién manda ni qué ordena... Por eso es que la gente aceptó la dictadura: porque quería que al menos hubiera alguien a cargo.

Y el temita de las violaciones a los derechos humanos, ¿no me preocupa entonces?

Fíjate que Aliro Toro, cuando me ofreció mi pega actual, me citó a las diez de la mañana de un día martes, me acuerdo, y estuvimos conversando hasta pasadas las siete de la tarde sin interrupciones telefónicas. Almorzamos con varios altos ejecutivos del grupo y la sobremesa con ellos fue larga. ¿Y de qué hablamos, te preguntarás tú? De su vida, de su pasado, de cómo había empezado el grupo, de sus proyectos a largo plazo. No discutimos condiciones de trabajo, ni remuneraciones ni responsabilidades precisas. Fue una conversación general para conocernos bien y crear confianza, como esta contigo, Herbert. Aliro quería que me fuera familiarizando con el estilo del grupo. Es un tipo sencillo. No es el millonario típico. Vive bien, pero sin lujo. No le interesan los autos, ponte tú. Y yo le salí con esto de que no me identificaba con los grupos económicos; que trabajar en la mesa de dinero todavía era un *job* impersonal, pero ser asesor directo suyo en materias financieras era otra cosa; que yo había sido medio izquierdoso, que me inquietaba la cuestión de los derechos humanos, en fin..., que mi familia tenía un origen modesto; que para él sería difícil comprender lo que eso significaba...

Toro me cortó en seco: "Aquí Tamburini", me dijo, "te vamos a pagar por pensar con tus neuronas; no con tus glándulas. ¿Está claro?" Y eso zanjó el asunto para siempre. Y ya ves, no he tenido problemas y he sabido hacerme respetar. Aliro Toro tiene un carácter fuerte y le gusta el poder, pero sabe respetar a los capaces, ¿te das cuenta? Nosotros aquí en el grupo formamos líderes. Antes los grandes líderes del mundo eran generales y políticos. Ahora son empresarios.

Bueno, ¿y de qué se trata?, me dirás tú.

Tú sabes cómo funciona el departamento de estudios de un banco. Como te decía, queremos evaluar y dimensionar una inversión frutícola de importancia. Cuesta tanto evaluar un proyecto pequeño como un proyecto grande. Y conseguir el financiamiento para uno es casi tan difícil como para el otro; lo mismo pasa con la administración. Nosotros pensamos en grande. Ese es el estilo de Aliro Toro. No andarse con chicas. Los países que quieren desarrollarse y que tienen tensiones sociales y frustraciones económicas, como ha ocurrido en Chile, tienen que andar rápido. Si no se va todo al carajo. Crecer lento aumenta las frustraciones. El desarrollo urge. La oportunidad es ¡ahora! Si no se aprovecha, se aburrirá la gente y los militares, y renacerán el populismo y el despelote, ¿me entiendes? Tenemos que andar rápido. Queremos meternos en la exportación de esta fruta nueva, como te digo. Quienes entren primero obtendrán las rentabilidades más altas. Por eso el asunto urge. Rolf debe estar pensando en diez hectáreas. Seguro que Aliro Toro va a proponer plantar cien hectáreas de golpe. El mercado no espera, Herbert. Los huecos se llenan. El mercado no espera, Herbert.

En el departamento de estudios encontrarás la bibliografía correspondiente y te pondrán en contacto con los agrónomos que necesites. Lo que nos interesa es que sintetices la información y hagas una proposición que incluya un adecuado dimensionamiento del proyecto. Nadie ha estudiado bien qué economías de escala puede haber en este rubro y, por consiguiente, cuáles son los tamaños óptimos. Tenemos la impresión de que las evaluaciones en este sentido son todavía muy precarias, como te decía, hechas por agrónomos como Rolf, cuyo atraso hoy te da una idea, ¿no?... Aunque no cabe duda que el cultivo es altamente atractivo. Déjame darte algunos datos para que se te eche a andar la cabeza y se te abra el apetito. Bueno, para empezar, la agricultura tributa por renta presunta, sólo un diez por ciento..., ¿te das cuenta?

❖

ROLF SALTÓ la manga de polietileno negro que se hinchaba palpitando como un arteria bajo la presión del agua. No era buena hora para regar. Demasiado calor. Pero tenía que llegar a la reunión con Mempo en Santiago y no podía irse del huerto sin cerciorarse de que los camellones hubieran quedado bien hechos. ¡Trescientas cuarenta y ocho plantas perdidas por dejar el tronco en contacto con el agua! No le ocurriría algo así de nuevo. El empleado, recién contratado a raíz del despido del responsable del desaguisado, tenía que acostumbrarse desde el principio a andar derechito y, para eso, la única manera era estar encima de todo, hasta de los más mínimos detalles. Inclinó el tronco, apoyó sus manos en las rodillas, bajó la cabeza y, a través de sus piernas abiertas observó, hacia atrás, hacia arriba, la carga que colgaba de las guías que crecían enredándose a los alambres estirados entre las crucetas. Era una espesura verde y frondosa como una selva. "Un filón de oro", pensó, "de oro vegetal". Siempre con las piernas levemente flectadas y sin despegar las manos de las rodillas buscó la cara de Joel. Al encontrarse con sus ojos de aceituna comprendió que no podía compartir su dicha. El empleado veía sólo unos frutos redondos, pelosos y de color café sujetos por pecíolos frágiles.

–Repíteme el número, Joel. ¿Cuántos frutos hay en esta hectárea?

Y diciéndose a sí mismo la cifra una y otra vez, como si se tratara del nombre de una enamorada, llegó dando grandes zancadas a la camioneta Luv que lo esperaba junto al portón.

Rolf acomodó sobre el manubrio una tabla naranja de madera prensada en la que, sujeto por un elástico, había un block. Sonriente anotó arriba *Tang Tao* –el nombre chino de esta fruta china– y luego trazó varias rayas horizontales y verticales. Entonces, empezó a garrapatear rápidamente de izquierda a derecha, "Año 1, 2, 3..." y, posteriormente, junto al margen izquierdo de arriba hacia abajo los ítem de gasto: cabezales, centrales, esquineros, muertos, plantas, aradura y rastraje, estacado, urea, abono foliar, Dithane, alambres, cortinas y abejas. El cuadro, apoyado contra el manubrio de la Luv, fue invadido en pocos minutos por el hormigueo de las cifras: costo de cada ítem año por año, producción, precio, excedentes... Iba llenando las columnas, se detenía y tecleaba en la calculadora. Castigó el precio actual hasta más de un cincuenta por ciento, previendo que bajaría a medida que aumentara la producción en el mundo. Así y todo, comprobó que al tercer año se financiaban los costos y se generaban ya algunos excedentes. Al año octavo, vale decir, en plena producción, un huerto de diez hectáreas generaba quinientos veintiséis mil trescientos ochenta dólares. Sin querer creerlo todavía calculó el TIR: 78,3%. ¡Ese era el promedio anual de rentabilidad por el capital invertido, incluida la tierra! "Ni la coca", se dijo, "ni la coca da esta rentabilidad". ¡Un huerto de sólo diez hectáreas en plena producción redituaría alrededor de quinientos mil dólares al año! Estaba seguro de que ningún otro proyecto del grupo tenía mayor rentabilidad. Y él era el responsable de que Agropec, la empresa agrícola y exportadora del grupo Toro, hubiera incursionado en el rubro. Ahora había que expandirse. Y para esto el hombre era Mempo Tamburini. Y, más importante: sus parcelas propias, compradas hacía poco por él allí mismo, prometían estos mismos rindes. Lo había comprobado esa mañana.

Rolf Contreras pensó, entonces, en renegociar sus condiciones de trabajo como asesor de Agropec y en conseguir de Tamburini un crédito a fin de comprar para sí y plantar varias parcelas nuevas que habían formado parte de ese mismo fundo. Quería pegarse el salto en grande y de inmediato. Antes que se metieran todos al rubro como hormigas que han encontrado miel.

Encendió el motor de la pick-up y salió en marcha atrás. En el camino se acordó de Joel. No se había despedido del empleado. Además tenía que haber echado a la camioneta la fumigadora de espalda descompuesta para llevarla al taller. Pero no quiso regresar porque miró la hora. Encendió la radio y empezó a tratar de comunicarse con la planta.

–¿Me escucha? Cambio.

–Sí, don Rolf, le escucho. Cambio.

–Avísele a Mempo Tamburini que llegaré a su oficina una hora y media más tarde de lo previsto; pero que llegaré, y que vale la pena que me espere.

Mientras dictaba este mensaje se le vino encima un taxi destartalado y lo llenó de tierra. En su espejo retrovisor el chofer vio sonreírse a Rolf antes de perderlo en la nube de polvo ardiente. Y no pudo explicarse por qué.

Poco antes de llegar a esa fortaleza colorada y como de cuentos que alberga al Regimiento Tacna, corriendo por la Panamericana, se fijó en el perfil del centro: la torre Entel, la sombra de los edificios altos y apiñados, la cúpula grisácea de la iglesia de las Sacramentinas, que para él, que no conocía Sacre Coeur en Montmartre, tenía un misterioso aire ruso, el cerro detrás, boscoso de un lado y mordido por un derrumbe anaranjado del otro, y la Virgen, tan blanca e irreal, junto a dos antenas como lanzas pintadas de rojo y blanco. Y en un entusiasmo le pareció, por primera vez en su vida, que Santiago le gustaba; que tenía un alma.

TRES

EL MERCADO NO LAS PISPABA TODAVIA

"A : Mempo Tamburini
De : Clemente Rodríguez, subdirector, departamento de análisis de riesgos
Ref. : Memo de Mempo Tamburini sobre tasas cobradas por el banco."

Francisca, como todas las mañanas a las nueve en punto, entró a su oficina y le pasó dos carpetas de plástico transparente. Una contenía los documentos "Para la firma" y la otra decía "Pendiente". El las tomó con la mano izquierda, sin interrumpir la lectura del memorándum manuscrito que aplastaba contra el escritorio con la derecha.

"Mempo, como referencia te informo que nuestras tasas, en los días conversados, no estaban tan fuera de lugar, según indicas en tu memo, considerando..." Era el lápiz Cross a mina que usaba siempre Clemente. Levantó la vista y agradeció a la secretaria con una sonrisa forzada, asintiendo con la cabeza sin tener por qué.

"...el sistema tradicional de determinar el costo de los fondos, basado principalmente en nuestras captaciones independientemente de que la tasa sea comparativamente baja..."

–Hay una llamada de don Víctor Schmidt, Mempo.

Era Francisca por el intercom.

–¿Te comunico con él?

–Ya. Pásamelo.

..."como lo verás en la documentación que te adjunto *subrayada*."

En un caso así, se dijo Mempo, el documento se entrega subrayado; una gentileza para ahorrarle tiempo al jefe. Pero ¿ponerlo además por escrito? ¿Cómo no me voy a dar cuenta que viene subrayado si viene subrayado? Va a haber que pegarle una bajada de moño a este huevón. ¿O es que el chuchreta se cree que no voy a leer la documentación? Capaz que como le achuntó con la movida de los plazos de cobertura se le estén yendo los humos a la cabeza.

"...Esto demuestra que..."

–Mempo, la llamada del gerente de Filarco en la tres.

31

Se ha ido poniendo puntudo este huevón, pensó. Claro que es una bala para los cálculos, pero no es para que se dé aires y se sienta el hoyo del queque.

—Francisca, ¿en la tres?

—Sí. El gerente de Filarco, don Víctor Schmidt, en la tres. Tengo a Eugenio Singer, de la Automotora Sur, en la dos, dice que espera en línea, que es urgente.

—No, dile que lo llamo yo después.

—Es que dice que lo mismo pasó ayer y no le devolviste el llamado y que es muy, muy urgente. Ayer no alcanzamos a llamarlo.

—Cierto. Pregúntale de qué se trata... ¡Don Víctor! Habla Mempo. ¿Averiguó?... ¿A dos meses? ¿Nueve cuarenta y tres? ¿Y con qué instrumento?...

Mientras le oía siguió leyendo el memo que tenía adelante:

—..."que no hay ninguna relación entre las captaciones de las sucursales y el costo de fondos del banco, basado en TIR Citicorp."

Sonó el intercom.

—Don Víctor, ¿le importaría que le interrumpiera un segundo? Estoy con usted en un instante. Discúlpeme.

—Mempo, Eugenio Singer me dice que te diga: "Está consumiéndose el stock de agosto en tiempo record. ¿Seguimos colocando en pesos aprovechando que las tasas han subido o incrementamos el stock?"

—Dile que yo lo llamo a las dos en punto.

—¡Don Víctor! —exclamó tras apretar el botón que lo devolvió a esa línea tres—. Sí... Mire, no sé qué es eso. Tengo aquí el télex, don Víctor. No existen esas tasas.

Hurgó con sus dedos cortos y de uñas cuadradas en la ruma de papeles que se acumulaban al lado derecho del escritorio, el lado de él, siempre más desordenado que el izquierdo, por donde entraba Francisca a dejar sus papeles y donde imperaba, entonces, su orden meticuloso.

—¿No será un bono? ¿A ver?...

Tomó el télex.

—¿A cuántos días, don Víctor? ¿No serán más? —rió—. Mire que los campeones de aquí en frente ofrecen tasas altas, pero para ellos el año tiene trescientos sesenta y seis días, ¿ah? —rió—. En serio..., así es la cosa. Claro. Estos judíos de enfrente, pues, don Víctor... espérese.

Desdobló el télex bajo la diáfana luz que emitía la ampolleta halógena de su lámpara direccional. La habían comprado en Interlubke. Y costó un ciento diez por ciento más que si la hubiera comprado en la tienda del Moma, en Nueva York, pero eso lo supo Elenita después, cuando ya era tarde.

—¿A ver? Espérese un segundito no más.

Sus dedos estaban bailando sobre el teclado de la Hewlett-Packard.

–No. No me da. No. Estoy viendo las tasas. ¿Fuji Caimán? ¿A ver? Déjeme ver mi télex de nuevo. No. No me cuadra... Bien. Cotizamos mañana, don Víctor.

Mempo se puso de pie. Tomó el informe de captaciones diarias, que venía con otras hojas de computación adjunto al memo de Clemente y sosteniendo un clip entre los dientes empezó a reunir diversos cuadros que estaban dispersos por el escritorio: dólar observado, nominal y real, Libor 180, Prime, libra, yen, marco, balanza comercial mensual, balanza comercial acumulado doce meses... Buscó con la vista hacia adelante. Cogió un marcador amarillo que estaba sobre un prospecto de autos BMW, al cual iba adherida la tarjeta del representante y subrayó el déficit de la balanza comercial. Luego escribió con su letra grande, de niño: "¡Ojo!" Y unió las hojas con el clip que se sacó de los dientes. Tomó una hoja en la que se leía en su parte superior: Banco Agrícola e Industrial. Se sentó, agarró un lápiz Bic y mordió su parte de atrás: "¡Cresta! ¡Cómo se vuela la mañana!"

❖

MEMPO no tenía en el banco un cargo claro en la jerarquía. Era "asesor especial de la gerencia" y con este título participaba activamente en los comités ejecutivo y de crédito, y asistía a las reuniones de directorio, como invitado del gerente. La verdad era que tenía la confianza del accionista mayoritario, don Aliro Toro. El gerente general, Pascual Hernández, era un hombre de cierta edad y prestigio en el medio. Se había desempeñado con dignidad como vicepresidente de la Corporación de Fomento a comienzos de los años sesenta, en el gobierno conservador de Alessandri. Después había sido un eficiente gerente comercial del Banco de Chile, hasta que la grúa de Toro lo había levantado "para darle cuerpo" al entonces pequeño Banco Agrícola e Industrial, que había adquirido en los inicios del gobierno militar en una licitación pública. El banco, como muchos otros, había sido nacionalizado durante el gobierno socialista y privatizado en el régimen militar. En el Banco de Chile, Hernández recordaba con añoranza los signos del poder que otorgan los cargos públicos; no obstante, apreciaba la buena renta y la estabilidad de su posición en la principal entidad financiera privada del país.

En algún momento, sin embargo, con la influencia creciente de directores nuevos, que promovían a ingenieros y economistas graduados en los Estados Unidos, se convenció de que él, como representante de "la vieja guardia", sin título en el extranjero y formado en la práctica, no llegaría jamás a la gerencia general. Aliro Toro dedicó una mañana entera a persuadirlo. Pascual Hernández se quedó con la impresión de haber estado junto a un ser extraordinario y destinado a algo de verdad grande. "Nunca he visto", le comentaría exaltado esa tarde a su mujer, "hombre alguno que sepa tan bien lo que quiere; cuya vida aparezca configurada entera, como el cuerpo de una bala, por la unidad de propósito", dijo, sorprendiéndose de sus propias palabras.

Hablaron, ciertamente, de los planes que Toro tenía para el banco. Pero asimismo del conglomerado en general, de los grupos rivales, de la economía mundial y, por supuesto, del régimen militar "destinado a durar por largo tiempo" había dicho Aliro Toro. Y también de sus historias personales. Hernández se sorprendió de repente explicándole, con lujo de detalles, por qué él y su mujer tenían a las niñitas en las Monjas Ursulinas y no en el Villa María u otro colegio católico con "más inglés". Había sido por la religión; más a la antigua, pensaba su mujer. Sólida formación católica y buen inglés eran "las dos variables claves" para elegir colegio, pensaba él. Y si eso costaba plata, no había otra que apechugar: no hay plata mejor gastada... ("invertida", le corrigió Toro con indiferencia).

Aceptó la oferta de Toro. Llegaría a gerente general. La renta le subió en un veinticinco por ciento en términos reales y, pensó que, por ser un banco de menor importancia, ganaría también en tranquilidad.

No obstante, una vez que hubo asumido, la duración y luego la frecuencia de las conversaciones con Aliro Toro disminuyeron bruscamente. Comprendió, a su pesar, que Mempo Tamburini, el joven Chicago boy que Toro le había recomendado como "un técnico que sabe todo cuanto puede saber un técnico y con amistades, además, dentro del equipo económico del Gobierno", era el hombre que llevaba las riendas de la institución. Pascual Hernández, con su imponente cabellera plateada, tuvo que contentarse con ser la fachada del banco.

–¡OYE! Sácate 200 palos –gritó el Puma.

–Nico, ¿qué chuchas hago con los papeles que tengo acá de ustedes?

–La venta está hecha. Hay que pararla. Llámate a la caja.

–Ya le dije a la Boa. No tengo lápiz.

–Te cobro 20 centavos. Lo hacemos.

–Vendiste 22.809.

–Hablo con la caja ocho. Oye, huevón, hay una venta de pagarés. Párala no más.

–Ya la vinieron a pagar.

–Que devuelvan todo.

–6.49.

–¿Aló? Un segundo, por favor.

–Dicen que ya hicieron la operación...

–Igual la deshacemos; les devolvemos el cheque y todo.

–Yo le estoy vendiendo dólares contra pesos, Boa.

–Aló, ¿qué pasa?

Mempo avanzó por detrás de las sillas de donde se emitían sin cesar estos mensajes fragmentados, impetuosos e ininteligibles, y se detuvo junto a la pantalla del Wang con información de la Bolsa. Un operador con aspecto de niño gordo y grande empezó a hablarle directamente a la oreja sin esperar que despegara la vista de las columnas de números luminosos que vibraban en la pantalla.

–La tasa del banco estuvo ayer un poco por debajo del mercado.

Ya lo sabía y dirigió su vista al pizarrón sin llevarlo de apunte. Ese había sido el tema del memorándum que le contestó con suficiencia en la mañana Clemente Rodríguez y no quería darle más vueltas al asunto. Leyó la columna de los PRDC y PRD. Luego se fijó en los pronósticos de inflación mensual de los diversos operadores de la mesa. Reparó en el del Puma, habitualmente el más certero: cero punto cero uno por ciento. Una inflación muy, muy requete baja. En Chile eso significa tasas de interés altas, pensó.

–No. Anúlela –gritó la Boa.

–Me financié, ¡puta!, a ene tasas distintas. Ya estoy más tranquilo ya. Salimos.

–Esto lo compraste. Véndeme todo esto a la Chilena Consolidada.

–Nueve veinte. ¿Lo hacemos en dólares?

–Este es plazo de cobertura, ¿cierto? ¿Aló?

–¡Alto! La plata corta te va a salir muy recara. Cada día más. Obviamente que no, puh. Apretada de cinturón y punto. ¿No vas a esperar al diez para encajarte? Se puede poner jodida la cosa. Yo me lo temo. Huevón: yo no haría nada. *Wait and see.* ¡Ya! ¡Listo! Chao.

Mempo se dio vuelta inquieto. Era un comentario significativo. Los jóvenes que rodeaban los mesones de pino parecían rugbistas en un *scrum.* Con los fonos sujetos entre hombro y oreja gritoneaban y empujaban a otros que, aunque invisibles, eran iguales a ellos, sólo que podían estar indistintamente en Tokio, Amsterdam o al otro lado de la calle Huérfanos. Quería saber quién había dicho eso: era el Chico Alemparte, llegado sólo seis meses atrás. Para esto bajaba todos los días un rato a la mesa de dinero, para tomarle el pulso al mercado. Así es que "se puede poner jodida la cosa", así es que *wait and see*. ¿Qué ocurriría si la percepción de este recién llegado, este Chico Alemparte, se generalizaba antes que el grupo estuviera preparado?

❖

METER LA CABEZA en esa olla de grillos le daba una sensación de realidad, como si todo lo demás fueran sólo ejercicios preparatorios, consejos y prácticas de entrenamiento. La verdad, la firme, como diría Aliro Toro, estaba en esa mesa de pino en la cual cada valor encontraba su cifra. Y tal como la balanza del joyero arroja un número que le permite determinar los quilates, el peso en oro de una joya, así de ese tira y afloja, de ese juego de pesos y contrapesos ejercido a través del largo brazo de los teléfonos surgía una señal que dibujaba y desdibujaba diariamente el incierto mapa de la riqueza en Chile. Porque esa coctelera loca y vociferante de la mesa de dinero del banco producía sin parar miles y miles de acuerdos y contratos que se precipitaban unos tras otros e iban conformando, como en el fondo del caleidoscopio, una nueva cristalización del poder económico. Y ese mundo era la pasión de Mempo. Y, por cierto, de Aliro Toro. Especialmente, de Aliro Toro.

Esas acciones, monedas, bonos y papeles que se transaban febrilmente no eran para gente como Mempo o Aliro Toro meras acciones, monedas, bonos y papeles: eran pedazos de futuro. Lo que se determinaba en la mesa era el crédito de sus proyecciones. Lo que tomaba ahí forma de número era la credibilidad de su diagnóstico y visión del mañana. ¿Qué medida de realidad tiene hoy comprar pedazos de desierto, regarlos gota a gota con agua subterránea y que allí brote y de allí viaje la uva rosada Flame y la uva blanca Sultanina que comerán en un calefaccionado hogar de Amsterdam unos niños rubios, mientras miran la nieve en los techos vecinos?

Cuando Aliro Toro partió con el proyecto de plantar parronales en el desierto lo creyeron un chiflado, un soñador irresponsable. Y después, los retornos de la exportación de uva de mesa llegaron a ser un ítem significativo en las Cuentas Nacionales y en el Boletín del Banco Central. Y los parronales pasaron a ser una importante fuente de empleo para hombres y mujeres. Y luego vino Pelayo Fernández con su reportaje en la revista *Mira* sobre "La nueva revolución del campo chileno", en el cual hablaba del cambio social que significaba el trabajo de las mujeres en los packings, su nuevo papel como proveedoras de la familia y el efecto de ello en los hábitos, costumbres y modos de relacionarse de los campesinos. Y entonces fueron los sociólogos los que empezaron a lucubrar acerca de este proceso modernizador del agro, la huidiza identidad de lo latinoamericano, el mestizaje, el feminismo y el culto mariano. Y todo esto, en el fondo, a partir de un sueño de Aliro Toro, el verdadero factor de cambio siempre omitido, claro está, en estos artículos y ensayos, pensaba Mempo.

Toro nunca visitaba los parronales ni tampoco las granjas marinas donde se desarrollaban sus cultivos de salmones y tollos de exportación. Prefería mantenerse a distancia y no dejarse embrollar por la corporeidad de esos procesos productivos que, en la mente del financista, son únicamente otro tipo de pagarés. Le gustaba que el objeto de su pasión tomara formas abstractas. Cuando las acciones de Embotelladora Nacional subían, la manera en que Toro entendía ese negocio, las expectativas de Toro, se pasaban un poco al tiempo presente y adquirían la consistencia de lo real. Porque en los negocios, en el largo plazo las expectativas y la realidad coinciden. Así lo pensaba Aliro Toro. "Ser empresario", dijo una vez a Mempo, "es ser capaz, carajo, de construir una máquina a través de la cual se filtre el tiempo desde el futuro al presente. ¿O no?" ¿Y a qué otro empresario, en Chile, pensaba Mempo, se le hubiera ocurrido una cosa así? Los demás eran meros operadores, negociantes de buen olfato nada más, pensaba Mempo. No podían seguir las voladas de Aliro Toro. Por eso durante los últimos años se los había estado comiendo con zapatos. Los demás producían cosas; Aliro Toro era un procesador del tiempo. Por cierto. Porque su genio financiero ¿qué era sino una sorprendente aptitud para imaginar imprevistas combinatorias de plazos? Plazos de amortización de intereses, plazos de maduración y espera de flujos, de negociación y renegociación, de retiros y reinversión... Nadie en Chile podía construir mecanismos de relojería financiera tan sofisticados. Nadie había sido capaz de concebir que era factible sustentar un imperio económico como el suyo, con inversiones de maduración lenta, a partir de "vacas lecheras" tan a la mano: una cadena de supermercados y una empresa embotelladora. Nadie tenía, tampoco, sus cojones. Por eso captaba una fracción tan importante del total de créditos externos que llegaban al país. Y por ahí podían venir ahora los problemas: "Se puede poner jodida la cosa. Yo me lo temo. Huevón: yo no haría nada. *Wait and see*".

❖

37

–HOLA. ¿Qué es de tu vida, viejo? –gritó el Chico Alemparte.

–Pero ¿qué crestas quieres hacer? –gritó la Boa.

–Putas que eres maricón. Me dijiste que me lo habías guardado por toda la mañana.

–¿Ustedes necesitan plata? *You need some money?*

Era Chiporro Sanhueza, el gerente de finanzas que entraba al campo de batalla. Crespo, bajito y sonriente mordía su pipa. Le hizo un gesto a Mempo con la mano, mientras el Puma se levantaba a preguntarle algo.

–¿Qué tal?

–¿Para cuándo se espera, Mempo, la nueva emisión de bonos de Embotelladora Nacional? Ya hay interés. El mercado está más apretado que raja de mula, huevón. ¡Ah!

Chiporro Sanhueza no perdía ocasión de imitar las expresiones soeces de Aliro Toro, impostura que a Mempo le molestaba.

–¿Y cómo ves tú la cosa entonces, Chiporro? –le preguntó Mempo.

–Putas, vamos lanzados en una Four Wheel Drive. No nos vamos a parar porque el camino tenga un trecho arenoso. ¿No te parece? ¡No, puh! Ponemos la tracción y seguimos cascando, ¿no te parece? ¡Putas! Al grupo ya no lo para nadie, Mempo. Tira para arriba y tira para arriba no más. Si es cosa de ver el tremendo respeto que nos tienen los boludos de las otras mesas. Los operadores, Mempo, se lo pasan cateando para saber qué estamos haciendo nosotros. Ya ves cómo han subido hoy las acciones de la Embotelladora Nacional.

Chiporro aún no las pispaba. El mercado tampoco, pensó Mempo. Quedaban algunas semanas aún antes de que todos abrieran los ojos. Aunque no muchas. Febrero era mes muerto. Se podía aguantar hasta marzo o abril con la inercia del auge de los años anteriores. Pasado ese plazo, si las cosas seguían así, la economía se chantaría en seco y... El canal tenía que estar en el aire cuanto antes. Esa era el arma decisiva. De lo contrario... Y dependía de él. Por eso Toro le había ofrecido un bono suplementario de cincuenta por ciento de su sueldo base anual si es que resultaba el proyecto. Con eso decoraría la casa nueva "a todo trapo", como decía Elena. Con decorador profesional y paisajista. Ella estaría feliz. No era lo material. No. El matrimonio exige proyectos comunes. Se lo había dicho una vez el padre Tarsicio. La casa nueva era eso. Se quedaban dormidos hablando de lo que contestó el arquitecto, lo que olvidó el constructor, lo que entendió mal el maestro. Más que la casa misma era la idea de la casa, ¿no?; y de la vida que imaginaban en ella: el living grande y moderno lleno de amigos, la piscina iluminada una noche de fiesta, la cancha de tenis con profesor para los niños. Quería que sus hijos aprendieran bien el tenis, el esquí y el windsurf desde niños. Con clase. El había tenido que aprender de grande. Se le notaba. No era lo mismo.

❖

–¿Quiénes? –gritó el Puma
  –¿A cuánto? –gritó Alemparte
  –Mempo, para ti en la siete –dijo la Boa.
  –*You need some money?* –repitió Chiporro en su mal inglés circulando alrededor de las espaldas inclinadas de los operadores. Se acerca el cierre. Se acerca el cierre. *Money, boys?*
  –¡Mempo, está don Aliro en persona en el directo!
  –Lo tomo arriba, Francisca.
  Se ponía nerviosa cada vez que llamaba Aliro Toro y ese temor lo contagiaba a él impajaritablemente.
  –*Money, boys? Who needs money here?*

CUATRO

OJOS DE ANIMAL

SALIÓ A ESCAPE y acometió las escaleras tomando los escalones de tres en tres.

Mempo creía a su jefe parcial con los amigos y despiadado con los enemigos. Toro se daba cuenta de que en la comunidad empresarial del "Viejo Chile" sus proyectos y concepciones eran y serían siempre resistidos, pero era temerario e implacable, cerebral y desalmado. Se comportaba así con naturalidad; era así y estaba siempre en paz consigo mismo. Esto dejaba a Mempo en un estado de acoquinamiento que se transmutaba, casi sin que lo percibiera, en admiración y envidia. Pues hay algo atractivo en la impudicia y en el instinto asesino de un animal salvaje. Así le sucedía a Mempo, sin darse bien cuenta, tal vez, cuando una duda, algún escrúpulo aleteaba torpemente por su alma como una frágil aunque molesta mariposa de luz.

Aliro Toro lograba imponerse porque su espíritu frío, crudo y belicoso trasladaba las discrepancias y conflictos a esas zonas pantanosas y mefíticas por las cuales son muy pocos los que tienen estómago para transitar. El sí. Con frecuencia ventilaba sus cuitas en los tribunales y horquillaba a sus adversarios con demandas inusitadas y artimañas formales, huecas en el fondo, pero humillantes, efectivas para hacer presión y obtener que la contraparte ceda, se entregue e indemnice. Se sabía una personalidad sumamente controvertida entre los financistas. Por aplacar la inquietud de Mempo al respecto le había dicho una vez: "Mempo, en Chile, si uno pide permiso para hacer las cosas, no se lo dan jamás."

Era magnética su capacidad para afirmar certezas en medio del turbulento mundo de los negocios. No se estaba nunca quieto. Siempre había para él otro blanco, un nuevo objetivo concreto que conseguir. No eran tanto sus estudiados proyectos y lúcidos argumentos los que persuadían sino, más bien, su actitud, su aplomo, ese inverosímil estado de certidumbre que contagiaba incluso a los banqueros más duchos y experimentados. A menudo el interlocutor creía no entender las causas y razones de esa seguridad tan aplastante y se doblegaba por temor a ser tomado por un tonto o simplemente un maricón, palabra que acudía constantemente a sus labios desdeñosos. Creaba, sobre todo con ademanes corporales, la ilusión de que su postura era obvia y que nadie sensato y con dos dedos de frente podría ponerlo en duda. Su humor grosero describía siempre al dubitativo o al disidente en términos ominosos.

Se ganaba así la adhesión incondicional de hombres jóvenes, ingenuamente astutos y bien instruidos, dispuestos a apurar sus vidas en una aventura especulativa, en la creación ex nihilo de un inmenso imperio económico, a pasar el día como si pertenecieran realmente al meollo de *Wall Street* o de la *City* y el mundo del futuro fuera suyo, pero no a actuar sin certezas. Renegaban de ese Chile del pasado que representaba para los unos el Paraíso perdido y para los otros, el Paraíso vedado. En un caso el resentimiento se debía a que ese Paraíso se había desfondado, arrojándolos a un mundo hostil. En el otro, a que ese Paraíso sólo había sido divisado desde fuera, pues la entrada les estaba prohibida por no haber nacido dentro de él. Eran un grupo de gerentes y ejecutivos adiestrados para maniobrar en el proceloso mar de las finanzas y que amaban la apuesta, pero no la duda; el riesgo, pero no la conciencia del riesgo. Por ello se aferraban a la persona de este conductor inconmovible, de lengua sarcástica, silencios prolongados y ojos de animal. Mempo era uno de ellos.

❖

SE TAPÓ LA BOCA con la mano y esperó un instante antes de tomar el fono. Cerró los ojos. "Déficit de la balanza comercial y apretazón de plata corta", se dijo. "Como conclusión: el Banco Central, aunque hoy lo niega y niega, terminará devaluando el peso. ¿Pero cuándo? *That is the question.* La cosa es cambiarse a dólares en el último minuto, antes que el mercado las pispe para maximizar la diferencia." Levantó el fono.

Aliro Toro, como era habitual, logró sorprenderlo. Sólo quería cerciorarse de quiénes asistirían al almuerzo de hoy. El no iría. Don Armando, sí. Mempo pensó que era un error grave, que eso podía ofender a Rubén Eskenazi, y casi se lo dijo. Presidiría la mesa, entonces, don Pascual. Le atribuía importancia a la presencia de Pelayo Fernández. Era un periodista nuevo, y con prestigio en el medio, una imagen distinta; inteligente y frívolo a la vez, como la revista *Mira.* Quiero decir, le explicaba, no muy de nuestros corrales. "Que él sea la pieza clave del elenco periodístico del nuevo

41

canal es algo que a Eskenazi le va a gustar. Te lo aseguro. No da para nada la impresión de ser hombre nuestro. Y con el colorín Eskenazi adentro, estamos hechos. Daccarett y Alam ya están listos y los demás se sumarán solitos." En el momento de cortarle le observó que, en el estudio de costos que le había enviado, en la página treinta y nueve, faltaba el detalle del valor del transmisor considerado, el que tenía una potencia de 30 KW en video y 6 Km en audio. Tampoco se especificaba el costo del sistema de antenas de paneles de polarización horizontal que se requería para el modelo TX-30 en UHF, según el mismo estudio. Aparecía cotizada una antena de ganancia de 10 dB; pero, si había comprendido bien, para lograr un radio de servicio de aproximadamente 45 Km –que era la idea– se necesitaba una de 13 dB.

"Se trata de partir en grande, Mempo, desde un comienzo. Nada de arratonarse", le dijo. "La gente no ve televisión porque se aburra sino porque la están viendo los demás. Nadie quiere quedarse fuera; y ése es el negocio. Y el huevón que no lo entienda así se va a ir de raja al barro... ¿Estamos de acuerdo? ¡El resto son... boludeces! Seguramente es un error de tipeo", comentó luego con su tono más suave. Esto a Mempo lo golpeó. Le contestó, turbado, que seguro que sí; que la secretaria se habría saltado el párrafo al momento de pasar el texto de la disquette a la impresora láser.

❖

PROVENÍA TORO de una familia santiaguina de cierto abolengo y de niño se había habituado a la riqueza e, incluso, a la opulencia. Interrumpió de golpe ese estado de cosas la ruidosa quiebra de su padre a causa de una desacertada especulación con el té. Don Aliro Toro padre recibió de Enrique Gana, un diputado amigo suyo, informaciones acerca de una inminente alza del simple al doble en el arancel aduanero que gravaba la importación de té. Corroboró este dato con un senador de la comisión de hacienda que era de su círculo y en el que confiaba por completo: el impuesto de internación no subiría del simple al doble sino que más. La idea ahora era alzarlo en un ciento cincuenta por ciento. Ni corto ni perezoso tramitó sendos créditos con el Banco de Chile, hipotecando su flamante mansión de calle Alcántara, y constituyendo en prenda incluso sus muebles Chippendale y la colección de marfiles rematada por su padre en París.

La importación de té chino se depositó en los almacenes del puerto de Valparaíso sólo once días antes de que se publicara el nuevo arancel en el *Diario Oficial*. Durante esos once días y sus noches, durante esas doscientas sesenta y cuatro horas, don Aliro Toro padre sintió lo que era ser el hombre más rico de Chile. Descorchó botella tras botella de champagne que sólo pudo beber, sin embargo, con sus tres socios, su abogado y Enrique Gana, el diputado del dato, pues era indispensable mantener la reserva hasta que fuese promulgado y publicado el decreto en cuestión. La noche última, la que precedió al día de la publicación, el senador de la comisión de hacienda le informó que el decreto estaba ya firmado. En un arranque incontrolado de júbilo, Toro invitó a sus huéspedes a brindar con él a lo ruso, y Aliro Toro hijo, un niño todavía, escucharía en su insomnio, repitiéndose sin cesar, la explosión de las copas contra el parqué. Ese sonido crispante del cristal astillándose contra el suelo del salón dormiría en su adolorida memoria para siempre. Porque al otro día, mientras el mozo, provisto de un escobillón tapado por un trapo, juntaba los trozos de cristal desparramados, su abogado le avisaba a don Aliro que todo había sido un error, que ahora estaba en la ruina. El decreto publicado esa mañana omitía el té originario de Ceylán el que, por lo tanto, podría seguir importándose con el arancel bajo de la norma anterior. La excepción sólo podía explicarse como resultado de la presión del importador habitual del té de Ceylán que quedaba ahora como dueño y señor del mercado nacional. Don Aliro Toro, en su desesperación, intentó liquidar apresuradamente parte de sus bienes para hacer caja y depositar dichos haberes en un banco extranjero, pero la acusación de quiebra fraudulenta no se hizo esperar. Lo perdió todo y debió pasar siete meses en la cárcel antes de lograr salir en libertad bajo fianza. El escándalo sumió su nombre en la ignominia. Se trasladó con su familia al campo de su suegro, unos rulos cerca de Lolol, en Colchagua, donde se hizo cargo del manejo de una pequeña quesería que funcionaba en un galpón acondicionado para ello en el fundo. La lucha contra las moscas, el alcohol y el desdén de su suegro llenarían desde entonces sus días.

Aliro hijo se educó con los Hermanos Maristas de San Fernando y después se recibió como técnico agrícola, un grado de poca monta, sin categoría ninguna para él, en la escuela de esa misma ciudad. Recién titulado se propuso sembrar trébol subterráneo en los cerros y en eso estaba cuando sobrevino la primera ocupación violenta de tierras en una hacienda vecina. Al término de ese verano había dieciséis fundos tomados por los campesinos de la zona, sin contar el de su abuelo materno. Los jefes de la toma les permitieron, no obstante, seguir viviendo en las casas patronales. Aliro Toro hijo ideó entonces su primer negocio. Ocurría que, producida la ocupación del predio por los trabajadores, la Corporación de Reforma Agraria que estimulaba el proceso por solidaridad política, postergaba indefinidamente, sin embargo, la expropiación legal, pues rara vez tenía a mano los fondos fiscales requeridos para solventar las indemnizaciones de rigor. Los dueños de fundo continuaban, entre tanto, con todas sus obligaciones financieras, a pesar de haber perdido el control de la administración del fundo y la posibilidad de vender la cosecha para sí. Aliro le ofreció a su abuelo –su padre había muerto un año antes– tramitar la expropiación legal. Ello le permitía recuperar una parte del campo, la así llamada "reserva". Le significaba, claro, renunciar a todo derecho respecto del resto. Pero al menos se desprendía de las obligaciones financieras correspondientes a lo que dejaba de ser suyo y administraba su reserva en paz. Era empezar de nuevo. Aliro Toro, eso sí, le pidió en compensación la mitad de las tierras que él obtuviese por concepto de "reserva". El abuelo, que se sentía viejo y abrumado, accedió sin pensarlo dos veces.

Toro tenía amistades femeninas en la Corporación de Reforma Agraria, unas ex compañeras de la Escuela Agrícola de San Fernando. Gracias a ellas, a su minuciosidad y diligencia, y a una pequeña coima por aquí y otra por allá, consiguió lo que se había propuesto. Apenas recibió de su abuelo la mitad de las tierras se trasladó a conversar con los dueños de los fundos tomados de la vecindad a ofrecerles el mismo trato. A los dos años, Aliro Toro era dueño de más de cinco mil hectáreas de rulo, de escaso valor, en verdad, pero que sin embargo constituyeron su capital semilla. Porque esas tierras, probablemente sobretasadas, constituyeron la hipoteca que garantizó el crédito con que adquirió la cadena de supermercados, su primera gran vaca lechera, su *cash cow*, como le explicarían después a él mismo expertos financieros como Mempo Tamburini, cuando el volumen de sus negocios lo llevó a contratar técnicos como él. Hasta ese momento, había sido sólo una intuición. Pues desde niño, con sólo mirar las cajas registradoras de los supermercados abriendo y cerrando rápidamente sus misteriosos cajoncitos llenos de billetes, se había convencido de que por allí corría la plata. Y al hacerse dueño de ese flujo estableció, sin mucho darse cuenta, la piedra angular de lo que sería en Chile, quizás, el mayor imperio económico del país desde que, en 1767, desde España, el Rey Carlos III expulsara a los jesuitas, celoso, precisamente, de su inconmensurable poder financiero, político y espiritual.

Toro hundía en el fondo de su memoria lo que no quería recordar: la soledad acusadora de esos lomajes amarillos, no lejos de Lolol, donde se refugiaría la familia execrada, y el desdén de su abuelo materno, dueño del fundo, por ese yerno alcoholizado e inútil, varado bajo el sol inmisericorde de los potreros o librando luchas fracasadas de antemano, contra las inextinguibles generaciones de moscas que pululaban en torno a la quesería. Y luego, muerto ese padre suyo, adaptado él bajo la dirección del abuelo, a las faenas de ese campo, en posesión de su título de técnico agrícola y haciendo experimentos de siembra de trébol subterráneo en los cerros, había comenzado a "soliviantarse la gente", como respondía el capataz cada vez que se le reprendía por algún trabajo mal hecho. Era que llegaba la revolución popular y con ella los administradores enviados por el gobierno, que usaban blue jeans, ponchos de lanas claras con figuras de llamas y alpacas (tan distintos de las mantas negras y pesadas de castilla que empleaban en invierno los capataces) y barbas y jockeys de guerrilleros.

Poco antes de esa época, Mempo Tamburini empezó a notar, en la población de casitas iguales y chatas, situada a poco más de una cuadra de su casa, el surgimiento de las primeras antenas de televisión. Al principio evocaron en su mente la sensación de las estructuras alumínicas y aerodinámicas que se asocian a los aeropuertos. Fue como si de esas casitas en serie se estirara un brazo metálico que quisiera hacer señales, saludar, pero estuviese condenado sólo a captar saludos y mensajes. Nunca a transmitirlos. A mirar y oír. Nunca a ser visto o escuchado. En los techos de esa población tupió, en pocos meses, un bosque de antenas grises, tan pegadas las unas a las otras que daban la impresión de un cerco. Al invierno siguiente, con el metal ya algo gastado y menos brilloso, le hizo a Mempo el efecto de una nube de insectos grises posados sobre las casitas aplastadas y libando el néctar de sus oscuros y adocenados moradores.

Aliro Toro, por motivos y razones diferentes a los de Mempo, herido y dañado por circunstancias casi opuestas, desarrollaría, sin embargo, en su alma trasminada por el resentimiento y el dolor, entonces, el mismo germen, la misma voluntad desesperada por construirse a sí mismo y demostrar en plata contante y sonante, su valía y poder. Desde el día que siguió a esa noche de alegrías rusas en que se quedaría dormido oyendo el sonido de las copas astillándose contra el parqué del salón, desde la mañana incierta en que vio al mozo provisto de un escobillón envuelto en un trapo húmedo, amontonando los trozos de cristal desparramados y retirándolos con una pala, necesitó convencerse a sí mismo y al mundo, de que él merecía las riquezas y la posición de las que había sido despojado. El otro, en cambio, sentía necesidad de conquistarlas.

Ambos se empeñaban, con igual angustia y ahínco, por asegurarse un lugar de preeminencia en ese nuevo Chile, que ellos veían venir, y que en verdad se abría paso empujando y atropellando con vehemencia. El proceso se nutría de los restos orgánicos en descomposición del Viejo Chile de fundos con inquilinos de ojotas e industriales mercantilistas y defendidos, y de las ansias de cambio social rápido que propició la revolución popular y que, pese a su vida tan breve y a su muerte tan violenta, logró, sin dudas, ponerle término al statu quo, según se había propuesto.

❖

MEMPO TRAZÓ nerviosamente en un papel dos paralelas y dos perpendiculares. Marcó una cruz en el cuadrado del medio. Y, un poco para pasar el bochorno, tocó el tema del amenazante déficit de la balanza comercial y de la subida de las tasas. Oyó el ruido de una página. Aliro se aburría y le escuchaba, pensó, hojeando el último *Economist.* Se quedó callado. Mempo aguardó nervioso. Era malo lo que ocurría, pero mucho más si es que Toro se daba cuenta de que Mempo se daba cuenta de que hablaba con él sin despegar los ojos de la revista, y no tenía más remedio que tolerarlo. Toro le contestó sin decir agua va, que eso era bueno porque obligaría a los chuchetas del Central a devaluar más pronto. "Se lo estaba diciendo recién a don Armando: aquí va a ganar quien tire antes la cadena. El gobierno devaluando el peso o la banca extranjera cortando los créditos que cierran, por ahora, la brecha." Mempo le dijo que sí, pero no más decirlo se le atascó la lengua y la mente, como llevada por un vértigo, se le fue al tema del efecto que la devaluación tendría en el banco y, en general, el grupo. Ahora, por primera vez, tenía la sensación de que la cosa iba en serio. Y aunque, por cierto, el tema no era nuevo, la impresión de inminencia sí lo era. No sabía bien por qué sentía la necesidad de decirle algo sobre eso a Toro en este momento y no lograba calibrar la frase. Peor. Ni siquiera lograba calibrar bien lo que significaba para el grupo esa medida. "¿Se tirarán con un quince por ciento o más crees tú?"

La Embotelladora Nacional, que era la empresa más grande del consorcio, seguía ganando plata. No obstante, recordaba muy bien Mempo, que era miembro de su directorio en representación del grupo, la utilidad del ejercicio del último año había sido la mitad que la del anterior. Ello a pesar de un resultado operacional mejor. Ocurría que el endeudamiento bancario era ahora casi siete veces lo que el año 78. Para sostener el precio de las acciones de otras compañías de Toro y disimular sus pérdidas durante el último año, la industria había acrecentado cuatro veces sus inversiones en lo que el balance denominaba "sociedades filiales y coligadas" que no tenían capital propio. Mempo veía que esto era malsano y peligroso. Lo mismo le pasaba al banco, obligado a servir de balón de oxígeno del conglomerado. Esta era una carrera de resistencia.

¿Qué alternativa estratégica tenían? ¿Vender? ¿Achicarse? ¿Buscar socios? Era lo que pensaba Mempo. No, Toro. Para él, a esta altura, la menor señal en dicha dirección despertaría dudas acerca de la solvencia del grupo y precipitaría la crisis. En el mundo de los negocios se hace particularmente evidente que no existen hechos, sino percepciones de hechos. Las empresas de Toro, como virtualmente todas las de la economía chilena de ese momento, requerían tomar compromisos a corto plazo con los bancos para poder continuar operando. Para ello la imagen de solvencia era un requisito sine qua non. Mempo sabía que en el grupo Alam, por ejemplo, la falta de liquidez era más angustiosa. La situación de Daccarett, como el otro, buen amigo de Toro, era quizás aún más complicada. Pero esto todavía no era vox populi. Para el grueso de la gente, e incluso de los hombres de negocios, estos conglomerados eran la imagen misma de la solidez. A ratos, Mempo sentía, como ahora, que estaba al pie de un volcán tapado por la nieve. Pero Aliro –él era de los pocos que no sólo hablaba de "Toro" sino también de "Aliro"– repetía que en las grandes crisis yacen también las grandes oportunidades. Había que apechugar, mierda.

¿Qué estarían pensando Arsenio Cortínez y Charly Larraín, sus "números opuestos" en el grupo Daccarett y el grupo Eskenazi? Le gustó esa expresión "número opuesto". La había aprendido de las novelas de John Le Carré que leía en los aviones y aeropuertos. ¿Quién es el "número opuesto" de Aliro Toro?, se preguntó. Iba a contestarse "naturalmente, Germán Echenique". El brillante y temido ministro de hacienda era el campeón del cambio fijo, mantenido al mismo precio desde que asumió como símbolo de confianza en la moneda y en el régimen. Pero en su mente se formó otro nombre célebre: "Antonio Barraza". Y se estremeció de veras.

47

CINCO

EL NUMERO OPUESTO

DESDE SU CARGO de vicepresidente del Banco Central, Barraza había sido la eminencia gris del régimen. La presidencia de la institución recaía normalmente sobre algún general de Ejército y ambos quedaban, según la jerarquía, sometidos a los dictados del ministro de hacienda. Sin embargo, su influencia verdadera trascendía con mucho a su lugar en el organigrama. No era hombre que diera importancia a los cargos ni que se preocupara por figurar. Al contrario. Amaba la oscuridad y el manejo sinuoso y artero de los hilos subterráneos del poder. Le importaba más que todo su propia opinión de sí mismo, la de unos pocos expertos que apreciaba y el reconocimiento de la historia, en la que confiaba con la inocencia de un niño que se sabe bueno.

Antonio Barraza tenía a la sazón poco más de cincuenta años. Su temperamento retraído y asombrosa facilidad para las matemáticas lo inclinarían de adolescente a la ciencia, a la astronomía, pero su padre, que era empleado en la oficina de aduanas del puerto de Valparaíso y tenía mente práctica, lo obligó a estudiar economía. Después de recibirse en la Universidad de Chile obtuvo una beca que le permitió doctorarse con honores en el MIT en un momento en que eso era sumamente inusual para un chileno. A su regreso trabajó infructuosamente seis años en un libro en el cual aplicaba modelos estadísticos al examen de los fenómenos monetarios ocurridos durante la Gran Depresión en diversos países. Publicó un capítulo de esta obra como artículo en la prestigiosa *American Economic Review*. Su puesto en el departamento de estudios del Banco Central no era muy exigente y contaba con abundante tiempo para los cálculos que sus alambicadas hipótesis requerían.

Sin embargo, esta situación cambió durante el tiempo de la revolución popular. El nuevo hombre fuerte del departamento de estudios del instituto emisor no se puso nunca corbata. Usaba una chaqueta de tweed y camisa de algodón crudo hindú, con cuello redondo y el botón de arriba desabotonado. Había pasado un par de años en Cambridge estudiando economía. Citaba a destajo autores como Keynes, Robinson, Lange, Meek, Raffa y hacía con ellos un mélange personal "post-keynesiano", según decía, que a Barraza le resultaba deslumbrante e ininteligible. Ante la hiperinflación que se desataba bajo sus narices sostenía que "la revolución *eo ipso* requiere de políticas monetarias heterodoxas". Intentaba calmar la creciente ansiedad de economistas como Antonio aconsejándoles que tuvieran paciencia, que todas las grandes revoluciones eran así.

Las tensiones que afuera significaban bruscas alzas de precios cada semana, colas interminables para conseguir un balón de gas, un pollo, una botella de aceite o un pan de margarina, y huelgas prolongadas, tomas violentas y terrorismo, al interior del Banco Central se traducían en menor presupuesto para la importación de revistas especializadas, discusiones políticas desagradables, recelos, temores, odios, promociones y despidos imprevistos. La incertidumbre, sobre todo la laboral, colmó de angustia el alma inquieta y aprensiva de Antonio Barraza, haciéndolo renunciar al libro que, en más de algún momento de ensoñación, pensó podría incluso darle el Premio Nobel. El fin de la democracia, la llegada de los militares y, con ellos, de los nuevos economistas formados en la Escuela de Chicago, entre quienes se confundiría rápidamente con fanatismo de converso, lo lanzarían a una vertiginosa exploración: la del poder.

El gobierno militar creía en los expertos y les permitía mandar sin tener que recurrir a otra retórica que la constante invocación a su ciencia. El fracaso del proyecto de publicar un gran libro y la dictadura despertaron en él esa pasión arrebatadora por programar la inteligencia y voluntad de los demás hombres. Amparado en su lenguaje y reputación de técnico, transformó la teoría económica que dominaba en una maquinaria para el cambio social y en un instrumento para la conquista y manipulación del poder dentro de la dictadura. Antonio Barraza había llegado al convencimiento de que Chile necesitaba una revolución. Había visto fracasar la de la hoz y el martillo y no le cupo duda de que le tocaba al capitalismo. Imaginaba esta inmensa transformación social y económica con caracteres de epopeya. Algo así como la revolución industrial en Inglaterra. Pensaba en Ludwig Erhardt y el milagro alemán, en el salto económico de Corea durante el gobierno del general Park. Sí. En Chile se iba a dar un nuevo milagro económico, el primero que protagonizara un pueblo hispanoamericano, y lo iba a producir él. Antonio Barraza se convirtió así en el inspirador y encubierto cirujano de una vasta y compleja operación de ingeniería social. Los militares, que en un principio miraban con desconfianza al modelo capitalista, terminarían por reconocer en su implantación el sentido último de su permanencia en el poder.

Era la primera vez que Mempo se daba bien cuenta o que, más bien, se atrevía a reconocerlo. Toro prefería no comentar ni siquiera con él, Mempo, en la privacidad de su oficina, que en esta extraña guerra por el tipo de cambio el logro de su objetivo pasaba, nada menos que por derribar a Barraza. Y vaya que tenía buenas razones para cuidarse.

Vicente Orellana, su antiguo y admirado profesor, había trabajado dentro del telar de Barraza. Y cuando tuvo un conflicto con él, perdió no solamente su asesoría en el Banco Central sino su cátedra universitaria. No logró tampoco encontrar trabajo en el sector privado. Tuvo que emigrar a Costa Rica, donde consiguió un puesto menor ligado a una agencia internacional. Y no era éste, por cierto, un caso aislado. Muy por el contrario. Se sabía de antemano que tal era el tipo de resultado que cabía esperar de un choque con quien era el cerebro del régimen.

Barraza había conseguido invadir la administración pública con hombres afines a sus ideas y que, sabedores del origen de sus cargos y de su influencia, le eran suyos y se estaban siempre atentos a la más leve indicación de su batuta o a la de Germán Echenique, a través de quien se movía Antonio. Coludido con ellos obtuvo sus éxitos más resonantes, como la eliminación de todos los controles de precios, el equilibrio presupuestario, la apertura comercial, la privatización de empresas estatales, la pulverización de las grandes confederaciones sindicales, las reformas tributarias, las administradoras privadas de fondos previsionales, conocidas como AFPs, y de los seguros privados de salud, las Isapres, conceptos estos y palabrejas que, pese a su contenido, francamente liberal, producían urticaria en los políticos de todos los colores por considerárselos retrógrados, decimonónicos y antipopulares. Salvo para una ínfima minoría de economistas, que se deleitaba con su jerga, estos términos entonces resultaban obtusos e inaplicables, y suscitaban desconfianza, resentimiento y temor. Porque el mayor acierto político de Barraza había sido implantar esta nueva lengua oficial, un equivalente del sánscrito en la antigua India o del francés en el San Petersburgo decimonónico.

Dentro de los próximos años, soñaba Barraza, si se seguía creciendo al siete por ciento anual, algo inédito en estas tierras en todo el siglo, Chile se transformaría en un país desarrollado. Esa era la promesa que le había hecho al Jefe de Estado. Y, claro, los legos no entendían lo que significaba esto, ni cómo se estaba gestando. Oían puras cifras, decretos-leyes y terminachos de la jerga económica; nunca el ruido de los edificios y fábricas que se levantaban como las callampas aprovechando el clima y el humus que les son propicios, decía. Ven el puesto de trabajo que se cerró hoy; nunca las miles de ocupaciones del mañana. Saben del torturado ese, o del desaparecido aquel; no de los cientos de miles de niños que sólo once años atrás habrían muerto antes de cumplir doce meses a causa de la miseria, y que hoy por ahí andan jugando a la pelota y que pronto reclamarán, desde luego, por tener una vida demasiado dura. Antiguamente, pensaba Barraza, la pobreza era una maldición, un destino. Hoy es una condición superable. Sabemos cómo un país sale de ella. Y él tenía la certidumbre científica de conocer el remedio: era una preparación inyectable. Penosa, pero efectiva. Los militares le permitían colocarla. No le arredraba el cálculo de ese dolor.

Sólo que ahora se hallaba extrañamente inmovilizado en sus propias redes. Sus pronósticos hasta hacía poco siempre certeros, estaban resultando falsos: habían surgido indicios malignos, contradictorios. Notaba que en el Palacio de La Moneda había inquietud, ganas de hacer algo. Las críticas de Aliro Toro se contagiaban. Hacía falta un nuevo liderazgo empresarial que infundiera confianza. "Cuando Toro no empuja la carreta, se nota", había oído decir. Sabía que a los escritorios de los más connotados economistas y funcionarios del régimen, cada semana, llegaba un nuevo memorándum del departamento de estudios del Banco Agrícola e Industrial abogando por una devaluación, por una flotación del cambio.

Era natural. La mantención de la política de cambio fijo conllevaba, en las actuales circunstancias, una abultada redistribución de la riqueza desde los sectores nuevos, optimistas y endeudados, como Daccarett, Alam y Toro, hacia los más conservadores y ahorrativos, como Eskenazi. Lo sorprendente era que el gobierno dañaba ahora a los empresarios que, desde un comienzo, habían creído en las reformas económicas y obtenido créditos y capital extranjero para poder invertir en grande. Eran los otros, los cautos y los escépticos, quienes en este momento cosechaban a manos llenas. No obstante esta situación, que a otro podría incomodarlo, a Barraza le hacía gracia, pues correspondía a la naturaleza eminentemente mecánica e impersonal que él buscaba en los fenómenos sociales. Además, sostenía que la súbita prosperidad de Toro no se debía tanto a su eficiencia propiamente empresarial sino a la astucia con que había descubierto y previsto los cambios legales e institucionales que él, Antonio Barraza, había logrado impulsar desde el régimen. Gracias a su departamento de estudios del Banco Agrícola e Industrial, Toro había podido calibrar antes que nadie las oportunidades de lucro que ofrecía cada nuevo marco jurídico que se establecía e, incluso, muchas veces, influir en su dictación. Toro entraba el primero al rubro y su posición dominante resultaba después incontrarrestable. Y lo que le incomodaba, lo que le dolía, y ahora que estaba en peligro comenzaba a infectarle el alma, era que esto significaba que él, Antonio Barraza, había trabajado al final de cuentas para enriquecer a Aliro Toro. Se sentía usado.

Porque devaluar, decía, era abrirle un portillo a la compuerta de la represa: la fuerza de toda el agua ejercida ahí termina por echarla abajo. Por lo pronto, se vería obligado a renunciar Germán Echenique, el ministro de hacienda, que era el nudo desde el que había tejido la compleja urdimbre de su poder. Echenique tenía el lucimiento, la prestancia, el don de síntesis y el tono seco y firme del que Barraza carecía. Luego le tocaría a él. Pues, aunque jamás había hablado en público sobre la materia, el Jefe de Estado conocía su posición. El nuevo ministro de hacienda exigiría un nuevo presidente del Banco Central y un nuevo vicepresidente. Era lo lógico... Desmantelarían todo el equipo de técnicos de su confianza. Sin ellos, comenzaría el derrumbe.

El Jefe de Estado vomitaría primero el cambio fijo; después el equipo económico; y luego, producido el vacío de poder, una a una todas las modernizaciones de los últimos años. El país volvería a ser lo que era once años atrás, cuando ganó la revolución anterior, la de la hoz y el martillo, que él había padecido desde su puesto de investigador del departamento de estudios del instituto emisor. Sólo que esta vez presentía un rencor ponzoñoso y una violencia y un revanchismo de otro grado. Será una vuelta de tortilla, se decía Barraza, con tribunales populares, pelotones de fusilamiento y paredón. Ni más ni menos.

Y, sin embargo, seguramente barruntaba que el fondo del asunto no era esto último. No era, en realidad, el temor, la pasión dominante ni la causa del dolor ácido que lo mortificaba cada día más, cuando examinaba las cifras del último informe del Banco Central y comprobaba cómo se ensanchaba la brecha entre lo que el país importaba y lo que exportaba, que era el síntoma de la enfermedad. Tampoco provenía su fiereza de un orgullo intelectual herido, aunque quién sabe.

Desde algún oscuro y tibio repliegue de su conciencia, Antonio se figuraba que otro mal, un nódulo de raíces más cancerosas infectaba su alma y enturbiaba su mente clara, formada por las disciplinas geométricas y los modelos matemáticos. Apenas, negándoselo o suprimiéndolo como se hace con el vértigo, esa subrepticia llamada que brota desde lo hondo de un barranco y que de inmediato es rechazada, pero sin embargo yace ahí, de ese modo recóndito intuía Antonio que el derrumbe del régimen no sería tal; que el vacío de poder lo llenaría alguien: Aliro Toro. Sin dejar sus oficinas de calle Huérfanos, ese nuevo millonario pondría a disposición del régimen militar un equipo técnico de relevo. Toro se consolidaría entonces no sólo como el hombre más rico de Chile, sino como el mayor poder político del país. Y todo era gracias a él, Antonio Barraza, a quien Toro derribaba del régimen cuando había dejado de serle útil. El "milagro económico" llevaría la firma de "Aliro Toro" para siempre. Eso era más cruel que el paredón. Y aunque eso no ocurriera, aunque el régimen siguiera otros rumbos o fuese derribado, incluso en tal caso era muy posible que Toro se las arreglara para subsistir reteniendo su poder. Pues era dueño de propiedades físicas que heredarían sus hijos y nietos; no de almas insufladas, como él.

❖

MEMPO SINTIÓ un cosquilleo en el estómago y se sonrió. Era el huevo de Colón. Lo extraño era no haberlo visto antes. "Germán Echenique es temido. Antonio Barraza es temible. Y Aliro, por cierto, lo sabe", se dijo. "No atacará jamás a Barraza porque es demasiado poderoso. Más prudente es concentrar su artillería en el ministro Echenique, cuya caída arrastrará al otro, al temible."

Aliro Toro seguía callado al otro lado de la línea. "Tal vez algo más", respondió después de un buen rato. "Estúdialo bien." "Sí", replicó Mempo. "Hay que estar preparados y saber exactamente lo que viene. Los distintos escenarios", dijo, molesto porque la frase le salió con un quejido extraño que podía interpretarse como expresión de pavor. Se había acordado recién de que un cuarto de la casa que construía en La Dehesa había sido financiado con un crédito personal en dólares (ése había sido el pie) y el resto con uno en pesos cuyo pago garantizaba la hipoteca. La devaluación podía, simplemente, tirarlo de espaldas. Era mejor ni pensar en tocarle el tema a Elena. "No dejes de llamarme para que me cuentes cómo anduvo el almuerzo", le dijo Toro y tras una breve pausa añadió: "En todo caso, Mempo, dale para adelante no más; siempre para adelante no más. Que el que mira para atrás se vuelve estatua de sal, y caga."

❖

—MEMPO...
—Sí, Francisca.
—Don Armando Véliz ya llegó. Preguntó por ti. Don Pascual está nervioso porque no has bajado.
—Voy. Francisca, ¿seguro que reconfirmó Pelayo?
—Sí.
—Mira que éste es muy distraído, es capaz de haberse olvidado o

53

de aparecerse a las tres de la tarde confundido, chascón y pidiendo
excusas –rió–. ¿Qué cara pondría el jurisconsulto Véliz?

–¡Mempo!

–¿Sí?

–¿Llamo a Eugenio Singer?

–Sí.

–Mempo.

–¿Sí?

–Elenita en la dos.

–¿Aló?... ¡Sí! ¡Sumamente ocupado, m'hijita! No. La vorágine de
cada día, Elena, la vorágine. Estoy enchufado a un circuito eléctrico
y Francisca, con sus llamadas, me da golpes de corriente, ¿te das
cuenta? Te juro que cuando tomo el fono me cuesta acordarme
quién me dijo que era y qué debo hablar con esa persona. Porque
aquí las cosas pasan demasiado rápidas y me lo llevo saltando de una
a otra. Parece que todo es urgente y depende de mí en este banco,
¿te das cuenta? Pero yo no manejo; los demás, con sus problemas
que tengo que solucionar yo, controlan mi tiempo, mi atención y
me manejan. Por eso te digo que me siento como una pieza conec-
tada a un circuito de alto voltaje y obligada a girar todo el rato para
allá y para acá según le ordenan las descargas. No alcanzo ni a
pensar, Elena. Don Armando Véliz y el latoso de don Pascual ya me
están esperando. Viene Rubén Eskenazi. ...¿Cómo? ¡Verdad! ¡Me
había olvidado! Sí. Bueno, amor. Sí. Ya. Tienes razón, amor. No. Es
una reunión-almuerzo. ¡No! Aquí en el mismo banco, Elena... Con
Rubén Eskenazi. No... Dígame no más... ¡Por supuesto! No, ¡qué
voy a tener tiempo para ir a la ópera ese jueves! Claro. Que aprovechen Patricia y Marcial nuestro abono. ¡Estupendo!... ¡Qué bueno
que me lo recuerdes! Linda: estoy atrasado; nos vemos en la noche.
Llegaré a comer tarde.

–Tengo a Eugenio Singer en la uno –dijo Francisca.

–¡Aló! ¡Hombre!... Sí. No había tenido un segundo. Cuéntame...

Sabía lo que venía, pero quería ganar tiempo para ordenarse la
mente.

–¡Entiendo, entiendo! Puede ser, puede ser. Eso es. ¿Y me dices
que estamos vendiendo el stock a un ritmo todavía más rápido?...
Pero dime, Eugenio, ¿qué tienes ganas de hacer tú? Dije "ganas"...
Ya. Hazlo, huevón –dijo dejando de lado las vacilaciones–. El dólar
está barato. ...Estoquéate. Si eso es lo que te tinca... estoquéate.
Para adelante, no más, para adelante. Que el que mira para atrás se
transforma en estatua de sal y caga... Tú te ríes, ¿ah? Pero así no más
es la cosa. ¿Cuándo no han tenido compradores los autos? ¿Ah?
¿Cuándo?

–Mempo, perdona, se me olvidaba...

Era Francisca otra vez.

–¿Qué hacemos con el funeral de este compañero de Universidad tuyo que murió en un choque ayer, Ramiro Fuentes? ¿Quieres que...?

–Sí, Francisca. Lo de siempre: que un junior deje mi tarjeta en la iglesia y en el cementerio. Ya ves, no tengo tiempo. Pobre hombre. Tan joven. En verdad no era demasiado amigo mío. ¡Ah! Y no te olvides de mandarle a su señora una corona de caridad.

–Conforme.

Mempo avanzó por el pasillo con sus pasitos cortos y presurosos. Su baño privado quedaba al fondo. Se soltó la corbata y los tres primeros botones de la camisa. Doblándose introdujo por ahí un frasco verde de Paco Rabanne y se roció con el spray los traspirados sobacos. Tomó de una repisa de vidrio, manchada con pasta de dientes, un peine de madera. Su calvicie parecía una laguna resplandeciente a la cual se asoman matorrales enmarañados. Sus pelos crespos sobrevolaban por encima de las orejas. Un vestigio de lo que era su cabellera el año 1970. Pero el bronceado con rayos ultravioleta le daba el toque deportivo y *out doors* que quería tener.

–¡Feo! –gritó al que tenía al frente y le hizo una morisqueta. Feo, pero simpaticón –rió.

SEIS

LOS BELLOTOS

Y LO QUE PASÓ y dejó de pasar ahí en la fiesta de Marilú sigue pasando y dejando de pasar ahora. Porque el miércoles de la próxima semana iré a Santiago a presentar la banda de sonido del comercial de chocolates; pero, en verdad, voy a verlo a él. No. Separarme, no. Quiero verlo, acostarme, despertar con él en la misma almohada. Aunque sea sólo una vez, sólo una vez en mi vida. ¿Cómo puede faltar tanto todavía?

Adelaida sube y baja llevada por las olas que le pasan por arriba o le dan en plena cara dejándole un resto de sal en la boca. Se le corta la respiración y se ahoga un poco antes de volver a ser impulsada hacia arriba. Sigue nadando mucho más allá de la balsa, sin querer parar ni pensar en volver. Flota así subiendo y bajando sobre ese mar en continuo, fuerte y variado movimiento. Se da vuelta, por fin, y observa el contorno de la bahía: rompientes espumosas, pinos y techos agudos esparcidos entremedio y un puñado de botes pescadores de colores chillones en la caleta hacia el sur. Porque en esa fiesta se amarró mi vida, ¿no? Fue aquí en Los Bellotos, en casa de Marilú.

Se le subió el agua a la boca y braceó empezando a regresar.

Yo tenía justo quince. ¿Podrá ser verdad? Ni yo misma me lo creo ahora. Aunque no. Debe ser, a lo mejor, muy común: quedarse enganchada. ¿O no? Sí. Clavada a lo que sucedió un verano mirando el mar y la caleta desde allá. Tiene que haberles pasado a mil personas. Y esta vuelta, este nuevo reencuentro no es más que el intento por recuperar lo que yo pude haber sido, lo que él no fue... ¿Crisis de los treinta? Así me dice Marilú. Pero yo sé que no es así. O que si es así hay algo más escondido y enraizado que eso, más simple y natural que cualquier teoría. Y eso se llama "estar enamorada". Y ningún diagnóstico psicológico podría cambiarme. Porque yo siento la cercanía, la sensación física, la proximidad del cuerpo de Pelayo todo el día. Y en la noche, aunque esté León a mi lado, yo me acurruco y me quedo dormida así, abrazada a mi Pelayo. Durante todo el día he estado esperando que llegue ese minuto, el momento de poder abrigarme con él entre las sábanas, aunque sea eso nada más. Pasar mi mano, entonces, por sus párpados, por el pelo de su pecho es todo..., es lo que me ha hecho ser lo que soy durante el día: una nada, un hilo que ata la nada al todo.

Pelayo se ríe. Y aunque yo sé que a él le pasa lo mismo, sé que se defiende un poco. El día que me tengas, me dice, te habituarás a mí y la pasión se hará humo. Todos estos anhelos violentos se deben a que no podemos vernos cuando queremos y tenemos que encontrarnos a escondidas y salir escapando a horas fijas porque llega León o porque los niños te están esperando para ir al médico o porque sabes que después de mi trajineado día me quedo dormido en la cama de Márgara. Y yo sé que puede tener un poco de razón pero no me importa nada. Y también sé que él me lo dice para asegurarse de que yo lo haya pensado, y lo único que quiere es que yo le diga lo que siempre le digo: que no me importa, que sólo me importa él y ahora. Mmmm... Mmmm... ¡Qué buena venía esa! Fantástica para capearla. Estoy tiritando de frío. ¡Qué tontería! Ahora voy.

Bracea con energía hacia la playa. Se detiene para otear hacia atrás, y como no viene ninguna capaz de reventarle encima, sigue nadando. Se detiene de nuevo a la espera de que una ola la saque. La resaca la lleva varios metros hacia adentro. Se deja ir avanzando de espaldas hasta que siente una fuerza mayor y contraria. La toma de abajo y la empuja hacia arriba como un trampolín helado y turbulento. Allá entreví un racimo de cabezas mojadas levantándose hacia ella con hileras de dientes separados por un grito. Algunos, alcanza a ver, huyen alborotadamente hacia la playa. Otros, entre ellos un hombre con gorra de baño de mujer de color amarillo, levantan agua con brazos y pies tratando de alcanzar a pasar por debajo. Lejos, en la orilla, hormiguea una muchedumbre de niños y personas prudentes agitándose entre la espuma que da a ese mar un color tanto menos amenazador que el verde oscuro sobre el cual se recorta aún la gorra de baño amarilla. Ese montón de figuritas negras vibra sin cesar al son de olas y gritos que, sin embargo, Adelaida no alcanza a escuchar. Porque lo que está oyendo, lo que siente crecer desde el fondo es un ruido ronco, negro y hondo en plena expansión. Sabe cómo la estaban viendo: de pie, levantada, traslúcida y brillante dentro de la ola como la Virgen de Lourdes que brilla toda blanca en la noche sobre la cómoda del dormitorio de su madre. Siente que flaquea, que pierde altura. En un instante, se desploma confundida dentro de esa muralla de vidrio de la cual había estado suspendida y que se derrumba, ahora, hecha añicos.

Adelaida giró enredada en el remolino. El peso del agua hacía inútiles todos sus movimientos. Tragaba agua salada. No quería hacerlo. Sabía que no debía; y, no obstante, ya no tenía aire y el instinto de respirar –aunque fuese agua– era invencible. Trató de juntar las manos apuntando hacia arriba, pero por la oscuridad del agua verde que la abrazaba le pareció que el fondo estaba en todas partes. Lo único seguro era ese ruido de enorme garganta que llenaba sus oídos.

Avanza enredada en los pliegues de la ola a gran velocidad. Lo sabe porque no ve casi nada hasta que nota que el agua se pone más blanca. Ahora se desplaza más rápido y lleva los brazos estirados y las manos, cree, casi juntas, que es como desea mantenerlas. Abre los ojos y le arden demasiado. Entonces viene la quemazón en la rodilla. Una raspadura. Está varando. Abre de nuevo los ojos: distingue la pantorrilla de un niño que no conoce. Se lleva la mano a la parte de arriba del traje de baño para subírselo antes de incorporarse. El niño la mira lleno de sorpresa. Trata de levantarla tomándola de la cabeza. Adelaida se asegura bien de no tener el traje de baño corrido, le da un beso en la frente, y trota hacia afuera arreglándose el pelo.

❖

Los niños están jugando con sus baldes en un pozo de sol. Les echan dentro agua o arena, siempre es sol. Hasta sus sombreritos blancos de algodón dan la impresión de no tener otra consistencia que la de la luz. Como su mente ese verano irradiada por Pelayo pensara en lo que pensara. Sacudió el sombrero blanco de Matías que estaba a un lado lleno de arena, y se lo puso. Unos metros más allá, acostada bajo un quitasol celeste, sus amigas Patricia, la esposa de Marcial Riesco, y Marilú, divorciada hacía unos años, escrutaban a los veraneantes parapetadas detrás de sus anteojos de sol. La visera blanca de Marilú le dibuja una mota de sombra en la cara. Son tan radiantes los blancos como hondas y oscuras las sombras.

–¿Muy helada?

–No, nada. Está salvaje. Claro que me revolcó una ola traicionera.

–Con el enredo de pelo y arena que tienes ni la ducha te podrá sacar toda la arena –rió Marilú, dejando sobre la toalla un libro de tapas rojas y negras, que no cierran bien por la arena: *La guerra del fin del mundo*, de Vargas Llosa; junto a *Un hombre*, de Oriana Fallaci, y *El jardín de al lado*, de Donoso, son "los" libros de ese verano en Los Bellotos. Cada una de las tres está leyendo uno.

Abrió un bolso de tiras de cuero y listas en tonos tierra: rojo, verde, greda, violeta, amarillo, marrón, concho de vino, gris, rojo, verde... Para Marilú era una de las cosas más lindas que tenía Adelaida. Lo había hecho ella misma con un poncho que llevaba puesto una india de Chichicastenango, en Guatemala, y que a Adelaida le encantó y se lo compró ahí mismo. Se mantuvo hurgando dentro de él con los brazos tan estirados como piernas hasta que extrajo una escobilla ovalada de cerdas naturales, blancas y madera rubia de satín.

–Ay, sí. La Gabriela me ha resultado una maravilla. Lleva dos años conmigo y los niños la adoran. Sobre todo el chico. Como lo conoció de tres meses –dijo Patricia.

–Claro. ¿Y eso no le saca celos al mayor?

–No creo. A veces, tal vez. Pero Luis Marcial es muy bueno. Adora a su hermano menor –dijo Patricia sacándose por un momento los anteojos de sol. Se frotó el caballete de su nariz aguileña y luego se pasó el índice por el borde de sus labios finos y desmayados que pintaba siempre de un color naranjoso.

–Ay, lo que es yo he entrado en sospechas con mi Carmen.

–¿Por qué, Marilú!

–Porque fíjate que creo que me oculta algo la Carmen.

Marilú, siempre tendida boca abajo, dobló una pierna y, ayudándose con el brazo, se tocó distraídamente varias veces la nalga con el talón.

–Escúchate esto, Adelaida.

–¿Cómo así?

–Fíjate que se me ha ocurrido que tiene una doble vida esta mujer, que en su casa no saben que es empleada.

–¡Cómo va a ser eso, Marilú!

–Es que tiene una hermana y tiene un hijo que, según ella, está en el sur, en casa de una tía. La cosa es que al hijo no se le ha visto nunca por la casa y a la tal hermana tampoco. Llama de tarde en tarde. Yo le he contestado el teléfono tres o cuatro veces y tengo la tincada de que no se da cuenta que está llamando a la empleada de una casa. Por la manera como me trata a mí, ¿me entiendes? Ella pensará que soy la dueña de la pensión donde vive su hermana, pienso yo.

–¿Cómo? ¿Te trata de tú, acaso?

–No, cómo se te ocurre. Me trata de usted, pero como podría tratar de usted a la dueña de una pensión. Quizás qué cuento le ha inventado la Carmen. Además, en su closet no hay casi nada de ropa, pero lo que tiene es todo de buen gusto: dos faldas negras, una chaqueta de terciopelo, un par de blusas blancas con encajitos, un par de zapatos negros... te digo: es increíble. Hasta un impermeable tiene y de lo más bonito. Le registré todo y no le encontré ningún mamarracho.

59

—A mí me habían llamado la atención, fíjate, las uñas de la Carmen. ¿Te has dado cuenta lo cuidadas que son?

—¡Por supuesto! No son las manos de una fregona, Adelaida. Y se cuida muy bien. Lava la loza con guantes plásticos que se compra ella misma.

—¡Ay, no te puedo creer! Eso sí que me parece lo más increíble de todo.

—Pero hay algo aún más increíble.

—¿Qué?

—Las cosas que habla, los panoramas que cuenta.

—¿Cómo así?

—¡Ay, no sé! Ponte tú que fue por el día a Viña y encontró que los helados del Samoiedo se han echado a perder o que en las vacaciones estuvo haciendo windsurf en la laguna de Vichuquén, pero que hay mucha polución.

—¿Qué?

—Sí. Lo que oyes. Y siempre en estos panoramas está la hermana, el marido de la hermana y los demás son "amigos". Nunca los nombra.

—¿No serán fantasías suyas? ¿No será una cuentera sinvergüenza?

—No. Porque fíjate tú que sabe bien dónde queda Vichuquén, por ejemplo.

—Bueno, pero eso no significa nada. Puede haber ido ahí de empleada con la persona donde trabajaba antes.

—Claro. Lo he pensado. Pero fíjate que la hermana existe. Por lo menos la casa donde ella dice que vive su hermana, existe.

—¿Dónde queda?

—¡Muérete! En la calle García Moreno, a dos cuadras de Tobalaba.

— ¿Qué? ¡Me muero, no puedo creerlo!

—Lo que oyes. Es una casa regia, un poco venida a menos, pero una buena casa.

—¿Con auto?

—No sé. La fui a dejar una vez y no se veía auto, aunque la casa tiene garage.

—No es la casa de la hermana. Te está mintiendo. No existe tal hermana. Es una amiga; una amiga cómplice. ¿Te ha dicho alguna vez que es su hermana?

—No, nunca.

—¿Nunca te ha preguntado por "mi hermana Carmen"?

—No. Jamás.

—¿Ves? Te apuesto a que es una amiga que conoce al novio y él no sabe que ella trabaja de empleada.

—¿Pero será esa la casa de la amiga o del novio, crees tú?

60

–No sé. Lo único que sé es que a alguien se está pitorreando esta tipa.

–Sí.

–Una buena pieza, te diré, Marilú, tu Carmen. No creo que Marcial permitiera tener una mujer así en la casa. Muy raro...

–Pero tú no sabes, Patricia, cómo me saca de apuros. Es un genio. Y además abnegadísima.

–¿Ah sí?

–Sí. Tú sabes que "Marilú chica" es asmática. A veces, en la noche, le vienen esos ataques de tos y es tremendo. Y la Carmen se levanta con una abnegación que no te diré... y es hacendosa también. Te plancha un pantalón como nadie y todo lo hace en un santiamén. Es perfecta. Y como yo trabajo tanto, la necesito, te diré. Y me acompaña. Cuando una es separada... Claro que es un poco amargada la pobre. Se pelea demasiado con las demás empleadas y tengo que terminar echándolas porque si no se va ella.

–¿No ves que se siente superior?

–Mm. Yo la noto así. Y, como te digo, un poquito amargada; se ha puesto un poquito amargada la pobre Carmen.

–¡Bah! Yo la he notado siempre tan alegre.

–Es que se pone así cuando hay visitas, Adelaida. Además tú le caes bien, te encuentra "tan fina", me ha dicho.

–¿Sí? No te puedo creer...

–Fíjate que la otra vez se estaba bañando aquí en la playa. Era su día de salida, supongo. Estaba de las rocas para allá, es cierto. Pero me llamó la atención lo bien que se bañaba. Pasaba olas y todo. Nada que ver con como se bañan las empleadas que siempre se arrinconan y buscan una poza escondida entre las rocas donde se dan baños de asiento. ¿No te decía yo que hasta windsurf dice que sabe hacer?

–Ay, eso no puede ser. Eso es como mucho.

–Bueno; dice que no es que sepa hacer bien windsurf, pero que lo ha hecho, lo ha hecho, según ella.

–Pero entonces, Marilú; ¿tú crees que esta Carmen va para arriba o viene guarda abajo?

–Eso, eso es lo que todavía no he podido saber, Adelaida. ¿No les parece increíble?

❖

–OYE, PATRICIA, a propósito de por si acasos: ¡Por Dios que se ha puesto feo mi primo! El año pasado lo encontré regio. Pero este año se puso unos anteojos horribles y sacó un "neumático" más o menos... y con él le cayeron no menos de diez años encima.

61

—¿No estará un poco mal de plata, Marilú?

—No creo. La suerte que tiene es que su señora se ha puesto igual.

—Entonces no importa nada, pues. Lo fregado es cuando le pasa a uno y no al otro. ¿No encuentras? Esos anteojos, claro, son de lo peor. Pero es como con la gordura...

—¿Algo contra los cuatro ojos? —rió Adelaida y de inmediato se arrepintió.

—No, nada.

—¿Por qué? ¿Le tienes echado el ojo a algún cuatro ojos? —bromeó Patricia.

—No; supongo que no. Es sólo por si acaso, ¿no? —interrumpió Marilú acudiendo presta a tapar a su amiga. Ella sabía todo acerca del cuatro ojos que le gustaba: Pelayo. Patricia, nada, desde luego: Marcial, su marido, era amigo de León. Y ser la única confidente de Adelaida la llenaba de orgullo. Protegía con celo su privilegio.

Adelaida sacudió su toalla, la extendió con cuidado para que no le cayera arena encima y se tendió con sus brazos cruzados como almohada. Observó unas gotitas de agua salada brillando y tembliqueando en sus pies y, más allá, a Matías entre ese grupo de niños, que seguían jugando a la orilla. Cerró los ojos.

❖

EMPUJÓ LA CANCELA y, dejándola abierta, subió a la carrera las escalinatas de la casa. Se detuvo en la puerta a mirar la noche saturada por el olor de los macrocarpas y el sonido lejano del mar que se movía como cogido dentro de una concha. Se sentía extraña y convulsionada; un poco como un pájaro al que alguien ha metido la mano en el pelaje dejándoselo todo revuelto. Una vez adentro subió la escalera a oscuras y en puntillas. Como todas las noches que tenía fiesta, abrió la puerta del dormitorio que sus padres dejaban junta. Aguardó un instante a que sus ojos se acomodaran a la oscuridad de esa alcoba y luego se acercó a la cama de su mamá para darle las buenas noches. Al llegar oyó un ruido cerca del velador y se encendió la lamparilla. Su mamá se restregaba los ojos enderezándose mientras estiraba un brazo para hacerle la señal de la cruz. Cegada por la luz que acaba de encender lo dejó así, lanzado hacia adelante hasta que ella colocó la frente a su alcance.

—¿Lo pasaste bien, Adelaida? —preguntó con la voz transida de sueño.

—Sí, mamá, lo pasé ¡fan-tástico!

La madre hizo como que miraba la hora en el reloj del velador, pero tenía los ojos cargados de sueño y probablemente no pudo averiguarla.

–¿Tanto?

Esperó a que ella estuviera en el pasillo y apagó la luz. Como de costumbre, se quedó dormida junto con poner la cabeza en la almohada, pero la despertó al poco rato el zumbido de un zancudo que volaba cerca de su cara. Encendió la luz y lo perdió, y con él, el sueño profundo. Se empezó a revolver en la cama de un lado a otro. Le parecía oír aún la música a todo volumen retumbando en sus oídos. ¿Por qué, se dijo, se me viene a la mente tu sonrisa? ¿Por qué tu pelo vuela cerca de mi cara? ¡Tonta!

Sintió una picazón en la espalda y abrió los ojos. Se incorporó: Catalina seguía ayudando a Matías a cavar túneles en la arena mojada. El sol pegaba fuerte. Abrió la caja, destornilló la tapa y aspiró el olor a coco del tubo. Un prospecto que venía plegado adentro se desprendió de la caja, planeó y cayó abierto en la arena:

In December 1942 the Council on Pharmacy and Chemistry was approached by Col. Otis O. Benson Jr., M.C.... representing the commanding general, Army Air Forces, Matériel Center, Wright Field, Dayton, Ohio... to the most effective protective substance for the prophylaxis of sunburn. The problem was as follows: The Matériel Center would like information on the most effective protective substance for the prophylaxis of sunburn. In essence, the problem is as follows: (a) Men marooned on life rafts or in the desert following airplane crashes for various reasons seem to loose a good deal of their clothing and are subject to severe solar exposure. (b) It has been definitely established that a protective substance (cream or ointment) to be stowed in life rafts and other emergency equipment in military aircraft is required...when the aircraft is operating in the southwest Pacific and Mediterranean theaters. These wavelenghts are expressed in angstrom units. Consequently any satisfactory protective cream should be highly absorbent in this sprectral region. (dark red vet petrollatum)... the exposure...

Adelaida dejó de leer. Otra vez, a pesar suyo, volvía a correr por el carrete de su cerebro irradiado la película de esa fiesta de tantos años atrás. Cerró los ojos.

SIETE

LA HISTORIA NO SERA JUSTA CON NOSOTROS

AL BAJAR la última grada del edificio del Ministerio de Defensa lo pasó a llevar un transeúnte de estatura mediana y corpulento. Esos blue jeans de mala clase, esa camisa de manga corta con fondo amarillo y dibujos de palmeras verdes... Al chocar levantó un brazo velludo. En la muñeca colgaba una pulsera de níquel con placa para grabar un nombre. "Con permiso", dijo. Pelayo se echó a andar molesto por ese roce.

Era más alto que el promedio de la calle. Su cuello se veía esbelto, delgado en la camisa apenas crema. La nariz en que se apoyaban los anteojos era recta, larga y afilada. Vistiendo un traje gris oscuro de rayas en gris claro y azul delgadísimas, casi imperceptibles, se desplazaba con seguridad, pese a la languidez displicente de esa mano que adelantaba para abrirse paso entre el gentío demoroso, un poco como si fuese una quilla que intentara sobrevolar el agua y no tocarla nunca. Venía de malas, con la clara sensación de que iba tarde al almuerzo del banco y de que la entrevista con el coronel Adriazola había resultado plana y carente de interés. Salvo ese monólogo inverosímil al que había asistido y que se perdería. A menos que encontrara modo de esbozarlo en la presentación del personaje. Sí. Eso haría, pensó de repente. Una confesión íntima en un personaje como él, un militar, no podía caer en saco roto. Le mostraría la introducción al propio coronel para quedar tranquilo. Esta posibilidad le cambió el ánimo.

En la revista *Mira* uno encontraba grandes fotografías y reportajes a doble página acerca de los artistas de cine y los miembros de la familia real del Principado de Mónaco, por ejemplo, la favorita entre las casas reinantes. Su formato amplio se prestaba bien, según opinaban en las agencias de publicidad, para esas cuatro o cinco entrevistas a personalidades del arte, el deporte, la política, la vida social o los negocios. El propósito en estas secciones era "develar al hombre", según no se cansaba de repetir la directora, Susana Weiner, mujer de unos sesenta y cinco años y dueña de la sociedad propietaria de la publicación. La editora internacional, Soledad Froimovich, funcionaba a base de tijeras. Pelayo Fernández, el editor nacional, escribía el reportaje central que apuntaba por lo general a esas tendencias, modas y ondas que de repente surgen en la sociedad, tales como el jogging o los personal stereos. Se evitaban en esa sección temas políticos u otros "cuya densidad pueda dejar al lector con el rostro compungido", precisaba la señora Weiner. Hacía, además, una de las entrevistas y preparaba las preguntas de las otras que realizaban periodistas jóvenes por cuatro pesos cincuenta con tal de aparecer firmando.

Pelayo no hacía entrevistas con ánimo de polemizar con el invitado o someterlo a prueba. Tomaba a sus interlocutores como si fuesen los personajes de una novela, de una película que sólo él hubiese visto y que recreaba, entonces, para los lectores de *Mira*. Por eso les permitía ensayar varias veces sus respuestas y las corregía con ellos a fin de ayudarlos a "revelarse". A la revista le interesaban las personalidades atractivas y Fernández contribuía como nadie a descubrirlas o inventarlas. Lo curioso es que este tipo de entrevistas "al hombre", a pesar de su presentación más bien frívola y de la multitud de avisos de artículos de lujo que la jalonaban, de hecho eran un micrófono abierto a través del cual se expresaban tanto partidarios como opositores del régimen.

Era la estructura ideada por la señora Susana, y que a Pelayo Fernández le permitía cobrar un sueldo de ochenta mil pesos, es decir, unos dos mil dólares mensuales de la época. Mucho menos, pensaba, de lo que estaría ganando si no se hubiera retirado de la Facultad de Agronomía a la altura del tercer año. Sin embargo, el proyecto del nuevo canal de televisión le estaba significando ya mil dólares adicionales. Le ocupaba, sí, más de la mitad de su tiempo. Hasta ahora no había hecho otra cosa que preparar programas pilotos en los que se intentaba, no siempre con éxito, una versión televisiva del tipo de reportajes que le habían dado nombre en la revista *Mira*. El problema era la coordinación con los directores, camarógrafos y sonidistas; el arriendo de horas de estudio de grabación; los traslados fuera de Santiago. Como el nuevo canal tenía un personal mínimo de cuatro o cinco personas, la tarea organizativa estaba recayendo en sus manos. El asunto no le desagradaba. Al contrario, veía en la creación de este canal una gran oportunidad. Le habían hablado de entrar a ganar seis mil dólares mensuales libres de impuestos. Renunciaría a *Mira*, en la cual había trabajado desde que se casó, seis años atrás.

Le cargaba la señora Weiner. Antes la sabía llevar, pero durante el último año y medio la vieja se le había hecho insoportable. No era periodista. No sabía nada de periodismo. Así y todo se permitía entrometerse en cualquier sección y editar incluso sus propios reportajes o entrevistas. La vieja tenía, claro está, ojo para el dinero. Sabía lo que vendía y su instinto no le fallaba nunca. Lo que lo humillaba era justamente eso; que tenía razón, aunque deterioraba la calidad periodística del artículo al eliminar precisamente el adjetivo o la frase que le daba un tono irónico al párrafo. Además, era desordenada y estaba constantemente tratando de controlarlo, de llamarlo por teléfono aquí o allá. Pelayo no tenía horario y ella lo sabía, pero eso no le impedía perseguirlo telefónicamente para los asuntos más nimios. Dependía de él. Y desde hacía algún tiempo esta dependencia era más bien psicológica. Necesitaba que Fernández aprobara sus correcciones aunque éstas no correspondiesen a las secciones bajo su responsabilidad, sino a la bajada de un artículo acerca de alguna celebridad de Hollywood o al encabezamiento de una nota de vida social sobre la inauguración de una exposición de pinturas en el "barrio Bellavista, en la *rive gauche* de Santiago", como decía ella, visiblemente satisfecha del conocimiento de París que su ingenio demostraba.

EL CORONEL José Adriazola en verdad no había agregado absolutamente nada a la información ya publicada acerca de la "operación peineta", realizada el jueves anterior en la población La Bandera por efectivos de la Unidad de Telecomunicaciones del Ejército. De los dos mil detenidos iniciales, mil setecientos estaban en libertad. De los restantes, treinta y dos tenían prontuario y nueve estaban prófugos de la justicia. Los militares habían llegado al alba con dos helicópteros y seis vehículos blindados. Cercada la población, habían procedido a allanar una por una las precarias viviendas y a detener a los que ofrecían resistencia y a los sospechosos. Nadie había muerto en los tiroteos, pero los heridos eran cinco, entre ellos, una mujer embarazada y un sargento. Controlada la situación, los soldados habían empadronado las casas y realizado una inspección médica y sanitaria.

Pelayo sintió que la gente a la espera del cambio de luz lo apretaba por todos lados. Se veía entrando al almuerzo del banco empapado de transpiración. Un cabezón grande, de manga corta, que podría ser camionero, se acercó al kiosco de revistas, compró un cigarrillo suelto y lo prendió con el encendedor de plástico que colgaba atado por un cordón de zapatos para uso de los clientes.

La "operación peineta" había incluido vacunas y atención dental gratis para todos. La peluquería fue gratuita para los que la quisieran, y obligatoria para "los pelucones". A los perros se les sumergió, con el hocico amarrado, a unos tambores con lindano, para desinfectarlos. Las personas fueron fumigadas, también con lindano, para combatir la sarna, la pediculosis y el impétigo. Las viviendas fueron atacadas con termonebulizadores para combatir la garrapata y el piojo.

Pelayo reparó en una tapilla de goma tirada en el suelo, en las pantorrillas de la señora delante suyo, gruesas y varicosas. Y se arriscó levemente su afilada nariz.

¿El motivo? Ser esa población un centro de delincuentes, de drogadictos, de agitadores y promotores de barricadas y disturbios callejeros y, según informes de los militares, nido de terroristas. Como es de imaginar, "el operativo" había hecho las delicias de la prensa local y extranjera. Los reporteros no se cansaban de recorrer los estrechos y polvorientos pasajes llenos de niños descamisados y perros asustadizos en busca de más y más detalles de lo sucedido. Circulaban fotos –en la crónica de la revista había varias– de individuos rapados por sarnosos y de perros entrando o saliendo de los tambores.

Le dedicó a La Bandera una hora de rápido reporteo personal antes de entrevistarse con el coronel. El cura de la parroquia, de jeans, camisa a cuadros con una cruz de madera a un costado del pecho, y los jóvenes de una organización allegada a ella, colaboraban con los periodistas para obtener testimonios de la represión. Estuvo en la puerta de un pequeño negocio donde vendían cerveza, con un grupo de gañanes mal afeitados y, según le dijeron, sin ocupación desde hacía más de un año. Los militares se habían llevado detenidos a varios de sus amigos. "No vamos a aflojar jamás", le dijeron. "Después de esto, menos." Luego conversó con dos señoras que estaban comprando la harina que ofrecía el letrero de una vecina. Una casucha de tablas con techo de fonolita y telas de plástico negro sujetas con piedras de río. Miraban con buenos ojos la llegada de los soldados, pues esperaban que pusiera fin a las violaciones de las niñas que volvían de la escuela, que se correteara a los lanzas, carteristas, vagos y viciosos. Aquí había que poner orden, comentaban. Cada vez que se les antoja hacer una protesta los niños se quedan sin ir a la escuela y después somos nosotras las que tenemos que reponer los vidrios quebrados. Y a los apestosos está bien que los desinfecten, ¿no le parece a usted?

Sin duda el asunto daba para más de una historia.

❖

HE RESUELTO no recibir a ninguno más. Estos reporteros extranjeros me fastidian. Salió hace un rato de aquí una periodista extranjera que me enojó. Casi pierdo los estribos. No más entrevistas, señor Fernández. Yo se la concedí a usted porque conozco a Susana Weiner, su directora. Y porque he leído algunos de sus reportajes y entrevistas que a mi señora le gustan mucho. No se pierde ninguno, le contaré. Y como le decía un rato antes, cuando usted tenía la grabadora andando, ella tiene título universitario. Es profesora de Estado. De historia y geografía. Claro que, como usted ya sabe, no ejerce; tenemos cinco niños. Mire, yo quiero que se sepa quién soy yo porque a mí me han difamado. Esas radios y publicaciones de oposición y cables de agencias extranjeras me han hecho quedar como un jabalí. Yo no soy eso. Soy un hombre leído, señor Fernández. Soy un hombre que se ha preocupado de cultivarse. Yo quiero que se conozca al hombre que tuvo a su cargo esta misión. Yo le estoy hablando de buena fe, señor. En este momento estamos hablando *off the record*, ¿no?

❖

EL BOCINAZO violento de un enorme camión Mack con acoplado. Sujeto, atascado allí en medio de los autos detenidos, me parece un Gulliver tendido y rodeado por los lilliputienses. Pedro: cuando tú me hablas, papá, y me dices que vamos a comer huevos a la copa, yo siento con mi boca que me estoy comiendo un huevo a la copa y que es tan requete rico. ¿A ti te pasa eso, papá, cuando dices que vamos a comer huevos a la copa? Pero ¿te pasa o no?... Empiezo a tener hambre. Sí. Hambre y sed. Hace un calor... Papá: ¿por qué se llama "miel" esta mermelada? Vichuquén: ¿por qué me viene esa culposa dulzura al recordarla? Esquí acuático. Márgara en la estela de la lancha de su tío Ignacio. ¿Cuándo fue eso? ¿Tres o cuatro veranos atrás? Y yo con Pedro en brazos haciéndole señas desde la terraza. El traje gris que tuve que ponerme hoy por el almuerzo es de media estación. Demasiado grueso para el mes de enero. Debí haberme puesto el de color barquillo, ¿no? Aunque no. Demasiado para una reunión con banqueros.

Porque quiero que usted, señor Fernández, sepa que yo, que dirigí la "operación peineta" en la población La Bandera la semana pasada, estoy con mi conciencia tranquila. Y me gustaría que usted como comunicador social diera a entender eso: que los militares estamos en paz con nosotros mismos, pese a la campaña de infundios que se ha montado en nuestra contra, pese a que las circunstancias en que operamos son extremadamente tensas y difíciles. ¿Me comprende? Uno no escoge el papel en que lo ha puesto la historia. Y a nosotros, los militares de aquí, la historia nos ha puesto en un momento difícil. ¿Me comprende?

Pero estos periodistas extranjeros son vendedores de ficciones. Nada saben de la historia ni del poder. ¿Acaso es posible civilizar sin reprimir?, me pregunto. Hay páginas de *La guerra del Peloponeso*, señor Fernández, y de *El príncipe*, que debieran ser lectura obligatoria, pienso yo, en las escuelas de periodismo. Me marean con la moralina de los derechos humanos. Hay que admitir que el problema existe, pero... ¡cómo se conoce que no han debido lidiar con estas alimañas de acá: raras, explosivas mixturas de mapuches, picunches y celtíberos! Y con todo, ¡Dios, qué buen vasallo si tiene buen señor! ¿No le parece a usted?

A esta linda reportera de la libre Inglaterra hube de mentarle la Torre de Londres y ¡vaya qué poco que le gustó!... Si yo conozco Londres, pues. Estuve ahí como agregado militar dos años. Yo sé los problemas de delincuencia que tienen allá. ¿Y esos son derechos humanos o no? No me gustó Londres, le contaré. Gente muy fría. Se sienten superiores ellos. ¿Y la ciudad? Malazo el clima. Mucha lluvia y harto viento. Echaba de menos... ¿Sabe qué echaba de menos de Santiago? Los árboles. Allá se ven sólo en los parques. Puro edificado no más. Aquí, casi para donde usted mira encuentra arbolitos a la orilla de la vereda o en los bandejones centrales de las calles principales, ¿no es así?

¡No quieren entender lo que es una decisión irrevocable!, señor Fernández. Ni lo que significa el tiempo en un proceso de curación. No parece entender esta gente joven ni siquiera las guerras de sus propios países. Aquí en Chile la espada traza los tajamares. De otro modo, los botes de los futuros partidos democráticos serán tragados de nuevo por el oleaje de un torrente no navegable.

Entre nosotros cinco por poco blanqueamos la localidad de Camarico, reían mis tíos abuelos. Y no bastó. Quedó mucho por hacer. Mire, aquí ni la espada ni la esperma ni la cruz han bastado, señor Fernández. Es preciso inocular la educación, las instituciones, el desarrollo económico compartido. Se necesitan veinticinco años de orden y mano dura aquí, y verá usted de lo que somos capaces después en este Chilito nuestro. Para estos periodistas extranjeros, y para la mayoría de los de acá también, señor Fernández, nosotros somos como rémoras que adheridas al navío del tiempo desean suspender su avance y sólo consiguen demorarlo momentáneamente, puesto que a la larga éste prosigue su curso de modo irremediable. Es justo al revés.

No hay caso. No se dan cuenta de que sin los militares se

desmadra el río. ¿No ha estado a punto de ocurrir? ¿No han estado sus políticos preferidos ya más de una vez en el poder? ¿No era cosa de expropiar los fundos y las fábricas para que el maná empezara a llover del cielo? Despilfarran el poder cuando lo tienen porque la gente del pueblo los hace lesos a ellos mismos. ¿Quién hacía el mercado negro? ¿No era la misma gente acaso? No se dan cuenta de cómo es nuestro pueblo. Nosotros, los soldados, somos el pueblo y lo conocemos bien. Para ellos el pueblo es una entelequia requerida por esa retórica que apuntala y da tensión a sus pobres vidas, tal como las cuerdas sujetan la carpa e impiden que se desmorone. Cultivan relaciones libidinales con ciertas palabras, señor. "Pueblo" es uno de esos nombres del deseo.

Que somos pocos, es cierto. Pero estoy seguro de que, en el fondo, la gran mayoría nos apoya. Que los militares hemos cometido equivocaciones, abusos. Acepto. Ellos estudian el país en los libros. A nosotros nuestra posición nos fuerza. No es que la procuremos. Este no es sitio para hombres de piel delgada, señor Fernández.

¿No nos corroen, a veces, la duda y el arrepentimiento como a cualquiera? Algunas personas que están de acuerdo con nosotros se hacen los cuchos o buscan acomodos endebles. Hay personas que se pasan de frentón al adversario. Algunos vienen de las clases más acomodadas, incluso. Esos desclasados por supuesto quieren mandar, pero con los otros. No quieren ser simples partidarios. Sólo son si dirigen. Pero nosotros, los militares, tenemos una moral y tenemos un espíritu de cuerpo que nos preservan de esas debilidades tan comunes entre los civiles. Yo reconozco el coraje de la civilidad sin cuyo apoyo jamás los militares se habrían instalado en el poder. Sin embargo, esa gente vacila ahora, se siente derrotada, se desbanda y tiene miedo. Pero el apoyo a la obra realizada resurgirá y las políticas implantadas tenderán a sobrevivir, como ocurre con las malezas después de arrancadas en los campos, señor Fernández: vuelven a salir. ¿Y sabe por qué? Porque son lo natural.

❖

VA RUBÉN Eskenazi. ¿Qué diría la Weiner si le contara? ¡Cómo me gritaría por no haberle sonsacado al millonario una entrevista exclusiva! ¡Vieja insoportable! Es fea y ordinaria. ¿Ordinaria? No. No es esa la palabra. No es exactamente una siútica, tampoco. Es mucho peor que todo eso.

Adelaida está en cama, tapada por una sábana blanca, sin frazadas. Me inclino. Ella se arreboza con la sábana y se desliza hacia adentro.

Su pelo negro, su sábana blanca cubriendo incluso su cabeza. Sentado a la orilla de la cama trato ahora de despejarle la cara. Encuentro su melena. Pelo y más pelo. Se resiste. Cede. Más melena. Se ríe. Acerco mi boca a la suya. Se ríe. Entro mi lengua a su boca entre el pelo. No reacciona. Espero y busco la lengua suya. No aparece. La esconde hacia atrás. ¿O es que no la tiene? ¡No! ¡No tiene lengua en la boca! Despierto. Abro los ojos: el pelo de Márgara, su respiración pareja mientras duerme. Es la primera vez que sueño con Adelaida. ¿Me pasará algo? ¿Será premonitorio? Y cuando se lo cuento, Adelaida se ríe. Y cuando un par de semanas después nos besamos, me dice: "Para que veas que tengo lengua, tonto."

Pero ahora, ¿cumplirá su promesa? ¿Llegará el próximo miércoles, tendrá la noche libre? ¿Se habrá acostado con León en Los Bellotos? Probable. Difícil no acostarse en la playa. Claro. Pero ¿bien o más o menos mal? Seguramente más o menos. ¿Cuán más o menos? ¿Más bien "más" o más bien "menos"? ¿Y si la ha reconquistado? El sol, la arena, las toallas con sal, los bronceadores, el olor a mar de la noche. ¿Si se la hubiera tirado como nunca antes? Odio al sol, la arena, las toallas con sal, los bronceadores, el olor a mar de la noche. Sí.

❖

ADELAIDA en la mente de Pelayo tenía algo invulnerable. Una sensación de victoria y desenvoltura alegre; capaz de coexistir, sin embargo, con esa suave timidez que a ella misma avergonzaba y la hacía ponerse colorada, a veces. Entonces, cuando se sonreía ella avergonzándose de su propia vergüenza, era simplemente arrebatadora. Nunca recordaba de qué habían estado hablando con Adelaida. Seguramente miles y miles de temas y acotaciones distintas y yuxtapuestas se sucedían en esas conversaciones que sentía vertiginosas y que se deslizaban siempre imperceptiblemente hasta llegar a un beso y pasar de ahí a otro y otro y a otro y a otro.

¿No me estaré poniendo un poco demasiado ridículo? No es la primera ni la segunda ni la quinta vez que tengo una aventura de casado. Y todas terminan igual. Amores de verano. Se reproduce el esquema del que uno ha querido escapar por un rato. Hay que hacerle lugar a la incoherencia, ¿no? No podemos ser consecuentes todo el tiempo.

Mientras Adelaida hablaba, gesticulando animadamente, poco le importaba a él qué estaba diciendo. Veía un par de ojos chispeantes, fascinantemente fascinados, y un poco maliciosos o furtivos o traviesos. La inaudita felicidad de esa sonrisa había que taparla con un beso. No había caso. De hecho, él ignoraba casi todo respecto a Adelaida. Tal vez nunca llegaría a saber realmente quién era.

Quedó de llamarme a las once y media. ¿Lo hará? Pero, ¿qué es esto? ¿Por qué me tiene tan requete agarrado? ¿Por qué necesito siempre algo más, el paso siguiente? Ahora se trata de pasarme una noche entera con ella. Y eso me resulta irresistible. Pero yo sé que es la manzana que muerde Adán en el Paraíso. No del Paraíso que se pierde de una vez para siempre. Se pierde sólo porque se desplaza a otro punto que está más allá. Porque la pasión huye de sí, se transforma, quiere ser otra cosa siempre, ¿no? Abomina de los límites cuya transgresión le dan sentido, ¿no? Porque uno quiere vivir con la persona a la que quiere, por mucho que sepa que la cotidianidad matará esa pasión, porque la pasión siempre desea su muerte para que otro viva. ¿O no?

Cuando me dijo: "Ya quiero vivir contigo", me estaba diciendo en verdad: "Cuando este ardor cese, todavía voy a querer estar contigo." Pero eso es impensable. Ambos lo sabemos. Me lo dijo por decir, porque era lo que sentía en ese momento, nada más. ¿Cómo no darle a Pedro, que es tan chiquitito todavía, sus buenas noches de cada día? ¿Cómo vivir con el dolor de Márgara, con el odio; peor, con su justo desprecio? Y León, ¿la dejaría así no más? ¿Y sus niños? ¿Sabotearían su nuevo amor? Si es difícil para un hijo, imposible, casi, aceptar que la mamá es una mujer con eros y que necesita por ahí al papá, ¡cómo será tener que verla entusiasmada con otro hombre y abandonando por él al papá! Comer en las noches con ellos, no con Pedro. Su pena de niño, su alma trizada. Márgara se casa de nuevo. Pedro creciendo, entonces, con un padrastro. ¿O es todo esto culpa exacerbada, escrúpulos de un alma enferma inapta para la vida? León luchará por defender su familia y Adelaida no soportará esa guerra. Le destruiría la psiquis. A ella y a sus hijos. ¿Tenía ese derecho? La felicidad no se construye con la infelicidad de otro, Anna Karenina. Es impensable. Ambos lo sabemos. Y entonces, ¿qué?

❖

ME HIZO tantas preguntas extrañas esta reportera inglesa, señor Fernández.

¿Y nunca se han sentido realmente perdidos?, curioseó. Mal que mal vuestros adversarios se sienten dueños del futuro.

Aprendió el castellano en España y ella usa el "vosotros".

¡Por supuesto!, le dije. Eso imaginan, por eso luchan.

Nosotros carecemos de esas certezas. Aquí hay que jugársela día a día. Sabemos que la historia es volátil, caprichosa, traicionera. En ocasiones nos hemos creído perdidos. ¿Y ellos? Nunca.

¿De dónde, me decía, entonces vuestra fe y vuestra voluntad? ¿No os da que pensar el caso de otros pueblos en este y otros continentes?, masculló con sus celestes ojos asombrados. Y no me refiero sólo a los militares, coronel, sino a los civiles que colaboran con vosotros o que apuestan a que este régimen tendrá éxito aun en medio de las dificultades tan serias de este momento. Pienso en los empresarios que invierten y siguen endeudándose a pesar de que todo indica que el sistema económico puede desmoronarse de un momento a otro. ¿Qué os mueve? ¿La amenaza de extinción? ¿Os sentís una estirpe acosada?

¡Racismos? ¡Eso sí que no!, le grité interrumpiendo. Aquí no tenemos, señorita, problemas raciales. La unidad de la raza es nuestra mayor fuerza y esperanza.

¡Tal vez, entonces, una forma de vida que no cabe en el esquema de los demás?, dijo ella. Pienso de nuevo en esos ejecutivos jóvenes, en esos empresarios que se la juegan por este régimen. ¿No representarán un pedazo de Europa o Norteamérica enclavado aquí?, siguió insistiendo ella, pertinaz.

Con permiso, señor, con permiso. Por fin, el pasaje bajo techo. Fresco, sombrío. Ahora sí voy a buen tranco. La voz de Sinatra: *For once in my life...* Sábanas y edredones. La Nuit. Buzos, zapatillas. "Vendemos soluciones". Galochas. Se reparan todo tipo de balones. ¿Qué pasa ahora?

La gente recién empieza a moverse. Han dado la roja qué rato. Escombros.

No era ninguna tonta lesa esta inglesita de ojos puros, señor Fernández.

La respuesta se me ocurre ahora al pensar: en verdad, nuestros adversarios son más ajenos que nosotros aquí. Representan..., ¿cómo decirlo?..., un modo extranjero de sentir lo nuestro. Atacan las políticas actuales como pro-capitalistas y pro-países industrializados. Afirman que estamos extranjerizando al pueblo porque ahora tienen televisores y cada día hay más gente que puede tener auto y eso no les gusta porque dejamos de ser retrasados y "típicos". Ellos ven lo de aquí como ustedes, señorita, debí responder. Como lo que no es de allá.

Un mar de juniors llevando o trayendo sobres de papel café, o paquetes o maletines de plástico. Eso tiene sentido. Pero toda esta gentuza descorbatada, ¿quiénes son? ¿De dónde vienen? ¿Por qué están aquí? Otra oleada de oficinistas de trajes pobretones y manos húmedas. Olor a ajo. Olor a fritanga. Olor a humo de aceite de motor de bus. Olor a pizzería. A tienda de jabones, a farmacia. Y a zapatillas nuevas, a café express, ahora, a ropa usada y desodorante ambiental. Otra racha fétida e indeterminada. El tableteo del taladro neumático, el chirrido de los escombros deslizándose, de pronto, por el tubo de latón, el rechinar de una pala mecánica yendo y viniendo, un estampido inexplicado aquí, una detonación allá, el repiqueteo entre los andamios, su contrapunto, el chiquichaque de alguna otra máquina por ahí. Y olor a barquillos, a monedero de ciego, a caja de televisor nuevo o a bolitas de plumavit y esponjas de goma, a humo de aceite mal quemado, otra vez.

Hay aquí pequeños detalles, señor Fernández, que le hacen la vida agradable a tanta gente. Empleadas en la casa, por poner un caso. Son cositas que, lo reconozco, les dan a estos países más pobres algo especial. Hay quienes predicen que el progreso arrasará con ello y que en breve tendremos el mismo estilo de vida que se ve en los países más desarrollados. Quién sabe, quién sabe. Es posible. Lo veremos. Ya para entonces habrá estabilidad, desarrollo, amplias libertades. Ya para entonces no existirán nuestros adversarios de hoy, ni la miseria que les da alas. La misión estará cumplida. Al menos la nuestra.

Algo así debió haber sido mi respuesta. Lástima no habérsela dado en ese momento.

Aunque la inglesa esta jamás, señor Fernández, la habría usado para publicarla. Eso lo sé. Son opiniones que no les gusta oír. Publicar, mucho menos.

Es ocioso remover sentimientos tan arraigados, ¿no le parece a usted? Por lo demás, yo nunca me he metido en política. Que sigan, mejor, entrevistando a políticos sin mando, a politólogos rebuscados que no entenderán nunca qué sea el poder; y al resto de esa caterva constituida por inútiles que no le han trabajado un día a nadie, pero que tienen, sin embargo, la fortuna de que sueltan por ellos su hervor las hormonas femeninas de la prensa internacional.

Este modesto soldado de Chile tiene cosas más importantes que hacer, señor. Yo no me gano la vida por hablar.

Es tanto más dura la vida de lo que quisieran ellos.

Ningún periodista ni intelectual lo diría, señor Fernández.

Nuestro fracaso significaría el tormento o el paredón. El triunfo tendrá por premio el silencio y nuestro olvido. Responsable será el "progreso", los avances de la "ciencia económica", el "clima" internacional o alguna otra de esas palabras que improvisan un armazón para sus vidas inventadas.

La historia no será justa con nosotros. Yo lo sé, señor Fernández. No me hago ilusión alguna al respecto. Sépalo usted también. Estamos sólo conversando. En verdad es lo único que yo podría declararle o confesar. Esto es lo único importante, creo. Pero ¿para quién? Los nuestros no se hacen tantas preguntas.

❖

—¡HUEVÓN! ¡Mira dónde pisas, huevón! ¡Pelotudo!

A mi alrededor varias cabezas. Sí. ¿Qué hago?

—¡Huevón! ¡Te lo estoy diciendo a ti, futre pajarón! ¡Mira dónde pisas!

—¡Baja de las nubes, m'hijito rico! ¿No ves que desordenas la mercadería al pisarla, tonto huevón?

Ahora es una mujer de polera blanca, bajo la cual tiemblan un par de senos blandos y abundantes. Se pone junto al otro dejando momentáneamente su metro cuadrado de papel de envolver sobre el cual se alinean pequeños camiones, buses y autitos de plástico chillón. Le quito la vista y reanudo la marcha a paso ligero. El corazón me late con fuerza. No logro despegar de mis oídos ese llamado que se repite alejándose poco a poco.

—¡Huevón! No te hagas el leso; ¡tú, huevón pajarón!

La gente se apretuja y debo avanzar muy cuidadosamente. Los gritos de los vendedores ambulantes ofreciendo sus mercaderías se entrelazan volviéndose incomprensibles. Un hombre de camisa celeste y manga corta pega su grueso brazo a mi traje. Soy la única persona de cuello y corbata en toda la cuadra. No me gusta la idea. Y eso que estoy en pleno centro. Sorteo un trapo azul con encendedores. Sobre el trapo de al lado, lápices a pasta, de esos que tienen en la parte de arriba una mujer que se desnuda. Me abrocho el botón de la chaqueta y doblo el brazo izquierdo para protegerme la billetera.

—¡No he venido a lucirme ni a impactaros con mi palabra!

Lo oigo, no lo veo.

—¡No he venido a conseguir vuestro aplauso o admiración. He venido a advertiros para que el día del Juicio no os coja de sorpresa!

¡Ahí está! Junto al puesto donde venden claveles. Parece estar dándole gritos a un piño de animales. Ojos enajenados. No espera reacción alguna de la gente. Esa indiferencia le convence más, seguramente. Es urgente continuar sus admoniciones proféticas. Viste de negro y lleva el pelo muy corto y engominado. Sujeta con ambas manos una Biblia de hojas de canto dorado, refulgentes a ese sol, y que agita inútilmente por enfatizar sus advertencias.

—¡Para que el día del Juicio no digáis: Señor, Señor, por qué no nos hiciste saber con signos claros lo que a nosotros nos esperaba!—

Una nube de humo negro de aceite quemado se difunde y

contorsiona encima del bus. Es increíble lo que cuesta avanzar por el centro a esta hora. Adelaida estará tendida en la arena o nadando en el mar. ¿Me llamará? Abajo, las crenchas negras de un vendedor que arregla a gatas su mercadería sobre la vereda: collares y correas para perros.

"El coronel José Adriazola..." ¿Cómo podría dejarme caer? El título ha de ser algo como "El coronel Adriazola: el hombre de la *operación peineta*". Aunque la Weiner preferiría: ..."el hombre tras la *operación peineta*", ¿no? Luego, la bajada en cuerpo diecisiete e interlineado veinte.

❖

—¡PELAYO! Dios mío, cómo te asusté.

—No sabía quién era, perdona.

Gloria parece una diosa brillante surgida en medio de esta multitud. Su pelo de un rubio oscuro ondea jugando con la sonrisa de los labios. Hace años que no me he topado con ella. Sé que tiene una tienda de lámparas y hace ocasionalmente trabajos de decoración interior para oficinas.

—Me cuenta Mempo que estás en el proyecto del canal de televisión del grupo Toro. Les estoy decorando la sucursal de Providencia. ¿Has ido a ver la casa que se está construyendo? Te diré que es *quite something*.

Sigo sorprendido y me la quedo mirando. Se me arranca rápido la vista a la hendidura entre sus pechos y la subo luego hasta sus ojos.

—¿Me deja pasar, por favor, señor?

Una señora de anteojos de marco blanco se nos mete entre medio. La blusa azulina le aprieta y se mancha, impregnada por la transpiración de los flancos. Tras ella, dos niños risueños. Gloria estira sus manos, me da un beso en la mejilla y me dice:

—*Mon cheri, on se dirait a Marrakech.*

Desaparece de golpe.

¡Qué lento camina esta señora! A personas de tanta edad sus familiares no debieran permitirles salir a la calle a horas en que hay tanta gente. Les puede pasar algo. Cuesta no derribarlas. Es indudable que voy a llegar tarde. ¡Qué vergüenza sería llegar el último! Don Armando Véliz me mirará lleno de gestos. Me han tocado ya dos reuniones con ese abogado mofletudo y solterón. No le creo nada a ese viejo zorro. ¿Para qué tanto gesto y risotada? Los gestos en el rostro de don Armando Véliz, la imposibilidad de sostener el rostro.

"El coronel Adriazola, 39, casado, cinco hijos..." No. Muy flojo. Mejor: "El coronel José Adriazola cree en el destino, pero no en la historia..." No sé si se entiende. Hay que cerrar con algo claro y contundente, que complete...

Adelaida vendrá el próximo miércoles. ¿Se las habrá arreglado para venir sola?

"¡Harto tincudo!", me comentó Márgara cuando conoció a León.

Pasaba por las oficina de la AFP Siempre a discutir un asunto relativo a los descuentos previsionales de sus obreros. A Márgara le había tocado atenderlo.

"¡Harto tincudo!", me dijo. No: "¡qué tipo más buenmozo!" Ni tampoco, por cierto: "Me gustó León Wilson". No. "¡Harto tincudo!", y con un rictus que quería indicar indiferencia. Cuando la verdad era que lo había encontrado "de morirse", como me contaron que lo hallaban las secretarias de la Productora Set Tres.

¿Qué iba diciendo mi bajada en cuerpo diecisiete e interlineado veinte? Ya no me acuerdo. ¡Ah! "El coronel Adriazola cree en el destino..." Sí. "...en el destino, pero no en la historia..." Eso está bien. ¿Cómo evitar que el coronel me borre la bajada o me desmienta después? La señora Susana Weiner en eso era implacable: "Los desmentidos son para mí certificados de defunción", decía, y procedía a deshacerse del periodista responsable. Hay que levantar al coronel, dar con una bajada que tenga sabor a Plutarco o a Séneca, que le llene el gusto y que, sin embargo, al disidente le sugiera, quizás, otra lectura.

Pasa una pareja de carabineros. La otra semana un comando de la izquierda terrorista asesinó a tres. No miran a nadie en particular. Si les fijo la vista, apenas sienten la mirada la quitan. Como las actrices famosas y las personalidades de televisión. Se acostumbran a ver sin mirar. Altos. Caminan enhiestos sin conversar entre ellos. A lo sumo un comentario hecho con la boca chueca y sin doblar la cara. Escolares soplándose en la prueba. Se mueven a paso tranquilo. No hay arrogancia ni improvisación. Su estilo tiene la belleza de sus perros. Cuerpos tratados como esculturas, adiestrados para transmitir en lenguaje de cuerpo, emblemas de dignidad sosegada y autoridad en disciplina.

❖

ME ECHO un trago de champagne seco y helado a la boca. Lo retengo un momento. Adelaida me besa los labios cerrados que no abro. Me mordisquea con los suyos, rojos. Entonces le vierto champagne de la boca a la base de su cuello, que empiezo a lamer hacia abajo.

—Demasiado convencional, ¿no?

Adelaida ríe inclinando la cabeza. El pelo oscuro le tapa la mitad de la cara. Siento que nota la musculatura desnuda de mi espalda inclinada en el espejo con plantas.

—Pero mira. Haz cuenta que estás tomando un buen champagne seco y reconoces su gusto picante y de pronto la copa es un seno duro. Eso es lo rico, ¿ves?

Entonces sé que le gusto a ella en el espejo y veo su mano de uñas pintadas enterrándose como un rastrillo en la piel de mi espalda. Está viendo temblar sus muslos blancos pegados a los míos, peludos y anchos, junto a las hojas de los filodendros del espejo, y yo creo que siente qué rico es ser mujer tal como yo estoy sintiendo de qué es capaz un hombre: de poder tenerla así a ella.

La penetro de pie súbitamente levantando el elástico del calzón.

Arriba, por el corredor de un hall central, un tipo en mangas de camisa jardinea instalando plantas y arbustos de interior. Ficus. Como en el Café de La Oropéndola. Voy tarde. Ficus.

Federico y Camilo estarán envueltos en humo intelectual frente a sus garzas heladas. Ganas súbitas, terribles de escaparse para allá. ¿Y si lo hiciera? ¿Y si mandara todo a la mierda? Ordenado el plato del día, un guiso rico, bien cocinado, de casa, estarán risueños y maliciosos, disfrutando por anticipación, con la sola perspectiva de un almuerzo largo, con ocio, bien reído y conversado. ¿Y si dejaba a Mempo colgado de la brocha y partía a La Oropéndola? ¿Sabes, Tamburini, qué pasó? Se me borró de la cabeza y punto. Esta "operación peineta" y la entrevista al famoso coronel Adriazola que estoy escribiendo me coparon el seso. Perdona, viejo, espero que no haya sido demasiado grave... Ponme al día, ¿qué pasó? Y no. No es posible hacerlo. Ficus. Los banqueros esperan por mí. ¡Cómo me embromaría Camilo si supiera! Los banqueros... Ficus. ¡Lo tengo! ¡Lo tengo! Sí. Creo que tengo el título: "El coronel José Adriazola cree en el destino, pero no en la historia". Y después, la bajada: "La historia no será justa con nosotros, pero el sentimiento del deber está por encima".

OCHO

LA CASA SELLADA

¿Quién es el tipo del mentón partido en dos, ése, el de nariz afilada y anteojitos sin marco, antiguos? Me estaba mirando, creo. Desvié la vista al sentir una picazón en la raíz de las pestañas. Gloria le estaba hablando con una actitud demasiado insinuante. ¡Qué mal disimula lo fascinada que está con él! Esas carcajaditas chinchosas. Claro. ¿Y cómo no? Si le está pidiendo un beso. Es cosa de ver cómo pone los labios. A Ruca ya se le pasó la mano con el trago. *You say you'll change the Constitution...* No me gusta Ruca. Tiene algo, pero no me gusta. Y Lennon: *Well, you know...* Tiene bonitos ojos, pero *You tell me...* es gordo *...it's the institution...* y muy rajado. *Well, you know...* Demasiado, para mi gusto. Aquí en Los Bellotos la onda es más tranquila. Hay fiestas locas y ambientes decadentes y rayados, pero nunca tanto.

Ruca siempre está hablando de su moto, y de las proezas que hizo en su último cross en el cual escapó con vida apenas y, por supuesto, *...Don't you know...* gracias a su increíble sangre fría y la extraordinaria potencia de *la máquina,* como le dice; y de cuándo vamos a hacer un paseo *...it's gonna be alright...* a Horcones o a Ritoque, que es donde realmente quiere ir para correr kilómetros y kilómetros a la orilla del mar sobre la arena mojada. Pero la única vez que fuimos con Marilú y él, se le echó a perder la moto con la arena al muy pelotudo, no anduvo más y tuvimos que volvernos a dedo en un camión. Ya va a terminar este disco y viene Juan Cristóbal Sánchez con su aire distraído y Ruca y Charly Larraín, con su pelito rubio y ojos simpaticones.

—Tengo reservado ese baile, Charly. El siguiente es tuyo, Ruca. Sí. El que viene.

Los Lee argentinos de Gloria yendo y viniendo fácilmente. Al tipo de los anteojillos sin marco se le ríen los ojos. Gloria da un golpe con las manos. El tipo me mira: tiene algo arrogante que me gusta. Gloria se le va encima y se detiene de repente justo al llegar. En un santiamén, media vuelta. Luego parte dándole la espalda sobre la que rebotan las sombras de su pelo. Un velero rojo de velas amarillas navega bordado en el bolsillo de atrás de su blue jean. Ahora me la tapan las piernas flacuchas de Juan Cristóbal Sánchez que se agitan mecánicamente. Jeans nacionales. Deslucidos, moradosos, últimos, a decir verdad.

❖

MI MAMÁ me compraba unos iguales hasta no hace mucho; hasta que me rebelé. Mi mamá se resistió un tiempo alegando que era absurdo comprar jeans Lee argentinos que, por los derechos aduaneros, salían costando casi dos veces lo que un buen pantalón de vestir de pura lana nacional. Pero al ver que no me ponía jamás los jeans que ella compraba, tuvo que darse por vencida. Sólo que prefirió perdirle que se tomara las medidas y encargárselos a una amiga que viajaba a Buenos Aires, quien los pasó por la aduana en una maleta sin declararlos. Qué grito pegó cuando me encontró de espaldas en la cama, con las piernas abiertas apuntando al techo, embutiéndome los nuevos piel de durazno, que tenían que quedar apegados como guantes.

La voz alienada, rara, como empapada de Robert Plant. Marcial marca el ritmo con la pierna derecha. *Watch out, watch out.* Su muslo baja y sube. Se me pierde la letra. Está con el tipo de la pera partida y los anteojos sin marco. *Bring it on home, bring it on home.* Ahora los dos, espaldas atracadas a la piedra de la chimenea, mueven sus vasos dorados a la siga del ruido virgen e impuro de Led Zeppelin. Arriba, una red de pescadores. Falsa, por supuesto.

Cambio de pulso. Gloria levanta las dos manos. Gira sus caderas. Me empujan de atrás. Hay repoco espacio. Una polera verde, de espaldas, el brazalete de cuero en la muñeca. Víctor remece sus hombros delgados, su barba en estado salvaje. Ximena entierra la cara en su cuello. Se le arremangó la mini al apegársele y se le ve el borde del calzón. Se aparta. Ya no. Bailan separados. Buena onda. Sin locuras de más. A veces le da por creerse el hoyo del queque. Los ojillos azules de Charly. Una "V" en cada mano al final de sus brazos alzados. Ximena me está rozando el hombro. Ruca lleva el ritmo con la cabeza y las palmas. Su frente con gotitas brillantes. Una pierna de no sé quién se me cruza por delante.

Ahora el muslo de Charly. No, de Víctor. Un brazo. La barba mal cortada adrede de Víctor. Una oreja, aros, los aros destellantes de Marilú. La guitarra eléctrica chicotea la sala, borrando el mar. *I'm going to give you love, baby. I'm going to give you looove.* Un pelo rubio se corre como lluvia con viento. Las pestañas largas, entrecerradas de Ximena. Las piernas azules, desteñidas, hilachentas. Una pollera amarilla, no, blanca, de algodón hindú hasta el suelo. *Bring it on home, bring it on home.* Verónica baila reconcentrada, enajenándose, reloca. Miro al tipo, me mira. Y el Chino Díaz se va agachando de a poco mientras baila. Y Marilú va dando saltitos cortos, abruptos, inconexos, medio en broma, y acelerándose más y más y más. El velero de Gloria en plena tormenta. Siento o imagino, no sé, que me topan las miradas del tipo ese, y se apegan a mi piel sin querer. Y la guitarra increíble, y más piernas azules, la guitarra que se mete por dentro taladrándome los huesos, agujereándome el alma; y la percusión de John Bonham progresa asfixiándose, acabándose y no termina de acabarse renuncia, renuncia. Y estamos todos enchufados por los tubos de los oídos, por los tubos de los pies a las palpitaciones de la banda, como si fueran arterias nuestros cuerpos, y la música fuera de sangre, y rebotara y rebotara en las paredes capilares. *Bring it on home, bring it on home to youuu.* Víctor grita pongan "Moby Dick". Ruca, diles que pongan "Moby Dick". Y por su cuello sube y baja la manzana de Adán. Y Ruca me cierra un ojo porque sí, porque lo estamos pasando bien y punto.

❖

ALGUIEN DE SU grupo apagó la lámpara de la mesita. El living está oscuro. Las caras se pierden entre el pelo. Y Charly va cantando bajito las rimas finales de los versos de Dylan:

...horns... with scorn... born to loose you...

Y ahora muchas voces de la fiesta se incorporan cantando a todo pulmón:

...I want you, I want you, I want you so bad... honey, I want you...

Marcial y el otro tipo escrutan la concurrencia. Aire displicente, indiferentón. Hay muchos de quince o dieciséis, y eso les da a ellos, que a vuelta del verano entran a la Universidad, indudable ventaja. Por eso es que la mamá de Marilú les ha ofrecido whisky, mientras en la fiesta los demás toman pisco con Coca-Cola o ponche a la romana.

Charly sigue bailando sin decir nada, salvo las rimas finales ésas. Está absorto en el disco. Mejor.

...The drunken politician leaps... mothers weeps... fast asleep... they wait for you...

Son las rimas insidiosas, insistentes de Dylan. Esa dicción desdeñosa, como si no importaran las sílabas arrastradas sino el empuje que las pone en marcha, como si lo único que hubiese que oír en ellas fuese su capacidad de suscitar y desvanecerse dejando en el aire la vibración de una pura voluntad de decir; las ganas de comunicar algo que no termina de comunicarse, las ganas del desgano.

Me tinca que el tipo viene a sacarme a bailar.

Pero pasa a su lado sin mirar.

❖

UNA EMPLEADITA de delantal negro con pechera y puños blancos almidonados cruza el living sorteando, tímida, las parejas que bailan. Lleva una bandeja de plaqué repleta de sandwiches tapados, de algunos de los cuales chorrea el queso derretido solidificándose blandamente sobre el pan. Adelaida le roba uno al pasar. Cálido, crujiente, oloroso. La mujer cruza delante de la chimenea. Tiene un pelo negro, azabache, que reluce hasta más abajo de su cintura cubriéndole casi toda la espalda. Sin duda, se ha lavado y peinado especialmente para la ocasión. *She knows* ... Mueve rápidamente algunas copas y acomoda la bandeja en la mesa del comedor... *that I'm not afraid...* que han arrimado a la pared para que la gente...*to look at her...* se sirva. Luego regresa al repostero serpenteando entre quienes bailan tal como entró y sin haber levantado las pestañas ni una sola vez.

–¿Qué te parece la chinita? –le dice Juan Cristóbal Sánchez a Marcial. Hace un gesto de sorpresa con la boca y asiente con la cabeza.

Se escuchan las carcajadas fuertes e inconfundibles de Francisco Ossandón al fondo, al final de la sala.

–Esta es, Marcial, la que se mandó al pecho Ruca, ¿lo sabías? –insiste Juan Cristóbal Sánchez–. A vos te tiene agarrado alguien, huevón. Y yo sé quién. Pero vos no decís ni pío, viejo.

Marcial, mirando al tipo de los anteojitos sin marco, sigue casta-ñeteando los dedos y coreando:

...because he lied, because he took you for a ride...

Un clamor de voces brota de repente de todos los rincones al unísono:

...And because I want you, I want you...

Marcial con Adelaida. Surgió de la nada como tomando su talle por detrás. Al darse vuelta, sorprendida, quedó ella atrapada en sus brazos. Un lento. Otra onda. Por encima del hombro les hace a los demás un gesto de "¡qué le voy a hacer, no es culpa mía!" y también de "esto no tiene ninguna importancia":

Tu nombre me sabe a yerba...

82

❖

Se apagaron todas las luces y Marilú clavó sus ojos en ese círculo de quince velitas de distintos colores que orillaban la torta de chocolate y cercaban el trozo de vida que era suyo. ¿O el que había sido suyo, más bien? ¿No era ella a partir de ahora justo la velita que faltaba, la siguiente, la que sería hasta el día en que su mamá la clavara transformada en otra vela más en la torta de chocolate para exponerla como trofeo el próximo año? Su madre sostenía la torta ante ella y la miraba sonriendo sin querer leer sus ojos. Sintió vergüenza. Adelaida le pasó un brazo por la espalda y eso la alegró y le dio ánimos. Sopló con fuerza pero no pudo apagarlas todas. ¡A la otra! ¡Eso es! Por fin. Seguro que estoy roja como una sandía. ¡Qué plancha! Adelaida cerca suyo la miraba con una expresión divertida. El ruido de platos y cubiertos captó su atención. Su mamá cortó la torta y empezaron a circular los platos.

Estoy bailando de nuevo con Marcial. Me habla de una partida de caza con su papá a una laguna con patos, perros y todo lo demás. Me resulta entretenido imaginármelo en un grabado inglés que había en casa de Marilú, en Santiago. Dos jóvenes de jockey metidos en el pasto hasta más arriba de la rodilla. Llevan sus carabinas y un par de perros que miran olfateando hacia adelante.

Veo la cabeza desordenada y crespa de Juan Cristóbal Sánchez del otro lado del ventanal, en la terraza. Pega la cara y aplasta su nariz contra el vidrio. El vaho se extiende y lo distancia más y más. Es una nariz blanca, vuelta y achatada. Una deformación extrañamente amenazadora, pese a lo familiar.

Entra a la sala castañeteando. Tiene los ojos enrojecidos y sonríe, pero a nadie en particular sino, quizás, a ese otro que es él mismo y ha quedado atrás. Se acerca a Ruca y le dice algo. Se oye la explosión de sus carcajadas. Ruca le está dando unos golpes cariñosos en la espalda, hasta que el muy bruto le da vuelta el ponche en la camisa de paño de jeans. Un pañuelo. Charly presta el suyo. Marcial me está hablando de su próximo viaje a Grecia. Le prometo la dirección de Federico Leiva, que estudia filosofía en Atenas y sabe griego y complementa la plata de su beca trabajando de guía turístico... Más risas y risas. Se hizo un silencio. Lo llena ahora la voz de Ruca. El olor picante de la marihuana en su nariz. Más carcajadas.

—Dime, Juan Cristóbal Sánchez, ¿tú qué crees? —ríe Ruca—. ¿Importa más el tamaño o el movimiento?

Risas.

—A ver, Juan Cristóbal Sánchez, contesta...

—Yo creo que el movimiento.

Ruca larga una carcajada:

—¡Otro huevón que lo tiene chico! ¡Otro más! Ja, ja, ja.

Marcial finge no haber oído y me pregunta más de Federico, de Atenas.

Entonces oí la frase:

—No le creas nada a este tipo que sólo te está tratando de engatusar.

Una sonrisa chueca o dudosa o altanera o triste o pitancera vaga por sus labios. Marcial nos presenta. Era Pelayo Fernández. ¿Cómo podía ser que nunca lo hubiera oído nombrar?

❖

Y NOS ACODAMOS en la baranda que da al mar, al final de la terraza. Yo miraba los botes que oscilaban suavemente, abajo, en la caleta. Se hizo un silencio largo y me sentía recómoda, a pesar de todo. El mar de noche, diez o doce botes de colores a lo Van Gogh, franjas de luz lunar. Oscuro, callado, viscoso y ondulante, de rumor tranquilo, salvo, de repente, el golpe de una ola contra el muelle como una interrupción. Bajamos lenta, muy lentamente las gradas de piedra que resonaban con cada paso nuestro como en una película. Nos detuvimos en la pérgola de las buganvilias que rodean los macrocarpas podados en semicírculo. El se acercó a la hamaca. En verdad, era un sofá de balanza con cretona colorada y desteñida que él llamó hamaca. Su olor se mezclaba al pegajoso aroma de los macrocarpas.

Hablamos del viaje a Grecia que iba a hacer justamente con Marcial. Raro que no me hubiera dicho que iba con Pelayo. Me dijo que era jabalinista. No demasiado bueno, dijo. Pero había salido tercero en el interescolar del año anterior. Yo le pregunté cómo le había ido en la Prueba de Aptitud Académica. Dijo: bien. Iba a estudiar agronomía. Se sentía tan suelto por no tener que ir más al colegio. Un volantín sin cola, le dije yo con harta risa. Y él se rió también como un niño pillado. Aunque de puro amoroso, no más, porque yo no había dicho nada tan divertido. Y era que teníamos ganas de encontrar motivo para reírnos, los dos.

Y me observaba él con una mirada despejada, y ojos húmedos y firmes que devolvían sin recelo toda la luna que daba en ellos. Y se me quedaron grabados esos ojos limpios, desaprensivos, y la persistencia del ruido callado del movimiento del mar, abajo nuestro.

Dijo que un sofá de balanza así o uno parecido había en el fundo, en Chihuaillanca; que le recordaba a su abuela Marta y a su prima. Entonces, apoyó una rodilla sobre él y éste osciló acompasadamente haciendo un débil chirrido metálico. Le pregunté puras leseras, que si era bueno para el caballo, si le gustaba mucho. Me miró con una ternura intensa y como angustiosa, y yo supe que ya me iba a besar.

Subimos uno a uno los escalones de piedra que conducían a la loggia de la casa de Marilú. Al entrar al jardín sentía el maicillo crujiendo bajo los pies. Se detuvo, y me besó otra vez. Deslizó una mano por dentro de mi blusa. Le sujeté esa mano aventurera y la retiró de allí, suavemente. Y lo besé, de nuevo, sin imaginar que no lo vería más; que sólo lo reencontraría tantos, tantos años después. Yo le indiqué las figuras iluminadas del living, que se movían extrañamente. La noche se había enfriado y estaban cerradas, por eso, las ventanas. No se oía nada de la música que daba sentido a esos brincos, aleteos, temblores y estremecimientos. Vistos a distancia y sin ritmo ni melodía, esos movimientos resultaban tan inescrutables, algo así como un lenguaje olvidado.

Una vez adentro, se me acercó Marilú para decirme que Marcial me buscaba, pero apareció justo Charly Larraín con sus ojillos simpaticones y, sin darme mucho cuenta, me encontré bailando con él, y dificultosamente, porque la luz me cegaba y el atronador volumen de la música golpeaba dolorosamente los tímpanos. Cerré los ojos y me sentí bien con Charly, pues tenía algo puro y desinteresado. Apoyé, creo que distraídamente, mi mejilla en la suya hacia el final del disco, y me dejé tomar por la música. Pero la imagen de esa casa sellada y con luz, y llena de moradores consagrados a la ejecución continua de pasos y movimientos indescifrables, volvía con la intermitencia de un faro perdido en la bruma.

❖

LLEVABAN LOS TORSOS desnudos y los brazos en actitud de lanzar la jabalina. En primera fila, Pelayo, luego Federico y, finalmente, Marcial "de colosal tamaño". Detrás, el Partenón. Se fijó en la zona sombreada del pecho de Pelayo. Le dieron ganas de pasar la palma de la mano por esos pelitos crespos. Fue un impulso nervioso sin mayor significado, igual al que hace que los niños chicos rasguñen, y que controló con alguna vergüenza antes de fijarse en la proporcionada musculatura de los brazos de Marcial. Federico era más alto de lo que recordaba, pero harto flaco. Muy improbable que el escultor "minoico tardío", como se leía en la caligrafía de Federico al reverso de la fotografía, lo hubiese escogido de modelo. La expresión de su rostro era teatral y cómica, aunque parodiaba con gracia la distensión de tantos Apolos griegos vagamente sonrientes. Marcial, también actuando, parecía un Aquiles al ataque vengando a Patroclo, por su rostro de cortes firmes, precisos y la tensión de la boca y los ojos "de contenida y bella furia". Eran, por cierto, los epítetos de la misiva de Federico. Pero Pelayo en la foto era Pelayo. Sintió que la enternecía ese rostro que, fuese lo que fuese en la vida real, allí, en la fotografía sacada en ángulo oblicuo frente al Partenón, descansaba limpio, inquieto e inteligentemente maravillado.

Lo quiero, se dijo Adelaida. Yo quiero al que está en esta foto.

Y agregó para sí, asustada y a la vez riéndose alegre: Parece que te has enamorado, Adelaida. Cuídate. Aunque, continuó al sentir un peso en el alma, como no hay esperanza alguna más vale olvidarlo, ¿no es así? Y guardando la foto con la carta de Federico en el cajón del velador salió corriendo de la pieza.

Atravesó la puerta de la cocina y pasó al sitio eriazo de al lado. Se largó corriendo dunas abajo. Se cobijó bajo la sombra de los pinos y se sentó ahí con ánimo de dejarse llevar por sus ensueños. Pero le molestó una bolsa plástica que aleteaba gimiendo en la brisa enterrada a medias en la arena y bajó a la playa. Necesitaba mar. Procurando no encontrarse con nadie se encaminó hacia el cerro. Al llegar y cuando se disponía a subir vio que el sol se metía en un sobre de nubes grises y delgadas como hechas de papel aéreo. Vaciló y luego emprendió el regreso con andar desalentado.

En su casa encontró un recado de Marilú y Gloria: "Te pasaremos a buscar a las diez treinta en punto. Paseo en lanchón con Ruca y demás." Llegaron y aún no estaba lista. Cuando por fin salió al porche, su mamá la alcanzó para prestarle su manta de vicuña de las buenas, las antiguas, de esas que ya casi no se encuentran en La Ligua. "La noche va a estar fría, Adelaida." Gloria estaba tensa por su atraso.

El botero timoneaba con el pie mientras miraba vuelto hacia adelante. Esa noche, recostada a babor y sintiendo la suavidad incomparable de la vicuña apegada a la boca y la nariz por el olor a petróleo del lanchón, Adelaida no lograba apartar de sí a Pelayo. Su imagen fotográfica seguía llegándole un poco como esa alfombra vacilante que la luna extendía desde ella y hasta la lancha doquiera ésta estuviese, sin dejar jamás de darle alcance.

Se le acercó Juan Cristóbal Sánchez y sentándose a su lado le tomó la mano bajo el poncho. Ella lo dejó. Se oían las risas de los demás en la cabina. Como siempre, la de Francisco Ossandón opacaba a las demás por lo baja y contagiosa.

A la mañana siguiente, una noticia recorrió de punta a punta los grupos jóvenes de la playa: Gloria y Ruca estaban de novios. Ruca se le había declarado en el lanchón y ese día en la mañana Gloria lo había contado a sus amigas. Mientras, Ruca, acompañado por Juan Cristóbal Sánchez, Víctor, Charly y Francisco Ossandón tomaban cerveza en el restaurante frente a la playa. Los tragos los pagó Charly para toda la mesa en honor del "noviazgo del verano". Lo que hacía el caso fascinante, aparte de que Gloria era linda y perfecta y Ruca, un rajado y un chinero, era que nunca nadie se había sospechado esto. Fue ése el momento, entre brindis y brindis por los nuevos novios y el fin del veraneo que Juan Cristóbal Sánchez levantó su schop diciendo "por mí, que me meto de cura". Se produjo un silencio espeso; luego risas y tallas.

Ruca, préstale a la chica morena que trabaja donde Marilú, ya que no la necesitas ahora, hombre, rió Ossandón.

Pero Ruca, viendo los ojos emocionados de Juan Cristóbal Sánchez, les invitó a un brindis "por este volado que de puro volado y yerbero capacito es que se nos haya vuelto místico", dijo. Y los demás lo siguieron.

NUEVE

LOS VITRALES DEL COMEDOR
DEL BANCO AGRICOLA E INDUSTRIAL

UN GUARDIA vestido con uniforme celeste le pidió su carnet. Alguien le indicó el ascensor. Y en cuanto se abrió la puerta en el tercer piso: "Al fondo a la izquierda. Ahí está, señor, la secretaria de la gerencia." El ascensorista pronunciaba meticulosamente cada sílaba. Y luego fue ella: "Don Pelayo Fernández, ¿no es cierto? Lo están esperando." Ya antes de entrar escuchó una voz destemplada que se destacaba sobre las demás. Era la de Rubén Eskenazi, el pelirrojo bajo, esmirriado, que le extendía esa mano tibia y fláccida y tomó la suya sin querer apretarla. Su aspecto era sucio y soñoliento. Don Pascual, que lo conocía desde joven –tenía ahora unos cincuenta años–, sabía que se veía así, sin lavar y adormilado, o como un niño recién salido de la tina. No había intermedios. Aparte de eso el rostro del millonario no llamaba nunca la atención. Sus rasgos eran parejos y bien proporcionados, pero el resultado era una cara insípida que se olvidaba con sorprendente facilidad. Pelayo creyó percibir el olor penetrante y particular de su cuerpo, debido, probablemente, a la extraña e inconfundible mezcla de su jabón, su perfume, su shampoo, su desodorante y sus olores propios. Llevaba un traje de seda a listas gruesas en gris claro y oscuro de visos sedosos. A su lado, de traje también gris, pero a rayas finas, Carlos Larraín, "Charly", lo abrazó palmoteándole la espalda mientras lo felicitaba por su reportaje acerca de los comerciales.

–Me hizo reír a carcajadas. Sobre todo me impresionó eso de que los soldados que viven en las bases de la Antártida hayan pedido que la televisión les llegue con los spots publicitarios. ¡Teniendo la opción de ver televisión sin avisos!

Y dirigiéndose a los demás agregó con cara de risa:

–Claro, claro que no constituyen un "mercado objetivo". Ningún avisador pensó en ellos cuando la televisión empezó a llegar a la Antártida...

Pelayo terminó la ronda de apretones de mano y se sintió aliviado a pesar de la molestia que le causaba la transpiración enfriándosele en la espalda. Llegar el último lo tenía muy cohibido. Mempo le sonrió como sugiriendo que este comienzo, por la recepción de Charly, prometía.

—Hacía años que no me topaba con este pierna de Judas —rió Charly—. No sé cuántos, en verdad. Nos conocemos, don Pascual, desde nuestros primeros bailoteos en Los Bellotos, desde el primer "yeah, yeah" de los Beatles. ¿O no es así, campeón?

—Vaya, vaya —dijo don Armando fingiendo un remilgo.

Charly hizo un aparte y cambió el tono:

—¿Cómo está Márgara, Pelayo? Alguien me dijo que la había visto en Vichuquén el otro día.

—Sí. Están instalados allá a buen viaje, Charly. En casa de su tía.

—¿Y tú no piensas ir?

—El próximo fin de semana.

—¿Y vacaciones?

—Entre la revista y este proyecto de la televisión parece que vacaciones no voy a tener.

—¿Cuántos niños tienes ya, Pelayo?

—Uno: Pedro. ¿Y tú?

—Cuatro.

—Y la Trini, ¿cómo está?

—En la playa, en Los Bellotos, por supuesto. Le encantaría verte. Siempre se acuerda de ti y de un viaje a Grecia que hiciste con Marcial Riesco, y del cual le hablaste sin parar cuando la conociste.

Pelayo se sonrió levantando las cejas muy por encima de sus anteojos por sugerir complicidad.

❖

CARLOS, "Charly", como le decían, tenía ojos azules, y su pelo castaño, con algunos reflejos rubios, estaba cortado para evitar que se notara el inicio del raleo. El tono rubio, apagado y tenue, pese a ser tan leve en el conjunto de su cabeza como para resultar apenas reconocible era, sin embargo, muy importante, pues probaba que ese hombre más bien rellenito, de traje gris, brazos largos y aspecto tan corriente, fue otrora un niño rubio, de piel muy blanca, ojos azules y todo el resto del cuento. Charly había sido desde niño sumamente sociable. Era cordial y curioso, halagador y divertido, adaptable e informado. Quedarse fuera de lo que estaba pasando habría sido para él una tortura equivalente al destierro. Era más inteligente de lo que la gente creía porque su frivolidad lo hacía aparecer insignificante. Debido a eso las personas entre las que circulaba no se cuidaban de él. Charly, entonces, con su capacidad para observar y callar sin aparecer juzgando, conocía a los hombres tal como se comportan con quienes sienten levemente inferiores a ellos y que dista tanto de como se presentan ante los que estiman superiores o tienen poder sobre ellos.

El heredero de una gran fortuna tiene muy pocas decisiones que tomar en su vida. En verdad, casi todas se reducen a una: nombrar a las personas que tomarán las decisiones por él. Lo que hace que esta tarea sea tan ardua es que justamente su condición de heredero de una gran fortuna tiende a privarlo desde la infancia del conocimiento de los demás, pues vive rodeado por personas que actúan frente a él para halagarlo o para demostrar que no están haciéndolo, pero que rara vez son naturales. Rubén Eskenazi, al hacer de Charly su asesor, tomó una decisión de gran trascendencia, aunque probablemente sin percatarse mucho. Charly se transformó en su principal fuente de informaciones acerca de quiénes eran las personas tales y cuales que le estaban siendo propuestas para los cargos tales y cuales. Con su increíble memoria de hombre de salón, tenía siempre esos datos que no están en ningún currículum y que son más valiosos que un MBA en Harvard o Stanford; esas anécdotas que recogen el instante priviligiado en el cual una persona, sin importar cuán variada y multifacética sea su vida, reveló para siempre quién es y qué cabe esperar de ella. Así, al menos, veía Charly las cosas. Y por mucho que otros asesores de Rubén y que sus gerentes más agresivos desde un punto de vista empresarial, pecharan por obtener que se nombraran economistas jóvenes, inteligentes, con imaginación financiera y formados "afuera", la verdad es que llegada la hora de los quiubo, las anécdotas de Charly pesaban más en la mente conservadora de Rubén que cualquier otra consideración.

El grupo se privó así de muchos *jeunes loups* que encontraron, en cambio, en el grupo Toro, en el grupo Alam y en el grupo Daccarett las puertas abiertas para ensayar sin contrapesos lo que habían aprendido de negocios en la Universidad. Así, cuando Mempo entró al grupo Toro, pagaban en él menos que en otros sitios por el simple factor de prestigio que otorgaba a un joven profesional formar parte de ese imperio. Los mejores iban allí o a trabajar con Roberto Alam o en el grupo Larraín-Cruzat o donde Daccarett o Vial o con el grupo Matte. Los vetos de Charly Larraín, entonces, dejaron fuera del sólido conglomerado de la familia Eskenazi a muchos de los mejores cerebros de su generación. Salvo una que otra excepción, esas individualidades sobresalientes y de extraordinaria capacidad no lograban la recomendación de Charly, en cuya mente se habían grabado para siempre con características reprobables a causa de alguna situación trivial, que, sin embargo, "los pintaba de cuerpo entero".

Charly, sin habérselo propuesto nunca, tenía alma de secretario. Probablemente le habría gustado tener mayor capacidad para transmitir sus éxitos profesionales y proyectar una imagen de ejecutivo triunfador como Mempo. Sin embargo, aunque no se daba bien cuenta, su reputación de hombre simpático, liviano y sin importancia constituía su mejor capital, puesto que le permitió por años y años continuar relacionándose con las personas tal cual son cuando no están sobre aviso, lo que, si de aconsejar a un poderoso se trata, resulta, por lo dicho, de inapreciable valor.

❖

DON ARMANDO parecía haber agotado sus múltiples argumentos y consideraciones. Pese a su experiencia y habilidad de abogado ducho y habituado a tratar con hombres pudientes, sus intervenciones no habían estado exentas de cierta bien disimulada tensión. Cualquier observador agudo lo habría notado, pensó Pelayo. Y es que la conversación suelta, de sobremesa, con el heredero de una de las grandes fortunas del país representaba una de esas oportunidades para intimar que no se presentan más que rara vez y entonces, como ahora, de modo inesperado. Porque si Aliro Toro, desde hacía unos años el principal cliente de su oficina, hubiese estado ahí, la cosa habría sido distinta. Se habrían estado cuidando e inhibiendo mutuamente. Rubén Eskenazi solo era un bocado demasiado apetitoso. Para el abogado, los hombres que manejaban dinero eran lo que las mujeres para un Casanova: entes a ser seducidos. Su impulso era inconsciente e irresistible. Necesitaba hacerlos clientes de su estudio. Durante el régimen anterior, impulsado sólo por ese mismo apetito devorador, había prestado importantes servicios profesionales a personeros del área económica del gobierno socialista. Sus informes en derecho habían abierto la puerta a la estatización de varias de las empresas llamadas, entonces, "estratégicas".

Pero en los círculos empresariales nadie tenía motivo para querer acordarse de ese capítulo de la vida de Véliz. Mal que mal hoy era el abogado de confianza de Aliro Toro. Los ejecutivos de la generación de Mempo, por ser más jóvenes, nada sabían del asunto. Salvo Charly, por cierto.

Presidía la mesa el gerente general, don Pascual Hernández, y al frente suyo, al otro lado, estaba Rubén Eskenazi. Entre ambos se habían distribuido "al lote", por sugerencia de don Pascual, don Armando, Mempo, Charly y Pelayo. Los vitrales art déco daban a la estrecha calle Nueva York y sus figuras alegóricas representaban al

Tesón, la Perseverancia, la Honradez y la Prudencia. Habían sido encargados a Francia a comienzos de siglo e instalados bajo el cielo artesonado de ese viejo comedor, que con sus cuadros borrosos de marcos gruesos y dorados hablaba de la plata vieja de Chañarcillo y de la riqueza perdida de las pampas salitreras. Cuando el grupo Toro tomó posesión del Banco Agrícola e Industrial, su cartera carecía de importancia. Tenía la reputación de ser un banco pequeño pero antiguo, conservador y solvente. Era justo la imagen que el grupo Toro necesitaba. A la vuelta de cinco años se había transformado en el tercer banco del país. En el día de hoy prestaba su comedor para hacer avanzar un proyecto muy especial.

Ocurría que desde que empezó la televisión en Chile, en los sesenta, la ley restringió su propiedad al Estado y a tres universidades, una del propio Estado y las otras dos de la Iglesia Católica. El grupo Toro se había empeñado durante algún tiempo en obtener que el gobierno militar liberalizara esta legislación. No había tenido éxito: era por controlar toda la televisión del país que los militares habían intervenido las universidades y nombraban incluso a sus rectores. Ese monopolio era una de las bases de su poder. Pero ahora, se decía, las crónicas dificultades económicas de la cadena estatal habían resuelto al gobierno a licitar la concesión de una de las frecuencias de su propiedad que no se utilizaba. El problema era que no se quería traspasar ese canal a un grupo económico en particular. Toro proponía crear un consejo directivo amplio con intelectuales y personalidades destacadas, y un respaldo financiero de seis o siete grupos económicos distintos. Se había pensado que ningún grupo tuviera más del diez por ciento del capital accionario del canal. La idea estaba teniendo buena acogida. Convencer a Eskenazi de que se incorporara al proyecto era la tarea en la cual el hábil abogado Véliz se empeñaría en este almuerzo. Pero el motivo aparente del mismo no era ése, sino que el interés manifestado por unos inversionistas suecos al Banco Agrícola e Industrial de asociarse con los Eskenazi en la explotación de sus minas de yodo. "La clave del negocio –había explicado don Pascual– está en que los gringos nos aseguren el resto del financiamiento con bancos de afuera. Con este peso sobreevaluado por el gobierno se subsidia el endeudamiento en dólares. Sería tonto no aprovecharlo, ¿no?" Y rió con carcajadas muy cortas que nadie acompañó. Mas ya a la altura de la aparición del marrón glacé, la posibilidad de ese negocio, para todos por demás auspicioso, había entonado el ambiente y conducido la conversación a otros tópicos de mayor urgencia.

Don Pascual propuso, con su aire pánfilo, tomar el café en el salón. Pelayo, que se quedó un poco atrás, se fijó en que uno de los vitrales tenía un pequeño cristal roto que había sido cambiado por un vidrio común y corriente. Mempo instó a los demás a acercarse a la ventana. A través de ese pequeño hexágono se veía el edificio de La Bolsa con sus brumosas torres y cúpulas de aspecto londinense. "Mempo nos muestra esto como si fuese la cerradura de la puerta de reja del Palacio de los Caballeros de Malta en Roma y al otro lado se divisara nuestra verdadera Basílica de San Pedro"... rió Pelayo. Don Armando, sin captar mucho de lo que se trataba, aprovechó la ocasión para carcajear. Sus ojillos grises y brillantes desaparecieron consumidos por esa risa contagiosa y estomacal que era su mejor carta de presentación en sociedad. Mempo salió por una puerta lateral y cuando los demás entraron al salón, él estaba ya ahí.

❖

EL PADRE de Rubén Eskenazi, el fundador de la fortuna familiar, unos cuarenta años atrás, junto a otros empresarios, había logrado que se estableciera un alto arancel aduanero a la importación de telas, paños, ropas y demás productos de algodón, y un arancel cero al algodón crudo. El objetivo era, supuestamente, fomentar la manufactura nacional y el empleo. A poco andar, Eskenazi, gracias a su habilidad para dar con los mejores proveedores extranjeros, pasó a controlar el sesenta por ciento del mercado local. A su muerte era uno de los industriales más prósperos del país. Las rebajas arancelarias de los últimos años forzaron entonces a su hijo Rubén a reorientar la empresa madre del grupo y dedicarla a la comercialización de telas importadas que salían más baratas. Realizó estos cambios venciendo sus propios prejuicios. Desconfiaba profundamente de las reformas económicas de los últimos años y de los técnicos que las promovían. Su universidad había sido la industria de la familia; su padre, su único profesor. Con todo, la ductilidad de Rubén y su sentido práctico le permitieron renovar con acierto la estructura de sus empresas y consolidar su posición financiera.

Sin embargo, ahora se veía enfrentado a una bullada acusación por prácticas monopólicas. El fiscal sostenía que era el instigador y miembro principal de un cartel de importadores y distribuidores de telas de algodón que manejaba el rubro. Recientemente dicho cartel había bajado de golpe los precios para sacar de competencia a una empresa de lanas que se propuso ingresar al mercado de telas de algodón.

—Lo que más nos inquieta —argüía Rubén con su desentonada voz— es la publicidad que la contraparte le está dando al asunto.

—Es la estrategia típica de Court —anotó don Armando Véliz—.

Mueve a la opinión pública y acorrala así a unos magistrados que son capaces, si uno se las menta, de ir a buscar la ley de la oferta y la demanda en la última recopilación de leyes de la República. ¡Es abogado muy astuto! Es un fregado... ¡Es abogado muy astuto!

Iba a insinuar algo más, pero las entusiastas risas del empresario y los demás le hicieron detenerse. La pausa le aconsejó dar el paso siguiente.

–¡Qué hombre inteligente ese...! Abogado habilidoso, muy astuto. Sí.

Los demás callaban.

–¡Qué hombre inteligente, inteligentísimo...!

El abogado Véliz inspiró fuerte como si fuera a confesar algo terrible, sin embargo se contuvo apretando los labios con exageración visible mientras negaba con la cabeza.

–Tremendo. Tremendamente inteligente ese abogado –añadió como desesperando.

–Pero sumamente inescrupuloso, ¿no? –intervino don Pascual Hernández, revolviendo con cuidado su tacita de café.

Don Armando se encogió de hombros mirando el artesonado del techo. Sonrió con su boca de dientes mal alineados y se tocó el labio superior con la lengua por parecer pillo. Y como si el asunto ya no fuera de su interés, se dirigió a su interlocutor para suplicarle una repetición de ese marrón glacé que su paladar había encontrado "particular". Tenía buen diente y se le notaba en la panza, que añadida a su baja estatura y enorme cabezota daban a su figura ese aspecto rechoncho. Le Blanc, a la sazón el sastre más caro de Santiago, aún no se daba por vencido ante ese blando y abultado vientre y hacía maravillas enanchando la pretina por impedir que su masa cayera doblándose sobre el cinturón, lo cual habría estropeado definitivamente el buen corte del traje.

–Eso es lo peor –agregó Rubén con desparpajo–. ¡Ha pasado coimas a la misma Fiscalía! Se dice que tiene a los jueces en el bolsillo... ¡Parece increíble! Pero el hecho es que ninguno de nosotros puede sentirse a salvo –intercaló apuntando sucesivamente con el índice a todos los que estaban en el salón.

–No, no, no. No es para tanto. Hay remedios. Bueno, lo que ocurre –opinó don Armando acariciando su barbilla con aire meditabundo–, lo que ocurre es que... controla a los receptores de tres juzgados claves, nada más. Con ello logra muchas cosas: por ejemplo, notificarte por cédula, que tú no lo sepas y se te pasen los cinco días para apelar. Por ejemplo, conseguir que el caso tuyo le haya "tocado" a la única sala que él también tiene "arreglada". ¡Yo lo conozco tan bien! A mí no me cuenta cuentos...

–¡Es escandaloso! Rompe las mejores tradiciones de este país que, en esta materia, era intachable...

Sin transición ninguna y aparentando indiferencia, don Armando miró hacia la puerta de encina que daba a los comedores. Su lengua hurgaba entre los dientes con pertinacia. Pelayo, por primera vez en su vida, lamentó que en Chile no fuera de buen tono poner escarbadientes en las comidas. Entre tanto, Rubén, como rompiendo una barrera, se abalanzó a contar una larga y confusa historia llena de pequeños percances y malos entendidos referidos al bullado juicio. Al pasar dejó caer, como quien no quiere la cosa, el asunto de una visita a su oficina con el fin de pedirle una coima para nombrar al abogado de la Fiscalía que tendría a su cargo la acusación. Omitió la suma. Sin embargo, cuando don Pascual le preguntó con ojos ingenuos: "¿Y tú qué hiciste? ¿Cómo se reacciona ante una proposición así? Nunca me ha tocado..." dijo que se le pedían "sólo cuarenta y cinco mil dólares." Ante lo cual don Armando, con una mueca de desagrado en los ojos, le preguntó interrumpiendo:

–¿Y eso a cambio de...? ¿Con garantías de...?

Y comprobando que Rubén giraba sus ojos legañosos con asombro, reiteró la frase, esta vez en tono de reproche:

–¡Con garantías de nada! Típico de Court. Tira el anzuelo sin ni siquiera carnada. Es un audaz, un audaz... muy inteligente. ¡In-te-li-gen-te!

Le hizo un guiño al mozo, que le colocó su nuevo plato de marrón glacé sobre una mesita lateral de patas frágiles que de inmediato comenzó a temblar. Y blandiendo un índice en señal de advertencia siguió diciendo desde lo hondo del sofá de espaldar alto y tapiz de seda color concho de vino:

–Hay tantos, ¡tantos! que a diferencia tuya, que has actuado con clarividencia, mi querido Rubén, pican. Pican a cambio de nada... Mi querido Pascual –dijo probando la puntita de la cuchara con la lengua–, le reitero: ¿su marrón glacé? ¡Particular!

❖

RUBÉN, retomando el hilo, se ocupó de aclarar, no sin turbación, que, por supuesto, ese emisario había salido de su oficina retobado y no se le había visto nunca más por ahí. Luego intercaló un par de anécdotas olvidadas en su ya larga narración anterior. Después empezó a hablar de política. El viejo abogado escuchaba ahora al millonario con evidente beneplácito. Naturalmente, no por lo que éste decía sobre el momento político, pues ello era sumamente consabido, sino porque se dirigía exclusivamente a él, prescindiendo casi por entero de los demás. Ello significaba que sus comentarios y halagos, acompañados de críticas menores expresadas virtualmente sólo en gestos y cuyo único objetivo era dar credibilidad a los anteriores, habían logrado su cometido. No le fue entonces difícil decir de repente:

–Mi querido Rubén: saquemos una conclusión positiva de esta experiencia amarga. Lo que la empresa privada de este país necesita es un canal de televisión a través del cual validar sus objetivos y poner atajo a las campañas de desprestigio de toda índole. No habrá modo de impedir la corrupción de los jueces ni la avidez de los políticos, siempre atentos a comprar votos con plata ajena, si no es a través de los medios de comunicación y, en particular, de la televisión, cuyo poder hoy no conoce límites. Es un absurdo que en Chile todavía no haya televisión privada. El gobierno, que controla la televisión estatal, mañana puede sernos desfavorable. De seguro, lo mismo ocurrirá con los canales universitarios, por ahora, intervenidos.

Eskenazi se llevó la taza de café a los labios.

–Eso es lo que hemos estado meditando y conversando diversos empresarios, entre otros Aliro Toro, que desde hace tiempo, como tú sabes, se ha interesado en el asunto. Se trata de un proyecto magnífico en el cual hay ya todo un equipo trabajando, un equipo con gente joven de primera. Por eso nos acompaña mi distinguido amigo Pelayo Fernández...

"Es la tercera vez que está conmigo", se dijo Pelayo.

–Quien tendrá a su cargo –prosiguió Véliz– uno de los programas periodísticos más importantes y precisamente uno en el cual se podrían contrarrestar campañas como las que ustedes han sufrido tan injustamente en estos días. Se trata de una línea periodística nueva que podríamos llamarla relativa a "usos y costumbres". Lo otro es un poco de showbusiness y seriales que se compran en el extranjero. Pelayo te sabrá dar una explicación acabada. Creo que sería muy positivo que tú tomaras cartas en el asunto y aunáramos fuerzas para llevarlo a cabo.

Don Pascual intervino para decir que él estaba gratamente sorprendido por el monto relativamente bajo de la inversión inicial, "del orden de los nueve o diez millones de dólares", dijo. Y se pasó varias veces la mano por la cabeza plateada.

–*Peanuts*! –exclamó Mempo mirando un punto indefinido de la marina de Somerscales al fondo del salón y haciendo con la boca un gesto despectivo–. *Peanuts*!

–Hay que tomar en consideración que un canal comercial exitoso genera hoy por hoy utilidades cercanas a los tres millones de dólares anuales. Mempo –señaló don Pascual– te puede dar todos los detalles.

–Sí –aseguró éste, incorporándose complacido–, hemos hecho una evaluación completa del proyecto y estimamos...

Tomó de la alfombra una carpeta azul plastificada que había dejado a los pies del sillón. Pelayo cayó en la cuenta de que Mempo, siempre diligente, la había ido a buscar mientras los demás miraban el edificio de La Bolsa por el pequeño vidrio cambiado en los vitreaux.

–¡Yo estimo que es un gran proyecto, mi querido Rubén! –exclamó don Armando, levantando de entusiasmo ambos brazos.

Mempo lo observó extrañado por la interrupción. Rubén pareció que iba a asentir. Miraba al abogado Véliz con sus ojos vagos y lechosos. Pero a continuación volvió sobre el tema del juicio y de las declaraciones de prensa del fiscal que lo habían implicado a él y a su empresa. Don Armando aguardaba asintiendo con su cabezota de frente ceñuda y sin mover sus penetrantes ojillos grises de los de Rubén, quien se pasaba la mano derecha por el pelo sobre la oreja, donde su color acolorinado encanecía, y levantaba la tacita de café de porcelana con la zurda. El viejo abogado, expectante, se hundió en el sofá sin dejar de mirar al hombre rico. Su boca, muy fruncida y con los labios un poco hacia adelante, se abría y cerraba con palpitaciones anales. Mempo devolvió la carpeta a la alfombra bajo su poltrona.

❖

RUBÉN SE RASCABA el lóbulo de la oreja. Mientras lo hacía guardó silencio, pausa durante la cual no voló una mosca. Los demás pusieron la misma atención a la forma en que el millonario se rascaba su larga oreja que a las palabras severas y bruscas que acababa de pronunciar a propósito del problema que le ocupaba. Sin embargo, pareció distraerse y comenzó a demorarse en esta operación de rascarse la oreja más de lo necesario, un poco como quien está solo en el baño y no tiene apuro y no le preocupa lo que hace con sus gestos pues nadie puede verlo. Don Armando dirigió la vista a su lado, a la mesita donde quedaba su plato vacío de marrón glacé, pero volvió a subirla y enderezarla de inmediato por seguir escrutando esos gestos a la espera de qué diría después. Quien rompió este extraño silencio fue Charly. Con su voz alta y afable le preguntó a Mempo si la morosidad de las letras hipotecarias seguía en aumento en el sistema. La conversación se desvió al problema de la nueva alza de la tasa de interés que todos condenaron con igual vehemencia, aunque era evidente que Mempo tendía a culpar de ella a la política macroeconómica del gobierno, en tanto que Rubén sonreía sin atreverse a señalar que quizás el problema tenía que ver con el sobreendeudamiento de algunos empresarios audaces como Aliro Toro. Charly, temiendo que esa hipótesis propia de Antonio Barraza y cara a Rubén se tradujera en una conversación desagradable, cambió de nuevo el tema algo confundido, esta vez, por haber desplazado la atención desde las orejas de Rubén al problema de la tasa de interés que tampoco era una preocupación cómoda para una reunión como ésta. Entonces acudió a Pelayo y le comentó un reportaje anterior suyo que había tenido que ver con la moda de la gimnasia aeróbica, las pesas y la fisicultura. En él, Pelayo se explayaba sobre la capacidad o esperanza de remoldear el cuerpo que estos ejercicios de pesas prometían.

–Pero lo más interesante –sostuvo Charly con expresión pícara– es el componente medio erótico que tienen muchos de estos ejercicios de la gimnasia aeróbica, ¿no? Parece que va a haber que empezar a concurrir a los gimnasios para conocer a estas nuevas "amazonas" –rió mirando a don Armando, a ver si lograba que éste lo apoyara con una de sus carcajadas contagiosas.

Por supuesto lo hizo y de inmediato se restableció si no la calidez, al menos la armonía de la reunión. Rubén, entonces, opinó que la gente se estaba volviendo cada vez más loca y ya no sabían qué hacer con su tiempo y con su plata. Don Pascual se sumó a este comentario sosteniendo que ello se debía a la gravísima crisis de valores que afectaba al mundo occidental y que era la causa última no sólo de estas ridiculeces de sodomitas, como la afición a las pesas, sino también de los malos manejos económicos que, como la inflación, reflejaban una crisis moral. Rubén se interesó en esta interpretación que estimó novedosa porque hasta ahora, sugirió, no había visto planteada la vinculación entre el sobreendeudamiento, el desorden financiero del mundo actual, la irresponsabilidad en los negocios y la irresponsabilidad para planificar la vida. Aprobó mucho a don Pascual cuando éste afirmó que la inflación era la expresión económica de la demagogia política y ambas, a su vez, de la incapacidad de refrenar los apetitos del cuerpo. Don Armando añadió a este análisis la necesidad de considerar la influencia maquiavélica de los bolcheviques en esto, siempre alertas para aprovechar las debilidades y corrupciones de Occidente. Ahora la reunión empezaba a animarse cada vez más y don Pascual, don Armando y Rubén se peleaban la palabra añadiendo adjetivos y calificativos a este fenómeno de decadencia.

Mempo Tamburini se mantenía un poco al margen de la conversación, puesto que como hombre de confianza de don Aliro se sentía corresponsable del sobreendeudamiento del grupo. El análisis de don Pascual le calzaba mejor, en última instancia, a Rubén, a quien él consideraba un mero rentista sin capacidad creadora, y se traducía en una condena a la agresividad empresarial y al optimismo que caracterizaba a todo el grupo Toro. Eskenazi no se endeuda, pensaba Mempo, porque no quiere correr riesgos y no quiere correrlos porque no tiene en la cabeza ningún proyecto que lo apasione. No se le ocurre cómo producir riqueza. ¡Qué diferencia con Aliro, en cuya mente bullen miles y miles de negocios nuevos rigurosamente evaluados! Esos estudios anillados en carpetas azules –las carpetas azules del grupo– están en sus estantes a la espera del capital capaz de ponerlos en marcha. ¡Qué no haría Aliro Toro con el capital físico de Eskenazi! ¡Cambiaría Chile entero en menos de diez años!

Rubén Eskenazi representaba, para Tamburini, al empresario latinoamericano de viejo cuño: sin principios, inescrupuloso, oportunista, con una fortuna familiar construida al amparo de franquicias gubernamentales oligopólicas, y conservada a punta de astucia, avaricia, retiros de utilidades para hacer depósitos en el extranjero y falta de imaginación. Había algo profundamente autodestructivo para el sistema en la concepción empresarial de corto plazo de un hombre como Eskenazi, pensaba, y eso lo enfurecía.

Mempo pensó, primero, que el gerente general quería sólo congraciarse con Eskenazi, pero ahora temía que estuviese aprovechando esta oportunidad para criticar solapadamente las políticas crediticias del propio banco. Mientras guardaba un silencio cauto sentía cada vez más difícil mantenerse al margen de la discusión. Las argumentaciones erráticas comenzaban a impacientarlo y se le notaba. Sin quererlo miró a Pelayo, pero pensaba en Charly, que seguía a su lado, en cómo se las hubiera arreglado él en su caso.

PELAYO ESTABA encontrando cada vez más intrigante a este hijo de judíos no creyentes y liberales, que se había casado con Pamela Ortiz, una mujer, como diría su mamá, tan "liviana de cascos" y casi veinte años menor que él. Provenía ella de una familia de Antofagasta, comerciantes de abarrotes. Era alta (más alta que su esposo), rubia, atractiva, ambiciosa, primitiva. A los dieciocho años ya estaba en Santiago instalada en casa de una tía y trabajando en una agencia de viajes. Cuando no conocía aún a Rubén Eskenazi tuvo un bullado affaire con un pintor de moda que le hizo un hijo y la abandonó alegando que el niño era de otro. Convivió cuatro años antes de contraer matrimonio religioso por la Iglesia Católica con el descreído Eskenazi.

El hecho es que la preocupación por la moral y la crisis de los valores está de moda en Chile, pensó Pelayo. Y no sólo entre los políticos e intelectuales de izquierda perseguidos por el régimen militar sino también entre los empresarios favorecidos por él. Y, obviamente, ambos fenómenos están correlacionados. Estos no son los capitalistas pragmáticos que uno espera, se dijo. Tienen el ímpetu misional de los guerreros y fundadores. Tema para un reportaje. Las circunstancias, las arenas movedizas en las que ahora se sustentan, han generado una nueva raza de hombres de negocios. Ellos mismos están entre dos mundos. No pertenecen a la sociedad que crean... ¿O será, más bien, la suya una forma de "calvinismo católico"?

Recordó haberle oído decir a Elenita que ella había invitado a Pamela a trabajar en las obras sociales del padre Tarsicio. La esposa de Eskenazi, aseguraba, era una voluntaria amistosa y alegre, entusiasta y colaboradora. En Elenita eso quería decir: colaboradora con ella, sumisa a sus directrices. Aunque estaba muy lejos, decía, de consagrarle el tiempo debido, pues pasaba, para su gusto, demasiadas horas en la peluquería dedicada al color rubio de su pelo o fucsia de sus uñas, o con la masajista que la iba a ver a su enorme bungalow con jardín de hectárea y media rodeado por un muro de crateus, en el barrio Vitacura. Pamela soñaba con dar comidas en su casa a las que asistiera el padre Tarsicio; sin embargo, éste rehuía todas sus invitaciones alegando compromisos previos. Prefería ir a casa de Elenita.

Pelayo imaginó a Pamela Ortiz, a quien había conocido de soltera, convirtiéndose, recién casada con su millonario, al catolicismo más febril y pechoño que darse pueda. Ello le permitiría, se figuró con su mente mordaz, hacerse aceptar con su hijo de padre incierto, lavar su reputación y obtener entonces, bajo la custodia espiritual del padre Tarsicio, un reconocimiento e integración social que, de otro modo, le habrían estado vedados en un mundo tan conservador, pacato y moralizante como era el de la alta burguesía santiaguina de esos años. Su marido, si bien mantenía la distancia correspondiente a un hijo escéptico de la tribu de Israel, estaba hoy bajo el influjo intelectual y social del confesor de Pamela y de tantas otras señoras de campanillas. Hasta ese momento Eskenazi, como los demás miembros de su familia, sólo se veía con socios del Estadio Israelita. El padre Tarsicio, en cambio, tenía creciente gravitación en la alta sociedad. La explicación ética de todos los fenómenos, incluidos los históricos, políticos y económicos, una suerte de reductivismo de los valores, era el rasgo típico de su catequesis. Con él causaba estragos en esos sectores pudientes deseosos, por una parte, de encontrar un antídoto moral contra los teólogos de la liberación, los políticos y los intelectuales de izquierda, cuya prédica y denuncia buscaban con celo la descalificación ética del régimen y de quienes lo apoyaban, y por otra, de embridar a sus hijas, tan bonitas y elegantes, en vista de las costumbres liberales que se estaban imponiendo. Costumbres que se traducían en matrimonios prematuros por causa de embarazo, fenómeno alarmante que ocurría cada vez con mayor frecuencia, no sólo entre las empleadas y la gente ahí no más, como antes, sino incluso dentro de su propio círculo. La causa principal, lo sabían, era el aumento de los automóviles. Los jóvenes y el automóvil. ¿Qué hacer, padre?

Don Pascual, alisándose, como siempre, su cabellera canosa, le preguntó entonces a Pelayo a qué se debía, a su juicio, este proceso de destrucción de los valores tradicionales en los cuales parecía tan vivamente interesada la prensa. "Aparentemente tratan de desquiciar los valores para luego hacerse dueños del poder político, del poder militar y del poder económico", afirmó. Mempo sospechó que la respuesta de Pelayo no iba a satisfacer a don Pascual e introduciría, temió, una cuña al interior del equipo del proyecto de la televisión privada. Sin embargo, don Armando, que comenzaba también a inquietarse, no le dio tiempo de contestar y pasó de inmediato a apabullar a Pelayo con otras preguntas en tono crecientemente retórico. "Dígame usted", le decía, "qué razón puede esgrimirse para legalizar la pornografía; qué razón puede esgrimirse para legalizar el divorcio en circunstancias de que los hijos tienen dos padres y no pueden partirse en dos como los melones; qué razón puede alegarse en favor del aborto en circunstancias de que cualquiera hoy puede ver en una película que un feto de pocos días es ya un ser humano." Tanteaba el efecto de sus frases echándole miradas furtivas a Eskenazi. "Detrás de todo esto yo no veo razones", insistió, "sino una estrategia muy bien planificada y magníficamente ejecutada de penetración cultural y valórica con miras a la disolución de todo poder constituido."

Rubén se echó para atrás y le preguntó entonces a Pelayo, con cándida curiosidad, qué razón argüían de hecho los partidarios del aborto en pro de su posición. "Porque", señaló, "como ha dicho Armando, en las fotografías uno ve que a los pocos días de fecundación ya hay una forma humana. La verdad es que no me figuro qué argumento puede darse para sostener que allí no haya un ser humano y que, por consiguiente, matarlo no sea asesinato." Mempo inclinó el cuerpo hacia adelante y se llevó las manos a los muslos que apretó con nerviosismo antes de cambiar su postura en el sillón. Había empujado a Pelayo al proyecto, pero no estaba muy seguro de las posiciones que su amigo tenía en estas materias.

Comprendía ahora que dejándose llevar por el ímpetu de crear algo nuevo, no le había dado la suficiente importancia a esta materia moral. Mal que mal, Pelayo podía perfectamente resultar un individuo con una influencia desquiciadora. No es que supiera a ciencia cierta qué puntos calzaba Pelayo en cada uno de los temas, pero al oír esta pregunta formulada así por Rubén, pensó que su amigo descubriría posturas demasiado liberales que con seguridad repudiarían los demás. Esto dañaría desde luego a Pelayo, pero también a él por haberlo llevado a un proyecto tan delicado en forma desaprensiva.

Rubén guardó silencio contemplando a Fernández con ojos que pestañeaban desordenadamente. Pelayo miró en torno suyo sorprendido de tener que responder él la pregunta y detuvo sus ojos en Charly a la espera de una señal, quien alargando una mano mientras sostenía con la otra su taza de café, le indicó que sí, que Rubén esperaba precisamente de él una respuesta. Entonces Pelayo dijo con voz tranquila y pausada que hasta ahora no se había metido mucho en el tema. Que se imaginaba, claro, que el argumento de los partidarios del aborto era, o podría ser, tal vez, que aunque se trataba de un ser vivo y tenía la apariencia de un ser humano, de hecho no era propiamente un ser humano aún, puesto que biológicamente no era independiente del cuerpo de la madre. Es decir, lo que estaría en cuestión es a partir de qué momento en ese ser vivo hay una persona con derechos propios. Y añadió rápidamente antes que los ojos de horror de don Pascual le impidieran aclarar su posición:

–Me parece muy grave equivocarse en un asunto así. Es decir, lo que está en discusión es si la madre tiene derecho a tomar esta decisión o si la sociedad la tiene en general ya tomada pues se trata de una vida humana. Yo, desde luego, soy pro vida, soy antiaborto, por cierto –dijo. Pero leyó en los ojos de Rubén una chispa de incredulidad. No sabía qué terreno pisaba. Se sentía en corral ajeno. Por otra parte, estaba ahí para algo concreto y no cabían vacilaciones: había que sacar adelante el canal. Esa era su misión. Y le pareció ver a Mempo dando cuenta a Toro de su desempeño en la reunión.

Charly afirmó, entonces, con esa sencillez natural que tienen los hombres de mundo, que así y todo era un hecho que la gente hacía una diferencia entre la vida del feto y la de una guagua.

–Claro –agregó Pelayo interesándose en esta vuelta que tomaba la conversación–. Pareciera que la sensación de culpabilidad estuviese ligada a la distancia a que uno está situado de la víctima.

Y tratando de sortear el tema moral para entrar al político, añadió que, por eso mismo, era aterrador que los dos dirigentes sindicales asesinados la última semana hubiesen sido degollados y no baleados. "Justamente esa proximidad con el cuerpo de la víctima que da la hoja del cuchillo es lo que hace tan aterrante y escabroso el asunto porque indica una voluntad deliberada y perfectamente informada del acto que se está realizando, y de las consecuencias que tiene eso para un individuo concreto de carne y hueso cuyas reacciones uno está sintiendo directamente en su cuerpo. Es muy diferente que disparar una bala, aunque sea a quemaropa. Entre apretar un gatillo y enterrar físicamente uno el cuchillo hay una diferencia cualitativa importante que incide en la sensación de culpabilidad y de gravedad del hecho, ¿no?"

Don Armando lo interrumpió para expresar su completo acuerdo y sostener que a él no le cabía la menor duda que "estos asesinatos de la semana pasada, que estos aterrantes degüellos, tan poco frecuentes en un país como este, eran consecuencia de alguno de los brazos armados del partido que sabemos", insinuó, "para achacarle esto al gobierno y a las Fuerzas Armadas. Y por eso es tan peligrosa la actitud crítica", explicó, "en que se están colocando los obispos de la Iglesia. Es una postura abiertamente política y desestabilizadora", sostuvo. "No me explico cómo", dijo, y le temblaron los cachetes mofletudos, "toleran a curas como el padre Juan Cristóbal Sánchez ése. Sí, el que organizó el otro día una procesión al Templo Votivo de Maipú por los detenidos-desaparecidos. Eso fue una marcha con pancartas, gritos y consignas políticas que llamaban a derrocar al 'tirano'. Fueron grabando los nombres de los desaparecidos en las murallas y cunetas. Voceaban el nombre de cada uno de estos sujetos y la masa respondía 'Presente'. Toda una provocación al régimen. Para mí, curas como Juan Cristóbal Sánchez han perdido la fe y, para no colgar la sotana que es tan oprobioso, apaciguan su resentimiento y odio haciendo política y tratando de convertirse en héroes revolucionarios. Pero, en fin, es claro que al gobierno estos crímenes no le convienen."

"A menos", propuso Pelayo, "que infundir terror entre los opositores sea un mecanismo eficaz. Se avecina una crisis económica fuerte. Las autoridades militares ahora aparecen débiles en el área económica, área en la cual han cifrado sus mejores esperanzas y la base de su legitimización política."

Don Armando, frunciendo el ceño, insistió en que era "precisamente esa clase de percepciones la que le daba algún grado de credibilidad, remota, desde luego, a la falsa idea de que serían agentes del régimen o grupos afines a él los que perpetraban hechos de esta naturaleza para deshacerse de un par de pobres diablos." Pero que a él no le cabía "la menor duda, en su conciencia, de que esto era planificado por enemigos del gobierno para dañar su imagen y ganarse a la inmensa masa de independientes y de personas neutrales del país." Charly zanjó la discusión afirmando que el terrorismo era una guerra muy sucia y que en ella nadie sabía a ciencia cierta quién era quién.

Preguntó, entonces, si estimaban que tendrían éxito los anuncios de huelgas, paros y movilización social aparecidos últimamente en algunas radios de oposición, actos a los cuales habían convocado los dos dirigentes antes de ser asesinados. Don Armando se apresuró a contestar que, por cierto, no tendrían éxito alguno, que "el régimen militar era una roca" y que "el itinerario trazado para la transición a la democracia y aprobado con un plebiscito" se cumpliría "al pie de la letra". Mempo sostuvo que si se mantenía la política cambiaria se producirían "quiebras generalizadas y un desempleo del orden del veinticinco a treinta por ciento de la fuerza de trabajo", estimó, lo cual, advirtió, "producirá una movilización social de consecuencias impredecibles". Forzaba la voz por hacerse oír. La actitud "poco profesional" de Eskenazi lo tenía desubicado. Estaba acostumbrado a brillar en reuniones de negocios más analíticas como las que sostenían con Aliro Toro y los representantes de la Compañía Chilena de Fósforos que es sueca o del grupo Daccarett o el grupo Matte o el grupo Angelini. Le parecía a él, aseveró, que se acercaban días difíciles en los que "todo el sistema de la empresa privada estaría en juego". Por eso era tan importante conseguir pronto que los militares licitasen un canal de televisión y éste entrase en funcionamiento. Se trata de un instrumento, "quizás el más poderoso instrumento al que es posible aspirar", señaló, "para defender nuestras ideas y hacer frente a la crisis política y económica que se nos viene encima. El populismo está a la vuelta de la esquina. Si el régimen militar fuera derribado, ¿qué sería de nosotros? ¿Cuánto valdrían nuestras inversiones? Un canal de televisión puede ser la mejor protección". Don Armando sonrió y expresó así su satisfacción con esta salida de Mempo, cuyo fin era volver a plantear el asunto que les interesaba a ellos y respecto del cual ambos tendrían que informar separadamente a Aliro Toro esa misma tarde. Todas las miradas se dirigieron hacia Rubén, quien rascándose de nuevo la oreja y explorando con cuidado los recovecos interiores de ella concedió que, "indudablemente, tener un buen canal de televisión privado, sólidamente financiado y en manos de un equipo periodístico *serio*", subrayó el serio, "representaría un aporte muy importante a la causa de la libre empresa".

Luego se quedó callado y continuó rascándose la oreja, operación que suspendió abruptamente para decir:

—¿Pero usted cree, Armando, que hay modo de defenderse de las martingalas de este tinterillo?

Parecía emergiendo como de un lapsus mental. Y sin esperar

respuesta volvió sobre "la sinvergüenzura del fiscal y las vaguedades de esa verdadera ley blanca, estilo nazi", que era la nueva ley sobre prácticas monopólicas que "era necesario cambiar".

Dos semanas después el estudio Véliz, Carvajal y Cía. se haría cargo de la defensa del grupo Eskenazi en el juicio que se le seguía por prácticas monopólicas. Aliro Toro se alegró.

DIEZ

EL SONIDO DE LAS YEMAS DE LOS DEDOS AL RASPAR LAS CUERDAS

—MARILÚ, ¿Patricia no ha bajado todavía a la playa?

—Me dijo ayer que hoy bajaría sólo en la tarde. Tenía que hacer cualquier cantidad de compras, creo. Marcial llega mañana a quedarse hasta fin de mes.

—¡Matías! ¡Matías, no hagas eso! ¡Niñito loco! ¡Cómo se te ocurre estar tirando arena así! —gritó Adelaida—. Ven para acá inmediatamente.

—Mamá.

—¿Qué, Catalina?

—Quiero estar contigo.

—Ven.

—¿Puedo acurrucarme aquí? Quiero regalonear contigo.

—Sí, amorosa, ven. Aquí tienes un huequito para ti en mi toalla. La niña apegó su cuerpo al de Adelaida.

—¡Uy! ¡Estás muy pegajosa, mamá!

—¡Ay, sí! Ponte aquí, conmigo. Así. A ver..., cuéntame algo. ¿Cómo lo estás pasando?

—Mamá, no quiero más ir a ver esa película. Ninguna película más.

—¿Pero por qué, Catalina? Hay películas muy bonitas. Lo que pasa es que a ti ésa no te gustó porque te dio susto. ¿No es cierto? Yo pensaba que una película de Walt Disney no te iba a dar susto. Pero a ti te dio. Eso es todo. Pero hay otras películas que no te van a dar susto. Por eso yo te llevé ayer. Pero si hubiera sabido que no te iba a gustar, no te habría llevado. ¿Ves, Catalina?

—A mí me gusta la película, pero no la bruja. Mamá, yo sé que las brujas ya no existen; yo sé que existen en la cabeza de la gente, y que las brujas eran puros monitos no más en la película. Pero cuando yo pienso en la bruja y tú no estás siempre me da mucho susto, mamá.

—Pero hay muchas películas sin brujas, Catalina. Vamos a ver, cuando pasemos por la plaza, si hay una película sin brujas para ir las dos. ¿Te parece bien?

—Bueno, mamá.

–Las brujas no deben darte miedo. Porque aunque tu mamá no esté, tu mamá está siempre pensando en ti. Y las brujas que tú te imaginas, si tú piensas en lo que te digo, se te van a ir de la cabeza.

–Mamá, ¿cuándo te vas a ir a Santiago? ¿Ahora, en la noche?

–No, Catalina. Mañana en la mañana, cuando tú estés durmiendo, vas a sentir de repente un besito y será tu mamá que te está diciendo adiós. Y cuando tomes desayuno yo voy a estar en viaje a Santiago. Y voy a volver pasado mañana.

–Pasado mañana, ¿en la mañana o en la tarde?

–A la hora de almuerzo.

–¡Ah! O sea que vas a llegar directo a la playa.

–No estoy segura. Voy a tratar de pasarlos a buscar a la playa. Si no he llegado, ustedes suben no más con la Elvira, que yo llegaré cuando estén almorzando.

–Ah, bueno, mamá.

–Pero pasado mañana es justo después de mañana, ¿no es cierto?

–Sí, Catalina. Justo después de mañana.

–Me preocupa tu cuerpo, mamá.

–Ajjj, déjate. Dame un beso será mejor.

–...

–Fíjate que el próximo fin de semana tu papá va a venir con el tío y tus primos.

–¿Verdad, mamá? ¿Y dónde van a dormir ellos?

–En la casa; van a alojar con nosotros.

–¡Qué rico! ¡Qué rico! ¿Verdad, mamá, que mis primos se van a alojar en la casa contigo y con el papá y con Matías?

–Sí, Catalina.

–Mamá, qué bueno. Voy a contarle a Matías.

–...

–Claro que no sé si Matías entienda bien eso de dormir con nosotros. ¿No crees tú, mamá?

–Algo va a entender.

–Bueno, igual voy a ir a contarle. ¡Adiós! Ya vuelvo.

–...

–¡Matías! ¡Matías!

❖

–¡ADELAIDA! Mira, por favor, quién va pasando.

–...

–No, lesa. Para el otro lado. Allá.

–¡Gaspar Novoa!

107

–Dime si no es estupendo Gaspar.

–¡Ay, sí, Adelaida! Yo lo hallo la muerte. Es lo mejor que se ve en la playa, ¿no te parece?

–Sí. Yo lo hallo increíble con esos ojitos que tiene.

–Y esa facha... Está haciéndonos una seña. Está saludando, chiquilla, ¿qué te creías? Todavía estamos en la pelea ¿o no es así?

–¡Ah! Si tiene una sonrisa salvaje –suspiró Adelaida y se rió.

–¿Qué se te salió, Adelaida, querida? ¿Un suspiro?

–No, nada.

–¿Cómo que nada?

–Nada, Una tontería: dije que tiene una sonrisa salvaje. ¿Y no es así, acaso?

–Sí. Salvaje. Increíble. Sonríe y una siente como que se derrite por dentro.

–¿Qué dijiste, Marilú? –dijo Adelaida en tono burlón–. ¿Qué se te salió?

–Pero a mí lo que más me gusta es verlo a caballo en el Polo. ¿No encuentras, Adelaida, que como mejor se ve es a caballo?

–Todos los hombres.

❖

–Mamá, quiero plata.

–¿Para qué, Catalina?

–Para... este... este que... este que queremos pan de huevo con Matías.

–Pero si no venden pan de huevo...

–Sí, mamá. Llegó uno. Está allá.

–Bueno. Saca la plata del bolso. Pero uno para cada uno; no más.

–¡Ay, mamá! Tan poquito... ¿Por qué no dos para cada uno, mejor?

–No, chiquilla fresca. Uno no más. Y cuando partas a comprarlos no salgas corriendo como alma que se la lleva el diablo, tirándole arena a toda la gente, ¿de acuerdo?

–Sí, mamá.

–Sí, mamá. Sí, mamá. Y lo mismo me dijiste tú la otra vez y, sin embargo, igual lo hiciste. Y a una señora le entró arena al ojo y tuve que prestarle mi pañuelo para que se sacara los granos de arena que tenía metidos debajo del párpado.

–¡Catalina! ¡Catalina!

–Sí, tía Marilú.

–¡Ay, linda, preciosa! ¿Por qué no vas a ver quiénes son esos niños que se han acercado a jugar con Matías?

–¿Por qué, tía?

–Anda, anda a ver quiénes son y nos cuentas.

–Mi primo se va a bañar. Fíjate en cómo se va a meter al agua.

–¡Ay, sí! Es un bruto.

–Con esa espalda de tubo ancho y esa cabeza pegada casi sin cogote parece un robot.

–Sí, y se mete al agua de un suácate como sin sentir lo fría que está.

–¿No quiere jugar paletas alguna de estas *beauties*? ¿A ver Marilú, a ver Adelaida?

–¡Eres un amor, Gaspar! Pero no sé cuánto hace que no juego paletas.

–Y eso qué importa. Vuelve solo. Jugar a las paletas es como nadar, no se olvida, Adelaida.

–Mañana, Gaspar –dijo, y se acordó que mañana estaría en Santiago–. Te prometo que otro día, Gaspar.

–¿Y tú, Marilú? ¡Sí! Tú tienes ganas.

–Ya está. Vamos.

–¡Así me gusta! Una mujer resuelta. Yo viajo a Santiago esta noche y vuelvo el viernes. Por si se les ofrece algún encargo. A ver, Marilú...

❖

ADELAIDA se puso en cuclillas frente al ropero y tiró con fuerza hacia atrás el cajón de abajo que siempre se atascaba. Tomó una sábana de baño espesa y pasada a la naftalina que su mamá dejaba ahí para espantar las polillas, y que a ella la hizo ahora estornudar. Se desprendió del pareo desatándolo con la mano izquierda, lo dejó a los pies de la cama, prendió la radio que había sobre el velador y sujetando la toalla con la otra abrió la puerta y entró a una de esas salas de baño amplias que tienen las casas antiguas de Los Bellotos. Dio el agua de la ducha y se sacó de golpe la parte de arriba del bikini.

En el espejo que llenaba el espacio de la puerta se movió un cuerpo joven, ágil, de contornos firmes y bien delineados. Se fijó en el contraste entre la piel lamida por el sol y el límite preciso donde comenzaba esa otra parte íntima y blanca, que culminaba en una estrella oscura y rugosa. Pensó, en ese instante, en la flor de las vincas. Sintió que le gustaba esa facha fina, tierna, deportiva. "Y agraciada", le habría dicho Pelayo si estuviese allí. Su imagen al surgir le dio bríos. Era la sensación de que lo mejor era posible. "Sí. Existe la belleza, Adelaida. Realmente existe y no lo creía". Y por un momento le pareció que flotaba en los suaves ojos suyos. Se preguntó cuánto le gustaba a ella gustarle; cuánto se gustaría ella misma por eso. Con las manos en jarra, a lo modelo profesional, puso una mirada intensa y desdeñosa mordiéndose los cachetes por dentro, lo que acentuó sus pómulos tártaros. Le dio risa verse así. ¿Cuánto le gustaría a él sólo por eso? ¿No sería ella una regalona y punto? ¿No era acaso puro narcisismo suyo la fascinación con que él la fascinaba? Los labios partidos le sentaban bien. Se estiró pegada al espejo como si fuese a besar ese ojo que miraba sin ver. De nuevo la risa quebró su gesto.

Desde niña, y todavía, le intrigaba el misterio de esas superficies frías, planas, que en su paz de aguas infinitamente apacibles son capaces de olvidar lo que son y colmarse de lo que no son. "Hay algo irreductible en los espejos", le había dicho una vez Federico. Estaban tomándose un café en La Oropéndola. Y con Camilo habían hilvanado los dos un rosario de citas borgianas sobre los espejos. ¿A propósito de qué? No se acordaba. Ella los interrumpió para cambiar de tema. Había sido a propósito de Borges. Claro. Borges y los espejos y los gatos y el Aleph que, según Federico, estaban vinculados como por un "aire de familia". Pero fuese como fuese, ella estaba hoy estupenda, lo sabía, y era ésa una sensación rica. Como rico y familiar era el ruido de la ducha al golpear la loza que recubría la tina.

❖

DUNG, DUNG, dung dung dung; dung, dung, dung dung dung... por la puerta abierta. El bajo sigue solo: dung dung dung; dung dung dung... surge de pronto el redoble implacable de una caja y el alarido, entonces, de un platillo y el piano eléctrico que trepa acorde a acorde y el pandemonium de la orquesta entera, colmando cada centímetro cuadrado de esa pieza humeante. Toma Adelaida un cojín del canasto de mimbre para la ropa sucia. Lo tira para arriba, lo abraza antes que caiga y empieza a bailar. Lo aleja y acerca a sus pechos, vuelve a tirarlo y recogerlo o a chutearlo con sus pies desnudos antes de que toque las baldosas. Un saxo. Sí. Un saxo débil. El órgano da tres o cuatro pasos. El platillo: varios golpes suaves y repetidos como el son de una campana. El órgano sigue caminando mientras la melodía del saxo serpentea y comienza a levantarse de la tierra. El punteo de la guitarra pasa de aquí para allá y de allá se va a otro sitio y vuelve. El punteo en puntillas. El sonido de las yemas de los dedos al raspar las cuerdas cambiando de postura cerca de la cejilla. Ahora un tamborileo. ¿Y la armónica? Un quejido de la armónica ahora; ahora que entra la orquesta en pleno. El saxo se enreda enmarañándose en la pared que ha ido construyendo el órgano. Un estruendo de timbales y entre ellos, llega la voz. Empieza el viaje. Las notas se desprenden del techo, las paredes, vienen ora de aquí, ora de allá. Los instrumentos se disponen flotando en el ambiente. El sonido es inmediato, táctil, como si uno pudiera sentir la tridimensionalidad de los instrumentos que están en el cuarto. Es una ola uniforme de sonido que se ha tomado la pieza. Maracas. ¿Son maracas? La erupción de un golpe de timbales.

Adelaida imagina el diafragma espumoso de los tweeters que vibra dando esos rasguidos altos de la guitarra metálica, que hiere con filo de hielo. Un galope medio jazzístico se trenza con el quejido terrenal del saxo. La voz es ronca y al cantar crepita un poco como si estuviera quemándose lenta, muy lentamente. La pronunciación relajada, suelta, displicente, y a la vez, hay un ahínco adentro de esa *baby* que exhala un suspiro anhelante y hondo. La voz, estirando las sílabas, elástica, flota ahora en un medio viscoso y melancólico, un fluido que emana de dos guitarras y dos sintetizadores, seguramente. La pista acústica se desvanece y vuelve el clima eléctrico. Una súbita tempestad de truenos y relámpagos, un silencio y la reaparición de ese saxo que aúlla y aúlla y aúlla como si fuera un doble ciego de esa voz. El ritmo avanza, pero la voz es calma, determinada, casi inspirada, como si hubiese estado años esperando hablar, cálida y contagiosa.

El cojín va y viene rebotando. Gira y gira con el cojín ahora pegado a su cara, ahora a su facha que recoge el espejo como en un caleidoscopio y vuelve a quebrarse y a saltar y a girar y a lanzar una pierna, un brazo, un cojín antes de apegarlos otra vez a ella. Adelaida se estira y alarga brincando como si estuviera sacándose algo de muy adentro. Algo que brota encerrado y va saliendo de a poco y se le abraza y es, después, como una ola turbulenta, o un velo, o una llama que va apartando de sí y juega y baila crujiente antes de adelgazarse e irse desvaneciendo a sus pies, mientras ella se seca como un hilo de agua que se tragara la tierra. Una última vibración del metal, un último bombardeo urgente y de alto voltaje. La ola de vapor que la envuelve la obliga a abrir la boca. Aceza respirando así hasta que en una de sus vueltas se saca en un santiamén la parte de abajo del bikini y desaparece tras la cortina del baño. Y vuelve la melodía a las cuerdas de la guitarra, pero se pega en los altos y se sube más hasta desesperar. Antes de hundirse dejándole espacio al saxo, ante el cual la orquesta se somete, y al que acompaña en un último parlamento de tono triste y resignado.

Dejaría hecho el maletín de viaje esta misma noche. Quería estar en Santiago mañana antes de las diez.

ONCE

LAS DOS CARAS DE LA MONEDA

EL DESPACHO del vicepresidente del Banco Central de Chile no tiene nada de particular, pero quien haya estado allí, siquiera una vez, durante el período en que lo ocupó Antonio Barraza, recordará la sensación de ese cuarto que encerraba, como si fuese una bóveda o un tabernáculo, a quien encarnaba el poder del Estado sobre el valor del bien más comerciable de todos, el dinero. Esas boiseries, esos muebles de cuero negro y respaldar alto y tieso, esas ventanas que dan a la plaza de la Constitución y de las cuales se divisan las proporciones serenas de La Moneda, quedaban envueltos por el aura que les confiere el saber que desde ellos, que desde esos precisos muebles, sobre esa alfombra gris, se ejerce el monopolio de los medios de intercambio. Y todo lo que ello conlleva: la posibilidad de permitir una expansión de los medios de pago que elevará los precios y generará temor e incluso hambre en miles y miles de hogares, pero también, quizás, un rápido crecimiento económico; o de restringirlos elevando el costo del crédito, causando repentinas y masivas transferencias de la riqueza de deudores a acreedores; de decidir devaluar un diez o quince por ciento el tipo de cambio, resolución capaz de hacer desaparecer de una plumada los autos y televisores japoneses que inundaban el mercado chileno durante esos años y de reabrir fábricas cerradas por no resultar competitivas. El edificio del otro lado es el palacio de gobierno, La Moneda, y eso, aparte de tener una razón histórica –se construyó como casa de fabricación de la moneda, es decir, en la época, como un Banco Central en germen–, alcanza hoy a su vez un contenido simbólico. Las dos caras del poder, de La Moneda: el monopolio de la violencia y el de la fabricación del dinero.

La secretaria alta, maciza, de labios pintados rosa húmedo y de uniforme azul, se quedó inmóvil junto a la puerta. Pelayo, empujado por Mempo, entró detrás de don Armando Véliz. El los esperaba de pie al lado de su escritorio grande, pesado y despejado de papeles. Sus maderas oscuras, de ébano, contrastaban con el blanco del computador IBM que había sido instalado a un costado.

Antonio Barraza era esbelto, de pelo negro pegado a la cabeza y rostro aceitunado. Su traje cruzado tenía las solapas grandes y puntudas. La tela era muy oscura y con rayas grises del ancho de un dedo. Su corbata, sumamente delgada, negra. Nunca usaba otra, según se decía. Homenaje a su madre muerta el día en que él cumplió los veinte años. Inclinaba la cabeza hacia un lado, al modo de un violinista, y reposaba con languidez los dedos de la mano izquierda en el borde laboreado de la cubierta. Se distribuyeron en el sofá y los sillones de espaldares rígidos y cuero negro.

Barraza no dejaría de fumar durante toda la reunión. Tamborileaba sus dedos en la cajetilla Viceroy que mantuvo siempre cerca sobre el cristal de la mesa de centro. Don Armando se embarcó, en cuanto se hubo sentado, en un efusivo y empalagoso encomio a la histórica labor de estadista realizada por el anfitrión y a los logros –únicos, dijo, en el continente latinoamericano– obtenidos últimamente en el plano de la estabilización del valor de la moneda. Barraza recibió estos elogios con más placer en las comisuras de los labios que el que Pelayo esperaba.

–No he sido yo; ha sido el trabajo de todo un equipo –protestó en son de descargo–. A la pelota antes del gol la tocan muchos. No es mérito del cabeceador no más.

–No, pues. No es el cabeceador el más importante. Es el que arma el juego desde atrás, el nexo; ¿no es cierto? Ese es el hombre clave, el nexo. Y ese hombre ha sido usted y nadie más que usted.

–¿Cómo se le ocurre, don Armando –interrumpió molesto– decir una cosa así? La verdad es que en este país hay un solo hombre clave: el Jefe de Estado. Y levantó las cejas dejándolas en esa posición más tiempo que el necesario.

–Eso también es cierto, eso también es cierto, eso también –repitió don Armando hundiendo la perilla en el pecho y con los ojos bajos.

❖

A BARRAZA le era difícil, si no imposible, fijar la vista en los ojos del interlocutor, y se lo llevaba cambiando de postura en el asiento. Cuando callaba, por su aspecto y por la extrema afectación de sus gestos movedizos, lindaba en lo ridículo. Al tomar la palabra parecía, en cambio, demasiado solemne. Aunque estuviese haciendo analogías con el fútbol. Barraza, desde niño, había sido cumplido y grave. Sólo que ahora esa vacilación entre lo solemne y el ridículo era percibida como una manifestación más de su inmenso poder. Porque esas mismas imperfecciones y debilidades suyas, la artificialidad exacerbada de sus ademanes, por ejemplo, esos contrastes entre fragilidad y poder, despertaban aprensiones y miedo, pero también cariño. Sugerían una dirección impredecible, un temperamento voluble, inclinado a las privanzas y capaz súbitamente de hacer daño. Asimismo, daba la impresión de ser un solitario, de estar conmovedoramente solo y como vagando. Lo sólido era el comportamiento de los agregados monetarios bajo su control, la coherencia matemática de sus argumentos, su proximidad al Jefe del Estado y la extensa y compleja red de sus hombres en el régimen, a los que dirigía con una mezcla de vulnerabilidad y dureza que rara vez percibían.

Pelayo se encontró de repente explicando como si él fuese otro, qué secciones dependían del director de programación, según el organigrama del futuro canal: la comisión de selección de programas extranjeros envasados (películas y teleseries venezolanas o brasileras o lo que fuese); la segunda, de selección de producciones nacionales; la tercera, de programación cultural y educativa exigida por ley; y la cuarta, de evaluación. Se harían estudios cuantitativos y cualitativos de opinión pública, focus groups, para compenetrarse mejor de las preferencias de la teleaudiencia. Habló, también Pelayo, entonces, de los programas pilotos y de la buena recepción que habían tenido en los focus groups, conformados por personas representativas de los diversos segmentos del mercado objetivo ante los cuales se habían exhibido los videos. De allí pasó a la crítica de la reglamentación vigente respecto del avisaje, la que, según afirmó, rigidiza toda la programación al obligar a los canales a ofrecer larguísimas tandas de comerciales, cuya eficacia publicitaria real es un enigma, dijo, ya que el telespectador se distrae y se pierde el impacto de los avisos que van al medio de la tanda. Esto interesó a Barraza y pidió, pestañeando, más detalles.

Todo esto le salió de una racha, sin embargo ahora estaba como sumergido en una piscina y se le hinchaba la cara y veía las formas y oía los ruidos de los otros, pero a través de aguas espesas y turbulentas. Y era que él había terminado de emplearse en esas palabras y se desconocía y tenía vergüenza. Don Armando le estaba pasando un papel a Barraza donde constaban, según le explicaba, los nombres de siete de los miembros del futuro directorio del canal. Faltaban dos huecos por llenar y la proposición que le traía, en nombre de los demás directores, era que él, Barraza, sugiriera a dos personas de su entera confianza para copar esas vacantes. El hombre agradeció esta oportunidad que se le ofrecía de aportar un consejo a tan loable proyecto; un proyecto, planteó, que recae en un campo tan sensible que es preciso cuidar y desarrollar. Porque en la televisión, dijo, se construye la imagen del mañana. Y Barraza miró a Pelayo pestañeando.

Este se sorprendió de nuevo en la superficie, delante de la aureola magnética del poder y sintiendo ese deslumbramiento, esa excitación nerviosa que causa estar ante alguien que tiene la capacidad alquímica de transformar de golpe la vida de otro. Esta vez arriesgaba vivamente opiniones acerca de la televisión en general, como el ágora, dijo, de tiempos de los griegos, el locus del mercado, el mundo de Hermes, donde se yuxtaponen el intercambio y la conversación, el número y el logos y, entonces, también el poder. Las comisuras de Barraza aún celebraban esta salida de intelectual cuando Pelayo se supo sumergido de nuevo y sintiendo la cara inflada por la presión. Trataba de calmarse recordando el recado de Aliro Toro: "la reunión más decisiva de la historia del proyecto. Si nos apoya Barraza estamos al otro lado. Y depende de ti, más que de nadie más. Hay que darle confianza a este hombre. Es la movida clave." Mempo lo había llamado por teléfono a la revista para transmitirle este recado. Pero ahora sentía vergüenza ajena de sí mismo. Le daba a él, Pelayo, la vergüenza que debía tener el otro Pelayo; el Pelayo que se impostaba de ese modo. ¿Cómo podía impostarse de ese modo? Pero ese otro Pelayo, el impostado, el único visible en ese momento, seguía imperturbable. Por eso su confusión no era perceptible más que para el Pelayo oculto dentro del otro. Esta reflexión lo serenó y lo hizo empezar a subir hacia la superficie cuando Mempo repetía:

—*Peanuts, peanuts...*, no serán más de nueve o diez millones de dólares. *Peanuts...*, es cosa de mirar el flujo...

Y Barraza lo oía con su cabeza inclinada de violinista.

❖

MIENTRAS AVANZABAN hacia la puerta de dos hojas, Barraza contestó la pregunta que al abogado Véliz más le preocupaba: la del plazo para presentarse a la licitación. Antes era necesario tramitar una ley y un reglamento, cuyos borradores ya estaban listos. Se aprobarían, aseguró Barraza, dentro de los próximos dos meses. Luego, el plazo para presentarse a la licitación será de noventa días. ¿Para qué más? Esto se saca rápido o no saldrá nunca. Ahora Barraza hablaba con gran autoridad, como quien sabe que sabe, como quien sabe cómo se tramitan y sacan adelante los proyectos.

—¿A qué fin incentivar un debate público? Sólo crearía problemas —acotó Véliz.

—El golpe avisa —respondió Barraza.

–Total, si al que compra le va mal, vende. ¿No es esto lo que ocurre en el mercado todos los días? –comentó Mempo.

–Además –dijo Barraza mirando a Pelayo–, habrá que revisar la legislación vigente en cuanto al avisaje. En todo caso –sostuvo mirando alternativamente a Véliz y a Mempo–, no ha sido fácil vender la idea. Porque es mucho el poder que se traspasa y va a pocas manos y, seguramente, a manos a las que se perciben estos días –sugirió con tono blando– suficientemente llenas y poderosas.

No fue sólo la frase. Fue la mirada. Don Armando sintió un latigazo en el rostro. Pelayo vio cómo su cara se contraía, cómo se encogía con los hombros y balbuceaba algo ininteligible. Mempo estaba por decir algo cuando Barraza le preguntó que cómo estaban las cosas. Era la pregunta que Mempo esperaba al inicio de la conversación. No ahora. El vicepresidente del banco apoyó la espalda contra la puerta cerrándoles el paso. Pelayo se fijó en la camisa blanca. Por los visos se conocía su textura sintética. El cuello le quedaba ancho. Pisaba el zapato izquierdo con el derecho en un gesto como de desgano escolar. Eran zapatones negros de cuero corrugado y aspecto ordinario.

Mempo disertaba con impasibilidad de facultativo enumerando una cadena de causas y efectos que daba como resultado, en primer lugar, que la construcción estaba completamente detenida. De allí la cesantía. El costo del crédito no hacía rentable construir, pese al déficit de más de un millón de viviendas que había en Santiago... Un alza adicional de medio punto real en la tasa de interés llevaría a la quiebra a las empresas constructoras.

–¿Cuántas? –preguntó Barraza.

–Todas –replicó Mempo rápidamente. Y se lanzó en una perorata que a Pelayo le pareció fastidiosa.

–Con suerte se escaparán dos o tres. Pero la construcción es sólo el primer indicador. A continuación vendrán los importadores que, después de haber vaciado sus stocks durante este año y el anterior, están parando los registros. La gente no podrá pagar las máquinas, los tractores, los autos..., no con estas tasas de interés. Esos importadores tienen deudas de arrastre, tienen que vender y, me temo, no podrán. La demanda se está contrayendo, no hay poder de compra. Y los constructores están paralizados porque los industriales, golpeados por un dólar que los saca de competencia, también se están achicando. ¿Y qué va a pasar con los agricultores?

Pelayo se tapó la boca con la mano y bostezó debajo.

–Nosotros lo vemos día a día en el banco: para explotar sus predios están contrayendo créditos-puente que no podrán pagar con el producto de la cosecha. Simplemente no podrán. La gente aún no toma conciencia, menos mal.

De pronto a Pelayo se le vino a la mente, fugaz como un aviso carretero, la imagen de Adelaida inclinada sobre la mesa de controles y con los fonos puestos: cómo la había echado de menos estas dos semanas, ¡cómo! Y de ahí saltó a las cortinas del Constantinopla. Había llegado esa mañana de Los Bellotos. ¿Cómo vendría de quemada? Y pensó en los pliegues de la falda revoloteando cerca de la piel de sus piernas sin medias.

—Pero la firme es que las cifras no cuadran. Se van a ir de espaldas también, como los constructores, los industriales e importadores y como ocurrirá después con los comerciantes. Y, por otra parte, ¿qué van a hacer? ¿Dejar las tierras sin arar? ¿Abandonar a las malezas huertos que han costado millones? También tienen deudas de arrastre, como es lógico. Aquí hubo una reforma agraria que afectó, como sabemos, al ochenta por ciento de la tierra arable del país. Los nuevos campos son más pequeños, se han construido a partir de reservas de esa reforma y compras de parcelas, y para hacerlos rentables, por ser unidades menores, se requirió mayor capital. ¡Esa es la firme! Todo esto significa cesantía: ¡una de cada cuatro personas perderá su trabajo en los próximos meses! Para colocar fruta fresca en los mercados internacionales se necesitan inversiones mayúsculas y de lenta maduración... Como los proyectos eran buenos, eran rentables —¡y lo siguen siendo si uno considera el mediano y largo plazo, si uno considera la situación de equilibrio y no de crisis!— se financiaron con créditos cuyas tasas hoy, y no antes, son exorbitantes —rió para atenuar el tono agresivo de sus últimas palabras.

A medida que hablaba se había ido entusiasmando más y más. Barraza lo escuchaba con fría atención y sin mostrar sorpresa alguna. Se veía que quería transmitir eso; que el cerebro del equipo económico del gobierno sabía lo que estaba pasando; que los argumentos de Mempo no eran nuevos para él; que todo eso había sido ya considerado en sus cálculos y que, por consiguiente, la situación estaba bajo control. Don Armando, que al principio no miraba a Mempo y sólo se interesaba por registrar las reacciones del hombre fuerte del banco emisor, hacia el final estaba observando al ejecutivo del grupo con ojos atónitos. Jamás se imaginó que pudiera plantársele al frente a Antonio Barraza y espetarle cosas así, llamando al pan, pan, y al vino, vino. Por lo mismo tuvo temor. Barraza era hombre muy, muy poderoso; lo sabía bien. Y con capacidad de hacerle mucho, mucho daño al grupo y a él; y a cualquiera que tuviera intereses económicos. Se aquietó cuando Mempo después de su risa añadió en son de broma:

—La verdad es que no sabemos qué hacer con estos pobres diablos que sobreviven a tres cuartos y un repique, don Antonio. Los banqueros no tenemos vocación de verdugos.

–Quisieran ser siempre lecheros y nunca matarifes –interrumpió Pelayo y se rió–. El negocio es la leche, no la carne.

Barraza celebró esta salida con carcajadas de tonos altos y sostenidos que estremecían sus hombros de abajo hacia arriba. Era una risa de chiquillo, extraña en él, tan solemne y grave. Una risa que acompañaba con una mirada aceitosa, blandengue y desposeída. Entonces se percibía su soledad, su desamparo casi. Así era como despertaba en sus seguidores esa rara combinación de lástima, afecto y obediente lealtad. Porque en esa mirada directa primero, y temblorosa después, había un hambre, una súplica parecida a la del amor pero que no buscaba otra cosa, en verdad, que experimentar la voluptuosidad del dominio; que descubrir e ir sintiendo cómo y por qué inesperados caminos y atajos otro hombre pide, quiere ser sojuzgado, a veces, a pesar suyo, y se entrega para asumir su vida tal como es ella en la mente del otro; un calco difícil de lograr y que requiere ajustes continuos. No obstante, encuentra un guía, un modelo, en la visión que de él tiene quien lo manda. Detectar el momento y la manera en que ese proceso de sumisión se produce le resultaba espeluznante.

Porque un hombre con la personalidad dominadora de Barraza vive dominado por su propia pasión. Hay momentos en que llevado por su impetuosa y perentoria necesidad de influir, doblegado por el acuciante deseo de inundar el alma de otro, se vuelve manso e implorante. El otro, el dominado, en cuanto aún no lo es, en cuanto aún retiene áreas de autonomía en medio del acoso, obtiene poder por su capacidad de darle al que manda una dimensión de realidad. El que ansía influir quiere pasar su "yo" a través de otros y recibir de rebote, reforzado y engrandecido por el impulso, talentos y colaboración de los dominados, una confirmación externa de su valía medida en términos de su aptitud para imponerse. Hombres como Barraza temen la insignificancia como temen la nada. Y sólo son en cuanto otros, al caer bajo la marea de su influjo, les hacen experimentar su potencia, dándoles así un ser.

No obstante, también la necesidad tiene sus límites. El secreto e inconfesable deseo de ser dirigido y sojuzgado no siempre prevalece. El hombre dominante se choca en tal caso no con un rival ni con el seguidor de un rival sino con un espíritu libre. Su primer impulso y proyecto será embaucarlo y presionarlo hasta conseguir su colonización mental. Si fracasa, intentará manipularlo fría y calculadamente con el fin de engancharlo, aunque el otro no lo perciba, a su tren. Si fracasa, le queda el ataque destinado a neutralizarlo. La posición de Pelayo en esta movediza y peligrosa escala era lo que estaba empezando a definirse en esa reunión.

¿Sería hombre de Toro o de Barraza o de ninguno? ¿Sería capaz de mantener su independencia y continuar en el proyecto o era forzoso optar?

❖

EL RECURSO de la violencia no era el campo de Barraza. Le satisfacía la seducción, no el rapto. La dominación por medio de la fuerza, el control y graduación de los niveles de represión capaces de doblegar la voluntad de resistencia del enemigo quedaba fuera de su ámbito. Dentro del régimen otros tenían que ver con esas operaciones. Se desea el aniquilamiento de lo que se resiste a ser seducido. Pero lo inquietante, incluso para un hombre como Barraza, era que en el tira y afloja de la represión también entraban en juego procesos de acostumbramiento y resignación. Los triunfos producían en los grupos victoriosos una adhesión canina por su jefe.

El mundo de los militares y de los servicios de seguridad, el mundo de los soplones, la electricidad en los testículos y los cargadores de balas le era ajeno a Barraza. No eran ésos los instrumentos de lucha con que se imponía. El conocía otros medios de castigo, como bien lo sabía el profesor Orellana. En la sociedad hay muchas formas de competencia y están implícitamente reguladas. El poder sobre las armas, al fin de cuentas, permite ordenar esas reglas y fijar marcos de confrontación limitada que significan la exclusión, por parte de los demás, del uso de ciertas formas de lucha, como los puños y las balas, por ejemplo. A veces Barraza sentía curiosidad y ganas de trabar contacto con esas zonas más oscuras del régimen, pobladas por quienes se medían con las fuerzas de la guerrilla y del terrorismo. Sabía bien que, en última instancia, de ellas dependía el hombre fuerte que le otorgaba a él todo su poder. Pero un pálpito lo contenía. Pensaba que esa era un área en la cual el Jefe de Estado debía ser muy celoso de su control y en la que resentiría cualquier interferencia, en particular, la de un civil no calificado. El era un técnico en materias económicas. ¿De qué podía servir su opinión en la lucha antisubversiva? Ateniéndose a este principio de división del trabajo podría defender mejor la autonomía de las decisiones de política económica. Con todo, era indudable que se estaban produciendo inquietantes puntos de confluencia.

Los dirigentes sindicales muertos una semana atrás habían sido calificados de "subversivos" en un discurso del Jefe de Estado, por llamar a un paro nacional para protestar por los despidos y la cesantía. La convocatoria a paro partía de un diagnóstico de la crisis económica. Culpaba a los altos mandos de las instituciones armadas de estar dominados por un grupo de tecnócratas pagados por el gran capital local y extranjero; acusaba al sistema capitalista importado por los economistas del régimen de esta crisis financiera que ponía al descubierto la gran mentira: cinco años de boom económico habían sido una pura farra. Eso era lo que decía la convocatoria. Eso era lo que estaba en boca de los periodistas. Los altos mandos, la oficialidad, las cabezas de los servicios de seguridad analizaban estas situaciones y, sin embargo, él poco o nada sabía de ello. De tarde en tarde recibía la orden de hacer una exposición económica ante una audiencia de militares. Jamás había preguntas o críticas. Esas se barajaban a puertas cerradas entre puros uniformados. ¿Qué ocurriría allí? ¿Qué grado de influencia tendrían sus ideas entre estos oficiales, formados, mal que mal, por profesores proclives a las tradicionales doctrinas estatistas? ¿Qué opinarían?

Antonio Barraza se pasaba el día entre economistas y funcionarios de empresas y reparticiones gubernamentales. Su contacto con el poder militar se producía a través del Jefe de Estado. Había, además, algunos hombres de armas ocupando puestos de aparente importancia económica. Eran, creía, los ojos y oídos del poder militar. Por cierto, prefería suponerlo a indagarlo. Mantenía con ellos relaciones formales y un poco distantes que correspondían mejor, conjeturaba, a su imagen de experto, de "monetarista" como lo llamaba el presidente del Banco Central, el general De la Vega, que usaba esta palabra no para designar una teoría o escuela sino una afición o una especialidad, como quien dice minerólogo u ornitocultor.

En una ocasión, en una de las pocas recepciones diplomáticas que no había podido evitar, Barraza se encontró a boca de jarro con el general Villalobos, quien era la cabeza de los servicios de seguridad. Fue en el Palacio Cousiño con ocasión de la visita de un alto dignatario extranjero. El entonces coronel De la Vega los presentó. Intercambiaron algunos comentarios triviales. Cada cual hacía sonar los hielos de su vaso de whisky. La gente los miraba y se hacía a un lado para dejarlos solos: los dos hombres más poderosos del régimen frente a frente. Después se alejaban comentando.

A Barraza le pareció que ese individuo que tenía medios para matar casi a cualquiera y ocultarlo para siempre, era amable, deferente y distante como un notario. Le preguntó acerca de la planificación y del despliegue que era necesario desarrollar en el caso de una visita tan importante como la presente. En su respuesta, el general no abandonó el terreno de los lugares comunes correspondiente a la pregunta. Fue un encuentro tonto e inútil porque en ese momento el general Villalobos y Antonio Barraza no tenían nada entre manos que les permitiera realmente conocerse. Se observaron y se olieron con curiosidad animal, pero el verdadero encuentro, intuyeron ambos, no era ése. En efecto, vino a producirse varios años después. Y aunque decisivo, fue muy breve. Duraría sólo once minutos.

DOCE

SOLO MAROMAS ESTADISTICAS

AHORA SE REÍAN los cuatro, pero don Armando parecía el solista y los demás, mero acompañamiento. El abogado, entonces, aprovechando el predominio logrado gracias a su contagiosa risa, se dirigió a Barraza.

–Señor vicepresidente –exclamó echándose ceremoniosamente hacia atrás y acercando el mentón al pecho, de modo que le cubrió el nudo de la corbata–. Opiniones como la de mi querido e impetuoso economista Mempo Tamburini (un Chicago boy, sabrá usted) no pueden dejar de inquietarnos. ¿Qué pasará con la pequeña y mediana empresa?, se pregunta uno. ¿Qué pasará con los trabajadores cesantes y sus familias? ¿No vendrán días como los de la crisis del 29 que derribó al general Ibáñez? Usted no lo vivió. Yo lo recuerdo. Recuerdo a mi madre en el jardín dando platos de sopa a los vagabundos que venían de las minas y que casi se tomaron Santiago. ¿No teme usted que se dejen caer las poblaciones callampas sobre el Santiago residencial? Explosiones sociales de este tipo conmueven a los regímenes más fuertes. Usted no puede recordarlo. Yo sí. Cuando las hordas de cesantes y hombres miserables y andrajosos se apoderaron de Santiago. Fue a-troz. Algo i-ne-narrable.

–Hay paralelos muy claros –irrumpió Mempo sin poder evitarlo–. El general Ibáñez pegó el peso al dólar.

Don Armando lo reprendió con una mirada severa. De seguro que las instrucciones de Aliro no habían llegado tan lejos. Mempo se salía del libreto. Propasarse era peligroso. Podía traslucir o que el grupo Toro estaba demasiado fuerte o demasiado débil. En ambos casos, calculaba el prudente Véliz, la respuesta de Barraza y del equipo de gobierno sería la misma: ataque frontal. Mal que mal el gobierno llevaba años cacareando sus éxitos económicos. Ahora, ante tamaña crisis, buscaría chivos expiatorios. Toro, Alam, Daccarett, los grupos económicos, la derecha económica... ¿No era posible hacerles cumplir ese papel? ¿No sería eso muy del gusto de los coroneles y de la clase media? Era cierto que el ministro Echenique aplaudía sus proyectos e inversiones y se trataba con los banqueros norteamericanos y los ejecutivos japoneses que llegaban al país en busca de nuevos horizontes para sus capitales. Era cierto que sin los Alam, los Daccarett, los Vial, los Toro, los Angelini, los Larraín Cruzat, los Luksic, los Matte, la conquista de mercados extranjeros habría sido imposible. Era cierto que este era un gobierno pro empresa privada ciento por ciento y, sin embargo, el abogado Véliz tenía miedo. Sabía que había sectores que favorecían una línea nacionalista y contraria al capital extranjero. Sabía que casi todos los obispos chilenos eran muy contrarios "al capitalismo y al consumismo". Sabía que la oposición política también concordaba en este punto y predominaban en ella los ideales igualitarios y socialistas. Véliz tenía miedo. Por eso se disgustó con Mempo. Porque lo consideró un temerario, un desubicado. Se prometió informar de ello a Aliro Toro cuanto antes para que le recortara las alas. Con todo, siguió diciendo como si no fuese del caso darle importancia a los exabruptos de un jovenzuelo:

–¿Qué se piensa hacer para que no se repita la historia? Porque fue la crisis del 29 la que minó la confianza en el capitalismo y dio alas al socialismo en Chile. De eso no cabe duda, no cabe duda. El Estado proteccionista e interventor surgió como el flotador al que echar mano. Y generó frustraciones. Y de ahí vino la siembra de ilusiones que no se harían nunca realidad. Entonces vino la revolución popular que nos habría llevado derecho a Cuba, a la situación de la Cuba de Fidel, de no mediar por los militares. Yo veo una continuidad perfecta, una evolución necesaria en estas etapas que van de la crisis del 29 a la revolución comunista.

Se detuvo notando que su discurso había sido demasiado largo e inflado para la mente tecnocrática de su interlocutor.

–Así es, así es –confirmó Barraza con voz grave y aburrida–. El flotador al que echar mano.

–¿Y qué se piensa hacer, entonces? ¿Qué está planificando el gobierno?

Antonio Barraza tenía la cabeza gacha y, tal vez, miraba sus zapatos negros, un poco altos a la altura de los tobillos y de ese cuero rugoso tan inadecuado para un banquero. Tenían sólo dos hoyitos para los cordones. El borde de goma sobresalía alrededor de todo el zapato. A lo mejor observaba los calcetines granate que emanaban de ellos hasta desaparecer bajo los pantalones oscuros que (quizás lo descubría recién) le quedaban un poco cortos.

La verdad era que él nunca había logrado la influencia que buscaba en los canales de televisión existentes. Su red no llegaba a ellos y necesitaba ese poder. Sobre todo en un momento en que las expectativas, como en toda crisis económica, estaban jugando un papel protagónico. Barraza sabía que era necesario cabalgar las circunstancias y no dejar pasar oportunidades. Así era la política. Toro le ofrecía una cuota de poder en el directorio a cambio, tácitamente, de su apoyo en el proceso de privatización del canal. A decir verdad, para Barraza era preferible que Toro no consiguiera el canal, que no se privatizara la televisión todavía. Pero no podía oponerse a una privatización sin contradecirse y perder legitimidad. Podía demorarla. Y ésa era una estrategia posible, un camino claro.

Sin embargo, la situación no permitía ver caminos claros. Por eso desde un tiempo a esta parte su frente se encogía a menudo sin causa y se volvía a encoger en movimientos espasmódicos, y sus ojos parpadeaban largo rato sin haber por qué. Muy adentro, en el fondo de sí mismo, una voz decía a Barraza que sus días estaban contados, que esa compleja maquinaria de dominio que había armado durante casi diez años, colocando con paciencia cada ruedecilla, estaba a punto de descomponerse, que su valido Echenique sería derribado muy luego del Ministerio de hacienda, que perdido ese hilo de Ariadna el intrincado laberinto del poder del régimen se volvería indomeñable.

Y entonces quería el canal para sí, porque a través de él seguiría en la batalla. Por eso le interesaban los dos directores que le ofrecía Toro y los nombramientos gerenciales y periodísticos en los que podría ser determinante. Porque se proponía ejercer ese poder de crear opinión desde su cargo actual para evitar su caída y la de su amigo Echenique; y si perdía esa batalla, para defender su obra, para impedir que su gente fuera barrida de los cargos de gobierno, y para retomar las riendas de la conducción económica del país apenas el momento lo permitiera. Para ello enfrentaría a Toro adentro del propio canal. Y pensaba que tendría éxito; en su debida oportunidad, creía, lo vencería. Porque el poder económico de Toro, con ser inmenso, tenía su talón de Aquiles y él sabía muy bien cuál y Toro no.

❖

—PARA MÍ todo este escándalo del dólar fijo, del dólar flotante o de la devaluación está simplemente de más. En nada contribuye a consolidar el sistema. Por el contrario: enreda las cosas.

Barraza examinó el rostro de Véliz un rato y luego miró sucintamente a Pelayo.

—Esta discusión sólo enreda las cosas —repitió— porque... es como matarse discutiendo acerca de las consecuencias de caer desde una altura de un metro ochenta o un metro noventa. Lo único claro es que igual vamos a tener que saltar y es mejor concentrar la atención en cómo caer bien y no en si tomando por ahí o por allá vamos a evitarnos diez centímetros de altura. Igual habrá que hacer las pérdidas. Pero hay gente que lo está postergando a la espera de un milagro o de un perdonazo: que el gobierno les pase la cuenta a otros; que se reprogramen las deudas y la diferencia la paguen todos los chilenos, no los que se endeudaron. Lo que Mempo describe –continuó sin mirarlo– es esto: un proceso automático de ajuste del mercado a un nivel menor de recursos.

Bajó la vista buscando otra vez la goma sobresaliente de sus zapatos negros. Se quedó callado antes de reanudar su explicación con voz cansina. Pelayo vio de reojo la hora en el Patek Philippe de don Armando: había quedado de encontrarse con Adelaida en La Oropéndola a la una y media

–La verdad es que transitoriamente, y debido a las altas tasas de interés internacionales, quiero decir, en un contexto mundial de contracción económica, el país dispone de menores recursos. Y sin que nadie lo ordene, Armando, sin que aquí en el Banco Central hagamos nada, entran en acción las fuerzas compensatorias del desequilibrio. Nosotros sólo hacemos las mediciones que el boletín del banco publica puntualmente y permiten el seguimiento del proceso y anticiparse un poco a sus próximas fases.

–Los salarios se reajustan según la inflación por obligación legal. No según el mercado –replicó Mempo sereno–. La cuenta de capitales tampoco está abierta; hay regulaciones. –Le era cada vez más difícil disimular su nerviosismo e indignación–. La ley prohíbe contraer préstamos internacionales para inversión por plazos menores de tres años. El mecanismo de libre ajuste no está operando según el modelo teórico. Esta no es una economía realmente abierta. Hay interferencias. El modelo no se cumple.

–Correcto –replicó Barraza con tono de profesor–. Hay que agregarle el roce para que la predicción resulte más aproximada, pero las fórmulas que captan la lógica del proceso son las mismas.

–¡Don Antonio! –exclamó Mempo–. Es un camino que todo el mundo sabe intransitable. ¿Cuántas quiebras? ¿Qué niveles de cesantía serán necesarios antes que los trabajadores acuerden voluntariamente rebajar sus salarios nominales? Devalúe usted. Que el ministro de hacienda, don Germán Echenique, anuncie por cadena nacional de radio y televisión que la situación recesiva de los mercados internacionales hace aconsejable modificar la paridad cambiaria... Se posterga hasta el año siguiente la aplicación de la norma que obliga el reajuste automático de los salarios según la inflación. Y san se acabó... Háganlo ustedes. El mismo equipo. Ustedes tienen la confianza. Hay que evitar la alarma, la impresión de que fracasó el modelo...

Pelayo, a pesar de las múltiples explicaciones que le había dado Mempo, no lograba entender bien en qué consistía esta tediosa discusión entre los partidarios y enemigos de devaluar el peso en relación al dólar. Comprendía que si el Banco Central empezaba a vender dólares a un precio más alto se encarecían, por ejemplo, los televisores japoneses y las parkas coreanas. También comprendía que el exportador chileno pasaba a ser más rico y eso incentivaba la generación de divisas. Pero Mempo siempre agregaba expresiones como "corrección del desequilibrio" o "bienes transables" que no entendía para nada. En parte, porque le aburría tratar de entenderlas y, en parte, porque en su economía particular él estaba siempre en desequilibrio. Y en cuanto al argumento contrario, el de los defensores de la política oficial de "ajuste vía alzas en la tasa de interés", le resultaba aún más obtuso. Aunque sí le era evidente que la caída del ministro Echenique y, en general, del equipo de Barraza, implicaba una crisis mayúscula para el régimen.

Pelayo se distraía con la imagen del alpinista escalando una pared de hielo provisto de dos martillos. Era uno de sus programas pilotos. El calor hace que el hielo gotee. El alpinista debe enterrar un clavo y asegurarse de que sea capaz de resistir su peso. El tipo con los brazos y piernas abiertas pegado a la pared blanca como un insecto. Un close-up al brazo que sustenta el martillo a punto de caer sobre el hielo. El pasamontaña de colores fuertes. El brazo naranja, la espalda verde, roja y amarilla. El martillo se suelta. La nieve está blanda... corte.

Vamos a la sección del esquiador de amarillo que baja una pendiente casi vertical. La productora de Adelaida ha hecho el sonido de la nieve. El esquiador va dando saltos en zig-zag para poder doblar. La cámara toma la nube de polvo de nieve que se le adelanta y luego el esquiador hundiéndose hasta la rodilla. Esquía con la nieve hasta casi la cintura... Había quedado de llamar a Adelaida a la una y cuarto para confirmar la hora...

—¡Eso sí que no, pues Mempo! —interrumpió Barraza con aires enérgicos y afectados—. Hasta aquí no más llegamos. Tú sabes, todo el país sabe, que Germán Echenique se comprometió a no devaluar jamás. ¿Es garantía? Sí. De estabilidad en las reglas del juego. Por eso da confianza. Al devaluar la perdería para no recuperarla más. Esto es como la virginidad: se pierde de una vez para siempre.

Y, volviéndose hacia el abogado Véliz, añadió sentencioso:

—No habrá devaluación, Armando. En eso no se equivoquen; no se equivoquen.

Inclinó su espalda alargada, se apoyó en la manilla y entreabrió la puerta. Se corrió para darles paso, al tiempo que extendía la mano izquierda de dedos delgados y temblones sobre la parte alta de la puerta y la empujaba para abrirla bien.

—Su seguridad nos da seguridad —aseveró don Armando—. Tú sabes mi posición: siempre creí en el sistema, pero en Chile sólo ha funcionado porque estás tú. Usted es el autor del milagro económico chileno, don Antonio Barraza —manifestó pasando del tú al usted, alternancia que siempre empleaba con él—. ¡Usted es el Ludwig Erhard chileno!

—Eso no es así, eso no es así —protestó Barraza sonriendo mientras le alargaba la mano aparentando molestia.

—¿Cómo sabremos de los nombres? —le preguntó don Armando con voz baja e incisiva—. Como sabes bien, la cosa apura. Hay que constituir la sociedad cuanto antes y tener los papeles al día para la licitación.

—El lunes te llamará mi jefe de gabinete. Pero comuniquémonos antes. Hoy mismo, tal vez. Yo te llamo...

—¡Magnífico! Te agradezco tu tiempo, Antonio. Ha sido ésta una reunión sumamente fructífera —aseguró don Armando.

—Oye, Mempo —le dijo Barraza después de darle la mano—. Rubén Eskenazi está en el proyecto, ¿no?

—Por supuesto —contestó Mempo extrañado. Estaba en la lista que le mostró don Armando.

—¡Ah! —replicó áspero.

Pero cuando se volvió hacia él para despedirse, Pelayo notó en el poderoso Antonio Barraza un impreciso y sometido mirar: lo había logrado; se había ganado su aprecio y eso le abría a él y al proyecto grandes perspectivas. Don Armando se dio cuenta porque cuando se echaron a andar los tres por el pasillo lo tomó del brazo. Pelayo leyó otra vez la hora en el Patek Philippe del abogado. ¡Era la una y cuarto en punto!

—Hombre extraordinario, ¿no? No hay nada que hacer. Cada vez que uno está con él vuelve a pasar lo mismo. Hombre extraordinario, ¿no? ¿Y quiere que le diga? Usted le cayó bien, Pelayo. Y eso es importante, créamelo, Fernández. Para usted y para el proyecto. Ahora el proyecto va. ¿No es así, Mempo?

—¿Qué?

—Que ahora sí que el proyecto va —dijo don Armando.

—Así es.

Toro no se equivocaba: aceptó lo de los directores. El plan está caminando, pensó Mempo. Mordió el anzuelo. Y se sonrió para sus adentros. Pero luego agregó:

—A menos que el país explote. Porque si realmente cree en lo que dice, está fuera de la realidad.

Don Armando siguió caminando sin mirarlo y sin soltar el brazo de Pelayo. Parecía cojear un poco de la pierna izquierda, pero daba la impresión de ser sólo pose.

–Yo exageré un poco las cosas –sonrió Mempo–. Para tratar de despertarlo, para darle la sensación de urgencia. Estas paredes del Banco Central son muy gruesas, son demasiado gruesas. Nosotros estamos firmes porque tenemos recursos financieros, pero ¿y el resto?

Don Armando caminaba, como sin oírlo, un metro más atrás. Sus pasos resonaban en el mármol del Central. Ya en las gradas sujetó a Pelayo y estiró un brazo para atajar a Mempo:

–Esto del dólar fijo, queridos amigos, es como lo del cuchillito: si me lo dejan, me mata; si me lo quitan, me muero.

Y lanzó una de sus carcajadas fuertes y contagiosas. Pelayo miró la hora ostensiblemente y esperó nervioso la última risotada de don Armando para despedirse lo más rápido que pudo.

–Tengo que hacer un llamado telefónico urgente –explicó.

Se abalanzó hacia la puerta, pero entonces se acordó de que los teléfonos públicos del paseo Ahumada tendrían cola para largo. Giró sobre sus talones y se devolvió a la oficina de Barraza.

❖

UNA PUERTA se abrió a su costado y salió al pasillo un hombre de walkman conectado a sus orejas, chaqueta concho de vino y pantalones blancos. Parecía tener menos de cuarenta años, y una tonsura surgía ya entre su pelo prematuramente encanecido. Caminó delante suyo con movimientos desgarbados y vagamente influidos, pensó Pelayo, por el ritmo que se vaciaba a sus oídos. Lo había mirado con una expresión vacía antes de doblar y encaminarse en la misma dirección suya. Al llegar a la puerta de la vicepresidencia giró a la izquierda y entró. Cuando Pelayo llegó allí, ya no estaba. La secretaria de labios rosa brillantes y húmedos lo recibió con cierta inquietud, temiendo, seguramente, que él intentaría hablar de nuevo con su jefe. A Pelayo le pareció que se preparaba para excusarlo cuando le pidió el teléfono. Se desconcertó y, visiblemente molesta, le dijo que por qué no, que por supuesto, mientras siguió ordenando unos papeles en el kardex al fondo de la pieza.

–Señora Cristina: sigo esperando la carpeta con los resultados de las encuestas de empleo que le pedí.

Era la voz de Antonio Barraza por el intercom. La secretaria se estiró sobre el escritorio y le contestó:

–Ya voy, don Antonio. Es que como también me pidió la carpeta con el estudio sobre la situación del Banco de Curicó que le mandaron de la Superintendencia quería llevarle ambas.

–Bueno, como sea. Pero apúrese que necesitamos ver esos datos aquí con Daniel Rendic.

La señora Cristina miró a Pelayo con ojos impacientes y volvió al kardex.

–¿Qué botón debo apretar?

–Ya le explico; espere un momento.

Pero entonces cambió de opinión y dejando una carpeta sobre el mueble del kardex se acercó al escritorio y descolgó un teléfono con ánimo de marcarle.

–¿Me dice el número?

–Claro. Muy amable. Es el...

–Doña Cristina, ¿me hace el favor de venir acá inmediatamente?

Hizo un rictus de miedo y pasándole el fono le dijo:

–Marque el 9.

Y salió a escape por una puerta trasera. Pelayo marcó el 9, pero sonó ocupado. Le había extrañado la alteración y cólera contenidas de Barraza. Volvió a marcar y volvió a sonar ocupado.

–Encuéntreme, por favor, señora Cristina, en el kardex de aquí el informe de la encuesta de empleo anterior, el mío, el que está subrayado.

Era de nuevo su voz por el intercom que se había olvidado de desconectar.

–Como usted dice, don Antonio...

Era la voz del otro.

–Sí –replicó don Antonio–. Yo no veo otra cosa que hacer, Rendic.

–Vamos a ver cómo le salió la muestra. Yo haría la maroma al pasar del desempleo regional al nacional y daría a conocer sólo los resultados nacionales.

–Eso es. De eso se trata.

–Revisa bien, Rendic, qué ha pasado con las mujeres. Hay más empleo femenino que nunca. Eso es lo que quería mostrarte en la carpeta que la señora Cristina todavía no nos encuentra. Hay más mujeres buscando trabajo que nunca antes. Fíjate bien en la distribución etaria. Al hacer los ajustes estadísticos para pasar de las muestras de validez regional a las de validez nacional, habría que mover algunos números.

–Se puede hacer algo con los ponderadores, don Antonio. Se pueden hacer algunas correcciones. El grueso del desempleo se concentra en el quintil más joven de la muestra.

–¡Bien! Por ahí puede andar la cosa. Pero por ningún motivo cambiar datos, ¿me entiendes?

–¡No, jamás! Sólo maromas matemáticas, estadísticas. Jugar con los ponderadores.

–Eso es, Rendic. Nunca *matters of fact*, sólo maromas estadísticas. Mañana a las nueve quiero este informe. La señora Cristina se encargará de tenernos aquí al profesor Bonner esta misma tarde con sus disquettes. Tú lo presionas y cuando no des más, me llamas. ¿De acuerdo? Tienes toda la tarde para arreglar el asunto. ¿De acuerdo?

–De acuerdo.

–Quiero que el profesor Bonner quede contento. Quiero que él convenza al Decano de anunciar él mismo los resultados en conferencia de prensa.

–Perfecto.

–Quiero que se organice un taller de coyuntura en la Universidad después de esto para analizar el ajuste automático y dar vuelta las expectativas, ¿comprendes?

–¡Usted todavía aquí, señor Fernández! –exclamó la señora Cristina.

–No he podido comunicarme.

La secretaria le arrebató el fono y enterrando una uña tan larga y rosada como sus labios marcó el 9.

–Ahí lo tiene.

Estuvo a punto de cortar porque temía que el intercom siguiera abierto y Barraza pudiera escucharlo. Además, la molestia de la secretaria lo cohibía. Pero justo en ese momento lo sobresaltó su voz en el intercom:

–Señora Cristina, por favor...

La secretaria desapareció en un santiamén por la puerta del fondo.

❖

–ANEXO 24, por favor.

–...

–Adelaida...

–...

–Estoy en la calle. No. Quiero decir, te estoy llamando desde la oficina del vicepresidente del Banco Central. La reunión acaba de terminar.

–...

–Requete bien, creo. Después te cuento.

–...

–La cosa va viento en popa.

—...

—Sí. A mí también. Pero ahora sí que sí. Despúes te cuento. No puedo hablar ahora. Calculo que estaré en La Oropéndola en veinte minutos.

—...

—Sí. ¿Tú andas en auto, no?

—...

—Porque yo no.

—...

—¿Te da risa?

—...

—Qué lata lo de Márgara, ¿no? ¡Mala suerte! Todavía no me convenzo...

—...

—Un beso grande.

—...

—Y otro.

TRECE

DE LA BARRA DE LA OROPENDOLA AL PARAISO

PLAYMORE, Walker, White Horse, Beefeater. El teléfono plástico color marfil adquiría una presencia más señalada. Había sido dejado ahí sobre la barra del bar por algún cliente. Bolzoi, Centenario. No era su lugar. Su lugar era junto a la mesa de la caja. Campari, licor de cacao, horchata. A su lado, por dentro de la barra, una caja de latón verde musgo y tapa amarilla. Adquiere también esa aura especial. Es un brillo, una como inmediatez inusitada que salta a los ojos y hace sentir al objeto más como objeto. Es uno de los efectos del vodka. Aplasta el pulgar en un nudo que forma la madera de la barra y lo arrastra presionándola como por aprehender la textura de esa forma arremolinada y de color castaño, que en virtud del cepillo y el barniz no es posible distinguir al tacto. No es como la nieve, piensa, que cruje bajo el esquí.

Le hizo volverse el olor de una trucha humeante que pasó rauda sobre la bandeja de un mozo. Miró la mesa junto a la ventana. Ahora están Figueroa, el pintor Pedro Figueroa, que tiene fama de buenmozo, la obesa Fresia Ortúzar, que se dedica al arte corporal y no se depila las piernas por razones feministas, y Carloto Pereira, que es crítico y les escribe las presentaciones de los catálogos de sus exposiciones y happenings. Fue ahí sólo cuatro meses atrás y parece un año. Había empezado a trabajar para el canal como un mes antes. Y eso había alborotado su vida. Gente nueva, nuevos desafíos. Sí. El mundo de la imagen que para él, un hombre de la galaxia de Gutenberg, como no se cansaba de repetirle Camilo, era algo diferente. Y además la renta se le había multiplicado; y, además, la incertidumbre. ¿Resultaría o no resultaría el proyecto? ¿Toleraría la Susana Weiner su dedicación a los programas pilotos?

Su vida anterior le parecía en este momento tan tranquila, tan equilibrada, pareja e indistinta. Y sin embargo, no había sido así. Era necesario esforzarse, como lo estaba haciendo en este momento, para recordar porque casi no tenía ya imagen de esa vida anterior. Porque lo cierto es que a pesar de su amor por Márgara y Pedro, a pesar de la voluntad de darle a su hijo un hogar de veras, de esos con olor a hogar como el que él había tenido, lo cierto es que las cosas no andaban bien. No sólo era la plata que se le hacía tan escasa. ¿Por qué, por ejemplo, le venían esas afonías reiteradas? ¿Por qué esas náuseas un día en la calle Huérfanos, náuseas que le obligaron a sentarse en la vereda a esperar que se le pasaran? ¿Por qué esa creciente impaciencia con la señora Weiner y con cualquiera de sus demandas? Vivía pensando que lo iba a despedir y cuanto ella más recurría a él, más la despreciaba y, al mismo tiempo, temía. En esa época le había dado por correr en la moto Kawasaki que le prestaba su cuñado. Y la vez que casi lo choca un Volvo en Costanera con el puente Pedro de Valdivia sintió un entusiasmo insano, una atracción perversa y alegre por la violencia, por la aniquilación veloz.

Pero cuando Mempo lo llamó para contratarlo, lo cogió una ola de actividad que le era desconocida. Y se reencontró con Adelaida. Y después de ello su vida se tornó irreconocible. Fue sugerencia de Camilo, el videísta del proyecto, que contactara a la Productora Set Tres para el sonido. Se empezaron a topar con Adelaida a menudo a discutir y grabar programas pilotos. Y estando un día aquí, en La Oropéndola, en esa mesa junto a la ventana, después de haber agotado el tema de la próxima pista de sonido, Pelayo se fijó en la trucha tendida sobre el plato que desprendía su húmedo calor.

❖

ADELAIDA TOMÓ el tenedor y lo hundió en la capa dorada, dura y crujiente de la trucha hasta atravesarla. El cuchillo se sumió silenciosamente en la carne blanca y tocó e hizo resonar la porcelana del plato. Pelayo la miraba a los ojos sonriendo a través de su copa de vino blanco Doña Isidora. Mordía el cristal haciéndolo sonar con los dientes, sorbía su líquido dorado y frío, y volvía a sonreír y hacer sonar el cristal entre los dientes.

—Tienes que prometerme algo —dijo al fin.

—¿De qué se trata? —dijo ella mirándolo divertida, pero notando un tono levemente tenso. El tomó un trago sin dejar de mirarla y volvió a morder la copa que crujió.

—Prométeme algo —insistió.

—¿Qué?

—Que te acostarás conmigo antes que cumplas los cuarenta años —dijo y mordió el borde de la copa.

Adelaida se echó atrás soltando los cubiertos de golpe y lanzó una carcajada. Del otro lado del ventanal con plantas del restaurant, dos hombres de pelo afeitado a los lados y un corte tipo escobillón arriba se dejaron caer sobre la mesa contigua, al otro lado del vidrio. Uno de ellos, de casaca azul de tela de jeans, acomodó un maletín reventado de papeles al lado de la silla y le dirigió a Adelaida una mirada viva y penetrante a través de sus gafas. Pero Adelaida seguía riendo con la vista perdida en un punto situado más allá, arriba y más arriba, más allá de Pelayo y evitando sus ojos.

–Eres un audaz.

Su voz se distinguía apenas entre la risa. Sus dientecillos pequeños y parejos brillaron como almendras recién peladas.

–Total...

–Total... ¡Qué largo me lo fiáis! –completó Pelayo.

Sus largas uñas rojas, del color rojo de sus labios, presionaban el cristal empañado de la copa de vino que casi no había probado. El supo que era cuestión de días.

❖

Stolichnaya, Croft Fine Tawny Port, Vsop Courvoisier... Dejó de leer porque quiso palpar de nuevo la cubierta de la barra. Era el imán ancestral de la madera. Aunque esté trabajada y sobada hasta ser una simple cubierta de bar. Siguen estando los vestigios del árbol-casa, pensó Pelayo, de la madre, del fruto prohibido y de la serpiente que se mimetiza con un brazo del árbol. Es el animal que hiere dentro del árbol-nido y camuflado con él. La bestia ante la cual se es más vulnerable, la enviada del demonio que tienta con su palabra y traza con ella una situación imaginaria, un paraíso más allá del paraíso cuya consistencia es de pura habla y ficción, y que hace olvidar o disimula que lo es. Hay que ver la fuerza que tienen estas vetas. Aun aquí, urbanizadas y horizontales en un bar del centro de Santiago, es imposible que dentro de uno no se yergan y ya verticales busquen la luz, pensó Pelayo.

–¿En qué medita Pelayo Fernández?

Era su viejo amigo Federico, el mismo de aquella fotografía delante del Partenón, el que lo palmoteaba. Se veían con frecuencia en La Oropéndola.

–En nada.

–¿Cómo que en nada? O piensas o no piensas; y si piensas, piensas en algo, res cogitans –rió Federico.

–Pensaba en el Paraíso.

El otro se frotó la barba con el puño de su camisa amarilla. El pelo encanecido en su cabeza contrastaba con su barba aún muy oscura.

–¿En qué aspecto específico del Paraíso reflexionabas tú junto a tu vodka en la barra de La Oropéndola, periodista Pelayo Fernández?

–Naturalmente, filósofo amigo, en el lenguaje –bromeó Pelayo.

–¿Cómo así?

–La serpiente habla para que Eva muerda la manzana. Ella trae la mentira y la ficción.

–¡Ah! Estabas en mi tema –se entusiasmó Federico agitando sus manos de rata de dibujo animado.

–¿Tu libro sobre la ficción?

–Exactamente. Digo yo, Pelayo: si hubo pecado, si hubo deseo de una situación imaginaria e irreal ("seréis como dioses") presentada en el lenguaje, quiere decir que ya entonces era posible entender una proposición prescindiendo de su verdad o falsedad. Sin ello ni la ficción ni la mentira son posibles. Pero la serpiente no era una artista de la palabra porque mintió. El quid de la ficción está en que no afirma ni niega, sólo presenta.

–¿Y tiene esto que ver?

–Sí, huevón, por supuesto. Es lo que estoy trabajando.

–¿Y avanzas?

–No tan rápido como quien vende hoy televisores japoneses; pero avanza. No tan rápido como las mansiones de los plutócratas que se encaraman a los cerros de La Dehesa; quiero decir: no tan a la segura como los recortes presupuestarios que están jibarizando la Universidad de Chile; ni tan dramáticamente como los índices de cesantía. Pero sí; avanza. Pídeme un whisky; tú estás más cerca del barman.

–Ya.

–Doble, huevón.

–Cómo no, profesor.

–Di que me lo anoten a la cuenta.

Pelayo miró el reloj. Adelaida estaría allí en cinco minutos. No había sido buena idea quedar de encontrarse en este lugar en el que tanta gente los conocía. Por otra parte, también era cierto que como se le veía mucho ahí, la cosa se neutralizaba. Nadie se juntaría en un lugar como La Oropéndola si quisiera ocultarse. ¿O no? La idea había sido dar la impresión de que se trataba de una reunión de trabajo como otras que habían tenido lugar en el restaurant; como la que se estaba llevando a cabo en la mesa de los pintores en la cual se estaría preparando algún texto que aludiría, sin duda alguna, a Foucault y a la última muestra de Guayo Fisher, en ese momento, el más célebre "artista visual", como le gustaba hacerse llamar.

–Me sorprende que hayas estado pensando justo en esto.

–¿Por qué?

–Desde ayer ando en una nube.

–Eso se deja ver –dijo Pelayo.

–No. Eso también. Pero no es eso. No es el whisky. Ando poseído por un *daimon* de los buenos, de los griegos. No es el whisky. Es un *daimon* de los antiguos. Porque...

–¿Sí? Un *daimon* ático.

–Creo haber dado con la entrada en materia, con la imagen emblemática que dará cuerpo al primer capítulo de mi libro, Pelayo. Fue ayer, pasado mediodía; no, a la una menos veinte, para ser exacto.

–¿A ver...? Cuenta.

–¿Sabes cómo se llama mi libro?

–*El concepto de ficción* por Federico Leiva. Y hasta ahí llegan mis conocimientos –dijo Pelayo.

–¡Exacto! Y no es fácil pasar de ahí, te advierto.

–¿Te acuerdas del Teatro de Marionetas de Maese Pedro, en *El Quijote*?

–No, Federico.

–Pero, ¿cómo? ¿No has leído nunca *El Quijote*?

–No he leído nunca *El Quijote*. Sólo las secciones que nos pasaba el profesor de castellano en el colegio; nada más. El nos repetía y nos repetía que *El Quijote* era literatura sobre la literatura *avant la lettre*. Se sabía varios capítulos de memoria, el viejo. Me lo estoy reservando para cuando cumpla cuarenta años –rió Pelayo.

–Será mi regalo de cumpleaños, huevón. No tienes idea de lo que te pierdes. Mi padre era tan fanático de *El Quijote* que leía unas páginas todos los días. Se echaba a reír y con mucha frecuencia terminábamos rogándole que releyera ese trozo tan divertido en voz alta.

–Gracias, muy amable. ¡Mmm! Está heladito y quemante el whiscacho. Bueno, y así fue como adquirí la costumbre de leer todas las noches unas páginas y así fue como antenoche caí en esa escena. Y ayer, huevón, a la una menos veinte, en el casino de la muy escuálida Facultad de Filosofía y Letras de la Universidad de Chile, me vino ese relampagazo. ¿Qué me dices? Ahí estaba el primer capítulo. Conviene detenerse, amigo Pelayo –Federico fingía pomposidad–, en la fenomenología de las circunstancias concretas entre las que se produjo este hallazgo. Era ese instante en que el profesor está "triste pero feliz", como dijo Pablo Neruda al partir de Santiago rumbo a París como flamante embajador de Salvador Allende, del "Compañero Presidente" como le decíamos entonces. "Triste", en este caso, porque en el hueco de ese plato-bandeja de plástico azul que nos dan y en que va la carbonada, se echa de ver que carne casi no trae; y el pan, encajado en el orificio circular, tiene a lo menos tres días; y la compota de duraznos de tarro (un medio durazno y jugo), que va en el sacado contiguo de la bandeja, ya se sabe, estará como siempre, tibia, y es además muy probable que en alguna de las muchas vueltas que hay que dar entre las mesas para encontrar alguna no ocupada por estudiantes, resbalen las dos servilletitas de papel y queden irremediablemente untadas en ese jugo tibio y dulzón. "Pero feliz", Pelayo, porque uno ha logrado terminar la cola y podrá por fin sentarse y echárselo al buche, continuó cavilando. La cosa es que apenas divisé yo en el casino una mesa desocupada y eché a andar en esa dirección me cayó encima la idea. Y, claro, cuando logré sentarme y quise tomar unas notas en las servilletas de papel que venían sobre la bandeja azul del almuerzo, se habían zambullido hasta casi la mitad en la compota de duraznos.

Dejé mi almuerzo humeando en ese plato-bandeja y volé a mi oficina. Allí, sobre la cubierta de formalita de mi escritorio metálico, garabateé mi idea, el esbozo de ese capítulo.

–¿Y qué hiciste después? ¿Volviste a recuperar tu almuerzo?

–¡No! Eso quedó ahí abandonado en una mesa del casino. Hice otra cosa. ¿Y quieres saber qué?

–Por supuesto.

–En fin, no vale la pena –bulbuceó Federico con aire introspectivo.

–A ver, dime qué hiciste.

–¡Llamé por teléfono a Raquel, mi señora, y le conté! –exclamó Federico–. ¿Y sabes por qué? Porque aquí en la Facultad a nadie le importa un rábano lo que uno hace y ella, en cambio, cree en mí. ¿Y no te parece increíble que después de catorce años de matrimonio ella siga convencida de que yo voy a escribir un gran libro? Casi conmovedor, ¿no, Pelayo?

–Sí, Federico. Sí. Raquel tiene intuición.

Y Pelayo recordó la oficinita del filósofo, los abarrotados estantes metálicos, las cajas de cartón con libros por el suelo, la fotocopia reducida del título de doctor pegado a la pared con un chinche detrás de su silla, un poster con algún motivo ecológico al otro lado.

–...

–Bueno ¿y?, ¿qué más?

–Deja tomarme otro trago. Este avión necesita buena gasolina. Escúchame: en el capítulo veintiséis de la segunda parte –Federico parodiaba el modo insinuante de los contadores de cuentos– Don Quijote asiste al espectáculo de Maese Pedro, en el cual el caballero Don Gaiferos intenta rescatar a su esposa Melisendra, a la sazón cautiva en poder de los moros.

Se detuvo para echarse otro trago al cuerpo.

–Bueno, y ocurre que en cuanto los dos católicos amantes escapan salen los moros en seguimiento. Entonces viendo Don Quijote tanta morisma y tanto estruendo en pie, en voz alta dijo: "No consentiré

yo que en mis días y en mi presencia se haga superchería a tan famoso caballero y a tan atrevido enamorado como Don Gaiferos."
Empinó el vaso y sorbió hasta la última gota.

–Otro, por favor –exclamó golpeando el bar con el cristal.

–¿Otro doble, don Federico?

–Otro doble.

–¿Y? Sigue contando.

–Y diciendo y haciendo –continuó Federico– desenvainó la espada y de un brinco, cuenta Cervantes o, mejor dicho Cide Hamete Benengeli, se puso junto al retablo, y con acelerada y nunca vista furia comenzó a llover cuchilladas sobre la titerera morisma, derribando a unos, descabezando a otros, estropeando a éste, destrozando a aquél...

Federico se reía solo.

–¿Y qué tiene esto que ver con mi tesis? Cualquier texto, mi querido Pelayo, cualquier texto puede ser tomado como ficción y, a la inversa, cualquiera ficción puede ser leída como no ficción, como un conjunto de proposiciones con valor veritativo. ¿Me entiendes?

–No mucho, si quieres que te sea franco, Federico.

–Don Quijote leyó los libros de caballería como historia. *The poet, he nothing affirms, and therefore never lieth*, dice Sir Philip Sydney. ¿Me sigues, Fernández?

–Algo.

–¿Cómo que algo, huevón? Si tú estabas pensando en esto mismo. Estaré ebrio; ebrio y endemoniado, pero no estúpido.

–No he dicho eso.

–Don Quijote ataca al teatro de marionetas de Maese Pedro porque quiere defender a Don Gaiferos, perseguido por los moros, según lo indican las propias marionetas. ¿Qué es lo que pierde de vista Don Quijote? ¿Qué es lo que ha puesto en cuestión? ¡El concepto mismo de ficción, mierda! Cuando desenvaina la espada y destruye el encatrado y casi decapita al propio Maese Pedro que estaba detrás de sus marionetas, es que ha interpretado este lenguaje de ficción como si no fuese tal. Se le escapa (y yo voy a demostrarlo paso a paso para que ningún pelotudo se meta conmigo y me haga objeciones) que lo que hace a un texto ficción es un conjunto de reglas o hipótesis o convenciones; no es algo que pueda deducirse del texto mismo ni de su referencia ni de su estructura lingüística. ¿Está claro?

–¿El mismo texto, entonces, podría ser leído por mí como crónica y por ti como novela? –preguntó Pelayo.

–¡Exacto! El mismo texto; palabra por palabra. Es lo que a Alonso Quijano lo transforma en Don Quijote y lo hace abandonar su casa montado en Rocinante. No respeta la primera regla; la regla de Sydney. Y por eso tu profesor de castellano (aunque no por lo que él decía, seguro) tenía razón: *El Quijote* es literatura sobre la literatura o, mejor dicho, ficción acerca de la ficción.

–No me tinca –argumentó Pelayo sin mucho entusiasmo–. Supongo que la ficción literaria tiene algo que ver con el lenguaje, con el cómo está empleada la escritura. Debe haber propiedades en el lenguaje de un texto que le den el status de cuento o novela.

–¡Falso! –vociferó Federico gesticulando con inusitada violencia–. Yo pienso que no hay ninguna propiedad lingüística o retórica que haga que un lenguaje sea literario o poético, por ejemplo. Cualquier característica del lenguaje tradicionalmente literario está presente también en los mensajes publicitarios. El lenguaje publicitario y el lenguaje de la obra literaria caen bajo cualquiera de los conceptos que se ha intentado para especificar qué distingue al lenguaje literario del que no lo es. Y no se puede definir a priori lo literario; eso lo descubren y redescubren los escritores cada vez. Piensa que una carta o un discurso o un libro de historias pueden ser literatura. Yo no estoy tratando de definir y fijar qué sea lo literario. Me interesa el concepto de ficción. Es el primer paso, el conceptual. Luego viene la pregunta estética: ¿Y por qué en la ficción importa tanto la calidad literaria? ¿Ah? ¿Por qué será? –se preguntó Federico con una risa ingenua.

–¿Y en qué consiste la diferencia, entonces? –continuó desganado Pelayo.

–¡Ah, ah! Sigo con mi libro. Ahora pasamos a otro capítulo, huevón. ¿Cuáles son las convenciones entre el lector y el autor que caracterizan un texto histórico? Esa y no otra es la cuestión.

Pelayo miró el reloj. Adelaida se atrasaba ya ocho minutos. ¿No estaría dolida por el problema de Márgara? ¡Por qué crestas se le había ocurrido volverse de Vichuquén! ¿Qué clase de pelea huevona con su tía la hacía quitarle a Pedro una semana de vacaciones? ¿Y por qué justo hoy? ¿No la habrá dateado alguien de Los Bellotos? Pero ¿quién? ¿Qué podría haber sabido? Que Adelaida se venía a Santiago hoy y volvía mañana. ¿Y? En el teléfono, cuando lo llamó a la revista, antes de la reunión con Barraza, y él le contó, Adelaida reaccionó con pena, pero no con furia. Cuando la llamó desde el Banco Central estaba cariñosa. Tal vez había sido un error suyo mentarle de nuevo el asunto. ¿Y si le había bajado la furia después de cortar? No habían podido comunicarse bien. No estaban dadas las condiciones. Algo le decía que no llegaría; que lo dejaría plantado. Llevaban los dos quince días preparándose para esta noche. Y de improviso se iba al tacho todo el plan por este recado transmitido hoy por la Leontina. Entonces, el panorama que estaba pensado para comenzar a la una y media desde La Oropéndola, continuar en el Hotel

Constantinopla y no volver de allí hasta la mañana siguiente se acortaba abruptamente. No cabía duda. Adelaida estaba dolida. Esperaba de él algo más, algún ardid para zafarse. "¿A las nueve y por qué no a las doce?", le había dicho. En realidad, él pudo haberse inventado alguna reunión urgente y no se atrevió; en realidad, no se le ocurrió. Estaba lelo con el recado de Márgara –su regreso– y no tuvo tiempo de pensar nada. Las nueve era su hora de regreso habitual.

Federico dejó el vaso en la barra.

–Lo más jodido –reflexionó– es lo siguiente: si una obra de ficción no afirma ni niega y eso es así por hipótesis, por construcción geométrica, ¿por qué importa? ¿Por qué chuchas importa el arte, huevón? ¿Qué lo diferencia de un mero juego? Esta es ya una cuestión de valor estético, ¿me entiendes? Deja de ser un problema de status ontológico, huevón, pero... capítulo cuarto.

–¡Camilo! –gritó Pelayo.

Camilo levantó una mano desde el umbral y Federico lo saludó agitando las dos.

–¡Camilo! Líbrame del status ontológico de este hombre –protestó Pelayo. Está...

–...Endemoniado, poseído por un *daimon* de los buenos, de los helénicos –se apresuró a aclarar Federico.

–Un *daimon* que es conocido en la barca de Baco...

–No, Camilo. Te equivocas –replicó Federico–. Ha sido un *daimon* filosófico.

–Así es –confirmó Pelayo–. ¿No te parece alarmante?

–¡Caramba! En la que he ido a caer –rió Camilo pasándose la mano por su bigote rubio y nitzcheano–. ¿Y cómo va lo del canal, Pelayo?

–¡Viento en popa! Vengo justamente de una reunión que fue clave. Creo que en menos de seis meses estaremos en el aire.

–¡Putas, huevón, qué descueve!

–Tus videos han sido todo un éxito, Camilo. Esas tomas al alpinista que sube colgado de los martillos que va clavando en la pared de hielo te quedaron espeluznantes.

Y, para justificar su encuentro con Adelaida en pocos minutos más, añadió como quien no quiere la cosa:

–Tenemos que hablar. Justamente ahora voy a ir a la Productora Set Tres para conversar con ellos sobre los próximos pasos a dar.

–¡Qué bien! Tendremos más pega, entonces.

–Sí. De eso se trata. Y bastante.

–Y como siempre para ayer, ¿no?

Pelayo asintió entre dos sorbos de vodka.

–Todo esto partió, Camilo, porque Fernández estaba muy pensativo –interrumpió Federico–. Y cuando le pregunté por qué, ¿sabes tú qué me contestó? ¿Sabes tú en qué meditaba este periodista?

–¿En qué?

–En el Paraíso. Sí, huevón. No lo niegues ahora: en el lenguaje de Adán y Eva y la serpiente.

–Ustedes dos están muy rayados. ¿Pero qué otra cosa cabe esperar de dos hombres que están situados en el epicentro de la galaxia de Gutenberg?

–¿Por qué? ¿A ti no te interesa el Paraíso, pelotudo? –reclamó Federico.

–Estuve ayer ahí. Y este mismo huevón de Bechett –apuntaba a los parlantes– le estaba dando al clarinete como un ángel.

La Oropéndola había puesto de moda ese viejo jazz porque uno de los dueños era fanático de *Rayuela*. Pelayo, Federico y, especialmente Camilo, que sabía tocar el piano y el clarinete, habían aprendido a bailar con Los Beatles y los Stones. En sus años adolescentes se les mezclaba la atmósfera de Dylan y la Maga, a veces andando de un lado a otro, a veces detenida en el petril de hierro inclinada sobre el agua, y que sonreiría sin sorpresa convencida de que un encuentro casual era lo menos casual. El interés por el jazz comenzó por ahí, pero el contagio se esparció años después en el Café. Lo mismo que muchos otros clientes comenzaron a desvalijar colecciones en desuso de las casas de padres, tíos y amigos y se lanzaron a rastrear discos gastados de los 40 y 50 en las tiendas de libros viejos de calle San Diego. Esto revitalizó un antiguo y desmembrado club que se congregaba sábado de por medio en un decrépito palacete belle époque que se reconocía a distancia por una inmensa buganvilia, que se extendía trepando mucho más arriba del balcón. Los músicos se reunían para imitar las célebres audiciones de Dizzy Gillespie en la sala Pleyel del año 52 o del año 53, y que a su vez pretendían reconstruir a la orquesta del año 48, orquesta que se había disuelto en 1950; o a evocar el Be-Bop de Minton's Playhouse Club en Harlem, pero hecho por músicos como Max Roach, Hank Jones, Sonny Stitt buscando redescubrir la polirrítmica africana. El pequeño grupo de viejos bohemios aficionados de siempre, reforzado ahora por esta nueva camada, aplaudía con emoción el saxo de Stitt o el bajo de Heath. Los músicos de la banda no pretendían sino crear la ilusión de que estaban allí las estrellas originales. Su propósito era sugerir, anularse hasta hacerse transparentes y lograr que se oyera en la sala el sonido que Roach le sacaba a la batería o Clifford Brown a las notas altas del registro de su trompeta.

De los habitués de La Oropéndola, Camilo era sin duda el más entusiasta y acudía ahí a menudo. Ahora les explicaba, atropellándose, como siempre que se trataba de jazz, lo extraordinaria que había sido la interpretación de "Blue and Brown" anoche y de lo que había logrado Sanhueza con su discreto acompañamiento de batería creándole un ambiente cálido y lleno a De la Fuente, cuya trompeta se encumbraba rasgando el aire, decía, y se metía por todas partes sacándonos la piel del alma. Y después, cuando hubieron interpretado "All God's Chillun Got Rhythm", y la sala se vino abajo aplaudiendo, los músicos sabían que esos gritos eran para Clifford, para Carl Perkins y para Roach, pero estaban orgullosos de haber sido sus intermediarios.

–Después de todo, una visión leonardesca del arte aplicada al arte sobre el arte, Federico –rió Camilo–. El médium invisible, la perspectiva del paisaje dibujada en el vidrio de la ventana que da a él. Sólo que en este caso no hay paisaje: hay música. Pero el hit de la noche –decía Camilo vibrante– fue la interpretación de "Oo-Shoo-Be-Do-Be" cuyo humor, viejo, contagió a toda la concurrencia.

–Eso es un disparate –contestó Federico–. Pero está bien, está muy bien. La pomposa cuestión de la identidad latinoamericana (una inquietud típicamente racista, dicho sea de paso) ha sido resuelta en este club de jazz. Una visión leonardesca del conocimiento elevada al cuadrado, dices tú. Un juego de transparencias que continuamente superponemos a otras transparencias; algo así como un espejo sobre el cual tiemblan los reflejos de las sombras que los encadenados ven al fondo de la caverna platónica. Pero ¿se ve en ese espejo qué causa las sombras que él recoge? Lo extraordinario, Camilo, es que esto muestra que la autorreferencialidad en Leonardo no es posible.

–¿Cómo? –interrumpió Pelayo, sacándose los lentes para acentuar su confusión–. Estoy perdido... ¿El cuadro de Leonardo no se muestra a sí mismo como tal; el acto de pintar no se deja ver?

–Es un puro vidrio transparente –dijo Camilo.

–Pero al mostrar qué juego hacen otros cuadros leonardescos los sorprende en su transparencia sacándolos de su invisibilidad, ¿no? –continuó Federico.

–Pero si es equivalente a un vidrio o a una ventana que recorta el paisaje, ¿qué diferencia puede hacer que yo le superponga otro vidrio? ¿Si no vi el primero por qué voy a ver el segundo? –objetó Pelayo.

–Es que no hay medio invisible, pues Pelayo –replicó Federico–. Si lo hubiera no habría representación. Todo medio es un filtro y lo que plantea Leonardo es sólo un punto límite.

–No hay grabación perfecta; hay alta fidelidad, lo que es muy distinto –añadió Camilo–. Nadie diría que "La cama" de Rauschenberg sirve para dormir en ella. O que las "Cajas Brillo" de

Warhol son indiscernibles de las cajas Brillo que se encuentran en los supermercados de Nueva York.

—Cuidado, cuidado —intervino Federico—. ¿Y si fueran indiscernibles? ¿Si fueran cajas Brillo auténticas las de Warhol? ¿Cambiaría algo? ¿Y si la cama de Rauschenberg era una cama antes que el artista la trocara con su varita mágica en "obra de arte"? Incluso ha dicho temer que alguien se suba a esa cama y se quede profundamente dormido. ¿Hay algo en el objeto, una propiedad suya, que lo haga ser obra de arte? Mi querido Pelayo: creo que Camilo nos trae de nuevo al tema de mi libro. ¿El arte está en la cosa o en la mirada?

Y tras una pausa, Federico les preguntó:

—¿Cómo habría pintado Leonardo "Las meninas"? ¿Cómo pintar ese espacio desde la perspectiva del rey Felipe IV sin ser Felipe IV?

—Muy sencillo: lo que pasa es que el rey es ahí el pintor —interrumpió Camilo riendo y encogiéndose de hombros—. ¿No han visto el video de Juan Downing sobre "Las meninas"?

—¿Quién? —dijo Pelayo—. Me empieza a marear este juego de espejos. ¿Velázquez se hace rey o Felipe IV pintor?

—Ni lo uno ni lo otro, Pelayo —afirmó Federico—. Velázquez se pintó bajo la mirada del rey, solamente.

—De manera que el artista, entonces, puede meterse en los zapatos del rey y ver el mundo desde él —terció Camilo—. ¿No es eso lo que has querido decir?

—Tal vez —dijo Pelayo con una media sonrisa—. Pero, cuéntanos, Camilo, ¿a qué fuiste ayer al club de jazz?

—No andaba solo —contestó Camilo y se le iluminó la cara—. Andaba con... una musa —bromeó.

—¿Quién?

—El nombre no tiene importancia; es una alumna que tuve el año pasado en el instituto Arcis, en ese seminario sobre cine publicitario en que me tocó participar.

—¿Ah? ¿Sí? El nombre siempre tiene importancia —reclamó Pelayo.

—Isabel Veloso, ¿te dice algo? ¡Nada! ¿No es cierto?

—Bueno, ¿y?

—Es que nunca había pasado nada hasta ahora, hasta ayer, quiero decir. ¡Una donna de miedo! Era primera vez que salía con ella. Les aseguro que tiene los pechos más conmovedores de cuantos se pasean por Santiago. Y los labios que tiene son un magneto...

—Que tú no pudiste resistir, por lo visto —interrumpió Pelayo.

—Yo la llamé por si las moscas —respondió Camilo alborozado—. Josefina tenía una comida de antiguas compañeras de curso, así que me las podía arreglar... La invité a ver un corto de trajes de baño de lycra, que estoy haciendo, "la fibra elastomérica" —ahora parodiaba la voz baja del locutor del comercial– "desarrollada por E. I. Dupont de Nemours y Compañía en 1960." Y me dijo que sí, y entonces nos vinimos para acá, y nos estuvimos como dos horas, y le gustó de repente el piano de Oscar Peterson, de quien nunca, por supuesto, había oído hablar. Y entonces me la llevé a oír jazz. No se sentó en la mesa frente a mí sino a mi lado y cuando se reía se le venía el pelo para adelante y bajaba la cabeza y me ponía la cara sobre el muslo. Y era maravilloso ver esa cascada de pelo rubio cayendo de mi rodilla hacia abajo.

–¿Y?

–No interrumpas el cuento en lo mejor.

–Y, bueno, después pasó lo que tenía que pasar.

–¿Qué es eso que tenía que pasar?

–¿Y si pasó, ¿cómo pasó que es siempre lo más interesante?

–Parecen mujeres copuchentas ustedes hoy...

–Y, bueno, cuando detuve el auto frente a su casa me dijo: "Bésame, pues, idiota".

–¡Qué maravilla!

–¿Y cuántos años tiene? –inquirió Federico con displicencia.

–Veintidós.

–Ya. Es una niña –corroboró satisfecho de su pregunta.

–Pero abierta, tierna, desprejuiciada, amorosa, inteligente... o inquieta, quiero decir... madura –protestó Camilo.

–Ahora vienen así –retrucó Federico–. O promiscuas o vírgenes de comunión diaria.

Todos rieron. Les picaba el licor en la garganta mientras daban vueltas las páginas de sus descuadernadas *Rayuelas* de adolescentes. El libro era gigantesco y ellos con la barra en torno a la que estaban, se desprendían de adentro de él, tal como en los libros de cuentos de niños en los que se incorporan príncipes y princesas y brujas y monstruos y bosques y castillos y caballos. Sydney Bechett tocaba "I don't know where I'm going."

❖

–¡JÓVENES!... –saludó Azócar.

–...¡No tan jóvenes! –agregó Camilo como si fuese parte de la misma frase.

–¡Profesor Azócar! –exclamó Federico con fingida solemnidad–. ¡Gran Sofontes! Aquí estamos con el plumario más inteligentemente frívolo de la polis. ¿No le parece el colmo de la frivolidad escribir en la revista *Mira*? Aunque le inquieta el Paraíso –bromeó Federico.

El profesor le estiró a Pelayo una mano con la sonrisa vaga de quien no entendió el humor de lo dicho. Era un hombre alto, rígido, de cachetes colorados y cara muy pequeña. Movía un par de ojos pardos de un lado para otro manteniendo estático el cuello. Lo normal es apuntar la nariz en la dirección en que uno mira. El profesor Azócar no lo hacía nunca. Enseñaba, como Federico, en la Universidad de Chile y su especialidad era la filosofía griega. Había sido maestro de Federico e influido para que éste se fuera a Atenas a aprender griego y luego a Alemania a estudiar metafísica siguiendo la huella de Heidegger. Pero cuando Federico llegó a Munich los heideggerianos se batían en retirada y los profesores de moda sólo leían artículos analíticos en inglés y salpicados de proposiciones escritas en la simbología de la lógica. Al volver, sus inclinaciones tenían muy poco que ver con las que lo habían motivado a salir de Chile para perfeccionar sus estudios metafísicos. Sin embargo, este distanciamiento en lugar de enfriar las relaciones con su profesor Azócar, produjo el efecto contrario. A Federico se le hizo más fácil tratarlo con franqueza. Y su punto de vista siempre le interesaba, en parte, porque secreta y silenciosamente se sentía en debate con él. No podía dejar de admirar, además de su rigor intelectual, la estrictez a que había sometido su vida, la forma casi heroica en que se había conducido a lo largo de años y años para llevar a cabo su proyecto de vida filosófica tal como él la entendía. Es cierto que había publicado poco o nada en relación a lo que se imaginaba cuando tenía treinta años. Pero Azócar no era hombre que se desanimaba por los contratiempos y se mantenía preparando y haciendo sus clases y corrigiendo pruebas y haciendo sus propias traducciones y publicando sus pequeños artículos en la *Revista de Filosofía* con sobriedad y persistencia inigualadas. Tal vez, más que sus publicaciones, era su vida retirada y su extensa biblioteca las que le habían conferido cierta nombradía y respeto, que muchos confundían con el reconocimiento intelectual auténtico. No el propio Azócar, claro, que era demasiado inteligente para ello.

—Su mesa va a estar lista en un momento, don Federico —explicó el mozo de bigotes a lo Clark Gable con el ademán obsequioso de los garzones viejos.

—Excúsenme un momento —dijo secamente el profesor y se dirigió al baño. Federico iniciaba otro whisky doble.

—Sigue contando de la rubia que te llevó al Paraíso.

—¡Putas! Tienes, Federico, la lengua demasiado traposa.

—¿Y? No soy yo el que va a hablar.

—Es un tema filosófico —dijo Camilo—. Y me pregunto si tú, Federico Leiva, estás en condiciones de seguir mis especulaciones —rió.

—¿Ah? Dinos. ¿A ver? ¿Qué es el Paraíso?

—¡Qué pregunta, Dios mío, Federico! La vetarían incluso en la revista *Mira* por zonza.

—¿Y por qué dijiste que habías estado ayer en el Paraíso? —insistió Federico arriscando la nariz con los ojos enrojecidos.

Camilo se encogió de hombros. Federico seguía arriscando la nariz y abrió los brazos como cuando el cura en el oficio antiguo decía *Orate, frates...*

—¿A ver? —dijo Federico—. ¿Quieren que les diga yo, par de huevones, qué es el Paraíso? ¿Quieren que se los diga al par de chuchetas? ¿Ah?

Federico entornaba los ojos y pasaba de Pelayo a Camilo y volvía al primero. Pelayo miró furtivamente la hora. Estaba nervioso.

—El Paraíso... es convertirse en cosa, par de pendejos; en un paquete de carne con huesos y madera. Nada más. ¿Se dan cuenta?

Se inclinó hacia adelante y con una mano se oprimió la boca del estómago y con la otra se agarró de la cubierta del bar.

—El Paraíso, carajo, no es un sueño profundo ni tampoco la visión de Jacob al pie de la escalera de los ángeles, ya que es... un paquete de carne con huesos y madera, carajo. El Purgatorio de la vida es un vaso de leche que se va a cortar, huevón; una lengua de erizo que se echará a perder mañana, mierda, nada más; mantequilla que se pondrá, carajo, rancia. Y punto final. El Paraíso —Federico ahora levantó el índice como en una admonición— es la posibilidad infinitamente cercana a cero del Paraíso; la probabilidad improbabilísima por la cual existe algo en lugar de nada, ¿saben?

Acercó la mano temblona al vaso y se plantó un trago largo. Lo dejó rápidamente en la mesa y siguió diciendo en el mismo tono:

—La misma probabilidad infinitamente cercana a cero por la que confiamos o desesperamos del mismísimo cálculo de probabilidades. ¿Saben por qué? La vida... está más allá de la vida siempre: ese es el Paraíso...

Federico se plantó otro trago y concluyó lanzando una carcajada:

—Mámense esa, huevones, y después hablamos... ¿Ah?

—Su mesa está lista, don Federico —dijo el mozo.

Federico y el profesor Azócar, que volvía ya del baño, lo siguieron. Camilo se incorporó a la mesa de los pintores. Se devolvió para transmitirle a Pelayo una invitación de ellos y pedirle que participaran en una discusión sobre Duchamp y Christo. Prefirió quedarse en el bar y ordenó otro vodka con naranja. Ella estaba sumamente retrasada. Indicio claro de que seguramente se había molestado y no aparecería. Adelaida era de decisiones abruptas.

SEGUNDA PARTE

SU PELO DANDOLE VIDA AL AIRE

–No. Te paso a buscar entonces a las nueve.
    –Es que no puedo.
    –Pero ¿por qué? No te entiendo...
    –Es imposible, Pelayo. Volví con León.
    –¿Cuándo?
    –El domingo.
    –¿Ayer domingo?
    –...
    –¿Pero cómo, Adelaida? Si el sábado estábamos...

Antes de chocar, recordaba Pelayo y cuando ya veía venir el impacto, sintió una expectación, suspenso, vaga esperanza de una escapada por causas ajenas a su control. El era niño. Manejaba su papá. Luego vino la violencia del ruido, la violencia inaudita del golpe de fuerzas de acción y reacción en la zona cervical, pero sobre todo del ruido metálico que concentró en sí todo el desorden y la transgresión implícita en el choque. A ello sucedió un silencio sospechoso e inquietante en medio del polvo y los vidrios astillados y la confusión antes aun del miedo tremendo y de la comprobación de si estaba herido, y cuánto y de si había otros heridos.

Pelayo se sintió de nuevo así. Esas palabras de Adelaida lo arrojaron de golpe fuera de la carretera, y quedó sumido en la amenaza de ese silencio que sucede al estruendo, perdido al interior de una nube de polvo y tanteando su cuerpo para verificar sus heridas.

Años atrás, ese sábado, habían partido de madrugada en el Plymouth de su abuela Marta rumbo a Los Maitenes de Chihuaillanca. Pelayo le había hablado, a veces, con mirada melancólica, es verdad, pero las más de las veces con los ojos brillantes de animación, de lo que había sido ese campo: los árboles otoñales en el parque; la laguna con garzas e islas a las cuales la abuela se hacía traer el té Souchong que se servía en mantel de damasco; su pasión por la música de Debussy y los mitos griegos que les hacía aprenderse de memoria; los potros negros al galope por los charcos de las empasta-

149

das; los enormes fondos donde hervían en el patio los membrillos para el dulce y las sábanas de crea; el sabor del vino sacado del fudre con una pipeta; el color blanco de los almendros en agosto; la personalidad de Evaristo, el huaso que le había enseñado a galopar, y a topear, y atajar toros; las uvas blancas y negras y rosadas de los parronales; la viejísima enredadera de la pluma, cuyos brazos estrechaban con angustia cada poste del largo corredor de las casas como temerosa de perderlos. Era el mismo corredor en que estaba el sofá de balanza colorado que le recordaba su prima Angélica, entonces, tan rubia y linda. El pasaba de niño, le decía, desde Navidad hasta fines de mayo, hasta que dejaba caer su carga de uva en el pozo, el último carretón de la vendimia.

Era un viaje secreto de algún sábado de otoño. Le había dicho a su abuela que, como había que hacerle unas reparaciones al auto, se lo llevaría al taller el sábado. El portón del parque de Chihuaillanca estaba cerrado con candado y tuvo que encaramarse por encima del seto. Atravesó bajo las sombras mojadas de los cipreses casi con miedo de que lo desconocieran los perros, quienes efectivamente llegaron a los pocos momentos y saltaron embarrándole el pecho con sus patas y lo escoltaron alegremente a casa del cuidador. Lo encontró con una barba de cuatro días dormitando en su silla de mimbre tapado por unas mantas. Asustado por esta llegada intempestiva, abrió el portón apresuradamente. La casa tenía las ventanas tapiadas y estaba fría y sumamente húmeda. Parecía una casa clausurada. Y lo era: saldría a remate junto al resto de la reserva. El fundo había sido tomado y expropiado unos años antes, y el recién instaurado régimen militar se proponía parcelarlo y adjudicar los lotes entre los campesinos. Pero, por ahora, seguía administrado por un técnico de la Corporación de Reforma Agraria. En lugar de decir "Fundo" Los Maitenes de Chihuaillanca, en el letrero de latón que colgaba de un eucalipto en el camino de entrada, se leía: "Asentamiento" Los Maitenes de Chihuaillanca. La abuela Marta se había negado tercamente a quedarse con la reserva patronal. La propiedad que le reconocían y las casas quedaban separadas por más de veinte cuadras. Imaginarse en su parque de toda la vida, rodeada por los nuevos parceleros que ocuparían las viejas tierras de la familia de Alfonso, su marido difunto, se le hacía intolerable. Le habían dicho que los nuevos tiempos exigirían una nueva visión agronómica del predio: nuevos cultivos, nuevas inversiones, nuevas formas de administración. Su intuición le decía lo mismo, pero no halló entre sus hijos o yernos (demasiado ocupados en otras cosas y desinteresados del campo, pensaba) ni entre sus nietos (que le parecían demasiado jóvenes e inexpertos) quien se pudiera hacer cargo de esa empresa. En un acto de orgullo que la heriría para siempre, optó por renunciar al pedazo que le devolvían, meter la plata en el banco y consumirse enjaulada en su departamento de Santiago.

Varias goteras habían caído impenitentes en el salón donde estaban el piano y la copia del Baco de Velázquez, y en algunos de los dormitorios, sin que nadie se hubiera ocupado ni siquiera de poner un tarro y evitar la poza. Hechos los reclamos de rigor a don Lizana, Pelayo le pidió que hiciera fuego. Las planchas de zinc del techo tintineaban bajo una lluvia cerrada que se dejó caer de repente. Sacaron unos cojines y extendieron mantas de vicuña sobre el piso, frente a la chimenea. Se pasaron una buena parte del día ahí, en la galería, comiendo almendras e higos secos, y esponjando la lengua en el oporto que desenterró Pelayo de una bodeguita, cuya puerta quedaba detrás del biombo que separaba el comedor de la puerta del repostero. Adelaida examinó, sobre la cómoda, puntas de flechas de cristal de roca, huesos de animales petrificados, cerámicas rotas y piedras indígenas. El reflejo del baile de las llamas de espino pasaba del barniz de la cómoda a las tablas de eucalipto del suelo, a las paredes, a sus caras y a ratos, por lo oscuro de ese día, agitaba fantasmas en ese techo lejano al que conducían las altas paredes de adobe.

Como a las cuatro cesó el repiqueteo de la lluvia y en pocos momentos se destapó el cielo. Al salir al corredor el aire estaba tan húmedo que el sol, colándose a través de él, parecía un foco de luz submarina. El sofá de balanza forrado con cretona colorada había desaparecido de ahí, según don Lizana, hacía qué años y Pelayo no se acordaba. Bajaron las gradas. El suelo era una esponja que se hundía bajo sus inadecuados zapatos santiaguinos. Pasaron la acequia y llegaron al gingko, junto a cuyo tronco negro, azabache, las hojas parecían el oro derramado de un cofre de piratas; y se fueron por unos pinos coral, que se apoyaban medio desenganchados, como plumeros viejos, en los conos verdes de las thuyas, dando la impresión de que una floración vinosa ascendía por su savia. Paulatinamente, así como a través de una mica brillante, apareció la columna liquenosa de la araucaria. Un alcanfor pasó a la derecha como entre mástiles y moho y olmos y palmeras. Una inmensa llamarada se tejía arriba por detrás de los cedros. Algo, una suerte de ancla roñosa, imaginó Adelaida, atrapada a la altura del esqueleto de un coigüe. Bajo él y mirando su cumbre creyeron perder pie: el espacio que ocupaban sus mil brazos se volvía profundo y giratorio como un embudo y daba vértigo. El único árbol que no había sido plantado, ese coigüe, era un abismo abierto hacia arriba.

Rompió esa virginidad de fondo de mar el resoplido de una tordilla pelusienta bamboleando su carga de fardos.

–Ha de ser –le dice Pelayo– un hijo de Segundo Aravena el que se toca así el fieltro sombrío y mojado y nos saluda. –Y luego a él:
–No está nada de muy bueno ese pasto, hombre. Amarillón lo veo.
–Está pobre mi papá este año, patrón.

Los rastrojos del maíz son una pura mancha cenicienta envuelta en terrones. Un Coloso carga agua de lluvia y en el manzanar relucen mil pequeñas lupas a pleno sol, y dos o tres escalas desamparadas que dan al vacío. Caminaron por la línea del tren pisando los durmientes resbalosos por el agua, y tomaron, en el cruce, junto al cerco de alambre de púa, la orilla del almendral pelado, cuyos pétalos blancos anunciarían en agosto la primavera. Cortaron por la cancha de baby fútbol, en cuyos pastelones se juntaba el agua. "Nueva", protestó Pelayo. Por allá, los primeros faldeos por Carimáhuida parecían una ampliación fotográfica de musgo muy apretado.

Al doblar, Adelaida conoció los gallineros, donde alarmaron a unos patos blancos, y a un gallo y sus gallinas que los miraron atentos, haciendo sus movimientos bruscos y entrecortados, como de cine mudo. Después, una humareda azulosa desenrolló suavemente a un limonero. Pelayo examinó una rastra de discos que bajo las acacias se apagaba en el tono de las tejas. El pasto se levantaba medio metro del techo. Un caqui iluminado por sus frutos se acercó diáfano, pensó Adelaida, como el árbol que en un cuento podría regalar un hada. En una poza, en la que se sumían y de la cual salían huellas gruesas de tractor, la sorprendió la algarabía de unos pájaros pequeños. "Chigüíos", le dijo Pelayo, y le indicó la hortaliza. Y Adelaida pensó en Mr. Mc Gregor y en Peter Rabbit, y se lo dijo riendo.

El olor de una leñera impregna el sistema pulmonar y se queda allí y viaja con ella un rato. Más allá, el rumor de los zapatos empapados empujando esa resaca de hojas bajo las encinas que filtran nubes naranjosas. Los adobes fabricados en Chihuaillanca, comenta Pelayo, con barro y paja revuelta como en la trilla con yeguas. Es una boca de lobo y resuenan los tacones. Paran. Pelayo tantea la muralla. Clic. Suben pisando cuidadosos en los peldaños enclenques hasta llegar a los fudres enzunchados de moho donde guardan el sauvignon y el cabernet que se reserva a la familia. Medel, el bodeguero, saca el vino con una pipeta. Se encaraman a una ventana. Desde allí se ve la viña otoñal: una amplia extensión de entramado sarmentoso que parece pelo crespo, enmarañado, que alguien hubiera labrado en greda roja.

Ella va recogiendo del suelo piñones de pehuén y patea los torreones de barro que defienden la entrada de las cuevas de camarones. Ahora una neblina borra del horizonte los gualles y pesa, como mantón mojado, sobre los batros de la laguna. Un viento hace crujir los huesudos eucaliptus y empiezan a caer de nuevo goterones de agua. El camino fangoso corre encerrado por las moras. Entonces fue cuando apareció el parronal derrumbado y semicubierto por el barro. Pelayo apoyó su mentón en uno de los tablones del portón y se quedó mirando un rato para adentro. Después, sin decir palabra, pasó una pierna, dobló el tronco, dio un salto y ya estaba al otro lado. Ella lo acompañó de atrás. Con los zapatos hundidos en el suelo blando se inclinó para observar los pequeños racimos podridos antes de alcanzar a madurar.

—Febrero —rezongó con la frente compungida—. Ha de haberse caído en febrero. Estamos a fines de mayo y aún no levanta el parronal esta gente de mierda.

Siguió meticulosamente el curso de los alambres, chancleteando en el lodo, hasta dar con el tensor que, según murmuraría de vuelta en el portón, se habría cortado causando la catástrofe.

—Mucha carga —masculló crispado al tiempo que se encaramaba al portón y, de pie, en el larguero superior:

—Nunca menos de tres hectáreas, nunca menos. ¡Huevones! ¡No tiene caso esta gente!

Se sumió en un silencio largo. Adelaida le tomó la mano. Pasaron un silo de concreto que interrumpía el paisaje y a Adelaida le pareció feísimo. La guió por entre las zarzamoras y las vegas a un alto desde el cual se podían ver el borde exterior de la laguna, sus dos islas y los restos del embarcadero. Ella le había oído hablar tanto de esa laguna, de los juegos de piratas, de niño, en los botes, de la limpieza perfecta de las garzas en el fango, del claro de luna bañando el embarcadero. Pero, intentando situar en ese lugar lo que había escuchado e imaginado, reparó entre los batros en la manivela de metal añoso y en la compuerta de tablas que se abría y cerraba con ella. Y se dio cuenta del canal y de que, naturalmente, esa laguna era sólo un tranque artificial, de regadío, y sus islotes, un embeleco, un toque de fantasía, para recubrir un trazado ingenieril.

Dos niños pequeños de ojos grandes, piel morena y mirada húmeda:

—Escampó, patrón, pero por poquito rato.

Han surgido entre la bruma y se mueven con alegres aspavientos rodeados de no menos de ocho quiltros de tamaños y formas irrepetibles. Uno le convida a ella del pan que mordisquea. Adelaida pone sus manos como ojiva en esa carita ovalada. La miga, amasada recién, está calentita. Sortean las pozas y se parapetan en el corredor. Una mujer gorda, de trenzas negras, que anda digna y bien echada para atrás, recoge de la baranda las mantas. Evaristo no está. Ha ido al cerro a buscar una yegua por parir. Pelayo hunde ambos brazos hasta los codos en el saco y arroja un puñado de maíz a las gallinas. La señora de Evaristo les trae una bandeja con sopaipillas. Se disculpa por no tener chancaca y se retira. Adelaida se fija en la oscuridad que la tragó, en los dos ventanucos rectangulares, en la reverberación de la luz del televisor blanco y negro sobre las paredes ennegrecidas.

Entonces cayó en la cuenta de que, obviamente, ese fundo no había sido otra cosa que un aparato productivo, y así como la laguna era, en verdad, un tranque artificial construido con fines utilitarios y disfrazado de laguna romántica, lo mismo ocurría con el resto del parque. Según le explicó Pelayo, en vista de sus preguntas, los senderos y caminos orillados de boj, eran rellenos puestos sobre ladrillos para evitar que el fango del invierno los deshiciera. Y lo propio ocurría con la viña: por debajo la recorría un mapa de cicatrices, que correspondían a los drenajes que habían chupado las vegas y pataguales que compró su tatarabuelo, el que, según la familia, había hecho su dinero comerciando vacunos que importaba de las estancias de la pampa argentina. Según los lugareños, reía Pelayo, contrabandeaba animales cuyanos, sacándolos por el paso del Desecho y otros, que eran pasos secretos. La plantación de viñedos, a mediados del siglo diecinueve, y la introducción en ese suelo de cepas finas –cabernet, merlot, sauvignon, pinot– fue la gran obra de su hijo, el bisabuelo de Pelayo, a resultas de la cual se descapitalizó y casi perdió el fundo por las deudas. Tuvo que arrendarlo por ocho años para evitar la quiebra. Recuperó las tierras y saneó el predio recién el abuelo Alfonso, que levantó, después, los parronales de uva de mesa moscatel y emperor.

❖

LO CURIOSO ERA que al hacer los desagües que fueron enjutando el terreno, aparecieron las puntas de flechas de cristal de roca, las vasijas rotas, los huesos petrificados de animales como llamas y guanacos, la greda pintada, y las piedras circulares de los indígenas que yacían sobre la cómoda, cerca de la chimenea de la galería. Chihuaillanca quería decir en lengua mapuche "lugar de luz", una luz que, entre los dos aguaceros, a Adelaida se le quedó en la memoria como un foco submarino, pero que de haberla visto una mañana de verano, le habría recordado el sol de la costa griega. Su tatarabuelo lo obtuvo en pago, según se decía en la familia, de unos préstamos que hizo a un amigo ganadero en aprietos. La propiedad no estaba inscrita en el Conservador de Bienes Raíces. La primera inscripción se realizó a su nombre con más de dos décadas de retraso con respecto a la fecha de ocupación efectiva. En Chihuaillanca empezaban a subir la caballada y la animalada a la cordillera por Carimáhuida, al oriente, después de Navidad, cerca de la fecha en que Pelayo y sus hermanos se subían a la station wagon Chevrolet y partían rumbo al fundo. Bajaban de las veranadas cordilleranas lentamente a partir de abril, aprovechando los rastrojos del maíz y ramoneando por los caminos. Era necesario guiar la animalada con tino y conocer con exactitud la duración de las jornadas, la ubicación de las vertientes que indican los canelos, el árbol sagrado de los mapuches, y los sitios aptos para pasar la noche. Regresaban a Chihuaillanca los primeros días de mayo y aguantaban en el plano, entre las vegas, pataguales y algunas empastadas que manejaban ahí. Y después de las primeras lluvias, cuando se había afirmado el pastito verde, arriaban los animales al cerro, en el lado poniente de la hacienda. Los rodearían en septiembre para marcarlos, separarlos y caparlos. Eran días de rodeo, de fiesta y de matanza.

Se podía reconocer, le iba diciendo Pelayo, en el deporte del rodeo actual, con sus huasos en camionetas pick-up que trasladan sus caballos en camión y compran con el carnet un seguro contra accidentes, el trasfondo del rodeo que practicó su abuelo Alfonso y que en Evaristo era pasión. Antes los antiguos patrones, de pie, en alto, observaban a los capataces que hacían galopar en semicírculo a las reses y las volvían delante suyo para demostrar su estado y condición, y se determinara su destino. A los animales con que se quedaban los largaban de nuevo al cerro. Bajarían solitos para Navidad correteados por el color amarillo que toman los cerros en ese tiempo. Y recomenzaba el recorrido hacia el oriente, hacia la Cordillera de los Andes, según el ritmo natural de las aguas y los pastizales. Y hasta hoy los vacunos de Chihuaillanca se manejaban así.

❖

ERA UNA RUTA muy antigua la de esas reses que arreó el tatarabuelo de Pelayo y cuyos descendientes Adelaida no vio porque ya estaban en el cerro, como correspondía, a cargo de Evaristo; anterior, desde luego, a la llegada del vacuno y el caballo en el siglo dieciséis. Porque los antepasados de esos mestizos que trabajaban para el tatarabuelo de Pelayo ya conocían el trazado sutil y exacto de las huellas de las cordilleras, los vados de los torrentes y los pasos secretos, y también la greda y cómo cocerla a fuego. Pero habían adquirido su misteriosa y difícil sabiduría –porque la cordillera es

traicionera y no perdona los errores ni tolera los arrepentimientos–
de otros arrieros, aún más antiguos, que ni siquiera hablaban el
mapuche. Estos no sabían hacer fuego, como lo atestiguaban esas
piedras halladas cuando el bisabuelo de Pelayo quiso secar los pantanos del plano y plantar una viña. Pero sí arrear. Y arreaban llamas y
alpacas, cuyos fósiles estaban ahora sobre la cómoda de la galería. Y,
en verdad, tampoco habían sido ellos los primeros en descifrar estos
secretos, envueltos, sin duda, en un clima de veneración ancestral e
intuición de lo sagrado, ni las razas arrieras anteriores a ellos. Porque
lo que los primeros, anteriores a todos éstos, aprendieron fue a
seguirles la pista a los animales. Y eso se los enseñaron los más viejos
que no eran arrieros todavía, sino cazadores quienes extrajeron ese
saber de los guanacos. De modo que fueron las propias llamas y
alpacas y guanacos los primeros en descubrir y recorrer, siguiendo la
experiencia inmemorial de las generaciones sucesivas de animales,
esos pasos y atajos escondidos.

No había, ahora, llamas ni alpacas. Ninguno de los lugareños
recordaba haber oído hablar de ellas en la zona. Exterminadas primero de los cerros, habían muerto, luego, en la memoria de los
descendientes de quienes subsistieron por haber aprendido a seguir
sus pasos. Pero los vestigios de esa sabiduría primera estaban a la
vista, por ejemplo, en el silo de concreto que a Adelaida le pareció
feísimo. Se lo dijo a Pelayo, pero él se sonrió con ironía y afirmó que
le recordaba el torreón de *La Cartuja de Parma* desde el cual Fabricio
contemplaba la comarca y aprendía astronomía del abate, o el torreón
de Combray, en el cual Marcel adquirió su primer e incompleto
conocimiento carnal. Y Pelayo se dejó envolver por esas carcajadas
bajas de Adelaida que parecían irse sacando unas de otras apretujadas
y sorprendidas, como si hubiera sido cogida in fraganti en alguna
diablura divertida.

En Chihuaillanca ese silo marcaba un cambio de época, el paso a
una nueva visión agronómica acerca de la riqueza del predio. Se lo
construyó una vez que los canales subterráneos rellenos de piedras,
en los cuales se encontraron las puntas de flechas, lograron derrotar
las vegas, salvo en la zona que se dejó como tranque, y mucho
después, la abuela Marta trocó en laguna. La viña de cepas francesas,
el manzanar donde vieron las escalas que daban a ninguna parte, el
almendral, los parronales invadieron el plano, dejándoles a los vacunos empastadas insuficientes. Fue preciso sembrarlas de alfalfa, que
se empezó a guardar ensilada para cuando los vacunos han regresado
de la cordillera y el pasto verde aún no se afirma en el cerro del
poniente.

Adelaida se resistía a concebir esas tierras como realmente antiguas. Los pueblos con historia tenían catedrales de piedra, castillos,

restos de acueductos o teatros romanos y dolmenes. Estaba acostumbrada a pensar que los países de América Latina y de Africa eran jóvenes, en oposición a los chinos, los hindúes, los europeos. Pero Pelayo le porfiaba que por estos suelos pasaba una larga historia de pueblos pobres, pero antiquísimos, que se sucedieron sin dejar obras arquitectónicas porque su cultura, posiblemente precaria, adoptó otras modalidades. Son razas viejísimas, migratorias, le decía Pelayo, con esos ojos suyos. Ella quería dejarse empapar y envolver por esa visión, y no trizar su encanto o desmentirla. Entonces terminó encontrándole razón y le gustó ese modo de imaginar estas tierras húmedas por las que andaban. Habían retomado la línea del tren y caminaban pisando los resbalosos durmientes de roble. Y en lugar de discutir, le insistió que escribiera. "Pelayo, tú tienes que escribir. No puedes guardarte estas percepciones tuyas de las cosas. Escribe cuentos, reportajes, qué sé yo. Pero escribe." Y al mirarlo ella con su mirada negra, honda, peligrosa, persuasiva, lo fue impregnando, como ocurría con la humedad en los muros de adobe si quedaban expuestos a la lluvia porque se quebraba una teja, o si enfrentaban el norte sin protección de techo o revestimiento de planchas de zinc. Y Pelayo, que cursaba su tercer año de agronomía, algunos meses después publicaría en una revista su primer reportaje. Claro que no tenía absolutamente nada que ver con Chihuaillanca. El artículo simulaba notas breves de un diario de viaje y su tema era un trayecto que había hecho a dedo de San Francisco a Big Sur. El interés residía en el ambiente, en los retratos de esos jóvenes vagos, ensoñados, viajeros que se veían en ese momento como representativos de la generación de entonces. Era un reportaje que, siendo periodismo, pecaba de pretensión literaria. Esto se reflejaba en la excesiva influencia de Kerouac, por ejemplo. Pero fue el primero, el que le abrió la puerta al oficio que terminaría adoptando. En verdad, nunca optó conscientemente por el periodismo y en contra de la agronomía. Simplemente empezó a faltar a clases más y más hasta que pidió un semestre de permiso para no tomar cursos. Quería viajar. Al año siguiente se olvidó de renovar el permiso. De hecho, estaba publicando todas las semanas.

El silo de concreto armado, que cortaba el paisaje, marcaba también un cambio en la estratificación social de Los Maitenes de Chihuaillanca. En esa época habían desaparecido los antiguos medieros e inquilinos en favor de la nueva estructura de capataces y trateros remunerados en función de la productividad de los cuarteles de viña a su cargo. Con todo, sobrevivieron tres o cuatro inquilinos en las lindes de los cerros, a los que la abuela Marta llamaba "los viejos marqueses".

En el parque, esos abetos y magnolios y araucarias cerraban la casa y sus corredores sobre sí misma, impidiendo ver, como si se tratara de un secreto, el campo y la viña, el silo y las bodegas. Disimulaban, como el biombo del comedor que tapaba el acceso a los reposteros y la cocina, las duras labores productivas que le daban sentido al lugar y de las que dependían ese caserón y la fortuna de la familia propietaria. Hasta ese instante; quizás, hasta que no vio a Pelayo crispado, parándose sobre el portón de tablas para calcular la extensión de parronal derrumbado, ese campo, por los cuentos y referencias que le había oído, se le antojaba un lugar de veraneo, un trozo de ensueño perdido en la infancia de ese joven urbano, viajero, escéptico y vital a la vez. No una forma de vida capaz de haberlo dejado marcado. Pero Pelayo, contra toda apariencia, presintió Adelaida, tenía un nervio en carne viva. Y justo por ello era huidizo y alegre, desprendido y vulnerable, aunque él no lo notara nunca. Y algo la retuvo.

❖

Está desnuda de la cintura para arriba y, de vez en cuando, entre beso y beso, arroja un piñón a la chimenea. Se ilumina haciendo un fuego de otra consistencia y color dentro del fuego. Le ha puesto su mano en el cinturón del blue jean y ella lo detiene. Es un gesto simétrico al de la noche del primer beso, la noche de la hamaca desteñida, frente a la caleta. Entonces ella lo detuvo cuando él deslizó una mano por su cuello y quiso ir a tocar sus pechos. Entre uno y otro momento han transcurrido siete años en los cuales no se han visto nunca y, casi, no han escuchado el uno hablar del otro hasta que un encuentro casual, una fiesta de Año Nuevo que organizó Charly Larraín, los enredó por segunda vez.

Ella estaba de novia con León y Pelayo daba por supuesto que Adelaida se acostaba con él. Pero no era eso lo que hacía la diferencia. En ese primer encuentro, en la terraza de la casa de Marilú, en Los Bellotos, ella detuvo el avance de esa mano temblando y llena de esperanza. Era un "eso no, no todavía". En cambio ahora, en Chihuaillanca, tenía un rictus tenso en su boca. Había resuelto no acostarse con él. Pero ¿por qué?, insistía Pelayo una y otra vez tratando de besarla. Algo se había descalzado y ella se cubría sin resolverse aún a ponerse la blusa. Parecía atemorizada y con una firmeza agresiva que él le desconocía.

Habían analizado y vuelto a analizar la situación en diversas ocasiones: en la Productora Set Tres, en el auto, en La Oropéndola, en el Constantinopla. Ella le explicaba que en ese entonces tuvo miedo, miedo a que él la abandonara de nuevo y, sobre todo, la convicción de que él no la quería y sólo buscaba acostarse con ella. Tú eras puro entusiasmo y vivías como un potrillo, le decía. Tú eras un tipo que me fascinaba por la animación con que contabas las cosas, porque nunca, nunca me aburrí contigo. Pero pasear en medio de esa luz húmeda por un parque surgido como por encanto entre dos diluvios y cuyo piso era puro lodo y cuevas de camarones, tenía algo peligrosamente atractivo e irreal. Te vi tan unido a eso y a esa gente, a esos niños que nos convidaron pan amasado y sopaipillas, a todo lo que se perdía para siempre, tan golpeado por ese parronal derrumbado, tan lejos de mí... tú no podías quererme. Eso lo sé. De eso sigo segura hasta ahora. Tú entonces no habrías sabido cómo quererme, Pelayo.

Cuando llegó la hora de partir no anduvo el motor del Plymouth. Eso fue lo peor. Adelaida quedó sola frente a ese fuego mientras Pelayo iba a buscar al mecánico del antiguo fundo. A las cinco horas cruzaron el portón y tomaron por unos resbalosos caminos vecinales. Llovía y la neblina hacía que Pelayo tuviera que disminuir la velocidad a cada rato. Algunas ramas desganchadas y un canal desbordado los obligaron a dar un largo rodeo. Salieron, por fin, al pavimentado y a los pocos kilómetros surgió una construcción llena de focos blancos que iluminaban estructuras metálicas brillantes como vagones o hangares situados en medio de un laberinto de pistas de cemento. Era la planta envasadora y exportadora de fruta Agropec, del grupo Toro, recién inaugurada en la zona. Los focos permitían distinguir desde el camino, nítidamente, como sobrepuesta y artificiosa, la pileta en forma de riñón con sus lotos y, si uno hubiera observado más, incluso con los correspondientes cisnes.

Adelaida llegó a su casa como a las seis de la madrugada. Y cuando oyó, entre sueños, la voz de su madre, pensó que era para retarla. Habían dado las once de la mañana y ella seguía durmiendo. Pero no. Era un llamado telefónico de León. Ella le dijo que sí, que claro, que almorzaran juntos ese día.

Pelayo, al saber la noticia, dijo algo amable sin ganas e impulsado sólo por la inercia del hábito. Ella agregó algo cariñoso para él y cortó el teléfono. A los dos días le hizo llegar un ramo de camelias blancas con rama y todo, que trajo de Chihuaillanca; no esas puras camelias sin tallos que venden en las florerías en cajas de mica y que le hacían pensar en un objeto mortuorio. Años después, Adelaida se enteraría de que ese viaje especial a buscar camelias para ella fue el último que Pelayo hiciera a Chihuaillanca. La tarjeta decía: "Me acordaré de ti el sábado." El ramo fue colocado en su pieza, sobre la cómoda de nogal. Al llegar lo encontró ahí. Su novio, naturalmente, no se enteró nunca. Y durante una semana, cada noche, habiéndose despedido recién de León y todavía con la sensación de su cuerpo pegado al de ella, contemplaba esas camelias antes de dejarlas por la noche en su balcón.

No le era claro si estaba más en falta con León o con Pelayo. Seguramente era culpable ante ambos. Y con todo, ¿qué hacer? No le había gustado la forma en que Pelayo la tomaba. Quería acostarse con ella y punto. No la quería. De nuevo, tal como lo había hecho siete años atrás, la tomaba para dejarla. Porque después de ese beso se había ido de viaje y más nada, salvo esa postal colectiva frente al Partenón. Sólo que esta vez ella estaba prevenida. Había sufrido ese abandono y lo había amado, pero quería ser correspondida. Sin embargo, ¿sería eso? ¿No sería, más bien, que comparado a León, Pelayo se transformaba en una atracción dañina? Porque León sí que la quería de veras y era confiable ciento por ciento. Lo sentía siempre detrás suyo como un guardián, cubriéndole las espaldas. Y eso le gustaba y, al mismo tiempo, le gustaba eso otro, eso que a Pelayo se le notaba en la cara, en ese modo desenfadado, sensual y ladino con que le pegaba los ojos al mirarla. Esa sonrisa incierta y salaz y tierna creaba una atmósfera de complicidad de la que no podía sustraerse. Era lo que en ese instante representaban las camelias, y que su mamá o Elvira, no sabía bien, cada mañana trasladaban del balcón al dormitorio donde pasaban el día esperando que ella volviera de la Universidad o se desprendiera de los brazos de León para verlas. Pero Pelayo la abandonaría a la primera de cambio y esa sola idea le impedía quererlo como ella deseaba. Además, León... Sí. De eso no cabía duda: era tan regio... Sí. Ella quería a León. ¿Por qué diablos merodeaba todavía en su alma ese Pelayo Fernández?

—¡Señorita Adelaida!

La voz de Elvira gritándole al pie de la escalera.

—¿Qué pasa, Elvira?

—La espera don León abajo, en el auto.

—Bueno, Elvira. Pero no me grite tanto.

—Disculpe, señorita Adelaida, pero para mí que anda harto apurado el caballero.

Adelaida alcanzó a captar en el espejo el rastro de su sonrisa y se sintió un poco incómoda por un dejo de malicia que asomó en su gesto. Se acordó de las camelias que tres semanas atrás habían terminado de secarse. Esa noche, León le tomó la mano y antes que ella alcanzara a darse cuenta qué era, le encajó un solitario de un quilate y medio en el anular. A los seis meses se arrodillaban frente al altar de esa iglesia, que parecía el interior de una gruta de crisantemos blancos. El padre Juan Cristóbal Sánchez, recién ordenado, los recibió con una sonrisa de oreja a oreja.

¡MIERDA! Parece que ya no llegó. El barman agitaba enérgicamente la coctelera y Pelayo oía el ruido de los hielos, mientras se batía el pisco y el limón de pica con un poco de clara de huevo y azúcar. Las papilas de la lengua se le esponjaban anticipándose a ese gusto frío, ácido, dulce, ardiente al tiempo que el ruido de los cubiertos al chocar entre sí y contra los platos se mezclaba con las voces. ¿Y qué hago ahora? Le dio temor y pena. Sobre todo pena. Le pareció que lo lastimaba algo por dentro. Y era que decepcionar y hacer sufrir a Adelaida le resultaba intolerable. Era la sensación de malestar que lo había perseguido todo el día y del cual la excitación de la reunión en el Banco Central lo había sacado. Barraza le había permitido evadirse de ese estado de ánimo en que se encontraba; parecido al que viene después que uno le ha dado un topón al auto nuevo. ¿Qué crestas hago? ¿Me voy a buscarla directamente a la Productora? Capaz de que se me niegue. ¿La llamo? Tal vez de aquí mismo, ¿no? El teléfono seguía sobre la cubierta de madera veteada atrayéndolo ahora con fuerza irresistible. No. ...Esa especie de plano inclinado... Un abismo que atrae a los objetos que lo rodean... Trató de recordar más del poema. Pero no... Se le escurría en el momento en que le parecía que su memoria iba a apresarlo. Su vista vagó de nuevo por las botellas: Reagal, Licores Mitjans, Crème de...

Pelayo se percató que desde hacía algún tiempo, en realidad desde que se había incorporado al proyecto de televisión, empleaba a menudo su ojo, sin querer, como una cámara. Le ocurría en lugares tan distintos como el paseo Ahumada o la barra de La Oropéndola. Sin duda que las bromas de Camilo y otros en contra de los hombres de la era de Gutenberg le habían hecho mella y se esforzaba ahora en adiestrar su ojo y su sensibilidad a la era de la imagen. Probablemente, claro, lo hago tal como lo haría un hombre de la era de Gutenberg y no con la espontaneidad que corresponde. Probablemente lo hago (ahora estoy seguro que sí) de un modo lineal y no como lo haría un niño criado frente a los golpes de luz y sonido de la pantalla, se dijo. Y, entre los brillos de las copas, captó su atención la trompeta inquietante de Charly Shavers antes de la voz gastada, quejosa, intensa como ninguna de la Holiday: *Sou-ou-ou-thern trees bear stra-a-a-ange fru-u-u-it.*

De repente se le cae de la melodía una sílaba, una palabra que se oye hablada y luego se va apoyando en los acordes del piano de Kelly, y luego se clava y estira en una nota que la hiere y fija. La voz sube su timbre. Su nariz es demasiado grande en el espejo. Cointreau, Amaretto di Saronno, Tío Pepe.

Ella viene caminando desde el fondo. Pelayo se da vuelta y la divisa al otro lado del vidrio.

Se camina de mil maneras diferentes, pero hay un modo de andar que es el propio, el característico de cada persona. Así venía Adelaida, acercándose apresurada al Café, caminando como ella, con ganas, sin disimulo ni inhibición. Llevaba la cabeza levemente inclinada hacia abajo. El pelo, a ambos lados de la cabeza, se estremecía al golpe de los tacones y se levantaba llenándosele de viento, y parecía ir dándole vida al aire que dormía invisible hasta ese instante. La perdió de vista cuando llegó a la puerta y Pelayo volvió a sus botellas: González Byass Jerez, Cherry... Ahora venía resuelta y pequeñita como un duende brotando del espejo. Su figura se agrandó como bajo el efecto abrupto de un cambio de lente. Se fue a negro al sentir esas manos en la cara:

–¿Tú aquí?

Y sus risas resonaron antes de confundirse en el alegre bullicio del Café.

DOS

LA VIP MORISCA DEL HOTEL CONSTANTINOPLA

LE PASÓ LAS LLAVES. Pelayo dio la vuelta para abrirle a ella primero. El motor de la Subaru sonaba tan distinto al de su viejo Volkswagen que conservaba como una reliquia. Le había instalado capó y máscara con focos de legítimo Rolls Royce para subrayarlo. Pelayo había visto estos "Rolls-Wagons" 1978 en las calles de Washington y Baltimore, manejados por negros. La idea le pareció divertidísima. Y cuando supo que el hijo de un diplomático panameño en Santiago tenía uno, no vaciló en comprárselo. Pero ahora no pudo sino comentarle a Adelaida que, lo reconocía, el motor de su escarabajo alemán sonaba como la máquina de coser Singer que tenía su madre.

El sol le dio en la cara. Adelaida tomó de la guantera unos anteojos y se los pasó. Le quedaron demasiado anchos y se volvió con expresión interrogadora. "Son de León", le explicó ella. El se los devolvió con un ademán brusco. "Por supuesto", bromeó ella, "tú y él pueden compartir la mujer pero no los anteojos de sol... ¡eso jamás!" Pelayo lanzó una carcajada, pero ello no disipó una leve, imperceptible señal de alarma. ¿Se habría acostado con León en Los Bellotos?

Vino su risa y le disipó el temor. Se olvidó de preguntarle por qué se había atrasado tanto y si estaba sentida porque la llegada de Márgara desde Vichuquén les impedía pasar la noche juntos. Si es su risa, huevón, se dijo, lo que me parte el eje. Ella miraba por la ventana. No hay caso... ¡Qué le voy a hacer! Esa risa que tiene... que me abre de par en par el mundo de un solo empujón; que me parte de cuajo; que es un puro radar, un radar sin sombras y que me coloca... en un estado, ¡puta!, de cándido Adán que se pasea en pelotas entre los árboles del Paraíso. Porque, ¡por supuesto!, hay mujeres más buenamozas. Sin embargo, Adelaida es Adelaida porque me da vuelta de campana. ¿Y las demás, huevón? Bueno, las demás no siempre, nunca, en verdad, son Adelaida.

Ella, entre tanto, había sacado un espejito de la cartera y se arreglaba el pelo contándole de un paseo a las dunas de Ritoque con los niños propios y de Patricia y de Marilú. Y ahora le estaba hablan-

163

do de Matías: "Mamá, mira, parece un oso yo", le decía ayer al ponerse el pijama. Defendía sus gustos con porfía: "Mamá: mañana yo quiero ponerme estos mismos saquetines; ¿Sí que?" Adelaida gozaba repitiendo su vocabulario e imitando la voz baja de Matías: la "maricosa", el Viejo "Cuasquero", el "junturón", la "coesa", "induca" por "indica" y "potitorios" por "supositorios". Y al despedirse hoy: "Mamá, ¿cierto que tú de mí echas a menos?"

Pelayo le contó precipitadamente la reunión con Barraza. Le dijo que se había sentido un poco mal, un poco puto, tratando de cumplir las instrucciones de Toro tal como Mempo se las había transmitido: ganarse a Barraza a como diera lugar. Pero lo peor no era eso, sino lo fácil que le había resultado y el conflicto de lealtades que se le suscitaba. ¿Debía contarle a Mempo lo que había escuchado por el intercom respecto de la falsificación de la encuesta de desempleo o no? "Eres un seductor habituado y ya desquiciado", rió Adelaida. "Por eso te sale fácil."

Pelayo se acordó de la billetera. Se la sacó de un tirón de la chaqueta y la abrió:

–¡Mierda! ¡Mierda! ¡Mierda!

–¿Qué pasó?

–¡Me olvidé de cambiar plata, el muy huevón!

Se había gastado todo el cupo de su Mastercard y no andaba con la chequera.

❖

METIÓ LA STATION frente al Coppelia, en un hueco para impedidos.

–No se te olvidó la tarjeta del Bancomático, espero –bromeó Adelaida.

En ese momento surgió de ninguna parte, corporizándose como un fantasma, un cuidador de gorro color naranja que le advirtió que ese espacio estaba reservado.

–La señora es la paralítica –le dijo Pelayo, entregándole tres monedas antes de echar a caminar hacia el banco a paso vivo.

De regreso del cajero automático avistó a un tipo de buen traje color humo apoyado en la ventana de la Subaru blanca de Adelaida. Ella se había trasladado al asiento del chofer, se veía. Era prudente. Tanto como imprudente que ella lo estuviera esperando poco antes de las cuatro frente a la heladería Coppelia por donde pasaba tantísima gente conocida. Se detuvo desconcertado. ¿Y si era León? Lo observó mejor. No. León era más grande. En lugar de sentirse aliviado esto lo alarmó más. El tipo gesticulaba animadamente. ¿Quién sería?

Dio unos pasos vacilantes para examinar mejor la situación y decidir qué hacía, pero la gente circulaba con prisa y lo empujaban sin dejarlo ver. Así, llevado un poco por la multitud se acercó hasta la puerta del Coppelia.

—¡Pelayo! ¡Qué gustazo, hombre! —era Charly Larraín—. ¡Qué gran idea tomarse un buen helado! Te acompaño. Hace tanto calor. Tengo el cuello, como diría mi abuela, "más seco que estopa".

—Eso viene del "Rin Rin Renacuajo" —le replicó Pelayo con el alma en el suelo y sin ningunas ganas de seguir la conversación.

Pero Charly le puso una mano en la espalda y ejerció la presión justa para vencer su reticencia. Cruzaron el umbral de la heladería.

—¿Qué pensabas pedir, Pelayo?

¡Crestas! ¿Qué pensaba pedir? ¡Una Adelaida, carajo! Y ya la tenía ordenada y me la estaría tomando, carajo, si no se te hubiera ocurrido aparecer a ti, pendejo de mierda.

—¿Chocolate suizo?

—¡Buena idea!

—Dos chocolates suizos, por favor, señorita.

Charly pronunciaba "seorita, por for". Su tela de hilo crudo era excelente. De joven, recordó Pelayo, usaba unos anteojos pequeños y livianos de marco dorado. Seguían ahora siendo pequeños, pero el marco era de carey. Al abrirse la chaqueta para pagar atisbó el monograma de la camisa blanca y los cueros en "V" con que se abrochan al pantalón los suspensores.

—No te vas a imaginar nunca con quién me acabo de topar.

Se lo dijo.

—¿No te parece increíble? La Trini ha estado con ella hasta ayer en Los Bellotos. Llegó hoy en la mañana, bien quemadita y regia, como siempre: regia. Y tan amorosa... Capaz que esté todavía ahí en la Subaru, conversando con Gaspar.

—¿Con quién?

—Gaspar. Gaspar Novoa. ¿No te acuerdas quién es? ¡Ay, hombre! El polero que era casado con la Totó Vicuña. Ahora se rumorea que anda con la modelo nueva esta, cómo es que se llama... Verónica Videla. Tú sabes..., las mujeres se mueren por él. Claro que con esa pinta ¡cualquiera! Qué no haría uno con esa facha, ¿no te parece?

Se largó a reír, pero tuvo que contenerse de golpe para atender a su helado. Una gota de chocolate se le escurría por el mentón. Le lanzó un par de lengüetazos sin obtener resultados y recurrió, finalmente, a una "seorita". Le preguntó que dónde escondían las servilletas estos franceses tacaños. Ella misma fue y le trajo un buen montón.

—Suficiente para un niño —dijo él.

—Usted lo ha dicho, señor —le contestó ella divertida.

Charly le comentó que el "proyecto, nuestro proyecto de televisión, se ha empezado a mover con ganas". Había hablado no menos de cinco veces con Mempo durante las últimas dos horas. Me dejó sin almorzar este bruto. Y con otra inflexión de voz, más insinuante y misteriosa le susurró: "Rubén Eskenazi y Antonio Barraza se pusieron de acuerdo por teléfono. Se da por descontado que Pelayo Fernández ocupará un lugar muy, muy influyente en el organigrama del canal. Un puesto de mando real", le aseguró. Por su parte él, Charly, representaría al grupo Eskenazi en el directorio y don Armando Véliz a Toro. "No. Mempo, no", le respondió. "El va a ayudar como asesor financiero del directorio", le dijo. Sabremos los nombres de los directores de Barraza el lunes, pero es él mismo quien decidió acelerar las cosas de golpe.

Era sorprendente lo mucho que había pasado a raíz de la reunión. No obstante, Pelayo se interesaba, más bien, en dar con el ángulo que le permitiera cerciorarse de si Gaspar Novoa seguía o no apoyado en la ventana de la Subaru coqueteando con Adelaida. ¿Qué otra cosa podía estar haciendo? Charly se mostró preocupado porque lo hallaba con cara de cansado. Pelayo le echó la culpa al calor y al trabajo. Le pidió, entonces, su opinión sobre el momento económico que, según le dijo, lo tenía sumamente confundido. Sin embargo Charly, que era hombre de antenas sensibles, percibió el desgano con que su interlocutor le había planteado el tema y suspiró encogiéndose de hombros. Pelayo lo miró reuniendo sus fuerzas por demostrar interés.

"La confianza", reflexionó Charly, "es el factor clave. Y ese factor tiene nombre: se llama Antonio Barraza. Ese sería el mayor problema de una devaluación, creo. Ahora, agregó, si quieres saber mi opinión, te diré que las tasas de interés que se están cobrando y pagando hoy por hoy, no son sostenibles en el tiempo. Sin embargo, en las mesas de dinero hay gran movimiento y se gana plata a chorros. Hay señales contradictorias, hay expectativas y predicciones dispares, lo cual permite sacar tajadas grandotas trabajando las diferencias." Su rostro adoptó una expresión jovial y sólo por ello Pelayo se percató de que Charly le hablaba ahora de otro tema. Le preguntaba, en verdad, por Márgara y Pedro. Se le contrajo el estómago: "Regresan esta tarde." Charly se rió y le dijo que le tincaba que era eso, más que todo, más que el trabajo y el calor, lo que lo tenía tan preocupado. Al despedirse le reiteró que el canal iba, bueno, a menos que "se arme la grande"; que las escrituras de constitución de la sociedad se estaban preparando y un directorio provisorio entraría a funcionar en breve; que la licitación la asegurarían ofreciendo un sobreprecio, el precio del poder, rió. "Con lo del canal nos mantendremos todos en contacto, ¿no? Y en momentos de incertidumbre qué puede ser más valioso, ¿no te parece? Así se detectan las oportunidades, ¿no es así? ¡No se te olvide comprar flores para la llegada de Márgara!", le dijo riendo y se perdió entre el gentío de la avenida Providencia.

Pelayo tuvo que aguardar aún un par de minutos antes que Gaspar Novoa se alejara de la Subaru y él pudiera volver a ella.

❖

LE MOLESTÓ, como siempre, doblar esa esquina ocupada por un boliche dedicado a la reparación de máquinas enceradoras, donde los aparatos se alineaban hasta afuera pegados a la pared, rígidos y resignados a una existencia que transcurre en la posición invertida, con la nariz siempre a ras de suelo. El temor de que alguien la viera allí con Pelayo la paralizaba. La aterraba la posibilidad de que algún auto viniera justo detrás o al lado y la reconocieran. Pelayo giró rápidamente a la derecha, cruzó el portón, enfiló siempre a la derecha, dejó pasar tres grandes cortinas color marrón y se colocó con destreza en el box siguiente. La miró con su sonrisa chueca al apagar el motor. Alguien, sin dejarse ver, cerró la cortina.

Adelaida, protegidas ya las espaldas, se sonrió con esa expresión traviesa que se ponía tierna por volverse al punto traviesa, que era tan suya. Al atravesar la primera batiente de mimbre distinguió con el rabillo del ojo su propio pelo en un espejo y se asustó. Se apoyó en el brazo de Pelayo. La mucama, con su delantal fresa, iba adelante. Tocó un timbre y acercó la boca a un micrófono incrustado en la pared. Avanzaron unos diez metros en línea recta y ella dobló a la izquierda empujando otra puerta batiente de mimbre. Presionó en la oscuridad un timbre de color rojo. El pasillo se abrió. Una claraboya. Un bosque de gomeros y filodendros allí. Olor a tierra de hojas recién regada. Otra puerta batiente a la izquierda. Otro timbre. El delantal fresa escaleras arriba dando vuelta. Otro patio. Una pequeña fuente de agua de mosaicos, como del barrio de Santa Cruz de Sevilla. La del delantal fresa dobla a la izquierda y presiona otro timbre más. Aumenta un poco la iluminación. "Aquí están los controles", dice. "La música, el jacuzzi, la calefacción está acá, este es el aire acondicionado, y la fuente de agua. Todo se maneja de aquí, señor. Este es el bar. Si gustan podemos hacer algunos cambios. ¿Les traigo a la carta o van a comer sandwiches?"

Adelaida, sabiendo que Pelayo se entendería con la mucama y tomaría esas decisiones, dejaba vagar sus ojos por ese espacio lleno de plantas y espejos y sonoridades de agua. Se le acomodaba la vista a la semisombra poco a poco. Allí mismo había un mullido sofá color plateado sobre el cual distinguió la chaqueta de tweed de Pelayo. Al frente vio una escalerilla metálica en forma de caracol. Puso el pie en la primera grada y notó lo espeso de la alfombra. Se sacó sus zapatos de taco alto y subió en puntillas con rapidez furtiva. Le pareció que al fondo, a la izquierda, se reflejaban los espejos del baño. Pero entonces le salió al paso la cabeza de Pelayo que en el primer piso recibía de la mucama una boleta o el vuelto, quizás; no se distinguía bien. Se volvió y se halló con su rostro reflejado muy allá entre las hojas de unos gomeros. Algo se movió e hizo temblar la escalerilla de caracol. Miró hacia abajo: Pelayo se había tropezado con sus zapatos de taco alto dejados cerca de la primera grada.

—¿Se fue la mucama? —le preguntó.

El la besó.

—Sí, por supuesto.

—¿Cerraste la puerta? ¿Dónde quedaba que no me di cuenta? ¿En qué momento entramos a la pieza?

—Esa parece ser justamente la idea —le contestó Pelayo—. Que cuando notes que estás dentro del dormitorio, no sepas desde cuándo estabas ya en él y cuánto espacio te queda por recorrer.

Adelaida sintió que la estrechaba y se escondió entre sus brazos como si tuviera frío. El la miró y levantando una ceja irónica añadió:

—Hay mucha sabiduría acumulada en el diseño de esta cueva, ¿no te parece? Toda una metáfora del amor o de la vida, si quieres que nos pongamos profundos. Toda una arquitectura, todo un templo del amor, del amor prohibido —siguió riendo socarrón.

—El único real, por supuesto —interrumpió Adelaida repitiendo algo que, sin duda, ya le habría oído decir varias veces.

—Por supuesto, por supuesto... Este rincón es uno de los secretos de esta ciudad de fin de mundo, ¿no? Dentro de esta gruta no hay niños ni llamados ni clientes ni obligaciones...

—¿Boceto para un artículo de *Mira*, señor Fernández?

—¡Jamás! —replicó Pelayo levantando el índice de la mano derecha—. Jamás contribuiría a que esta guarida se empezara a llenar de turistas curiosos y parejitas de casados en búsqueda vana y grotesca de revivir su matrimonio como una aventura galante. Sería una profanación. Adelaida sintió que una mano le acariciaba el cuello por detrás y subía presionándole la nuca entre el pelo. Una paz refrescante como brisa le caló el alma. Le puso sus manos en la cintura y palpó sin pensar el viejo cinturón de cuero de Pelayo.

—No. No lo haría jamás —terminaba de decir Pelayo allegándosela y apretándola con ahínco.

No mucho tiempo atrás lo hubiera hecho. Lo que ocurría era que ya su preocupación no eran los reportajes de *Mira* sino el ritmo

168

televisivo de sus programas para el nuevo canal. Pelayo tenía una insuperable capacidad para dar con un tema, entusiasmarse con él y contagiar a los demás; y también una notable facilidad para sustituir esas pasiones por otras. Y así le había ocurrido, creía Adelaida, con las mujeres. Seducía por su modo de derrochar vida. Tal vez era un frívolo, pensaba. "Es el frívolo más inteligente que me ha tocado conocer", le había dicho Federico una vez. Pero quizás lo que a las mujeres, sin saberlo, les gustaba era que por ser así les daba la razón a ellas. Pelayo intuía, según opinaba Federico, esa radical vulnerabilidad que les obligaba a los hombres (tal vez por no poder tener una certeza biológica de su paternidad equivalente a la que de su maternidad tienen las madres) a inventarse estas grandes tareas justificatorias. Y no era importante, después de todo, el gran éxito, la gran obra, el gran dinero, el gran poder y las demás cosas que veneran los hombres. Sólo ellas valían la pena.

Una ola pasó ardorosamente por su cuerpo, y sus labios se sonrieron sin razón.

La punta de la lengua de Pelayo recorrió todos los dientes que cupieron en esa sonrisa.

La mano de ella tiraba despacio de la camisa. De repente se encontró sobre la superficie libre y despejada de la piel. Ella apretaba sus palmas a los flancos de él y luego subía perezosa con los dedos adhiriéndose como esponjas por sentir el máximo roce, y se corría hacia adelante por la textura de su pecho. La punta delgada de la lengua de Pelayo se deslizó entre sus dientes y tocó apenas su lengua. El golpe eléctrico la trasminó de la cabeza a los pies. Empinándose, se apoyó contra su pecho. Pero la cabeza, presionada por el ímpetu con que se le hundía por la boca desasosegada, vivaracha y audaz, rugosa, penetrante, vacilaba, doblándosele a Adelaida hacia atrás. Y se le escurría sutil y resbalosa, desapareciendo y volviendo a aparecer, inesperada como un delfín.

Entreabrió los ojos y vio en el agua aquietada de la pared la musculatura de él, su espalda como volcándose en ella. Le sujetó con la izquierda la nuca y se inclinó todavía más en su beso. Hundía esa víbora febril en su boca y hurgaba insistiendo con ella, estirándola como buscando tocar el fondo de su alma. De soslayo, por allá lejos, reconoció el chorro de agua de la fuente del barrio Santa Cruz que formaba, entonces, parte de esa misma suite. Se elevaba y elevaba hasta desplomarse sobre ella misma.

Entonces se acordó de los mosaicos de un banco de la plaza de Doña Elvira donde se habían sentado cansadas, con Marilú, de tanto vagar por Sevilla. Ahí le había escrito una postal a Gloria. Y días después, recién llegadas de su viaje a Europa, Gloria le contó, muerta de risa (ella en ese entonces ya estaba de novia con León), que un par de años atrás habían coincidido con Pelayo Fernández en Sevilla o, tal vez, Pelayo se las había arreglado para coincidir allí con ella, no sabía. Pero la cosa es que la invitó a caminar la noche por el barrio Santa Cruz y en esa misma plaza de Doña Elvira, en uno de sus bancos con mosaicos, quizás en el mismo en el cual se acordó de ella y le escribió esa postal, ahí, Pelayo le había dado un beso.

El estaba ahora en cuclillas ante la consola de controles y apretaba botones para cambiar la música. Le dio rabia acordarse de esto aunque había ocurrido hacía más de diez años y no había tenido consecuencia alguna. Le volvió a dar rabia que Gloria le hubiera contado esto, porque en su risita se traslucían sus ganas de sacarle pica. Y le sacó pica ese día, y ahora, años y años después, le sacaba pica acordarse de esa pica tonta y más se picaba por eso.

Se desestabilizaba. Pelayo la desbalanceaba levantándola del suelo. La presión de su brazo firme en sus costillas, la sensación de caer y de rebotar, luego, en la elasticidad de la cama. Lo miró: estaba de pie junto a ella contemplándola con sus ojos brillantes y animados. Adelaida se fijó en la luz magnética que emanaba de esos ojos y se colaba a los suyos como un contagio peligroso, como un flujo de ondas vibrantes que la desguarnecían, volviéndola susceptible hasta dejarse envolver, y deslizarse en ese vértigo que se abría dentro de ella y clamaba perdiéndolo todo por él. Porque la ahogaba la angustia por él, sobre todo en esas horas eternas en las que lo echaba de menos imaginando dónde andaría. En el fondo, sentía ahora, siempre había sido así y nunca había podido olvidarlo. Ella había querido siempre al mismo Pelayo. Al mismo que estaba ahora desabotonando con cuidadosa calma cada botoncito de carey de su blusa de seda y que la miraba con ojos de tenerle ganas a ella y a nadie ni nada más en el mundo.

❖

ADELAIDA SE PASÓ el brazo por la frente y se dejó caer boca abajo arrebujándose con la sábana. El se inclinó sobre ella y la besó suavemente en la oreja.

—¿Te da un poco de vergüenza?

—Un poco.

—¿Por qué, Adelaida? ¿Por qué?

—No sé. No sé si es bueno quererte así, Pelayo.

—No te comprendo. Pero me gusta que sientas un poquito de vergüenza; siempre que sea sólo un poquito.

—Te necesito, Pelayo. Te necesito adentro, bien adentro mío. Y me desesperas si... ¡Nada! ¿Para qué me preguntas, tonto? ¿No te dije que me daba vergüenza? Mmm... pero dime, Pelayo, dime, ¿crees que soy demasiado...?

—¿Demasiado qué?

—Es que no encuentro la palabra...

—¿"Lanzada"?

—¡Tú encuentras que soy demasiado lanzada! ¡Chancho! Justo por eso no quería venir otra vez más al Constantinopla.

—No, Adelaida. Sólo pensé que era esa la palabra que tú estabas buscando.

—¡Chancho!

Se incorporaba sin dejar de cubrirse con la sábana hasta el cuello.

—¡Tú lo dijiste! Sí. Tú lo dijiste, Pelayo.

El la empujó lentamente con su beso hasta que ella se dejó caer de espaldas. Y cuando sus bocas se hubieron apartado dijo sonriendo:

—No me importa si me encuentras lanzada. Porque te gusta y yo lo sé.

Y cuando él se estiró sobre ella a través de la sábana que los separaba todavía y mientras se besaban, ella le apretaba los muslos. Y, de pronto, con voz dubitativa y a la vez seria, con ese susurro capaz de insinuar significados múltiples y cambiantes que era tan de ella, volvió a decir:

—¿Verdad que a ti no te doy vergüenza? ¿Estará bien quererse así, Pelayo?

—...

—Quiero que me cuentes esos sueños de que me hablaste.

—Ya ni me acuerdo de ellos.

—De veras: quiero.

Su pelo se volvía más contaminante y exquisito si ella estaba sin ropa. Desnudada sobre la cama y empezando, como ahora, a esconder rápido los pies bajo las sábanas blancas, su pelo oscuro, tupido, labrado, enredoso, era contraste y escondite, laberinto, caverna, manta de castilla en la que arrebozarse bien.

❖

VOY EN EL ASIENTO de atrás. Maneja tu marido. Tú estás a su lado. Volvemos del veraneo rumbo a Santiago. Te reclinas en él y acomodas tu cabeza en su hombro estirando las piernas sobre el asiento. El te acaricia naturalmente. Tu movimiento, tu recogerte en él, ha sido espontáneo y marcado por la habitualidad. Pienso ahora, que ese pelo negro de tu cabeza no hace mucho se inclinó hasta rozar mis muslos. Fue de noche. Yo estaba en el asiento del conductor, aunque el auto estaba detenido en una luz roja. Sentí el entrecortado avance del cierre eclair, tus manos como tratando de coger y aguachar un pez, la maravilla inaudita de tu boca, tu boca en la mía, después, con mi olor de hombre en ti. Pero eso no es ahora. No sé si en el sueño algo atisbé de ello. Me inclino a creer que sí, aunque lo que uno piensa o recuerda dentro del sueño siempre tiene un carácter tan alusivo y virtual. La cosa es que me dolió ese movimiento tuyo de cariño natural que me obligaba a ver y sentir directamente, como un testigo, la realidad tremenda e inamovible de tu relación con él. En eso me di cuenta que pasábamos frente a la casa de playa de mi tía, y me pareció simpático bajarme a saludarla. En el sueño vi el auto detenido en la carretera que corre paralela a la calle de la casa, pero unos doscientos metros más arriba, distancia que yo ya había atravesado bajando por la quebrada en línea recta, frente al auto de tu marido.

En la escena siguiente estoy en el living de la casa de mi tía, junto al bar de madera de pino. Mi prima sonríe. Hay gente en la sala y un ambiente de alegría cálida por esta visita sorpresa. Ahora estoy en el sofá conversando con tu marido. Me está hablando. No percibo la presencia de otros cerca. Dice algo respecto a nosotros dos, él y yo, que tenemos mujeres estupendas o algo semejante. Me siento muy incómodo. Temo esa familiaridad. Es una amenaza. Desvío el tema, pero sigo incómodo. Además, aún me duele la escena del auto. Decido no regresar con ustedes y pasar esa noche en casa de mi tía. Alguien me da a entender que no hay camas disponibles, pero yo me contento con un saco de dormir en el sofá. Prefiero no ir a decírtelo al auto. Que te transmita la noticia tu marido. Me imagino que ello te va a desconcertar y sufrirás por mí y me echarás de menos. Eso me gusta. Pero ¿no te ofenderás demasiado? Venga lo que venga. Me gusta la idea de que me eches de menos y hagas el resto del viaje pensando en mí con desazón.

❖

CREO QUE HUBO un lapso entre el sueño anterior y el que viene. Ahora estoy en tu casa, en la casa donde viven tus padres y toda tu familia. Supongo que aún eres soltera. Está situada en un terreno amplio, seco, despejado, con lomas que bajan a una zona de corrales por donde anda una tropilla de caballos. Pasa por allí un estero. No hay jardín ni parque. Tampoco alambradas. La extensión es enorme y abierta. Tú y yo miramos la casa que es más bien pequeña. Estamos a unos doscientos metros de la casa que queda un poco más elevada que nosotros. Conversamos con animación. Pero me inquieta que no nos hayamos besado. Sé que nuestro saludo fue frío porque tu familia nos ve por el ventanal del living, frente a nosotros y sin embargo ello no me gusta. Ahora nos estamos besando. Miramos a la casa. Nos han visto. Hay cuatro o cinco siluetas apoyadas al cristal enfocadas hacia nosotros. Es evidente que no sólo nos han visto sino que comentan con asombro la situación creada. Damos unos pasos tomados de la mano. Nos despedimos. Te digo que me quiero quedar por aquí un poco más. Quiero bajar a ver los caballos. Aún queda algo de luz crepuscular brillando sobre el agua del estero. Te parece bien. Te encaminas a la casa. Te pregunto si no puede llegar tu novio. Me dices que en realidad sí. Que de llegar puede llegar y sería fatal. Me duele esto porque me doy cuenta, ahora no sé por qué, que si aparece es para pasar aquí la noche contigo. Me molesta el asunto. Además me molesta que tus padres hagan vista gorda ante una situación así transformada en habitual. Y que es habitual ahora no me cabe duda: lo indica tu tono. Me echo a andar loma abajo. Llego a unas vegas en el bajo. Caminamos abrazados. Me explicas que el estero quedó mal hecho. De allí las vegas. Que se precipitaron los vecinos y largaron el agua antes de tiempo. Nos besamos. Sé que tu novio, León, puede aparecer en cualquier momento. En tal caso posiblemente nos verá desde lejos porque llegará por arriba. Es posible que se acerque escondido y nos sorprenda a unos pocos metros. Quizás sólo nos espíe y te arme el escándalo a ti después. Más probable me parece que se oculte y se nos venga encima de repente. Me atrae esto último mucho más. Que se aclare todo de una vez. Nos seguimos besando. ¿Qué puede pasar?

Despierto sintiendo el olor de tu pelo, el tejido de tu piel, su temperatura, tal como si hubieras dejado recién mi almohada. Me cuesta mucho volverme a dormir, y aunque trato, no puedo ya volver a soñar contigo.

❖

AHORA sí. Ven, Adelaida. Ven ahora. Sí. Así. Sí. Adelaida, amor, ven. Así, así. ¡Sí! ¡Ahora! Ven conmigo, ven. Eso es. Ven, amor, así. ¡Ya! Ahora me voy. Sí. Es para ti Adelaida, es para ti. Te quiero. Te quiero. ¿Cómo puede ser cierto? ¡Qué rica eres, cabrita de mierda! Cómo crestas puedes ser tan requete rica, ¿me oyes? Te adoro, Adelaida. ¿Me oyes? Deja darte otro beso. No. Si no me voy a mover, sólo quiero alcanzar ese vaso que está en el velador y que tomemos los dos. Hace mucho calor. Mira cómo traspiras. No. No. Si no me voy a mover. Te quiero. Quiero decir: te tengo ganas. ¡Puchas que te tengo ganas, cabrita! Eso quiere decir: te quiero.

Ganas guardadas. Ganas con gusto a brisa con sal y macrocarpas de Los Bellotos. Ganas con gusto a nueces y almendras. Ganas con gusto a... qué sé yo, oporto y zinc repicando bajo la lluvia. Porque siempre lo supe, siempre te vi con los mismos ojos, siempre intuí que eras así.

–¿Cómo?

–Una leona.

–¿Una leona?

–En la cama, sí.

–No me hagas sentirme mal.

–¿Te sientes un poco mal por lo que digo?

–Sí, un poco.

–Me encanta que tú te sientas un poco mal por lo que digo.

–Pero si yo en ese tiempo a lo más pretendía de ti un beso y cuando te lo di te fuiste y me abandonaste. ¿Cómo puedes haber sentido lo mismo? No seas mentiroso.

❖

CONSTANTEMENTE VOLVÍAN a ese pasado de pasiones interrumpidas. Acordarse, contarse de nuevo lo que pasó y tratar de desentrañar los verdaderos móviles de sus actos los entretenía como nada. Las interpretaciones ocupaban buena parte de su conversación. Imaginar los encuentros y separaciones del pasado atizaba la sensación de extrañeza y fragilidad de la situación presente. A la vez, estar juntos ahora significaba haber vencido, o estar venciendo, más bien, los obstáculos y la tendencia a desaparecer propia de todo pasado. La persistencia, la capacidad de renacer una segunda y aun una tercera vez, era sorprendente y reveladora. Les confirmaba su amor y su fortaleza, su entera autonomía, que es lo que siempre, por cierto, desean y necesitan creer los enamorados y es su inocencia; un estado de inocencia que quizás sea más sabio, en el fondo, que los instantes de mayor lucidez. La pasión, sienten, sobrevino y se les impuso como un destino, como una droga u otra sustancia química, como el filtro que bebieron sin querer Tristán e Isolda y los enamoró sin remedio.

Porque los enamorados, como los niños, tienden a sustituir el mundo habitual de las leyes causales por otro en el cual los seres y sus circunstancias se vinculan a través de coincidencias aparentemente azarosas y que para ellos, sin embargo, se cargan posteriormente de sentido. A veces les parecía que un evento cualquiera había seducido al otro atrayéndolo a sí y, entonces, el universo completo se volvía capaz de enlazarse a través de la misteriosa fuerza de la seducción. Adelaida y Pelayo podían hablar mucho rato, con exquisito placer, de las cadenas de casualidades a que debían su pasión, y que habían marcado su camino como las gruesas cadenas de barco que orillaban las calles de Los Bellotos, y tras las cuales se levantaban las olas pesadas y espumosas o las murallas de macrocarpas. Trataban de imaginar que tras ellas había estado siempre oculto un destino ineluctable. Coexistían dos sensaciones simultáneas de cuyo juego mutuo provenía buena parte del encanto de estos racontos: por un lado, se percibía la mera casualidad, lo infinitamente frágil e innecesario de sus sucesivos encuentros y desencuentros. Era la percepción de la precariedad de sus vidas entrelazadas. Pero entonces surgía el otro impulso; el que quería ver esos acontecimientos triviales como la escritura de algún dios que asignaba los papeles. Toda pasión es inexorable. Los amantes responden a ella como a un mandato de la sangre; no pueden ser sus autores. Era el momento del filtro de Tristán e Isolda. Pelayo y Adelaida se entretenían como niños chicos trasvasijando el agua con arena de un balde a otro, pasando su imaginación del punto de vista de lo inexorable y predeterminado al de lo meramente casual, precario y prescindible, para volver luego a retomar lo anterior y reanudar el ciclo.

Sí. Era como si los hechos y acontecimientos se hubieran ido magnetizando unos a otros y concatenando entre sí atraídos por su propia belleza, más que por otras leyes. A ratos comenzaba a hacérsele difícil sustraerse a esta visión animista o mágica del mundo que dotaba a todos sus seres de intencionalidad y capacidad de decisión. Porque, aunque se podían establecer las cadenas causales correspondientes: él había ido a esa fiesta en Los Bellotos porque estaba alojando donde Marcial; le había gustado Adelaida y su risa; salieron a la terraza a mirar los botes de la caleta; había allí un sofá de balanza con una cretona colorada y desteñida igual a la del corredor de Chihuaillanca; y hablaron de caballos y jabalinas; y después, después que se hubieron besado, ella lo detuvo para que reparara en la casa sellada y llena de luz, en esos pasos y movimientos inexcrutables para el ojo desprovisto de audición; y después vino el viaje a Grecia y la postal y más nada, hasta..., esta sucesión era obviamente insuficiente y, no obstante, sin ella no se habría producido el primer encuentro de Adelaida y sin él ¿cómo imaginar el segundo y el tercero que le había dado un nuevo sentido a sus vidas? Porque este resurgimiento de Adelaida era como una ola que crece y se arroja violentamente sobre la playa fortalecida por la resaca de la anterior. Pero no cabía duda que esos eventos acordonados tan trivialmente sustentaban lo que ahora le parecía el centro de su vida, el secreto último de su única existencia, el enigma de Eros que lo mantenía embrujado por Adelaida y que se confundía ya con su propia identidad. El "Temple de l'Amour" sustentado en fosforitos, pensó. Y vio de inmediato los rostros de sus tías y tíos y primos y primas en la mesa ovalada de la casa de su abuela Marta alumbrados por las velas que se colocaban al interior del pequeño templo de yeso, la víspera del matrimonio de su prima Angélica, que se casó tan joven: diecisiete años tenía.

—Y a ti, ¿qué te interesaba de mí?

—No sé. Había algo en la manera en que me mirabas, Pelayo. Siempre. Siempre verte y ver tu manera de mirarme me hacía sentir algo en el estómago, entre fascinación y miedo.

—¿Miedo? ¿Miedo de qué?

—De que no me quisieras; de que me tomaras y me abandonaras como lo hiciste la primera vez. Me gustaste siempre, Pelayo.

—¡Mentirosa! Tú me dejaste botado después de pasarnos toda una tarde en Chihuaillanca queriéndonos y comiendo higos secos y almendras y tomando oporto junto al fuego. Y a la noche siguiente te besabas como si tal cosa con quien es hoy tu marido, de cuyo nombre no quiero acordarme. ¿A eso llamas tú gustar "siempre"?

—Es que tú no me querías, Pelayo. Tú me tenías ganas y punto. Tú no habrías sabido quererme como yo quería que me quisieras.

—No te creo mucho, pero en fin; la cosa es que yo siempre te miré con estos mismos ojos y eso es lo que siempre te gustó. Sólo que ahora te atreves a reconocerlo y a vivirlo un poco. O harto, tal vez.

—¿Ojos de qué?

—De ganas. De ganas de ti.

—Eso es cierto. Te quiero, Pelayo.

—Y ahora sí que me agarraste, cabrita. ¡Ya! Basta. Parecemos de quince. No es posible enamorarse así pasados los treinta.

—Me acuerdo el día en que me llamaste para el asunto del nuevo canal. El teléfono lo atendió la Elvira.

—Sí. La misma empleada que había en tu casa de soltera.

—La misma de toda la vida.

❖

—Un momento —dijo—. La llaman de parte de don Pelayo Fernández, señora.

Ella, que venía de vuelta de la tintorería, había visto recién ese nombre y un teléfono anotados por la Elvira en la mesita de la entrada, sobre el tarjetero donde se apiñan las cuentas de luz y agua, las cartas y partes de matrimonio, los recados y llamadas telefónicas.

Tomó el fono. Hubo un clic y el teléfono se cortó.

–Era la secretaria, supongo –dijo la Elvira respondiendo a los ojos interrogadores de Adelaida.

El teléfono sonó de nuevo.

–¿Cómo estás tú, chiquilla? ¡Tanto tiempo!

Oyó su voz corriente, tranquila, juguetona y bajó la cabeza. Estaba de pie y así el pelo le tapaba la cara. Contestó breve y educadamente. Quería verla, quería proponerle algo. Ahora su tono era más cortante y funcional como corresponde a quien va a tratar un asunto de trabajo.

–¿Cuándo podrías pasar por aquí?

Ella calló.

–¿A ver? Déjame ver aquí –siguió Pelayo–. El jueves no; el viernes está muy lejos. ¿Qué te parece pasado mañana a las siete de la tarde?

–Me parece bien. Pero ¿de qué se trata? –añadió Adelaida que sentía curiosidad por saber qué trabajo podía tener Pelayo para ella.

–No me gusta declararme por teléfono –bromeó Pelayo.

Ella se rió. Pelayo seguía igual. Aunque hacía siete años que no lo veía, saltaba por encima de las varas que ella colocaba por mantenerlo a raya.

–Te espero, entonces, el miércoles a las siete –dijo y cortó.

❖

–¿Y CREES TÚ que estás enamorado o quieres tirarme no más?

–Quiero tirarte.

–Y yo también. Y me da lo mismo lo que pase.

–¿De veras?

–No. No me da lo mismo. Pero te quiero y no te voy a dejar escapar.

–¿Cómo?

–Que no me dejarás botada ni me serás infiel.

–¿No?

–No –dijo Adelaida con firmeza.

–¿Y por qué?

–Porque te voy a tirar y a tirar hasta dejarte exangüe y no te quede con qué tirarte a otra, Pelayo. Así es que ya lo sabes. Trata de meterte con otra, no más. A ver si encuentras a alguna que se acueste así contigo. Haz la prueba no más, huevoncito. Y pobre que lo hagas, además, porque te capo a diente. Porque ahora eres mío; mío y de nadie más en el mundo, ¿entiendes? Mío. ¿Qué hora es?

–¿Qué? ¿Las nueve diez? Estoy llegando a mi casa a las diez, Adelaida. ¿Qué? Después de las diez.

–Llama e inventa algo, Pelayo.

–Me encantaría, ¿qué diablos se te ocurre? Pedro debe estar despierto esperándome. Han llegado hoy de Vichuquén.

–Bueno; hay que levantarse entonces. No. ¡Qué lata! Quédate otro rato corto aquí conmigo. No te vayas todavía, Pelayo. Después, dentro de un momento más te voy a estar echando tanto de menos.

–...

–¿Por qué me gustarás tanto? ¿Cómo logras que me empiece a pasar esto de nuevo?

–Si te toco... mira, ¿ves? Me encantas así, mojadita.

–Pero si no tenemos tiempo, Pelayo. Ahora no.

–Sí. Bien rapidito. Alcanzamos. Sí. Mira, ¿ves? Así, despacito...

Después Adelaida abría los ojos y sonreía divertida como si preguntara: "¿Y qué pasó?" De alguna manera ese mutuo vuelo incandescente y su derrumbe quedaba sumido y oculto, como eclipsado, al interior de un enigmático paréntesis que cerraba su sonrisa. Era necesario, entonces, seducirle de nuevo. Un embrujo inaprensible, virtual e infinito como el del espiral, que es el de la concha del caracol, que es ese volver sin terminar nunca, del todo, de volver.

Adelaida se ajustó frente al espejo el collar de oro que había oído rechinar hacía un rato entre los dientes de Pelayo. Su rostro estaba distendido y dulce. Vio en uno de sus hombros una mancha colorada. Lo acercó al espejo y descubrió toda una malla de trazos rojos. Sintió la mordedura en el hombro izquierdo como un cosquilleo exquisitamente doloroso, mientras la convulsionaba esa suerte de fiebre interior que le causaba ese Pelayo. Echó una mirada hacia atrás: su cuerpo brillante por el agua y sombrío en la zona del pecho se esfumaba envuelto en el espeso vapor de la ducha del baño del hotel. Una oleada acuciante le recorrió otra vez las entrañas. Maldijo la hora, su poder implacable.

TRES

NO MAS PONER LA LLAVE

NO MÁS PONER la llave en la cerradura de la puerta del departamento, Pelayo oyó una carrera de pies pelados. Se puso en cuclillas para recibirlo. Pedro apareció a escape.

–¡Papá! ¡Papá!

Y se arrojó para que lo atrapara al vuelo. Cruzó el umbral del dormitorio con el niño en brazos y olfateando acetona. Márgara estaba acostada con el televisor encendido. Se había hecho las uñas y extendía las manos abriendo los dedos mientras se secaba el esmalte.

–Cuéntenme: ¿cómo han llegado? ¿Cómo lo pasaron, Márgara? Pedro ya me ha dicho que él lo pasó fantástico y que tú salías a hacer esquí en la lancha de tu tío Ignacio.

–Sí, hemos gozado. El tiempo estuvo maravilloso. Pedro está muy bueno para el agua. No había cómo sacarlo.

–Pero, cuéntame, Márgara. ¿Por qué adelantaron el regreso? ¿Hubo algún problema?

Pelayo comprendió rápidamente que ella no quería dar detalles. Su tía había recibido visitas, fue todo lo que dijo.

–Te han estado llamando, Pelayo.

–¿Sí? ¿Quién?

–Susana Weiner y Mempo. Han preguntado por ti no menos de tres veces de parte de Mempo.

–¿Sí? –dijo sentándose al borde de la cama con el niño en las rodillas.

–Sí, Pelayo –respondió inquieta–. Preguntaban que dónde se te podía ubicar; que no estabas en la revista... Alcancé a preocuparme..., podía haberte pasado algo –se disculpó.

–Estábamos con Camilo trabajando en la Moviola en la edición de un programa para presentarlo a los financistas –mintió–. Camilo es un as para editar. Hay que ver lo que hace ese tipo con la Moviola –siguió diciendo para cambiar de tema–. Va, viene, corta, pega el audio, avanza, salta, corta, pega otra vez, retrocede..., tiene el don del montaje... ¿Y? Cuéntame más de Vichuquén... ¿Qué más hicieron? ¡Cuenten! A ver, Pedro...

Márgara iba de él al televisor con esos ojos celestes, alargados, impenetrables; los ojos de gato siamés que lo habían enamorado. Unos violines se rasgaron expectantes. Timbales. Era un médico, a juzgar por el delantal. Se acercaba con pasos tímidos. La mujer lo miró: "La señora Talbot". La mujer pareció asentir. "Supongo..."

–Ese niño debiera estar ya dormido, Pelayo.

Hablaba con un tono enigmáticamente dulce. ¿Cuánto tiempo podría ocultarle la verdad? Una oleada de vergüenza agitó su sangre. ¿Y si le contaba de inmediato lo que estaba ocurriendo? Pasó rauda por su cabeza la idea de franquearse, llorar con ella, buscar su comprensión, su ternura, su perdón, quizás. Pero no. Ese era un vértigo peligroso, un espejismo. Eso significaba irse del departamento ahora mismo. No se sentía preparado. Lo dominaba la turbulencia del momento: ver a Adelaida, estar con ella. Nada más.

Sin embargo, una cosa era clara: si había que partir, si esa decisión tomaba forma, se lo diría todo. Le parecía innoble que Márgara se enterara por terceros. Cualquier cosa menos cobarde, se dijo. Y un cierto orgullo lo animó borroneando la culpa.

Márgara miró la hora y Pelayo miró esa mano, sus dedos rellenos, la proporción que disimula las coyunturas, las uñas siempre bien cuidadas, ahora secándose. Tenía bonitos hombros, Márgara. Aparecían por el escote de la camisa de dormir: fuertes, redondos, femeninos.

En el tenis sus remaches eran temibles, recordó. Y la vio en tenida blanca, agazapada, las dos manos en la raqueta, esperando atenta el saque. Y le dolió esa figura rubia, blanca, esbelta que se incrustó en su alma el día en que se conocieron. Ella jugaba un doble en la cancha del lado. Después se encontraron en el bar. La invitó a tomarse una vaina. Márgara no aceptó. Tengo que volar, le dijo. Pero le dio su teléfono.

–¡Diez para las once! ¡Y te ha esperado hasta estas horas! El viaje... Tiene que estar agotado. Trata, por favor, de que se duerma pronto.

Pelayo salió con el niño montado sobre sus hombros disparando balazos a lo vaquero. La Leontina, junto al umbral del cuarto de Pedro, le sonrió. El la saludó sin dejar de galopar hasta arrojar al pistolero sobre su cama.

❖

–¡SE PARECEN LEONES! Grrrr... Con patas así bien patudas... ¡Papá!, ¿a los caballos los hace Dios o los señores?

–Dios.

–¡Ah!... ¿Y El los encuentra lindos, papá?... ¿Y a El le gustan, papá?

–Sí, mucho.

–Papá, quiero que me pongas el video del caballo negro, el caballo negro y el niñito. En el lago yo pensaba en el caballo negro y el niñito.

–Es muy tarde. Tienes que dormirte.

–¿Y eso qué importa?

–Es hora de dormirse. ¡Mañana!

–Es que a mí me gusta ese video.

–A mí también.

–Es que me da tanta pena a mí, papá...

–A mí también me da pena, Pedro.

–Sí, papá –gimió haciendo pucheros.

–Tengo tanta pena, papá.

–Sí. Me doy cuenta –le dijo haciéndole cariños en el pelo–. Te quiero. Tú tienes pena y es, en verdad, una gran pena que no podamos ver ahora la película del caballo negro. Pero, mira, la podemos ver mañana, ¿qué te parece esa idea? ¿Qué te parece que veamos "Black Stallion" mañana, mejor?

–Puchas, papá, falta tanto para mañana –protestó secándose una lágrima con la mano–. ...Papá, ¡puchas! ¿Por qué es tan cortito el día y la noche tan larga, papá? ¿Por qué se hace la noche todos los días? ¡Qué lata!

–Ya, ya Scheherazade, calla la boca y quédate dormido de una vez.

–¿Qué?

–Nada. Que te quedes dormido.

–...¡Voy a hacer pipí! –le gritó saltando de la cama.

–Hace, pues.

–Es que también quiero hacer caquita con pipí y con punes.

–Hace, pues.

–Es que no me sé limpiar. Soy grande, pero yo no me sé limpiar.

–Ah, bueno. Yo te ayudo.

–Papá, ¿viste cómo me comí toda la comida en Vichuquén? Mira cómo me creció rápido la colita.

–...

–...Un papá bonito –tarareó imitando la melodía de algún comercial– que se enoja tantas veces; un papá bonito que se enoja tantas veces...

Sus patitas resbalaron corriendo sobre las baldosas del baño. Se metió a la cama a toda velocidad.

–Oye, papá: ¿dónde toma el sol su desayuno?

–No sé. En las nubes, supongo.

–¿Y por qué nosotros no vemos al sol durmiendo?

–Porque está oscuro; porque es la noche.

–¿Y dónde está su cama?

–Muy, muy arriba.

–Y detrás del techo, ¿qué hay?

–La noche.

–Ah. Ya. ¿Y cómo es el pijama del sol?

–No sé bien.

–¿Y por qué tú no sabes, papá?

–Porque no sé.

–Ah. ¿Y cómo se sube el sol a su cama?

–Es que él ya está arriba.

–¿Y cómo se baja?

–...Bueno, bajan los rayos que son como unas flechas.

–¿Y cómo las tira el sol?

–Son unas ondas que se propagan en línea recta. Es complicado. Cuando seas más grande lo vas a entender.

–Sí. ¿Pero cómo las tira?

–No sé, Pedro.

–¿Y por qué tú no sabes, papá?

–Hay muchas cosas que yo no sé.

–¿Y por qué, papá?

–Hay muchas cosas que nadie sabe, Pedro.

–¿Pero por qué, papá?

–No sé, Pedro. No sé. Simplemente hay cosas que no se saben, que no sabe nadie.

–Ah, ya. ¡Papá! Tengo una buena idea.

–¿Cuál?

–Veamos mejor "A la hora señalada" y no el video del caballito.

–Es muy tarde, Pedro. Es hora de dormir.

–¿La iglesia de "A la hora señalada" es de verdad o de mentira crees tú?

–¿Qué crees tú?

–Yo creo que es de mentira, papá.

–¿Sí?

–¿Dios se hizo de mentira entonces?

–...

–La novia tenía susto, papá, ¿no es cierto? Los cowboys no tienen mamás; puras novias no más. ¿No es cierto?

–Ahora vas a quedarte dormido, Pedro. No hables más, parlanchín. Mañana seguimos conversando de los cowboys, ¿qué te parece? ¿Sabías tú que los cowboys se duermen muy, muy temprano? ¿Y sabías tú por qué?

–¡No piensa!

–¿Por qué no piensa?

–Porque pueden venir los ladrones...

–No. Ellos hacen otra cosa, Pedro. Duermen con la pistola debajo de la almohada. Y se duermen bien temprano. Eso hacen. Se duermen muy temprano para poder tener harta fuerza para el día siguiente y ganar las peleas.

–¿Sííí? ¿Eso hacen? Pásame mi pistola. Escóndemela bien debajo de la almohada.

–¿Ahí está bien tapadita?

–Sí. Papá, qué linda es tu corbata: parece bandera.

–Ya, hombre, ya. Cierra los ojitos y yo te voy a contar un cuento.

–Bueno, ¿cuál? Que no sea el de *Dos años de vacaciones* porque es muy tristoso ese libro.

–¡No! Vamos a leer algo bien, bien cortito como "Michín dijo a su mamá"...

–"Voy a volverme pateta" –completó Pedro sonriendo.

–¿O prefieres otro cuento?

–Papá, ¿cómo tienen hambre los lobos?

–Así: Grrrrrr..., grrrrrrrrr.

–¿Y a las abuelitas las mastican?

–...

–Dime, ¿las mastican?

–A veces...

–¿Y a los papás?

–...

–Papá, ¿sabes algo?

–¿Qué, Pedro?

–Que tengo un poco de ganas de hacer tuto, papá.

–Ah, ya. Cierra los ojitos y yo me voy a quedar aquí contigo hasta que te duermas, ¿bueno?

–Bueno, pero dame la mano y no me la sueltes hasta que yo me quede bien, bien dormido.

❖

PELAYO SE LLEVÓ al comedor el teléfono inalámbrico y desde allí, al tiempo que atacaba un lomo con arroz recalentado, marcó el número del privado de Mempo. Contestó él mismo. Estaba aún en su oficina. Lo puso al tanto en pocas palabras. Los inversionistas del proyecto se habían puesto de acuerdo; el directorio provisional estaba virtualmente constituido y mañana, a las diez treinta, lo esperaba Aliro Toro para conversar con él. Le pidió que se despejara la tarde,

183

que había muchas providencias que adoptar de inmediato. Le dijo que se preparara para escuchar de Aliro Toro una proposición formal de trabajo en un cargo de mucha responsabilidad y con una renta interesante. Una vez que se hubo despedido, le sugirió que en lo sucesivo siempre dejara un teléfono en el cual su secretaria, al menos, pudiese ubicarlo.

Se llevó al living la taza de café colombiano que le preparó Leontina y se tendió en el sofá. Probó el café, se volvió a acostar en el sofá y luego se paró de un salto a escarbar entre los discos. Se dejó tentar un rato por la "Cathédrale engloutie" de Debussy, los "Primeros cuartetos de cuerdas" de Beethoven y, finalmente, puso la "Sonata para piano en Si bemol mayor" de Mozart, hecho lo cual volvió a tirarse cuan largo era sobre el sofá.

Quería meditar sobre lo que le estaba aconteciendo; sobre la decisión que tendría que tomar después de la reunión con Aliro Toro; y sobre el curso que estaba tomando lo de Adelaida que ya mañana estaría otra vez junto a León, en Los Bellotos. Quería preguntarse qué vínculo lo ataba aún a los ojos de gato siamés de Márgara, qué sería de su hijo Pedro, si era posible separarse sin perderlo o, mejor dicho, sin destruir la relación que tenía con él. Se sentía tironeado, crucificado por amores y lealtades incompatibles. Y no quería renunciar a nada.

De pronto brotó nítida de su memoria la imagen del padre de la clase de religión del colegio, su sotana blanca contra el pizarrón negro, gesticulando con una tiza entre el pulgar y el índice: "la grandeza del matrimonio católico es, jóvenes, su irreversibilidad, establecida como vimos en Marcos 10,9 y Marcos 10, 11-12. ¿Está claro?" El padre escupía esos números a una velocidad inigualable, como si la certidumbre de las verdades de fe estuviera de algún modo correlacionada con las de su memoria privilegiada. Sobre su cabeza, un Cristo crucificado extendía sus brazos tutelares. "La atracción sexual primera, la *cupíditas*", enseñaba, "inevitablemente se gasta y muere. Debe transformarse en *ágape*, en don o regalo de sí. El 'hombre viejo' del que habla San Pablo sólo conoce la *cupíditas*. Para él", decía, "la pérdida de ese ardor es la muerte del amor."

¿No era quizás ésa su historia con Márgara? ¿No habían, ambos, perdido con la *cupíditas*, su amor? No. Estaba pensando boludeces. No era capaz de contestarse esa pregunta. No tenía la calma, siquiera, para planteársela en serio. ¿Cuánto tardaría en morir su embeleco por Adelaida? ¿Cuándo volvería el orden a su vida? Entonces se reencontraría de verdad con Márgara, su mujer permanente, la que está siempre en el trasfondo y es de verdad. ¿O se engañaba? ¿Cuál era la ilusión, cuál la verdad?

"Para el cristiano, en cambio", decía el padre gesticulando con vehemencia, "en virtud de la gracia especial del sacramento del matrimonio, la *cupíditas* se transmuta, y resucita convertida en esa serena e íntima entrega de una persona a otra en Dios: la *cáritas*. Y eso sí perdura. El sacramento del matrimonio es un camino de salvación", insistía, "que va del *eros* a la *cáritas*." Y citaba a San Agustín: "La dulzura del placer debe ser vencida por algo aún más dulce."

Se paseaba sin cesar delante del pizarrón que iba de lado a lado de la sala y retaba a cada rato a Ruca que empezaba ya a preparar su bolso de gimnasia. Al dar esas tremendas zancadas la sotana blanca se le subía mostrando los zapatos de cuero negro, los calcetines de hilo blanco caídos y arrugados a la altura del tobillo y su piel blanca como la leche. "Este es", anunciaba, "el misterio insondable del sexo: que hay en él algo sagrado. Porque en virtud de la gracia del sacramento participamos, nos enseña Santo Tomás, de cierta semejanza del ser divino, *similitudinem divini esse*. ¡Ni más ni menos! Y el crucifijo, entonces, que cuelga tradicionalmente sobre la cama del matrimonio, no es un mero adorno. Quiere decir que", y señalaba el crucifijo de la sala, "tal como Cristo no renunció a su amor a la humanidad ante la cruz, así también los esposos no renunciarán jamás a su matrimonio aunque éste se convierta en diaria crucifixión. Porque están unidos hasta la muerte en la cruz del amor. No lo olviden jamás."

El no lo había olvidado. O, mejor dicho, lo había olvidado hasta ahora en que se sintió de repente crucificado por amores incompatibles. Tenía que reflexionar antes de actuar, antes que se lo tragara la correntada, se decía. Era el momento oportuno. Después tal vez sería demasiado tarde. Sin embargo, no podía. Estaba expectante y entregado. Percibía que pasaba por lo que Mempo llamaría un "turning point" o, para usar otro de sus términos favoritos y equivalentes, "un punto de inflexión de la curva". Se suponía que cuando eso sucedía el sujeto había tomado una decisión. Y lo curioso era que en ese momento se sentía un agente pasivo que habitaba su vida sin conducirla. "Las grandes decisiones nunca las toma uno; se toman solas", le había dicho su abuela Marta, que vivió marcada por una decisión, que a Pelayo se le antojaba muy de ella. Ahora esa frase le parecía singularmente certera. Porque no le era posible imaginar en qué momento había comenzado a tomar la decisión que probablemente adoptaría mañana: renunciar a la revista *Mira* y consagrarse ciento por ciento a la televisión, un oficio nuevo. Y lo mismo le ocurría con Adelaida. De alguna manera las decisiones se estaban tomando solas y se veía como si fuese un pasajero de sí mismo.

El "turning point" del canal se había iniciado con un inesperado llamado de un ex compañero de curso a quien no veía desde hacía a lo menos tres años. Eso había ocurrido sólo cuatro meses atrás. Pelayo, lleno de escepticismo, había ido a visitarlo para escuchar su proposición y, más que todo, para saber de él.

❖

UN BUEN BARRIO. Charly Larraín y su mujer vivieron ahí de recién casados antes de irse a La Dehesa. Una casa de esas que los santiaguinos llaman de "estilo inglés": ladrillos rojos a la vista, formas simples, chimeneas altas de ladrillos rojos entre los techos con pendientes agudas y, en las más principales y legítimas, pero no en la de Mempo, la aparición de ventanas salientes con techitos de dos aguas provenientes de la mansarda.

La casa pareada donde vivía Mempo en aquella época formaba parte de un conjunto construido unos treinta años atrás al amparo de la Ley Pereira, que daba beneficios tributarios a las construcciones inferiores a los 120 metros cuadrados. Mempo explicó que había ampliado el garaje para su nuevo BMW, y hecho las piezas de lavar y de planchar en material liviano para seguir acogido a la ley. Las paredes del living estaban tapizadas con géneros cuyo diseño replicaban, invirtiendo los tonos, el chintz del sofá y los sillones que parecían brotar de una alfombra persa. Hace doler los ojos de puro brillante y nueva, se dijo Pelayo. Iba montada, a su vez, sobre el beige de una alfombra pared a pared. El tapiz persa, atravesado por otro más apagado y bonito, se extendía hasta la grada de una chimenea sin fuego ni rastros de uso anterior. La iluminación indirecta se complementaba, de hecho, con la roja incandescencia de la estufa a gas licuado que mantenía el lugar cálido, pero secaba el aire. Sobre el borde de la chimenea de mármol rosado colgaba un óleo de Gutiérrez, cuya abstracta geometría evocaba a Mondrian y poco tenía que ver con el resto, lo que llevó a Pelayo a fijarse en los tres o cuatro cuadros más pequeños que colgaban en las otras paredes, cerca del bar. Protegidos por las semisombras de sus marcos dorados encontró unos interiores flamencos. Las reproducciones habían sido cuidadosamente barnizadas para sugerir el paso del pincel en la consistencia del óleo.

–¿Whisky?

–Bueno, Mempo.

–¿Harto hielo o poco?

Ambientes cálidos, familiares, cuidados, seguros. Un piso reluciente, la señora de toca vista por detrás, sentada al piano. Cerca suyo una mesa sólida bien torneada. Una jarra y un manto. La silla.

Ventanas amplias de vidrios pequeños, biselados. Al otro lado, una cama con baldaquín y cortinas que la esconden casi totalmente. Más allá otra pieza, el marco de buena madera labrada y otra pieza más. Siempre el mismo piso reluciente. Y allí, al fondo, la mujer de delantal apoyada en la escoba que lo asea.

Los dedos gruesos y cortos de Mempo. El vaso con harto hielo. Su Johnnie Walker. Un chorrito dorado. Su golpe alcohólico subiendo por las narices. Qué lentamente le gusta servir a Mempo su whisky. Se imagina que así se lo apreciará más. Escena para un pintor flamenco: "alegoría del gusto". Escena para un spot de Johnnie Walker: un pintor flamenco pinta a Mempo vertiendo el oro de su Black Label para celebrar la visita casual de un antiguo compañero de curso a quien no ve hace años, y con quien no hay nada en el futuro salvo el pasado.

—¿Soda?

—No, gracias, Mempo.

—Pelayo *on the rocks* —rió—. Estás en tu casa, Pelayo. Déjame ir a avisarle a Elena que estás aquí.

❖

TODOS LE DICEN Elenita, salvo Mempo. No le gustará, quizás por qué. En verdad no habrá mucho que hablar, salvo más tarde, y gracias al Black Label, cuando se puedan volver a contar anécdotas del colegio.

Los flamencos y la idea del hogar. La privacidad inventada por esas cortinas en torno a la cama antes de la casa con cuartos diferenciados. Tema para un reportaje: cómo viven los nuevos ejecutivos. El papel de la fantasía en la decoración. Las reproducciones: ¿recuerdo?, ¿souvenir de los viajes?, ¿atisbos de un plan de vida que no encuentra artistas que hoy lo amen e imaginen? La copia de "Los borrachos" de Velázquez en el salón de las casas de Chihuaillanca traída de Madrid por su abuelo Alfonso (¿o por su bisabuelo, quizás?). Entonces no había reproducciones. ¿Eso cambia el gesto? Las copias de bronce que hizo hacer de Velázquez... ¿No? En primavera aún el húmedo frío del invierno guardado en esa casona de adobe. Tener que ponerse el poncho para ir del dormitorio con salamandra a la cocina. La incomodidad del frío en El Escorial. Al salón presidido por Baco no entraba jamás en invierno. En verdad, no se entraba casi nunca. Solamente para ir a oír a su abuela tocando en el piano el "Claro de luna" de Debussy o, después, a su prima Angélica tocando "Blue Moon".

OTRO TEMA de artículo: Lo confortable y el espacio propio, limitado. Arquitectura interior del ojo o del tacto. Precaverse de la prepotencia del ojo. Un sillón cómodo es el que no se siente y deja el cuerpo en paz para ser él. Comodidad y libertad de expresión. Delimitación precisa, flamenca, de objetos y espacios particularizados. Contención e individualidad. Reglas del juego y creatividad.

Junto a la puerta corredera que da al comedor, Pelayo reconoce frutas de Chardin. Debajo suyo, manzanas. De Cézanne, naturalmente. Puestas aquí, subversivas. ¿O no? No realmente. Sólo el grado de transgresión necesario al orden. Esas manzanas y peras de Cézanne están en proceso de cambio y pudrición en torno a sus formas. Sus colores se ven colocados y se escapan, se rebelan. Se nos imponen como no dominables. Son otra cosa. No tienen dueño, sólo una transitoria forma, único vínculo con nosotros, única captura. Las de Chardin, en cambio, están vistas a través de un grueso barniz que las detiene fijándolas en el íntimo reposo del aceite, donde el clima y el uso hogareños domestican.

Elenita lo hizo pasar al cuarto de los niños –la menor ya estaba durmiendo–. Quería que los viera antes que les pusieran pijamas. No constituyó ninguna sorpresa para Pelayo el encontrarse con criaturas vestidas como las de Romney y Gainsborough. Lindos niños tiernos, amorosos, expresivos y descomplicados. Sin la capacidad de interpelación individual que tienen los de Goya, por ejemplo, pero ¿qué más da? Y sin embargo, los niños de Mempo y Elenita, pese a sus pantalones hasta media pierna con un botón a la altura de la pantorrilla y calcetines con rombos, lo miran más a lo Goya que a lo Romney.

–¡Qué niños más lindos cuida usted, señora!

La niñera sonríe en su delantal blanco y con recato baja la vista y se abrocha un botón del chaleco azul marino.

–Si hasta me los creen gringuitos cuando los saco de paseo con sus capotitas almidonadas, caballero.

Las cadenas de barco a la orilla del camino en Los Bellotos. Las pesadas cadenas bajando y volviendo a subir como amohosadas serpientes clavadas a la piedra. Separan a la hilera de niñeras de delantales blancos y chalecos de lana azul que empujan coches altos de grandes ruedas de goma blanca y muelle suspensión, del agitado mar abierto y repartido por las rocas, que destila la luz del atardecer y libera en el aire su sal. Ahora el olor a pinos recién podados.

Pelayo acarició la cabeza de rizos rubios.

Sí. Algo en los ojos del retrato de Víctor Guye. Sobre todo en el segundo, cuando vio a su hermano mayor pararse en la silla y empezar a cantar. Y Elenita lo estimula. ¡Qué horror! Gesticula imitando con desparpajo a los cantantes de la televisión. Total, qué importa. Todos los niños de su edad lo hacen igual. Ahora me recita una poesía archiconocida. Mempo está absorto. Va a saltar de la silla. ¿Soy yo? Aplausos. Ha dicho mi nombre en el último verso, parece. Viene a abrazarme. No me ha visto nunca antes y su beso es frío. Menos mal. Ahora está acholado y me gusta más así.

—¡Qué lástima que Elenita, la más chica, se haya quedado dormida, Pelayo! Es un amor... No te diré.

Al salir del cuarto me vuelvo: los dos me están mirando fijo y aunque siento su interpelación no sé qué decirme de ella. Como entender claramente algo en una lengua y no acertar con la traducción precisa de eso en otra. Necesitamos tantos filtros. ¿Por qué querer pasar de un medio a otro, del lenguaje de la mirada al de los gestos, del de la palabra al de los actos? ¿La insuficiencia de cada uno? ¿La inefabilidad que pugna por salir de sí? Tema para Federico.

—¡Qué oído tiene el mayor, Elenita!

Y le clavó a Pelayo sus ojos de pavo.

—¡Y Sebastián, ya verás! Ese niño es un fenómeno. Me lo han dicho en el Jardín. Creen que habría que darle una educación especial.

—¿Por qué, Elenita?

—Pelayo, le han tomado esos tests, tú sabes. Y les ha dejado a todos estupefactos. Habrá que tomarle cursos especiales.

—¿De qué tipo?

—Para niños superdotados, Pelayo. Sebastián es un niño superdotado. Imagina qué responsabilidad para Mempo y para mí que somos gente tan común y corriente. ¿No te parece? Pero qué le vamos a hacer. Es lo que dicen los tests.

Elenita sonrió con un gesto que imitaba la resignación y se sobreponía apenas a la expresión de orgullo desafiante que le había precedido.

Después, de vuelta en el living, Mempo habló de su trabajo en el banco y de lo interesante que era el grupo Toro por su agresividad y su alto nivel técnico.

—Es otro concepto de la empresa, Pelayo. Otra visión de lo que es ganar plata. Algo científico, moderno, de punta. Son otros plazos y es otra la escala. Un negocio no requiere capital, ni nada. Todo puede comprarse o arrendarse. Para eso está el mercado. Lo que vale es el concepto. Y el concepto es siempre una anticipación –le repetía–. Por eso vivimos colgando del futuro que inventamos. Nuestra riqueza de hoy brota de lo que aún no existe, del mañana, quiero decir, de lo que valdrá mañana. ¿Me explico? Ser rico hoy es decir:

mirado desde el punto de vista de mañana, lo que hoy tengo se estima que vale tanto y tanto, y en virtud de ello puedo sentirme rico o pobre.

Hizo una pausa para un trago y agregó:

—Yo creo que Toro es un genio, un genio de las finanzas.

Sus ojos brillaron con algo de esa interpelación goyesca vista recién en los niños. Parecían decirle "yo sé que lo que digo es cierto. Se basa en hechos y razones técnicas, pero desearía que tú me creyeras y tuvieras mi fe." Parecían también decirle esos ojos: "No me gustaría que quisieras hacerme dudar."

CUATRO

BOCAS DE LABIOS ANCHOS EMPAÑANDO
LAS VITRINAS

PELAYO SE DESPERTÓ temprano. Tragó a toda carrera el porridge que le preparó Leontina, siempre madrugadora, y se acercaba a la puerta de calle cuando ella le hizo detenerse. Quería entregarle un sobre con los billetes ahorrados durante el mes para que se los depositara en el Fondo Mutuo.

–Que sea hoy mismo, don Pelayo –le dijo–. Mire que los intereses están muy buenos y cada día cuenta.

Esta ceremonia se repetía mes a mes. Leontina juntaba sus pequeños ahorros para poder conseguir una casa de esas con subsidio parcial del Estado. Esperaba pasar allí su vejez y dejársela en herencia a su sobrino al que quería como a un hijo.

Pelayo le aseguró que haría el depósito esa misma mañana y partió a las oficinas de la revista. Se sentía inquieto y alegre. Su mente saltaba de las palabras de Mempo a la imagen de Aliro Toro, del Constantinopla ayer al sueldo que, quizás, entraría a ganar ahora. Encontró sobre su escritorio los originales de un reportaje y, junto a él, una tarjeta de Susana Weiner, quien le pedía que lo editara quitándole doscientas sesenta palabras. El trabajo debía haber sido terminado por la noche para que entrara a fotocomposición por la mañana. Afortunadamente Susana Weiner llegaba a la revista a las nueve, por lo cual Pelayo disponía de una hora. Se sentó a la máquina, transcribió la introducción alargándola en cincuenta palabras y luego arremetió reduciendo el artículo. A diez para las nueve estaba instalado en el taller de fotocomposición discutiendo el layout. Susana Weiner, al verlo ahí, sonrió satisfecha. Pelayo se le desaparecía pero al final siempre se podía contar con él y las cosas le resultaban. Por eso no tuvo inconvenientes en aceptar sus explicaciones cuando le dijo que no volvería a la revista antes de las siete de la tarde y, entonces, sólo para darle un vistazo final al número. Aprovechó el tiempo que le quedaba en revisar las páginas que estaban montadas y dio un par de vistos buenos a notas breves que aún no habían sido despachadas. A un cuarto para las diez golpeó la puerta de su escarabajo y arrancó tomando la Costanera hacia abajo. Había trabajado rápido. "Hoy amanecí inspirado, parece", se dijo mientras dejaba que lo despeinara el viento y reconocía atrás, en el espejo retrovisor, la línea completa de autos con que había compartido hasta hacía un instante la luz roja.

❖

EL ASCENSOR que conduce a las oficinas de don Aliro Toro está recubierto con planchas de formalita, cuyas vetas de plástico imitan la madera. "Terminaciones de pipiripao", se dice Pelayo. Mempo empuja una puerta clara. Entran a un recibo donde trabajan dos secretarias en escritorios enchapados en encina. Una alfombra café moro recubre el piso de pared a pared. Sobre ella, tres o cuatro quilimes dispersos. Dos rieles con focos modernos iluminan los cuadros de esa pieza, cuyas paredes, como los escritorios, también han sido recubiertas con chapas de encina. Las pinturas son de chilenos de fines del diecinueve y comienzos del veinte. A Fernández le hace el efecto de que con un temblor podrían irse al suelo despegando las chapas de encina y dejando al desnudo la modestia de las paredes del edificio. Mempo se anuncia ante una secretaria de edad mediana y modales que a Pelayo le hacen pensar que viene de buena familia. Indica que la sigan hacia el fondo. Abre una puerta y, recortado contra la luz, aparece un hombre macizo, de estatura mediana y pelo blanco sobre las orejas. Los acoge algo entrecortado y, a la vez, afable. Le sugiere a Pelayo que se siente en el sofá, mas luego le advierte que "entra un chiflón" y es preferible que se acomode en la silla que hay frente a su escritorio. ¿En la oficina del jefe de uno de los grupos económicos más poderosos y dinámicos del país entra un chiflón por detrás del sofá? El, percibiendo quizás la línea de pensamiento de Fernández, le explica que están reparando el cerrojo de esa ventana. El estilo de la decoración es idéntico al del pasillo. Detrás del escritorio de Aliro Toro hay una repisa llena de documentos con espirales de plástico. En la mesa lateral se ven varias revistas y diarios extranjeros: el *Economist,* el *Financial Times,* el *Wall Street Journal*...

Pelayo se fija en el óleo que hay junto al escritorio. Representa un camino terroso con árboles, álamos, probablemente, que se pierde entre las montañas azules.

–Es un Pedro Lira –le dice en cuanto se sientan–. ¿Muy Chile, no? Algún fundo de Colchagua o Curicó, ¿no?

–Así es, así es –responde Pelayo y su mente vaga y vacila un momento por los potreros con olor a poleo de Chihuaillanca.

Don Aliro le recuerda su reportaje "La nueva revolución del campo chileno", publicado en *Mira* hace ya casi cuatro años.

A poco de entrar en materia Pelayo, a instancias de Mempo le hace presente algunas dudas de tipo político: ¿Se desprenderán los militares del poder que les da el control de la televisión? Y otras de tipo financiero: ¿No es un proyecto muy costoso? ¿No es cierto que se avecina una grave crisis económica? ¿No es un proyecto demasiado ambicioso? Toro le contesta que él siempre parte del supuesto de que las personas son racionales. La privatización es racional y congruente con los intereses de largo plazo del régimen. Luego, habrá privatización de los canales de televisión, concluye tajante. ¿Cómo no le va a convenir al gobierno ahora –y después cuando volvamos a la democracia– que haya una pluralidad de canales independientes –subrayó esa palabra– apoyando su obra económica y persuadiendo a la población de las ventajas del modelo de desarrollo escogido?

Y en cuanto a la crisis económica, ya llegó, ya está aquí, le asegura. Y lo que nos inquieta es que está dañando, dice, a la pequeña y mediana empresa, a los industriales sin poder financiero. Y eso es malo para el país, ¿no es cierto? El ajuste está causando más desempleo del que las circunstancias justifican. Y eso perjudica a los pobres. No a nuestro proyecto, Fernández. Y a continuación se extiende acerca de los planes de crecimiento del grupo, la oportunidad única de salir del subdesarrollo dentro de los próximos quince años que tiene Chile, la urgencia de ocupar posiciones rápidamente antes que la situación se rigidice y congele. Se ve que gente como Toro, Barraza o Tamburini, piensa Pelayo, están en una cruzada y ese propósito, superar el subdesarrollo, tiene un carácter terminal, es una meta suficiente y no requiere, en la práctica, de preguntas ulteriores. Pelayo alude a los problemas que el desarrollo no soluciona y a la relatividad misma del concepto. "¿Qué ocurre si la gente no está dispuesta a pagar el costo humano del desarrollo, si hay otros valores distintos al de la ganancia y la prosperidad?" Toro lo corta en seco: "¿Qué pobre hay que no esté dispuesto a cambiarle sus problemas al rico? ¡Benditos problemas los de los países desarrollados! Chile permuta sus dificultades por las de Bélgica... ¿Tú crees que hay algún gil de aquí que se oponga?" Y se ríe con una risa dura.

Y en cuanto a lo financiero le dice que no; que no es un proyecto tan difícil de concretar; que Mempo y el departamento de estudios han estado tirando líneas y jugando con números. "Ya tenemos –¿no es así, Mempo?– algunas estimaciones de su valor presente, pero estamos todavía afinando esos números. Pero no; es un proyecto claramente rentable, sin duda ninguna. Y que genera, adicionalmente, externalidades positivas que mejoran el valor de las inversiones privadas del país. En otras palabras, su rentabilidad social es muy alta. Si uno considera esto último, entonces..."

❖

ALIRO TORO apretó los labios en un gesto desagradable y displicente, respiró fuerte y levantó sus brazos mirando al techo. Dejó la frase inconclusa y se quedó mirándolo a los ojos impertérrito. Recién entonces se acordó Pelayo de quién era realmente el hombre al otro lado del escritorio.

El silencio se le hizo intolerablemente largo e incómodo. Quería decir algo, cualquier trivialidad que rompiera esa pausa inconfortable y atizara la conversación. Sin embargo, los ojos fijos e incólumes de Toro lo mantenían paralizado y expectante.

Se precipitaban por su mente a toda velocidad, como cuando apretaba el botón forward de la videograbadora, las páginas de diarios y revistas en los que había leído acerca del imperio económico de Aliro Toro y su personalidad, su estilo como hombre de negocios, sus famosos criaderos de tollos y salmones de exportación en los lagos del sur; sus cultivos de algas gracilarias; sus parronales regados gota a gota en tierras pedregosas que compró semidesérticas; su industria que fabricaba todas las botellas de Coca-Cola que se consumían en el territorio; su compañía de seguros, la segunda del país; el banco, tan menor cuando él tomó el control y ahora, el tercero de la plaza. Y pasaron también por su cabeza rumores que oía de vez en cuando: la burbuja que se expande rápidamente con inyecciones cada vez mayores de crédito. Pero a esos se superponían estos otros: tiene los mejores técnicos y ejecutivos que hay en el país; sus proyectos están muy bien estudiados; tiene contactos con el régimen...

"Es el grupo más desafiante desde un punto de vista profesional", le había dicho Mempo, el que "más tira para arriba", pero la clave es "el mismo Toro, su dinamismo, su energía, su carisma. Ya le conocerás algún día. *It's quite an experience.*" Y, sin embargo, ahora que lo tenía delante trataba en vano de encontrar en sus palabras o gestos la explicación de sus éxitos. Ese silencio tenaz, esa mirada de una indiferencia agresiva lo amordazaban impidiéndole incluso estar lo suficientemente alerta como para percibir el carisma de jefe que se le atribuía.

–Tú sabes mejor que yo el poder sobre la mente que tiene la televisión –dijo de golpe interrumpiendo su silencio–. Los valores, las preocupaciones y opiniones de la población se configuran desde la pantalla. Se proyecta en ella lo que será la *imago mundi* de la gente –agregó sonriendo complacido por el uso de esta expresión puesta en boga, ese año, por la *Historia de Chile* de Gonzalo Vial–.

–No es tan así –objetó Pelayo–. La pantalla es un reflejo de lo que la gente sueña, busca o desea quizás sin confesárselo. Es una entretención, es showbusiness...

–¡Por supuesto! –le interrumpió Toro como un alud–. Si no fuera así no tendría influencia ni poder. Se necesita sintonía. Pero dado eso, ocurre lo que te digo yo.

Y clavándole los ojos agregó con insolencia:

–¿O tú crees que no, que no hay poder en el manejo del noticiario de un canal, por ejemplo?

De nuevo la boca esbozaba un rictus despreciativo.

–No pues, mi amigo Fernández –continuó hosco y aplastante–, estamos en esta cuestión por el poder o no estamos, ¿verdad? Y más claro echarle agua, ¿no es cierto?

Ahora Pelayo se sintió como ante el entrenador de fútbol del colegio. El tono brusco y simplón no buscaba ofender sino servir de acicate y crear esa compinchería francota de equipo y camarín. Pelayo nunca fue un buen futbolista. Su deporte favorito había sido más individualista –la jabalina–. "Tercer lugar en el interescolar del Estadio Nacional", se repitió como para darse ánimos. Desde entonces, dejó el atletismo por el tenis.

–Y tu responsabilidad –añadió– será la sintonía...

–¿Cómo? –preguntó Pelayo, sorprendido por el modo en que se dejaba caer.

–Sí. Te queremos como director de programación –le dijo con ademán calmado, tajante y preciso, como si se tratara de un informe técnico.

Ahora le parecía sentirse seguro de que Toro no tenía carisma alguno, salvo el que confiere por sí mismo el poder de la riqueza.

–Hemos llegado a la conclusión de que no hay nadie en Chile mejor dotado que tú para desempeñar este puesto. Otros tienen más experiencia, pero no queremos gente con hábitos arraigados que tienda a repetir lo que ya se hace. Nos interesa tu imaginación, tu óptica, tu capacidad para armar equipo y el estilo periodístico de tus reportajes de *Mira* en televisión. Queremos que te dediques a esta tarea tiempo completo a partir del lunes, Fernández. Los plazos para licitar los canales serán sumamente breves y no se puede perder un día. Tendrás que armarte un buen grupo asesor con talento y experiencia. ¡Se puede!

Pelayo sonrió volviendo la cabeza hacia Mempo. Resultaba extraña pero eficaz, convincente, la frialdad y desapego con que dejaba caer los halagos que acompañaban la oferta del cargo.

–Nos gusta tu manera de sentir y expresar las cosas –siguió diciendo Toro con la misma simplicidad–. La programación de televisión es un arte y tú aquí serás el artista. Nosotros con Mempo y los demás –añadió con una mirada humilde y sonriendo– nos dedicaremos a chicotear los pesos. ¿No es así, Mempo?

–Desde luego –intervino éste. Y dirigiéndose a Pelayo le señaló:

–Sin embargo, para ello es preciso contar con un plan de programación completo y videos de programas pilotos que mostrar a los financistas y a la comisión gubernamental que tendrá a su cargo la adjudicación de las estaciones. Hemos sabido que, junto a la oferta en dinero y el proyecto técnico, será necesario entregar también un plan de programación que debe incluir ciertos compromisos exigibles legalmente. La comisión evaluará no sólo la oferta pecuniaria sino la calidad de la programación a que se obliga el interesado. Les preocupa, sobre todo, que haya algunas horas de televisión cultural. Sí –continuó don Aliro–. Se contrae la obligación de destinar un cierto número de horas a programas culturales y de noticias, o en general, a asuntos de bien público.

–Así viene el proyecto de ley que estará para la firma mañana – completó Mempo.

–¿Qué te parece?, ¿qué dices? –le preguntó Toro.

Pelayo le contestó que, naturalmente, la oferta era muy honrosa, que el trabajo en principio le atraía enormemente, y que lo pensaría.

–¿Crees que serás el mejor? –le dijo Toro con una crudeza ingenua.

Fernández se rió encogiéndose de hombros. Toro ahora lo escrutaba con sus ojos fijos e impenetrables.

–Habrá que tratar –respondió Fernández cohibido.

–Yo quiero que estés seguro de llegar a ser el número uno. Hay que lograr la primera sintonía. Esa es la meta a cuatro años. ¿Te parece posible?

–Sí, tal vez –titubeó Pelayo.

–Te queremos ver jugado entero, Fernández.

Toro se inclinó hacia adelante y movió su mano derecha empuñada.

–Nada de medias tintas, Fernández. Aquí tienes que mojarte el poto con ganas o nos vamos a ir todos de raja al barro. ¿Te queda claro?

A Pelayo le dolió la ceja arqueada y burlona. Tamburini explotó en una carcajada que él se creyó en la obligación de imitar.

Un rato después, ya en la puerta, le diría como al pasar:

–Para el cargo que se te ofrece está considerada una remuneración de siete mil dólares mensuales líquidos. Dale la respuesta a Mempo a más tardar el lunes a mediodía.

ANTES DE SALIR, Pelayo ojeó por última vez el camino de campo pintado por Pedro Lira. Lo bajó a la calle el ascensor forrado en formalita. Se retiraba con la impresión de que la oferta era increíble. ¡Siete mil dólares! No había dónde perderse. Le habían hablado de un tal Robert Mosciatti, un gringo ítalo-americano, que trabajó en la CBS y después en una estación de Florida. Al principio sería un asesor; después, licitado el canal, gerente general. Pelayo trabajaría directamente bajo sus órdenes. También conversaron de la composición del comité de programación en el que Pelayo se imaginaba a un par de tipos con experiencia en programación chilena; al ítalo-americano de Florida, por cierto; a un representante de la gerencia comercial; y a unos tres o cuatro hombres nuevos, creativos, cinéfilos vinculados a la publicidad. A Toro le había parecido bien ese esquema. Pelayo sabía que el gringo estaba en contacto con Mempo desde hacía tiempo; sin embargo, se sorprendió al enterarse de que llegaba a Santiago la próxima semana a pasarse quince días dedicado a afinar el proyecto. Fernández no pensó ni siquiera un instante que el cargo le quedaba grande, que quizás fuese un trabajo inadecuado para él, que carecía de experiencia. Se sintió seguro y casi impaciente por demostrar pronto su capacidad. Se vio presentando los videos al experto ítalo-americano y obteniendo su aprobación. Le parecía oír ya el dulce rumor de los comentarios de personas como Armando Véliz, Rubén Eskenazi o Charly Larraín: "El gringo encontró que Pelayo Fernández era un talento... Qué acierto fue engancharlo al proyecto, qué visión la de Toro. Hay que admitirlo: ¡Qué ojo para dar con la gente justa!"...

Y a pesar de ello le parecía que conocer a Aliro Toro había resultado decepcionante. No lograba aún percibir su magnetismo; ese liderazgo que ejercía y causaba la admiración irrestricta de Mempo, por ejemplo. ¿En qué se basaba? Se le escabullía, quizás, alguna veta de su personalidad. Se le antojaba, en este momento, como un hombre de inteligencia simple y superficial, desembozado y carente de misterio. No se comparaba, desde luego, con esa figura alargada, de rostro macilento, estragado por los dolores psíquicos del poder, y vacilantes párpados que había conocido ayer en el Banco Central. Toro era otra cosa, era un hombre de la vida real. ¿No se engañaba? Temía que se le escamoteara algo de él, quizás su cifra íntima y que ello fuese culpa suya, de un embotamiento de sus sensores. Pero ¿atribuible a quién? ¿A sí mismo o a una cierta irradiación de Toro?

Cortó por el paseo de Huérfanos y entró a una galería que, colmada de gente llevando bolsos y portadocumentos, y vibrando con las estridencias de un rock ambiental, se internaba por una torre recién terminada. Murallas de televisores reproducían al unísono la misma figura de colores magnéticos. Todo el piso estaba dedicado a tiendas de aparatos electrónicos, cuyas vitrinas competían dejando pálidos, pensó Pelayo, a los artistas del video que se ven en las galerías del Soho. Rostros absortos se agolpaban en las vitrinas. Los dedos traspiraban presionando los cristales y las narices apretadas se veían más anchas contra el vidrio. Tenían los pelos chuzos y negros, las espaldas gruesas y bien formados los brazos. Las bocas de labios anchos empañaban las vitrinas, las que, por formar una "L", le permitían verlos casi de frente, sin necesidad de ingresar a la tienda.

Observan los colores brillantes, las perillas, agujas y botones, se dijo Pelayo, sumidos en esa combinación de encandilamiento y recelo con que algunos de sus antepasados habrán observado a esos hombres que tenían patas con pezuñas y relinchaban con armaduras refulgentes. Tal vez esta gente no ha creído nunca en nada desde entonces, pensó Pelayo. Ellos no compran. "Sacan" el televisor con letras. Antes auñaron todo lo que pudieron. Ahora obtienen ventajas de otra manera. Por supuesto, no creen una palabra del liberalismo económico actual, como antes miraron con escepticismo las ideas socialistas. No creen en nada ni en nadie. Creen en el "agarra Aguirre" y en la antigua maloca. Sin embargo, quizás ese descarnado afán por lo propio, reflexionó, los haga el día de mañana eficaces en una economía capitalista. Tal vez la mano invisible de Adam Smith coordine mejor que ninguna otra esas manos ventajeras y les permita construir un nuevo país, conjeturó Pelayo. Es más o menos lo que le ha dicho recién Aliro Toro. Y al pensar en él lo imagina cabalgando en su escritorio como una suerte de antiguo conquistador y encomendero, oteando ese camino polvoriento que se hace humo entre las montañas azules.

❖

LLEGADO EL LUNES, según lo convenido, Pelayo Fernández le comunicó a Mempo que, como era previsible, aceptaba. Había renunciado el viernes a la revista *Mira*, decisión que acongojó profundamente a Susana Weiner. Sabía que sustituir a Pelayo no le sería fácil y le ofreció, en todo caso, las páginas de la revista para escribir cuando él quisiera. Le fijó incluso un buen honorario por esas contribuciones eventuales. Pero tanto ella como Pelayo sabían que no tendría tiempo para escribirlos. El directorio provisorio de la Sociedad Nacional de Televisión S. A., incluidos los dos hombres de Barraza, quedó constituido el martes siguiente bajo la presidencia de don Armando

Véliz. Con Mempo, Pelayo definió las primeras contrataciones, entre otras, la de Camilo, quien renunció a su agencia publicitaria para dedicarse enteramente al proyecto. Le habían ofrecido doblarle su renta. Junto a él lo hicieron cuatro camarógrafos. A la Productora Set Tres se la contrató formalmente para el sonido, y además se le arrendaron por seis meses dos estudios de grabación. El proyecto había entrado en tierra derecha.

Esa misma tarde Pelayo, con Márgara a un lado y Pedro al otro, vio en la televisión al profesor Bonner, director del Instituto de Estadística y al decano de la Facultad correspondiente, en conferencia de prensa, anunciando los auspiciosos resultados de la última encuesta de la Universidad: la cesantía se había estancado; la tendencia al alza se había roto; ahora sólo cabía esperar, para la próxima encuesta, un aumento del empleo. Luego, apareció en pantalla el ministro Germán Echenique proclamando "el fin del proceso de ajuste recesivo y el comienzo de la recuperación." "Hemos topado fondo", aseguró. "Lo peor de la crisis ha quedado atrás. El estudio empírico de los expertos universitarios, cuya objetividad y valor científico están fuera de toda duda, así lo demuestra. Y lo hemos logrado sin devaluar el peso; tal como lo prometimos. El país puede estar tranquilo", exclamó triunfante. Y, en efecto, al día siguiente las tasas de interés bajaron casi dos puntos porcentuales.

La noticia ocupó las primeras páginas de todos los diarios y llovieron editoriales anunciando el buen éxito de la política del gobierno y el Banco Central. Se encomiaba su fortaleza para resistir presiones de poderosos sectores políticos y de grupos empresariales interesados en la devaluación de la moneda nacional para desatar un caos económico en la esperanza de lograr, en ese clima, ayuda estatal con la cual hacer frente a sus compromisos financieros. Se insinuaba, asimismo, en uno de ellos, que si la tasa de interés no caía aún más, estabilizándose en definitiva a niveles razonables, sería éste un síntoma de cuidado. Indicaría, según el articulista proclive a Barraza, que se habría configurado una situación oligopólica en el mercado de capitales. Los grupos estarían sobreendeudados, sin liquidez y necesitados de absorber, entonces, todo el dinero posible del sistema, lo cual elevaba el costo del crédito. Las autoridades, en tal evento, tenían el deber de intervenir con arreglo a la ley, pues, seguía diciendo el editorial, la existencia de monopolios es incompatible con el desarrollo y contraria al modelo económico.

Los partidarios de la devaluación, desconcertados por los resultados de la encuesta y la embestida periodística de Barraza, optaron por guardar silencio y esperar el curso de los acontecimientos. Toro, desconfiado y tenaz, sólo atinó a recomendar a Mempo acelerar el proyecto del canal.

Mempo, con la asesoría de Gloria, arrendó para el futuro canal una casona de patio interior y parrón situada en el barrio Bellavista. A partir de entonces, todos los días, los vecinos empezaron a ver estacionado frente a esa casa un Volkswagen escarabajo, azul marino, año 1963, con el capó y la máscara de un legítimo Rolls Royce. Detrás suyo se colocó las dos primeras semanas el Charade colorado de Camilo, sustituido muy luego por un Volvo del año y una flamante moto Honda de 1.000 c.c., que logró cancelar con un adelanto del primer sueldo que obtuvo de la Sociedad Nacional de Televisión S. A. y un crédito bancario que le tramitó Mempo personalmente.

CINCO

LOS PECES VUELVEN A SER PECES

¿POR QUÉ ESTARÍA como otoñal esa tarde? En verdad, el gris claro del otoño había salido del azul intenso del cielo justamente esa semana. El verano se alargó mucho ese año. Adelaida, por la mañana, encontró el vidrio delantero de la station wagon borroneado por los primeros y sucios goterones de la temporada. El día anterior, bajo el arco, cerca del Banco de Los Andes, en Providencia, Pelayo iba a abrazarla como a él le gustaba, apretándola hasta que le dolieran las costillas, cuando ella se despidió y partió. Le dolía la cabeza. Pelayo me ha encontrado fea, se dijo para sí misma. Dijo que yo lo miraba como a través de un velo. Pero creo que en realidad no le gusté porque tenía jaqueca y no me sentía bien ayer.

Adelaida y Ricardo, su asistente, estaban colocados con sus fonos puestos frente a una mujer encerrada en una caja de vidrio desde donde grababa el audio para el comercial.

—Más seca –dijo Adelaida.

—La moda a tu modo... Tri-cot –grabó la locutora.

—No. Yo creo que iría más lejos –insistió Adelaida–. Hiper agresiva: "Tricot" con acento en el "ót".

—La moda a tu modo... Triii-cóot.

—Más corto. Casi perverso, diría yo. ¿No te parece, Ricardo?

Ricardo asintió. La mujer dentro de la caja de vidrio también asintió y volvió a repetir entonces:

—La moda a tu modo... Tri-cóot.

—Parece que no quedó bien la subida en el "cóot". Mejor "cót" – comentó Adelaida.

—La moda a tu modo... Tricot.

—¿Qué pasó?

—No fui yo, fue la mesa –protestó la mujer dentro de la cápsula, en broma. Todos rieron.

—La moda a tu modo... Trii-cót.

—Eso. Otra más.

—La moda a tu modo... Trii-cótt.

—Oigamos algunas ahora –dijo Adelaida.

201

–La moda... Trii-cóot.

–Esa es la segunda –apuntó Ricardo.

–La moda... Tri-cott.

–La moda... Tri-co-t.

–La segunda me gusta. Su sequedad es muy linda. ¿Pero no nos acusarán de agresivos? ¿A ver?

–La moda... Trii-cóót.

–Hay que secar un poquito más el "ót".

–La moda... Trii-cóoot.

–Esa se nos fue justo para el otro lado –dijo Ricardo.

–Son bonitas –comentó Adelaida–. ¿Quedan contentos? Pero que no se nos suba la marcación. Ten cuidado con la "k" o sea con la "c" del "cot". Grabemos otra más.

–La moda a tu modo... Tri-coooót.

–Se fue. No. Más seco: "Trii-coót". Bien sensual –siguió diciendo Adelaida–. Sí.

–La moda... Trii-coót.

–Muy linda –exclamó Adelaida–. Hagamos una más a ver cómo nos trata la suerte –añadió con voz dulce.

–La moda... Tríi-coót.

–Oigamos las últimas tres, Ricardo. Y la seleccionada. ¿Qué les parece? Me tinca que es la segunda, pero veamos...

Adelaida salió del estudio y cruzó el patio con Ricardo rumbo a la oficina. Terminaba recién de oscurecer. La lluvia suave y fina de esa tarde había cesado sólo un rato antes. Sus uñas largas, pintadas de rojo, agarraron con precisión el borde de la tira delgada y deslizante para señalar el fotograma seleccionado. Ricardo se inclinó a observarla. En la oficina del lado sonó un teléfono. El asistente se acercó más a ella y dejó el film encima. Comentó entonces algo acerca de la conveniencia de bajar el piano a la altura del tercer fotograma. Adelaida cogió un lápiz dermatográfico y le hizo una marca. Se oyeron unos pasos.

–¿Ahí? –dijo–. ¿Así está bien?

Ricardo asintió. Entonces apareció Pelayo. Adelaida lo saludó como sorprendida y le indicó que estaba por terminar, que la esperara un momento.

–Se la voy a dejar al director en su escritorio para que la vea mañana temprano –dijo Ricardo con ademanes de alumno obediente.

Los ojos de Pelayo Fernández vagaban por los labios de la Marilyn Monroe, en el poster de Warhol que colgaba en una de las paredes. A un costado se encontró con un poster del David con zapatillas de gimnasia. Le inquietó que Adelaida tuviera ese macho de mármol desnudo tan cerca suyo, en la oficina, y le inquietó más acordarse de que era regalo de un tal Castillo que trabajaba en la misma Productora. Por la ventana, los faroles encendidos adentro de los castaños de la India, cuyo follaje ya se apergaminaba, parecían grandes pantallas instaladas en la calle. Una luz vaporosa, difuminada, sugería, rodeando las ramas, la humedad que flotaba en el aire. Las paredes blancas pintadas a la cal de las casas del frente brillaban como recubiertas por un velo misterioso y azulado.

—Acuérdate, por si está aún ahí y te pregunta, de decirle que las trompetas se oirán aquí y no reaparecen hasta la secuencia final —le advirtió Adelaida señalando con una uña el cuadro fotográfico donde empezarían a sonar las trompetas.

—Está claro. Hasta mañana, Adelaida.

El asistente cogió la cinta y salió de la sala con aire ocupado. Al pasar junto a Pelayo esbozó el comienzo de una sonrisa.

❖

—Es imposible que nos veamos esta noche —se excusó Adelaida apenas dejó de oír las pisadas de Ricardo en el pasillo.

—¿Cómo? Habíamos quedado en eso...

Tenía el teléfono en la mano y marcaba con la otra sin dejar de mirarlo.

—Ahora toca que León avisó que llegaba. Es su turno. ¿Te acuerdas cuando a Márgara se le antojó cambiar de planes, regresó de Vichuquén y nos embromó esa noche en el Constantinopla? Pues ha ocurrido lo mismo. Y antes de eso quedé de encontrarme con Marilú en La Oropéndola.

Pelayo oyó que las personas de una oficina cercana salían tranqueando por el pasillo hacia afuera. Cerraron.

—¿Aló? Sí, con ella —dijo Adelaida—. Ya. Perfecto. Está bien, Elvira. De postre haznos un bavarois de limón no más. Sí. Eso está bien... No. Dile que estaré en la casa a las nueve. Que Catalina no se preocupe, que le revisaré la tarea de aritmética apenas llegue.

Cortó.

Se acercó a Pelayo y le acarició el pelo mirando con ojos fijos los ojos de él, que la contemplaban desamparados.

—Pero si es jueves —protestó Pelayo.

—No sé a qué pueda deberse —contestó Adelaida—. León es sumamente rutinario. Es hombre de costumbres fijas, tú sabes. Parte a La Serena los martes por la mañana y regresa siempre a Santiago los viernes por la noche. Asi tiene el lunes para hacer trámites bancarios en Santiago.

—¡Mierda!

Ella le cerró la boca con un beso.

—Lo raro es que me avisó la Elvira y no él.

—¿Pero estaba él ahí cuando te llamó?

—No. Pasó por la casa a cambiarse y no le dijo nada. A lo mejor tiene una comida de trabajo fuera. Ella me telefoneó motu proprio.

—¿Tú crees que sospecha algo? ¿Habrá venido a espiar?

—¡No! León jamás haría eso. Sospechas, claro que tiene. Pero espiar... ¡jamás!

—...

Molesto, se encogió de hombros.

—Está muy preocupado por la situación económica —dijo ella—. En el Club de Polo me aguó el almuerzo hablándome de que la tasa de interés se había disparado de nuevo, que estaban cobrando intereses usureros, según él. Muchos amigos suyos están por quebrar. La depresión que se viene encima, dice, sólo es comparable a la del año 29... Está realmente preocupado...

Pelayo se acordó de un llamado de Charly Larraín esa mañana. Estaba en ese momento con Camilo editando en la Moviola. Era para felicitarlo por unos videos del programa deportivo que le había mandado Mempo. Pero lo que Charly quería saber, se dio cuenta Pelayo, era si Mempo le había comentado algo del repunte de la crisis; si eso afectaba al proyecto. Pelayo no tenía idea. Charly le dijo, entonces, que la gente de gobierno andaba repitiendo que la nueva y súbita alza de los intereses, a pesar de la caída del desempleo que mostraban las últimas encuestas y el buen éxito del ajuste recesivo, indicaba que los grandes grupos financieros estaban usando todo el dinero depositado en sus bancos para pasárselo a sus propias empresas. Por eso la tasa de interés, que ya estaba en las nubes, seguiría subiendo y subiendo. El grupo Toro se ha jugado por la devaluación para derribar a Barraza y al ministro Germán Echenique, le dijo. Pero nadie sabe qué sucederá si ellos caen. Salvo que "a río revuelto ganancia de pescadores", había reído Charly. Pero parece que les está saliendo el tiro por la culata, ¿no?, había vuelto a reír Charly. Era, más o menos, recordó Pelayo, la línea argumental del editorial proclive a Barraza que había leído al día siguiente de la conferencia de prensa en la que el profesor Bonner dio a conocer los resultados de la encuesta de desempleo. Eskenazi, siempre atento a los cambios de la rueda de la fortuna, se inclinaba hacia Barraza, concluyó.

—¿Y si alguien cercano a él nos hubiera visto? —le preguntó.

—Me habría tocado el tema —dijo ella—. Aunque me cuesta pensar quién podría habérselo dicho. Tendría que ser alguien muy amigo y a quien tuviera que creerle. Alguien como Marcial Riesco. Y Marcial, de saberlo, jamás haría algo así. Y, en todo caso, me habría enfrentado de inmediato. Más bien se trata, pienso, de un acto de presencia; de una señal de...

–...de posesión –completó Pelayo.

–Puede ser. Puede ser. La cosa es que debo irme ahora. No quiero hacer esperar a Marilú. Hace días que no la veo y debo estar a las nueve en la casa.

–...

–No sigas. Vámonos, Pelayo. Es tarde. Y además nos pueden oír.

–No hay nadie. Ya se fueron todos. No hay absolutamente nadie, Adelaida.

–Te quiero, Pelayo, eres un perdido, un loco de atar. Pero tenemos que irnos ahora.

❖

Y ENTONCES me di cuenta de que Pelayo me desvestía porque aún era posible, me decía, robarle el tiempo al tiempo, ¿no? Y yo: "Pelayo: Apaga la luz, por lo menos apaga la luz del pasillo..."

Y, sí. El me estaba sacando la pollera y los zapatos. Y yo como una tonta derritiéndome por él. Pero no me sacó nada más. Y él se sacó los zapatos y los pantalones y todo de un tirón, todo junto, pero para arriba nada, pues se quedó con la chaqueta y la camisa con corbata, tal cual. Me dio un empujón y yo caí sobre ese sillón de cuero plástico rojo que hay en la oficina. El desapareció y volvió trayendo una toalla del baño. Se unió húmeda y fría a mi piel sin ropa.

Vi la cabeza, el pelo negro de la cabeza del muy bruto desapareciendo entre mis piernas. Y sus lengüetazos me laceraban y un no sé qué me huía. No había tiempo. Yo debía estar ya en camino qué rato. Además ahí, en las oficinas de la Productora, era terrible. Se golpeó atrás, en el patio, una puerta. No le importó nada. Se incorporó y se deslizó suave y firme. Y yo lo sentía imposible rebotando en el fondo de mí. Yo nunca había sentido esto. Por eso, quizás, necesito repasarlo, imaginarme todo de nuevo. Eres una música, me dijo él. Y yo sentí que él me quería con ternura de animal salvaje.

Entonces, yo le volví a hablar de los peces que se detienen a escuchar el sermón de San Antonio de Padua en el lied y también en mi scherzo favorito, el de la "Segunda". Porque después de estarse quietos los peces escuchando a San Antonio, vuelven a nadar, vuelven a ser peces comunes y silvestres.

Y entonces yo le canté bajito el Sol-Do-Mi bemol-Re-Do del scherzo. Nos miramos y explotamos de risa sorprendidos de estar donde estábamos y cómo: en la sala de grabación a horcajadas sobre un sillón de plástico rojo, enteramente vestidos de la cintura para arriba y de ahí para abajo desnudos. "El sermón ha terminado. Vuelven a ser lo que eran." Y escapan los peces en todas direcciones. Yo escapé con la toalla al baño. Y al tocar mis pies las baldosas heladas lancé un grito.

❖

—Y YA VES por qué me atrasé, Marilú —le dijo Adelaida dejando su cartera en la silla del lado que estaba desocupada. Había culpado al comercial de tejidos Tricot—. Y ahora háblame de ti. ¿Has visto de nuevo al gringo del Chase Manhattan del que me hablaste el otro día?

Marilú llevaba cuatro años separada. Las anécdotas y peripecias de sus conquistas, siempre fugaces, eran la contraparte obligada de las censuradas confidencias de Adelaida. Pero, esta vez, Adelaida se lanzó impetuosamente a relatarle lo que habían conversado con Pelayo en la station camino a La Oropéndola, omitiendo, claro, la escena de amor en su oficina.

—Se vino en la Subaru "para estar otro ratito más conmigo", me dijo. Y se bajó en el cerro Santa Lucía, Marilú. "A lo único que temo realmente..." "...es que yo pierda mi sonrisa", le interrumpí con ese tono de voz que se emplea para subrayar que uno ya ha oído eso demasiadas veces. El guardó silencio. Yo me acurruqué en sus brazos. "Perdona, Pelayo; dije una tontería." "Sí. Y no era eso lo que te iba yo a decir y ahora te quedarás con la duda para siempre", me dijo. "No. Porque sé que me lo vas a contar", le dije. Y él me dio un beso exquisito en los labios. Pelayo tiene el don de besarme cuando mis labios están en la posición justa. Nos reímos. "Tengo miedo que nos dejemos de querer si vivimos juntos algún día", me explicó. "Tengo miedo de que un día me veas saliendo de la ducha de la casa, no del Hotel Constantinopla, y pienses: cómo me gustaría que me gustara como antes; vuelvo mejor a mi marido." Y yo: "En cambio, yo tengo miedo a no atreverme o, mejor dicho, a no haber hecho la prueba, a quedarme con la bala pasada..."

—¡Caramba, caramba! Esto va para casorio, Adelaida.

Marilú aplaudió sin hacer ruido.

—Me tomó la cabeza con ambas manos y la mantuvo ahí sosteniéndola —continuó Adelaida atropellándose y me dijo: "Me pasa contigo que tienes un poder sobre mí que no puedo medir ni prever. Me han fallado todos los cálculos. Yo, no sé por qué, tengo fe en ti, en lo que tú puedes sacarme de adentro y que yo no sabía que estaba allí. Entonces, yo no puedo saber qué pasará porque tú a mí me cambias. Me haces ver la vida de otra manera. No sé, tal vez me agarraste cuando yo estaba desprevenido y medio depresivo, no sé... porque en el fondo, Adelaida, de lo que se trataba era de que yo, entonces, no creía en la felicidad." "¿Y ahora sí?", le pregunté yo, muerta de risa. "Me basta mirar tu cara sonriendo", me contestó. "Pareces una ilusión, pero desde ti todo se vuelve ilusión menos tú." "Eso es muy lindo", le dije yo. "Con eso me voy." Lo besé y se bajó del auto. Lo vi detenerse unos cincuenta metros más allá, a la orilla del cerro Santa Lucía, bajo un ceibo sin hojas. Me hacía señas. Agitaba lentamente su brazo estirado. Sentí que lo quería, que lo quería de un modo terrible. Llevaba su trench-coat cruzado adelante y me pareció tan tierno y solo. Quise correr a darle otro beso más, pero no me moví del asiento de la Subaru. Y esa ternura triste se quedó conmigo después que él hubo desaparecido y hasta que te vi a ti, Marilú, sentada a la mesa esperándome con cara de lata.

Pero, en verdad, Marilú le sonreía plácidamente.

—Me tienes que contar del gringo. Dime: ¿te ha llamado por teléfono otra vez desde Nueva York?

Marilú se echó a reír. Sin embargo, en ese momento se acercó a la mesa Camilo y no cejó hasta que logró que ambas se trasladaran a la que ocupaban con Federico y el profesor Azócar quienes, según él, necesitaban musas con urgencia para resolver el enigma que se habían propuesto hoy.

❖

—EL NEXO entre la antigüedad pagana y el mundo cristiano —siguió diciendo el profesor Azócar después de saludarlas sin mayor interés— está dado por la muerte. La entereza ante la muerte, Federico, la valentía para el bien morir era lo que los sabios paganos como Séneca trataban de inculcar. Ahí se jugaba la verdad de un hombre; en ese último acto de la vida que es la muerte. Los romanos se suicidaban —ahora el profesor empezó a fijarse en Marilú— para no perder el decoro, para no permitirles a los enemigos que con la tortura les rompieran el alma. ¿No te parece? No darle al enemigo la oportunidad de robarle a uno la dignidad era el último poder, la última carta a la que un hombre de bien jamás debía renunciar. Lo contrario, para un patricio, era irreal, soberbio; era creerse capaz de soportar suplicios que en realidad deshumanizan. Y, con lo que hemos aprendido del tema en este siglo, sabemos hasta qué punto estaban en lo cierto. Porque lo de la tortura no es solamente una cuestión de dolor físico, sino de destrucción de la psiquis; es la demolición de las bases desde donde el ser humano siente su dignidad de tal. ¿Me comprenden?

Y miró en torno a sus interlocutores como si viniera despertando. Marilú asintió tratando de entender.

–Pero elevar a un torturado, a un humillado, a un escupido, azotado y condenado, como Cristo, al sitial del héroe –continuó el profesor Azócar– y, más aún, de Dios, era muy poco convincente. La pregunta es cómo se produce esta tremenda mutación valórica. El eslabón lo dio el color rojo que por eso hasta hoy usan los obispos.

–¿Cómo el color rojo? –preguntó Marilú extrañadísima.

–Fue la sangre que mojó la arena del circo romano –respondió complacido el profesor Azócar– lo que los convenció. Lo que abismó a los paganos fue la entereza de los cristianos para enfrentar la muerte a manos de las fieras. Eso era algo que ellos podían, algo que ellos *debían* admirar. Ese fue el eslabón: el color rojo de la sangre de los mártires que cayeron devorados por los leones o despedazados por los gladiadores. Los cristianos eran más hombres para morir y eso los hizo más fuertes. La victoria del cristianismo es la victoria de sus mártires en un mundo en que el coraje era el valor superior. El cristianismo venció, *con-venció*, porque desde él se podía mirar a la muerte cara a cara sin temor.

El profesor Azócar suspiró y volvió a mirar a sus interlocutores sin disimular su orgullo ante tamaña perorata. Adelaida contestó un saludo que le hicieron desde la mesa de los pintores, un poco más allá. El ruido de las conversaciones, las risas y el choque de los cubiertos en los platos ocupó los oídos que hasta un instante atrás escuchaban el rugido de las fieras en el circo.

–Está bien, está bien –comentó Federico, cabeceando con expresión sesuda que exageraba para divertirse–. Pero lo que usted está planteando, profesor, es un punto meramente histórico. Yo iba a *une chose absolument différente*. Mi punto es filosófico, si quiere usted, gnoseológico. Lo que hace tan improbables las posturas religiosas es la justificación intelectual que ofrecen de ellas los teólogos. Yo estaba tratando de sugerir que el dato, el factum, en el caso del cristianismo tal vez no sean los textos sagrados, ni lo que los intérpretes han extraído de ellos, sino que la vida de los cristianos; la vida de esos mártires a los que usted aludía que caían en el circo y de los demás cristianos en los cuales esos textos sagrados han sido eficaces. ¿Me comprende? En otras palabras, lo que es o sería –rió– capaz de hacer verdaderas las proposiciones de las Escrituras es la vida de los que creen en ellas. Esos son los verdaderos padres de la Iglesia. No hay otra experiencia a la que apelar, me parece. En un sentido muy real la fe, si es que tal cosa existe, es inefable y, sin embargo, ella habla al interior de la acción: No se le podría explicar qué es una sonrisa a quien no haya visto una –concluyó Federico con una sonrisa–. *N'est-ce pas?*

–Parece que no estoy entendiendo absolutamente nada –exclamó Camilo, que se burlaba de las disquisiciones teológicas y metafísicas de sus amigos.

Y dirigiéndose a un mozo que pasaba junto a la mesa le dijo:

–Tráigame, por favor, algún jugo a ver si se me aclara la mente.

–¿Se le ofrece jugo de tuna o naranja? –preguntó el garzón.

–Tuna –exclamó Camilo.

–A mí también tráigame un jugo de tuna –pidió Marilú.

Azócar, Federico y Adelaida ordenaron cerveza.

–Estoy tratando de plantear que la fe no está constituida, en rigor –continuó Federico mecánicamente–, por un conjunto de proposiciones respecto de las cuales cabría preguntarse si son verdaderas o falsas en el sentido habitual. Este es el error de las teologías en uso y de todas las formas de ateísmo que yo conozco, Camilo, por si te interesa.

–¡En este momento lo único que me interesa es reconocer luego en mis labios el jugo de una tuna! –bromeó Camilo.

–La fe cristiana es un requerimiento del amor. ¿O no es así, profesor? –insistió Federico–. Es desde un amor concreto, Beatriz, por ejemplo, que brota el imperativo de la infinitud, del *amor amoris*, del amor de Dios.

–¿Y qué se sigue de eso? –interpeló Camilo tocándose su frondoso bigote rubio. Y dirigiéndose a Marilú y Adelaida agregó: –El diablo vendiendo cruces, ¿no?

–Déjenme terminar –pidió Federico.

El mozo se interpuso depositando jugos de tuna y botellas de cerveza. Pero Federico, cada vez más absorto en su tema, retomó el hilo sin percatarse aparentemente de la presencia del garzón.

–Una vez dado ese paso, los artículos del credo son aceptados como corolarios; algo así como el andamiaje requerido para darle forma a ese anhelo, a esa esperanza encendida por la *cáritas*. Yo supongo que para el hombre religioso, para el santo cristiano, por ahí va la cosa. No al revés. Pero ello exige modificar la filosofía del conocimiento implícita en la teología oficial católica. Porque esa teología sigue siendo, a pesar de todos los pesares, sólo un apéndice de la teoría de la verdad de los escolásticos. ¿O no? Siguen pensando que existe algo así como un "conocimiento cierto de las cosas por sus causas" –dijo levantando la voz–. Y eso es lo que debe ser modificado para dar paso a una teoría conjetural de la verdad, en la cual las proposiciones sean aproximaciones revisables, como ocurre en todas las formas humanas –recalcó– de conocimiento. Y esto no significa que todas las proposiciones sean iguales y se siga un relativismo absoluto y contradictorio, profesor. No se trata de tomar lecciones con Protágoras –rió–. Simplemente, significa que nuestro conocimiento es imperfecto, falible. El problema es que esa revolución teológica seguramente acarrea, a la larga, una reforma de las estructuras de poder en la Iglesia, volviéndolas menos centralizadas y monárquicas. Y esas son ya palabras mayores...

–¡Ahora te entiendo! –gritó Azócar acercándose a la mesa y balanceando la silla en las patas delanteras de puro entusiasmo–. Creo que te estás acercando a un punto que es esencial: la disputa del místico y el teólogo.

–¿Cómo así? –preguntó Federico extrañado.

–¡Claro, hombre! Yo veo esto desde la perspectiva del ser. Para mí que los cristianos no hemos sido capaces aún de dar con una filosofía que se nutra de la experiencia del ser propia del cristiano. Agustín cristianizó el platonismo; Tomás hizo lo propio con Aristóteles. ¡Esas fueron transacciones intelectuales! Es lo que ocurre con los discípulos de la teología de la liberación: en lugar de pensar a Dios *de novo*; en lugar de revelar a Dios en la praxis cristiana de la *cáritas*, se han dedicado a cristianizar a Marx. ¡Otra vez transacciones intelectuales! Lo dramático es que yo veo que se está perdiendo la gran oportunidad que abrió el *aggiornamento* de ese santo varón, el Papa Juan XXIII: la oportunidad de pensar a Dios sin temores, libremente y dentro de la Iglesia Católica.

Azócar desplazó sus ojos avizores de un lado a otro sin mover la cabeza.

–Yo me temo –continuó– que gane demasiado terreno la otra corriente, la refractaria, la que quiere regresar a una Iglesia autoritaria, de moral represiva, y dominada por una escolástica ramplona. Porque hay pavor a la libertad de pensamiento, al libre examen. Pues, se teme, ello podría corroer la autoridad inconcusa del Papa. Y los sacerdotes de izquierda que se dedican a hacer denuncias públicas y a organizar protestas de cariz político le están dando la razón a esa corriente reaccionaria. No son, en verdad, tontos útiles del marxismo, como proclaman los plumarios del régimen, sino de la Contrarreforma.

Y Azócar irrumpió en una de esas carcajadas nerviosas suyas, que indicaban cuánto se espantaba él de sus propias palabras, qué audaces las encontraba. Se ruborizó como una niña. Pero envalentonándose prosiguió con nuevos bríos:

–¡Sé de un teólogo integrista que se ha convencido de que es preciso cristianizar a Freud, y en particular, su teoría de la represión y del descontento de la civilización!

–¡De esto me gustaría oírle hablar! –bromeó Camilo.

–No –aseveró gravemente el profesor Azócar–. Esas siguen siendo adaptaciones al espíritu de la época. Por ello es que ha podido decir Sartre que Dios está muerto aun para los que creen en El... Lo que hace falta es recoger la revelación del ser que se dio en la Biblia: Dios es amor. Ese es el mensaje de Juan. El centro del mensaje específicamente cristiano es ése. No otro.

–¿Y qué podría decir esa... teoría, esa filo... sofía? –preguntó de repente Marilú con una candidez deliciosa.

El profesor Azócar se ruborizó hasta las orejas.

–Bueno –carraspeó–, ¿realmente quieres que largue ahora mismo un rosario de proposiciones teológicas?

Todos se rieron.

–¿Y por qué no? –dijo Marilú sin malicia alguna.

–Mira, ya que insistes, voy a darte una idea de lo que tengo en mente... Si, por así decirlo, Dios es el fondo del ser y ese fondo es un acto de amor, la filosofía griega no le sirve al cristianismo. Porque el fondo del ser para el griego no es el amor sino la necesidad.

–¡Pero qué quiere decir con eso, profesor! –protestó Federico alzando los brazos.

–¡Lo verás! –contestó Azócar lanzando miradas como estocadas rápidas a diestra y siniestra–. Todo ente –afirmó empuñando la mano y levantando el pulgar–, toda cosa, exige tener una causa que dé cuenta de su ser y, sin embargo, la causa o cadena de causas nunca es suficiente. De ello se sigue un corolario: todo ente, toda cosa, es contingente, puede ser o no ser, es precario, vulnerable, flota como una burbuja sobre el mar infinito de la nada que lo acecha.

–¡Deje de lado las metáforas, profesor! –protestó Federico–. ¿Estamos en clase de retórica?

Un mozo se deslizó difícilmente por detrás del profesor llevando una bandeja con una fuente humeante.

–Eso no lo logró ni Wittgenstein –se apuró a retrucar Azócar–. Lo que no se justifica no es obra de la necesidad. Ahora bien: los entes, las cosas y seres del universo no están ligados entre sí, ni con su fundamento último, por relaciones de necesidad. Como sabemos que tampoco los rigen relaciones de mera contigüidad habitual o puro azar, puesto que exigen causa, entonces..., díganme ustedes, ¿cuál es la armazón del mundo? A ver, ¿a alguien se le ocurre? Si no es la justicia, será...

–...El amor –musitó Marilú.

–¡El amor! Sí –gritó Azócar verdaderamente arrobado. Y luego se puso rojo–. La esencia de todo ente es el amor. Esto lo intuyen los místicos. Y nuestros teólogos lo desconocen.

Juntando las manos como si rezara escondió ahí la nariz, inclinó la cabeza y pudo disimular de ese modo un poco su emoción.

–¿Ves? –dijo mirando alternativamente a **Marilú** y **Adelaida**–. ¡Claro! Si no es la necesidad, es la *cáritas*. Entonces, la felicidad humana no puede radicar en la contemplación del ser, como creían los griegos y Agustín y Tomás. No es cuestión del intelecto agente. No. La felicidad, la energía, el acto más entitativo del hombre, en el que el ser es más ser, se da en el acto de amor –dijo y suspiró exhausto–. La ética específicamente cristiana, en un sentido filosófico, está por elaborarse, y depende de esta ontología...

–¡Qué densa está la mesa! –exclamó Camilo buscando la complicidad de Adelaida–. No soporto más. Y lo que me intriga es saber qué diablos tiene que ver esto con tu libro sobre el concepto de ficción, Federico.

–Nada –respondió el aludido–. Es un tema que le preocupa al profesor Azócar. La cuestión en que yo estoy metido ahora, y que corresponde al capítulo sexto, es caracterizar lo que es el concepto de historia para distinguirlo del concepto de ficción.

–¡Qué difícil! –suspiró Marilú compungida.

–Así es, así es –asintió el profesor Azócar meneando pesadamente su cabeza.

–Ya lo dije: ¡Qué densa está esta mesa! –rió Camilo y volvió a buscarle la mirada a Adelaida.

–Sí; ya vuelvo –respondió ésta con una sonrisa pícara.

Y sin aguardar comentarios se desplazó hacia la mesa de los pintores. Camilo la siguió. Federico los vio alejarse con ojos lánguidos antes de reanudar su conversación con Azócar. Marilú, en cambio, se quedó allí y no quería perderse palabra. El profesor desviaba la vista para mirarla sin dejar de apuntar con su nariz hacia Federico, a quien tenía al frente.

❖

EN LA MESA de los artistas acababa de instalarse el famoso Guayo Fisher, el más conocido de los conceptuales. Tenía puesto el jockey de terciopelo negro que no se sacaba jamás y un chaleco sin mangas confeccionado con una tela de origen boliviano. Se habían acercado varias personas desde distintos puntos del Café. Les estaba hablando con su característico tono gutural y envolvente. Regresaba siempre sobre la misma idea como si se desplazara su mente en espiral. "Porque el mensaje del arte es y no puede sino ser: somos cuerpo; labios de una herida..." Miraba a los que rodeaban la mesa con sus ojos pequeños y profundos cuyo blanco brillaba contrastando con su piel mate. Estaba produciendo, como siempre, un efecto hipnótico. Parecía aludir a la violencia social, pero en secreto; insinuaba los sufrimientos de la lucha clandestina; encubría su mensaje, pues, sugería, de otro modo sería perseguido por su peligrosidad revolucionaria. Nadie osaba moverse. Ahora se refería a un pintor neofigurativo que estaba alcanzando fama. Masculló su nombre, no para que lo distinguieran, sino para dar a entender que él daba por supuesto que sus interlocutores sabían de quién estaba hablando. "Es pura vivencia, no más", dijo. "No tiene idea de qué se trata en el arte; es un pendejo. Su única significación es que muestra el interés que tiene..." Y pronunció entre dientes otro nombre inaudible con el mismo propósito. "Este toca la misma temática, pero cruza códigos, interpenetra textualidades, interpela... Al menos se da cuenta lo que le hicieron a la pintura la fotografía y el cine"...

Guayo Fisher se hizo conocido cuando llenó la sala de exposiciones de una galería con montones de lana de vidrio. A continuación llevó a cabo diversas acciones de arte, entre ellas, caminar descalzo entre las lanas de vidrio hasta cortarse y sangrar. Luego soltó una oveja recién trasquilada y corrió tras ella. Al final ambos sangraban. La crítica recogió rápidamente lo que Fisher indicó en sus declaraciones: se trataba de una obra acerca de la madre, mejor dicho, acerca de los vínculos maternos; la lana que es abrigo y la lana que hiere; la lana que es aislante y protectora; que aprisiona y hace sangrar a quien la toca.

Su prestigio y el tono monótono anestesiaban todo sentido crítico. No era lo que decía. Su timbre era lo magnético. Las mujeres, en especial, lo miraban absortas. Camilo tenía la impresión de que las oyentes tendían a perder su estructura ósea personal; sus formas se tornaban blandas, ameboides, vagamente colectivas.

—¡Pareces Rasputín! —le gritó de repente y se tocó con la lengua su bigote nietzscheano.

La risa restableció las distancias e hizo que los que le escuchaban retornaran a sus cuerpos, se movieran en las sillas y, con ello, recuperaran el control de sus mentes individuales y se atrevieran a hablar. Camilo, satisfecho con su victoria, invitó a Federico y al profesor Azócar quienes, junto a Marilú, atracaron sus sillas a la mesa. Le empezó a contar a Adelaida que se acababa de comprar un sitio de 3.500 metros cuadrados en un loteo nuevo de El Arrayán, donde pensaba construirse. Mempo Tamburini le había conseguido un crédito hipotecario en el Banco Agrícola e Industrial. Su señora estaba fascinada. Un arquitecto amigo ya les había hecho un primer boceto de la futura casa. Todo se le estaba dando bien, demasiado bien, decía Camilo.

—Cuenta, cuenta... —le dijo animadamente Adelaida.

—Me está llegando más trabajo del que puedo absorber. Tú sabes, firmo contrato de tiempo completo por esta cuestión del canal y me llega pega tras pega. La última, la semana antepasada fue algo increíble: ¡irse a filmar una teleserie al Brasil! ¡Qué te parece!

—¡Fantástico! —exclamó Adelaida.

—Y lo más increíble es el guión. Lo escribió un brasilero que leyó sobre Inés de Suárez en algún libro de historia.

—¿Sí? —dijo Adelaida.

❖

—PRIMERA ESCENA: El joven Pedro de Valdivia en la iglesia casándose con doña Marina. Segunda escena: Valdivia, a la semana siguiente, despidiéndose de ella y su familia para partir a las guerras de Venezuela por un período de cuatro años. En la guerra contra los indios logra ascensos militares y conoce a Inés de Suárez. Se enamoran. Será su mujer de campaña. Cumplidos los cuatro años, no quiere separarse de ella y logra ser enviado al Perú. Derrota a Diego de Almagro y llega a ser el brazo derecho de Francisco Pizarro. Es uno de los hombres más ricos y poderosos del Nuevo Mundo. Pero la Santa Inquisición reprueba su vida, su amor prohibido. Le instan a que traiga a su esposa, doña Marina, de Extremadura al Perú. Don Pedro se resiste. La situación le crea complicaciones políticas al virrey Francisco Pizarro. Don Pedro, entonces, liquida sus pertenencias y costea una expedición al Sur, a Chile. Diego de Almagro y su gente, algunos años antes, han descubierto esas tierras. Regresaron de ellas tan pobres y miserables que les han apodado "los rotos de Chile". Valdivia sabe que allí no hay oro ni plata en abundancia; sabe que se encamina a los territorios de los indios más feroces de América, los que han detenido el avance del imperio del Inca, los que en la batalla practican hábitos antropofágicos. Pero parte. Es la única salida que le queda para no separarse de Inés. Recorren juntos a caballo más de tres mil kilómetros. Hay lucha y sangre pueblo tras pueblo, río tras río, valle tras valle. Pero no importa. Valdivia vence, funda y sigue. No quiere detenerse, no quiere que lo detengan. Quiere seguir en campaña. Ama la guerra porque ama el amor. Porque eso aprendió en el Perú: ganar la paz es perder a Inés. ¡Imagínate las escenas de violencia que pueden filmarse con este trasfondo! Imagínatela a ella dando la orden de que decapiten a veinte caciques prisioneros, ensartando sus cabezas en picas. Se las enseñan a los indios que los han sitiado y los acometen... Imagínate luego la furia de los indios... Pero el círculo se va cerrando. Los vecinos de la capital que él fundara, Santiago, azuzados por los agentes de la Inquisición y sus adversarios políticos censuran su vida, el concubinato público, el escándalo. Lo someten a juicio. Es arrestado en Lima. La sentencia lo obliga a enmendar rumbos. Doña Marina se embarca para Valparaíso. Trae modista y peluquero y trajes de baile. La acompañan varias damas casaderas. Vienen a fundar la sociedad de Santiago. Inés, ante esta situación, contrae nupcias con un amigo de Valdivia. Desesperado, el conquistador busca la muerte guerreando en las selvas del Sur contra los mapuches. Doña Marina pisa el puerto de Valparaíso y recibe las infaustas nuevas: su esposo, el Gobernador de Chile, ha muerto en unos pantanos, en una emboscada que le han tendido los mapuches. Devoraron su corazón para adquirir su braveza y sus piernas, pues las tenía muy hermosas. Han pasado veinticinco años. ¿Qué te parece la historia, Adelaida?

Camilo le pidió al mozo otro jugo de tunas.

—Increíble. ¿Y has tenido que decir que no?

—Así es. Había que viajar a Brasil un par de meses, luego filmar en el Sur otros dos meses... ¡Imposible! Además no pagan bien... Pero qué proyecto más lindo, ¿no? Y qué idea de Chile, ¿no? Un país hotel-galante; un hijo del amor prohibido, ¿qué te parece? Un drama pasional, un mito romántico en el origen de la patria... ¿Y no habrá sido así, después de todo? ¿Por qué no?... ¿Crees tú que tendrá éxito?

—Ay, sí. Es una historia de amor que...

—Sobre todo les va a gustar a las mujeres —le interrumpió Camilo con la mirada perdida en los ficus junto a la ventana—. Porque vivir una gran pasión, una gran historia de amor, cabalgar a lo Buffalo Bill ese ciclón, es la gran utopía que duerme en el alma de toda mujer, pienso yo. Sí. Es la gran utopía femenina, ¿no?

Adelaida tenía las manos cruzadas sobre la mesa. Camilo las sujetó ahí con las suyas.

—Me gusta contarte cosas a ti, Adelaida. Porque...

—¿Por?

—Porque por mucho que uno esté hablando de maravillas, sin embargo al final, lo que maravilla eres tú.

—¿Qué? —dijo Adelaida sorprendida. Se puso colorada.

—Lo que oyes. No es un piropo.

—¡Ay! Leseras tuyas —protestó dulcemente Adelaida. Y liberó sus manos para tomar el vaso.

—Ha de ser..., ¿sabes? —dijo Camilo—. Estoy seguro que en Nueva York nos darían un millón de dólares por esa sonrisa. ¿Hagamos una prueba de cámara?

—Por un millón de dólares, lo que quieras.

Ambos se echaron a reír.
—¿Te puedo hacer una confesión, Adelaida?
—Por supuesto.
—*¡Love is over rated!*
Y Camilo lanzó una violenta carcajada.

❖

MARILÚ, con los ojos más abiertos que cabe imaginar, se dirigió a Guayo Fisher, quien esquivó su mirada. Ella, entonces, puso en plural la pregunta.
—¿Pero ustedes, que han pensado tanto en estas cosas, díganme, para qué sirve el arte?
Federico desvió la vista hacia el bar procurando evitar encontrarse con los ojos de Guayo Fisher o con los del profesor Azócar. Se produjo una pausa. Adelaida trató de escrutar a Azócar, pero éste ya tenía en Marilú su mirada.
—El arte, Marilú, nos hace ver la belleza; en griego, *Tó kalón*, es decir, contemplar, amar y engendrar en la belleza —afirmó el profesor con una solemnidad que no tenía, finalmente, otra justificación que flirtear con la dama—. Porque la belleza, ya lo vio Platón, tiene vocación de eternidad y es el destino del hombre.
—Sí —dijo Marilú y su sonrisa le apaciguó el rostro.
Aunque no le eran familiares estas conversaciones, sí tenía, como toda mujer que ha pasado gran parte de su vida en reuniones de salón, buenas antenas para percibir cuándo había metido la pata, y en este caso, hecha ya esa pregunta, había notado con angustia que no caía bien.
En un salón, Marilú sabía de antemano qué correspondía preguntar y qué no. Era sólo en este ambiente de intelectuales donde tan frecuentemente sus palabras resultaban desatinadas. Después recapacitaba y no lograba saber a ciencia cierta qué era lo malo de su pregunta. Se tomaba estas conversaciones muy a pecho. Lo que no sospechaba era hasta qué punto se trataba simplemente de un juego cuya frivolidad no le iba en zaga a la cháchara habitual de la terraza del Club de Polo. Para Marilú, éstos eran hombres cultos y por consiguiente serios, y por consiguiente graves, y por consiguiente preocupados por la verdad y el saber profundo. Estaba enteramente más allá de sus posibilidades el imaginar siquiera, que lo que los reunía no era otra cosa que la afición al ejercicio lúdico de la inteligencia en la conversación, y que en ella exhibían sus plumas por los mismos fines y en la misma forma en que Gaspar Novoa lucía sus caballos o sus autos en el Polo.

–La belleza no puede ser eterna –dijo Federico.

–No me parece –objetó el profesor Azócar rascándose la oreja izquierda. Frunció los labios como siempre hacía al iniciar el examen de algún tema que le interesaba.

–La conmoción, caros míos, que nos causa la belleza está íntimamente ligada a su fugacidad. Una rosa, ¿qué sería de ella en la intemporalidad? –planteó Federico. Y su pequeña mano hizo un gesto de director que mueve la batuta.

El artista de voz hipnótica se retiró de la mesa sin despedirse y sonriendo como un buda.

–Estoy completamente de acuerdo con Federico –irrumpió Camilo dando un puñetazo en la mesa.

Todos lo miraron sonriendo, sorprendidos por la virulencia de su entrada en escena.

–Lo que conmueve en una rosa –insistió Federico– es la fragilidad de su hermosura. Es enigmática, intrigante y seductora, justo por ser temporal. La belleza de la forma de la rosa supone una historia. Sólo por eso puede ser símbolo, metáfora. Un ser astral, como un marciano, que nunca hubiese sabido nada de rosas, no sé si podría sentir la belleza de una rosa con sólo mirarla.

Camilo echó la cabeza atrás y cerrando los ojos recitó:

–"Ayer naciste y morirás mañana.

Para tan breve ser, ¿quién te dio vida"...

–¿Nos entiendes, ahora, dura testa? –dijo Federico.

–No. Es al revés –le replicó Azócar con las mejillas afaroladas y apoyando ambos codos en la mesa–. En ese poema de Góngora la belleza puede ser eterna y lo que genera el poema es la extrañeza que causa su fugacidad en este mundo. Son poemas de protesta contra la muerte. Porque hay, en los seres que tienen belleza, una vocación de eternidad.

Una mesa de las del fondo explotó en carcajadas. Adelaida se dio vuelta para mirar: eran jóvenes. Lo decía el pelo corto. Cuando ella tenía quince era exactamente al revés: el pelo largo era el santo y seña de los más jóvenes; el corto, el de los viejos.

–Tú sigues siendo un agustiniano malgré toi –dijo Federico meneando la cabeza–. Tú crees que la muerte cerca desde fuera; yo creo que crece por dentro y nos va conformando desde allí a partir de la primera hora.

–Pero en un cuadro, en una novela ¿qué hace ahí la belleza? –le preguntó Adelaida tragándose un bostezo.

–Bueno..., en mi libro, al final, hablo de esto. Quiero mostrar por qué la belleza literaria, se entiende, importa en particular en un texto de ficción. Parece, Adelaida querida, que tú eres a la primera persona a quien le expongo esta parte de mi teoría: una de las

217

hipótesis del concepto de ficción es que lo que allí se expresa sólo ha podido ser expresado con *esas* palabras y en *ese* orden. Y esto entrega, entonces, un criterio valorativo; quiero decir, esto determina una vara de medida. ¿Qué les parece? –dijo bajando la vista. Pero se recuperó de inmediato y agregó para disimular su timidez:

–Bueno..., es un tema que da para largo y yo no quisiera aburrirlos.

El profesor Azócar lo atisbaba con el cuello erguido y los ojos fijos como un ave de rapiña a punto de arrojarse sobre su víctima.

–Claro que lo que he dicho cobra sentido en el contexto total de mi teoría, de mi teoría de lo que es la ficción y que aún estoy desarrollando –se excusó Federico.

El profesor Azócar miró a Marilú y se contuvo.

❖

–¡NADA, MARILÚ! Nada que ver con eso. El sábado estaba sin empleadas –exclamó Adelaida apenas lograron instalarse de nuevo solas frente a unas garzas espumosas–. Me quedé con los niños todo el sábado. León se quedó en La Serena. Nos pasamos la tarde haciendo un castillo. Esto se le ocurrió a Catalina, naturalmente. Y jorobó y jorobó hasta que no tuve más remedio que ir al garage a buscar una caja de cartón de esas que dan en el supermercado. Le hicimos almenas y una torre. Después vino la función de la pintura con témperas. En eso me dieron las ocho de la noche. Matías queda con la cara, la boca, las mangas y el pelo rojo. Mientras Catalina se lava, para apurar la cosa, meto las manos de Matías al lavatorio. Resultado: sus mangas rojas tiñen la manga derecha del suéter de Catalina. Todo esto a pesar de las camisas viejas de León que les he puesto de delantales. En la confusión de la limpieza, que incluye un lavado de mechones de pelo a Matías en un vaso, hay que cambiar los suéteres y camisas. Matías se acerca al espejo de cuerpo entero de mi dormitorio y pega ahí sus cejas aún rojas. Quedan esas marcas. Resuelvo ponerles a los dos sus pijamas. Destapo las cajitas humeantes y calientes donde viene el chapsui de camarones que he ordenado por teléfono a un restaurant chino. En una bolsa de papel viene una porción de wantanes y una de camarones mandarinos. Los niños se devoran los wantanes y los camarones mandarinos y casi no prueban el chapsui, que es lo que más les gustó el domingo pasado y lo único que estaban seguros de querer comer hoy. Al abrir la puerta donde está el basurero, se me resbala un plato y cae al suelo jugo y restos de chapsui. Matías se acerca a mirar y me dice: "¿Te cayó vómito en la boca, mamá?" y se larga a reír.

Marilú se llevó la mano a la boca como por tapar sus carcajadas.

–Y eso no es todo. De postre, Yogu-yogu. Matías me dice que chupa y chupa y no le sale nada. Catalina está sentada a caballo en mi falda. Sorbe con la boquilla de plástico azul y blanco su yoghurt batido que tiene un mentiroso sabor a damasco. Matías insiste en que a él no le sale y logra con esto subirse también a mi falda. Nos abrazamos los tres y nos reímos. Catalina me pregunta: "¿De qué nos estamos riendo, mamá?" Y yo le digo que no sé. Matías, que rara vez olvida sus propósitos, me reclama por su yoghurt que no sale. Aprieto la cajita de cartón por debajo y salta un chorro que le da en la cara. Lanza una carcajada. Nos reímos todos. Matías se lava la cara ahora a dos manos con el yoghurt. Entonces Catalina aprieta la caja suya, pero no salta. Matías se sigue riendo. Presiono la caja yo y no sale. Los niños se ríen. Ahora de mí, Marilú. Presiono de nuevo y salta un chorro gigantesco que cruza la mesa y llega a los pies del sofá. ¿Qué diría León de todo esto? Catalina y Matías se ríen a carcajadas sin dejar de mirarme: mi suéter rojo italiano de cashmere comprado en La Scala, de Buenos Aires, chorrea pasta blanca. "Hasta que quedó la cagada", digo. Los dos niños repiten a coro muertos de risa: "Hasta que quedó la cagada, mamá. La cagada."

–Hasta que quedó la cagada, mamá –repitió Marilú y volvió a reír.

–Al entrar a la pieza de los niños, Marilú, siento un olor a témpera. Me desagrada. Pero es preferible al otro, al que creo percibir en cuanto se empiluchan y comienza la función de ponerles los pantalones del pijama. Los llevo al baño y los examino. Se ven limpios. Sin embargo, por las dudas les paso con esmero un algodón empapado en aceite emulsionado. Vuelvo con ellos. Ahora el olor se me queda pegado en las fosas nasales y lo llevo yo. Pero Matías ha sacado sus autos Matchbox y está organizando un complicado juego con calles, casas, bombas de bencina y demás. Lo conmino a jugar sin salirse de la cama. Distribuyo entre el closet y el canasto la ropa que se han sacado. Vuelvo. Rezamos. Matías agrega al final, aunque ya eso se ha dicho: "Y te pido por Matías." Nos reímos. Les apago la luz, pero debo encenderla para recoger los autos Matchbox repartidos por el suelo. Los dejo en la repisa en desorden. Catalina, saliendo de su cama, se propone ayudarme. Ahora los beso. Catalina está acurrucándose. "Buenas noches, mamá." Me lo dice con su voz bien timbrada y ese tono suyo como de querer decir realmente lo que está diciendo y que a mí me conmueve. Porque siento que ahí está ella, que en ese instante brota su ser Catalina y eso tan simple y obvio a mí, como mamá, no sé... La sensación de ser mamá tiene que ver, a lo mejor, con llegar a ser hija de uno misma. ¿O nada que ver? ¿Te parece demasiado confuso lo que digo, Marilú? Pero no he terminado: tengo que lavar, ordenar la cocina y el living. La Elvira llegará mañana, después del desayuno. Si no fuera así esperaría a que ordenara las cosas ella. No sé por qué me parece importante recoger las migas de pan y trozos de masa de wantán que hay debajo de la mesa del comedor. Me parece importante que cuando los niños despierten y entren a tomar desayuno encuentren su casa de siempre, normal y en paz. Y eso no es todo, Marilú querida. Después de verificar si Diego sigue durmiendo bien y no ha despertado con toda la trifulca, entro al baño, me siento y aparece Matías en pijama. "Mamá, yo te voy a limpiar." "¿Sí?", le digo. "Sí; yo te voy a limpiar. Tú me avisas." Junta la puerta del baño con cara de risa y desaparece. Inmediatamente después golpea y, sin esperar respuesta, entra. Yo, la muy tonta, sigo sentada. "¿Está lista, señora, para limpiarla?" No tengo más que reírme con resignación. Matías desenrolla un poco de papel confort, lo corta, me lo pasa rápidamente y, siempre en tono malicioso y sonriente, me dice: "Para que se limpie, señora, tome." Y juntando la puerta con cuidado hasta que cierre bien, cosa que siempre le cuesta conseguir, se aleja por el pasillo lleno de risas. Y ese fue mi sábado, Marilú. ¿Qué te parece? Un horror, ¿no? Así es que cuéntame mejor de tu gringo del Chase.

❖

ADELAIDA METIÓ la station al estacionamiento del edificio de Marilú y la detuvo frente a la puerta de su torre.

—¡Ah! Se me olvidaba decirte que me voy a Amsterdam con León —le dijo bruscamente.

—¿Qué? —gritó Marilú.

—Sí. Partimos el próximo lunes. León ya tiene los pasajes tomados.

—¿Cómo? ¿Y lo sabe Pelayo?

—No todavía.

—Se va a morir.

—No creo. Va a sufrir, pero se recuperará luego. El es así. Ama la fugacidad, los gestos incompletos... Es terrible. Me da una pena... Yo no sé qué será vivir sin verlo, sin contar las horas para estar con él de nuevo. Pero yo no puedo más, Marilú. Te juro que no doy más.

—Pero ¿qué significa esto, Adelaida? Después de lo que me has estado contando... Francamente, no te comprendo. Lo quieres; no me has hablado de otra cosa. No me has dejado ni siquiera lamentarme de que el gringo no me haya vuelto a llamar... –rió Marilú con una mirada tristona.

–Perdona... he sido una bruta. Cuéntame de él.

–¡No, lesa! No tiene importancia. Simplemente no me ha llamado desde el lunes antepasado. Eso es todo. Es una mala señal, pero eso es todo. Pero lo que es tú, estás enteramente loca de la cabeza.

–Quiero a Pelayo más que a mí misma. Pero son los niños, Marilú. Los míos y Pedro, el de Pelayo. El lo adora. No creo que nunca se separe de Márgara por él. Y quizás tenga razón. Quiero hacer un esfuerzo por mis hijos. Además, no puedo soportar más la presión. Yo sospecho que lo sabe todo. León, quiero decir. Aunque a Pelayo hoy se lo negué. Me está rompiendo el alma su amargura, Marilú. Pelayo, no sé, todo en él tiene un fondo irreal...

Adelaida miraba hacia adelante, hacia el edificio, no hacia Marilú y apretaba inútilmente el manubrio con sus manos enguantadas.

–Es terrible, Marilú, León se está...

Bajó la cabeza y dirigió la vista al tablero.

–León se está degradando y eso no lo puedo soportar –continuó rápidamente–. Mis hijos necesitan un padre entero, alguien a quien querer y respetar y admirar. No puedo robarles a mis hijos su padre. Sería una huella imborrable, una herida de esas que no se cierra y mana su pus toda una vida. Mal que mal, yo soy mamá y sé lo que necesitan mis hijos.

Golpeó el manubrio con las manos como concluyendo.

–No puedo vivir a espaldas de ellos. León es su papá y no soy capaz de demolérselos yo. Sería como demoler mi propia vida, Marilú.

Ahora la miró un instante antes de volver a escrutar la torre de departamentos, sus cuadrados iluminados.

–Soy una persona sensata –golpeó otra vez el manubrio con las manos enguantadas–. Una persona con los pies en la tierra. No soy una heroína romántica, no sigo impulsos autodestructivos, ¿no te parece? Me gusta llegar hasta el borde del precipicio y asomarme a él, pero no dejarme caer. León ha sufrido en silencio, como hombre, sin decir palabra. Mi distanciamiento lo ha herido; y también los comentarios, que le habrán llegado pese al sigilo y a las precauciones con que hemos actuado. Ahora su dolor colmó sus resistencias y está hecho un guiñapo. León no merece ese destino, no lo merece, Marilú: ahora está hecho un guiñapo.

–¿Cómo así, Adelaida?

–Prefiero no contarte; es sórdido. Tú lo conoces y sabes cómo él es o era. Prefiero que te quedes con esa imagen de León.

–Ay, no seas tonta. ¿Qué pasó?

–Nada..., me pegó. Eso pasó. Jamás me había tocado –gimió Adelaida rompiendo a sollozar–. Nos enojamos por cualquier lesera y me abofeteó en la cara y en el cuerpo, aquí: una, dos, tres veces. Parecía un enajenado con esos ojos de loco y la lengua doblada dentro de la boca. Le temblaban las carretillas. Y me pegó.

Se cubrió la cara apretándola contra el brazo que apoyó en el respaldo del asiento de tapiz ceniciento de la Subaru. Marilú le acarició el pelo y le habló tratando de serenarla. El motor del auto seguía encendido y Marilú estiró una mano y lo cortó. Apenas pudo calmarse, Adelaida le contó que lo peor fue que Catalina se despertó con los gritos y entró al dormitorio y se metió con ella al baño. Sangraba por las narices y tenía un hombro amoratándose.

–Y cuando salimos las dos tomadas de la mano, y aún llorosas, sucedió lo verdaderamente sórdido. León me pidió perdón y se puso a llorar como un niño y al ver mi desdén y el de Catalina, se arrodilló y nos besaba los pies a las dos y gritaba: "Perdónenme; perdonen a un hombre como yo, a un desesperado; perdónenme por lo que más quieran, perdónenme que nada hay en el mundo que yo pueda querer más que a mi Adelaida y a mi hija Catalina, hija mía, perdóname..., es tu padre el que te pide perdón..." Y entonces lo levantamos entre las dos y, llorando los tres, nos metimos a la cama juntos, y yo saqué del velador unas pastillas para dormir y las repartí como quien da la comunión. Y yo no quiero, Marilú, que mi hijita vuelva a ver así a su padre; no lo tolero. Te juro que se me venció el elástico, Marilú, se me venció.

❖

La Subaru 4WD se detuvo ante el semáforo de la esquina de Vitacura con Luis Pasteur. Adelaida encendió la radio y reconoció de inmediato la voz de Mempo Tamburini. Contestaba nerviosamente las preguntas de un reportero. Le costó trabajo, al comienzo, entender de qué se trataba: el gobierno había devaluado el peso en un dieciocho por ciento con respecto al dólar. El ministro Germán Echenique estaba renunciado. Lo reemplazaba un general de Ejército. El reportero recogía testimonios y opiniones de los "agentes económicos", entre ellos, la de "Mempo Tamburini, personero del Banco Agrícola e Industrial y mano derecha del jefe del mayor consorcio financiero y empresarial del país, Aliro Toro, considerado gran gestor de la medida que derriba al ministro Germán Echenique. La gran incógnita", continuaba el locutor, "sigue siendo el destino de Antonio

Barraza, el hombre fuerte del Banco Central y eminencia gris del renombrado equipo de economistas que impulsaron la política que hoy ha quedado atrás. Se supone que está renunciado y que hará abandono de la oficina de la vicepresidencia de un momento a otro".

Adelaida pensó de inmediato en su viaje. Quizás León resolvía postergarlo. Y le pareció un alivio. Pensó en Pelayo, en la posibilidad de seguirlo viendo, en que este triunfo de Toro y de Mempo garantizaban el éxito del proyecto del canal. Y pisó el acelerador de puro gusto.

SEIS

SE PUSO EL CHAQUETON DE PIEL

CAMINABA RÁPIDAMENTE por la estación. Hacía frío y tenía apenas el tiempo necesario para ir a buscar la Subaru al estacionamiento donde se la estaban lavando y recoger, luego, a Pelayo en la esquina y hora convenidas. Al avanzar notó que sus faldas se movían con levedad y le gustó esa sensación. Bajando las escalas en esta estación del Metro vio a su lado a un policía joven, delgado, pálido, nervudo y de bigote. Al sentarse en el asiento del andén, abrió su billetera y guardó en uno de los bolsillitos los boletos que había comprado. Adelaida se fijó en la foto: una mujer de pechos espectaculares y desnudos. Era sin duda una striptisera o algo así. ¿La conocería? ¿Sería ese el tipo de hombre al que aspiraba una mujer así? ¿Se sentiría protegida por él? ¿Valía, para una mujer de cabaret, ser la amante de un oficial de Carabineros? Porque el policía representaba, probablemente, algo así como un poder con respaldo ético en ese mundo de prostitutas, cafiches y matones, ¿o no?

Notó que estaba ya conversando con Pelayo, que eso le ocurría siempre que empezaba a pensar y que, en ese sentido, aunque lo veía tanto menos de lo que ella deseaba, él estaba siempre con ella; puesto que no podía ya casi divagar sino con él y para él. Como en este caso, en que el único interés de la foto de la mujer de pechos desnudos en la billetera del oficial de Carabineros era poder comentarlo en un momento más con Pelayo. El estaría feliz: según Mempo, la devaluación implicaba la aceleración a fondo del proyecto de televisión. Entonces, a su pesar, se coló a su mente como el rayo de luz que atraviesa en línea oblicua una persiana, la preocupación de León, al que sintió más alarmado que antes esta mañana, en el teléfono, con la situación económica. Y ese pensamiento se sumió en su alma como una piedra enorme cuando cae a un pozo.

❖

UNA Y MIL VECES rodea una lengua el pezón. Ahora roza apenas con los labios. Entra. Abre la boca. Muerden los labios. Presionan. Gira levemente el tórax. Le gusta. Los ojos que clavan. La lengua que sube hasta su labio superior. Pequeños dientes parejos en una media sonrisa que se esconde. La hondura de un remezón por adentro. Párpados suaves que recubren la mirada. La cabeza que cae hacia atrás. Un mentón. La boca que va de un pecho a otro, y se gira. Mechones negros, desordenados por la boca abierta de pequeños dientes blancos. Ahora un abrazo fuerte en la cintura. Sigue girándose el tórax. Quiere. La boca abierta que va de pecho a pecho. Sí. La mano que busca un borde. La humedad ardiente ahí. Ven. Dos dedos que siguen su curso. Un movimiento de cadera hacia atrás. Te quiero. La flexión de un elástico. La que ella va buscando. Soy yo el que te quiero. No te demores más. Ahora te quiero, Pelayo. Ahora. Ya. Sí.

Un alarido. Otro. Se hace más. Sí. Cómo es posible quererse así. Más adentro. Otro alarido. Te adoro. En este momento, si estas palabras significan algo, yo te adoro. Otro bramido. Convulsiones. Más. Sí. Por dentro quema. Suenan los dientes al chocar las bocas desbocadas. Una pausa. Se mueven juntos lenta, acompasadamente, buscándose con la vista fija, como queriendo la mirada atrapar el instante de esa quebrazón. Los párpados velan esa mirada de seda. Algo más feliz que esa sonrisa de ensueño: la imposibilidad de mantenerla a causa de un estremecimiento interior, que anuncia ya un derrumbe incontenible. La última mirada, entonces, justo al ser velada por los suaves párpados. Ven. Ahora conmigo, ven.

❖

EL ROSTRO de Adelaida sudado, transido por el dolor del que angustiosamente resbala el placer, parecía el de una virgen andaluza, una pietá tal vez, una de esas doloridas de madera policromada creadas por Juan Martínez Montañés que Pelayo recordaba haber visto en Sevilla. En ese rostro estragado algo terrible se agitaba royendo conmovedoramente el concho del placer. Un filo delgado iba como cepillando su madera, las virutas llenaban la pieza con su olor y por ahí, a pasos tímidos y a la vez desembozadamente ardientes, se acercaba el paroxismo del más allá, la corriente mística de ese "dios instantáneo" que puede llegar a encarnar el gozo de la mujer.

—Si al morir pudiera ver yo esta cara —le susurró Pelayo mordisqueándole con los labios una oreja—. Si al morir pudiera aparecérseme este mismo rostro tuyo, así. Si pudiera volver a mí y plantárseme delante como ahora..., entonces, entonces moriría, creo, completo. Adelaida no dijo nada. El sintió sus largas uñas duras clavándosele en la espalda. Su cuerpo se le apretaba más. Se incorporó para mirarla. Corrían por ese rostro brilloso, convulsionado y cárdeno, manchas de maquillaje y sombras de ojo disolviéndose. Su mirada, enturbiada por una lágrima, llegaba empequeñecida, desvaneciente y lánguida como la llama de una palmatoria dejada de noche junto a una ventana abierta.

❖

Sonó la cañería con ese ruido retorcido de las tuberías de los baños. Era, sin duda, la ducha de los huéspedes del cuarto vecino. La diferencia entre una "vip" y una "suite" del Hotel Constantinopla se notaba en detalles como éste. En la suite se escuchaban ruidos de agua y cañerías. En una "vip", jamás. Si uno descendía un peldaño más y tomaba simplemente un departamento, podía encontrarse con que el rollo de papel toilette no estaba nuevo, sino usado. Pero las piezas siempre estaban aceptablemente limpias y nunca faltaba el bar con champagne, whisky y bebidas; ni las gorras de baño y las peinetitas que tan útiles pueden ser si de amores ilícitos se trata.

Adelaida alargó un brazo blanco y delgado, y alcanzó la perilla de la radio. Pasó por un par de emisoras y volvió a la misma. Los viejos Stones: *I can get no... satisfaction and I'm...*, pero se acabó pronto y, como si de una sirena surgiendo del mar se tratase, brotó un *killing me softly with your love...* Pelayo tomó un trago del whisky que tenía en el velador y se acurrucó a su lado. Le resultaba insoportablemente obvia y banal para ese momento la música que tocaban. Adelaida, estirando su brazo blanco, cortó la música. Pero entonces reapareció el ruido de las cañerías.

—No hay caso —rió Adelaida y sus dientes brillaron.

Pelayo se apretó otro poco más a ella.

—Te abrazo como yo abrazaba a mi oso de niño para poder quedarme dormido —susurró.

—¿Debo entender que me quieres tanto como a tu oso de peluche? —dijo Adelaida mirándolo a los ojos con sus ojos traviesos—. Supongo que es el non plus ultra.

—Se sonrió.

—Es porque te tengo una confianza sin tasa ni medida —le replicó Pelayo.

—¿Sí?

–Como lo oyes..., es realmente así. Te quiero más que a mi oso, parece.

Adelaida le besó.

–Si es verdad, es lo que más me gusta de lo que me has dicho –añadió–. Porque eso de mi rostro cuando tú te mueras... me da pena, mucha pena pensarlo.

❖

PELAYO SALIÓ del baño con una toalla verde amarrada a la cintura y sintiendo en su cuerpo la agradable sensación de calor y humedad que da una buena ducha larga. Se sentó en un cojín de terciopelo negro chafado que había junto a la cama y empezó a secarse los dedos de los pies para ponerse los calcetines. Lo hacía con esmero, tal como le enseñara su padre desde que había tenido pie de atleta en el colegio. Al nivel de sus ojos, Adelaida, que se había duchado antes, dormitaba desnuda tendida sobre su flanco derecho y con la cabeza en alto sobre el almohadón. Le daba la espalda, mojada todavía. Al frente, la exageración de una cortina de brocato color obispo caía drapeándose hasta morir quebrada por la alfombra. La miró y sintió que en el hechizo del ilusionismo barroco de esa pieza del Hotel Constantinopla, la suite barroca, como la llamó la señorita de delantal fresa y puños blancos al ofrecerla a la entrada, había algo real. Era como si esa prestidigitación escénica lograra encapsular su amor de ser transhumante. La quería. Se sintió tan seguro de ello como si estuviese bañándose en el mar, hubiese reventado una ola a su espalda y él, sin verla, lo supiera por el estrépito inconfundible y la turbulencia de las aguas desbalanceando su cuerpo. Sintió que quería a Adelaida, pero ¿qué quería?... Ahora, esa piel aún húmeda y caliente, reclinada, en reposo y dándole la espalda. No tenía nada puesto, salvo la cadenilla al cuello cuya cruz de oro bueno yacía en ese momento vuelta hacia atrás sobre una vértebra entre su pelo oscuro. Un trozo de sábana se le enredaba al tobillo.

Sí. Quería esa transhumante piel cremosa de Adelaida, que vertía desde adentro un tenue derramamiento rosado, pero que tenía también fuertes empastes rojizos en la cara chapeada. Algo debía su belleza a la forma flexible y fluida con que el aceite natural lubricaba la piel y reflejaba la iluminación untuosa del cuarto. Sí. Quería esa piel tamizada de luz que volvía filtrada, oleaginosa, palpitante y que se hacía entonces íntima, acogedora y envolvente. Una piel vivida, a juzgar por sus texturas, sus líneas puras, sus planos inclinados que se trenzaban para dar origen a esa Adelaida de pura piel humana que estaba contemplando.

Era una piel más blanquecina y alumbrada en la oreja y colorada, mordida, en el hombro izquierdo, y amoratándose allí lentamente. Blanca por su amplia paleta de piel lisa, sosteniendo aún el movedizo brillo de algunos goterones de agua. Francamente elástica, grávida y rosada en las nalgas. Después venía una porosidad granate y de camino, al pasar, medio rubia, anaranjándose, adquiría un tono castaño, apagado y rugoso en la juntura misma en que se une el peso de las nalgas perdiéndose hacia adentro. Y pese a estas transmutaciones no dejaba nunca del todo los tonos rojos de piel ardiente recién salida de la ducha.

El cuerpo de Adelaida dormitando en esa cama del hotel se empinaba ondulando hacia arriba: pie, rodilla, cadera... Luego una bajada curva hasta el fondo de la cintura. Después, largo ascenso hasta el hombro, cuesta repentina, entonces, y última cumbre por el cuello y la cara hasta la cima de la cabeza. Era Adelaida varias veces guitarra o serpiente o pez. La presencia carnosa del conjunto parecía mucho más que la simple agregación de esos aspectos. Porque la piel de Adelaida era perceptiblemente efímera, lo que hacía que su belleza conmoviera como ocurre con un florero que es más hermoso si de él una rosa acaba de caer a la mesa. Porque era una piel, sentía Pelayo, que colmaba y subyugaba de tal modo el deseo del ojo que éste sólo anhelaba volverse piel y poder tocar. Y Pelayo la veía de nuevo entera, de golpe, y no por partes y era toda roja, una piel de pera roja. Adelaida.

❖

SE VISTIÓ en un santiamén. Al ponerse de nuevo su chaquetón de piel de zorro, "el perro" como le decía Adelaida, ella volvió a ser la bella e inaccesible que uno ve al pasar o admira en una fiesta sabiéndola imposible, salvo para su afortunado marido.

—Me vuelven las ganas –le dijo.

Adelaida se echó el pelo hacia atrás y su cara se iluminó. Por su sonrisa manaba la alegría a raudales, pero sus ojos recatados lo evitaban. Una amante, una esposa infiel en el Hotel Constantinopla puede seguir siendo recatada, pensó Pelayo. Y eso le atrajo ferozmente. Adelaida se le daba toda sin dejar de ser esquiva. No por coquetear o hacerse la difícil, meditó. Es que no entrega su autonomía. Es que se da sin dejar de ser ella. No se anula en la entrega.

Era siempre Adelaida desnuda acurrucándose a su lado; Adelaida entrechocando sus dientes con los suyos; Adelaida desdoblándose en el summum del amor. ¿O no, Pelayo? Ahí tal vez no, ahí tal vez se abría el boquete de la disolución total. Aunque quizás no.

Sentía y palpaba un abismo abriéndose dentro de él. Lo impregnaba una especie de carpa marina que lo aprisionaba y le daba dentelladas, mientras ella se hacía humo enteramente ida sobre él ya de ella. Sin embargo, después del galope tendido, reaparecía con un trote suave detrás de las lomas. Al principio se confundía hasta que en su sonrisa aparecían los dientes de brillo húmedo y el fulgor de la alegría de la victoria se alojaba en sus ojos. Verla así, orgullosa de amor y otra vez independiente, lo conmovía. Sí, seguramente. Aunque no sólo eso.

Al amarrarse el zapato izquierdo notó una cierta pesadumbre en su ánimo que no supo explicar. Ayer había vuelto el gringo asesor, el ítalo-americano de Florida y con mejor sueldo. El proyecto andaba bien. Camilo estaba haciendo un trabajo de primera calidad, de calidad internacional, afirmó el gringo. Mempo había felicitado a Pelayo por haber enganchado a Camilo al proyecto. Le gustaban sus clásicos zapatos con hoyitos de buen cuero inglés. El mismo modelo que había usado su padre. El abuelo Alfonso también usaba unos parecidos. Los había heredado su primo que tenía la misma facha que el abuelo, como casi todo el ropero del viejo. A Pelayo le había tocado una manta de castilla en bastante buen estado y la silla, su vieja montura hecha por un talabartero colchagüino con un juego de riendas. En el remate le hizo postura al Winchester y a las Smith & Wesson. Los perdió ambos. El jacuzzi al terminar de vaciarse hizo un ruido de chupón. Los ojos sonrientes de Adelaida y Pelayo se toparon reflejados en uno de los espejos hexagonales del cuarto. Pelayo se ponía la corbata.

Qué rabia era darse cuenta de que los barquitos en la tina flotaban cada vez más abajo. Era señal de que disminuía el nivel de las aguas porque la nana había sacado furtivamente el tapón para obligarlo a salirse. Poco a poco emergían, a lo lejos, las islas abruptas de sus montañosos pies y más acá las islas planas de sus redondas rodillas. Cuando, finalmente, los barcos encallaban en el metal enlozado, la nana con una mano en la visera y blandiendo en la otra un sable de toalla, daba la orden de desembarco. Instantes después tiritaba envuelto en el calor de la espesa toalla blanca, mientras ella lo friccionaba secándolo con sus gruesos brazos cortos que emergían del delantal sin mangas. Al sentarse en el piso para que le secaran los pies, veía la ferocidad de las patas de león en que se había sostenido su mar.

—Avisa que nos vengan a buscar para llevarnos al auto. Mira que se está haciendo ya demasiado tarde —dijo Adelaida con una voz rara, nerviosa y sin dejar de escobillarse el pelo. Estaba de pie, frente al espejo, con su chaquetón de piel de zorro puesto.

Era costumbre en el Hotel Constantinopla que para retirarse, el huésped fuese guiado a través del laberinto por una de sus camareras de delantal fresa y puños blancos hasta el auto al que se desembocaba repentinamente. Había sido conducido allí por algún empleado. El huésped lo encontraba con las llaves puestas, esperándolo.

Entonces se lo dijo de sopetón.

❖

Pelayo, atónito, apretó el botón nueve y pidió el auto que estaba en el box número 34. Era difícil, era imposible creerlo. Veinticinco minutos después se bajaba en una esquina y veía la blanca Subaru de Adelaida confundiéndose entre los autos de la avenida Providencia. Le pareció que la calle estaba movida, como si el lente a través del cual la mirase estuviese desenfocado. Repasaba, momento a momento, esa noche en la suite barroca sin advertir nada hasta que, el chaquetón de piel puesto y escobillándose el pelo, con voz tensa, brusca, le dijo que pidiera el auto. Y entonces, girando ante el espejo y con su escobilla ovalada, de cerdas blancas y madera rubia en la mano, le zampó la noticia. No era pesadilla, no era alucinación. Pero, entonces, volvía a recorrer la noche en la memoria y reconocía en ese rostro estragado de Martínez Montañés o de Pedro de Mena, un anticipo inequívoco, el dolor con todas sus marcas. El había pensado en su muerte y en el rostro de ella apareciéndosele. ¿Por qué? Y ella, cuando se lo había dicho, con la piel manchada por el maquillaje corrido y las sombras de los ojos, lo miraba enturbiada por una lágrima. Y después, dormitando como una Venus reclinada, él la estaba viendo, sin duda, con ojos elegíacos. ¿Por qué, si es que no intuía algo? Con el chaquetón de piel volvió a ser bella e inaccesible. Y él adivinó, claro que adivinó, pero no se atrevió a reaccionar a tiempo. Quizás si lo hubiera hecho, si la hubiera sorprendido con una interpelación agresiva... Sí. La habría desarbolado, habría roto su resistencia y reconquistado. El había vacilado; había reprimido su temor. ¿Pero era verosímil, por otra parte, que una vacilación tan menor hubiese podido perderlo? Dio cuatro o cinco pasos abombado, y se le interpuso, como cuando estaba aprendiendo a andar en bicicleta, un enorme poste de cemento con su orificio a un metro del suelo, sus cables telefónicos arriba, su arco de metal y, en el extremo, su farol chato y apagado a esa hora. Era tarde para sortear esa mole y, por evitar el choque, se abrazó a ella y ocultó entonces la cara en el concreto: Adelaida partía con León a Amsterdam esa misma noche.

SIETE

LOS CELOS

SE PREGUNTABA CÓMO habían empezado sus celos; cómo eran antes que ese notición del viaje hubiera caído sobre su alma como parafina que se derrama sobre los troncos encendidos de la chimenea. De Amsterdam volarían a Grecia o a Turquía. Se lo había dicho Marilú. Los imaginaba caminando por las playas de Corfú o practicando yatismo en Kekova. La propia Adelaida se lo había insinuado como una posibilidad. Los veía en alguna taberna de Mikonos o de Santorini contemplando el sol en el Mar Egeo. Acá, una bruma espesa y picante envolvía a los santiaguinos de abrigo y bufanda. Recorrían el aire súbitos, inciertos, fluctuantes resplandores, causados por el rebotar de la luz en diminutos residuos en suspensión, en las vidrieras, los gases de la combustión de los motores, las evaporaciones y las carrocerías. En la suite barroca del hotel, Adelaida había sido terriblemente escueta. En la Subaru había guardado silencio. Quería darle a León una oportunidad. Amaba a Pelayo, pero León tenía derecho a una oportunidad verdadera. El viaje a Amsterdam era eso. Sus hijos, su pasado con León la obligaban. A ello sucedió, al día siguiente, un llamado telefónico desde el aeropuerto de Pudahuel. Medio llorando le dijo que lo quería como a nada, que lo adoraba, que no lo olvidaría nunca, que confiara en ella y no la olvidara. La comunicación se cortó de golpe. Y se quedó oyendo el ruido tonto del tono de marcar, escindido, creyéndole, queriendo creerle y, al mismo tiempo, lleno de aprensiones y de miedos.

Porque Pelayo había empezado a imaginar a Adelaida con otro ya en el pasado. Creyó verla, en ese pasado, enamorada de León. Posiblemente, entonces, le había dado cierto placer maligno imaginarla gozando con otro a sabiendas de que ese gozo ahora le correspondía sólo a él. Tal vez por eso comenzó a requerir más informaciones. Adelaida, remisa al principio, se dejó tentar, sin embargo, porque le halagaba secretamente esa curiosidad de él por su vida anterior. Y acicateaba su pasión con los celos. Pero la manera desganada y esquemática de sus relatos empezaron a molestarlo por el escamoteo implícito en ellos, lo que los volvía no imaginables y refractarios, por tanto, a sus esfuerzos de captura y sometimiento. Exigió, entonces, descripciones pormenorizadas. Adelaida no quería, por pudor y temor a herirlo. Ante su insistencia entregó algunos detalles con el fin de que no se pusiera más suspicaz y, en parte, siempre contenta de saberlo un poco celoso. Fue por esto último y porque la historia le daba vergüenza y risa, que contó con "animación y sobresaltándose", como le reprocharía después Pelayo, esa anécdota ocurrida en La Parva cuando llegaron los dos esquiando hasta las puertas del refugio y no más entrar empezaron a hacer el amor y, de repente, notó que León levantaba la cabeza y decía algo, pero no a ella, sino a alguien que estaba en la puerta, y entonces miró dando vuelta la cabeza hacia atrás y vio con horror a la cuidadora que había entrado con su llave y estaba en el umbral mirándolos sin atinar a nada. Y ella estaba totalmente desnuda encima de él y esta mujer miraba con cara de espanto sin atinar a nada hasta que León le gritó que se fuera, que se fuera y ella bajó la vista, dijo "Perdón, don León" y se fue para la cocina en lugar de irse del refugio, la muy bruta.

❖

A ELLA LE DABA risa y gusto darse cuenta del entusiasmo erótico que Pelayo atribuía siempre a León, a quien no podía imaginar sino enloquecido por ella y dispuesto a todo en cualquier minuto. Sentía que era una forma de quererla esa de Pelayo. Darle gusto, entonces, le era casi irresistible, aunque se opusieran a ello su recato y buen sentido. Había, con todo, ciertos tabúes.

A Marcial nunca quiso Pelayo interrogarlo. Cuando él se había enredado con Adelaida, novia entonces de León, Marcial le había advertido que no hiciera tal, que no se metiera con ella, que iba a terminar casándose con León de todos modos y que a qué fin interfería él en la relación de una pareja que valía la pena... Eran los dos tan sanos, deportistas, buenosmozos y enamorados. "¿Con qué fin? ¿Con qué fin entrometer tu nariz ahí?", le dijo. "¿O es que tu frívola curiosidad en materia de mujeres no tolera restricciones?" Era la primera vez, creía Pelayo, que Marcial había empleado con él un tono de amonestación. "Mide un metro noventa y uno y juega conmigo en el equipo de rugby", agregó con tono de amenaza. Para Pelayo, naturalmente, eso obró como estímulo.

En cuanto a Mempo, tenía también una relación con él por ser cliente del banco. Desde el comité ejecutivo había gestionado varios créditos suyos.

Pelayo desarrolló sin darse cuenta un cierto afán de investigador privado y les fue sonsacando con paciencia informaciones acerca de este personaje a quien había resuelto no conocer jamás, si era posible. Estos datos, unidos a los que Adelaida desaprensivamente le fue entregando, le permitieron formarse un cuadro de su rival con quien estaba unido tan estrechamente que, a veces, se imaginaba que al besar a Adelaida encontraba en sus labios algo de la saliva de él. La sensación de que el cuerpo de ese hombre vivía apegado al suyo a través de Adelaida acicateaba su imaginación y le producía una suerte de orgullo de macho vencedor y, a la vez, de intranquilidad, temor y extrañeza. En cualquier caso, era indudable que la vida de este hombre estaba unida a la suya, que sus hijos, su mujer y su vida íntima poblaban su mente inquieta y atribulada. Lo admiraba no sólo porque se había quedado con ella cuando eran solteros y la competencia, por así decirlo, no tenía restricciones ni estaba afectada por el paso del tiempo. Su punto más fuerte no era ése sino Adelaida misma. En realidad ella era su mejor recomendación. Porque, se decía Pelayo, un hombre que después de más de ocho años de matrimonio tiene por mujer a un ser de la espontaneidad y frescura de Adelaida, ha de tener en sí algo muy especial. La ha dejado ser, pensaba Pelayo. La ha dejado ser ella y... de qué pocos hombres puede decirse algo mejor.

No son celos, se decía Pelayo, sólo curiosidad. Y, claro, lo que pasaba es que esa curiosidad, ese intrusismo era parte de su afán de posesión. Tener la intimidad de Adelaida era tener también sus sensaciones presentes y pasadas. Necesitaba saber qué era lo que Adelaida había sentido y visto en León. Pero se sujetaba un poco. No se atrevía a preguntarle todavía, por ejemplo, cómo tenía las espaldas, si le habían gustado sus piernas (su imaginación le recordaba que era muy alto y fornido) o si el tono de su voz le parecía sensual. ¿Cómo era su nuez? ¿Cómo la conquistaba? ¿Con qué? Adelaida nunca le había mostrado una foto. Si ahora le pasara una, él la rechazaría. Prefería no tener una imagen física de él. Se sentía afortunado de no haber tenido ocasión de conocerlo. Temía, casi, que si eso ocurría pudiesen hacerse amigos.

Un día, hablando del color de ojos de Catalina, la hija de Adelaida, se enteró de que eran como los de León: grises. Jugaba bien tenis y su afición al esquí lo había hecho trabajar por temporadas como patrulla en Portillo. Eso cuando soltero y no tenía plata para costearse su estada arriba. Su familia tenía minas en el Norte pero él, en ese tiempo, vivía en casa de una tía en Santiago, donde estudiaba construcción civil. No había podido entrar a ingeniería de minas, que era lo que su familia ambicionaba para él. En la actualidad trabajaba en un yacimiento de manganeso que, con un socio, le habían comprado a un pariente suyo, también del Norte y minero. Antes trabajó el yodo de su padre, con quien seguía asociado. Al principio, Pelayo pensó que se trataba de grandes minas, sin embargo terminó por convencerse de que las dos minas del padre de su rival eran más bien pequeñas. Là de manganeso, en cambio, era de tamaño mediano, de muy buena ley y, por su ubicación, valía bastante. Pelayo, basado en sus averiguaciones, había llegado a la conclusión de que se trataba de un animal sano, simplón, activo, práctico, llano, de pocas palabras y "acachorrado", según le había dicho una vez Adelaida. Parecía ser, además, leal y confiable. Su respeto y admiración y amor por Adelaida, creía, no conocían límites. Pelayo tenía la certeza de que su empuje, sus idas y venidas a la mina de manganeso, a La Serena, a Santiago, las horas pasadas inclinado sobre los libros de cuentas con el contador, sus gestiones continuas para renegociar las condiciones de sus créditos, obtener nuevos recursos, comprar maquinarias y ampliarse, la educación de sus hijos, su tenis, sus trajes y su esquí, su quinta de La Serena y su casa de Santiago, en fin, su colonia Christian Dior que a veces reconocía en los suéteres de Adelaida, y todo lo demás, eran acciones que realizaba sólo por ella, con ella y para ella.

❖

Los CELOS propiamente tales, comenzaron por ahí. Fue una transición casi imperceptible. Le halagaba haber derrotado a un rival tan espléndido. Significaba que él le había dado a ella algo, y era difícil imaginar qué. Un don que tenía él y sólo él, y no era traducible en términos de virtudes o posesiones tales o cuales que tenía Pelayo y no tendría León. Al contrario. León era el que siempre se había portado bien con Adelaida, el leal, el que ofrecía seguridad y el que tenía un futuro. Y, por si eso fuera poco, era el buenmozo, si entre los dos había que escoger. Pelayo, en cambio, teniendo más condiciones intelectuales y, en principio más posibilidades, parecía haberse farreado ese destino. Y le halagaba verse así. Sentía Pelayo una irrefrenable alegría en el despilfarro de sus talentos y de su tiempo. Le producía una paz interior análoga a la que ha de suscitar el despojo en el franciscano que renuncia a las "glorias y pompas de este mundo". Claro que no lo hacía por ganar al otro, sino que movido por su incisivo escepticismo que le hacía desconfiar del poder, de la gloria y de las demás realizaciones posibles. Le gustaba sentirse capaz de ellas y que los demás lo supieran apto. A la vez, era indomeñable su deseo por contemplar y gastarse la vida, en lugar de construir algo con ella. Pero también había en ello un dolor.

De pronto la situación se le dio vuelta: de ser él quien se esforzaba en levantar a su rival para acrecentar así su hazaña, se vio a sí mismo como el cornudo, como el engañado por León y Adelaida. Esto lo desconcertó. Porque, al fin de cuentas, ¿no era como un divertimento para ella? ¿No era normal tener fantasías eróticas? ¿Y qué si después de todo él no era más que eso, un juguete para los ratos libres de Adelaida, a quien León dejaba tantas horas sola a causa de su mina de manganeso? Bien podía ser este amor secreto un subproducto de la exitosa actividad empresarial de León, un costo más que absorbía el sistema sin mayores dificultades. Una fricción así requiere aceite y grasa, lo que en este caso equivalía al secreto y la discreción. Y a Pelayo le gustaba que ella fuese así, que fuese una madre de verdad y que no estuviese dispuesta a olvidarse así no más de sus hijos. Pero sabía también que ese instinto de perra celosa le concedía a León un poder enorme sobre ella. El era hombre de una sola pieza, había jugado limpio, la había amado sin vacilaciones ni claudicaciones y se defendería como una bestia herida. De hecho, ya lo estaba haciendo. Y a lo mejor anoche, en Amsterdam, había ganado definitivamente.

Pero pasada la primera impresión que le producían estas reflexiones, y cuando comenzaba ya a aquietarse, le volvían los celos. El era el dueño de ella y lo sabía. Y lo era no por lo que dijese la ley –eso sería engañarse– ni por sus principios ni por sus hábitos y virtudes. Lo era porque había sabido ser *su* hombre y era el padre de *sus* tres hijos. Y contra eso no había nada que hacer. Eso era lo que lo hería. Adelaida lo había intuido al preferirlo después de esa tarde de temporal en Chihuaillanca. Se lo había dicho Márgara que, aunque se daba cuenta de ello, no había actuado en consecuencia: "Tú no eres para marido, tú eres sólo para amante." Ahora Adelaida los tenía a los dos, al marido y al amante. Y cada cual en su papel. Y lo hacía sin ninguna premeditación ni cinismo. Había llegado a esta situación bifurcada sin desearla ni buscarla de un modo consciente y calculado. Había desembocado en ella tan naturalmente como en su matrimonio con León, *complementado ahora* con su amor secreto por quien había dejado atrás entonces para casarse: Pelayo.

El termocauterio de los celos pasaba a su punto más doloroso. Pelayo tenía que resignarse a ser el amante par excellence y nada más. ¿Y León? ¿Por qué seguía teniendo acceso a la cama de Adelaida? ¿Sería acaso porque ella no podía impedírselo, por estar eso incluido en el contrato matrimonial? ¿Era sólo hábito, rutina, o también gratitud, o también incapacidad para plantársele al frente y establecer una voluntad autónoma, o también, entonces, una dependencia radical y, por tanto, una imposibilidad de existir salvo desde él? Y entonces él, Pelayo, era el amante de una mujer que vive en función de otro que es su marido. Una especie de valet de León, una especie de tercera mano suya o, si quería ser más ofensivo, una suerte de segundo falo de León. ¿O no? Y entonces, ¿cómo entender todo ello sin tener que admitir –y esto era lo que más le costaba pronunciar en el lenguaje de su mente– que León y Adelaida, a pesar de los ocho años juntos, eran felices en la cama? Al llegar a este punto le era difícil continuar su meditación con algún orden. Simplemente sufría y sufría sin imaginar el remedio.

❖

DESDE HACÍA algún tiempo le había dado con que León tenía que estarlos espiando, que sin duda había contratado a un detective, lo sabía todo y aguardaba el momento para vengarse. Como las ganas de espiar son consustanciales a los celos o, al menos, a un cierto desarrollo de los celos, empezó a espiar si León los espiaba. Lo hizo sin darse cuenta. Partió por averiguar cuánto costaba contratar un detective privado. Comprobó que era una suma mensual perfectamente abordable. Empezó a fijarse en los autos que lo rodeaban cuando se aproximaba a casa de Adelaida para ir a buscarla o a dejarla en las noches en que León estaba en La Serena. Tuvo la impresión, cierta vez, de que un Peugeot gris metálico, nuevo, lo había seguido por unas diez cuadras hasta la casa, y desapareció después. Otra noche le pareció ver al mismo Peugeot gris estacionado a unos cien metros de la casa de Adelaida y a unos cincuenta metros de donde él estaba esperando que ella saliera a encontrarse con él. Cuando ella se subió a su Volkswagen y pasaron junto al Peugeot estacionado, él no vio a nadie en el volante, lo cual le hizo suponer que el detective se había ocultado tras el asiento. No le dijo nada. Pero notaba que ella tomaba sus precauciones. Y por algo era, sin duda.

Y por eso se molestó, encogiéndose de hombros, cuando tiempo después, en su oficina de la Productora, ante el anuncio de la llegada intempestiva de León en día jueves, había negado terminantemente que su marido fuese capaz siquiera de hacer algo tan vil. Porque estaba convencido de que ella se protegía de esa eventualidad. Claro que ahora sabía más acerca de esa noche. Ella, entonces, estaba ya resuelta a viajar con él. Ya había ocurrido esa escena sórdida, en la que León había llorado de rodillas en el suelo, según le contó Marilú cuando él, desconcertado, acudió a ella, la única confidente, para obtener más informaciones acerca del trasfondo del súbito viaje.

Pero ella desde mucho antes no toleraba que tocara el timbre de su casa y evitaba que la llamara por teléfono. Salía a encontrarse con él a la hora precisa. Cuando volvían, siempre justo antes del toque de queda, Pelayo se detenía a unos cincuenta metros del portón, ella se bajaba, entraba y prendía la luz del baño de visitas como señal de que había llegado sana y salva. Entonces, él se alejaba. Jamás le permitía bajarse. Por algo. Las precauciones eran insuficientes si es que Adelaida estuviese segura de que la seguían. Era claro que no lo estaba. Con todo, implicaban que ella temía que la estuvieran siguiendo y se las arreglaba para evitar ser sorprendida sin escapatoria. Porque mal que mal no era fácil que reconocieran a Pelayo adentro del auto. Podían, por cierto, reconocer la patente suya. Y a eso se debía que Adelaida, a partir de un cierto momento, le sugiriera que utilizara vehículos distintos, que se consiguiera autos de sus amigos o, finalmente, que los arrendara, cosa que Pelayo hizo meticulosamente.

No aparecería por el barrio más de tres veces en el mismo auto. A veces repetía uno anterior. El objetivo era que el detective no pudiese darse cuenta de que el mismo auto se había detenido allí todas las semanas, y más de una vez por semana, durante los últimos dos meses, por ejemplo. Sin que nadie se lo indicara, Pelayo empezó a manejar con anteojos oscuros, cosa que no hacía sino en esos casos. Y tampoco lo hizo siempre. Pelayo de anteojos oscuros manejaba un Datsun rojo que arrendaba cada cierto tiempo; Pelayo de bufanda y jockey usaba una Toyota de color azul. Y así sucesivamente... Adelaida se reía de estos disfraces que pasaron a ser parte del juego. Ser recogida por un Pelayo disfrazado o casi, que la llevaba en un auto arrendado al Hotel Constantinopla –ella se negaba a conocer otro– y entrar de incógnitos a un dormitorio que podía ser la suite barroca o la nave espacial o la vip hindú o la morisca, eran todas fases del mismo embrujo. La inminencia del toque de queda los sacaba de ahí a escape. Atravesarían entonces la ciudad hechos una exhalación, a la hora en que la mayoría de los semáforos sólo se prendían con luces amarillas intermitentes, y el alarido de alguna sirena rasgaba nítido el silencio de la noche, poblado de ladridos de perros y aullidos de gatos, que se mezclaban al ruido del motor de uno que otro automovilista que, como ellos, iba rezagado.

Pero apenas Pelayo, al enfilar por la calle de su edificio, se sacaba el jockey y la bufanda o los anteojos negros que habían constituido esa insinuación de disfraz durante la noche, le volvían los celos que tenía olvidados. Nunca conseguía saber, cuando iba a dejar a Adelaida, si efectivamente él estaba allí o no. Se suponía que no estaba, pero ¿cómo saber si había cambiado sus planes y aparecía de improviso? Las rejas altas de la casa, cubiertas de crecidos crateus, hacían imposible ver el auto. Se quedaba con esa duda. Y si estaba, ¿no era posible que se acostara ahora mismo con ella, sólo instantes después de separarse de él? Lo peor era que al día siguiente, una vez que se hubiese comunicado con Adelaida llamándola a la Productora Set Tres, no se atrevería a hacerle esta pregunta francamente. Prefería quedarse con una sombra de duda. Suponía, claro, que una llegada inesperada como ésa, Adelaida se la hubiese comentado. Aunque tenía sus dudas. A veces, días más tarde, comprendía que, en efecto, León no había regresado esa noche. Pero a esta fase de los celos siguió otra.

❖

Si Adelaida tan natural e inconscientemente acomodaba a León y a Pelayo en su vida, ¿qué le impedía dejarse tentar por otros hombres? Pelayo ahora temía que en Adelaida se hubiese roto una pieza, algo así como una exigencia de unidad en su vida erótica, y que desaparecido ese dique, abierta esa compuerta, se lanzara indiscriminadamente a la satisfacción de sus instintos femeninos con los hombres que le gustaran. Y sospechaba que, en el fondo, a Adelaida le gustaban muchos más hombres que León y que Pelayo. Le aterraba la idea de que él hubiese vencido una resistencia, dejándola vulnerable al encanto de muchos. Estos celos, a diferencia de los primeros, no tenían carácter retrospectivo sino prospectivo. Eran celos a futuro. Se imaginaba en un año más, en tres años más, engañado por Adelaida y transformado en un León venido a menos; un amante consolidado y que es posible acomodar con otro más nuevo y apasionante. Tenía, entonces, sospechas de éste o de aquél. Estaba, desde luego, el tal Castillo ése, el que le había regalado el poster del David de Michelangelo con zapatillas de gimnasia. Otro, era un amigo de León. Adelaida se había referido una vez a él como "uno de los tipos más atractivos que he visto". No era mucho lo que sabía de ellos. En verdad, casi nada. Pero eran hombres que a Adelaida le gustaban en algún sentido de esa palabra. Y eso bastaba para hacerlo sufrir cuando, como ahora, se encontraba proclive a los celos. A veces le preguntaba a Adelaida si no tenía él razón, si no se acostaría el día de mañana con Castillo o con ese amigo de León. Ella se reía, y decía que no, pero que a lo mejor sí, y se reía, porque qué sabía uno lo que iba a pasar después; pero que no, que no fuera loco, que cómo se le ocurría. Y se reía.

Castillo, le había contado Adelaida, usaba unas chaquetas de cuero de antílope. Era carantón y un poco vulgar. Pese a ello era un tipo interesante, decía, con algo atractivo en la mirada. Era reservado; no era del tipo canchero y entrador. Esto era lo que más inquietaba a Pelayo. El atractivo de un tipo vulgar, reservado, vestido con chaquetas sueltas de cuero de antílope y con algo atrayente en la mirada. Lo veía entrando a la sala de grabación de Adelaida, quien tendría los fonos puestos en las orejas. Veía la sonrisa de ella y un gesto con la mano o, quizás peor, un beso arrojado con la mano: su acogida a esta visita cuyo pretexto era, naturalmente, algún asunto de trabajo. Y Adelaida no se daría bien cuenta –o no querría darse bien cuenta– si es un asunto de trabajo o una visita puramente social. Sus gestos admiten siempre una doble lectura. Pueden ser, o bien puras amabilidades de un compañero de trabajo, o lo otro, aquello que cuando él se lo insinúa sin mencionarlo directamente, hace que ella se ría.

Le contó que Castillo le había sacado una pestaña del ojo. Estaba en el estudio de grabación y en su cartera no encontró el espejo, pues había dejado el bolso con su maquillaje en la oficina, al otro lado del patio de la Productora. Le había sacado la pestaña con un pañuelo inmaculado que extrajo de su pantalón y sin hacerle doler nada. "Tiene manos de ángel", le dijo. Luego se rió. Para Pelayo esta fue la gota que rebasó el vaso, pero calló. Se guardó su rencor que rumió durante días y noches sin hallar modo de darle cauce. Entonces, empezó a acordarse de León, a simpatizar e identificarse con él. Eso lo apaciguaba. Era purgar su culpa por el dolor que, sin duda, le estaba causando.

Porque León, por mucho que Adelaida disimulara bien, notaba algo extraño. Le dejaba caer, decía Adelaida, de tarde en tarde una frase equívoca destinada a dejar en claro que él se daba cuenta, que él no era un bobo ni un ingenuo. Una mañana la station wagon de Adelaida no partió. El vecino, un corredor de propiedades que por casualidad salía a esa misma hora, empujó la Subaru. Acudieron a ayudar los carabineros de la casa del diplomático que quedaba a poco menos de una cuadra y un hombrecillo que tiraba un carromato comprando botellas y papeles de diarios. No hubo caso. "Es pana de batería", sentenció el vecino corredor de propiedades. Le ofreció llevarla al trabajo en su auto, un Honda azul marino que, cuando se desplazaba a gran velocidad entre el cerro y el río por la avenida Santa María, le pareció a Adelaida una maravilla. El hombre manejaba con seguridad y sorteaba a los vehículos que encontraba en la avenida como en un buen slalom. La música se oía bien y la envolvía con esos cuatro parlantes que tenía el auto. Casi no cruzaron palabra. Cuando el Honda se detuvo frente a la Productora, Adelaida se volvió y le dijo: "Te viniste como un celaje. ¡Se me hizo tan corto!" Al trabajo siempre se venía sola manejando ella y se le hacía tanto más largo. Esto ocurrió un viernes por la mañana y esa noche se lo comentó a León. Adelaida no notó nada raro hasta que el lunes a la hora de salida, Castillo, que la había llevado de vuelta a su casa el viernes, le preguntó si la station seguía mala.

–No. León la llevó al taller y debe traérmela esta tarde –le respondió rápidamente. Castillo la miró con ojos que ella temió fuesen de incredulidad, y partió. Llamó a su casa: León se había ido y la camioneta había quedado en el taller. Montó en cólera. ¡Era un absurdo! ¿Cómo era posible que la dejara ahora sin auto? No se atrevió a pedirle a nadie de la oficina que la acarreara, así es que se volvió a casa en un taxi. Telefoneó a León esa misma noche y lo puso de vuelta y media. El se limitó a emitir una risita que ella estimó estúpida y le dijo:

–Bueno, simplemente se me olvidó. Me demoraron en el banco más de lo presupuestado y tenía que volverme temprano. Se me fue de la cabeza. Pero si estás tan apurada puedes usar el Honda azul de tu vecino, mientras tanto. Y/o, como dicen ahora los economistas, sugerirle a él que retire tu coche del taller –y volvió a reír con esa "risita estúpida".

En otra ocasión a León se le olvidó pasar a retirar un escritorio que le habían comprado a Catalina y que tenía que estar en la casa el día de su fiesta de cumpleaños. La fábrica quedaba algo retirada y cargar ese escritorio era cosa de hombres. Era el tipo de cosas para las cuales León era indispensable. De nuevo, cuando ella telefoneó para quejarse por su imperdonable olvido, el olvido del regalo de cumpleaños de su hija mayor, él volvió a sacar esa "risita estúpida". Después, claro, de dar las excusas del caso. Y le dijo:

–Bueno, bueno, Adelaida. Tienes razón, es imperdonable. ¿Pero qué podemos hacer ahora? Por una vez tendrás que arreglártelas sola. Pero, déjate de tonterías, eso no te será tan difícil. Bien puedes pedirle a alguno de tus amiguitos de la oficina que te haga "la gauchada". ¿O no?

A esta altura, el cuadro general de los celos se había desplegado en la vida de Pelayo como un ejército que distribuye sus destacamentos en una maniobra envolvente para rodear al enemigo. Notaba que estaban ya todas las tropas en el teatro de la batalla dispuestas y operando. Por un lado, la presencia fugaz, intrascendente, pero molesta de estos personajes menores: Castillo, el corredor de propiedades vecino o alguno que otro amigo de León. Y ahí, en el trasfondo, la figura del marido: discreto, alerta y dotado de un tremendo poder real. Imaginar estas escenas –o cosa peor, imaginarla a ella haciendo el amor con León en Amsterdam, en Brujas o en alguna playa del Egeo– lo horadaba como si una rata estuviese mordiendo sus interiores y los recorriera luego rápidamente con sus pequeñas patas por ubicar mejor dónde hincar sus incisivos. Remecía, entonces, su cabeza de pelo largo, negro y liso, como por aventar esas imágenes lacerantes.

❖

Y VOLVÍA, sin embargo, por ejemplo, la imagen de Gaspar Novoa. Y Pelayo se repetía en vano que Adelaida coqueteaba porque le gustaba seducir sin darse mucho cuenta, porque el encanto lo tenía sin proponérselo y su sugestión actuaba sola. En vano se recordaba a sí mismo que ella al final se escurría airosa antes de permitir que la cosa la comprometiera en lo más mínimo, y dejaba en el aire nada más que la insinuación de su belleza y la promesa envolvente de su risa de Afrodita. Solía encontrar a Novoa en el Club de Polo. Le había contado que una vez lo había divisado un día de semana solo en la cancha. Montaba un animal de pelaje rubio y sudado, y no llevaba ni camisa ni casco. Estaba chuequeando no más y hacía calor y estaba transpirado, sin duda. Habían cortado por ahí con su amiga Patricia, de vuelta de un partido de tenis. Y lo encontró como un Adonis cuando detuvo su cabalgadura, que venía al galope, para saludarlas. En la mano derecha blandía, como si fuese una lanza, la chueca cuya tira de cuero llevaba sujeta de tal modo que hacía sobresaltar la musculatura del antebrazo. "Y entonces me di cuenta", le dijo Adelaida, "de por qué a los griegos les gustaban tanto los centauros. Hay una armonía natural en esa figura. Es extraño que en la naturaleza no se dé, y fácil imaginar que en algún momento haya podido darse."

Adelaida le contó esta historia a Pelayo partiendo, naturalmente, por esta reflexión sobre los centauros. Sin embargo, en la mente de Pelayo se ordenó al revés. El centauro era Novoa en su memoria. Fue lo que le dijo a vuelta de cacho.

—No; no es que me guste el centauro Novoa –rió Adelaida–. Pero es que... –y Adelaida vaciló buscando la palabra– es requete buenmozo. Como cualquier mujer lo sabe.

Pelayo se daba cuenta de la travesura de Adelaida. Claro que quería jugar con él y despertarle celos y mantenerlo siempre en ascuas. No obstante, al mismo tiempo, lo que decía era verdad. El centauro Novoa era buenmozo. Por eso le molestó tanto ese día en que esperó su llamada una hora veinte en su oficina de la revista. Habían quedado de encontrarse a las siete. Sabía que Adelaida debía pasar a buscar a Catalina a sus clases de tenis al Club de Polo. Como siempre que ella iba ahí, él temía un encuentro con el centauro Novoa. Después le daba vergüenza confesar este temor, de modo que se las arreglaba para ir sonsacándole de a poco con quiénes había estado. Adelaida conocía bien estos mecanismos y lo atormentaba regateando la información y riéndose después. Pero ese día el llamado llegó demasiado tarde y cuando por fin se encontraron, notó de entrada el malestar de Pelayo. Se lo dijo, entonces, de golpe. Sí. Vengo del polo y me atrasé porque Catalina no terminaba de jugar. Y sí. Estaba Gaspar Novoa, quien me acompañó y estuvimos conversando y riéndonos un rato. Por eso me atrasé. No tiene nada de particular. Y si quieres enojarte, te enojas; peor para ti.

–¡Mentirosa! Te gusta Gaspar Novoa. Y me lo niegas. Y te lo niegas a ti misma, te da miedo reconocer que te gusta porque te da miedo. ¿Y sabes por qué te da miedo, Adelaida? Porque te da miedo perder a León y también te da un poquito de miedo perderme a mí, aunque menos.

–¿Ah sí?

Adelaida levantó el mentón y arqueó una ceja mientras sonreía con sorpresa y desdén.

–¡Exactamente! ¿Y sabes qué te da miedo, además? Que no te lleve de apunte...

–¿Ah sí?

Adelaida arrugó el ceño.

–Exactamente. Eso. Y no sólo me engañas a mí, sino que te engañas a ti misma. Y me vienes con la cantinela de que no, de que no te gusta, pero que después quién sabe... Haces como que es un juego para despertar mis celos y eso te halaga. Sin embargo, lo que no quieres reconocer es que este jueguito tuyo es una pantalla de humor que extiendes para encubrir que el hombre te atrae de verdad. –Y no más terminar de decirlo, se arrepintió.

–¡Ay, Pelayo! Parece que se te están pelando los alambres. Parece que se te está secando el cerebro, y no de leer libros de caballería y romances, precisamente, sino que de llevarme a mí a las *Mil y una noches* del Hotel Constantinopla...

Pelayo inició indagaciones más rigurosas. Hubo días y noches en que llegó a convencerse, si no de que Adelaida lo engañaba ya, que estaba a punto de hacerlo con alguien. Su estado de ánimo oscilaba, por una parte, entre el temor a que ello ocurriese y, por otra, la humillación que sufría en su soberbia y en su inteligencia cuando ella le demostraba que no, que no tenía razón, que no había excusa para mostrarse celoso. Cuando predominaba el temor, urdía proposiciones destinadas a minimizar el riesgo de que encuentros sucesivos con estos rivales eventuales se tradujeran en una infidelidad real. Le molestaban, desde luego, esas idas y venidas a llevar y a buscar a Catalina al Club de Polo y, no obstante, era poco lo que en ese campo podía proponer. Le pedía que ella lo llamara por teléfono al volver. Así controlaba el tiempo que demoraba en el trámite y, por la entonación de su voz y su actitud, sacaba deducciones. En el frente "trabajo" su estrategia fue llamarla a horas inesperadas e incluso, amparado en los programas experimentales en que Adelaida trabajaba para el canal alternativo, podía hacer apariciones sin anuncio. En esos casos entraba lo más sigilosamente posible y la recepcionista le daba pistas para dirigirse de inmediato adonde estaba ella.

El otro frente era el de las compras. ¿Cómo era posible que Matías y Diego requirieran tantas salidas no programadas a comprarle que zapatos, que camisetas de algodón, que saquetines, como decía Matías, que un casco de bombero, que un auto para su primo que está de cumpleaños?... A eso se añadían las compras de Catalina: un buzo nuevo porque al otro se le hizo un siete por segunda vez; un libro que le pidieron del colegio o una caja de lápices de colores; vitamina C porque está a punto de resfriarse la niña; helados de manjar blanco porque son los que más le gustan y hace tiempo que no le tengo... Una vez le contó que en el supermercado efectivamente se había encontrado con Novoa. Pelayo, que sabía que todos estos encargos y compras de última hora se traducían en visitas a las tiendas y boutiques del Parque Arauco, le propuso que por lo menos las compras de almacén las hiciera por teléfono. Adelaida replicó que no le gustaba; que a ella le encantaba la sorpresa de encontrarse con las primeras alcachofas o los primeros espárragos que llegaban al supermercado; que le encantaba ver lo que iba a comer. De otro modo le resultaba imposible disponer, los guisos se rutinizaban y la vida pasaba a ser una lata... Pelayo replicó que por qué no iba a La Vega o al Mercado Central, lugares tanto más pintorescos y baratos. El solía acompañar a Márgara a hacer sus compras a esos lugares. Recordaba la fascinación de Pedro un día que, en las inmediaciones de La Vega, se habían encontrado con un hombrecillo que vendía pájaros en jaulas hechas de varillas: chercanes, chirigües, loicas, codornices, tricagües... Adelaida le dijo que La Vega quedaba un poco lejos, no era tan barata como se decía y le cargaba ir porque ahí a una le pellizcaban el traste. Con ello quedó zanjada esa discusión.

Los CELOS SON un punto de vista, un mapa explicativo de las actitudes de otro. Quien cela se encierra a sí mismo en ese paradigma que tamiza todos los hechos. No hay ningún gesto ni actitud que por sí solo sea capaz de romper el hechizo que apresa el entendimiento del celoso. En ese sentido, el celoso es irrefutable. En eso consiste su extrema vulnerabilidad y, a la vez, su fuerza. Es vulnerable porque el más mínimo indicio lo hiere y puede mantener su esquema al margen de la realidad y del raciocinio. Pero esa capacidad de ser inmune le confiere a su posición un efecto totalizador que la dota de virtudes magnéticas. Es difícil despojarse de este enfoque porque quien lo hace queda al descampado: el mundo se le muestra entonces múltiple, variado e irreductible a su conocimiento. Es justamente el reverso de la situación anterior, en la cual su conjetura domina al mundo y le da una forma única e indesmentible. Pelayo se daba cuenta de esto. Conservaba ese grado de lucidez y de escepticismo con respecto a sí mismo. Se daba cuenta también de que, pasado un cierto punto, los celos lo apartaban peligrosamente de Adelaida y lo encerraban en un círculo de incomunicación radical. La imposibilidad de contagiar a Adelaida con sus sentimientos era una señal de alarma dolorosa. Necesitaba validar sus experiencias a través de ella, es decir, se había transformado en una necesidad para él, sintonizar con Adelaida. Si su vida empezaba a transcurrir al margen de la de ella, le sobrevenía una poderosa sensación de pérdida. Entonces, aun a través de la malla de los celos, deseaba poder liberarse de ellos e intuía que para hacerlo había un solo camino: simplemente descartar esa hipótesis. Olvidarse de ella. Hacer como que no estuviese en su mente. Trataba, y sin embargo, no siempre podía lavarse así el cerebro.

Las imágenes volvían a su mente en cautiverio con la insistencia y el acoso con que hieren las preocupaciones que sobrevienen en las horas de insomnio. Se allegan estos monstruos y espectros, y se pegan al alma somnolienta con la insidia del gusano o de la hortiga en la piel. El cuerpo gira sobre sí mismo arremolinando las sábanas y despegando la colcha y las frazadas sin poder encontrar su centro. A veces, un pie sale fuera de la cama y cuando el frío lo hace intentar el regreso no encuentra por dónde hacerlo. Es un proceso que despega e inutiliza el cobertor; que desabriga; que rompe el nido y arroja a la intemperie. Son las obras del Maligno que tomando la forma de la serpiente se mimetiza con las ramas del árbol, pensaba Pelayo. E intentaba defenderse y sacarse de sí esos pólipos del demonio, los celos, esas babosas o moluscos que se habían adueñado de su piel y hacían inhabitable su noche. Giraba desatando su cama y la tómbola de su mente mareada daba vueltas, y se sucedían las punzadas de ese puntero del Maldito que no se detenía jamás. Revolcándose por esa pendiente, fusionaba la memoria de Adelaida con él, en alguno de los cuartos del Constantinopla, con lo que su imaginación le presentaba entonces: ella con León. Rodaba así, dominado por el vértigo de los celos, de la Adelaida suya, alegre y deslumbrante, a esa misma Adelaida en brazos de otro, de León, y el pungimiento de este ir y venir campeaba por su noche, una noche que, a esa hora avanzada, no turbaba el paso de ningún vehículo y se poblaba cada vez más de ladridos, sirenas y llantos de gatos, mientras al otro lado de la ancha cama, Márgara dormía impertérrita.

Se le venía encima la imagen de Adelaida contorsionándose suavemente y riendo con la gracia de un niño de dos años que juega desnudo en la cama. Y deslizando con pudor y timidez la mano por dentro de su ropa; y riendo luego, y tocando y explorando con femenina curiosidad y contento. La belleza abrupta de sus pómulos tártaros. Una mirada succionante. Entonces, la penetraba con ahínco, la penetraba con ganas de traspasarle el alma, la penetraba con ánimo de tocarle el cerebro por dentro.

De lado. Suave, tierno, lento, cuidadoso, mirándose los ojos con conciencia de sí, con luz cálida, amarilla. Ella se sienta, ahora, al borde de la cama con las piernas colgando y luego se deja caer de espaldas. El la penetra arrodillado en el suelo, sujetándola y moviéndola por las caderas. Ella acostada de espaldas con las piernas abiertas y dobladas, de tal modo que las plantas de sus pies se tocan. El se extiende sobre ella y la penetra. Al moverse los talones de sus pies rozan los testículos. Los testículos de León. Oscuros. Muy transpirados. La noche en algún hotel de Amsterdam. El de espaldas. Ella también de espaldas sobre él. Le toma los senos y los muslos y los labios de las piernas. Ahora ella se da vuelta y apega su estómago al de él. Su mano en las nalgas; su mano entrando en ella. De soslayo. Entrando y saliendo para volver a entrar en forma oblicua y llegando hasta muy adentro. El encima. Ambos con las piernas entrelazadas. El movimiento coordinado de los músculos del vientre y las piernas de ambos. Movimiento fuerte, intenso. Lo mismo, sólo que él de espaldas. Ella extendida sobre él y moviéndose rápidamente hasta alcanzar el orgasmo. Lo mismo. El encima. El de espaldas. Ella sentada. Las manos en sus senos. Ella se mueve inclinando la espalda un poco hacia atrás. Ella boca abajo. El extendido por detrás. Ella tuerce la cabeza y lo mira. Pelayo sonríe. Ella en cuatro patas. El de rodillas por detrás. Ella tuerce la cabeza y lo mira. Pelayo sonríe. De pie; ella sobre una grada, junto al jacuzzi de la vip morisca del Constantinopla, de modo que queda un poco más alto que él. El también de pie. El dedo índice en su vaina y luego también él. Tiran así. Ella de espaldas con las piernas levantadas y pasadas por los hombros de él. Ella se cansa pronto. La forma en que ella se encorva, se retuerce, arquea la espalda enroscándose, tratando de que entre más y más adentro, y toque esa parte interior dura cuyo roce la hace bramar una y otra vez hasta enloquecerla, y luego ascender hasta un sosiego como de vuelo estabilizado. Su mirada succionante y oleaginosa como una luz ínfima a punto de desaparecer que él viera a través de la delgada pared del borde de cera de la vela. No más, Pelayo, me morí. No sigas. No más; Pelayo, por favor. No sigas.

Pelayo acariciándole el cuello, los senos, la angostura que se abre a la altura del ombligo, los flancos; luego saltando hasta los pies y sus dedos de uñas rojas, y volviendo a subir por la curva suave de sus pantorrillas y trepando hasta los muslos. Los muslos firmes de Adelaida. Su cara de lado en la almohada. Pelayo penetrándola desde atrás. La boca de Adelaida. Su abrir y cerrar palpitante. Su color de labios contra la almohada blanca. Su pelo oscuro y enredoso y pegajoso ya contra la almohada blanca. A veces, cubriendo su pelo esos labios rojos que acezan anhelantes como pétalos desgajados sobre la almohada blanca. Pelayo se acerca y aleja al mismo ritmo que esos labios palpitantes que se despegan y se juntan, se abren y se cierran, con algo de las alas de una mariposa en un día de mucho viento.

Un espino oscuro y recién florecido que se revuelve como un enjambre de abejorros. La dificultad para cortar las ramas de dura corteza negra, y de trasladarlas, después, clavándose los dedos hasta colocarlas en la maleta de la station. El año pasado. Están trabajando juntos hace poco. Es una salida ambigua. La sensación de esas espinas secas y afiladas cerca de las yemas de los dedos flacos de Adelaida, con uñas esmaltadas. El contraste de esas ramas sufridas y espinosas con sus frágiles flores redondas de delicadísimo polen amarillo, difuminándose en el aire e impregnando la camioneta y llenando con su olor toda la palabra "primavera", que ya viene. Sí. Y entonces –ahora lo sabía con sosegada certidumbre– eso era lo único que Adelaida quería que pasara en el mundo: su roce al entrar y al salir ardiendo. Y entonces eso era lo único que le pedían a la vida: así, sí; pero ojalá más adentro y sin jamás poder darle alcance. Su cuerpo mío en mí. Y yo este acuciante vacío de él que nunca Pelayo terminaba de llenar...

❖

EN UN ACTO arriesgadísimo, llegaba al living del departamento, cerraba despacio la puerta para no ser oído, estiraba un brazo y cogía el fono. Luego, sin prender la luz, de memoria, marcaba cada dígito y la redondela sonaba girando lentamente. Era un ruido molesto como el que sentía de niño cuando entraba retrasado a la iglesia del colegio, sus zapatos resonaban en el mármol, y entonces el padre ministro, adelante, hacía un leve movimiento de cabeza que indicaba: sé quién ha llegado tarde. Después aparecería otro sacerdote y, en tanto los acólitos echaban a correr las campanillas con todo el colegio arrodillado, levantaba un cáliz en cuyo centro había una hostia blanca y redonda. Una hostia grande, de esas que sólo tocaban los sacerdotes, salvo una vez, en Chihuaillanca, recordaba Pelayo, en que se acabaron las hostias el día final de las misiones.

Entonces, el padre capuchino volvió al altar. Pelayo ayudaba esa misa, de modo que había visto la escena de cerca. Recordaba los pies rosados del padre capuchino en sus sandalias sobresaliendo apenas del sobrepelliz cuando subía las escalas de vuelta al tabernáculo. Cogió una hostia de las grandes y la partió en pedazos pequeños. Luego, con la mano las empujó hacia el canto del altar, como quien saca migas de pan de la mesa del comedor después del almuerzo y las empuja a una bandeja. Así las fue echando a un copón de boca ancha que se guardaba en un estuche de cartón forrado en terciopelo negro en el armario de la capilla del fundo. Luego las distribuyó. A Pelayo le quedó siempre la duda acerca de si esta hostia grande, que había sido partida, estaba o no consagrada. Era una conjetura peligrosa ésta para la paz de su conciencia de niño. El estaba casi totalmente seguro de que esa hostia no había sido consagrada. Por otra parte, era imposible pensar que ese padre capuchino de barba encanecida fuese a engañar a los campesinos de Chihuaillanca y a sus patrones haciéndoles comulgar con hostias no consagradas. ¿Una distracción? Pero qué alarmante resultaba pensar que un sacerdote santo como ése pudiese ser distraído en materias de tanta trascendencia. Era como que un cura se olvidase de darle la absolución a un confesado y éste después comulgara en estado de pecado mortal. ¿Podían ocurrir distracciones así?

Le resultaba particularmente perturbador imaginar errores humanos como éstos, en ese complejo sistema de transmisión de la gracia divina que iba desde lo Alto hasta un niño como él, que rezaba arrodillado en la pequeña capilla de un fundo situado en la remota comarca de Chihuaillanca, en el último país del mundo. Toda la enseñanza de los sacerdotes que lo habían educado estaba pensada para enfrentar la cuestión del pecado como se plantea en el *Génesis*. La rebelión contra Dios y el orden de lo creado por El. La respuesta era la Nueva Alianza; la respuesta era la creación de un conducto para la remisión de los pecados y la transmisión de la gracia santificante. Parecía casi increíble que un mecanismo de tanta trascendencia para la humanidad pudiese dejar de funcionar por cortacircuitos causados por la distracción de un individuo, de un hombre bueno, de un santo de barbas blancas y sandalias de capuchino.

❖

Luego, venía la expectación del silencio interrumpido por la llamada del teléfono. Uno, dos..., antes de la tercera o cuarta llamada un nuevo silencio y una nueva expectación. ¿Contestaría ella o él? ¿O alguna de sus empleadas? Oír, entonces, la voz de Adelaida pasada a través de su sueño, y saberla con la cara pegada a la almohada vacilando, torpe, enceguecida y atontada por ese brusco despertar, era para su alma reseca, como una lluvia de primavera en el desierto. Esa voz empujaba, como una brisa suave y sin embargo persistente, los nubarrones fantasmales que conturbaban su alma y alejaban esos espectros que poblaban su insomnio. Después de oír esa voz soño-lienta y con olor a edredones de pluma de ganso, Pelayo volvía al dormitorio y se dejaba ir sobre la almohada. Detenido, de pie, al interior del centro de su cerebro alguien desenrollaba telas de gasa o visillos, y cogiéndolos con la mano los desplegaba como un ave que extiende sus alas, y luego repetía esta operación. Volvía a coger estas telas blancas situadas en el meollo del cerebro y las volvía a estirar, las iba arrojando a los lados, como quien va desenrollando un carre-te. Aflojaban los músculos y nervios que mantienen la tensión del cuello por detrás. Y continuaba este movimiento incesante de gasas apareciendo y desvaneciéndose lentamente hacia los lados, sustenta-das por la resistencia de una atmósfera diáfana.

Sólo que ahora Adelaida estaba al otro lado del Atlántico y no sabía qué número marcar ni para qué.

OCHO

LA NAVE

CAMILO DOBLÓ el diario sefardí, corrió la botella de cerveza hacia atrás y continuó leyendo cuidadosamente, mientras esperaba a Federico en su mesa favorita:

Avia pokos muslimes en el kuartyer de "las Kampanyas." Bivian sovre todo en la parte alta de la sivda serka de las murayas. Eran cente de kondisyon modesta i pokos mezos, o byen personalitas o givires ke el governamyento de Stambol embiyava a Selanik para governar la Maçedonya. No eran ksenofobos o rasistas i se entendian byen kon la povlasyon cudia. Daltronde muços de eyos favlavan en cudezmo. Los çikos eran buenos amigos kon los çikos cidyos i ay ke iyan a la eskola de la Alyansa. Las mujeres i las ninyas cudias eran resividas en sus kazas por las turkas. En este kuartyer los muzulmanos puevlavan 80 10 kayes en torno de una çika cami.

Preparaba un programa sobre los judíos sefardíes, uno de la serie cultural. Pese a que el itinerario planteado originalmente por Barraza se había retrasado –la tramitación de la ley y reglamento resultó más demorosa–, quedaban ahora menos de tres meses para el término del plazo legal de la licitación y se trabajaba a todo vapor. Según le había comentado Pelayo (siguiendo las aguas de Mempo, quien a su vez seguía las de Toro), la vulnerabilidad del proyecto en que estaban embarcados no iba por el lado técnico y financiero, sino por el flanco educativo y cultural. Era imprescindible comprometerse con el Estado a transmitir más y mejor televisión cultural que la competencia. El Consejo Nacional de Televisión, según la ley publicada en el *Diario Oficial*, tenía facultades para multar a los canales y suspender o cancelar la licencia por diversas causales, entre ellas, el incumplimiento de los compromisos de programación cultural contraídos por el concesionario al momento de adjudicárselo.

El programa de los sefardíes era un conjunto de entrevistas breves a través de las cuales se presentaban, en trazos gruesos, su historia y costumbres, pero sobre todo se les veía y oía hablar en ese idioma que conservaba tantas expresiones del castellano antiguo. La cámara, pensaba Camilo, desde el comienzo concentraría en eso la atención. Dejó el diario sobre la mesa y empezó a hacer anotaciones en un block de dibujo con lomo de espiral y tapas negras: toma inicial, el edificio de la sinagoga; luego una familia –padres y niños– saliendo de ella y abordando un automóvil; en el auto, tomas sobre los hombros de unos y otros mientras tanto conversan; tomas en primer plano de los labios de padres y niños moviéndose al hablar; y eso hace de botón para poder pasar a la primera tanda de comerciales. Después vendría la entrevista al jefe de la familia que mostraría un escrito como ese del diario que estaba leyendo para ilustrar mejor las palabras y su ortografía. Hacia el final se referiría a Dios como "el que no se puede mentar". Tomaría, según el pauteo de Pelayo Fernández, al judío sentado tecleando en su computador personal. Esa frase aparecería en primer plano a medida que se va construyendo en la pantalla por obra del tecleo del sefardí, es decir, como si él la escribiese directamente en la pantalla de los telespectadores. El punto después de la palabra "mentar" haría de botón para pasar a comerciales nuevamente. A la vuelta, entonces, el primer plano a las barbas y el rostro del rabino.

"Camilo", le decía Pelayo, "quiero que la cámara cree el efecto 'arca de Noé', ¿me comprendes?... El rescate, la sobrevivencia de lo que podría ser sólo pasado, el efecto 'arca de Noé', ¿me comprendes?" Y él quería que la contigüidad del habla arcaica y el corte comercial, hiciera sentir precisamente el rescate, la coexistencia de mundos dispares y a todas luces asincrónicos. Sí, pero ¿cómo?

Necesitaba los zoom lentos, lentísimos a la cara, la frente arrugada del rabino. Se le vino a la mente el rostro de Liv Ullman esculpido por los close ups de Sven Nykvist. Y de allí saltó a los labios en primer plano, los labios y los ojos, la pupila de una mujer cuyo interior se transforma en escalera y espiral: "Vértigo". Los títulos diseñados por Saul Bass. Era su película preferida, múltiple, equívoca, como el vértigo de la escalera-caracol, puramente formal e inigualable. Porque ahora estaba viendo un zoom a los dedos de James Stewart hundiéndose en la espalda de Kim Novak como por tratar de sujetar su fuga inevitable.

Federico le palmoteó la espalda, se sentó e hizo señas al mozo. Pero apenas reparó en el diario sobre la mesa lo abrió y empezó a leer ávido:

La komunita de Zaire konta 150 famiyas Cudiyas, lo ke aze serka de 600 almaz...

Camilo le explicaba que se trataba de una publicación editada en Istambul y a la cual estaban suscritos los judíos del programa en preparación. Federico asentía mecánicamente sin dejar de leer. Cuando vio unos trozos subrayados por Camilo, se pasó, con su habitual voracidad intelectual, al artículo que éste había estado leyendo:

Los mamines de Selanik eran de una rasa de ermozos ombres i lindas mujeres muy esbeltas. Desgrazyadamente no eran muços i komo se kazavan entre eyos (no pudyendo kazarse kon cidyos i no kyerendo kazarse kon muzulmanes ke los despresyavan) la rasa avia eskapado por bozearse, syertas vezes, tenian kriaturas hazinas o deformadas. Yevavan a la vista de todos nombres turkos, ma tenian tambyen nombres biblikos, a la manera de los cidyos, ke se les dava a la nasensya de una manera eskondido. Ofisyalmente se yamavan Ibraim, Daut, Musa, ma entre eyos i kon los sidyos se yamavan Avram, David, Mose, ets.. Sus estado era komparavle al de los chuetas de Mayorka desendyendo de los cidyos aboltados al kristyanismo al sekolo, XV, ke los katolikos mayorkinos no an kyerido nunka, fista oy, enmeleskarse kon eyos, malgrado sinko sekolos de kristyanismo. A Selanik, los mamines tenian kaje syempre muy buenas situasyones. Grasyas a su influensya sovre los dirijentes turkos de la sivda, uzaron syempre de su poder en favor de los konsivdadinos cidyos. No es ke tenian menester de ser protejidos. No.

Depositó ruidosamente el diario sobre la mesa y se puso a llamar a un mozo levantando ambas manos. Le irritaba sobremanera que en La Oropéndola, pese a ser un habitué, lo atendieran tarde y mal. Y no obstante, le ocurría casi siempre así. La única justificación que se daba, le dolía y humillaba: castigaban su menguado consumo. Camilo alzó un brazo y acudió de inmediato un mozo. Federico dio por comprobada la hipótesis. Su amigo videísta, cuya moto Honda 1.000 había visto estacionada en la vereda del Café, gracias al proyecto de televisión, estaba rico y la servidumbre se adelantaba a percibirlo.

–¿Ves, Camilo? –le dijo apenas el mozo tomó el pedido y sin ningún preámbulo–. Uno lee esto como crónica, como historia; no como ficción. Y nada hay en el texto sefardí mismo que te permita diferenciarlos. El distingo es conceptual y ¿sabes tú en qué consiste? –le preguntó con la voz insinuante y sigilosa con que se comparte un secreto–. En que la ficción es cerrada y, en cambio, la narración histórica es abierta.

Camilo frunció el ceño, con lo cual logró transmutar su molestia por la obsesión de Federico en una expresión de intriga e interés.

–En tanto el tiempo histórico no cese, será posible descubrir nuevas causas y consecuencias que permitirán contar los mismos eventos desde otro punto de vista. En cambio, querido Camilo, en cambio –adujo Federico–, y aquí te estoy adelantando el capítulo clave de mi obra, en cambio, no podemos descubrir ahora que el marido de Anna Karenina tenía un amante ni, tampoco, que una vez muerta Anna se casó y fue muy feliz, que son el tipo de hechos o efectos desconocidos que podrían sugerirle a un historiador una nueva monografía, una nueva biografía. Una nueva descripción implicaría una nueva obra ficticia *tout court*. El relato de ficción, Camilo, se propone a sí mismo como definitivo y, en tal sentido, sólo en tal sentido, como ahistórico; se lee *como si* fuera la historia que escribe Dios.

Federico cogió apuradamente su vino Don Matías y se lo zampó con tal entusiasmo que se le dio vuelta y chorreó su camisa. Ambos amigos se echaron a reír y, en especial, el filósofo que se liberaba recién del parto que era exponer su tesis, la teoría que, lo soñaba, podría convertirlo en un pensador famoso.

Pelayo, que estaba desde hacía rato en una mesa del fondo con Guayo Fisher, se les acercó por detrás sin ser notado y depositó sobre una de las sillas desocupadas cuatro cintas de video y una carpeta. Luego dejó sobre la mesa su taza de café, pues ya había almorzado. Federico le sirvió "una copita" de su vino Macul.

—¿De qué se ríen con tantas ganas? —les preguntó acomodándose en la silla que quedaba libre—. Sospecho que Camilo ha contado un nuevo episodio de su relación con la estudiante esquiva. ¿Cómo va eso, Camilo?

Después de ponerlo al tanto del motivo de las carcajadas, Camilo le confirmó que sí, que había salido con la estudiante, que la llevó en la Honda por el Cajón del Maipo hasta San Alfonso a ver los primeros almendros florecidos. Pero había ocurrido lo de siempre: llegado el momento dejaba que Camilo le sacara la blusa y el sostén, jugaba, se reía y se lucía, se dejaba incluso tocar y besar; pero no correspondía, y de pronto ponía fin a la escena sin justificación alguna. Le gustaba, sugería Camilo, suscitar y percibir su fascinación, pero no dejarse llevar por ella. Esta vez él se había molestado de veras y estaba resuelto, aseguraba, a no llamarla nunca, nunca más.

❖

EN ESE MOMENTO se oyó un ruido de puertas y Camilo detectó que dos manos femeninas colgaban un chaquetón de piel en el perchero de la mampara. No le cupo duda:

—¡Adelaida! —gritó.

La reconoció por la forma en que su pelo le rebotó contra la espalda al ir a colgar la piel. Federico miró hacia la puerta del Café sonriendo con toda la boca. Cuando ella se volvió, Pelayo, con la taza del café a medio camino entre el platillo y la boca, le lanzó su mirada atravesada mientras sus labios componían esa sonrisa chueca suya, cuyo sentido nunca era unívoco y que ella correspondió con un levísimo movimiento de complicidad y risa en las comisuras. Se habían reencontrado, después del viaje, el día anterior.

Hizo un gesto de saludo y avanzó caracoleando entre las mesas como sorprendiéndose de verlos, y con esa jovialidad que le era habitual y que tenía que ver, quizás, con su manera espontánea y entusiasta de tomar los pequeños agrados que deparan las circunstancias comunes y corrientes. "Quizás en esto resida el secreto de su encanto", pensó Camilo después, cuando ella conversaba con los demás. Adelaida saludó hacia donde estaban los pintores. Se fijó en sus mejillas coloradas y no supo si atribuirlo al frío de la calle, a su interés por alguno de los pintores (en tal caso sería Figueroa, sin duda, pues era el más buenmozo) o, lo que era menos probable, a una cierta vergüenza por entrar a un restaurant donde había tanta gente que la conocía. Sin embargo, a lo mejor era sólo que estaba muy quemada por el sol. Hacía más de un mes que no se la había visto por La Oropéndola y su aparición alegró el ambiente. La seguía su amiga Marilú, esa rubia casi estupenda, pensaba Camilo, y que no llegaba a serlo por motivos que se propuso discutir apenas se pudiese en el seno de los "amusados", como le gustaba, a veces, llamar a su grupo de amigos.

Siempre ocurría lo mismo: cuando ella se incorporaba a la mesa, se hacía difícil, si no imposible recomponer después la situación y recordar por qué se habían reído así pasándolo tan bien. La cosa ocurría en varios planos simultáneos, a los cuales uno se deslizaba rápidamente, atraído por ese vértigo que era su sonrisa despejada, en la cual brillaban sus dientes blancos, parejos, confiables, y que daban la medida de su capacidad de gozar. Camilo ordenó otra ronda de vinos, tragos, cervezas o bajativos o lo que fuera. Adelaida explicó que ellas venían ya almorzadas y sólo de pasadita a tomarse un café. Pelayo desocupó una de las sillas sacando sus videos y su carpeta verde, y Federico arrimó otra de la mesa del lado para Marilú. Pero se le ocurrió sacarse la chaqueta sin pararse, proceso durante el cual se dobló el brazo tratando de colgarla en el respaldo de la silla, sin conseguirlo hasta que Adelaida le ayudó. Todos se rieron comentando entre carcajadas y desdenes. Las miradas se concentraron de repente en Marilú, quien observaba alternativamente a Adelaida y al ficus que crecía contra la ventana. El mozo las atendió rápidamente.

Camilo reconoció la trompeta de Clifford Brown en "The Song is You". No había escuchado bien la música hasta ahora en que sintió que lo recorría desde las uñas de los pies hasta la última mecha del pelo. El disco estaba por terminar. Adelaida hablaba con Federico de su vuelta por Grecia: Corfú, Rodas, Efeso... Camilo se fijó en lo suave de los ojos oscuros de Adelaida. Su taza de café había

desocupado recién su boca, pero los labios entreabiertos conserva-
ban aún esa forma.

–Creo que sí –le decía a Federico arriscando divertida la nariz.
Bajó la vista al café y un mechón de pelo le cubrió la mitad de la
cara.

Adelaida pensaba que los demás sospechaban de su amor secreto
con Pelayo y que una de las reglas del juego era considerarlo como
no existente. Pero Pelayo estimaba que las bromas que de vez en
cuando le gastaban, confirmaban su inocencia. A ella le divertía no
saberlo con certeza. Camilo creyó que Marilú estaba mirando la
corbata de Pelayo y se lo dijo. Ella lo negó. Era una corbata de
buena seda azul oscura, atravesada cada tres o cuatro centímetros
por rayas oblicuas y delgadas en tono rojo y amarillo ocre. Había
algo resuelto, masculino, incisivo en el avance sostenido de esas
rayas oblicuas. La corbata caía bien y armonizaba suavemente con el
algodón celeste claro de la camisa de cuello abotonado. El nudo
flaco y un poco corrido era típico del estilo levemente descuidado
que cultivaba Pelayo. A su lado, Federico escanciaba vino tinto, con
su camisa abierta de algodón crudo a cuadros rojos. Camilo tuvo la
impresión de que Pelayo era arrogante y de que esa arrogancia a
Adelaida debía gustarle. Seguramente le encantaba ese impulso, la
actitud, el desenfado que lo originaba. Lo que a ella debía producir-
le ternura era, sin duda, lo infundado de esos ademanes resueltos y
moderadamente desdeñosos. Porque parapetándose tras ellos siempre estaba el otro Pelayo, el niño triste y regalón, vulnerable e
indeciso, el que no sabía qué diablos hacer con su vida. Pero a ella
tenía que divertirle –la entusiasmaba, quizás– esa manera agresiva de
romper el cerco y llevarse el mundo por delante aunque fuese no
más por una hora.

¿Pero podría ella quererlo realmente? A Camilo le costaba decírselo, pero intuía muchas cosas en las que prefería no pensar, a lo
mejor porque hacerlo le obligaría a ver a Adelaida bajo una luz
diferente; verla presa de "las circunstancias de la vida"; verla como
señora de León Wilson y madre de tres hijos con aspiraciones y
necesidades correspondientes a su posición social. Y todo eso le
cargaba pensarlo de ella. Pero tampoco le gustaba nada la idea de
que entre Adelaida y Pelayo pudiese efectivamente estar pasando
algo. De modo que se quedaba pegado a la interrogación, a la
sorpresa pura sin querer moverse de ahí. ¿Pero sería realmente eso
todo cuanto Camilo intuía? A Federico jamás le había dicho más.
Bien podía deberse, claro, a su delicadeza para con los posibles
sentimientos ocultos de Adelaida. Federico, por lo mismo, se prohi-
bía preguntarle; porque sería el último en estorbarla inmiscuyéndose
en su privacidad. A ello se añadía una sensación de compasión, unida

a un gustito que le producía a Federico imaginar derrotado a ese magnífico ejemplar —como veía a Pelayo—, a ese *young man at large*, como decía, a veces. Mientras él no supiera nada, mientras no se le obligase a saber, Pelayo era un derrotado. Así lo sentía, al menos. ¿Qué otra cosa significaba, acaso, ese recorrido por el Egeo con su marido que acababa de contarle?

Que Marilú haya estado mirando así la corbata de Pelayo, se dijo Camilo, es prueba de que no hay nada entre él y Adelaida. Pues si lo hubiera, lo sabría y no le pegaría así los ojos a la corbata del amante de su amiga, bromeó para sí. Federico tomó la mano de Marilú para sacarle la suerte. Adelaida se inclinó curiosa. Federico dirigía sus palabras a Marilú anunciándole su destino y con el rabillo del ojo cateaba las reacciones de Adelaida.

—Pero no te espantes —le estaba diciendo—, mira que, como anticipara el poeta, inmediato al peligro surge lo que nos salva. Veo una hermana; tiene el pelo oscuro; no, no. ¿Quién es? ¿Una amiga íntima, acaso? ¡No! ¡Es una monja encubierta! No sé..., no se distingue bien. Te ama y te teme; se confiesa; teme tus... teme tus manos... ¡No! Teme la inocencia de tus manos; ¡eso es!

Marilú se ponía más atractiva al sonreír sintiéndose el centro de la escena. Adelaida rió echando la cabeza atrás con todo su pelo y se quedó un instante con la cara levantada descubriendo su cuello.

—El peligro de la bailarina en "El lago de los cisnes" —anunció Federico. Y sin soltar la mano de Marilú agregó:

—¡De caja que Camilo y Pelayo están hablando del canal alternativo!

Y dirigiéndose a Camilo le gritó:

—No renuncies a seguir los juegos de Dizzy Gillespie sin red en el trapecio más alto... ¿Los oyes?

Camilo se interrumpió y una sonrisa le alumbró la cara. Adelaida y Marilú se pararon para irse.

Entonces Federico, levantando una vacilante copa y mirando a los contertulios, exclamó con voz exagerada y ojos cómicos:

"¡Oh seres efímeros! ¿Qué somos nosotros, entonces?
El hombre es sólo el sueño de una sombra.
Pero cuando los dioses un rayo a él dirigen, una luz brillante
los circunda y es su existencia dulce como la miel."

Todos alzaron sus copas riendo y brindaron por Píndaro y por las tierras sagradas de la Viña Macul y por las musas presentes.

❖

255

ADELAIDA METIÓ la Subaru al estacionamiento frente a las torres de departamentos donde vivía Marilú sin haberle contado todavía lo que su amiga esperaba. Ella así se lo dijo, y le propuso que subiera a tomarse otro café y le contara. Adelaida no aceptó porque tenía que volver pronto a la Productora pero ahí, en el estacionamiento, y sin desconectar el motor se lo dijo todo de sopetón: el viaje a Amsterdam y después a Grecia sólo había servido para alejarla de León y acercarla más, mucho más, a Pelayo: "Me quedaba dormida acurrucada a la orilla de la cama, y jugaba a que en ese rincón yo estaba con él. Y no más llegar, volvimos. Y ahora..., que pase lo que tiene que pasar"...

–Lo sabía –rió Marilú–. Lo sabía, lo sabía. No podrás olvidar a Pelayo. No podrás.

❖

Y ME DESABROCHÓ el soutien.

Manejaba por la avenida Vitacura rumbo a su casa. Le gustaba estar cuando llegaba Catalina del colegio. Dejaba a los niños tomados de té y a Catalina con las tareas comenzadas antes de regresar a la Productora por unas dos horas más. Volvía cuando los niños terminaban de comer y había que lavarles los dientes y acostarlos y leerles un cuento antes de que se quedaran dormidos. Entonces podía poner sus discos y comer o, si no estaba León, salir de su casa a la hora exacta prefijada y subirse al auto de Pelayo. Pero ahora quería repasar lo ocurrido y fijarlo en su mente. Quería contarse a sí misma la versión completa del reencuentro, no la que editó para Marilú.

Y desprendiéndolo de los hombros me lo sacó por una manga sin quitarme el suéter de cashmere celeste. Así fue. Estábamos sentados frente a frente en esos pequeños poufs tapizados en seda de paracaídas de color gris. Sí. Esto fue ayer... ¿a ver? Sí. Llegué anteayer. Todavía se le confundían las horas después de un vuelo tan largo de este a oeste. Porque al muy loco se le ocurrió irme a esperar a Pudahuel, y yo lo divisé entre la gente a la salida de la Aduana pero, claro, no pude hacer nada porque venía con León al lado. Pero al llegar a mi casa me las arreglé para llamarlo por teléfono a su oficina y quedamos de vernos el jueves, ayer. Sí. Así fue. Y por eso estábamos ahí entre las tuberías, pistones y probetas de la nave espacial del Constantinopla.

El amoroso apegó su frente a mi falda. Un escuadrón de caza bombarderos venía por una de las escotillas. Lo había extrañado cada día y cada noche, cada mañana y cada tarde, cada hora y cada media hora. Conversaba conmigo misma como si hablara con él. Me seguía a todas partes como si fuese mi propia sombra. Y cuando me acordaba de Catalina, de Matías, de Diego, mi chiquitito, por quienes yo me había propuesto rehacer mi matrimonio, me daban ganas, más bien, de que conocieran a Pelayo y pudieran apreciarlo y disfrutar con él. Porque cuanto más lindo era el lugar que visitábamos, más odioso se me volvía por no estar ahí Pelayo conmigo para compartirlo. Recuerdo una tarde en Mikonos. Un café frente al mar. El sol poniéndose. Un sueño; un instante de belleza perfecta y a mi lado... ¡No Pelayo! Y, entonces, pensaba en su sufrimiento, los celos que estarían torturándolo y me daban ganas de decírselo todo a León y mandarme a cambiar. Porque en una de estas yo soy capaz de mandar todo a la misma *merde*, como decía mi mamá. Claro que entonces pienso otra vez en los niños, en que no debo destruirles yo la imagen de su padre, ni darle pábulo a él para que pulverice la mía, y me retraigo, y trago saliva, y me aguanto.

Le hice cariños en el pelo, hartos cariños y él me tomó los pies, y me los fue apretando poquito a poco, y después recorrió la forma de mis piernas. Me echó mi pelo a la cara y me besaba con él y me lo metía por la boca con su lengua. Me sacó las panties junto con lo demás de un tirón. Empezó, este bruto, a acariciarme toda y los pliegues de la falda me rozaban por dentro. Porque a todo esto no me había sacado la falda. Tocaba mis muslos y mis ingles y, no sé..., mis "mojaduras" como me decía él riéndose.

Adelaida sabía que nunca le contaría a nadie intimidades así. Ni a Marilú ni a nadie. Jamás. Por eso mismo, quizás, la divertía contárselas a sí misma y reconstruir paso a paso en la imaginación lo sucedido. Le gustaba verse de fuera y escandalizarse un poco. Le agregaba una dimensión mayor de realidad a los episodios del amor prohibido que consumía su alma.

Y yo lo vi en el espejo sacándose los pantalones. Me arremangó la pollera negra y lo sentí tanteando ciego. Yo lo vi en el espejo sin ropa y yo me veía tan vestidita y decentita con mi suéter de cashmere, pero mi falda negra me la tenía arremangada y por detrás se me veía todo. Es lo que pasa en el Constantinopla. Los cuartos tienen espejos inesperados aquí y allá. Uno los va descubriendo de a poco y no sabe desde dónde la ven o qué verá uno y dónde. Subí una grada del jacuzzi de cuya agua salía una nube de vapor. En la otra pared se encendían y apagaban miles de pequeñas luces de diversos colores sobre una pantalla negra. Era como el titilar de las galaxias en el más grande silencio y la noche del infinito en movimiento. Y nosotros íbamos en la nave espacial recorriendo esa inmensidad. El cielo raso del cuarto, recubierto en una seda gris metálica igual que la de los poufs, se curvaba como el de un platillo volador.

Entonces entró un poquito en mí y luego me abrí y se acomodó más, y entró de veras y salió, y volvió a entrar fuerte y rápido, ardiente, resbaloso, incisivo y él era rico, él era mi amoroso. Y no me importaba nada hacer eso por él, porque por él yo hacía cualquier cosa, cualquier cosa. Y hacer cualquier cosa por él era hacerla por mí. Yo trataba de mirar las luces rojas y los ojos del robot que me daban vueltas y el haz blanco que recorría la esfera del radar. Pero me topaba siempre con algún espejo en el que yo vestida hacía el amor de pie junto a un jacuzzi humeante. Y al principio me daba como risa lo rico que era hasta que me fui reconcentrando y se me crispaba la piel de la cara y me contorsionaba por dentro, y él me mordía los ojos y se le chupaban a él con una luz hueca.

Yo eché la cabeza atrás y sentí que me fallaban las piernas. Se había despejado la noche y nubes negras, color carbón y delgadas e hilachentas pasaban delante de una luna redonda y resplandeciente. El, como en un susurro bajo y tenso, me estaba diciendo "ven, Adelaida mía, ven conmigo, ahora. Sí. Ven."

Después, me mordía un hombro y llegábamos y nos íbamos por llegar siempre otra vez.

Caímos sobre la cama como desmantelados. El tablero de controles de la nave centeallaba. Y él me dijo:

"Yo no sé si esto subió desde el fondo de la Tierra, cabrita linda, o se desprendió de la punta de una estrella. Pero de aquí no es... ¡Cuidado con tu pollera!"

Una mancha de sangre fresca en la colcha. Miré a Pelayo y tenía dos grandes manchas rojas. Me desprendió la pollera y la sangre corría por mis muslos. Al llegar a la rodilla formó dos espesos goterones. El me miró con ojos alegres, de chico diablo, y yo, que ahora sí quería morirme de vergüenza, buscaba con qué cubrirme. Pelayo entonces llevó su lengua ahí, pero yo me arranqué al baño tirándome el suéter celeste hacia abajo para taparme algo que fuera. Y la verdad es que no sé cómo pudo pasarme esto porque no me tocaba todavía y siempre son gotitas chicas. Nunca este chorro de sangre roja, ni cuando me acosté por primera vez me pasó algo parecido. Esa vez me encontré al rato unas pocas gotas de sangre. Nada más. Pero esto de ahora eran verdaderos ríos de sangre, como si me hubieran violado, como si fuera yo una virgen violada recién y él me adorara con la ternura de una fiera. Lo miré y sonreía como un sátiro.

Y él me dijo: "Que nada me separe de ti. Ni tu sangre ni tu mierda ni tus olores ni tus lloros. Nada. Porque eres entera mía, mi mujer. Si yo andaba muy remal, Adelaida. Pasaba de una duna a otra con los zapatos llenos de arena y los dedos encogidos. Tú no borraste las dunas ¿ves? Pero me sacaste los zapatos y dejaste mis pies libres."

Y tú, ¿qué piensas, muda?, bromeó consigo misma. ¿Me estaré volviendo loca? ¿Cuánto puede durar una pasión así? ¿O me he vuelto medio puta? Y Adelaida se rió. Qué sé yo qué va a pasar conmigo...

Metió la station a la entrada de adoquines de su casa, la detuvo ante la puerta del garaje y, llevando su frente de golpe al manubrio, lo inundó con su melena oscura que ocultó la boca y los ojos de esa risa, de ese llanto.

NUEVE

LA FIGURA DEL PENDULO

PENSÓ PELAYO: pasadas unas semanas después del regreso del viaje y la pasión propia del reencuentro, imperceptiblemente algo ha cambiado en Adelaida. ¿O sería él quien se transformaba? Pocos días antes Mempo le había informado que, en círculos de gobierno, se daba por hecho que el canal se lo asignarían a ellos. ¿Era posible que la cercanía del triunfo hiciera que ella lo notara distinto? ¿Desde cuándo la sentía así? ¿Tal vez desde que él le había dicho que era necesario producir el dinero que requería para no depender de los caprichos de su marido y poder liberarse de él? Estaba como más metida para adentro, más recogida y menos luminosa ese viernes. ¿Acaso menos irreal?, se preguntó con alarma Pelayo. Rápidamente se contestó: en ningún caso. Más profunda, sí; tomándole el peso a la situación, sí; y haciéndose cargo de su amor... Dudó que estuviera siendo sincero consigo mismo, pero luego sintió que la quería más hondamente ahora, aunque estuviera perdiendo su amor ese gusto a travesura y rebeldía que había sido parte de su atmósfera secreta y encantada. Era conmovedor imaginarla enfrentando su separación, la incertidumbre económica en que quedaría con sus hijos, la tempestad de comentarios y presiones sociales que se cernirían sobre ella, un eventual juicio con León...

Eran alrededor de las doce del día. Atravesaron bajo los plátanos orientales de la avenida Lyon, y al rato de caminar desembocaron a una pequeña plaza. Adelaida se detuvo a mirar un jacarandá desamparado por el invierno, aunque lleno de brotes a punto de abrirse a la luz. El dejó que sus ojos se emborracharan con lo que no estaba ahí y estaría muy luego: la suave espuma azulada de su flor que parece brotar de ese tono azul violeta, y que tiñe, a veces, al cielo de Santiago en las tardes de verano. Cuando volvió la vista, ella seguía mirando absorta ese azul vaciado. Iba a besarla, pero se retuvo como por temor a interrumpirla. Ahí, a su lado, y, no obstante, al margen del instante que ella vivía al contemplar en silencio el atardecer de ese jacarandá despojado por el tiempo, creyó que no él, sino su mente, producía la palabra "compromiso". Y sintió el tirón de una soga súbitamente tensa como cuando cae el lazo, y el caballo sigue y empuja. Pero tampoco ahora quiso interrumpirla para decirle eso. Estaba impresionado y levemente triste por la nostalgia que temía llegar a sentir.

❖

ADELAIDA LLEGÓ a su casa, intercambió unas palabras breves con la cocinera y se sentó un minuto en el cuarto de Catalina a revisar sus tareas, con Matías en la falda y sin sacarse aún el chaquetón. Después fue a darle un beso a Diego, que estaba dormido. Entró a su dormitorio, dobló la bufanda de seda, la metió a su cajón, sacó un libro que guardaba ahí, colgó el chaquetón de piel en el closet, y se encerró en el baño. De entre las páginas extrajo una vieja fotografía y se sentó en la tapa del excusado.

La cara del joven atrae por estar volcada hacia afuera. Su piel transparente está ávida por el mundo que transcurre al exterior. La vida está allá. A medida que un hombre, una mujer, maduran, el rostro se carga y se vuelve más hacia sí mismo. El mundo, entonces, pesa y escurre por dentro. Cuando un hombre, una mujer maduros, de verdad atraen, es que su magnetismo llega a través de esas capas de vida sedimentadas al interior de su piel.

Mirando, ahora, esa foto tomada tantos años atrás frente a las columnas del Partenón, el rostro de Pelayo se veía así, enteramente largado hacia afuera, como desplegado hacia el mundo. Y contrastaba con esa piel con capas de tiempo que Adelaida veía en esta otra foto más reciente. Casi no se fijó en Marcial y Federico, pues le parecieron simplemente unos muchachos irresponsables y carentes de interés como una pura superficie. Tampoco tenía a mano una foto reciente para compararlos.

Abrió un frasco de vidrio en el que guardaba un pot-pourri de hojas y semillas aromáticas *sapin des montagnes* que había comprado en el puesto de Crabtree & Evelyn del aeropuerto de Washington, de vuelta de Amsterdam. El aroma a montaña la llenaba de pálpitos extraños y sensaciones imprecisas. Y después de aspirar esa atmósfera de bosque encapsulado, comenzó a arreglarse para ir al matrimonio de una de las primas de su marido.

Encendió la luz del espejo sobre el lavatorio, fue al closet, abrió y cerró la pequeña caja-fuerte empotrada en la pared que se ocultaba detrás de los suéteres y chalecos de lana, y volvió. Se probaba, ahora, los aros de forma pendular que le había regalado su madre cuando cumplió veintiún años: un brillante de engaste redondo, luego hacia abajo un hilo de platino, otra redondelita con un brillante; después otro hilo más largo y, finalmente, abajo, una rodaja grande con otro brillante. Al observarlos de costado se nota que el hilo plateado no es tal, sino que tiene la forma de un serrucho pequeñísimo cuyos dientes dan la ilusión –mirados de frente– de ser sólo un hilo. Sensación de liviandad y movimiento, pensó. Algo de la figura del péndulo: libertad y necesidad a la vez.

Tomó de la concha de loco que había en el lavatorio su jabón de zanahorias.

A esa misma hora Pelayo, a paso vivo por alguna de las callejas del barrio Bellavista, bordeando el cerro San Cristóbal, se acercaba a un bodegón oscuro en el que, sobre un piso de concreto entrecruzado de cables, se presentaba una instalación de video de Guayo Fisher: veinticinco pantallas ofrecían veinticinco imágenes virtualmente indiscernibles. Las tomas de primeros planos se sucedían desordenadamente. El tema era su pasión y metáfora de siempre: la oveja, la madre, la lana, el cordero, la lana de vidrio.

❖

–ME CARGA que seas así. No puedo soportarlo, Pelayo. Me carga porque ahora cuando voy a acostarme contigo me acuerdo y me viene...

–¿Te viene qué?

–¡Nada! No importa. Total, ¿qué te puede importar si tú lo haces y no te importa verme sufrir y darme rabia?

–Me importa, Adelaida.

–¿Cómo puedo saberlo?

–Te lo estoy diciendo.

–Eres un mierda.

–Sí. Pero ahora cuando estás así conmigo te acuerdas, ¿no?

–Sí. Me acuerdo y ¡me carga!

–¿Por qué?

–No te pienso decir, Pelayo.

–¿Te viene qué?

–Asco. Para que sepas. Me viene asco.

El la miró a los ojos con aire divertido. Ella no varió su gesto adusto y reconcentrado.

–Así es que ahora te doy asco. Fíjate que no me ofendes.

Pelayo sonrió con un gesto resbaladizo en los labios.

–Fíjate que no me ofendes –repitió.

Quiso besarla pero se topó allí con unos labios flácidos. Algo intangible, una grieta fugaz pasó por su rostro. Y sin embargo, su boca siguió sonriendo.

❖

UN DOLOR en la piel, en las partes de su piel. Como si él, al tocar cada parte del cuerpo de la otra hubiera desollado la parte equivalente de ella; como si al momento de imaginar la mano de Pelayo en un muslo de esa otra mujer se percatara Adelaida de que esa misma mano ha escoriado la piel de su muslo, como si, en verdad, en la mano de Pelayo, en su contacto antes reconstituyente, se hubiera introducido una infección, y ahora sólo pudiese ampollar su piel.

Estaban de pie y él puso sus manos en las caderas de ella.

Bailaba despacio y solo, siguiendo el ritmo que tocaba la radio. Movía las piernas de lugar y la rozaba suavemente. Pero había un cuerpo de otra entremedio, el muslo de otra, sentía Adelaida. Un muslo firme, alargado, femenino.

Se apoyó en la pared y cerró los ojos. El observó su ceño y la tensión de los músculos de la boca. Abrió los ojos. Su mirada era triste como la de un perro triste. La misma gracia de sus ojos, el mismo gesto en la media sonrisa suya con que la enamoraba a ella, se había empleado para seducir a otra. Adelaida no tenía dónde posar los ojos. Porque aún lo que más le gustaba de Pelayo, de su cuerpo, era ahora motivo de dolor, de dolor acuciante. Y su mismo encanto y aptitud para fascinarla, contaminados, se le volvían insoportablemente odiosos.

–Mejor comamos –propuso él.

–No pienso –rezongó ella con los ojos cerrados desde los cojines entre los que se había tirado. Estaban en la suite hindú.

–Adelaida, no sigas amurrada como cabra chica. Simplemente no tiene sentido. Te he dicho una y mil veces que lo de Amalia no tiene ni tuvo nunca importancia alguna.

–Pero te sigue viniendo a ver. Me has reconocido que fue hoy a tu oficina. Pese a que me has dicho una y mil veces que estaba todo clara y tajantemente terminado. Y sin embargo, te ha ido a ver de nuevo. ¿Para qué? ¿Ah? ¿Para qué? ¿Para llevarte la receta de su postre de chocolate que te gustó tanto en su casa, en su taller, en su... qué sé yo qué? ¿Y tú le crees eso? ¿Y tú quieres que yo te crea que tú le crees? ¡Te acostaste con ella! Y lo que me da rabia es que supe que eso iba a pasar desde el primer momento que la nombraste, desde que me dijiste hace días que te la habías topado en La Oropéndola y que todos la encontraban tan buenamoza y tú no, y que habían hablado de la próxima instalación de video de Guayo Fisher. Y tú me aseguraste, me prometiste que no; que nada que ver; que era yo una "celosa a priori". ¿No dijiste eso acaso? Y ahora te ríes. Y yo te quise creer; porque te quiero y por eso, sólo por eso, quería creerte y estar yo equivocada. Pero no.

–Adelaida, tú sabes que lo de Amalia no fue nada. Se me arrancó la moto y punto. Te he pedido perdón. Te lo pido de nuevo.

❖

SUMIDA, HUMILLADA, traspasada de dolor, sentía a ratos una nueva forma de ternura por él. Era dulce, era noble, casi heroico, intentar comprenderlo; ser capaz, de puro amor, de compartir con él incluso su infidelidad. Era aún más lastimoso resignarse a la idea de que ése había sido un fragmento inconexo de su vida, una dimensión diferente, desligada e inabarcable para ella. Se había abierto una fisura y ella quería apropiarse también de cuanto estaba al otro lado; quería tener a Pelayo entero, su infidelidad incluida. No obstante, el peligro era que, conseguido ese pequeño margen de objetividad, esa distancia precaria del ego herido, su imaginación, confiada, empezaba a curiosear. Y, de inmediato, acudían las imágenes de Pelayo con esa otra mujer y bailaban en su mente como hechas en fuego.

–Eso fue lo que me dijiste con los ojos húmedos: "Fue un beso y punto", dijiste. Dijiste: "Fue el bodegón oscuro y los videos y las callecitas de Bellavista y el cerro del zoológico." Y después, por supuesto, la visita al taller de la huevona, a ver sus pinturas. Porque te mostró sus cuadros, ¿no es cierto?

Y Adelaida rió con una risa descorazonada por los celos, una risa que no intentaba ser siquiera la imitación de una risa sino un simulacro burlón y despectivo de la risa. "La risa terrible de Juno", pensó Pelayo. En verdad, era el reverso, lo contrario de la risa. Claro. Era su no ser risa, precisamente, la falta de su risa, lo que hacía tan hirientes y dolidas esas carcajadas que se impostaban al interior reseco de la garganta de Adelaida y expulsaba ella, luego, de su boca. Sólo buscaban que su equívoca similitud sonora con la risa produjera y mostrara la inconmensurable distancia que las separaba de su verdadera risa.

–Y yo sé, Pelayo, que estás arrepentido ahora –siguió diciendo Adelaida–. Pero ¿y mañana?

–Sí. Fue el ambiente, no sé... Eso y el rugido del león del cerro, que cuando bajamos apagó de golpe la música llena de voces y carcajadas que venían desde el bodegón. No sé. Fue..., cualquier hombre con todas las piezas en su lugar hubiera dado ese beso, Adelaida, cualquiera. Y después, sí, en el taller me dejé llevar, lo reconozco. Eso fue –dijo Pelayo y se sonrió con su sonrisa oblicua y salaz. Y para Adelaida esa sonrisa fue un fierro retorcido, un sacacorchos gigante que se le hundió en el estómago y le revolvieron por dentro–. Tú sabes –continuó Pelayo– que te quiero a ti y que esto no significa más que eso: nada. Cualquier hombre...

–Hay uno que no.

–Tu marido.

–Para que veas. El no. Y estoy segura que no.

–¿Cómo lo sabes?

– Porque desde que nos ennoviamos no ha tenido a nadie más.

–Mejor comamos –propuso Pelayo y sin esperar respuesta se paró, fue a la salita del lado y regresó con una bandeja en la que venía una fuente, platos, cubiertos y vasos.

❖

No TEME que yo le sea infiel. Ni mi coquetería teme. Al contrario. Quizás a la menor provocación de mi parte daría con el motivo que necesita para volver a meterse con la Amalia ésa.

Y le cargó la idea de vivir asustada y con desconfianza.

–Te insisto –le dijo–. ¿Qué garantías tengo ahora? ¿Cómo puedo confiar en ti? ¿Podré estar tranquila sabiendo que va a volver a llamarte y que tú eres tan requete débil, huevón?

–No lo hará.

–¿Por qué?

–Porque no.

–Pelayo: ¿qué le dijiste para terminar?, ¿qué explicación le diste?

–Que te quería a ti demasiado.

–¿A mí? ¿Con nombre y apellido?

–Sí. ¿Por qué? –preguntó Pelayo.

Adelaida echó la cabeza atrás y cerró los ojos.

–Pero... ¿te das cuenta lo que has hecho? Esto es casi peor que haberse acostado con ella.

–¿Por qué? No te entiendo...

–¡Todavía no caes en la cuenta de lo que eso significa, Pelayo! –exclamó observándolo asombrada–. Me ubica perfectamente...

– Sólo de referencias. Conoce, sí, a tu marido, claro. Su hermana es muy amiga de la prima de él, la que se casaba esa noche.

–¡Así es que su hermana a esa hora estaba en el mismo matrimonio que yo!

–...

–Y, obvio, tu Amalia ésa le habrá comentado a la mañana siguiente. Esto quiere decir que en una semana más, apenas llegue la prima de León de vuelta de su luna de miel, recibirá la noticia, y le llegará a mi marido en cuestión de dos o tres días como máximo.

–¿Qué noticia, Adelaida?

–Que Pelayo Fernández se pegó un polvo con Amalia Sanhueza, y que la cosa no siguió. ¿Por qué? Porque él le contó que andaba metido con la señora de León Wilson, y la quería demasiado... Una noticia nada de importante para León, ¿no te parece?

–Ay, Adelaida. No creo que se ponga a hablar; será discreta, espero.

–Pero aunque no lo hiciera: ¿te percatas del poder que has puesto en sus manos? ¿Para qué hiciste esto, Pelayo, para qué esta indiscreción? Una cosa es que te haya gustado... qué sé yo y te la hayas tirado, huevón. Y otra, muy distinta, es que le entregues un arma con la cual puede hacerme trizas. ¿Para qué, Pelayo, para qué correr ese riesgo? Y tú que habías sido hasta ahora tan cuidadoso, tan discreto. Lo que no le has contado ni a Federico ni a Camilo, vas y se lo zampas a ella...

–No hablará, Adelaida. Estoy seguro. A lo más le dará a su hermana una versión editada.

–¿Por orgullo?

–Por orgullo y porque me comprendió. Entendió que te quiero a ti de veras. Me respeta, creo, y te respetará a ti también.

Se cruzó de brazos. Estaba sentada en un cojín grande con tapiz negro lleno de espejitos y mantenía la espalda erguida. Miraba, o parecía mirar, al menos, en dirección a la puerta.

–Lo que me hiere más no es que el cuento pueda llegarle a León, sino que estás candoroso, Pelayo, y ha sido ella la que te puso así. Se ganó tu confianza y te hizo bajar la guardia. ¿Qué necesidad había de hablarle de mí? Te hizo perder la cabeza. ¿No te habrás enamorado de ella en serio, Pelayo?

El se agachó al lado del cojín y le tomó las rodillas. Le había gustado el tono de sus piernas dado por las medias, y la forma de las rótulas. La miró a los ojos.

–Adelaida –le dijo remeciéndole las rodillas–. Adelaida, cualquier cosa que diga sólo se presta para malos entendidos. Fue un momento, fue un traspié. Créeme: eso quedó atrás. Pasó.

Puso la frente en su rodilla, pero ella la despegó con suave firmeza, se paró, dio unos pasos y se apoyó contra el espejo donde se reflejaba el jacuzzi sin usar.

Pero en medio del padecimiento surgían pequeñas gratificaciones: su orgullo intelectual, por ejemplo. Pues siempre temió, y se lo dijo, que él no la amara y sólo pretendiera tirársela a más no poder.

Presentía que en cualquier momento se enredaría con otra y le sería infiel. Ahora comenzaba a extrañarse de que no hubiera ocurrido antes, que llevaran cerca de un año juntos y ésta fuese la primera vez. A él le resultaba tan simple y natural dejarse llevar por la seducción de un instante. Un pelo bonito, unas manos delicadas, un par de piernas largas o de ojos pícaros o de ojos ensoñados, y él ponía en marcha el motor de una conquista. Era así. Y así le había gustado a ella. Y aunque durante estos meses de amor secreto presintió muchas veces la eventualidad de una infidelidad, sin embargo, intuía que no la consumaría. En realidad había un imán en la combinación de riesgo y certeza. El riesgo de su infidelidad la acechaba y, no obstante, había adquirido, un poco a regañadientes, la certeza de su amor incondicional. Entonces se había engañado y se derrumbaba la sensación de su orgullo intelectual: lo ocurrido la tomaba de sorpresa.

❖

—LA COMIDA está en la mesa, señora —dijo Pelayo a la vez que se preparaba para descorchar una media de blanco que había sacado, junto con la comida, del pequeño refrigerador que se disimulaba bajo la mesa de controles de luces y música de la suite.

—¿Qué cosa?

—Que... tu marido nunca te ha sido infiel.

Adelaida pareció asentir con la cabeza.

—¿Cómo lo sabes?

—Porque me lo ha dicho.

—Te ha dicho que no tiene ni ha tenido ojos para otra mujer.

—No te rías.

—¡Te habrá dicho también que no ha tenido falo para otra mujer!

—También me lo habrá dicho, huevón.

—¡Y tú le crees, claro!

—Le creo. Chúpate esa. Es un hombre al que yo le puedo creer. Fíjate que eso también existe, huevoncito. Fíjate que se puede ser buenmozo y pasarlo bien y tener éxito y tener plata, y ser de una pieza. Fíjate que le creo. Porque su "sí" es "sí" y su "no" es "no." Para que veas.

Sonó el corcho de una botella. Pelayo se sentó a la mesa y trasladó de la fuente dos tajadas gruesas de jamón pierna que extendió calmadamente en su plato. Luego se sirvió generosamente ensalada de espinacas que venía con trozos de almendras, quesillos y pasas. Y atacó con hambre de escolar.

—¿Tampoco vas a comer postre? —le preguntó un rato después.

No contestó. Pelayo tuvo la impresión de un golpe corto, preciso, irremediable: habían terminado. Su amor, de hecho, ya estaba muerto.

—Mira, son helados de frambuesa al agua que a ti te encantan.

Se echó a la boca una cucharada enorme y el helado le hizo doler los dientes. Hincó una rodilla en la alfombra y acercó su cabeza a la falda de Adelaida. Seguía recostada entre los cojines. Tragando como pudo ese inmenso bocado, la besó apenas. No obtuvo respuesta y desistió. Ahora, con la punta de su lengua fría le abrió un poco esos labios y luego los recorrió por fuera. Sintió ese inconfundible gusto a sal que venía de los ojos.

—¡Adelaida! —le dijo, tomándole la cara con sus dos manos—. ¡Adelaida!

Pero Adelaida ya se había puesto de pie y caminaba hacia la puerta con la correa de su bolso de cuero enrollada en la muñeca. Pelayo se encogió a la espera del llamado que ella haría por el citófono pidiendo el auto número dieciséis, que era el número del tarjetón que les había tocado esa noche. En lugar de eso oyó su suave voz baja.

—Ven a despedirte —decía—. Ven a despedirte de mí.

Llegó de dos saltos. A ella se le chupaban las mejillas y le tiritaba el labio inferior. A través del velo de las lágrimas sus ojos brillaban negros, dulces, trágicos. La estrechó y ella lloró en sus brazos. Era un hilo delgado, sereno, triste, sin odio, sin verdadera rabia, sin mezcla, hecho sólo de pura pena. Era como si el llanto hubiese abierto la tierra y dado con un filón de metal puro. Pelayo la apretó contra la puerta besándola en la boca con angustia, y en los párpados y el pelo y el cuello. Su lengua le pasaba por los recovecos de una oreja; su mano izquierda, arriba, sostenía por detrás su cuello; y la derecha, abajo, le recogía el vestido y apretaba su muslo.

—Dime, Adelaida, ¿quebré la copa? ¿Lo eché todo a perder?

—...

—¿Sabes, Adelaida?

—¿Qué?

—Nunca más. Estoy absolutamente seguro... ¿Y sabes por qué?

—A ver, ¿por qué?

—No porque de repente no me vayan a dar ganas.

—¿Ah no, huevoncito?

—No. Porque de darme me pueden volver a dar. No va por ahí la cosa. No quiero, no soporto hacerte sufrir. Y como tampoco quiero mentirte, no me van a alcanzar a dar ganas porque voy a acordarme al tiro de que te haría sufrir. No voy a tener necesidad de sujetar la moto. ¿No es así? ¿No eres así tú?

—A veces te cuesta tanto sumar dos más dos, Pelayo —sollozó Adelaida desconsolada.

Era normal. Son cosas que pasan, se repetía ella para sí misma. Lo ocurrido era perfectamente explicable y natural. Al mismo tiempo, era absoluta, radicalmente inaceptable.

—Lo que me extraña es por qué no quiero mentirte.

—Porque has mentido demasiado. Porque a las mujeres que has tenido las has dejado así fuera de tu verdadera vida; porque si lo hicieras te pasaría lo mismo conmigo y eso te da miedo, Pelayo. Te da miedo perderme porque nunca me has tenido —dijo secándose las lágrimas.

—Pasa que me has hecho creer que hay alguien en el mundo, tú, que me puede querer a mí tal y como yo soy. Entonces, si yo te mintiera, me perdería esa oportunidad única, me perdería yo de mí. Me has cambiado la vida, Adelaida. ¿Entiendes lo que te digo cuando te digo que me has cambiado la vida?

—Yo sólo entiendo que te quiero, Pelayo.

❖

PERO HACER el amor con él tampoco bastaba. Porque temía que él quisiera hacer el amor así, tan rico, pero con la otra. Es decir, con ella y con la otra. Es decir, con la otra, pero con el fuego del amor de ella. La imagen de él con la otra se deslizaba, entonces, a su mente con tenacidad perversa hasta que una punzada de dolor, como una piedra arrojada contra un espejo, la hacía mil pedazos. Y era el momento en que cerraba los ojos y se decía: No es cierto; no puede ser cierto. Y, sin embargo, lo es; es cierto; pero, ¿y si no fuera cierto? Y aunque a ello sucedía, naturalmente, el reconocimiento de la verdad, ese fugaz e ilusorio instante de duda le concedía a su tormento una pausa, y a su mente extraviada, un tope. ¿Para qué?, insistía. Dios mío, ¿para qué?

Una acción, un sufrimiento, una humillación tan innecesarios... A menos que este traspié, esta trizadura, sea el síntoma de una afección más profunda y Pelayo no se haya dado cuenta. Y, sin embargo, lo quería con toda el alma y no pensaba perderlo. No le daría ese gusto a la tal Amalia. Había que olvidar lo ocurrido. No. Eso era tratar de engañarse. No era posible. Había que aceptar el hecho, el acto imborrable, indesmentible, de su infidelidad. Y a la vez, seguirlo queriendo, sin remilgos ni rencores. Y no sólo tal como antes sino más que antes. Ese era el punto, sentía Adelaida. De lo contrario, no era real, no era eficaz. Quererlo todavía más que antes y con su maldita, su intolerable carajada a cuestas. ¿Sería posible? Querer a Pelayo marcado, con sus besos a la otra y su cicatriz encima, pero más hondo, desde más atrás y hasta muchísimo más adelante; querer a Pelayo verdaderamente, completamente, sin dejar ninguna pizca afuera; quererlo con humanidad de mujer nacida para querer sin tasa ni medida. Y Adelaida sintió el parpadeo de la esperanza. Sí. El perdón es posible, se dijo. Y le pareció que su alma se aquietaba. Y dentro de esa palabra, "perdón", que siempre se le había atragantado, presintió que se le revelaba un secreto, una misteriosa llave de la existencia humana.

Pelayo vio que volvía a manar el hilo delgado, sereno, de su llanto. Yo soy capaz de perdonar, se repitió en silencio y sumida en sollozos. Yo soy capaz de perdonar esa escena de cama en el taller de la huevona ésa. ¿Por qué no? Me lo pide mi propio amor por él. Hay que hacer de tripas corazón, y perdonar; perdonar de frentón y para siempre. Y, con todo, ¿será posible?

–Dime, ¿quebré la copa?

Ella se sonrió con pena infinita y ambos callaron por escuchar el solo de saxo melancólico que estaban tocando, y que interrumpió un súbito cambio de tono y ritmo, tal como la salida de la luna llena puede dar vuelta una noche. Los dos lo acompañaron bailando suave y murmurando bajo.

❖

–¿Así QUE te doy asco?
– No tú, huevón.
–¿Quién?
–Tú, mojado por otras mujeres. Eso.

Volvió a sentir que borbolloaba su sangre y teñía su espíritu... Pero se encontró, de soslayo, con su mirada tierna e irónica, un poco tristona y, sin embargo, explorando su posible complicidad. Y entonces Pelayo sintió de nuevo en ella la risa de Afrodita, y la besó y ella le devolvió el beso. Y cuando sentía ella la sal de sus propias lágrimas en los labios de Pelayo, le pareció que un sol inmenso salía mojado detrás de las montañas, y que ese sol era su amor que se derramaba mojando a Pelayo con sus lágrimas, que ya no eran pena, sino emoción porque ella había podido perdonarlo desde el fondo de su alma. Le vino un impulso, y quiso arrodillarse y besar la tierra. Tenía la impresión de estar tocando el borde de una fuente de vida, y con la consistencia de algo santo, quizás. Pero no hizo nada, pues Pelayo la estaba tomando en brazos y la depositaba suave, tierna, cuidadosamente sobre la cama.

❖

–¿TÚ CREES, Pelayo, que podrás ser feliz conmigo?
–¿Y será tan importante eso de la felicidad? Te quiero.
– Llámalo como quieras.
–Uno quiere ser bueno para vivir; ser un buen vividor en el sentido en que se puede ser un buen jinete o buen chofer. Nada más. Todos los caminos son distintos –divagó–. Al buen chofer se lo conoce por la forma en que enfrenta la ruta en el estado en que le tocó. El modo en que un jinete sortea los obstáculos y aprovecha las oportunidades que le brinda su caballo es lo que hace al buen jinete, ¿no? Lo que uno busca es llegar a tener en sí mismo, y llegar a compartir después, la íntima convicción de haber cabalgado bien su propia vida. Y contigo –concluyó cambiando de tono– está visto que eso anda, ¿no?
–¡Ah!, tonto –rió Adelaida meneando la cabeza.
Pelayo inclinó la suya, sonrió con un dejo de pena y puso unos ojos capotudos. Parecía que al mantener los párpados así, semicerrados por un instante, se replegara sobre sí mismo sin dejar de comprender la presencia de la persona que tenía al frente, y a la que invitaba, sutil, delicadamente, a visitar el interior tapado por esos dulces párpados de piel oscura que Adelaida sentía voluptuosamente suaves. Ella se fijó en cómo quedan los labios después de la sonrisa. Bajó la vista.
Pero a pesar de los indicios, no supo o no quiso adivinar la resolución irrevocable que cuajó en Pelayo, una decisión de la que ella sólo se enteraría poco después, cuando estuvo consumada.

DIEZ

LA CASA VIOLETA

UNA REJA BAJA de fierro forjado había sustituido a la vieja pandereta aportillada y cubierta con los graffiti políticos. Por los hondos tajamares de piedra en que pintaban, hasta hacía unos pocos años, frases que predecían el fin del orden burgués y el advenimiento del hombre nuevo, colgaban ahora hiedras de desarrollo aún incipiente. El mismo Roberto Matta había venido de París, en esos años, a pintar aquí con las brigadas revolucionarias. Un nuevo muralismo, un poco a la mejicana, pero más colectivo y popular, sin otro autor ni firma que la de la clase revolucionaria organizada, vale decir, de su partido. La revolución se había inaugurado en estos paredones aparentemente demasiado altos y pétreos, dada la presurosa, inofensiva y sucia lengüeta que escurría por allá abajo.

La construcción de los tajamares del Mapocho ocupaba un lugar predominante en los aburridos manuales de historia que exigía el Ministerio de Educación en todas las escuelas y colegios del país. Era una de las obras que demostraba el talento visionario de don Ambrosio O'Higgins, el más importante gobernador que tuvo Chile en los tres siglos de dominio español, período al que, como se sabe, pondría término un hijo natural suyo, don Bernardo, prócer de la Independencia, padre de la Patria.

Ocurría que cada incierto número de años esa sucia lengüeta de agua traicionera crecía y sobrepasaba las defensas con un oleaje rabioso que arrastraba cajones despedazados, alambradas, ramas y árboles, neumáticos, basureros de latón, tablones y planchas de zinc que pasaban en una confusión de piedras, agua y lodo. En estas ocasiones el río solía tragarse vehículos y casas arrancadas de cuajo a las que se veía navegar como improvisadas e involuntarias arcas de Noé antes de ser destrozadas y engullidas por las aguas. Estos desastres seguían ocurriendo hasta el día de hoy, pero de tarde en tarde, y en las áreas de la ciudad en las que no se habían tomado las precauciones que la obra de Ambrosio O'Higgins ejemplificaba.

Una vez que el río bajaba, habitualmente el clamor popular obligaba a reforzar los enormes tajamares que recobraban su aspecto de murallón de ciudad medieval reconstruido para atajar el pasado. Entonces vino la revolución de la hoz y el martillo que se los apropió para el pueblo y los convirtió en trampolín de su lucha. Se escribían en ellos palabras como "hacia la sociedad sin clases", o "los niños nacen para ser felices". Y después del fracaso de la revolución llegó, con el régimen militar, la hiedra, el fierro forjado de las rejas y los faroles entre los plátanos orientales.

Al pasar por el barrio de Pedro de Valdivia Norte, el cerro San Cristóbal se veía muy verde, cruzado por esos capachitos rojos, anaranjados, azules, blancos del teleférico instalado no hacía mucho y que relumbraban con los últimos rayos de un sol que empezaba a hundirse. Pelayo creyó recordar algo que olvidó antes de darse cuenta qué era, distraído como estaba, por la vertiginosa aparición de una cuadrilla de ciclistas con las viseras de sus jockeys mirando hacia atrás. Uno de ellos abrió los brazos en cruz y empezó a quedarse rezagado. Llevaba fonos en las orejas. La pendiente en bajada lo aceleraba.

Marcial hundió el pie derecho en el acelerador tomando cada curva con la delicadeza y aplomo del hombre que baila bien y sabe llevar a una mujer. Este goce –tomar bien las curvas de la avenida entre el río y el cerro– concentraba su atención. Miraba de reojo la aguja temblequeando en torno a los ciento cuarenta. Le gustaba sumirse en el puro placer de sentir el cambiante juego de fuerzas activas y de inercia, de las que emana la posición de equilibrio que la aceleración y desaceleración redefinen en cada curva, en cada tramo de ella.

Al enfrentar la primera curva del cerro de Lo Curro, por los cuatro parlantes de la Nissan Patrol, les rodeaba un rock devorador, rápido, implacable. Marcial había insistido en pasarlo a buscar a las oficinas del canal porque conocía el camino y porque prefería su trooper al escarabajo azul de Pelayo, que quedó ahí, a la espera de que su dueño volviera de la comida. Los amortiguadores de la Nissan trasmitieron el golpeteo de la pavimentación dispareja, llena de grietas mal rellenas con alquitrán. En algunas curvas más cerradas los aromos azotaban el parabrisas dejando caer una granizada de pelotitas amarillas que se desparramaban inmediatamente por el capot y desaparecían. Pelayo iba con un brazo afuera que metía entre esas ramas como quien hunde la mano en una catarata.

Hacia la izquierda, arriba, habían encendido algunas luces. Un BMW blanco, seguido de una camioneta Luv azul brotaron inesperadamente. Entre los ciruelos, almendros, aromos florecidos en esos días, se descubrían paredes como manchones, techos como alas desmesuradas, accesos o entradas como escondrijos, y uno que otro vehículo como luciérnagas. Pasados los eucaliptus emergió la cordillera mostrando sus alturas e insinuando sus pasos, pero envuelta, a esa hora, en tonos rosados. Ahí, bajo ellos, se extendía el valle de La Dehesa recientemente urbanizado, y cuyo metro cuadrado valía, a la época, entre ochenta y noventa dólares.

Pelayo sintió en el estómago la pendiente y velocidad con que descendían de Lo Curro. A la derecha aparecieron unos corrales. Luego tres o cuatro casas de inquilinos con sus adobes pintados de cal blanca y techos de tejas. Marcial dobló a la izquierda y tomó una calle que tenía sólo una vía pavimentada: potreros, campos de ceba-da. Hubo un golpe y se acabó el pavimento. A los costados, monto-nes de tierra removida y unos postes de alumbrado público recosta-dos a la vera. La calle estaba llena de hoyos. Las zarzamoras altas de la derecha impedían ver hacia ese lado. Marcial torció por un calle-jón capeando los escombros. La aguja marcaba quince kilómetros por hora y era obvio que estaba perdido. Le costó reconocerlo.

—Es que todo esto está cambiado —dijo—. Cuando vine hace un mes y medio no habían hecho estos hoyos.

Una pata atravesó pausadamente la calle rodeada de unos siete u ocho patitos amarillos. Marcial detuvo la Patrol para dejarla pasar y se le apagó el motor. Escucharon el "cuac-cuac" nervioso del ave seguida de su prole y el rumor de un hilo de agua. Pelayo la vio esconderse detrás de unos tubos de acero. Abrió la puerta y bajó de un salto. Se acercó procurando no hacer demasiado ruido. No. La pata no había cruzado hacia el potrero del frente, sino que se deslizaba por la acequia en sentido inverso. Pronto se perdió cubier-ta por las zarzamoras. Marcial no quiso retroceder y siguieron ade-lante hasta llegar a unos cerros de ripio y arena tras los cuales había una obra en construcción. Detuvieron el auto ante una casa de tablas. Una señora gorda, que llevaba puesto un chaleco de lana, les dio algunas indicaciones imprecisas. Avanzaron poco más de una cuadra sorteando los hoyos, las rumas de piedra, arena y tablas de las construcciones vecinas que se sucedían, ahora, la una casi al lado de la otra. De tanto en tanto se veían murallas de sacos de aislantes, fosos y grandes tubos de cemento para construir alcantarillas.

—Parece una ciudad bombardeada —dijo Marcial— y es justamente lo contrario.

❖

PASARON LA CANCHA y avanzaron por el callejón todo derecho hasta el fondo. Ahí, tal como había dicho la señora, "había una casa grande, muy linda y con hartas, hartas chimeneas." Era un volumen simple de ladrillos rojos, techos altos y agudos entre los cuales sobresalían cuatro chimeneas, también de ladrillos rojos. Las ventanas rectangulares tenían marcos de madera blanca. En el primer piso había un bow window. Pelayo imaginó, en una fría noche invernal, el olor a troncos crepitando en las chimeneas. Parecía sacada de un libro de inglés básico y puesta en él para ilustrar la palabra "home". Sólo que se situaba en medio del campo herido y ocupado para transformarse en suburbio. Daba la sensación de ser una suerte de manor house acosada. Sensación, por supuesto, puramente ilusoria, puesto que esa casona, rodeada de potreros, había brotado allí sólo un año y medio atrás.

–La casa de Charly Larraín –dijo Marcial apuntando con el brazo izquierdo y sosteniendo el manubrio con la otra mano.

La vista de Pelayo, al prolongar la línea que partía de ese índice, lo llevó a la luz de las ventanas del segundo piso que venía filtrada por visillos y cortinas. Entonces su ojo corrió en veloz vertical hasta caer en la entrada y luego desplazarse en línea perpendicular hacia la izquierda, donde encontró lo que instintivamente buscaba: los autos. Un garage amplio para tres coches con portones de madera también pintados de blanco. La station wagon Subaru 4WD, gris metálica, y el Mercedes azul habían sido dejados frente a la casa en posiciones asimétricas y descuidadas.

–Charly es uno de los pioneros de La Dehesa –comentó Marcial con aprobación.

La calle se angostó y volvió a echarse a perder. Reaparecieron los hoyos y restos de materiales de construcción. Pasada una enorme acumulación de escombros, que los obligó a detenerse porque varios ladrillos y palos atravesaban la vía, tras un recodo, cogieron a la izquierda.

–¡Ahí están, por fin, los cerros de tierra de hoja que serán del jardín de Tamburini! –exclamó Marcial dando muestras de evidente satisfacción por haber llegado a puerto.

Mempo salió al punto a recibirlos

–¡Qué lástima que se hayan atrasado tanto! –protestó abriendo los brazos–. Se han perdido lo mejor: el colorido que adquieren las murallas a la hora del crepúsculo...

Y como para reafirmarse agregó:

–Para Elena este es el mayor acierto de nuestro arquitecto.

❖

LA FLAMANTE CASA de Mempo era color violeta intenso. Se llegaba a ella subiendo una escalinata de gradas abiertas y sin barandas. Las paredes de vidrio colgaban de marcos de concreto a la vista. La mirada, sin embargo, resbalaba de los cristales hacia esas vigas rectas y horizontales que limitaban directamente con la noche y escondían la techumbre. Predominaban las geometrías simples, los ángulos rectos y la sensación de una expansión horizontal. No era una casa que se levantaba en el sitio sino que más bien se desplazaba por él, ocupándolo con la fuerza y rigor con que avanza una demostración matemática. Se agarraba al terreno sustentada por pilotes, de modo que el piso se mantenía a distancia del suelo de La Dehesa. La construcción tenía algo impresionante por la sensación de materiales dominados y encajados en una fórmula. Si producía alguna emoción, era la de la certidumbre que se siente al concluir la demostración de un teorema y tras la cual sigue la anotación "Q.E.D." Sí. Una casa-demostración, pensó Pelayo. Una casa que se ensambla sobre el campo e incrusta en él su *béton brut* violeta intenso, en un despliegue de dominio. Una casa en duelo con el paisaje rural, y también con el urbano del cual todo el suburbio que se edifica se ha fugado. Porque los nuevos propietarios de La Dehesa habían llegado al valle por estar más cerca de la montaña, de su aire puro y picante, de sus hielos indestructibles. Habían trazado sus sitios en los potreros con maíz, trigales y empastadas llenas de yuyos. Eso es lo que habían imaginado y comprado: una parcela, una quinta. Pero dentro de muy poco el valle se poblaría de casas y el campo retrocedería otro poco más, escondiéndose entre las quebradas. Había ocurrido lo mismo, por cierto, con el barrio creado por la generación anterior. Santiago huía inútilmente de sí mismo encaramándose a los cerros.

—Hay aspectos de la casa que aún no terminan de convencerme –se explicó Mempo encogiendo los hombros–. Pero lo que me interesa es que es una *proposición* –dijo subrayando esa palabra.

Y agregó para que le entendieran bien:

—Una proposición arquitectónica, ¿te das cuenta?

—Nos impresionas, Mempo –bromeó Marcial palmoteándole la espalda–. Nunca imaginé que te vería haciendo proposiciones arquitectónicas.

Marcial y Pelayo rieron.

—No soy yo el que las hago, sino el arquitecto –rezongó Mempo y lanzó unas carcajaditas un poco forzadas, y que pretendían provenir de lo que había dicho.

Los tres rieron.

En la zona de recibos, living y comedor no había puertas. Para protegerse del sol había sido preciso colgar cortinas que recubrían por dentro las paredes de cristal. Su tono violeta, similar al de los muros y vigas exteriores, le permitió al arquitecto, se notaba, intervenir también en la decoración interior. Sus consejos habían sido oídos sólo en parte. La consola de mármol rosado en el vestíbulo, el sofá blanco, esas sillas de cuero estirado y armazón de tubos metálicos revelaban, sin duda, su influencia. También la conspicua ausencia de alfombras persas a las que Elenita era tan aficionada en su casa anterior. En cambio, ese aparador de madera de origen coreano, con tres potiches chinos iluminados arriba, provenía, sin duda, de algún *Architectural Digest* y flotaba en esa casa del valle de La Dehesa, sin asidero alguno.

En el living había un solo muro grande pintado gris claro. El resto eran espacios y paredes cortas, sustentos de los ventanales. Sobre esa pared había un cuadro de unos dos metros de largo: un pasto pintarrajeado verde, una casa dibujada con el pincel en rojo y medio comida por el pasto, una piscina calipso con bañistas más o menos esbozados en negro. Ni el techo de la casa del cuadro ni sus paredes habían sido rellenas. Sin embargo, al acercarse, uno comprobaba que había puesta allí una aguada que quería disimular la textura de la tela y hacerla más blanca, más parecida al papel. El tema, los colores simples y el dibujo rápido e imperfecto aludían a la clase de artes plásticas y al trabajo que hace en ella un niño.

—Muy interesante, muy interesante —fingió Pelayo.

—¿A ti te interesa este tipo de pintura, entonces? —dijo Mempo satisfecho.

—Bueno, sí... —respondió Pelayo como dialogando consigo mismo.

—Por fin vuelven a pintar cuadros en los que se sabe cuál es la parte de arriba y cuál la de abajo, y que no han sido colgados al revés —dijo Marcial.

❖

—¡QUÉ RICO que les guste! —dijo Elenita entrando al living y, después de saludar, entrecruzó los dedos de sus manos. Vestía un buzo naranja de seda de paracaídas no porque practicara algún deporte, sino porque el deporte estaba de moda.

—Bueno, lo escogimos por sugerencia del arquitecto —añadió Mempo, que percibía que la reacción de triunfo de Elenita era prematura—. Un toque postmodernista. Para que ningún huevón *snob* crea que estamos *out*.

Pelayo se rió con ganas y los demás lo siguieron.

—Faltan muchas cosas todavía, estamos recién instalándonos —añadió contento con esa victoria parcial y sin querer ahondar más en el asunto.

–La forma en que combina con el colorido de la pared es magistral –comentó Elenita–. Fíjate en este tono de aquí. –Y el dedo apuntó al interior no relleno y de color blanco del techo y las paredes de la casa del cuadro–. Compáralo con este de acá...

Posó dos dedos largos y delgados, de uñas esmaltadas en color transparente, sobre el respaldo blanco invierno del sofá. Se produjo un silencio.

–Y miren esto de acá –añadió volviéndose. Su uña filuda casi tocaba a un bañista oscuro que nadaba sobre el color calipso.

Pelayo buscó la mirada de Mempo pensando que éste se estaría encogiendo por temor a que esa uña hiriera la pintura del cuadro. No. Mempo y Marcial observaban a Elenita absortos, como creyentes oyendo a un predicador que les conmueve y que, sienten, les está revelando algo de su propia vida que él intuye sin conocer. La uña transparente y bien cuidada de Elenita se desplazó de la cabeza del bañista al muro gris a corta distancia de las pinceladas de acrílico.

–Es el mismo color, sólo que aquí –dijo señalando la pared– hay más blanco. Son dos tonos de una misma degradación. Y si se fijan bien... no está a mucha distancia el uno del otro.

Giró para mirar a sus interlocutores y abrió esos enormes ojos raros y vacíos, sus ojos de pavo.

–Todo esto es muy musical. Toda esta casa es un juego de escalas. Observen este volumen –dijo mirando en torno de la pieza. Los tendones de su cuello delgado se contraían cuando movía la cabeza echando miradas a las líneas y ángulos que delimitaban el espacio en el que estaban.

Mempo, notando tal vez que la afectación de su esposa no pasaría inadvertida a un observador perspicaz como lo era Pelayo, propuso visitar el dormitorio de los dueños de casa. Allí admiraron la wall to wall con diseño de tapiz persa, una cama de reina con baldaquín y, frente a sus pies, un televisor enorme de pantalla gigante y parlantes adosados a ambos lados como si fuesen las pesadas orejas de un Dumbo-bufón. En el cuarto de baño, Mempo se arrodilló junto al jacuzzi de mármol que se hundía en el piso y empezó a maniobrar las diferentes llaves doradas con el fin de hacer una demostración de las variedades de chorros de agua que producía el artefacto. Elenita comentó que este era el nuevo juguete de Mempo, que llegaba de la oficina al jacuzzi y se ponía a leer el *Economist*. Sale, dijo, con los deditos rosados y arrugaditos como pasas y sin ánimo ya para nada que no sea dormir, bromeó con una risa picarona. Entonces, recapturada la atención, se dirigió a Pelayo y a Marcial para excusarse del atraso de la decoración de la casa y el jardín. Se debía, explicó, a su trabajo con los pobres en las poblaciones. En el jardín sólo pondría flores azules, prometió. Las hortensias para la terraza estarían ahí la semana siguiente, según le había asegurado la paisajista. Las mantendría en maceteros para poder regarlas con agua mineral. Porque el cloro del agua de Santiago, aseguró, les quita el color azul por mucho que les hayas puesto tierra ácida o clavos enmohecidos.

Mempo, entre tanto, seguía de rodillas en el piso mangoneando llaves y generando lluvias y masajes de diversa intensidad y temperatura. El cuarto empezó a llenarse de vapor. Ella hablaba ahora del estado de esos colchones de la población en los que duermen tres niños en un sentido y tres en el otro; de la falta de privacidad para los adultos; de las escabrosas escenas a que debían asistir esos niños; de lo que era el olor de las letrinas... Elenita devoraba las minucias de la pobreza con la morbosidad del pornógrafo. Citó varias veces a su amiga Pamela Ortiz, la esposa de Rubén Eskenazi, aclaró, por si alguno no lo supiera a ciencia cierta. Y, por supuesto, al padre Tarsicio Valeanu, el rumano inspirador del voluntariado que se dedicaba, fundamentalmente, a dar educación preescolar a niños pobres entre dos y cinco años. Una obra muy valiosa, creía Pelayo, que había pensado varias veces en escribir un reportaje sobre el tema. Pero Elenita hablaba de la violencia y miseria ambiental, de la falta de valores, de la mano que un muchacho le había metido a Pamela —ella presenció la escena, dijo— por el cuello de la polera hacia abajo para arrancarle el collar de perlas de las buenas, de las naturales, por supuesto, que andaba trayendo. Con ojos espeluznantes hablaba de la audacia y pericia del ladrón de catorce años y de que ella vio cómo el muchacho metió la mano de uñas sucias, largas y muy duras, y atrapó el collar. Días después el pobre muchacho lo había devuelto y, en el patio de la iglesia, delante del padre Tarsicio y de ella, víctima y victimario se abrazaban y confundían sus lágrimas. Al separarse, reía Elenita, ambos tenían la cara borroneada por el rimmel de Pamela.

Radiante, Elenita los invitó a conocer el comedor.

—¡Miren eso! —exclamó Mempo con aire triunfador.

—¡Elenita, te pasaste...! —dijo Marcial.

Ella dio la vuelta a la mesa de mármol negro con reflejos de candelabros de plata, pegó su nariz a la tela y, mirando a Pelayo como si los demás no estuviesen en la sala, le señaló:

—¡Es un buen Matta, creo!

Movió la cabeza hacia abajo asintiendo, como confirmando ella misma lo que había dicho, sacó hacia afuera el labio inferior y apretó la barbilla en un gesto que era mitad asombro y mitad desdén. Y Pelayo sintió, en verdad, que era un buen Matta. Múltiples figurillas evocaban seres de ciencia-ficción, tripulantes de naves extrañas de formas orgánicas. Viajes interplanetarios, pero también intercorporales. Un espacio que se desplegaba lleno de cortes absurdos. Un espacio que la sensibilidad se niega a percibir como objeto posible y transitable. Sin embargo, esa arquitectura, con sus pliegues misteriosos e inverosímiles, planteaba un modo de imaginar el universo no imaginable y que la mente humana sólo concibe como física a través de fórmulas matemáticas. También aquí había un aire infantil, de juego, de asombro primero, pensó Pelayo. No obstante, a diferencia del cuadro que colgaba en el salón, no parecía ser la copia de un trabajo de artes plásticas hecho por un niño. Era, más bien, como si Matta hubiera sentado a un niño ante el teclado de su cerebro y ese niño hubiera decidido hacerlo pintar.

Entonces, Elenita se dijo con aire capcioso:

—Esta es una comilona de hombres solos.

Y despidiéndose de lejos, con la mano, trotó hasta que su buzo naranja se perdió por el pasillo que daba a los dormitorios.

ONCE

LA VIDA ES MUY DURA, PELAYO

Después de comida, y apenas sintió Pelayo en su mano la forma curva de la copa de cognac, comenzó la andanada. Aunque le invitaron a contar la historia de su amor con Adelaida de principio a fin, le interrumpieron a las pocas frases. El había decidido confidenciarse. No con Camilo ni con Federico todavía, sino, cosa más difícil, con Marcial y Mempo. Esto había ocurrido el día antes. De modo que esta noche el objetivo de sus amigos no era informarse, sino ir al fondo del asunto.

–No es cuestión de teorías –filosofó Mempo–. Ni menos de imaginaciones más o menos poéticas. El amor se hace. No en el sentido que tu sonrisa de este momento lo entiende, Pelayo. No. En serio. Quiero decir que el amor se construye haciendo cosas juntos: que hay que llevar a los niños al fútbol, que una comida, que el día de tu mamá, en fin... Y ¿sabes? No vale la pena hablar de esto: hay que hacerlo y punto.

–Pero ¿te importa el amor? ¿Te importa de veras? –le preguntó Pelayo–. Porque a mí sí. Y mi amor por Márgara se fue, se me escapó, no existe. Ese es el hecho crudo. Entonces te pregunto...

–Por supuesto que me importa el amor –protestó Mempo interrumpiéndolo.

–¿Y por qué? ¿Por qué nos importa, digo yo? ¿Por qué nos requete contra enamoramos de repente? ¿Por qué parece que sólo entonces vivimos la vida a todo pulmón? Porque el amor nos importa de verdad, ¿no es cierto? Porque ahí están los lingotes de oro, las minas de Sudáfrica, ¿no es cierto? ¡Sí! Pero ¿por qué? –volvió a preguntarse Pelayo. Y la vista se le perdió en el agua calipso que atravesaba el bañista del cuadro.

–Todos sufrimos mucho, Pelayo, todos. Eso no es ninguna novedad –intervino Marcial.

–Lo que pasa es que tú eres un romántico, un irreal. Y algo peor: un soberbio que le pide demasiado a la vida –dijo Mempo–. ¿Cuatro días sin hablarse? ¡Qué importa! ¿Lata? ¿Desinterés? ¡No faltaba más!

¿O tú crees que uno es lo suficientemente entretenido como para que la mujer propia no se aburra con uno?

Marcial rió y al hacerlo cerró sus ojos celestes. Pelayo asintió con una semisonrisa.

–Imagínate cuál es el cuento mío de hoy –siguió diciendo Mempo, entusiasmado por la recepción de su idea–. Que subió cero punto tres por ciento la Libor; que el costo del crédito en Chile es tan absurdamente alto que prácticamente cualquier proyecto resulta imposible; y que eso le da razón a Clemente Rodríguez, el subdirector del departamento de análisis de riesgos, en contra de la opinión de la gerencia general. Y, entonces, ahora resulta que la decisión de largarse con la compra de terrenos para edificar las torres de la avenida Vicuña Mackenna, que estaban programadas desde un año y medio atrás, ha quedado suspendida. Y no porque necesariamente vaya a ser un mal negocio, ¿te das cuenta?, sino simplemente porque la evaluación que hemos hecho en la gerencia general ha perdido credibilidad. Como tú sabes bien, Marcial, nadie le cree demasiado a los estudios ni a las proyecciones ni a los números que están en el papel, porque todos sabemos que el papel aguanta cualquier cosa. Lo que vale es quién firma el papel. Y el valor de una firma cae cuando te empiezan a agarrar en cosas como estas que son tan fácilmente achacables, que tachan un estudio entero. ¿No te parece que a mi mujer le resultará una lata este cuento? ¡Y qué diablos! ¡Es lo que me pasó hoy a mí! Porque lo que me tiene jodido hoy es que el Clemente Rodríguez le achuntó a la subida de la Libor y yo no. ¡Esa es la firme! Pero imagínate ahora una amante que recién me conoce, ¿no encontrará fascinante a un hombre que tiene que vérselas con las vicisitudes del mundo financiero internacional, que tiene que estar al tanto de la política monetaria que sigue el *Federal Reserve Board*, y no por mero interés académico sino porque eso afecta sus negocios, su carrera, sus ascensos futuros? ¿No adquirirá a sus ojos dimensiones fabulosas esta batalla por la aprobación del crédito para construir una torre de locales comerciales? Mira, Pelayo: si tú quieres erotismo, búscate una amante –continuó Mempo con los ojos saltados–; si miradas fascinantes y risa todo el almuerzo, una amante; si unión, compañía e interés intelectual, una amante; si apoyo y fe en ti para poder remontar los obstáculos y vencer las dificultades de la vida, una amante... La mujer legítima no está para eso, huevón. El matrimonio real es una transacción de carácter práctico. Es un nido para que crezcan los niños y salgan normales; con sus necesidades afectivas satisfechas; su papel como hombre o mujer bien claritos; sus valores profundamente cimentados, ¿te das cuenta? Además, y no se te olvide, es un arreglo económico. Tener dos familias es un pésimo negocio, hombre. Va en contra de la división del trabajo. Te obliga a desperdigarte. Las amantes son una ganga al lado de eso y –se detuvo arrugando la frente y el mentón con un ademán deliberadamente cínico– no se te olvide: coge a esa reina de la batalla erótica, a esa bella de mirada encantada, a esa mujer inquisitiva y alerta como ninguna, a esa que cree en ti más allá de toda medida y empieza a verla seguidito durante seis meses. Te encontrarás con que reproduce palmo a palmo a tu esposa actual, ¿te das cuenta? A los seis meses, viejo querido, se te va el encantamiento y se te embotan los sentidos y esa..., esa misma campeona en la cama ya no te dice nada o casi nada. Salvo por lo que aún te pueda emocionar el pasado, ¿te das cuenta?

Mempo se echó hacia adelante y, apoyando los codos en el vidrio de la mesa de centro, empuñó las manos y dejó que su mentón reposara allí. Clavaba los ojos en una revista *Mira* que estaba encima. Marcial se movía en el sofá de cuero blanco sin encontrar postura. Hizo un gesto con la boca como queriendo tragar saliva, pero en lugar de ello chasqueó la lengua. Sus grandes ojos transparentes y generalmente impávidos revelaban, a quien los conocía bien, como Pelayo, molestia e impresión, pena e inquietud.

–Lo que con Mempo estamos tratando de decirte –dijo Marcial con mucha dificultad– es que hay que sacarse el sombrero y decir: lo que sobrevive de esa gran pasión sagrada que yo tuve con quien es hoy mi esposa es esto, es esta pobre rutina. Así somos los hombres de carne y hueso. Amén. Amén. Trago para adentro, para entibiar el estómago y se acabó, viejo, se acabó. ¡Y hay que dar vuelta la hoja! ¡Darla vuelta rápido, viejo querido! Lo demás es para volverse neurótico y joderse la vida. Y jodérsela no sólo a uno mismo, sino a la mujer y a los hijos, viejito querido. ¡Créeme, créeme! La vida es muy dura, Pelayo. Muy du-u-u-ra.

Miró a Mempo y le dijo:

–¡Viejo, dame otro poco de Courvoisier que no tengo más saliva!

Pelayo se echó para atrás en su sillón, cerró los ojos y repitió con voz irónica, como acordándose de un sueño:

–"El mundo es implacable, Ema"–. Y agregó para sí: "Ya lo veo, Theodore."

–¿Qué dices? –inquirió Mempo. Y acercó la copa a sus labios.

–Nada –replicó Pelayo con voz apagada.

❖

–Quisiera decirte... –empezó a decir Marcial deteniéndose al pronunciar las palabras–, te lo cuento para que veas que lo que te ocurre a ti nos ha ocurrido a todos y es normal, que yo he tenido dos o tres veces, durante mi matrimonio, creo... creo haberme enamorado de verdad de otra mujer, Pelayo, una vez, es decir, no más de dos, en todo caso. Y, claro, ha sido terrible. Pero he cortado. Con dolor de hombre que quiere, he cortado. Y eso ha profundizado mi amor por Patricia. Ahora pienso que cada vez es más difícil que me vuelva a pasar, justamente porque me ha sucedido ya y lo he superado; porque he sido capaz de cortar. En el fondo, yo cada vez quiero más a Patricia, cada vez... y algo se me atraganta al decirlo... Y puedo, no sé..., confiar en Patricia; en que será siempre una mamá de veras para mis hijos y tal vez amo su completa lealtad... a pesar de sus muchos, de sus terribles defectos.

—¿Amas su lealtad o a ella misma? —le interrumpió Mempo—. Seguro que Pelayo te va a joder por ahí.

—Esta noche yo no estoy en condiciones de joder a nadie, viejo —protestó Pelayo.

—¡Qué sé yo! —exclamó Marcial con desánimo—. ¡Qué sé yo! Creo que la amo por ella misma, pero también por como es conmigo. ¡Por la cresta, no soy de fierro! Por supuesto que la cosa no siempre se da fácil. Como te decía, viejo, es muy requete dura la vida. Pelayo, es muy requete dura... Te voy a contar algo —prosiguió en tono vacilante—. Con Patricia hemos discutido varias veces la posibilidad de separar dormitorio. Pero jamás nos separaríamos. Quiero decir: nunca viviríamos en casas diferentes. El que se va, le deja los niños al otro: ése es el trato... Sí —reafirmó imperativamente con la cabeza. Y se tragó un buen poco de cognac—. Y por eso me da un poco de rabia tu actitud. Porque a todos nos ha pasado lo que a ti, creo yo. O al menos algo muy parecido. Pero hemos perseverado. Tú llegas y te cagas en todo.

—Tú sabes perfectamente que no es así —protestó Pelayo.

—Lo que aquí interesa no son tus palabras —contestó Marcial—. Yo estoy hablando de tus actos. Son ellos los que te expresan cabalmente, querido Pelayo. Por una vez no puedes ser periodista.

Marcial vació su copa.

—Yo... —dijo Mempo y se interrumpió. Cogió una servilleta de papel de las que había sobre la mesa, en un plato de plaqué, y se limpió concentradamente la boca.

❖

PELAYO VEÍA en su amigo Mempo a un artesano de su propia existencia, un hombre que se había inventado a golpes de cincel, que había conseguido adiestrarse en el extranjero y manejaba ahora hilos importantes en la compleja y resbaladiza trama del poder financiero de Santiago.

Marcial Riesco, en cambio, era en su mente un hombre aún movido simplemente por los impulsos de su casta. Los avatares históricos no habían logrado desgajar sus fibras más íntimas. Se había adecuado a la incertidumbre de los tiempos nuevos con el mínimo de concesiones. Marcial vivía como si lo establecido no necesitara razón de ser. El partidario del cambio tenía siempre el peso de la prueba. Había aceptado sin preguntas ni conflictos internos las situaciones ventajosas en las que nació —un hogar acomodado, padres que se avenían, un estudio de abogados de prestigio con su nombre de familia— y luego acogería, con la misma impasibilidad y espíritu conservador, las amenazas y perturbaciones, los desafíos y oportunidades que los turbulentos años posteriores conllevarían. Carecía de voluntad y proyecto individual. Era el reflejo de las metas de su clase —minoritaria, privilegiada, egoísta y acosada, pero dúctil y aplastantemente realista, a pesar de todo— y se movía hacia ellas con la serenidad y aplomo propios de quien, sin notarlo, es impulsado sólo por instintos y prejuicios connaturales.

Pero Pelayo, por su parte, no tenía la ansiedad de probarse ante sí mismo y los demás, como le ocurría a un Mempo Tamburini, y la fuerza del instinto de su casta se había debilitado en su interior. Aunque siempre presente en algún grado, como ruptura y desgarro, no tenía ya la energía capaz de producir un movimiento determinado y continuo, sino sólo de aherrojarle en una no pertenencia. Adelaida alcanzó a percibir algo de la carga negativa y peligrosa de ese desgarro en aquella tarde lluviosa de otoño en Chihuaillanca, cuando él vio, a través del portón de tablones en que apoyó el mentón, el parronal caído por corte de un tensor, en medio del barro, y descubrió que llevaba así varias semanas, meses, quizás.

Esa imagen oprimió su ánimo dejándolo en un estado vulnerable e inquieto. Por su rostro se extendió una sombra que se prolongó por toda la tarde, levantando una pared invisible entre ella y él. Entonces, cuando Adelaida lo rechazó sólo materializaba una distancia mental, nada más. Porque en esa ocasión la mirada de Pelayo le asustó por su opaca desesperanza y, de pronto, un brillo furtivo y desquiciado. Le tuvo miedo. Miedo a que esa sensualidad y livianeza, esa arrogancia y menosprecio irónico, esa alegría y derroche de vida y entusiasmo, todo ese espíritu desprendido de los éxitos de este mundo que a ella le enternecían, fueran la otra cara de un alma tergiversada por un sufrimiento mal asumido, desenraizada, partida de punta a punta y ya refractaria, incapacitada para sostener vínculos reales y permanentes. Fue atemorizada por esta intuición que lo dejó entonces, y corrió a refugiarse en el amor de León. Y años después, a no ser por ese miedo latente, tal vez no se habría subido al avión rumbo a Amsterdam con intención de rescatar su matrimonio.

❖

—ESTA CONVERSACIÓN, viejo, me pone triste —meditó Mempo—. Pero... mal que mal, tu matrimonio estaba bien como las huevas desde hace mucho tiempo, pelotudo. ¿O no es así? —añadió riendo de pronto—. Me lo decía Elena anoche: "Cualquier mujer, hasta la más pajarona, se da cuenta de que Pelayo es un hombre disponible."

Mempo se echó dos tragos largos al cuerpo.

—León..., ¿qué sabe de todo esto? En cuanto a la actitud, al comportamiento de Adelaida, debo decirte que hemos acordado con Marcial no comentarla hoy contigo —aclaró por si acaso.

—Al menos por mí León no lo sabrá nunca, salvo que me lo pregunte cara a cara —afirmó Marcial con seguridad—. Es amigo mío. Como ustedes saben, sigo jugando tenis con él los sábados. Nunca me ha tocado el tema.

Para Marcial, León era realmente un amigo. Es decir, alguien con quien había compartido un camarín después del rugby o el tenis. La transpiración de otro hombre olfateada junto a la suya en el fragor de la lucha deportiva y en el camarín establecía para Marcial una suerte de pacto de sangre y originaba una amistad caracterizada por la lealtad a toda prueba. Marcial era hombre de sentimientos limpios. Amaba el deporte y hubiera querido que todos los conflictos de la vida se enmarcaran en un juego con sus reglas, sus ganadores y perdedores. No era el fracaso ni el error ni el incumplimiento mismo lo que le preocupaban. Pelayo pensaba que lo que angustiaba a Marcial era encontrar áreas en las que el juego deportivo, como metáfora de la vida, dejaba de funcionar y ser explicativo. Era lo que ocurría en este caso. Él rompía una de las reglas del juego y ¿qué sucedía? ¿Nada? Pelayo no se podía cambiar de mujer como quien cambiaba de auto. ¿Cómo comprender y amparar a Pelayo sin traicionar a León? ¿Y cómo castigar a Pelayo si, mal que mal, el problema no era asunto suyo? Sin embargo, tendría que terminar optando entre ser amigo de uno u otro, ¿o no? Pero ¿por qué? Algo no andaba bien en el sistema.

En este momento movía a Pelayo, que tan poco sabía de León, un interés de otro tipo: averiguar de él. Años atrás, en Los Bellotos, cuando Marcial le presentó a Adelaida, Pelayo se quedó con la idea de que se gustaban. Se lo había preguntado a ella, días atrás, pero ella le habló de los ojos de Marcial, "unos ojos redondos", dijo, "de mirada desguarnecida y celeste como la atmósfera que está hecha de transparencias superpuestas, ¿te has fijado tú bien en los ojos de Marcial?... En esa época", le siguió diciendo con las cejas levantadas de la añoranza, "los recuerdo atravesados por líneas rojas, zigzagueantes y delgadísimas causadas por el sol quemante de Los Bellotos." Así y todo, negó que le hubiera gustado de verdad, porque, lo mismo que ahora, se le hacía "casi impúdico sostenerle la mirada por lo mucho que en ella se expone sin misterio."

—Bromas aparte, León es un tipo de primera. Y es bueno que tú lo sepas —le advirtió Marcial.

—¿Ah sí?... No tengo motivo alguno para pensar lo contrario —murmuró Pelayo.

—¿Hablas en tono irónico? —le recriminó.

—En absoluto —replicó Pelayo—. Le tengo profundo respeto y deseo causarle a él y a Catalina, Matías y Diego el menor daño posible.

¿Quién era León? ¿Qué había encontrado ella en él? Porque ese sábado de lluvia en que las goteras mojaban el piano de las casas de Chihuaillanca había optado por León. No había vuelta, no había vuelta. Cuando nos tuvo a los dos se quedó con él, se repitió una vez más. ...Y se casó con él y quizás me usó para casarse con él. Y ahora que él le ha dado todo, se latea y busca a un amante furtivo para experimentar sensaciones fuertes. ¿O no es así? ¿O me quiere realmente y desde siempre? Bueno, desde siempre no puede ser... Ella dice que tuvo miedo; que yo... Puede ser, puede ser... Pero ahora, por las razones que fuere, lo cierto es que me quiere con toda el alma y no hay culpa ni dolor que yo no esté preparado para sobrellevar con tal de tenerla a ella entera y quererla sin tapujos... Y aun así, ¿quién es León? ¿Qué poder retiene sobre ella? ¿Por qué se le hace tan difícil dar el salto que yo ya me siento preparado para dar? Este tipo algo tiene, por algún lado la tiene agarrada todavía... Y se parece a Marcial. Es sólido y recto y sano como Marcial. Es leal y confiable como Marcial. "Los niños lo adoran". Adelaida me lo ha repetido tanto. Es buenmozo, sin duda, y muy hombre. Como Marcial entiende serlo, o mejor dicho, como a Marcial le nace serlo. Y es simple: eso es lo que me mata a mí. Es simple. Pelayo volvió a suspirar, pero esta vez el labio se tensó de rabia.

—¡Qué fácil se dice eso! —dijo Mempo con una mueca burlona. E incorporándose de un salto salió del living y entró a la cocina.

Los otros dos callaron. Regresó trayendo vasos y una hielera colmada que colocó sobre la mesa central, junto a la botella de Chivas que sacó del aparador coreano. Pelayo notó que Mempo estaba echando una panza bastante respetable; casi balzaciana, pensó. Los tres amigos dejaron la botella ya vacía de cognac y se sirvieron una primera corrida de whisky.

—¿Has pensado en lo que estarías ganando ahora, como agrónomo, con el auge de la exportación de fruta fresca? —dijo Mempo.

Pelayo se sonrió con la mitad de la boca. Las tiras de cuero de su sillón no le permitían cambiar de postura sin quedar incómodo. Tal como el asiento de la bicicleta, estaba diseñado para una sola posición.

—No te burles —protestó Mempo levantándose del sofá blanco—. Tú te resistes a aceptarlo, pero es verdad. Tú te empezaste a joder por ahí. Porque no me vas a venir a contar a mí que te has sentido satisfecho y realizado, que te ha llenado estos años, publicar reportajes en *Mira* —dijo apuntando con el mentón a la revista que yacía sobre el vidrio de la mesa—. ¿Te has preguntado por qué te fastidia tanto Susana Weiner? No es sólo cuestión de carácter o de que no te ha estado pagando lo que debiera. No son los pesos, Pelayo, es cuestión de horizontes. Y lo que me preocupa, lo que de veras me preocupa —dijo adoptando una voz amenazadora— es el efecto que pudiese tener este trastorno en tu vida laboral. Porque ahora que te pegaste el salto y estás comprometido con el proyecto de televisión... Se te abren oportunidades únicas, Pelayo. Tú sabes la alta opinión que de ti tiene Aliro Toro. Incluso te has ganado el apoyo de Barraza, que es algo que vale mucho y te asegura una posición de preeminencia. Pero siempre que estés con la mente lúcida, que estés sereno y con ganas de trabajar; no de arrancarte para ir a tirar, pues huevón. Nadie va a querer partir con un canal nuevo en posición de legitimidad precaria y con el personal clave dando escándalo... Estamos metiendo muchos millones de dólares pues, huevón. Entonces, cuando Toro se entrevista contigo y te dice que tú eres su hombre en el canal, su hombre de confianza en la parte programación, te lo dice suponiendo que estás sosegado y trabajando con disciplina, poniéndole toda el alma, carajo.

—No entiendo bien —dijo Pelayo inquieto y desafiante.

Mempo parecía concentrarse en su whisky.

—Hablo de la entrevista que tuvimos con él hace un tiempo... Bueno, tú sabes, además Eskenazi anda en una onda moralista, tú sabes... Nadie se te va a ir a meter en tu vida privada, naturalmente. Pero cuando el canal recién parte y, como tú sabes, los obispos han dado señales de molestia por la privatización y han declarado su preocupación por la televisión excesivamente comercial que pudiese ser pornográfica y amoral..., ¿tú te das cuenta? La cosa es difícil porque no se tiene un prestigio adquirido, ¿te das cuenta?

—¿Y eso qué? —exclamó Pelayo furioso—. Habla claro, ¿quieres?

—Que tienes que proyectar, en este momento de tu vida, la

imagen de que eres un hombre serio y responsable, en el que se puede confiar. Hay que tratar de dar el mínimo blanco a las críticas, ¿te das cuenta? Eso es lo que le conviene al grupo, al menos. Faltan sólo dos meses para la licitación. Si las cosas salen bien, según lo planeado, en seis meses vamos al aire... ¡Y estamos desgañitándonos por tus cuitas personales que pueden echarlo todo a perder!

–Creo que exageras, Mempo –intervino Marcial, rellenando todos los vasos.

–Bueno, sí, un poco –balbuceó el aludido sonriendo.

Esa sonrisa no hizo sino desmentir su frase. Sorbió un trago muy largo de whisky y su boca de labios anchos se contorsionó al tragarlo. Pelayo agitó lo que le quedaba en la copa mirando alternativamente a Marcial y a Mempo. Se zampó su trago con un gesto brusco e hizo ademán de levantarse para partir. Pero Mempo se abalanzó sobre él y le puso una mano en el hombro. Y Marcial y Pelayo le oyeron decir con voz ebria:

–Pero así todo, hagas tú lo que hagas, tú sabes que siempre contarás conmigo, viejito. Siempre. Y yo me jugaré por ti a *finish* aunque se me atraviesen por delante Barraza y Toro juntos –irrumpió súbitamente conmovido.

Pelayo echó la cabeza atrás, buscando un respaldo para la nuca que la silla no tenía. Se paró, dio dos pasos hacia el sofá y se sentó allí. Con el mentón levantado y expresión negligente le habló:

–¿Me estás pidiendo, acaso, que te crea, viejo amigo Mempo?

–¡Pelayo! –gimió Mempo con voz destemplada.

Se sentó a su lado en el sofá y le dio un puñete en el muslo junto a la rodilla.

–Viejo, ¿cómo se te ocurre que voy a ser yo quien te traicione? ¿Crees tú, Pelayo, que puedo olvidar el pasado? Yo no soy de ésos. Yo sé de dónde vengo y lo mucho que me ha costado llegar a ser quien soy –dijo mirando en derredor–. Tú sabes, mi familia era de origen modesto, pero no soy un mal nacido. Y si hay alguien a quien le debo mucho es a ti, Pelayo.

–No sé de qué estás hablando –se sorprendió Pelayo incómodo.

Mempo se llevó una mano empuñada al ojo derecho, primero, y luego se pasó la otra por el izquierdo.

–Mi casa, ustedes se acuerdan, era una casa modesta del barrio de Ñuñoa –murmuró– y yo no me atrevía de niño a convidar a nadie del colegio. Todos ustedes vivían en los jardines del barrio alto. Y mi mamá siempre me pedía que por favor convidara a algún niño, que era importante tener amigos, que los amigos del colegio eran para toda la vida, cosas así. Pero yo no me atrevía a convidar a nadie. Había estado en uno que otro cumpleaños y había quedado impresionado por esas casas grandes con piscina en que vivían ustedes.

Pero mi mamá porfiaba y entonces yo, que la quería mucho, que la quiero mucho, te convidé a ti, Pelayo, porque pensé que eras el único que no se reiría después echándome tallas en la clase; el único que podía llegar a comprenderme y ser un poco aliado mío. Yo lo hice, yo te convidé; y no por mí, sino por mi mamá; porque me daba cuenta de que para eso, para que yo tuviera amigos como ustedes me había puesto en ese colegio consiguiéndome una beca porque costaba demasiada plata. Y ella tenía que pasarse el día entero trabajando en una oficina como dactilógrafa, cuando las mamás de ustedes se lo pasaban en la peluquería o depilándose o mariposeando por las boutiques. Y resultó tal como yo lo esperaba, porque mi madre no cabía en sí de alegría cuando tú llegaste, y tú me fuiste leal y no despreciaste lo que yo era ni llegaste al patio del colegio, después, a reírte del taller mecánico de mi abuelo...

Pelayo le palmoteó la espalda diciéndole:

—Creo que te estás volviendo un sentimental, Mempo. Estás poniéndole demasiado... Creo que este Chivas se nos ha ido a los tres a la cabeza y estamos desvariando.

—No; es tal como yo digo —gimió Mempo antes de sonarse ruidosamente. Y con el pañuelo aún en las narices siguió diciendo:

—Yo no te voy a fallar, Pelayo, como tú no me fallaste cuando llegó el momento de empezar a salir con niñas y me invitaste a mi primera fiesta a casa de tu prima Angélica. ¿O no fue así? ¿O tú crees que yo era tan huevón como para no darme cuenta del significado que eso tenía y de que los demás compañeros, muchos de ellos a regañadientes, se iban a ver forzados a aceptarme como tú lo hacías?

—Me estás dejando mal por omisión —bromeó Marcial acercándose a Mempo con los brazos estirados como para abrazarlo. Estaba sin chaqueta y llevaba el chaleco de su traje desabotonado. Su camisa blanca tenía unas manchas oscuras de humedad en las axilas—. Es que estamos todos un poco borrachos —rió golpeándole ruidosamente la espalda.

—Sabes que no es así —replicó Mempo—. Lo que pasa es que... ¿Para qué sirve la amistad, carajo, si no es para decirse siquiera una vez en la vida la verdad entre amigos?

❖

—A MÍ ME DA PENA tu hijo, Pelayo —dijo Marcial—. Márgara también. Es una mujer de primera y a la que tú, creo, quisiste de veras. Pero sobre todo, piensa en Pedro. Es inocente y tú, viejo, perdóname que te lo diga de frentón pero es la verdad: tú le vas a fallar a él como papá y eso no tiene vuelta. Y ese dolor —continuó reflexionando como si se hablara a sí mismo—, ese dolor, viejo querido, te va a joder toda la vida. Porque a nosotros, a nosotros tres que estamos en torno a esta mesa, en este espléndido living que se ha ganado Mempo con su trabajo, con su inteligencia, con su aplicación, a los tres que estamos aquí, digo, nos educaron para que esto no nos sucediera, ¿verdad? Lo que más recuerdo del día en que nos graduamos —añadió con voz honda y mirando el techo— fue el abrazo que nos dio el padre de Ruca.

—¡Nunca pude explicarme cómo logró terminar el colegio ese patán! —gritó Mempo.

—Nosotros, terminada la ceremonia —continuó diciendo Marcial impertérrito—, seguíamos parados en el mismo sitio donde nos había condecorado el padre rector, ¿se acuerdan? Estábamos nosotros tres y Puelma, que sacó el premio al mejor alumno. Y se acercaban los compañeros, y profesores, y papás a felicitarnos, ¿verdad?

Mempo observaba ahora la escena con ojos atónitos. No recordaba jamás haber visto a Marcial así. Echado atrás, con los ojos semicerrados, iba sacando la voz desde el estómago y dejaba caer sus frases con una carga que no era sólo la del recuerdo sino también la de la premonición.

—Y todo, todo estaba abierto para nosotros y por suceder. Nos sentíamos tan seguros, tan preparados, tan conscientes y aptos para enfrentar la adversidad... Y entonces, como les decía, no sé si ustedes se acuerdan bien, el papá de Ruca, que había sido tan flojo y patán como su mismo hijo, nos abraza a los tres y nos dice: "Ustedes ya tienen la vida asegurada, chiquillos." Y repite: "asegurada". No se me borró más.

Tomó un hielo y cautelosamente lo dejó caer al vaso lleno para que no se derramara. Una suerte de escalofrío le recorrió la cara. Y volvió al ataque:

—¿Y ahora resulta que se puede hacer cualquier cosa? ¿Tú crees que te podrás casar con Adelaida, con la esposa de León Wilson? —y soltó unas carcajadas que a Pelayo le parecieron gélidas—. ¿De dónde sacarás energías cuando se te arranque la libido otra vez? —rió aligerando su gravedad.

—¿Y de dónde sacarás plata para alimentar a ella y a sus tres hijos? —agregó Mempo, rascándose despreciativamente la calvicie con sus dedos de uñas cortas y cuadradas—. ¿De dónde? Tú no tienes espaldas para eso, Pelayo. Adelaida es una mujer cara. Esos niños están acostumbrados a que corra el billete...

—No es primera vez que te pasa —dijo Marcial—. No eres un pendejo inocentón. Pero siempre pensé que eran frivolidades tuyas, que al final siempre pesaba más en ti la familia. Marcial se llevó la copa a los labios, pero detuvo ese movimiento para decir:

—Te lo digo, viejo, porque tienes que sentir la censura; porque la cuestión no puede ser gratis. Perdona, viejo, pero es lo que yo siento. Mal que mal, por algo soy abogado. Creo en la justicia, en la reciprocidad, en la retribución.

—Estás en tu derecho, por cierto. Tomo tu franqueza como una prueba de amistad —replicó Pelayo adolorido.

—No me vengas con frases a las cuales no sabría responder y que me inhiben —contestó Marcial como enojándose.

Mempo sacó del vidrio de abajo de la mesa central una tabaquera, la abrió y ofreció unos tiparillos. Marcial aceptó uno. Pelayo no fumaba, pero aprovechó para sacarse los anteojos y restregarse los ojos como si le doliera la cabeza.

—Me acuerdo —dijo Marcial con voz calma— que cuando estábamos en el colegio eras el más religioso de todos nosotros. Me acuerdo que después de comulgar eras el que se estaba más rato arrodillado rezando en silencio. Mucho más que Sánchez que nunca dio señales de tener vocación religiosa. Y yo creo, Pelayo, que tu capacidad de gozar la vida estaba muy ligada a una actitud como de reverencia y gratitud religiosa que tú tenías respecto del mundo. Todo te parecía fantástico; incluso los desafíos y las dificultades. Porque tenías la fuerza de la esperanza. ¿No es así, viejo? Porque yo creo que a los hombres nos conviene rezar de vez en cuando.

Marcial miró hacia arriba, hacia el aparador coreano sobre el que estaban los potiches chinos y con un tono apenas audible, como si quisiera evitar que se le quebrara la voz en la frase, añadió:

—Y eso era bueno no sólo para ti sino también para nosotros. A ti, Pelayo, antes te salía la vida por todos los poros e irradiabas esperanza. Pero desde hace algún tiempo, desde hace mucho, en realidad, te he visto cada vez más melancólico y estragado por las tensiones de la vida. Desde antes que dejaras *Mira* para irte a trabajar al proyecto de televisión. Algo se te ha ido, y me pregunto si no es justamente la fe, viejo.

Marcial echó el cuerpo hacia adelante y apoyando los codos en las rodillas le preguntó mirándolo directo con esos ojos hechos de colores celestes puestos sobre otros celestes y de mirada casi impúdica, como decía Adelaida:

—¿Rezas a veces, Pelayo? ¿A alguna hora del día te arrodillas?

Pelayo, por toda respuesta, se echó otro trago a la boca. Marcial se pasó las dos manos por el pelo rubio y echándose atrás lanzó la mirada de nuevo a los potiches chinos de arriba.

—No hay nada ni nadie ante quien Pelayo pueda arrodillarse

–aseveró Mempo, sumándose al argumento de Marcial con fría indignación.

Chupó con ahínco su tiparillo y luego soltó el humo haciendo circulitos. Marcial se puso de pie y empezó a pasearse a la orilla de las cortinas violeta. Una vez que hicieran el jardín a base de puras flores azules, como había indicado Elenita, las mantendrían probablemente abiertas y se verían los prados iluminados. Mempo desapareció por la puerta que daba al repostero y regresó con otro Chivas y más hielo.

–Perfecto –manifestó Marcial con algún aspaviento–. Se me ocurre que la mayor parte de tus amigos intelectuales como Federico o como Camilo, han de ser librepensadores o ateos declarados. Está bien. Pero ¿qué moral tienen? Porque nada de esto resulta alarmante salvo cuando vienen las consecuencias, y uno entonces se pregunta en función de qué viven.

❖

Pelayo se paró. Hacía mucho rato que quería ponerle punto final al asunto y abandonar el banquillo de los acusados. Se sometía, empero, a este castigo quizás porque intuía que si el matrimonio era un evento público y regulado por el rito, la separación no podía ser un asunto meramente privado. Era necesario seguir algún procedimiento por informal que fuera, de ruptura, castigo y expiación. Sólo así, barruntaba, podría después sentirse seguro y tranquilo de espíritu. Días antes le había comunicado su decisión a sus padres. Era, quizás, lo peor.

Su padre lo abrazó, se sirvió un vaso de ginebra y luego se dejó caer en un sillón, mudo. A Pelayo le pareció muy anciano. Cuenta conmigo, Pelayo, cuenta conmigo, aunque no sé de qué pueda servirte. Aunque... cuenta conmigo, hijito... Su madre había gemido largamente apegándose a su pecho. Quería mucho a Márgara. A pesar de que cuando la conoció, recordaba Pelayo, censuraba la "vida demasiado libre" de los novios. Pero le celebraba siempre su porte y su pelo rucio de "alemana de Valdivia". Una rama de su familia venía de ahí.

Algún tiempo antes se había ido a vivir a un departamento solo, lo que era inusual en un hijo soltero en el Santiago de entonces. Su madre condenó este hecho con el silencio. Para ella, Pelayo estaba "alojando afuera". Pero Baltazar decidió intervenir a favor de su hermano mayor. La respuesta de su madre fue terminante: "Mira, Baltazar: Pelayo tiene en casa de sus padres su dormitorio, un escritorio con equipo de música y televisión, jardín con terraza y piscina. Pelayo tiene aquí donde dormir, donde bañarse, donde comer, donde le laven y planchen su ropa, donde recibir a sus amistades. Puede entrar y salir a la hora que se le antoje sin rendir cuentas a nadie. Hay una sola cosa, una sola cosa que Pelayo no puede hacer en casa de sus padres. Para esa sola cosa ha arrendado un departamento. Está bien. A eso se le llama una *garçonnière*. Está bien. Una señora no tiene por qué darse por aludida de que su hijo tiene una *garçonnière*." Baltazar no volvió a tocarle el tema nunca más. Había sido una respuesta de esas que su madre llamaba de "no te muevas".

Pero ahora, en su separación, sus hermanos no podrían acompañarlo. Esteban vivía desde hacía muchos años en Pennsylvania, donde se desempeñaba como médico cirujano. Y Baltazar trabajaba en un campo cerca de Osorno, a más de doce horas de Santiago. Se enterarían después, por su madre.

❖

–¿Cómo sientes tu situación, entonces? –dijo Marcial–. Tratamos de comprenderte y no nos das ninguna luz.

Mempo hizo una mueca de desprecio.

–Quizás, Marcial –murmuró Pelayo–, esta vida sea la única, la única que tendrá uno y las personas que uno quiere. Entonces, la felicidad de las personas que tienes cerca y quieres depende, en una cuota importante, de lo que tú haces. Puesto que tal vez no haya una segunda vuelta para arreglar las cosas. Esto no aligera, creo, la responsabilidad de cada cual respecto de la vida y felicidad de los demás –dijo Pelayo–. Al contrario.

Se produjo una breve pausa a la que puso fin Marcial diciendo:

–Pensándolo bien, entonces, tal vez esa sea la causa de tu pesadumbre y de esa sensación de estar estragado a la que aludía hace un rato.

–No tengo respuesta para lo que me estás planteando, Marcial. Pero si el mundo, si el universo entero fuera como una gran burbuja que surge y desaparece sin un porqué, como por milagro, ¿no puede eso causar tanto asombro como la idea de que detrás de todo hay un Dios padre? No digo que así sea. Lo que me pasa es que si soy honesto, no tengo respuesta. Pero estoy abierto. Yo creo, como los niños, en el misterio. Si creer en Dios es creer en el misterio, entonces yo creo en Dios.

–*Bullshit* –dijo Mempo.

Se produjo otra pausa, esta vez más larga.

Marcial dio un par de pasos vacilantes con la botella de whisky en la mano y los ojos enrojecidos:

—¿Un refill más, Pelayo?

—Un refill más.

Y dirigiéndose a Mempo:

—¿Otro refill?

—Otro refill.

Pelayo sintió el alcohol quemándole el esófago.

❖

—Tú te lo estás farreando todo en la vida —masculló Marcial volviendo una vez más al tema con la insistencia que tienen las punzadas de los remordimientos. Sujetaba la copa con ambas manos—. Eres un demagogo de la vida privada.

Se echó para atrás lanzando una bocanada de humo que lo envolvió en una cápsula azul.

—No te pongas majadero, Marcial —protestó Pelayo volviendo a ponerse de pie—. No prometo nada. Prometí sólo casarme y eso es lo que se me rompió. Creo que es tarde. Mejor, llévame de vuelta. Tengo sueño.

—Tus actos, tus ademanes, tus miradas, tus besos, tus erecciones, ¿no crees tú que son compromisos? —lo interpeló Marcial—. ¿O tú no ves a las mujeres que seduces más que como espejo de tus propias calenturas? ¿No te parece que al besar a Adelaida en esa fiesta de Los Bellotos, fiesta a la que yo te llevé, persona a la que yo te presenté?...

—Así es que eso es, en el fondo, lo que te jode, huevón —le interrumpió Pelayo tajante.

Y una ola de orgullo recorrió su cuerpo. Era por ella que lo estaban castigando, porque el sentimiento del deber, pensó, cohabitaba con el de la envidia.

—No me digas insensateces —se defendió Marcial mirándolo con ojos duros desde su cápsula de humo—. Prefiero pasarlo por alto. No llevemos la discusión a ese terreno.

Y suavizando el tono siguió diciendo:

—Habla con un cura. Eso si te queda una pizca de responsabilidad. Hazlo.

Había tomado un cenicero de cristal y le daba vuelta, lentamente, al borde, con el dedo índice.

—Hazlo por tu pasado, por tu hijo Pedro, por las expectativas que pusimos en ti tus amigos de toda la vida. ¿O es que nada vale?

—¡Pero Marcial!

–Si amas a Adelaida, déjala que vuelva a León y a sus hijos.

Pelayo, con la garganta anudada a pesar de la rabia, vio en los ojos de Marcial un resplandor acuoso. Mempo se acercó para estrecharlo. Pelayo también y se oyó un sollozo que escapó de su pecho mientras se apretaba contra sus amigos. De pronto se apartó y, las manos en los hombros altos de Marcial, le dijo con una luz invulnerable en la mirada:

–No creas, Marcial, que nada vale para mí en el mundo. Alguien vale todo el mundo. Por ella todo brilla para mí de otra manera. No es esperanza lo que me falta. Por ella, sólo por ella, me he podido estar aquí, esta noche, escuchándolos; por ella quiero, necesito actuar éticamente y sentir mi conciencia en paz. Y quisiera que ustedes, como amigos, me comprendieran... No puedo huir de lo que estoy haciendo. Y ahora, vámonos –dijo cambiando de tono–. Es demasiado tarde y estamos demasiado cansados.

Marcial frunció el ceño. Le pareció intolerable esa mirada, esa actitud que sintió como un angelismo, una candidez boba; cuando no una forma sutil de hipocresía. Se dejó caer pesadamente sobre el sofá blanco antes de protestar:

–¿Te imaginas, acaso, que abandonará a León por una aventura sin destino? Es para la risa... Eso ni pensarlo. ¿Tú te crees que León se cruzará de brazos mientras tanto tú le robas a su mujer y lo obligas a separarse de sus hijos? ¡Eres un cándido! Antes existía el duelo, Pelayo. Recuerda, además, que la ley está de su parte: "El marido tiene derecho" –recitó con la voz monótona del estudiante que repite su lección tratando de grabársela en la memoria– "para obligar a su mujer" –enfatizó el verbo *obligar*– "a vivir con él y seguirle adonde quiera que traslade su residencia" –y suspiró aliviado–. "Cesa este derecho cuando su ejecución acarree peligro inminente" –enfatizó, *inminente*– "a la vida de la mujer. Artículo ciento treinta y tres del Código Civil" –murmuró a modo de conclusión–. Adelaida –prosiguió– no puede, querido Pelayo, obligar a León a separarse de ella. Tendría que probarle malos tratos graves y repetidos, adulterio, abandono del hogar, vicio arraigado, tentativa de prostituirla..., en fin; ¡es imposible! Si León quiere montarse en el macho, la ley lo ampara. Y si todavía eso no lo sabe, lo sabrá –dijo Marcial levantando las cejas–. "El matrimonio" –dijo ahora hablando como si lo afirmara él mismo por primera vez– "es un contrato solemne por el cual un hombre y una mujer se unen actual e indisolublemente, y por toda la vida, con el fin de vivir juntos, de procrear, y de auxiliarse mutuamente." ¡Ojo! –advirtió Marcial–: la ley no habla de amor. Como es lógico, el amor no es exigible.

Se produjo una pausa. Pelayo dejó nadar sus ojos en la piscina que colgaba de la pared.

–Una vez lo vi enojado en serio. Una vez no más, y no se me ha olvidado. Fue en la cancha del Stade. Un ñato de la UC le había cometido dos faltas. León era requete tranquilo. "A la tercera", le dijo, "te vas a encontrar conmigo, huevón, pero a la salida." Yo lo oí. Vino la tercera falta y yo no supe qué le habrá dicho León porque no andaba cerca. Cuando después del partido estoy en la calle, miro y veo un círculo de gente. Me acerco y ahí estaba el gallo tendido, con la cara hecha una sopa de sangre y medio inconsciente. Aunque se quejaba. Había varios del equipo que estaban por subirse a los autos y nadie alcanzó a darse mucha cuenta. Porque León le pegó muy refuerte y rápido. Después supimos que le habían hecho varios puntos en una ceja y operado la nariz, que en la radiografía presentaba fracturas múltiples. Te lo digo: cuando se sale de sus casillas...

Marcial guardó silencio.

–No sé –dijo Pelayo inclinándose hacia adelante y hacia atrás varias veces con nerviosismo–. No sé qué va a pasar. Sólo sé que nos queremos con más, con mucho más amor del que yo jamás imaginé que cabría en mi vida.

–No te equivoques: si Adelaida te quiere es sólo por protegerte de ti mismo –dijo Marcial.

DOCE

MEMPO, TU ESTAS CIEGO

MEMPO SE METIÓ la uña del índice izquierdo en la boca a modo de escarbadientes y dijo de golpe:

—Me doy lástima.

Lo repitió como para sí mismo, como si ya el alcohol le hiciera innecesario el comunicarse realmente con otro y le bastase con hacer un simulacro impulsado por la inercia.

—Ya te oímos, pero ¿por qué? —le preguntó Pelayo incorporándose. Sus ojos volvían a tener esa confiada desnudez y atención luminosa con que vencía como periodista las defensas y precauciones de sus entrevistados.

—Porque Marcial reconoce haber tenido dos o tres amantes; haber estado, durante su matrimonio, enamorado una o dos veces. Pero las ha dejado porque ama más a Patricia. Y tú, viejo, has dejado "una gran cagada" y ni siquiera te preguntas lo que va a pasar después.

—La "gran cagada" mía ha sido enamorarme —exclamó Pelayo riendo— y eso es un don de los dioses. ¿O no?

La imagen de ella sonriendo, con sólo aparecer en su mente un instante, borraba de una plumada la acumulación de culpas y responsabilidades graves con que lo colmaban sus amigos.

—Es lo que digo —reiteró Mempo exhausto—. Yo, en cambio, no he tenido ni lo uno ni lo otro. No me atrevería a decir que soy feliz..., pero tal vez lo soy. O es que a lo mejor soy demasiado descomplicado, no sé.

—No te entiendo —dijo Marcial.

—¿Cómo?

—Que no sé qué mierdas estás tratando de decir.

—Yo tampoco. Bueno, ¿y por qué habrías de saber tú lo que trato de decir cuando aún no te lo he dicho? Estoy hablando..., déjame hablar.

Pelayo repletó las tres copas.

—A ver, ¿qué es lo que siento? —se preguntó Mempo como escudriñándose con cierta pose—. Me da lástima porque me da lata tener una vida tan sencilla. Al mismo tiempo, me da envidia la excitación y el riesgo de la agitada vida sentimental de Pelayo que siempre fue un aventurero, un periodista del amor, un ave de paso en todo.

Y mirando a Pelayo y hablándole como si Marcial no estuviese en el living añadió:

–Y quizás me saca más pica Marcial enamorado, tirando con ganas por amor en algún motel medio siniestro, y luego volviendo al redil con un amor aún más hondo y afiatado, y con una experiencia que contar. Yo no. Yo no he tenido eso. Unas cuantas "masajistas", como ahora se llama a las putas buenas, y eso sería todo. Pero al mismo tiempo que envidia, me da lata. Me da lata la idea de andarse escondiendo, de que te puedan pillar, de que llamaste o te llamaron, de que hay que organizarse el tiempo para tener una amante. Yo una vez me enredé con una secretaria del banco...

–¿Ah? Tú también, ¿ves, viejito? –rió Pelayo.

–Nada, huevón. La llevé dos veces a un motel y eso bastó –agregó Mempo–. Me cansó la idea de andar asustado y escondiéndome. Me daba miedo que me pillaran. Me daba lata la idea de que por una cuestión así se me pudiera venir abajo la familia y la situación que he construido; porque yo trabajo por mi familia y me jodo como un perro. O sea que me da lata ser tan así, y a la vez me da lata sufrir y tener pasiones grandes. Pero el neto da cero. Me quedo con lo que tengo, que es eso.

–¿Y la lástima? –le preguntó Pelayo.

–Me quedo con mi familia y con un poquito de lástima por ser como soy y no de otra manera.

–Este bachicha está hecho todo un filósofo esta noche –rió Marcial.

–Tu pasión es el grupo Toro –dijo Pelayo–. Eso es lo que pasa.

Mempo lo miró fijamente y el otro se sonrió con un dejo triste.

–La verdad es que tú estás demasiado inquieto. Y no sólo por lo de Pelayo –dijo Marcial.

–¿Qué quieres decir? –preguntó Mempo con molestia, al tiempo que se terminaba de limpiar la nariz.

–Tú sabes bien a qué me refiero.

–No estoy seguro.

–Obviamente, y tú lo sabes, y me aburre que me obligues a decirlo, me refiero a la situación del grupo... Atraviesa por una grave crisis.

–Te he dicho una y mil veces, Marcial, que es el país y no el grupo el que atraviesa por una grave crisis, y que antes de nosotros caerán cientos y miles de empresarios más. Adecuarse al nuevo valor del dólar toma tiempo. De manera que si algo me tiene inquieto es el país y no el grupo.

—Estoy que me meo aquí mismo —dijo Pelayo encaminándose hacia el umbral del living.

—El baño de visitas está clausurado por un desperfecto. La bomba ya se echó a perder o venía fallada, no sé —le gritó Mempo—. Sube por la escalera y usa el de los niños. Es la primera puerta a la izquierda.

Al atravesar el vestíbulo rumbo a la escalera, Pelayo alcanzó a oír nítidamente la voz de Marcial que decía:

—Mempo, tú estás ciego. Daccarett ha ido a ver a Rubén Eskenazi para vender. En el Banco de Curicó se teme una corrida... Don Armando Véliz ha recibido instrucciones de iniciar conversaciones y buscar una solución. No sé, en la oficina se comenta que la caída de Daccarett arrastrará a Alam y a Toro.

Pelayo se quedó inmóvil tratando de escuchar la respuesta, pero no lo consiguió.

El segundo piso estaba oscuro, excepto por una pequeña luz que se colaba a través de un closet, al fondo. Empujó a tientas la primera puerta a la izquierda que encontró y palpó la pared hasta encender la luz. Una niña de pelo moreno dormía en su catre de bronce cubierto por un magnífico plumón con encajitos blancos. En un estante de madera lo miraron miles de monos de peluche de diversas formas, y muñecas de ojos sobresaltados y mirada vacía y absorta. En el suelo había dos coches de muñecas y una infinidad de juguetes alineados contra la pared. Aunque el dormitorio era grande, estaba tan poblado que sintió una sensación de agobio antes de ubicar la luz del baño y apagar la del dormitorio. Salió en puntillas, y al hacerlo, oyó el débil sonido de una tela en movimiento. Se volvió, pero sus ojos aún no se acostumbraban a la semisombra del pasillo, de modo que sólo reconoció a Elenita cuando estaba muy cerca suyo. Venía en camisa de dormir y se había echado sobre un hombro la bata de raso. Sintió los dedos de ella en su antebrazo:

—Como te imaginarás, lo sé todo. Y sufro por ti y, sobre todo, por tu hijo al que sé que adoras. Márgara se da cuenta, es tanto lo que ella te quiere que casi sufre más por lo que tú estás sufriendo y vas a sufrir, que por ella misma.

Le sorprendió que Márgara hubiera conversado con Elenita. No eran tan amigas como para eso. Pero pronto comprendió que, seguramente Elenita, informada por Mempo, la había llamado por teléfono. ¡Pobre Márgara! Tener que tragarse llamados como ésos. Se acordó de lo que le dijo una vez Adelaida: "Elènita tiene ojos hipócritas y es zalamera." Habían almorzado juntos con Mempo, León, Patricia y Marcial en el Club de Polo, hacía unos meses.

Pelayo, al percibirla tan cerca, le pasó la mano por el pelo y vio ahora, con sus pupilas ya habituadas a la penumbra, cómo ella lo miraba. Ella entonces le tomó la mano:

—Sólo quería decirte que te comprendo, que aunque jamás aprobaré lo que has hecho, te comprendo.

Pelayo la abrazó y sintió que el corazón de ella se sobresaltaba latiendo junto al suyo. Tuvo una sensación inesperada y extraña.

—Me conmueve cómo te has enamorado, Pelayo —musitó en su oreja—. Te lo digo como mujer.

Y lo besó en la mejilla. Pelayo entró al baño.

❖

Lo esperaban en el vestíbulo, junto a la puerta de calle. Las luces del living habían sido apagadas. Se despidieron apresuradamente. Marcial, sin abrir la boca, rodó como un celaje por las calles, casi vacías, hasta depositar a su amigo frente a las oficinas del canal, en el barrio Bellavista. Pelayo subió a su viejo y fiel escarabajo, con máscara de Rolls Royce, cerró la puerta y abrió de inmediato la ventana: Marcial estaba de pie a su lado. Vio su mano grande apoyarse en la puerta justo sobre la ranura por la que se había escondido el vidrio. Le pareció más ancho y fuerte que nunca.

—Pelayo: no quiero que te vayas así...

Este inclinó la cabeza hacia abajo para ganar perspectiva y tratar de verle la cara. La voz, más allá del techo de su Volkswagen, le había sonado rara.

—¿Cómo? ¿Qué está ocurriendo con el grupo Toro, Marcial? Cuéntame la firme.

—Las cosas están mal. Pero nunca se sabe. Los negocios son así. Cuestión de expectativas. Mempo dice que no, pero yo veo la cosa muy mala. Ya lo veremos.

—¿Pero te das cuenta que yo seré personalmente afectado por lo que pase?

—Sí —suspiró Marcial—. Pero no es lo que quería hablar contigo. Quiero que sepas algo de mí. De nosotros...

Pelayo seguía sin poder verle la cara.

—Nosotros con Patricia también estamos pasando un mal momento. Quiero que lo sepas.

—¿Desde cuándo, Marcial?

—Bueno, hace poco más de seis meses. Pero en cierto sentido desde siempre.

—¿Qué quieres decir con eso de "siempre"?

Pelayo movió la manilla y empujó su puerta para bajarse, pero no logró moverla ni un milímetro porque Marcial la tenía sujeta con sus dos manos y cargaba contra ella el peso de su cuerpo.

—Patricia me ha confesado que nunca ha podido tener un orgasmo.

—¿Nunca?

—Lo que oyes. Nunca.

Pelayo no intentó encontrarse con sus ojos. Imaginaba su cara mirando la puerta de calle azul paquete de vela de la casa del frente, por sobre el techo del Volkswagen. Tuvo la impresión de que no era claro que le estuviese hablando a él. El tono impersonal de la confesión correspondía más a la necesidad de verbalizar que de comunicarse.

Me lo dijo hace poco más de seis meses. Yo sospechaba el problema, yo me daba cuenta pero, naturalmente, pero... no sé. Jamás pensaba en el asunto por suficiente rato. Me imaginaba que esto se iba a solucionar de un momento a otro o que yo me habría equivocado, que, en verdad la semana pasada o el mes pasado sin duda ella había tenido lo que, me daba cuenta, esa noche no había tenido. Yo me imaginaba que me traicionaba la memoria; que la otra vez sí había sucedido eso que hoy no se producía. A veces lo hablamos a medias. Ella me decía que necesitaba más tiempo, que me demorara más, que no me fuera tan rápido... Yo me echaba un poco la culpa, aunque a veces sé que no me apuré. Hubo tardes y noches en las que estuvimos juntos tres o cuatro horas para nada... Al final, para nada. Porque no es que ella no sea apasionada, eso te lo juro. Se dan todos los síntomas de la mujer que te quiere y a la que tú le gustas. No falta ninguno, ¿ves? Es sólo que el clímax final, el sosiego, la sensación de plenitud ella no la logra. Sigue su ansiedad indómita y luego su cansancio físico.

—Bueno, ¿y qué han hecho? ¿Has consultado algún experto?

—¿Qué tipo de experto? ¿Un psicólogo, un psiquiatra, querrás decir?

—Sí, claro.

—Tú sabes cuánto detesto esas cosas y lo poco que creo en ellas. Nos dimos un plazo. Está por cumplirse. Si el problema no se soluciona, iniciaremos una terapia. No sé cuál. No sé cómo. Francamente, no sé bien para qué. Para mí que con eso se va a destruir todo.

—Quién sabe...

—En todo caso, Pelayo, lo haré por deber, por lealtad hacia ella. Y pondré todo de mi parte.

Pelayo intentó de nuevo abrir la puerta.

—No trates de bajarte o te agarrará el toque de queda. No te demoro más. Nadie sabe esto. Excepto nosotros dos. Y ahora, tú.

–¡Qué jodido!

–Mmm...

–¿Pero qué ha pasado desde que ella te dijo?

–Mmm...

–¿Qué ha pasado?

–Estamos tratando. Ella me dice que trata y que no puede. Yo tengo que agradecerle el que ella trate porque en eso estamos, ¿no es así? De repente se me acaba la paciencia, de repente le digo que no doy más y que se vaya al diablo con su retención infinita. De repente me enojo de veras y me siento humillado y le digo que ella se me escapa, que esto es una estratagema para no darse nunca, que es una forma a través de la cual su cuerpo me expresa su no entrega, su no amor, que es una egoísta, que da y quita... Entonces ella llora y llora y llora. Me dice que yo la humillo cuando ella es buena y está tratando y tratando y no puede. La otra noche me pidió que rezáramos. Le dije que sí. Nos arrodillamos cada uno frente a su velador. Ella en su camisa de dormir y yo en pijama y rezamos un rosario para que Dios, como dijo ella, nos dé amor. ¿No te parece ridículo? ¿No te parece patético? Pero... ¡joder! La quiero. ¿Qué puedo hacer? ¿Qué puedo hacer si me lo pide?

Marcial emitió unos sonidos intermitentes que eran como la mitad de una carcajada.

–Vaya a saber uno –dijo Pelayo tratando de amortiguar la incomodidad que había notado en ese aborto de carcajada.

–Acuérdate de mí, Pelayo. Porque yo creo haber estado preparado para sufrir muchas cosas menos ésta. Es una espina que ha atravesado en silencio mis años de vida de casado. Pero ¡qué diablos! A uno no lo trajeron al mundo para darse gusto, ¿no es así? Hay que apechugar no más y ¡qué le vamos a hacer!

Dio una formidable palmada al techo del Volkswagen y concluyó:

–¡Andate! ¡Andate rápido! No quiero que me saquen en pijama para irte a buscar a una comisaría por violar el toque de queda.

–¡Adiós, Marcial! Estemos en contacto.

–Adiós.

"La vida es imposible, Ema", se repitió Pelayo para sí mismo. "Ya lo veo, Theodore."

Echó a andar el motor. Sentía su cuerpo débil e inseguro como el primer día que se levantó después del tifus, el año en que entró al colegio, un tifus que lo mantuvo tres meses postrado en cama perdiendo peso.

TRECE

AMARRATE LOS PANTALONES CON RIELES, MEMPO

MEMPO CRUZÓ el vestíbulo con sus pasitos prestos a las seis treinta de la mañana. Sintió todo pasado a tabaco y, mirando a la derecha, vio las cortinas violetas semicorridas, el sofá de cuero blanco con los cojines removidos y los vasos con restos de whisky y cognac de la noche anterior. Pese a las dos tabletas de valium que se había mandado al cuerpo, durmió con sobresaltos y a las cinco ya no pudo volver a pegar los ojos. Las informaciones de Marcial eran precisas y detalladas. ¿Era posible que a él, Mempo Tamburini, el hombre clave del grupo Toro, lo hubiesen dejado al margen? ¿Realmente Daccarett estaba en la bancarrota? ¿Cómo creer que a dos meses de la adjudicación del canal se precipitara la crisis?

Se sentó en el escritorio de la oficina antes de las siete de la mañana. Revisó los balances y la situación financiera de la Embotelladora Nacional y las sociedades coligadas. La mayoría de ellas no tenía otro capital que la propiedad de paquetes accionarios de las propias compañías del grupo. Su función era permitir la obtención de más créditos. Los unos se tomaban con cargo a la Embotelladora Nacional directamente y los otros, con cargo a estas sociedades que eran dueñas de ella y de otras que también estaban al borde de su capacidad de absorber préstamos en forma directa. Estudió sus carpetas para averiguar bien el estado del Banco Agrícola e Industrial. Luego, recopiló toda la información disponible acerca del estado y calidad de la cartera del Banco de Curicó, de los grupos Daccarett y Alam. Era un hecho que los tres conglomerados estaban íntimamente vinculados a través de múltiples operaciones de préstamos cruzados. A las nueve, cuando entró Francisca, había preparado no menos de quince memoranda a distintos ejecutivos del grupo recabando información.

Quería formarse un cuadro completo antes de ir a visitar a Aliro Toro. Esta vez sí que le plantearía las cosas muy claras. Era evidente que los riesgos que se estaban asumiendo eran irracionales. La estrategia de Toro no había dado los resultados esperados. El Banco Central había devaluado. La estrategia del grupo se basaba en esa

304

hipótesis, y sin embargo, los cuellos de botella se hacían insostenibles. Lo que él temía. Tal cual. Sólo a Elenita le confesó alguna vez estos temores. A Marcial le había dicho lo contrario por razones obvias. Pero ahora enfrentaría a Toro y le diría las cosas "pan, pan; vino, vino". La fuga de dólares al exterior y la desconfianza cundían. Los beneficios de la devaluación aún no llegaban. Esta era una guerra de resistencia, le había dicho Toro tantas veces. Pero ahora ocurría que la resistencia de Daccarett se había acabado. El espanto se traduciría en una corrida bancaria, y entonces, entonces sí que el grupo Toro se iría de espaldas. Porque eso quedaba muy claro del estudio hecho esta mañana: el grupo requería seguir recibiendo depósitos en ingentes cantidades para resolver los problemas de liquidez que enfrentaban todas sus empresas.

Lo que lo tenía enfurecido era que Toro hubiera hecho confianza en Armando Véliz para iniciar gestiones con el grupo Daccarett sin hablar con él antes. Cualquier arreglo, lo sabía bien, pasaba por él. Era el único capaz de "fabricar" el dinero para hacer frente a la situación. Pero esta vez Toro se equivocaba. Mempo Tamburini se había puesto en sus coloradas y no se dejaría utilizar para una maniobra que sería descubierta y fracasaría. Marcial, en su calidad de abogado penalista, le había advertido acerca de las responsabilidades legales que podían emanar de la intervención del banco. Claro que ese era el peor de los escenarios, se repetía Mempo. El y Pascual Hernández eran los que, por tener poder de firma, quedarían más implicados. ¿No le había llegado el momento de renunciar? ¿No sería mejor ir con la renuncia escrita y antes que todo presentársela a Toro? Ese era el único lenguaje que entendía: el golpe avisa. En el fondo, estaba acostumbrado a jugar con las personas, a que su gente le siguiera el amén; sin embargo, ahora se equivocaba. Se vio en Chicago con Elenita, Pelayo y Márgara frente a una boletería. Un tipo lo adelanta en la cola. Pelayo se impone. Y esa noche, ya en cama, Elenita le dice: "A ti no te importa que te pasen a llevar." No era primera vez que se lo decía y le dolió. No era verdad. Le importaba. Y mucho. Ahora lo vería Elenita. Y también Pelayo Fernández, si es que se había quedado con esa idea en la cabeza. Mempo Tamburini no era un peón de Aliro Toro. Hoy se enteraría el propio Toro de qué era capaz Mempo Tamburini.

Por otra parte, Antonio Barraza, misteriosamente, continuaba en el Banco Central como "asesor". Toro, durante algún tiempo, había pensado que Barraza, viéndose perdido, cambiaría de posición y se jugaría por devaluar. Pero después, con el correr de los días, supuso, como todo el mundo, que, dada su resistencia tenaz, la devaluación significaba su caída. Su conexión con el ministro Echenique era tan estrecha que la opinión unánime era que se irían juntos. Y, en cierto sentido, ocurrió así: Echenique dejó el Ministerio de Hacienda y Barraza el despacho por cuya ventana contemplaba el adusto palacio de La Moneda, con sus dos caras, y desde cuyo escritorio de ébano y empuñando el fono a guisa de bastón de mando, irradiaba su influencia. Mempo no podía imaginarse a Barraza en el momento de abandonar esa oficina. ¿A qué hora lo habría hecho? Al llegar a la puerta de dos hojas, la misma en la que se apoyó cerrándoles el paso para escuchar sus opiniones y reafirmar su política monetaria, ¿habría vuelto la cabeza para echar una última mirada? El tono ese día era de amenaza, pensó Mempo como descubriéndolo recién. Les estaba conminando a no proseguir la lucha por esa medida, les estaba diciendo: si ustedes siguen insistiendo, quiere decir que están buscando, a sabiendas, mi destitución. Así las cosas, estamos en guerra total y aténganse a las consecuencias. Ese era el recado que le envió a Toro. Y sólo a estas alturas él venía a darse cuenta. ¡He sido un niño chico, un ingenuo!, se dijo Mempo. ¿Se habrá percatado Véliz de ese mensaje? ¿Se lo habrá transmitido a Toro?

Pero Barraza no había dejado el Banco Central. Esa era la cuestión. Continuaba allí ejerciendo un poder incierto. Para Toro, era el responsable de la timidez y vacilaciones con que el banco y el nuevo ministro de hacienda administraban la política económica posterior a la devaluación. Creía que buscaba el fracaso rápido de la nueva política para regresar en gloria y majestad. Creía que los militares nombrados en sustitución de Echenique y de Barraza no estaban resultando lo suficientemente porosos a la influencia del grupo. Al contrario, miraban al conglomerado con recelo. Lo mismo ocurría con ciertos medios de prensa, con ciertos columnistas. Toro sentía detrás de todas esas acciones y reacciones la presencia ubicua de Barraza. Porque su partida del Banco Central era cuestión de tres o cuatro días a lo más, según se repetía desde hacía semanas y, no obstante, seguía ahí, comprobaba Toro con creciente preocupación. Sí. Seguía colgando de lo que quedaba de su urdimbre, así como la araña que, después de la destrucción del centro de su red, sin embargo no cae, no ceja y continúa allí, sujeta por sólo una pata de algún hilo invisible, de lo poco y nada que subsiste de su malla. Y desde esa postura precaria y casi insostenible, Barraza era aún capaz de morder e inocular su veneno al grupo Daccarett, al grupo Alam, al grupo Toro.

Y, con todo, ¿para qué se había embarcado en el proyecto de televisión si se proponía intervenir y deshacer a los grupos económicos necesarios para llevarlo a cabo? Algo se le escapaba a Mempo con respecto a los móviles de Antonio Barraza. ¿Era que tenía ya cocinada la concesión del canal y quería eliminar del directorio a los representantes de Toro y Daccarett para manejar las cosas entre su gente y la de Eskenazi? Seguramente por ahí iba la cosa, seguramente. Sin embargo, ¡qué arriesgado juego! ¿Cómo era posible que Aliro Toro y Antonio Barraza estuviesen ambos arriesgando tanto? Había algo irracional e insensato en ese juego, no cabía duda. Y no obstante, no obstante, a lo mejor, pensaba Mempo, así es el mundo de la política de verdad, de los negocios reales. A lo mejor son hombres de esta porfía los únicos capaces de acaparar grandes fortunas o de lograr enormes acumulaciones de poder, se decía Mempo entre afligido y asombrado.

A eso de las diez y cuarto había recibido ya nueve llamados averiguando la situación del grupo Daccarett. Chiporro se presentó a su oficina con la información de que no sólo Daccarett se había ido a entregar a Eskenazi, sino también Alam. El dólar aún no se disparaba, pero era cuestión de minutos. Chiporro se demoraba y no salía de la oficina. Mempo trató de calmarlo, pero pronto cambió de estrategia y resolvió anunciarle que visitaría a Toro esa misma mañana para presentarle su renuncia. Entonces Chiporro, mascullando las palabras y con ojos inquietos, le pidió que le autorizara un crédito personal para comprar moneda dura y le aconsejó que era mejor que diera curso de inmediato a un crédito también para él. Tenían que armarse de divisas antes que fuera demasiado tarde. Mempo se carcajeó como si se tratara de una exageración, y luego, aparentando no concederle importancia al asunto, hizo lo que le proponía. Una hora después se presentaba ante la secretaria de Aliro Toro y le pedía una reunión urgente. Traía su renuncia firmada.

❖

LA SECRETARIA le comunicó que Aliro Toro no podría recibirlo todavía. Mempo se propuso esperarlo. Lo condujo a una sala vecina y cerró la puerta. Tamburini se pasó cerca de dos horas dándose vueltas, como león enjaulado, en torno a esa mesa de directorio y viendo pasar, como si fuesen barrotes, los grabados de cacerías de zorros que colgaban de las paredes recubiertas con delgadas planchas de madera de encina. Era una sala en la que él había dado grandes batallas al interior del grupo. Sólo que, en las circunstancias presentes, le parecía enteramente ajena y desligada de quién era él, de quién había sido y de todo cuanto representaba.

De pronto se abrió la puerta y no era la secretaria: era Aliro Toro en persona.

Veinte minutos después, Mempo caminaba presuroso junto al edificio curvo de la Bolsa de Comercio rumbo a sus oficinas del banco. Resistió apenas las ganas de ir a meter su nariz a la Bolsa y averiguar con los corredores amigos si ya había comenzado el desplome de las acciones y el alza del dólar en el mercado. Las puertas de las pequeñas oficinas de los corredores se le antojaron ratoneras por las cuales se agolpaba la gente entrando y saliendo con dificultad. La operación triangular depende de ti, Mempo, y sólo tú puedes fabricar el dinero para llevarla a cabo, le había repetido Toro a lo menos tres veces durante la breve conversación.

Lo que pasa con Toro, empezó a decirse Mempo con afectado desdén, es que es un poquito acomplejado. Hay que ver lo que ha sido trabajar con él todos estos años. Su temeridad, sus caprichos... Es un individuo difícil de entender. Su comportamiento ha sido enteramente irracional. En lugar de achicarse, en lugar de buscar socios, en lugar de iniciar un repliegue táctico vuelve a su vieja idea: la mejor defensa es el ataque.

Ahora..., así y todo..., a mí no me convenía cortar con él en un día como hoy, siguió diciéndose a sí mismo. Marcial me explicó que mi situación legal ya es suficientemente comprometida.

Pensándolo bien, Toro tiene cierta razón. El gobierno no puede ser tan inconsciente como para provocar la caída de estos tres enormes conglomerados, pues ello precipitará una crisis in-manejable, de consecuencias im-previsibles, se dijo recalcando estos términos y prolongando el sonido final de las primeras sílabas: innn... manejable; immm... previsibles. Las autoridades económicas, diga lo que diga Barraza, van a tener que buscar una salida ordenada al problema. No pueden dejar que se les caiga el sistema financiero entero sin intentar un rescate que, inevitablemente, significará que el gobierno dé facilidades para reprogramar los pasivos, como medida transitoria, es claro, y sólo en tanto llegan los beneficios de la devaluación del peso, es decir, hasta que entren más divisas por concepto de exportaciones. Es posible, incluso, que el propio Barraza dirija esta operación de rescate. Se tratará de una intervención de política económica de alto nivel destinada solamente a permitir un puente y facilitar el ajuste a las nuevas circunstancias que crea un dólar por el cual el exportador recibe más pesos. Barraza, tanto como nosotros, cree en el mercado. ¿Cómo va a permitir un derrumbe general?

En todo caso, lo que no le perdono a Toro es no haber hablado conmigo antes que con Véliz. Don Armando es un bocón. El mismo me reconoció que tenía razón en eso. Porque el viejo Véliz es el que cacareó, no me cabe duda, entre sus amigos abogados y por ahí llegó la cosa a las oficinas de Riesco, Lira y Cía. Fue un acto irracional de Toro. Otro más, producto de su personalidad aparentemente simple y, en verdad, tremendamente compleja, reflexionó Mempo, buscando una explicación que le acomodara.

Porque que es macho, es macho; y que es tozudo, es tozudo como ninguno... Está al borde del barranco y es el mismo; conserva todo su ímpetu. En eso Barraza se equivoca. Toro es más duro de lo que cree. Amárrate los pantalones con rieles, Mempo, le había dicho durante la entrevista de esa mañana. Y otra cosa más, le dijo, que le dolió y de la que prefería olvidarse: este no es juego para maricones, Mempo.

¿Y por qué Eskenazi parecía dispuesto a ayudar? ¿Tanto apreciaba la presencia del grupo Toro en el proyecto de televisión? Según le decían, Eskenazi se había puesto la camiseta del proyecto y no quería sacársela por nada del mundo. Estaba dispuesto a facilitar las cosas, de modo que Toro pudiera impedir la caída de Daccarett y de Alam lo que, Eskenazi era el primero en reconocer, dificultaría no sólo el asunto del canal, sino que pondría en peligro el sistema financiero en su totalidad. Pero, entonces, el plan de Barraza no podía haber sido acordado con Eskenazi. Entonces Toro en eso también tenía razón: Barraza quería utilizar a Eskenazi; sin embargo, no estaban actuando coludidos expresamente, conforme a una estrategia global deliberada y compartida por ambos.

Toro veía que con un canal de televisión en sus manos, un hombre con el espíritu vengativo de Barraza se las arreglaría para crear eventos políticos que hicieran imposible un arreglo de la situación de los grupos económicos en dificultades. Con un manejo hábil de la opinión pública al respecto, con acusaciones de ilegalidad y manejo inmoral de fondos ajenos, azuzando en la mente de la gente la idea de una conspiración de los grandes conglomerados financieros, Barraza los destruiría. Pero, a la inversa, si el canal lo controlaba él, podría sutilmente, a través de dos o tres programas de análisis de la situación económica, provocar la caída definitiva de Barraza. Bastaba con que se hiciera patente que los inversionistas ya no confiaban en él, que se esperaba que el gobierno reconociera la realidad y enfrentara la crisis. La televisión era el arma mortal, no cabía duda.

Dobló a la derecha y avanzó junto a la empalizada de tablas que cerraba un barranco hecho para los cimientos de una obra de construcción silenciosa, abandonada. El hormigueo de la gente en la vereda lo detuvo. Entonces se escurrió entre un género desplegado sobre la acera en que se exhibían tapones de lavatorio y piedras pómez, y otro dedicado a los relojes y anteojos de sol. Una micro le piteó con el parachoque a cincuenta centímetros de sus caderas, pero logró llegar sano y salvo al otro lado y apretó el paso.

Entró a su oficina, saludó con parquedad a Francisca, le dijo que no tomaría ningún llamado, salvo de Aliro Toro o de Armando Véliz, y escribió él mismo en su computador un memorándum. Cuando estaba en eso, Francisca le pasó un papel de Chiporro en el cual le informaba que el dólar paralelo, el que se transaba libremente, había subido un veintidós por ciento en la mañana. Luego se suspendieron las transacciones a la espera del día siguiente. Varios cambistas amigos suyos le habían dicho que se esperaban alzas fortísimas, nunca vistas. Le pidió a Francisca que pasara el memorándum en limpio y lo pusiera en un sobre dirigido a Carlos Larraín. Se paró con nerviosismo detrás de ella hasta que hubo terminado ese trabajo. Tomó el sobre y salió apresuradamente. Olvidó decirle a dónde iba.

❖

LA SECRETARIA de Charly lo hizo pasar inmediatamente. Este, sujetando el fono en una mano, le indicó con la otra que se sentara. Acercó el pulgar y el índice, en señal de que se trataba sólo de un momento. Sus ojos, detrás de los vidrios con marcos de carey, también se achicaron indicando lo breve que sería la espera. Mempo, que estaba muy tenso, prefirió no sentarse. Miró por la ventana las torres en construcción que rodeaban a lo lejos esa cuadra del centro. En cada una de ellas había una inmensa grúa amarilla, de esas que llaman "plumas", y que les daban a los edificios, pensó, el aspecto de gigantescos molinos de viento. Algo que podría haber dicho Pelayo, reflexionó. No hay caso: todo se pega, todo se aprende. Por eso les va bien a los japoneses y a los coreanos.

–¿Cómo estás pues, siuticón? –reía Charly en el teléfono–. Me llegó una memoria de tu compañía, gorda pero fea... y la corbata, huevón; putas una corbata del año setenta y dos. ¿Y ese pañuelo de tres puntas en el bolsillo de la chaqueta, de la época de los radicales de los años veinte con que apareces? ¡Huevón! ¿De dónde lo sacaste? –siguió bromeando y los ojos se le perdieron detrás del brillo de los cristales.

Charly nunca le echaría a él esas pullas. No le tenía suficiente confianza. Peor, pensó Mempo. Larraín no estaba suficientemente seguro de que él las encontrara divertidas porque él, Mempo, bien podía, a juicio de Charly, sentirse agraviado. Esa ocurrencia lo hirió. Pues, de ser así, Charly lo tomaba por un individuo de posición social insegura. Sólo con alguien muy de clase alta podía Larraín gastarse esas bromas. A él, con todo, no lo tomaba por siútico. Este pensamiento lo alivió. Simplemente, lo consideraba un tipo diferente, un técnico, un ejecutivo sin pertenencias en el pasado, un hombre hecho a medida del mundo del futuro, financiero y tecnológico. Y Mempo se enorgulleció al imaginar a Charly viéndolo así. De lo contrario, no le habría permitido escuchar la conversación. Es decir, se corrigió Mempo, "oír la conversación". Charly no conocía la palabra "escuchar" sino en boca de la gente que no era como él.

–Dime, ¿y qué vas a comprar? –preguntó con voz siempre simpática y próxima a la risa–. Más a la segura... ¿Y cuánta plata quieres? Debe ser repoco... ¡Ch! ¿Treinta palos? Ya. Oye: ¿Y cómo lo hacemos? ¿Con qué garantía lo hacemos? Yo te lo muevo, de eso no te preocupes. ¿Cómo? ¿Esa siutiquería? Al lado de la casa de Errázuriz... ¡Pero si no pediste la plata para eso! ¡Ah! Lógico..., ya te entiendo. Claro. Quieres amoblar la casa cuanto antes. No, claro. Uno siempre se queda corto. Siempre los cálculos de las empresas constructoras hay que multiplicarlos por dos. ...No, ¡qué desagrado! Despertar en las mañanas con el sol en los ojos. ¡Qué horror! No me digas más. Tienes que instalarte bien cuanto antes. Lógico... y sobregiro quieres... No, tanto, no. Oye, pero espérate. ¿Quién es el otro deudor? Hagamos un sobregiro. Pero con aval del otro dueño. ¿Y quién tiene la casa? ¿La oficina de asesoría de inversiones?... Bien... ¡Me imagino! Sí. Demasiado..., demasiado..., pero con altibajos. ¿Subió tanto? ¡Chuchas! Sí, pues. ...Claro... Ay, no sé. ¿Y en qué empresas quieres meterte? Yo lo hallo arriesgadón. Las típicas, las que tengan los perts más bajos. Sí, es obvio que las compañías exportadoras van a reaccionar rápido. Al subir el dólar, esas acciones se pegan el pique al tiro... Pero no te precipites. La cosa está tan revuelta... ¡Qué lata! Estoy pensando que habrá que hacer tasar tu casa y todo el cuento. De otro modo no nos van a autorizar el asunto. Voy a poner en el memo: ¡Yo la vi! Vamos a ver si pasa... El tasador va a meter sus narices de todas maneras. No hay vuelta que darle. Pero no te preocupes. Tenemos vara alta en el banco. Mañana llámate a Alamos para que te haga el pagaré y solicitud de sobregiro. Yo me moveré hoy mismo. No te preocupes, déjalo en mis manos. Tendrás tu crédito y amoblarás tu casa y le colgarás cortinas. Y en forma. Con sesenta y cinco mil dólares tendrás cómo darte vuelta, ¿verdad, siuticón querido? Pero no te me retrates de nuevo con ese pañuelo de tres puntas, ¿ah?

Pasa una moto de policía y a los pocos segundos se oyen gritos y la explosión, luego, de una botella de cerveza sobre el capot de una micro. ¿Bencina? ¿Una molotov? Mempo está en un cuarto piso y la visión es completa. Dos buses detenidos, algunos autos y bocinazos y más bocinazos. Un grupo de manifestantes destruye rápidamente el techo de un paradero de micros para emplazarlo en la calle como barricada. Trasladan rejillas, piedras de alcantarillado y trozos de concreto. Una pedrada rompe el parabrisas del bus que quiso pasar. Los jóvenes encapuchados gritan "Y caerá, y caerá". Los transeúntes retroceden y se paran a observar a distancia. Empezaron los pitazos y el taco. La gente se baja de las micros y empieza a huir. Hay un bus en llamas. En medio de los bocinazos, mientras los jóvenes intentan que el público se una a sus gritos, aparece un fotógrafo, luego otro y dos camarógrafos.

Francisca le contó en la mañana que por la radio habían anunciado el asesinato de dos carabineros en una población. Otro caso de terrorismo anónimo. Pero esta protesta, por las pancartas, no tiene que ver con eso, sino con los despidos.

Un camionero se baja y patea una, dos, tres piedras grandes para despejar el camino. Le llega un botellazo por detrás. Gira. Está blandiendo una enorme llave inglesa. La gente se arremolina. Parece que hay un bulto en el suelo. Un taxista abre la puerta de su vehículo e intenta avanzar, sin embargo, alguien lo agarra por el cuello de la casaca y cae tragado por el tumulto. Se detiene una moto BMW blanca, de policía. Otra detrás. Luces rojas pestañeando. Están a media cuadra del conflicto. El oficial de botas negras, de montar, se está comunicando por radio. Alguien grita. Mempo no puede oír qué. Se protegen junto a un kiosco. Los han descubierto. Llega una pedrada. Otra. El oficial sigue transmitiendo su mensaje. Al otro lado se ha detenido una camioneta pick-up blanca. Es una Luv. Descargan de ella neumáticos y tambores de bencina. Los motoristas desaparecen seguidos por las piedras. Encienden los neumáticos. La calle es de los manifestantes.

–¿Cómo? ¡Ah sí! Mira, eso yo lo estoy evaluando todavía. Espérate que me llamen unos tres gallos más para proponerme el negocio y me meto. ...Claro, en el fondo es un seguro. ¿De comercio exterior? Bien. Tranquilo. No.

Charly Larraín se estaba tomando el problema con demasiada calma. Don Armando le había dicho que estaría al tanto. Esta demora, esta eterna conversación y copucheo social, tan de él, por otra parte, lo hacía dudar. Tenía las horas contadas. Barraza, apenas empezara la corrida bancaria, se movería para que el gobierno interviniera el Banco de Curicó. Y ése era el comienzo del fin. ¿Cómo era posible que Eskenazi pusiera sus asuntos en manos de un tipo tan frívolo?

–¿Cuándo?... ¡Me dijeron! ¿Cómo así?... No, eso no resultó. Sí, qué desastre. Me dice el Loro que había viento y hacía mucho frío. Tú sabes, esas canchas de esquí del sur son traicioneras.

Mempo lanzó un suspiro de protesta. Esto ya era mucho. Comentar el estado de las canchas de esquí...

Ha llegado un bus de policías y empiezan los disparos de gases lacrimógenos. Los comerciantes cerraron las cortinas de sus negocios y la calle está desierta. Los manifestantes huyen mientras un escuadrón deshace la barricada. Varios detenidos cruzan llevados en vilo por grupos de carabineros. Los camarógrafos se les van encima. Hay un policía sangrando tirado en la vereda. Los carabineros retiran los neumáticos y el techo del paradero de micro para que circule el tránsito. Lo hacen sin perder su aire marcial. Sería tan fácil que este acto de retirar los materiales de la barricada los transformara en simples barrenderos.

–...Acuérdate de firmarla arriba y abajo... ¿El pagaré? Putas que son sofisticados... Acuérdate de vender antes del treinta. ...Sí. Yo lo haría. ...Y la piscina, ¿cuánto te salió? ¡Chuchas! ¿Te la hizo Cortés? Ese es un gallo que tiene casa en La Reina, creo... Sí. Amigo del Pito García Huidobro. Sí. Le tengo que hacer una oferta a Gastón por eso... Oye, te tengo que cortar. Tengo gente que me está esperando. Hablamos. Y no te preocupes, viejito, el asunto está a cargo mío.

Charly ha ordenado dos tazas de café y pedido a su secretaria que no le pase llamados.

–Estoy a tu disposición, Mempo. Estoy al tanto de lo que se trata. Rubén Eskenazi me ha dado instrucciones. Y se llevó la mano a su pelo rubio y ralo.

Mempo respiró hondo y fue a decir algo, pero en lugar de eso botó aire por la boca y se mordió el labio inferior por dentro. Estaba pensando en Toro, en lo hábil que era, en cómo le resultaban las cosas por lo echado para adelante, por lo macho. En verdad, el ingenuo había sido él, Mempo. Tan estúpido como para llegar a redactar, pocas horas atrás, su renuncia y haberse trasladado a la oficina de Toro con intención de presentársela en los precisos momentos en que el grupo pasaba por su punto más crítico. Era que, por mucho que le costara reconocerlo, le habían faltado pantalones, le habían temblado las piernas. Era que, por mucho que él supiera de finanzas y de negocios, no tenía alma de empresario de veras. No tenía esos tremendos cojones de su jefe. Y lo que ahora le dolía era sentir que Aliro Toro se había dado cuenta de que él, Mempo Tamburini, se acobardó en el instante crucial. Por eso le había repetido: "En los días que vienen, amárrate los pantalones con rieles, Mempo." La trasnochada, la conversación demasiado densa por el asunto de Pelayo, la mezcla de Courvoisier y Chivas Regal..., todo eso lo debilitó. Volvió a respirar hondo y le pasó a Charly el sobre con el memorándum.

–La operación triangular –dijo Charly abriendo el sobre con un cortapapeles de plata.

❖

DURANTE ESA TARDE Tamburini se reunió dos veces con Charly Larraín, una vez con Armando Véliz y tres abogados del grupo Eskenazi, y otra con Aliro Toro. Rubén Eskenazi, pese a su buena disposición inicial, se resistía a hacer de puente para ocultar la pasada, lo que Toro consideraba esencial. Finalmente, lo hizo. A cambio, eso sí, de un crédito simulado, pero con garantía prendaria respecto de las acciones de los tres grupos en la Sociedad Nacional de Televisión S. A. Mempo pasó por su oficina como a las nueve de la noche y encontró un papel dejado por Francisca: Marcial había telefoneado en cuatro oportunidades y ella, como no le dijo dónde andaba, no pudo hacérselo saber. Se trataba de una cuestión "de suma urgencia", según dijo. Pero, naturalmente a esa hora, en la oficina no contestó nadie. Luego marcó el número de la casa de Marcial y sonó ocupado. Le avisó a Elenita que llegaría muy tarde esa noche porque tenía que concluir unas negociaciones de suma importancia.

–¿Hay problemas serios, Mempo?

–No. ¿Por qué me dices eso?

–Te llamó Marcial.

–Sí. Nos hemos desencontrado.

–Te noto algo raro en la voz.

–No, no es nada. Sólo problemas..., problemas de rutina, Elena. Los negocios son así, ¿te das cuenta? De repente surgen dificultades.

–¿Qué tipo de dificultades, Mempo querido?

–Dificultades que no tengo tiempo ni paciencia de explicarte ahora.

–Pero ¿por qué te enojas, amor?

–Amor, amor... –la remedó.

–Pero ¿qué te pasa?

–Cuando hay amor hay sensibilidad y tino. ¿No te das cuenta que estoy sumamente ocupado, que no estoy en condiciones de darte explicaciones en este momento?

–No te estaba pidiendo "explicaciones", Mempo.

Cuando cortó se le había borrado de la cabeza el llamado pendiente de Marcial. Echó algunos papeles a su carpeta y salió a prisa, rumbo a las oficinas de Aliro Toro. Al poco rato aparecieron José Daccarett y Roberto Alam, cada uno con sus respectivos asesores financieros y legales. Daccarett era un hombre bajo, de nariz gruesa y sonrisa jovial, que entró saludando con decisión y desplante exagerados, sintió Mempo, dada su precaria posición. Alam venía, en cambio, con el rostro serio y compungido. Su piel blanca se contraía en la frente y en las cavidades de los ojos se volvía azul y moradosa. Como todas las grandes movidas de Toro, se dijo Mempo, ésta tiene su sello personal, la audacia. Los hizo pasar a la sala del directorio.

Mempo se encontró con las escenas de cacería de zorros que, esa misma mañana, eran los barrotes de su jaula y que ahora, por el contrario, lo instigaban al ataque y a la caza.

–Vamos, mejor, al grano al tiro –dijo Toro–. Hemos estado estudiando el asunto que ustedes me vinieron a plantear. Y... en verdad nuestro grupo está en condiciones de ejecutar este salvataje, porque... de eso se trata.

Lo dijo impertérrito, mirándolos a la cara pero como si no los viera.

–Obvio: hay ciertas condiciones que ustedes, mis amigos, tendrán que aceptar. Ya voy a ellas. ¡Obvio! Y si no..., allá ustedes.

Daccarett bajó la vista. Alam se tomó el mentón y empezó a mesárselo extrañamente como si tuviera una barba crecida y a tirarse, luego, el pellejo. Mempo se sintió incómodo. El ambiente era tenso y desagradable.

–Lo que pasa es que un estudio completísimo, y sumamente conservador por lo demás, preparado por nuestro departamento de estudios, y que dirigió Mempo Tamburini –levantó hacia él una ceja–, demuestra con claridad meridiana que nuestro grupo no sería afectado por la bancarrota de los grupos Alam y Daccarett.

Miró inconmovible a los aludidos y alargó el belfo más humillante y despreciativo que Mempo vería jamás. Y se quedó callado.

–Aquí ustedes la cagaron –les dijo tras un largo silencio y adoptando su tono brusco y cálido de entrenador de fútbol–. Y no los va a ayudar nadie, ni un alma. ¡Esa es la firme! Acuérdense de mí: ni un solo bendito huevón... Yo les voy a largar un flotador, pero ésta no la cuentan dos veces. Y porque somos amigos, nada más, porque en el pasado hemos hecho tantos negocios juntos, y me da lata pensar que ustedes ya no estarán más en las pasadas. ¡Putas! La economía de este país después de la crisis se va a disparar, huevones. ¡Qué aburrido va a ser eso sin el cacumen y los negocios de ustedes dos! A futuro tenemos que seguir haciendo negocios juntos, pues. ¡Yo siempre lo entendí de esa manera! Así es que –los zahirió burlón– déjense de melindres de solteronas nunca envergadas y vayan bajándose los pantalones no más... ¡Más vale ponerse una vez colorado que cien veces amarillo! ¿O no?

Y reapareció ese rictus suyo: indesmentible, torvo, desconsiderado. Y eficaz.

❖

MEDIA HORA DESPUÉS estaban divididos en dos equipos de trabajo y funcionaban en piezas contiguas. En su oficina, Aliro Toro negociaba solo con Roberto Alam y sus asesores. Y en la sala de directorio, Véliz y Tamburini se medían con Daccarett y su equipo. Cerca de las doce de la noche, Toro pidió unas pizzas e hizo servir un tinto Antiguas Reservas, de Macul. A eso de la una, la secretaria apareció en la sala de directorio y anunció, con la cara iluminada de las animadoras que anuncian el resultado de una tómbola en televisión, que los señores Alam y Toro habían llegado a un acuerdo. Depositó, haciéndole hueco entre los platos de cartón de las pizzas, el documento en triplicado sobre la mesa. Los empresarios entraron en ese momento.

Alam se comprometía a realizar un aporte de capital al Banco de Curicó por la suma de veintisiete millones y medio de dólares al contado. Luego había dos pagos importantes, en dólares, a los sesenta y a los noventa días. Para ello Toro le haría los traspasos de dinero correspondientes de una compañía suya a una de Alam. Pero con la condición de que las acciones de Alam en el banco quedaran constituidas en prenda en favor de una sociedad de inversiones de Toro. Alam suscribía además un pacto en virtud del cual Toro, al cabo del año, tenía la opción de comprarle su paquete accionario por ese mismo precio. Aliro Toro descorchó personalmente cuatro botellas de champagne que hizo traer para celebrar este acuerdo.

Luego vino la negociación con Daccarett, el accionista mayoritario del Banco de Curicó, y el hueso más duro de roer. Véliz y Tamburini no habían avanzado casi nada en esas dos horas. Daccarett mantenía su ánimo jovial y un cierto desparpajo sin mayor justificación, pensaba Mempo. Toro, en lugar de proseguir la discusión, empezó a dictarle a la secretaria párrafo a párrafo los puntos de su proposición. Ante las objeciones de Daccarett o de los integrantes de su equipo, sugería él mismo una redacción, o cifra alternativa, pero sin permitir que la discusión se desviase de su objetivo, que era suscribir un contrato.

La necesidad de expresar sus puntos de vista en proposiciones, plazos y cantidades precisas, le dificultó la tarea al equipo de Daccarett. Comenzaron a aflorar sutiles discrepancias internas con respecto a qué les convenía hacer y se diseminó insensiblemente un estado de incertidumbre.

Con el correr de las cláusulas y de las horas el cansancio fue haciendo presa de casi todos los que estaban allí. Mempo y Armando Véliz optaron por turnarse y acompañar a Toro una hora cada uno, mientras tanto el otro trataba de dormir tirado en el sofá de la sala de espera. El equipo Daccarett, integrado por él mismo, dos abogados y dos economistas, también inició un sistema de turnos, con la diferencia de que el propio Daccarett participaba de los descansos, lo cual les obligó a transmitirse lo disputado y lo acordado. Con ello, perdieron tiempo y control en la negociación. Toro, en cambio, no salió de la pieza. Y se mantuvo sin cejar, dictándole y dictándole a la secretaria.

A las cinco veinte de la madrugada se firmó el arreglo definitivo. No difería gran cosa del establecido con el grupo Alam. Las cantidades, desde luego, eran mayores, puesto que Daccarett era dueño de un paquete de acciones más grande. Toro conservaba, igualmente, el derecho a optar entre quedarse con las acciones correspondientes al aumento de capital o hacerse pagar al contado la totalidad de los créditos más intereses, sólo que, en este caso, el pago se especificó en pesos, reajustables según inflación, y no en dólares. Daccarett firmó entre bostezos y se retiró, siempre sonriente, con la nariz colorada, la corbata en una mano y el portadocumentos en la otra. Sin embargo, sus pasos le parecieron a Mempo dificultosos y endebles, como quien pisa a pie pelado un césped y teme a las abejas que pudieran esconderse en él. Pero se reía con la cabeza gacha y la nariz colorada.

Toro había logrado lo que se proponía: evitar la bancarrota del Banco de Curicó y el descalabro de los grupos Daccarett y Alam y, a la vez, quedarse con opción a un importante paquete accionario de ese banco. Ello le daría derecho a obtener nuevos recursos. Su imperio económico, esa madrugada, se extendía. Los conglomerados de Alam y de Daccarett pasaban a depender de él. Su posición se consolidaba. Aliro es el hombre más rico de Chile, el número uno, se dijo Mempo, sintiendo que la admiración y el orgullo de ser uno de los hombres claves de esta gesta le henchían el pecho.

❖

MEMPO TAMBURINI volvió a su casa, le dio un beso a Elenita, le contó que partía a Nueva York y Londres esa tarde, se duchó, tomó desayuno y regresó de inmediato a su oficina. Preparó con Chiporro el acuerdo del Comité Ejecutivo, que no tendría tiempo de reunirse antes de su viaje, y gestionó por anticipado las firmas de cada uno de sus miembros de modo que el acta tuviera validez. Luego, comenzó a trabajar con Chiporro en la fórmula de traspasar propiedades y "fabricar" el dinero comprometido al contado esa madrugada: setenta millones y medio de dólares. Era poco antes de las cuatro de la tarde cuando Mempo abordó el radiotaxi que lo llevaría al aeropuerto. Había tenido tiempo incluso para llamar a Pelayo y darle instrucciones respecto de las boletas de garantía para la licitación de las frecuencias televisivas. Se olvidó, eso sí, de comunicarse con Marcial, quien le había puesto dos llamados más esa mañana.

En la luz roja se le acercó un canillita ofreciendo el diario de la tarde. Mempo le pasó unas monedas y lo abrió con nerviosismo. Efectivamente, en la sección *Top-Secret* venía la filtración que temía: "Grupos Daccarett y Alam aportarán capital fresco al Banco de Curicó." Pero el tono de la información, en contra de lo que esperaba, era más bien tranquilizador. Se afirmaba que el capital nuevo consolidaría la situación financiera del banco y le permitiría superar la crisis de liquidez que lo había afectado. Ahora sí que era un hecho. Toro había ganado.

Al dar vuelta la página del diario leyó, de paso, una nota acerca de un acto litúrgico que había terminado en incidentes con la policía: "Barricadas y bombas Molotov a la salida de iglesia". Se trataba de una misa y procesión por el descanso de las almas de los detenidos-desaparecidos, oficiada por el padre Juan Cristóbal Sánchez en la población San Gregorio. El propio cura, decía la crónica, había sido arrestado por un par de horas. Su liberación se debía a la intercesión del obispo. Están toreando a los milicos, pensó. Y como son curas... Y sonrió al pensar en la investidura y en los afanes de su compañero de curso. Y Toro, ¿no está a su modo toreando también al régimen? Se sonrió de nuevo y dio vuelta la hoja. ¡Oh sorpresa! Otro compañero de estudios en la noticia: Daniel Rendic asumía como superintendente de Bancos e Instituciones Financieras. Era un puestazo para su antiguo amigo de la Universidad de Chicago, el asesor de Barraza en el Banco Central. ¿Malo que fuese cercano a Barraza? Sin duda. Pero éste ya no era el de antes, el todopoderoso "vice del Central". Rendic, ahora, debía querer correr con colores propios. Y qué bueno, sintió Mempo, era tener amigos en la corte... Cerró el diario con un bostezo. Estaba exhausto.

Se rió solo al acordarse de la última misión que le encomendara Toro: pasar por Ginebra y depositar en cuentas personales, secretas, numeradas, dos millones y medio de dólares para Alam y cinco para Daccarett. Estaría en Suiza sólo unas horas. Su viaje sería tan vertiginoso como lo habían sido esas últimas horas. Lo importante era obtener el canal. Un par de programas sobre la crisis y se derrumbaría el poder de Barraza definitivamente. Toro quedaría en control de los hilos de la política económica del régimen. Eskenazi se inclinaría a su lado. Los dos directores de confianza de Barraza, quedarían reducidos a la insignificancia. Era la victoria total. Pasó Policía Internacional y justo al otro lado, en un sofá de plástico negro, le sobrevinieron la calma y el cansancio. Se despertó porque alguien lo zamarreaba. Era que el avión estaba por partir.

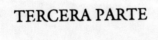

TERCERA PARTE

LA NOCHE LARGA

MÁRGARA LO BUSCA por la almohada. Carga la frente en su brazo. Se coge firme de él con sus dos manos como si fuese el travesaño de una cruz. Solloza estremeciéndose. Su frente al caer golpea la musculatura del bíceps. Duele. Sus convulsiones agitan el colchón. Antes... ¿Cuánto antes? ¿Cuánto mide ese cuándo que no transcurre según el metro de las horas y los soles, porque no es posible cruzarlo por un espacio como hace el último grano del reloj de arena al atravesar un umbral de vidrio y marcar un tiempo? Está sintiendo crujir la misma cama que crujía antes por el amor. Entonces se oían estos mismos alaridos y era el mismo desgarramiento con que hoy se desaman. Porque esta noche no deben hacerlo, aunque quieran los dos por palpar el desamparo, por medir la distancia. Porque ya les ha ocurrido eso antes y es tanto peor después quedarse confundido. Porque hoy no pueden engañarse así. Porque hoy él no puede permitírselo después de lo que le ha dicho, después de lo que se propone hacer. Pero entonces, entonces, estos espasmos se le dejan caer y se instalan como un reverso cruel de lo que fueron y han llegado a ser.

La mano de Pelayo cae sobre la espalda de Márgara como la mano de un hermano tímido o se enreda en su pelo rubio, pegajoso de lloros. La sábana le cubre parte de la cara. Mantiene los ojos cerrados. Aguanta. Oye toser a Pedro en la pieza del lado.

Siente que nunca ha llorado Márgara con esa parte de sí, con esos sonidos que vienen desde el fondo de ella viajando por las cañerías del subsuelo. Dos, tres aullidos altos de loba en día de luna. Cinco, seis remezones de cuerdas rasgadas. Ahora un ronquido bajo, feroz, amenazante, que se adelgaza suavemente, y deja allí colgando un quejido tierno de niña pequeña que él arrulla sin saber hacerlo ya.

Aguanta. Por ahora, al menos. Pedro sigue tosiendo medio ahogado. Se levanta. No es nada. Las veces que se ha levantado a calmar el sueño agitado de Pedro. Sus pesadillas, sus toses malas, ese alarmante ronquido en el pecho, sus noches de fiebre alta o simplemente porque sí, por querer velar su sueño y mirarlo respirar. Márgara parece haberse quedado entre dormida y él no ha sabido ser tierno con ella. Porque ha temido dar alguna señal equívoca. Porque ha temido, sobre todo, vacilar. Y no debe vacilar. Esta vez siente que no debe. No quiere estropear más su relación con ella que sabe perdida. Se lo debe a su antiguo amor, a la dignidad del dolor de Márgara, a su hijo. Quiere, necesita como nunca hacer las cosas bien. No quiere enturbiar su amor por Adelaida con actitudes ambiguas y cobardes. Quiere ser esta noche todo lo escrupuloso que siente no haber sido antes. Pero cuesta. Se suena la nariz. Se aguanta. Habrá más. Esta va a ser una noche larga.

❖

¿Y TE ACUERDAS, PELAYO, cuando te diste cuenta que se me pasaba de agua mi impermeable y me dijiste: "Para eso quiero casarme contigo, Márgara. Para comprarte un impermeable y asegurarme yo de que te quede bien y no se pase de agua"? ¿No es verdad que me dijiste eso? Y yo te creí porque tú decías que me querías, y que yo necesitaba que tú me cuidaras. ¿No es verdad? ¿O lo soñé yo? ¿O lo inventaste tú, porque eres un chueco y siempre fuiste un chueco y yo lo supe siempre, y me lo advirtieron, pero yo no quería creerlo? Porque me ponías esos ojitos doradosos, como decía tu abuela Marta, doradosos y brillosos y yo, la tonta, me dejaba conmover.

¿Y te acuerdas de esa vez que yo te había mandado a la mierda y me había metido con Raúl del Campo y me había ido a la playa con Ana María y era invierno y apareciste en la moto cross de Marcial levantando espuma de mar? Fue la vez que me trajiste esa écharpe de Saint-Laurent, preciosa. Y mi amiga, no podía creer que hubieras llegado de improviso y nos encontraras en la playa a esa hora. Nos fuimos como zumba, entonces, a Ritoque, y recorrimos la "Ciudad Libre". Y tú me decías que si esa voladura estuviera en una playa de Normandía, y no aquí en este desamparo, la financiaría qué sé yo qué fundación americana, y habría salido en el *Time* y las gringas harían cola por fotografiar el "Palacio de Godo" y, ojalá, tratar de acostarse con el poeta genio.

Nos subimos al mirador por la escalera llena de escalones rotos o que faltaban, y casi te caíste, y yo no sé qué te hubiese pasado si te hubieras caído desde esa altura. Y nos paseamos delante del mar por ese encatrado de tablones viejos y podridos por la humedad de la playa. Nos paseamos como "apacentando el mar", "y como apropiándonoslo", me decías, gracias a este pasadizo de tablas en altura frente al infinito, gracias al punto de vista, me decías, algo así como el punto de apoyo que pedía Arquímides. Y, entonces, nos besamos y me sacaste la blusa, creo. Aunque no. Creo que fue otra vez cuando me sacaste la blusa a tirones y me la rajaste, y no era en ese corredor abandonado por los arquitectos locos de Valparaíso. Pero me hablabas de ellos y de las poblaciones callampa y de las construcciones hechas de desechos, como esta "Ciudad Libre".

Porque en las callampas hay belleza, decías, que se retuerce con los dolores del parto y espera que alguien la haga nacer. Porque si Picasso hubiera venido a Chile, no habría pintado las viejas lindas, maquilladas del barrio alto, decías, sino a esas gordas con dos o tres chiquillos colgados encima que se ven en los arrabales. Y a ti te fascinaba la "Ciudad Libre" por eso, porque había salido de eso. Y qué sé yo por qué eso te importaba a ti, entonces. Lo que es a mí, todo esto me parecía una rayadura.

Entonces hicimos el amor en las dunas como unos desaforados y tú me parecía que relinchabas como un potrillo y yo te hacía callar porque nos podían oír de lejos los pescadores, aunque no había nadie esa tarde en los dieciséis kilómetros de playa de Ritoque, decías. Y, claro, te volviste soberbio y te encabritaste y empezaste a decirme que qué tal, que Raúl del Campo seguro no me había tirado como tú, y que yo probara otros tipos, que viera si eran como tú, que ese era el *experimentum crucis*, decías, y te reías, claro, en latín me decías el *experimentum crucis*, que probara cuanto quisiera y viera. Porque tú, claro, me tirabas como nadie, ¿y sabes por qué? Porque me querías con los dos cocos, como hombre, decías, y tenías fe y bronca y coraje y amabas el riesgo, mierda, y qué sé yo, y yo dudaba porque no tenía fe en el amor, y tú, en cambio, sí.

Pero fue todo una mentira porque tú querías acostarte conmigo porque eras un inseguro y te costaba y eso te picaba. Porque había otras que se iban altiro contigo, ¿no? Y yo, ¡las huifas! Yo aguantaba hasta tenerte hecho una mierda, porque no te creía nada, porque siempre pensé que eras un mimado de mierda, un fundido, y sin embargo, y sin embargo... Te hallaba amoroso y me daban ganas de creerte un poquito que fuera. Y ahora veo que me equivoqué. Porque te mandas cambiar con Adelaida de Wilson que está muy bien casada y te hará zumbar, y que ahora te parece a ti el *non plus ultra*, para usar esos latines que te gustan a ti a veces, y a esos amigos tuyos como Federico que hablan y hablan y hablan... Porque te recuerdan esos latines, supongo, a los curas viejos, los de antes, los que te formaron y deformaron; los que, en el fondo, añorarás siempre. Igual que tu mamacita y que tu abuela Marta: te cagaron de puro quererte. Sí. Te mearon en la cuna. Y eres, al fin, el carajo que supe siempre que eras, y que me habían dicho que tú eras. Y ahora tú te vas y todo es una mierda, y Pedro, y yo no sé qué va a ser de él y de mí ahora sin ti. ¿O nunca hubo nada? ¿Fue realmente una película que yo me pasé, y sólo querías conquistarme porque yo no te era fácil y tú como regalón, fundido que eres, te gustó ese juguete sólo porque no lo tenías en el closet? ¿Es esa la verdad? ¿O no es así? ¡Mierda! ¡Qué mierda eres! Y yo me jodo con Pedro, ¿y qué más da? ¿Y cómo lo voy a hacer si tú sabes que trabajo como una mula en la AFP Siempre porque tú no ganas lo suficiente? ¿O crees tú que esa es mi "vocación"? ¿O tú te figuras que me "gusta" mi trabajo de supervisora de ventas? ¡Ja! ¿Pero qué más te da a ti? Porque, ¿qué va a ser de mi Pedro que te adora y de mí ahora, mierda?

Porque, bien pensado, tú tuviste la culpa de que yo me enredara con Raúl del Campo. Tú me embolinaste. Porque tú querías probarte. Tú querías que yo te dijera después que eras mejor amante que Raúl del Campo, pese a su fama de playboy, y a su yate y todo. Y después te quedaste jodido, porque puchas que te dolió... En el fondo, desde que te conocí no volví a querer a otro hombre. Pero temía que tú lo notaras y trataba de disimular un poco, porque pensaba que yo te iba a aburrir, que te gustaba el riesgo y la conquista. ¿O no? Porque, ¿cómo iba a resultar poco hombre un cabro que había aprendido lo que es tirar mirando a los potros de Chihuaillanca mandándose a las yeguas, ¿no? ¿Y cómo te iban a hacer sombra estos pijes de la ciudad que se habían criado leyendo a Freud y corriéndose la paja con las conejas del *Playboy*? Pero, bien pensado, esas eran fijaciones de la infancia tuyas, nada más. Porque tú eres un pije urbano, intelectual y no un latifundista venido a menos, como te gusta sentirte en momentos de intimidad. Y toda esa cuestión de la pertenencia y las raíces y los caballos y los irreductibles del terruño son pura nostalgia tuya, nada más. Y típicamente urbanas. Sí, mierda. Lo mismo que tú me decías que había dicho Nietzsche sobre el misticismo, que brota cuando la añoranza convive con el escepticismo, ¿no? Tú eres un latifundista "místico" y un padre "místico". Sí. Se te mezclan la añoranza y el escepticismo. Y eso te define. ¡Y te caga y me caga, mierda!

Tú nunca habrías sido un patrón de fundo, Pelayo. Tú eres y habrías sido siempre un observador, un intelectual perezoso, un sacerdote de vuelta, un tábano inútil, pero entretenido; un insecto, tal como tu escarabajo con máscara de Rolls Royce... Porque no fue la revolución agraria la que dejó a tu familia sin tierras, sino tu propia abuela que se negó a aceptar la reserva. Fue ella la que te desheredó de pura soberbia. Y lo demás son excusas que te das para justificar tu molicie, tu tristeza sin motivos. El culpable eres tú que te has herido a ti mismo atándote al palo de la esterilidad, Pelayo.

Porque tú cortaste con todo porque eres incapaz de prometer, incapaz de ser fiel a nada ni a nadie. Y por eso eres un periodista y a lo mejor por eso eres bueno como periodista. Porque sólo crees en instantes discontinuos. Porque sólo crees en la historia breve y su crisis. En la pincelada rápida y punto. En la vida desde el balcón.

Y todavía no te has dado cuenta cuánto te dolió que tu hermano Baltazar se comprara un fundo por Osorno y resultara un agricultor moderno. Porque te demostró que era posible hacerlo, que se podía dar vuelta la hoja. ¿No era tan malo él para la vida de campo y el caballo? Los huasos aún se acordarán de tus barbaridades y te querrán, tal vez, pero eres tú y no él quien se quedó jodido. Porque tampoco, pues Pelayo, has sido tú capaz de darle a Pedro la infancia de hijo de patrón que te dieron los tuyos a ti... Porque no fuiste capaz de hacer nunca nada y te quedaste con la bala pasada, apegado a tu abuela Marta y jodido para siempre, Pelayo. Eres un ser roto y parchado. Tú eres un turista por desarraigo, Pelayo. Y eso te jode, ¿no? Porque eso es ser periodista, ¿no? Es ser un barco con bandera de Panamá, como te gustaba decirme, a veces. ¿No es cierto? Y ahora resulta que tú no has construido nada más que artículos de revista y Baltazar, sí, en cambio..., por la cresta, y no es que le tengas envidia a él, sino que empiezas recién a sentir la mierda que eres tú. Pero le tendrás envidia pronto. Porque el tiempo se estira, pero no siempre, y notas que se te acorta el lazo, y entonces te mandas cambiar porque te enamoras de la sonidista de tus programas pilotos para un canal de televisión inexistente. Pero en el fondo, en el fondo, tú sabes que es porque estás frustrado y deprimido hasta más no poder, porque no te soportas a ti mismo con tus mil contradicciones, porque te carga la vida que haces, porque el famoso proyecto de la televisión privada se va a ir a las pailas y no resultará nunca y no te quieres convencer de eso, y te lo pasas buscando siempre un nuevo cebo que te haga sentirte vivo. Estás mal, Pelayo. Te lo digo. Y no es para hacerte cambiar tu decisión. Estás despilfarrando todo y no te va a quedar nada. Ni tu sonrisa, que cada vez se te pone más falsa y burlona y desencantada. Ni Pedro, que se apartará de ti dolido para siempre.

Porque a mí no me importaba que te pusieras sobrado así; al contrario, me daba como ternura ese arrojo y satisfacción de gallito de la pasión tuya, que parecía que te llevabas el mundo entero por delante. Y, entonces, yo te preguntaba qué diablos tenías tú y por qué se agarraban tanto a ti las mujeres y te querían y te seguían queriendo siempre de algún modo. Y entonces me salías con que se enamoraban de ti al intuir lo mucho que tú te querías a ti mismo. Y que eso era tan inmotivado que las conmovía. Y te empezaban a querer un poco primero, y sin darse cuenta te empezaban a querer un poquito más. Y te reías. Y aunque yo no te creía la explicación tuya, me encantabas, porque lo que me enternecía a mí era la inmotivada soberbia de tu inteligencia con la cual tú creías comprenderlo todo. Porque cuando tú hablabas del misterio, de lo gratuito de la vida y eso, era otra manera de atisbar y acechar y terminar comprendiendo. Porque eso te quedó de tu abuelo agricultor: la necesidad de tender cercos cada vez más lejos y ganarle terreno a las serranías y a los pantanos. Y entonces yo te juraba, no sé por qué, lo que tú ya requete sabías, y que era que nadie me había hecho sentir así jamás. Y tú me venías con lo mismo, con que a ti te ocurría igual que a mí, y yo era la única y la maravillosa. Y ahora me doy cuenta que todo era falso. Pero tú me decías que tú me querías de verdad y apostabas a mí, y entonces, vengan pumas, vengan leones. Y ahora, esto.

Márgara calló y se quedó dormida de golpe. Pelayo retiró el brazo adolorido en el que ella apoyaba su frente como en un travesaño.

❖

ME ESTÁN ESTRANGULANDO con una cuerda blanca. No es una soga de cáñamo. Es un nylon blanco. Han deslizado el lazo por mi cuello cuando dormía. Me ha despertado la angustia de su escozor en la piel. Siento que me oprime la tráquea. La angustia cesa. Logran, mis manos, abrir el lazo. Lo doy vuelta con presteza y me deslizo fuera de él. Comprendo –quizás por unas risitas oídas detrás de mi cabecera– que se trata de una broma. Avanzo por el pasillo del hotel. Abro la última puerta del fondo, a la izquierda. En ese cuarto reposa, haciéndose la dormida, una de las culpables. Lo sé. Es una mujer delgada, de pelo castaño, retraída, elegante, bella casi. Cuando se sonríen sus labios pintados naranja fuerte, creo saber quién es, creo haberla visto antes, pero no junto el nombre con la cara. Me allego a su cama. Me inclino sobre ella alegre y confiado. "Mereces que te viole", le digo. Y ella responde a mi beso. Pero antes de mi propio clímax me sorprendo abriendo la puerta del dormitorio del frente. Allí duerme la otra culpable en quien reconozco a Elenita. No necesito explicarle el motivo de mi visita. Me acoge como si me hubiera estado esperando. Ahora siento cariño y ternura en su goce y el mío. Está desnuda y como medio incorporada. Parece que hacemos el amor medio sentados. Su piel acusa el comienzo del deterioro de los años maduros. No ha de tener en la realidad más de treinta y cinco años y, sin embargo, en el sueño representa unos cuarenta y seis. Ahora se sume en un clímax largo, amoroso, convulsionado, agobiante. Ha caído de espaldas. Llevo mis manos a su sexo. Yo, aunque ella se me ha desprendido, estoy aún muy lejos de mi orgasmo. Me aterra la forma que cuelga fuera de ella como una tripa venida por su ano o su vagina, no sé bien. Es un escroto colosal, que, al parecer, estaba allí todo el tiempo, colgando por detrás. En él sobresalen algunas várices verdosas del tamaño de una almendra. Pienso en Mempo y, pese a mi repugnancia inicial, siento su calidez y con la mano izquierda le acaricio un seno, creo. Siento una ternura nueva por ella y su envejecimiento. Me gusta el coraje de su entrega. Me gusta. Estoy retrocediendo hacia un punto interior de mí. Me guardo un poco como el caracol que se recoge hasta desaparecer en su concha.

❖

–Papá, no te vayas, papá, por favor no te vayas.
    Entonces mi madre abraza a Pedro. ¿Por qué está allí a esas horas? Gime. Y yo yazgo desplomado sobre el sillón del dormitorio de Márgara, que ha salido, o no está al menos. Tengo a Pedro abrazado encima. Y mi madre solloza observando la escena. Pedro me toma la cara con sus manos de niño y trata de sujetar mi vista ante la suya.
    –Papacito, te lo pido: no te vayas. No todavía. No te vayas, papá mío, no te vayas.
    Y se me tuercen y retuercen los labios entre los dientes apretados...

❖

Aún tiritando bajo la impresión del sueño entró a la pieza de Pedro. El brazo del niño colgaba con la manga del pijama arremangada. Con el otro, apretaba contra sí un auto a fricción amarillo. Se lo había regalado su abuela no hacía mucho. Lo besó y se apretó a él. Se quedó dormido. Pero despertó de nuevo temblando, al poco rato y tratando de hablar, de referir algo.

❖

327

EN EL INSTANTE en que el doctor me lo comunicaba no veía su rostro ni oía con precisión las palabras. Sin embargo, entendía o me parecía entender, que me estaba desahuciando. Lo extraño era que yo recibía la noticia de esta enfermedad terminal, de este cáncer generalizado que me consumiría en pocas semanas, como tantas otras informaciones que había dado y recibido en mi vida. Tenía que hacer un esfuerzo para no olvidar, para darme cuenta del significado que tenía esta noticia. Trataba infructuosamente de *sentir* el impacto de la noticia. Intentaba, a partir del bolsillo del delantal blanco del facultativo que tenía al frente, a pocos centímetros, de meditar en la muerte o acordarme, al menos, de lo que otros habían dicho acerca de ella, de las conversaciones de La Oropéndola. Lo único real era esa camilla un poco dura iluminada por un foco de ampolleta azul, el tono frío y tranquilo del médico y la conciencia de tener que tomar conciencia de que mi vida llegaba a un final. Y lo que siempre me había parecido un misterio que suscitaba preguntas infinitas, revelaba no ser misterio interesante alguno, ni ofrecer otra cosa que no fuera la sensación del muro impenetrable, de la inevitabilidad tonta de las leyes físicas, de una pesadez enorme en la pieza, y las ganas de que eso no hubiese ocurrido, de que esas frases el médico no las hubiese dicho jamás. Nada más. Nada.

El médico me abre la puerta y me empuja suavemente a la sala. Recordé instantáneamente por qué estaba junto a esas otras personas que, como yo, vestían sólo un delantal blanco de algodón algo áspero y esas botas también de algodón blanco y crudo. Era una costumbre nueva introducida en ese hospital, esto de preparar a los enfermos terminales con una terapia psicológica. Era lo habitual, ahora. Asistencia psicológica para la muerte. Entre varios, resultaba más consolador, más eficaz. No había opuesto resistencia a esta iniciativa. Justo al reparar en ello, me saluda muy cariñosamente el padre de Marcial. No sabía que estaba enfermo. Comprendo, entonces, que la primera regla de esta terapia de grupo es la reserva absoluta. Y eso me parece bien. A mi lado está Ruca. No lo veía desde hacía años. Lo reconocí de inmediato. Era el mismo de antes, el aficionado a la moto, las farras, las prostitutas y las mujeres bonitas. Y, en breve, moriría tan naturalmente como había vivido. Un despilfarro más.

Me siento, como los demás, en una silla metálica tapizada con un vinilo beige. Al mirar hacia el fondo de la sala me doy cuenta de que son muchas las personas que hay. Aunque no sabría decir, en realidad, si son treinta, cincuenta o muchas, muchísimas más, porque la sala, observándola bien, es como ovalada, va dando vuelta y no puedo abarcarla con la mirada. Comenzó la espera de algo indeterminado. En ese momento sí logré concentrarme en la idea de la muerte. ¿Tengo pena, tengo angustia? ¿Echo de menos algo así como un sentido? Trato de recordar lo que son estas preguntas. De algún modo, ya no me tocan. Serán, quizás, preocupaciones de los vivos. ¿Pero no me da dolor pensar en lo que no hice y debí haber hecho? Tengo la impresión de irme sin haber logrado las cosas en que me empeñé. Y ahora, fuera del sueño, enumeraba: mi matrimonio, roto; mi gran amor por Adelaida, trunco; mi actividad periodística, interrumpida; el canal alternativo por el cual dejé la revista, inconcluso. No llegué a ser el que podía, es cierto. Pero no importa. A esta altura toda biografía se ve inacabada y da lo mismo. A esta hora todos somos iguales. Sin embargo, no es por eso que siento un dolor que se hunde en mí y que es mayor que todos los que he sentido en mi vida.

Lo más triste de morirse no es, entonces, no haber alcanzado a hacer esto o aquello, no haber logrado eso o lo de más allá, sino tener la certeza de que es sólo uno el que deja el lugar donde se puede estar. Los demás se quedan mirando un rato a quien comienza a cruzar ese último puente. Después olvidan. Porque así es la vida. Porque ellos están vivos. Lo más triste no es que le haré mucha falta a mi hijo, que no he alcanzado a ser un padre para él y que sufrirá y vivirá marcado, dígase lo que se diga, por esa carencia. No. No es esto. Lo más triste, lo que me da dolor, un dolor agudísimo e incomparable, es sentir que Pedro tendrá que dejar de pensarme vivo para crecer. Y pensarme muerto es olvidarme, es irme matando poco a poco. Porque tendrá que irme borrando en cuanto ser vivo y acostumbrarse a verme encajonado en un pasado que es preciso que él se fabrique a partir de mí. Lo más triste es pensar que las personas a quienes les haré más falta, se las arreglarán sin mí.

❖

LE PARECIÓ VER la cabecita de Pedro con sus ojos redondos y serios que se recortaba dentro de la ventana del auto. El vidrio estaba abierto y el vehículo con el motor andando. Le decía que no se preocupara, que él estaría bien, que no se preocupara. Y el niño bajaba la vista y él notaba la saliva poniéndole brillosos los labios porque él tragaba y sacaba la lengua tratando, como le había enseñado, de ser hombre y no llorar. Claro que ahora era Marcial quien estaba parado afuera del auto, tratando de no llorar y Pelayo, en el interior del Volkswagen, no podía ver su cara.

Su vida, pensó, había sido como el vuelo de las piedras que lanzaba de chico a la laguna de Chihuaillanca. Subían rasgando el aire, su trayectoria suscitaba curiosidad y suspenso, perdían fuerza y doblaban hacia el agua. Su caída rompía el espejo y desde ese punto se irradiaban ondas sucesivas que llegaban en algunos casos más lejos y en otros menos. No obstante, el agua recuperaba inevitablemente su quietud y reconstituía el espejo. Se acostumbrarían a su ausencia, otras aguas ocuparían su hueco. Por supuesto. Entonces, como casi siempre que pensaba en espejos, surgió la imagen de Adelaida. Tenía el pelo anaranjado. Aparte de eso, era el mismo rostro bello y dolorido de esa virgen andaluza en madera policromada de Martínez Montañés, que había estrechado en la suite barroca del Hotel Constantinopla, transida indistintamente por las aflicciones de la separación y de la muerte o el pungimiento de la pasión y del amor. Y le pareció verla con su hija Catalina, abrazada a ella, sus pelos del mismo color oscuro, ahora, confundidos, sollozando y sollozando y sin poder explicarle su tristeza. Y la vio sola, estragada, terriblemente bella y desnuda, con las marcas blancas de la piel que no ha besado el sol y el pelo naranja, de nuevo, revolviendo la cara en la almohada, y recordando con los ojos anegados cuando él le dijo en la suite barroca, "te abrazo como abrazaba a mi oso", y a ella le gustó tanto. Y, no obstante, también ella, pese a la pintura corrida que le amorataba el rostro, tendría que arreglárselas sin él. También ella. Y sus padres y Márgara... Es el olvido que exige la vida y en que consiste la muerte, se dijo. Porque morir es morir en el corazón de las personas que uno quiso y lo quisieron.

Tuvo la impresión de que ese pensamiento era banal. Cualquiera lo sabía. Cualquier pensamiento en este trance, si sonaba verdadero, resultaba atrozmente banal. También los placeres de la inteligencia y la comprensión pertenecían a la vida. Con la muerte, todo perdía interés, incluso la muerte. Se los había dicho en el colegio, una vez, el padre de la clase de religión. Había estado muy, muy enfermo y cuando se mejoró, les dedicó una prédica en la que repitió majaderamente: "Aprovechen de rezar ahora, que están sanos y jóvenes; cuando uno está muy grave, ya no es tiempo de rezar." Le pareció, cuando se los dijo, un mensaje inquietante, quizás un poco heterodoxo. Pero también el rezo era una preocupación de la vida. Y esto volvió a resultarle aplastantemente banal, pero se sintió vivo por ello, por no haber dejado aún de sentir y de pensar. Entonces, le vino algo desde adentro, reventando como una gran ola. Y despertó y quiso llorar, y se sintió en una batiente, que lo hacía estar tanto del lado del sueño y de la muerte, como de la vigilia y de la vida.

Se aferró al cuerpo tibio de su Pedro y dejó que el latido rápido de su pequeño corazón lo fuera apaciguando.

DOS

DIOS MIO, COMO HE HECHO ESTO

DESPERTÓ SOBRESALTADO por una exclamación de susto: era la nana, la maciza Leontina, que, madrugadora como siempre, lo sorprendía acurrucado al lado del cuerpo del niño y con la cara sobre la almohada de funda celeste. Traía un termo en una mano y, al reconocerlo, juntó la puerta empujándola con el pie y se retiró en silencio. Lo sabía todo, por supuesto. No quería perturbar el rito de esa despedida terrible. Pelayo la oyó cerrar después, suavemente, la puerta del repostero. Se incorporó tratando de no hacer ruido. Por la juntura de la cortina se colaba un haz de luz que alumbraba los pequeños corpúsculos del aire en suspensión y bañaba un costado de la cama de Pedro. Lo besó delicadamente, comenzando con calma desde la mano y llegando hasta los hombros. La respiración tan acompasada del niño dormido y su reposo absoluto e inocente lo estremecieron. Y acudió a su mente la imagen de Abraham a punto de sacrificar a su hijo. Pero, por cierto, la rechazó al instante por impropia. La llegada de esa imagen del padre víctima de un mandato superior acusaba una autoindulgencia inaceptable y cierta cobardía. No era Dios quien se lo pedía sino él mismo. ¿O pensaría culpar a la pasión, al filtro de Tristán e Isolda?

¿Pero quién era ese "yo" que ahora se partía de cuajo como una sandía arrojada del camión al pavimento? Sí. Don Armando Véliz había empleado ese símil en el almuerzo del Banco Agrícola e Industrial. Los hijos tienen dos padres, había dicho, y no pueden partirse en dos como los melones. Qué humillante le resultaba estar adoptando el lenguaje del abogado Véliz. Pero ¿cuál era su lenguaje? ¿Era aún el mismo que anoche había soportado en silencio el llanto de su mujer sin querer besarla queriéndola, y que una vez que ella se durmió, la besó en la frente y se trasladó, más tarde, a sollozar a la cama de su hijo? ¿Existía todavía el "yo" que había hecho el amor por teléfono con Adelaida? ¿Dónde estaba, ahora, el que mirándola sobre la almohada del Hotel Constantinopla le había dicho que era la alegría que no pide causa sino que la causa? ¿Quién era ese "yo" incapaz de subsistir, y por lo tanto, de prometer, como se lo repro-

331

chaban Marcial y Mempo y Márgara, de mantener sus fines y objetivos? ¿Cuándo había nacido en él este "yo" siempre escindiéndose y siempre imposible? ¿Al pasar la barrera de los 30, después del matrimonio con Márgara, al salirse de la Universidad o antes aún? En el colegio, ¿era él uno?

¿Qué había desfondado el "yo" inventado y reinventado mil veces al hilo de las mil y una conversaciones con Márgara durante sus años de matrimonio? ¿Por qué ser ese "yo" para ella había perdido su imán? ¿Dónde estaba la Márgara que ese "yo" se llevaba consigo? ¿Por qué su huidizo "yo" se constituía entero, ahora, sentía, bajo la mirada oscura, sedosa de una Adelaida creada, hecha, a su vez, de su costilla? Y no sólo eso: también su pasado se redefinía en virtud de Adelaida. En verdad su fulminante reencuentro, los transformó alterando la imagen de sus vidas tanto hacia atrás, tanto respecto al tiempo en que no estaban juntos o no se conocían siquiera como hacia el futuro. Pelayo necesitó contarle, contarse de nuevo su vida completa, desde la niñez para adelante, refabricarla para ella con él. Y por eso su imaginación volvía a los años de colegio. Porque, ¿era él uno, entonces, o no le importaba segregarse y contradecirse? ¿O era, acaso, en medio de la precariedad de los puntos de vista, Dios mismo el fundamentum inconcussum de su visión de sí mismo, quien confirmaba la solidez de su identidad y dirección, si es que pueden usarse estos términos?

Porque –así le parecía en este momento al menos– su única frustración real y verdadera en aquellos días era no ser grande todavía. Como si el único deseo continuo de su niñez hubiese sido abandonarla lo más pronto posible y llegar a esa meta que, ahora, se probaba tan elusiva como la propia niñez. No podía olvidar que, de niño, él se decía a sí mismo: no debo olvidar mi tristeza, no debo olvidar cuán falso es eso de que los niños son felices y la infancia es el tiempo de las maravillas. Porque se daba cuenta de que, aun teniéndolo todo para ser feliz no lo era, y eso –los temores, las penas, el horror, las heridas, crueldades y frustraciones– era lo que los grandes se apresuraban a olvidar o no querían reconocer. Y él, de niño, se daba cuenta de que los grandes actuaban así con cierta falsedad con respecto a ellos mismos. En esa nostalgia de la infancia reconocía una fuga, una inautenticidad que él se apresuraba a desmentir, en silencio, claro está. Porque jamás habló de esto con ningún grande. De eso se daba cuenta. Pero no, en cambio, de esto otro: que él también, como los grandes, tenía necesidad de un espejismo, sólo que el suyo se situaba en el futuro y era precisamente "ser grande". Después, la cosa tendía a darse vuelta.

"Debo partir", se dijo.

Y notó que había movido los labios al decírselo, como si pensarlo no fuese suficiente para actuar en consecuencia. Contempló el dormitorio. "Me estoy extorsionando psicológicamente. No debiera. Debo ser más sobrio."

Adrede se hablaba a sí mismo modulando casi las palabras, como si en ese instante él fuese otro a quien hubiese que persuadir con oraciones concatenadas y razonables. Sentía su sensibilidad enajenada. Oscilaba entre el sollozo a punto de desbordarse, la impavidez y la necesidad de redactarse a sí mismo, de registrar cuanto transcurriese por su alma embotada por el dolor y la impresión del dolor.

"Debo ser más sobrio. No es bueno exponerse", pensó procurando capear la ola de escrúpulos que avanzaba rugiente sobre su alma. "No puedo perder la serenidad sin la cual no seré responsable de lo que hago. Quizás este sufrimiento que me causo al detenerme en este dormitorio más de lo necesario antes de partir sea una suerte de acto de contricción y penitencia, a ver si me perdono, aquieto mi angustia y obtengo la paz."

Una presión ciega, persistente y cortante empezó a deslizarse por el estómago hacia arriba. Empujaba por dentro sin cejar. Pelayo contrajo el mentón. Luego sintió una picazón en los ojos y se le nubló la vista. Con rabia, comprobó que ahora le había temblado la mandíbula.

"Esto no es aceptable", se dijo. "Esto no debo permitírmelo. Porque esto tampoco es verdadero dolor. Esto es compasión a mí mismo. Es que me da pena verme obligado por mí mismo a encarar esta escena. Es que me imagino que a alguien (¿a mi madre?, ¿a mi abuela Marta si viviera?), al imaginarme en esta situación, se le nublarían los ojos. Estoy siendo espectador de mí mismo, un poco", concluyó sin percatarse de que la frase era un síntoma de lo que decía.

Un cosquilleo acuciante en la nariz le hizo pensar en ir a buscar un pañuelo a su closet, pero se detuvo antes de cruzar el umbral: eso significaba volver a entrar al dormitorio de Márgara. Comprendió que nunca más entraría él a esa pieza de noche. Entonces volvió a carcomerlo este pensamiento: tampoco volvería él a entrar en pijama y a pie pelado a tapar a Pedro en las noches frías de invierno, a averiguar por qué tosía tanto, a calmarlo si gritaba desde sus sueños malos. Volvió sobre sus pasos vacilando como un sonámbulo. Sentía la cabeza abombada y el cuerpo lacio.

❖

333

LE PASÓ LA MANO por el pelo. Seguía abrazado a su auto de carrera amarillo. Quiso hablarle. Decirle algo, despedirse de él, no salir furtivamente. Le había contado una semana atrás en su oficina del canal. Después de mostrarle el video del esquiador que había hecho Camilo, le explicó que vivirían separados, que él lo pasaría a buscar todas las mañanas para llevarlo al colegio, que alojarían juntos en un departamento nuevo los fines de semana... En fin, que esto era muy triste y que algún día, cuando él fuera grande, entendería por qué pasan estas cosas malas; por qué los papás y las mamás, a veces, desgraciadamente deben separarse. Le había insistido que no era culpa de él, de Pedro, y que habría sido mejor que esto no ocurriera y, sin embargo, era inevitable. No había nada que hacer. Pedro había llorado con la cara apegada a la suya. No tanto como en el sueño de un rato atrás, pero había sufrido horriblemente. Y sufriría, a partir de ahora, siempre. Esa era la mayor tortura. ¿Cuánto podía llegar a sufrir un niño? De nada valía que le dijeran, que se dijera a sí mismo hasta la saciedad, que situaciones como éstas las vivían miles y miles de niños y se recuperaban. Lo que en ese momento era una garra en su garganta, era el sufrimiento de ese niño que dormía a su lado, del suyo, de Pedro. Y lo tenía sin cuidado cómo reaccionarían los demás niños del mundo ante una situación análoga. Ningún cálculo de probabilidades le servía de consuelo, ninguna experiencia anterior.

"¿Quién va a venir a ver si estás bien tapado y si no tienes frío en las noches de invierno?", le preguntó casi pronunciando las palabras, aunque sin voz. "¿Por qué no ha de ser mi mano, la de tu papá, la que atraviese tus pesadillas y te devuelva a un mundo habitable?"

Las preguntas se le apretujaban redactándose solas en su garganta.

"¿Cuando Márgara vuelva a casarse, como es natural que suceda", pensó, "lo hará otro o te quedarás más solo? ¿Podrás perdonarme lo que te he hecho algún día, podrás comprenderlo o guardarás para siempre, Pedro mío, un sordo reproche, inconfesable incluso ante ti mismo? Cuando te recojas, ¿encontrarás allí un dolor guardado y putrefacto, la inseguridad radical del abandono, una frustración que te lleve a evadirte siempre? Hay tantos casos así. Tú has sido mis noches, hijo. Y no lo sabrás nunca. Tú, más que Márgara. Y no lo sabrá nadie nunca. Y eso no le importa ya a nadie sino a mí."

Se pasó la manga de la camisa por la nariz y la luz que se colaba por la juntura de las cortinas alumbró unos mocos húmedos, largos y verdosos. Se dio cuenta de que tenía aún la ropa de ayer. Besó a Pedro en la frente dos veces. Entonces, volvió a tener la sensación —que había perdido unos instantes atrás— de que era otro quien controlaba los hilos y él observaba la escena del padre que se despide de su hijo y llora de compasión por su pena, recubriendo así el peso de la culpa por el dolor causado. Era como una necesidad de sufrir, se repitió, para contrabalancear las cosas y que todo quedara equiparado. Pero ahora le bastó decírselo para concluir que en realidad no, que este raciocinio era sólo un raciocinio, que era tal vez otra defensa más, y que lo único cierto en el mundo en ese momento era su pena inconsolable.

La presión ciega y sorda que subía desde abajo le llegaba al cuello. El mundo se retiraba, tomaba distancia trastrocado, remoto, irreconocible casi como los ruidos que uno oye bajo el agua.

"¡Dios mío! ¿Por qué he hecho esto? ¿Cómo he podido yo llegar hasta aquí?"

Movía sus labios mudos y acariciaba la cara de Pedro. Recorrió su perfil dormido con los dedos índice y del corazón pegados. Hincó una rodilla sobre la alfombra y descansó la frente en su almohada celeste.

Pelayo seguía hablándose a sí mismo sin voz, como en un susurro hipnotizado. Por alguna razón no podía dejar de pensar, y necesitaba seguir y seguir reflexionando como si estuviera conversando con su hijo; una situación puramente hipotética, por cierto, ya que esa conversación en esos términos no era posible aunque el niño hubiese estado despierto. Aunque quizás era, más bien, la conversación que no llegaría nunca a tener con él la que en ese momento simulaba. Porque por algún poderoso motivo su psiquis culposa le exigía formular estos pensamientos y grabar esta escena en la que cohabitaban de un modo tan intrincado y conflictivo su amor de padre y su dolor, los celos que le causaba la vida futura de Márgara y su pasión por Adelaida. La pena que sentía no tenía orillas. A la vez, se exigía a sí mismo lucidez, entereza. Aunque comprendía que ello se le mezclaba con escrúpulos morales, autocompasión y, en algunos instantes, con esta especie de distancia gracias a la cual frenaba, probablemente, la explosión interior de llanto y locura cuya amenaza lo atemorizaba. No era que fuese incapaz de sentir sino que, por el contrario, esa lucidez autorreflexiva, de algún modo, servía quizás de cauce al torrente de sufrimiento y culpa que brotaban sin cesar de adentro.

"Y lo haré", se repitió como tratando de convencerse a sí mismo y salir del círculo vicioso en el que giraba. "Yo sabré arreglármelas para que sepas que estoy y estaré siempre cerca tuyo. ¿Y por qué no? ¿Por qué no va a haber una manera? Ocurre a cada rato, en todas partes. No es la primera familia a la que le sucede", se dijo. "Lo que pasa es que no he sido educado para esto. En el caso de los papás de Puelma, mi compañero de curso, lo sentí como un fracaso, como una tragedia, como un estigma. Y sin embargo, ¡por la chucha! ¿es posible? ¿Hay solución? ¡Qué mierda! ¿No fue Konrad Lorenz, dice

Camilo, como la mamá de unos patos? ¿Y no lo consiguió, porque estuvo junto a ellos desde el primer instante? ¿Se podrá ser padre a distancia? No puedo engañarme. Tengo que hacer la pérdida. ¡A la cresta! Y sin embargo, y sin embargo..., ¿cómo diablos he de hacerlo? ¿Cómo puede vivirse esto?"

Dio unos pasos y se ubicó bajo el dintel. Allí se detuvo y se volvió de nuevo para mirarlo una vez más. Seguía durmiendo plácido y su respiración se oía pareja y segura. Esa combinación de vulnerabilidad y aplomo le pellizcó alguna cuerda interior. Sintió que le ocurría un poco como con Adelaida. Sintió que eso era lo que hacía que uno quisiera a los niños enteros, sin distingos ni aprensiones, desde su misma raíz personal y todo ellos para adelante, todo.

"Porque uno", siguió diciéndose Pelayo, "los quiere confiadamente, como quien muerde con ganas una buena manzana y mastica dichoso su pulpa llena de jugo y no se le pasa por la mente que ella pudiera estar, alguna vez, agusanada."

Entraba en su mente, empapándola, la sensación de esa parte helada de las manzanas que en Chihuaillanca robaban del refrigerador y se devoraban a escondidas. Formando un círculo, en cuclillas, en la polvorienta oscuridad del entretecho, los ojos de sus primos se veían casi tan brillantes como las rendijas de luz entre las planchas de zinc, arriba. Pisaban con mucho cuidado y jamás se sentaban manteniéndose en cuclillas por temor a los ratones que, de noche, y a veces de día también, cruzaban a toda carrera por el piso de tablas. A Pelayo le espantaba sobre todo la posibilidad de pisar un nido de ratas pequeñas. El gusto a manzana helada y el olor a polvo guardado de esa boca de lobo se unían en su memoria. Entonces, decidió partir.

Pero lo detuvo todavía, a pesar suyo, casi como una impertinencia, el recuerdo de su padre a las nueve de la noche, recién llegado de la oficina, y bendiciéndolos a él y a sus hermanos, desde el umbral de la puerta. Lo hacía así para no despertarlos, pero él le peleaba firme al sueño para poder darle las buenas noches. No ser capaz siempre de lograrlo lo humillaba o lo hacía sentirse chico, tan chico como sus dos hermanos menores. Esteban, que también se lo proponía, casi nunca conseguía permanecer despierto hasta esa hora. En ese tiempo, claro. Después competían por quién oía antes la llegada de papá, que comenzaba con el ruido de la llave en la cerradura de la puerta de calle. Sólo su llave entraría a *esa* cerradura a *esa* hora. Fresia, la cocinera, Auristela, la niña de las piezas, o Irma, la niñera, si les tocaba día de salida habrían usado la puerta de servicio. Y mamá, sin papá, jamás estaría afuera a esas horas. Papá cerraba la puerta despacio, de modo que su golpe no se oyera de arriba. No obstante, si había logrado pasar inadvertido hasta ese instante, aún podría delatarlo el metal claro del juego de las llaves entre sí, cuando se llevara el llavero al bolsillo interior de la chaqueta de su traje gris o azul oscuro a rayas finas. En el ropero de papá, Pelayo no recordaba jamás haber visto un traje en otros tonos. En los colgadores, lo demás eran chaquetas de tweed para los fines de semana. Recordaba a su padre diciéndole que "se está de gris". Al decirlo, había tomado la solapa de la chaqueta gris a rayas que llevaba puesta haciendo un gesto levemente despectivo. El "se está" aludía a cualquier momento, a cualquier hora en un día de semana. Su padre sentía igual desdén por esos caballeros de vestir meticuloso que usaban zapatos delgados italianos, que por esos otros señores de pelo negro curiche y aceitoso que iban a la oficina de traje café.

Aguardaba en silencio, concentrado en cada paso, mientras su padre subía la escalera alfombrada en tonos rojos que conducía al piso de los dormitorios. El primer eslabón del descanso crujía de un modo especial. Tras él venían cuatro escalones más y ya está, su papá estaba ahí. Pelayo lo veía, entonces, detenerse junto a la puerta y mirar hacia adentro insistentemente hasta que sus ojos se acostumbraran a la oscuridad y pudiese distinguir en las sombras los cuerpos de sus tres hijos arrebujados bajo los cobertores. Con la espalda recortada contra el pasillo iluminado, y haciéndoles la señal de la cruz al final de su día de trabajo, no parecía ser su papá individual, sino que en su memoria se transformaba y pasaba a ser la imagen misma del padre, del patriarca, de la paternidad como tal, quizás. Justo antes que se fuera, Pelayo, que hasta entonces aparentaba dormir, le hacía una seña con la mano. Su papá contestaba llevándose la mano derecha a la frente como en un saludo militar. Luego se sonreía con cierta impaciencia: Pelayo debía estar dormido a esa hora.

Le pareció que iba a explotar en llanto si no se contenía. Sintió vergüenza y de nuevo dolor, un dolor taladrante, al pensar en el papá que había tenido, que su hijo echaría de menos y que él no sería capaz de darle. Pero si no ése, ¿podría inventarle otro, es decir, parecido a sí mismo? En ese instante sentía que ello contenía una trampa, una falsedad que él no podía tolerarse. Pero entonces oyó a la Leontina abriendo la puerta del repostero y alzando la mano bendijo a su hijo desde el umbral. Sería la primera y última vez que lo hiciera.

Caminó resuelto, pero en puntillas. Había dejado una maleta preparada en el comedor. Después volvería por el resto. Tenía que hacerlo a una hora en que no estuvieran ni Márgara ni el niño. La cuestión en este momento era salir pronto antes que alguno despertara. En tal caso sí que flaquearía y podría darse una escena de veras. Sintió a la Leontina cerrando el cajón de los cubiertos en el repostero. Lo reconoció por un chirrido característico de ese segundo cajón que siempre se atascaba un poco. Llegó a la mampara y al colocar la llave en la cerradura oyó su nombre. Al principio no atinó a nada. Era una voz turbia y lejana que llegaba como a través de una espesa niebla. Era como la voz de Yahvé preguntando a Caín por la suerte de Abel.

Conducido como por una imanación física dejó la maleta e inició el camino de regreso. Al pasar oteó de reojo el dormitorio de Pedro. Luego vinieron el cuarto de jugar y el baño. La pieza de su mujer se notaba más oscura y tropezó con el sillón verde que estaba un poco corrido.

–¿Así es que ya te vas, Pelayo?

Silencio.

–Dime, Pelayo: ¿Ya te vas? ¿Vas a quedarte donde tu mamá?

–Sí. Sólo los primeros días. Mientras encuentro departamento.

Pelayo cogió la cabellera de pelo revuelto de Márgara por la nuca con ambas manos y la besó con fuerza en la frente. Ella se zafó y hundió la cabeza en la almohada. Del otro lado del umbral Pelayo sintió, medio ahogado por el espesor de la almohada, un alarido alto, horrible, desnudo, destemplado y penetrante que no estaba destinado a conmover a nadie en particular. Ciertamente no a Pelayo. Aunque tal vez a cualquiera. Tal vez al sino. Sí. Era un clamor, una echada en cara al destino como si él pudiese oír. Era un aullido desolado y patético. Conmovía justamente por eso, por la humanidad terrible y extremada que puede exhalar un aullido.

Pelayo sintió que Márgara era noble incluso en ese momento de supremo dolor. Ya no la amaba, pero... La amaba por ese grito de mujer, grandioso e insoportablemente real. Quiso decírselo. No pudo. Habría resultado peor.

Cuando iba cerrando la puerta del departamento, alcanzó a ver una sombra atrás: era Leontina. Se pasaba la manga del delantal por los ojos. Retrocedió y dejó caer la frente sobre su hombro. Sintió sus dedos fuertes apretándole los brazos. Por su nariz se colaba el olor a detergente del delantal.

❖

UN VIEJO ANDRAJOSO atravesó la calle empujando un carromato de tablas lleno de desperdicios extraídos de la basura: cartones, botellas plásticas de Coca-Cola, un rollo de alambres, bolsas negras, una plancha de madera terciada pintada verde y con restos de estuco pegado en un borde. Ya no había "tarros" de basura, esos de latón, abollados y malolientes, que solía examinar en su infancia. Los perros vagos se paraban en dos manos, los volteaban y podían así hurgar su contenido. Habían sido desplazados, durante el último año, por bolsas plásticas de color negro. Los perros se habían adaptado a este cambio. Ahora mordían las bolsas rasgándolas con sus colmillos y luego las vaciaban.

Al otro lado de la calle observó el blanco de un almendro, que destellaba contra el azul celeste del cielo, que lo llenaba entero por dentro, como una almohada celeste en la cual las ramas oscuras despertaran confiadas.

Se había separado. Sí. Se estaba yendo del edificio de departamentos en que había vivido desde que se casó, de la calle en la que había iniciado su vida de casado y de padre de familia. Sí. En ese momento. Acababa de cruzar el umbral cargando una maleta que ahora yacía junto a la rueda de su escarabajo sobre el pavimento. Sacó la llave, la introdujo en la chapa, escuchó el ruido del cerrojo y abrió. Levantó la maleta con la derecha, y sujetándola debajo con la izquierda, la acomodó en la caja. Retiró la mano a escape porque no quería ensuciársela contra el fondo en el cual siempre había restos de aceite o de grasa. No lo logró. Tuvo que limpiarse con un pedazo de huaipe los dedos sucios. Volvía a observarse a sí mismo desde afuera. Le parecía haber perdido los automatismos y tenía que pensar y darse cada orden: ahora, deja el huaipe. Sí. Tienes que cerrar la maleta. Pero antes saca la llave porque el golpe puede que la largue lejos. ¡Qué incomodidad sería arrodillarse en el pavimento para recogerla de debajo del auto! Eso. Ahora da vuelta la llave hacia la derecha. Eso es. Retírala y acércate ahora a la puerta del auto. Para encender el contacto necesitas la otra llave. Eso es. Pon el choke porque el auto está frío y quieres arrancar de una vez; no a tirones.

Apenas dobló por la calle Las Violetas divisó las rejas del antejardín de la casa de sus padres, las rejas de su niñez. Volvería, en este trance, a vivir del otro lado de ellas.

TRES

LA OPERACION TRIANGULAR AL DESNUDO

MORDIÉNDOSE POR DENTRO el labio inferior, se acerca a la pequeña ventana de vidrios gruesos y aislados a presión que protege el cuarto del ruido constante de las turbinas. Le ha tocado una pieza amplia y luminosa, de muebles blancos, laqueados, cama doble de colcha floreada y, en lugar de closet, un tubo niquelado, a la vista, del cual cuelgan los ganchos de la ropa. La falta de un closet cerrado es el único indicio de que se trata del hotel del aeropuerto de Miami, en el cual un ejecutivo como Mempo Tamburini, se deja caer entre dos vuelos.

Afuera se ven gruesas tuberías, unas blancas y las otras del color del aluminio, deslizándose sobre un techo plano compuesto de planchas de piedrecillas grises. Cuatro tubos corren paralelos frente a la ventana, doblan a unos diez metros, se unen a otros seis o siete más delgados y continúan. Luego se enlazan con otros y se enredan y multiplican como una malla de vasos capilares que nutriera a ese complejo organismo que es el aeropuerto. Porque detrás, a través de la pandereta blanca que tiene ventanucos como troneras, se divisan una grúa, varios contenedores metálicos y el diseño ligero y filoso de un ala. Y al fondo, apenas discernibles en la línea del horizonte gris que produce la losa, la hilera de aviones de largas alas, en silencio, reposando.

Extrae la billetera de la chaqueta que deja meciéndose en un gancho del tubo niquelado y se sienta pesadamente en la cama. Respira hondo y bota el aire con un quejido. Luego la abre tan cerca de su nariz que siente el olor de los billetes que tiene adentro. De sus dobleces va sacando boletas y comprobantes por pagos hechos con tarjeta de crédito. Apoyándola contra la cama, presiona desganado los primeros números en la minicalculadora que lleva en la billetera. Pasa una cifra a la memoria y vuelve a revolver la ruma de boletas y comprobantes que se levantan y caen aleteando sobre la colcha de grandes flores azules y coloradas. De pronto, apresa al vuelo uno leve, delgadísimo como papel aéreo: el maldito comprobante de Harrod's.

❖

FUERON LOS PERFUMES. Pensaba en Bloomingdale's. Y lo confundieron los mostradores espejeantes de la sección de perfumería, las vendedoras maquilladas como modelos, las damas acicalándose en esa suerte de baño público y, sobre todo, la mezcla de aromas intensos y diversos. Terminó por desorientarse completamente. El venía absorto. Por una parte, un cable de Santiago le informaba que en medios de gobierno se daba por descontado que la Sociedad Nacional de Televisión S. A. ganaría la licitación. Por otra parte, *wait and see.* Eso le habían dicho primero en el Chase, Nueva York y, ahora, en el Lloyd's de Londres. *We'll wait and see.* ¡Crestas! Y mientras tanto, ¿qué?

Las obligaciones contraídas por Toro para tapar el hoyo del Curicó ponían al grupo contra la pared. Con Chiporro habían producido dinero para el primer pago haciendo cambalaches de un lado para otro entre sociedades coligadas, pero su respaldo real, las "acciones ladrillo", eran las mismas: acciones de la Embotelladora Nacional. Los gringos ya lo tenían claro. A los cuarenta días venía la segunda remesa para Daccarett, a los sesenta para Alam y a los noventa, la tercera, para ambos. ¿De dónde sacar la liquidez requerida para hacer frente a estos compromisos? Con un dólar negro disparándose a cuarenta o cincuenta por ciento.por sobre el oficial no era posible subir el valor de las acciones ladrillo en la Bolsa y, con eso, mejorar las garantías y obtener nuevos créditos extranjeros. Ese recurso, empleado hasta la saciedad durante el último año, se había agotado. Y, con todo, los proyectos básicos del grupo eran buenos, se decía Mempo, eran sensatos, eran rentables, muy rentables. Lo único que se necesitaba eran préstamos-puentes. Los gringos lo reconocían sin ambages. Sin embargo, la red de sociedades interrelacionadas les inquietaba. Y a ello se sumaba la reciente crisis financiera de Méjico. Los mismos banqueros que, sorprendidos por las posibilidades de América Latina, hacía dos o tres años llegaron al continente vaciando sus arcas, otorgando créditos millonarios, ahora se alarmaban del alto endeudamiento de la región. Y, con el mismo espíritu de rebaño de antes, repetían majaderamente *wait and see, wait and see.* Y, por cierto, con ello precipitaban la crisis, pensaba Mempo.

Había entrado a Harrod's con la idea de comprar un buen suéter de cashmere para Elena y, quizás, otro para él. Necesitaba unas tres o cuatro corbatas y, tal vez, una tela para hacerse un terno o, mejor,

341

una chaqueta de tweed, se dijo. Sí. Eso de todos modos. Una buena chaqueta de tweed inglés.

El problema era que tenía sólo veinte minutos. Cuando logró dar con la sección de informaciones, no había nadie. Eso lo desconcertó. En Bloomingdale's siempre había alguien en informaciones y así uno ganaba tiempo. Miró un letrero situado atrás del mesón desocupado y no ubicó lo que buscaba. Se anunciaba ahí, y en varios idiomas, sólo el *Ground Floor*. Mempo se echó a caminar, pero se detuvo para vagar por la sección de corbatas que le parecieron demasiado caras y vistosas. Quería evitar a toda costa que se pudiera decir de él lo que una vez Charly comentó de don Armando: que con esa camisa y corbata y sujetador de corbata y colleras y huincha del reloj de tonos combinados que usaba, Véliz no parecía vestido sino *decorado*. De pronto, sin saber bien cómo, se encontró mirando telas de trajes. Y también sin darse cuenta cómo vio que le extendían sobre el mesón los rollos que él empezó a apartar con miras a hacer una preselección.

Al principio tenía plena conciencia de que los precios eran altísimos y sólo pretendía comprar una o a lo más dos telas. Pero lo iban perdiendo la amabilidad y delicadeza del vendedor, un sastre, en verdad, según le explicó, ya que el vendedor no estaba a la hora de almuerzo. Mempo le causaba sorpresa, su acento extranjero... Le preguntó por su profesión. ¡Ah! Banquero. Entonces le preguntó por qué los banqueros americanos eran tan formales, que si le tocaba verlos mucho, que si todos se forraban de telas grises como las que él estaba escogiendo, que en Londres era diferente, los hombres de negocios tenían una gama más amplia de vestuario. Mempo comenzaba a sentirse extraño e inseguro. El sastre no sabía dónde quedaba Santiago; San Diego, sí. ¿Argentina, no? Mempo le preguntó si aceptaban tarjetas de crédito. El vendedor, arrugando la frente y con una sonrisa irónica, le preguntó:

—*But what card do you have, Sir?*

—*Mastercard.*

—*Of course, Sir... Of course, of course.*

Y levantó los hombros como diciendo "no faltaba más"...

Había algo en el acento inglés y la sonrisa sumisa, pero levemente irónica, que lo estaban cohibiendo. Le molestaban el interés y la curiosidad con que este sastre vendedor o vendedor sastre lo observaba. Una condescendencia disfrazada de buena voluntad, cuando no de servilismo. Lo delataba esa irreprimible satisfacción por su inglés tan infinitamente superior al de Mempo, que habría aprendido a mascullar, se imaginaba Mempo, de sus clientes, individuos seguramente aristocráticos o pasados por Oxford. Era terrible que este hombre se formara la idea de que él, Mempo, tenía mal gusto o carecía de imaginación o personalidad para vestirse. Y sin más motivo, de golpe, le ordenó que le empaquetara todas las telas preseleccionadas y que colmaban el mostrador.

–*All of them? Are you sure, Sir?*

–*I said "all"* –reiteró Mempo bruscamente. Y temiendo que el vendedor pensara que no se daba cuenta lo que hacía, una vez que recibió la suma total, agregó dos telas más.

Caminó junto a las vidrieras de Harrod's buscando un taxi. En eso tropezó con una de las puertas principales de la tienda y ahí un individuo de uniforme le tomó los paquetes y con una gentileza que casi parecía burla, lo condujo al taxi. Mempo se acordó de la escena del ascensor cuando él recién llegaba a la Universidad de Chicago, de la risa de las alumnas porque él les cedió el paso y sujetó la puerta. Ahí también sintió que se burlaban de él. Y aunque las situaciones eran distintas, en verdad, pensó, correspondían a la misma figura, sólo que invertida. En ambos casos su acento y sus usos lo marcaban con el signo quemante de la exclusión, convirtiéndolo en un ser levemente ridículo. Y era lo mismo, en el fondo, que percibía de niño cuando se negaba a "invitar" a sus compañeros a tomar once, como repetía su madre, en circunstancias que nadie en el colegio "invitaba" sino sólo "convidaban" y jamás, por cierto, a "tomar once" sino que a "tomar té", aunque sólo hubiese Coca-Cola en la mesa. Era una debilidad, una atmósfera tenue y firme como la malla de un mosquitero y que le aherrojaba el ánimo. La había creído –¡oh ingenuidad suya!– superada cuando Pelayo lo convidó a la fiesta de su prima Angélica. Hoy la reavivaba este hábil vendedor de Harrod's.

Esa misma tarde, a la salida de la última reunión programada antes de tomar el avión, y caminando por Smyrtes' Lane, vio una sastrería. Se acercó a la vitrina y se encontró una tela que le pareció idéntica a una de las que había comprado: valía casi un tercio de lo que él había pagado. ¡Me estafaron! Seguro que aquí se visten los banqueros viejos de Londres. Seguro que lo otro, donde compré yo esta mañana, es para árabes de turbante en la cabeza y petrodólares en los bolsillos.

Entonces le vino una sensación de mareo y náuseas: "¡Qué estupidez! Yo no necesitaba ningún traje. Quería comprar un suéter de cashmere para Elena... Eso era todo. Tenía veinte minutos para eso. Y, sin embargo, me enredé y perdí la cabeza. ¡Qué locura! ¡Qué grandísima huevada!" Y ahora lo malo era que le iban a suspender la tarjeta Mastercard. Y la gente del Banco de Los Andes lo conocía tanto... "¡Qué vergüenza! No importa. Lo arreglaré llegando." Tenía que pagar, agregando los demás costos del viaje que no podría cargar al banco, la suma de trece mil seiscientos ochenta dólares. ¡Y de dónde los sacaba! Es increíble que a un "hombre de números como yo, a un financista, a un banquero, le pueda pasar una cosa así." Tenía los cincuenta mil dólares comprados a crédito por Chiporro que había depositado en su Money Market Account del Chase Manhattan en Nueva York. Ahí podría hacer una diferencia y cubrirse. Pero la operación no sería tan rápida y, además, qué tontería estarse gastando ya divisas que había sacado fuera como seguridad. Lo otro que tenía era el equivalente a ocho mil dólares depositados a treinta días en el Banco de Chile y no los podía retirar hasta el once. ¿Cuándo le llegaría la cuenta de la tarjeta de crédito? De ahí había que contar dos días para pagar. Tenía que llamar antes y avisarles que se había distraído y pasado del límite. ¡Por supuesto! Eso les daría confianza. Les diría que ya había girado el cheque, pero esperaría a que llegara la cuenta de la tarjeta. Así iba a bicicletear hasta juntar la plata. Era preferible llamar de antemano y quedar como hombre honrado, aunque algo distraído. Pero a menos que echara mano al dinero depositado en el Chase, ¿de dónde diablos sacaba esa suma?

❖

CUANDO APARECIERON las montañas secas y amarillentas que preceden a la aparición del valle de Santiago, una azafata le ofreció una toallita para enjugarse la cara. Un paño cálido y que olía a menta. Al pasarlo por los párpados y las cuencas de los ojos, le vino una sensación de alivio y reposo que parecía colarse por ahí hasta el cerebro. Se acordó del canal de televisión y se llenó de alegría. Y en cuanto a él, se las arreglaría, ¿qué duda cabía? A lo más le costaría un mal rato, la molestia de solicitar otro crédito en el propio banco o de convencer a su ejecutivo de cuenta del Banco de Los Andes que le otorgara un crédito de consumo adicional. Nada serio, en definitiva. Abajo veía la soledad de las montañas, su desorden, sus puntas y cuchilladas descomunales. Pero si me ha ocurrido esto de Harrod's y afectado tanto, pensó, es por algo. Lo importante, pensó, es reunirse de inmediato con Aliro Toro y contarle que los banqueros están en actitud de *wait and see*. Este era el mensaje que se repetía y palpitaba en su mente como si la frase fuese un ser vivo cuando, al presentar su pasaporte en Policía Internacional, divisó al otro lado del vidrio a su amigo Marcial Riesco saludándolo con expresión terca y agraviada.

Lo acompañó, sin darle mayores explicaciones, a la inspección sanitaria y a recoger las maletas. Allí, frente a la cinta de goma en la cual giraba y giraba el equipaje de los pasajeros del vuelo, lo puso al tanto de lo acontecido: el grupo se había derrumbado. Toro estaba en la cárcel. Había una orden de detención en contra de Mempo Tamburini. Se le acusaba de estafa, más exactamente, de ser coautor del delito de "simulación".

–Las compañías de papel –le explicó Marcial– creadas para obtener más créditos con las mismas garantías son parte del problema. También hay otras cosas, acusaciones de fraude... Ya te informaré de todo –le dijo.

Marcial no andaba en su Nissan Patrol sino en un Volvo plateado que le prestó un amigo, según le explicó. Sin perder tiempo, le hizo saber que lo ocultaría en las casas del fundo de otro colega.

–La cosa es evitar caer en manos de Investigaciones –le advirtió.

Mempo adivinó al tiro qué quería evitarle Marcial: la corriente. La boca se le torció y sintió frío. Su confesión podía perderlo... Por eso era necesario esconderse por unos tres o cuatro días; para poder pactar con el juez su presentación voluntaria a una hora convenida. El juez, le anticipó Marcial, lo dejaría en libertad de inmediato. Si eso no ocurría, cosa altamente improbable, le aseguró, procedería a encargarlo reo. Pero él solicitaría su libertad bajo fianza. Igual saldría libre en menos de diez minutos. Un mero trámite.

Mempo se entregó a las opiniones de Marcial sin hacer preguntas ni, mucho menos, oponer resistencia. Y, de hecho, al acomodarse en el asiento le vino un relajamiento contagioso que se diseminó velozmente desde la base de su cuello a los músculos y tendones de los brazos y las piernas.

Marcial manejaba rápido, explicándole cómo había logrado, por amistad con un actuario, que demoraran la notificación de su orden de detención a Policía Internacional. De lo contrario, lo habrían estado esperando los detectives y en este momento viajaría a la cárcel. ¡Parecía increíble! Era obviamente el tipo de cosas que, uno piensa, jamás le ocurrirán a uno. Y agregaba más y más detalles de lo sucedido. Le recordó que lo había estado llamando antes de que partiera a su viaje porque a la oficina llegaron informaciones. Ya entonces él, Marcial Riesco, había oído como rumor que se estudiaban en la Superintendencia querellas criminales en contra de los dueños y principales ejecutivos de los consorcios financieros de Alam, Daccarett y Toro. Se hablaba de múltiples infracciones a la ley de bancos e instituciones financieras, y a sus correspondientes reglamentos e instrucciones emanadas de la Superintendencia. Tú sabes, le decía, entre abogados nos pasamos los datos. Entre bueyes no hay cornadas. Al no contestarle el llamado, perdió horas valiosísimas.

–¡Y este era el gobierno contrario a las tomas y expropiaciones! –comentó Mempo–. El gobierno partidario de la propiedad privada –dijo acentuando la última palabra–. ¡Ja! El régimen promercado... *libre*. ¡Ja! El garante de la es-ta-bi-li-dad de las reglas del juego. ¿Y

345

mi amigo Daniel Rendic metido en esto? ¡Hijo de puta! Y justo cuando estábamos por conseguir el canal...
El llanto le desfiguró la voz. Tragó. Se quedó callado. En algún momento Marcial dijo que, desde luego, la posición de Charly Larraín y de don Armando Véliz en este affaire era bastante complicada. Mempo lo interrumpió:
—¡Yo siempre lo supe; son unos miserables ese parcito!

❖

—¿CÓMO ESTÁS, pues, mi viejo querido? —rió Charly.
Estaba de pie ante su escritorio hablando por teléfono. Sus ojos se fijaron en la puerta. De pronto empezó a separarse extrañamente el fono de su oreja. Parecía querer devolverlo al aparato situado en una mesita lateral. Pero no lo estaba mirando y había perdido el sentido de las distancias, ya que lo dejó caer antes de tiempo. Resonó al golpearse contra el canto de la mesa y luego emitió una queja ensordecida por la alfombra del piso.
Dos desconocidos habían entrado sin aviso a su oficina. Uno de ellos llevaba puesta una casaca de cuero negro sin cerrar, jeans azules, y bototos de lona, color oliva, con planta de goma verde. Desde sus ojos negros, durísimos, lo observaba con un atrevimiento que nunca había visto antes. Tenía el pelo corto y el rostro enjuto, joven. No debía sobrepasar el metro setenta y cinco, pero se le notaba atlético y alerta. El otro era muy pequeño. Vestía un abrigo negro cruzado hasta las rodillas. Usaba el pelo largo y tenía la nariz gruesa. Representaba unos cuarenta años. En la mano derecha traía un cigarrillo humeante que amarillaba sus dedos y agitaba al hablar:
—¿El señor Carlos Larraín?
Se metió la mano al abrigo, pero no. No fue un arma la que extrajo sino una billetera de plástico burdeo, imitación cuero. La abrió de un golpe y le enseñó un carnet.
—Soy el teniente Andrés Olivares —le comunicó con tono formal—. De la Brigada de Delitos Económicos. Queremos hacerle algunas preguntas, señor Larraín. Por supuesto, no se trata de usted; no es asunto suyo. Disculpe, sabemos lo que vale su tiempo —carraspeó echando una mirada al escritorio de cubierta de cuero—. Pero necesitamos que nos colabore en una investigación de suma importancia... Nos interesa sólo una información...
—Señor teniente —le interrumpió Charly, alentado por el modo quejoso de las últimas frases—. Estoy... ocupado en este momento.
Dio vuelta con displicencia una hoja de su taco.

346

–Fijemos una hora... ¿Qué le parece el lunes a las cuatro y media?
El teniente se lo quedó mirando y abrió la boca. Charly alcanzó
a ver los rellenos negros de varias tapaduras.

–Señor Larraín, eso no es posible. Le insisto: usted no está
implicado. Son sólo unos datos lo que buscamos.

Charly arrugó la frente.

–Ocurre que el señor Mempo Tamburini viajó al extranjero hace
tres días y el señor Rubén Eskenazi, como a usted le consta, tomó
un avión ayer. ¿A quién podemos acudir? El asunto nos urge.

Charly recordó el radiotaxi negro en el cual lo había acompañado
al aeropuerto y volvió a disgustarse por lo que, como siempre,
sucedió al momento de bajarse: Eskenazi no tenía plata. Tuvo que
pagarle el taxi. Primero, se negaba a cobrarle el taxi a alguna de sus
compañías para dar el ejemplo. Se lo decía a la secretaria que pedía el
auto delante suyo. Y luego, al ir a pagar, descubría que no tenía
sencillo en la billetera. Lo mismo pasaba con sus invitaciones a
almorzar: inevitablemente terminaba cancelando Charly de su bolsillo porque el millonario había olvidado su chequera y sus tarjetas de
crédito. Entonces se acordó de esa fragancia personal, mezcla de su
jabón, shampoo, perfume, transpiración, y quizás qué, ese aroma
inconfundible y penetrante que permaneció en el taxi todo el viaje
de regreso del aeropuerto. Cada vez que afloraba y se adueñaba de
su ánimo el rencor muy, muy soterrado que guardaba a Eskenazi,
ese olor volvía a sus narices.

–¿Permite que me siente, señor Larraín? Quiero que escuche
algo –dijo el teniente de abrigo largo y se sentó sin más–. Su nombre
me lo dio el abogado don Armando Véliz. Esto le dará confianza.

Charly se quedó de pie. El cigarrillo, que continuaba en la mano
derecha de su visitante, había desarrollado un rollo de ceniza muy
largo que se desmoronaría en cualquier momento. Instintivamente
le acercó el cenicero. Y, por supuesto, al ver la sonrisa irónica, vulgar
y agradecida del teniente, se dio cuenta de su error.

¿Era posible que él, Charly Larraín, se encontrara entre tipos de
esta laya? ¿Qué extraño y tortuoso corredor lo había llevado de las
altas finanzas del viejo comedor del Banco Agrícola e Industrial, con
sus cuadros esfumados de marcos gruesos, sus vitrales art deco que
representaban al Tesón, la Perseverancia, la Honradez y la Prudencia,
y uno de cuyos vidrios había sido sustituido por uno común y
corriente a través del cual se veía la cúpula de la Bolsa de Comercio,
sí, qué vericuetos misteriosos lo habían conducido de allí al mundo
de los hampones que se tomaban ahora su oficina? Toda ésa era
gente decente; el sólo se había movido entre gente decente en su
vida. ¡Qué situación ridícula! Bueno; y además, además éstos eran
agentes de un gobierno militar con el cual tenía vínculos tan estre-

chos. ¡Era un absurdo! ¡Qué se figuraban estos tipos! ¡Entrar así a su oficina! ¡Abrir la boca y mostrarle con grosería todas las muelas! En los regímenes de fuerza, a veces, pasaban estas cosas. Pero... ya se las pagarían. Bien pronto se darían cuenta de quién era él.

Y con todo, con todo, ¿sospecharía algo ese sapo de Eskenazi que se había ido de repente? ¿No lo habría traicionado? "Un capricho de Pamela", le dijo como confesando un secreto galante, cuando él se asombró de no haber sabido nada del viaje hasta ese mismo día. ¿Cuál sería la verdad? Y Mempo, y Véliz, ¿sospechaban algo? Las firmas de los traspasos más comprometedores eran las de Mempo, la suya y las de un par de palos blancos del grupo Toro. ¿Y en qué estaba Aliro Toro entonces? ¿Habría arrancado del país también? ¿Quería decir que se había cometido una estafa y estaba perdido? Los reglamentos y circulares de la Superintendencia eran tantos y tan complicados... Y los cambiaban a cada rato... Había sido un descuido no examinar la operación con su propio abogado. ¡Cómo! ¿Lo habían dejado solo? ¿Ahora él, Charly Larraín, sería el pato de la boda? No había derecho. No, no...

Buscó con los ojos, entonces, al otro, al de la casaca negra. Estaba de espaldas, mirando por la ventana. Pero pareció sentir que lo observaban, pues giró de inmediato. Con el movimiento brusco se le abrió la casaca y Charly reconoció la cacha negra de una pistola. La llevaba metida dentro del pantalón, por delante y sin cartuchera. Pues no era un blue jean, comprendió entonces Charly, sino un pantalón de buzo azul el que llevaba y la parte de la cintura era elástica. Por allí se deslizaba el cañón y quedaba sujeta el arma, aunque susceptible de sacarse en un tiempo mínimo. Este era un tipo de hombre, un tipo de actividad, que no permitía darse el lujo de desperdiciar esas fracciones de segundo que significaban mantener la automática en una cartuchera. Y un individuo así, lo veía ahora, le sonreía, sin duda, al comprobar su estremecimiento.

¿Lo pensaban arrestar? ¿Lo agarrarían del brazo sujetos como estos? ¿Lo tironearían? ¿Se lo llevarían a empujones? ¿Iría a... "la cárcel"? ¡No podía ser! No. ¿Era esto mismo, quizás, lo que les pasaba a esos opositores del gobierno que caían presos? Era estúpido pensarlo. Pero... ¿qué había hecho para estar en manos de un par de tipos de esta calaña? El no tenía conciencia de haber cometido ningún delito, ninguno, de ninguna clase. El era inocente, enteramente inocente...

Y, sin embargo, este examen y estas palabras, esta necesidad nueva de repetirse a sí mismo que era inocente le empezaba a resultar atrozmente sospechoso y delator. Porque, en verdad, él no conocía al detalle las regulaciones de la Superintendencia ni las penas que implicaba su violación. Y en este caso, en realidad, no se hizo nada abiertamente ilegal, nada anómalo. Pero, sí; se habían burlado los controles de la Superintendencia. Era, indudablemente, algo... indebido. Pero, ¡caramba!, es tan difícil hacer negocios sin utilizar algún resquicio. Ni siquiera se había beneficiado él..., él era un hombre bueno... ¿La "cárcel"? ¡Charly Larraín cayó... a "la cárcel"! ¡Imposible! ¿Qué le diría a Trini? ¿Cómo explicarles a los niños que su padre estaba en la cárcel, pero que no era un ladrón?

El teniente, entre tanto, había sacado del bolsillo del abrigo una grabadora portátil que colocó sobre el cuero de la cubierta del escritorio. Charly se fijó que lo hacía con la izquierda, es decir, que era zurdo. Se alegró de haberlo notado. Quería decir que seguía estando en sus cabales, y la sorpresa y el miedo no le nublaban el juicio.

—De mi boca no saldrá una sola declaración sin que hable antes con mi abogado —dijo y se sentó.

Entonces sucedieron dos cosas que lo perdieron. La primera fue que él, en su fuero interno, sintió esa declaración como una confesión de culpa y pensó que ellos, por su experiencia en situaciones como ésta, tenían que haberlo notado. Esa sensación de culpa permeó sus rasgos y los agentes intercambiaron una mirada de inteligencia. Charly, al ver esto, se sintió cogido.

—¿Un abogado, señor Larraín? —carraspeó el teniente del abrigo largo—. ¿Quiere un abogado? —reiteró con exagerada extrañeza.

Charly asintió. El teniente se echó a reír con la boca abierta ennegrecida por las tapaduras.

—¿Un abogado? —repetía entre carcajadas—. ¿Desea comunicarse con su abogado? Pero... señor Larraín...

Sujetándose los anteojos con la mano del cigarrillo para que no se le cayeran por efecto de las convulsiones de risa, se inclinó para manipular la grabadora. Confundido y humillado, sintiendo que estos malacatosos jugaban con él como el gato con el ratón, prolongando cruelmente su agonía, Charly oyó entre las carcajadas un ruido de otro orden, una sonoridad distinta. Y eso fue lo peor de todo. Sí; era un flato. El teniente se había tirado un flato. Y esa fue la segunda cosa; la que definitivamente quebró su resistencia.

Porque cuando, segundos después, escuchaba la voz de Armando Véliz describiendo la operación triangular Toro-Eskenazi-Daccarett y Alam, Charly ya tenía los ojos llenos de lágrimas y estaba dispuesto, él también, a relatar paso a paso cuanto sabía de ella y de todo lo demás que les interesara saber. Por su educación, su sensibilidad, su posición social carecía de armas que oponer a ese mundo de hampones. Salvo no entrar jamás en contacto con él. Y esa única regla de supervivencia se había roto irremediablemente.

❖

A LA SALIDA de la sesión de directorio en que se aprobó el aumento de capital del Banco de Curicó, una nube de periodistas rodeó a Daccarett. Mientras se batían sobre él los relampagazos de los fotógrafos y la luz inmisericorde de las cámaras de televisión, le exigían perentoriamente que revelara en detalle el origen de los fondos extranjeros que permitían hacer el bullado aumento de capital. Daccarett se negó a dar la información. Consultado acerca de la identidad del inversionista extranjero en cuestión, respondió con evasivas.

Fue en estas circunstancias que Antonio Barraza y el general Villalobos se pusieron en contacto. Barraza necesitaba saber a ciencia cierta de dónde provenían los fondos que utilizarían Daccarett y Alam para tapar el forado del banco, y si era verdad que Toro estaba envuelto en el asunto. Sospechaba que había una oportunidad irrepetible de destruirlo. La bancarrota eventual del banco había hecho que el dólar se disparara, y se le abría a él una puerta para rehabilitarse. Porque hasta ahora, después de la caída del ministro Echenique y de su renuncia a la vicepresidencia del Banco Central, había logrado mantenerse como asesor en un humillante cuchitril, ubicado en el mismo pasillo de la oficina de la vicepresidencia que ocupara antes. Había soportado estos meses a la espera de que le pidieran también esa renuncia y tuviera que alejarse definitivamente del Central. Pero, entretanto, no se tomaba ninguna decisión importante sin oír su parecer, sin escuchar sus pronósticos. Y ahora se cumplía uno de ellos: que a una primera devaluación seguirían otras y luego la fuga de dólares se haría insostenible.

Los funcionarios del área económica del régimen no estaban en condiciones de ayudarlo. Recurrió, entonces, a la autoridad máxima del Estado para rogarle que, en vistas del tremendo riesgo de una "corrida" que afectaba al sistema financiero nacional, le permitiera ponerse en contacto con el jefe de los servicios de seguridad a fin de preparar los informes económicos que las circunstancias requerían. La reunión se produjo en las oficinas de este último y duró sólo once minutos. A las veinticuatro horas Barraza escuchaba una grabación en la cual Charly Larraín, desde su escritorio y en presencia de dos agentes, relataba paso a paso los pormenores de la operación triangular. Eskenazi, se excusaría el general Villalobos, estaba en el extranjero y a ello se debía que no fuese suya la voz en la cinta. La otra cassette que escuchó Barraza contenía la voz del abogado Armando Véliz y en ella explicaba el proceso de venta de activos entre sociedades cerradas coligadas, gracias a lo cual Mempo Tamburini, a quien se describía como "el hombre de Toro en el Banco Agrícola e Industrial", había producido el capital necesario para cubrir el pie de la operación de rescate del Banco de Curicó. El resto se completaba con *new money*, decía, con créditos frescos que Mempo estaba gestionando en ese mismo momento con los banqueros de Londres y Nueva York.

Una vez que estuvo en posesión de estos antecedentes, el general Villalobos envió a sus agentes al Banco de los Andes y a punta de metralletas forzaron a los empleados a romper el secreto bancario y entregarles copia de las cartolas que registraban los movimientos de las cuentas personales de Alam y Daccarett. Encontraron allí las sumas depositadas por Eskenazi, con dinero de Toro, y así fueron reconstruyendo paso a paso la cadena que comprobaba la veracidad de los testimonios de Larraín y Véliz, cuyo primer eslabón eran los traspasos inmobiliarios realizados por Mempo Tamburini.

La noticia fue, luego, filtrada a la prensa. Produjo inmediata conmoción. Se hizo patente que Daccarett estaba comprando sin plata y aumentando su deuda. Era todo lo contrario de lo prometido. En lugar de haber un extranjero solvente que aportaba capitales frescos, aparecía "el especulador" Aliro Toro fabricando utilidades ficticias para evitar la caída de los grupos Daccarett y Alam, cuyo descalabro lo arrastraría. A la vez, quedaba con la opción de pasar a controlar el Banco de Curicó a un año plazo. La cosa olía a fraude, a estafa.

Detrás de todo esto el régimen y, en particular, el general Villalobos, tal como había intuido hacía tiempo Barraza, entendió una sola cosa: existía una tremenda y peligrosísima concentración de poder en individuos que el régimen no controlaba, y cuya posición se sustentaba en la especulación financiera, el engaño y la temeridad. Era precisamente la extremada audacia de la maniobra lo que podía hacerla fructificar. Aliro Toro era capaz de ganar la partida por parálisis de los adversarios. La recomendación del general Villalobos fue categórica y Barraza, al escucharla, asintió complacido, mientras parpadeaba mirándolo con ojos graves e inquietos. De allí se fue a pie, pasando delante de las torres y cúpulas de aspecto londinense del edificio de la Bolsa, hasta las oficinas del flamante superintendente de Bancos e Instituciones Financieras, Daniel Rendic. Su nombramiento, urdido laboriosamente por Barraza desde su oficinita en el piso de la vicepresidencia del Banco Central, al fondo del pasillo, era la movida complementaria, la que permitiría controlar la aventurada y repentina operación de cirugía mayor, gracias a la cual se redibujaría de golpe todo el mapa de la riqueza en Chile y él consolidaría su poder político.

Ese jueves, por la noche, por cadena de radio y televisión, el superintendente Daniel Rendic anunció una medida cuya espectacularidad sólo fue comparable a la de ese otro jueves, unos cuantos meses atrás, en el que se anunció la devaluación que implicó la caída del ministro de hacienda, Germán Echenique. Esta vez las autoridades anunciaban la intervención de todas las instituciones financieras y de todas las empresas productivas del grupo Toro, del grupo Daccarett y del grupo Alam. Fueron nombrados los correspondientes interventores gubernamentales encargados "de proceder a la liquidación ordenada" de cada uno de estos tres consorcios empresariales. Esa misma noche se anunciaba que Aliro Toro, José Daccarett y Roberto Alam habían sido arrestados por presuntos delitos de estafa, fraude a la ley y adulteración de balances. Se encontraban ya en el anexo Capuchinos de la cárcel pública.

El viernes, de madrugada, Mempo regresaba de Nueva York, Londres y Ginebra con noticias inciertas. Había encontrado en los acreedores una actitud escéptica. Y en eso pensaba cuando divisó, a través de la cápsula de vidrio en la que están los funcionarios de Policía Internacional, el rostro turbado y compungido de su amigo Marcial Riesco.

CUATRO

EL HUMILLADERO

MARCIAL SALIÓ de la cancha de tenis y miró el reloj sin dejar de trotar. Tenía poco tiempo. Había quedado de juntarse con Pelayo ahí mismo, en el Club, para ir a visitar a Aliro Toro a la cárcel. Después debía almorzar con los socios de la oficina. En su cabeza seguía rebotando el toc top, toc top de la pelota yendo de la raqueta al piso de ladrillo molido. Le daba gusto el sonido claro y seco del golpe de la pelota en el centro de la raqueta. Hecho el primer esfuerzo para ponerse a correr había superado la resistencia de sus músculos agobiados y el dolor en el bazo que le atormentó durante el último set del partido. Ahora daba saltos grandes cayendo sobre la tierra apisonada del sendero con la planta de su zapatilla de doble densidad. El poliuretano que protegía su talón lo devolvía hacia arriba, sintió, como si fuera un trampolín. Después de unos cien metros de carrera notó que los muslos y las pantorrillas se agarrotaban poniéndose perezosas. Reuniendo sus últimas fuerzas agachó la cabeza y empuñó las manos. El braceo mantuvo el impulso de su cuerpo. Entró al camarín como una tromba y casi atropelló a un caballero barrigón que volvía del agua caliente con su cuerpo rosado. Debió sujetarlo con ambos brazos para no derribarlo. Le pidió excusas. Apoyó la zapatilla en las tablas y echó el cuerpo atrás hasta sentir contra la espalda su bolso deportivo que colgaba de la percha.

Cerró los ojos porque le pareció que el techo perdía sus contornos. Debía estar pálido. Pero no importaba. El profesor lo había felicitado. Más importante: él sentía que estaba jugando bien. Y sentía que el sábado ganaría por lo bien que estaba jugando en la red. Esos cañonazos de hoy, esos golpes con spin no se los pararía nadie. Estaría por primera vez entre los cuatro mejores del abierto de tenis del Club. A los veintidós años casi lo logró: había quedado quinto. Y ahora, a los treinta y cuatro, ¿quién lo diría? Imaginó su nombre en el pizarrón con los ganadores a la entrada del Club. Y vio la gente pasando por ahí para ir a comer, y leyendo "Marcial Riesco" en la pizarra y comentándolo. Sintió su nombre vitoreado por sus amigos del club en la final. ¿En la final? ¡Caramba! Ya eso sería mucho. Desprendió del pie una zapatilla con la otra sin desabrocharla y se sentó para sacarse los calcetines. Caminó hacia las duchas así no más, nada de toallitas entre las manos o amarradas a la cintura como faldas, tal como le gustaba siempre hacerlo a él: en pelotas.

La ducha lo ponía de buen humor por dos motivos. Era la sensación rica del agua hirviendo y golpeando los músculos dolorosos y prendidos. Y era que observaba cuán bien constituido era por comparación con los demás hombres que ahí veía. Y en verdad, su cuerpo era espléndido. ¿Tenía él la mejor facha del Club? Era muy posible. ¿Quién le hacía el peso? ¿Quién era tan buenmozo como él? Gaspar Novoa. Eso se lo había dicho Patricia con tono de cosa juzgada. Seguramente lo había conversado con sus amigas. ¿Y León Wilson? Patricia lo encontraba "de morirse". Se lo había dicho una vez y después lo había negado, aunque reconocía que era "muy estupendo". Bueno, Adelaida no se iba a casar con un feo, ¿no? Le pareció verla bajo la luz resplandeciente de la playa mirándolo jugar paletas con Ruca. Sin embargo, algo le decía hoy, en este momento, que él, Marcial Riesco, tenía mejor corpada que León Wilson. Lo que sí tenía León es que era muy requete duro. En el equipo de rugby era el más duro. Pobre León. ¿Qué sabrá de lo de Pelayo y Adelaida? Nada, seguramente. Será el último en saber. ¿Estarán juntos a esta hora? ¿Dónde? No. Pelayo quedó de pasarme a buscar aquí al club para ir a la cárcel a visitar a Aliro Toro. Mañana llevo a Mempo a declarar. ¡Es increíble que la Corte Suprema, a petición del gobierno, haya resuelto nombrar ministro en visita! ¿Quién lo diría? Pero tengo todo cocinado. No hay cuestión. Saldrá libre. No le pasará lo de Toro. Pelayo debe venir de la revista. ¿Qué ocurrirá con el nuevo canal? Para mí que esa cuestión cagó. ¿Y qué irá a ser del pobre Pelayo? Buena facha, el huevón de León. Pero a los dos nos caga el mierda de Gaspar Novoa con su polo y su aire de estarlo pasando bien sin hacer ningún esfuerzo. Mujeriego, Gaspar. Seco. Claro que, ¿de qué sirve ser así? Ese chucheta se caga a Pelayo si de mujeres se trata. Pero ¿qué sacan, digo yo? ¿Probarse qué? ¿Probar qué? A mí si me gusta una mujer me quedo con ella. Yo soy un huevón de una sola pieza. No me gusta andar mariposeando por ahí. Me gusta tener buena pinta. Pero no me gusta engañar a nadie. Me daría vergüenza conquistarme a una mujer por las puras. ¿Para qué? Es que yo quiero a Patricia. A ella y a mis hijas. Yo no necesito probarme nada a mí mismo. Me basta caminar por el Paseo Ahumada para sentir cómo vibran las minas que me miran.

Limpió el espejo empañado con la toalla y se ajustó el nudo de la corbata pegando la cintura al lavatorio. Luego empezó a peinarse con movimientos rápidos, bruscos y seguros.

❖

ALIRO TORO extiende sus brazos largos y acogedores. Les propone con manos endebles y voz amable, que se arrellanen en esos escaños verdes, sin respaldo, que repletan el vasto galpón, lleno de chiflones fríos, adonde reciben los presos. Es mejor sentarse al tiro, les explica, pues ligerito los ocupan todos.

A Pelayo le pareció que no se acordaba bien de quiénes eran ellos dos. Trataba de ser amable y natural, pero su mirada opaca desvirtuaba los gestos. Tenía puesta una chaqueta de tweed. El primer día apareció de traje gris; sin embargo, lo humillaba el cuello sin corbata. Ahora son los trajes de las visitas, grises o azules, los que humillan más.

Se acomoda en el escaño y es como si estuviese de nuevo detrás de su escritorio, respaldado por su *Wall Street Journal* y su *Economist*, y oteando un camino de fundo que se pierde entre montañas azules. Los visitantes de trajes grises o azules no se hallan y cambian de posición a cada momento.

Toro al hablar pone y quita la mirada, con una desfachatez impúdica, como si no viera, como si no encontrara un objeto capaz de conducirla o retenerla o afectarla en cualquier sentido. Lo que se ve de él, más que la mirada, es la fuga de una mirada que deja al descubierto, por un instante, unos ojos pavorosamente huecos y deshabitados.

Se está refiriendo a los hilos políticos que se han movido para desacreditarlo. Les asegura que no se trata, en modo alguno, de un problema económico, ni mucho menos judicial, sino de una trampa política. Sus empresas son sólidas, sus proyectos son todos rentables. Él habría sido el último en caer, y por eso le han intervenido el grupo y lo tienen encarcelado, exclama, y sus labios se crispan extrañamente al modular esas palabras.

Le tiemblan las manos sin que pueda evitarlo, por lo cual se las mete en los bolsillos de la chaqueta. Pero se le olvida y las saca para gesticular.

La recuperación de la economía, repite, está que comienza. Nadie me cree, sin embargo, es así... Ustedes ven, la Libor ha bajado. Insiste: han querido confiscarle su capacidad de generar confianza, han querido montar con él un circo político, han querido hacer de los grupos chivos expiatorios para ocultar al verdadero responsable de la depresión, para disimular el fracaso de la política de Barraza, sí, porque es hora de decirlo claro: Barraza es el culpable, él mueve los hilos. Han querido confiscar su capacidad de suscitar confianza, reitera, el más valioso capital de un empresario, y de influir a través del canal de televisión que estaba por licitar. Pero él sabe que la verdad, la firme, terminará imponiéndose. Tiene buenos contactos y sabe que esto no viene de más arriba sino de los mandos medios, señala doblando el labio de abajo. Las cosas se arreglarán en cualquier minuto y entonces..., entonces verán ustedes... Hay gestiones muy avanzadas...

Se levanta con violencia y pide un cigarrillo. Alguien le pasa uno. Lo enciende con sus dedos ansiosos y tembleques. Chupa y bota el humo sin aspirar, chupa de nuevo vorazmente y bota, y chupa y bota con ojos de animal acosado.

Sus conspicuos visitantes, empresarios casi todos, lo observan miedosos, incrédulos, turbados.

❖

"TE PRESENTO A Rolf Contreras", le dice Marcial. "Cliente de la oficina... y el empresario agrícola del momento, ¿no es así?" "Empeño le hacemos, empeño le hacemos", ríe el otro. Dice que le da tanta lástima ver a Aliro Toro repitiendo una y otra vez que no tiene los problemas que obviamente tiene. Daccarett, según comenta Marcial, está afectado y muy pesimista. Alam, en cambio, cree que puede arreglárselas y ha tomado como abogado a Armando Véliz, que trabaja ahora también para Eskenazi. Un hombre de traje oscuro saluda a Rolf y le pregunta por sus huertos, que ha oído, le dice, que está sentado sobre una mina de oro. "Más bien voy a estar parado debajo de una", dice Rolf. "Pero nunca se sabe, nunca se sabe." "Te voy a llamar porque me interesa el rubro", le asegura el interlocutor antes de despedirse. Y volviéndose, le dice con aire de compinche: "Y he oído que también te echaron el lazo... Ya era hora, pues..." Y agrega para consumo de Marcial: "El hombre se ha ennoviado." "Ya sabía, por cierto", dice Marcial palmoteándole la espalda.

Rolf, según le cuenta Marcial, dejó de trabajar en el grupo Toro porque olfateó el peligro a tiempo y se instaló en forma independiente. "Me aburrí de la incertidumbre debida a riesgos ajenos", confirma Rolf. "Y los márgenes... dan." Tenía de antes un huerto pequeño, pero con dos o tres cultivos de frutales nuevos sumamente rentables. La devaluación llegó durante la cosecha y le tiró para arriba los precios y las utilidades. Asociado con unos italianos está plantando cincuenta hectáreas nuevas. Se prepara para una bonanza, le dice.

Sus rindes por hectárea en la cosecha pasada han sido de los más altos del país. Y, lo más impresionante: hace unos días ha rematado, con sus socios italianos, Agropec, la primera empresa de Toro que los interventores han podido vender, por ser la más sana. Pelayo le pregunta dónde quedan sus huertos. "En un valle más bien ignoto", responde Rolf. Marcial le extiende la mano a un caballero de pelo blanco y portadocumentos de cuero natural.

–Chihuaillanca –sigue diciendo Rolf–. Es un valle remoto, una meseta cordillerana encerrada por los cerros de Chihuaillanca y unos contrafuertes que llaman Carimáhuida. Se produce ahí, en altura, un microclima muy especial. Compré unas parcelas a huevo. Tenían unos parronales viejos de flame y moscatel que arranqué, y puse kiwi. Luego he ido comprando varias parcelas más.

Pelayo lo escucha atónito.

–¿Por qué? ¿Has andado tú por allá?

–Sí –balbucea Pelayo–. Conozco algo... Y de los parceleros primeros, quiero decir, los que recibieron las tierras asignadas por el gobierno, ¿cuántos quedan?

–Pocos. No sabría cuántos. He oído decir que no más de un diez por ciento. Los demás se arruinaron. Pero de ésos hay cuatro o cinco a los que les ha ido bien con ganas. Han comprado otras parcelas, arriendan y tienen tractor. Pero, en general, los trabajadores están ganando plata en la zona. Las mujeres sacan, en los packings, una buena tucada. Hay muchas parcelas compradas por comerciantes, notarios o dentistas de afuera, del pueblo. Les va bien. Claro que el grueso de las tierras ha ido a parar a manos nuestras –rió Rolf.

Era una risa abierta, plana, vulgar por lo franca y desprovista de matices o sugerencias. Se fijó en sus dedos, en la piel reseca por el polvo y el frío de las mañanas. Vestía también traje gris, pero se había puesto un chaleco de fibra brillosa, color concho de vino. Pelayo trató de adivinar cuál habría sido el comentario irónico de Charly. Detrás de la corbata se notaba el botón de arriba desabrochado. No era, pensó, lo que su abuela Marta llamaba un *nouveau riche*, aunque en sentido literal lo era. No tenía la pretensión y el exhibicionismo a que aludía la expresión. Muy por el contrario, Rolf Contreras parecía un hombre sin complejos y despreocupado de la impresión que causaba o no causaba en los demás.

–¿Cuánto tiempo hace que anduviste por allá?

–No sé..., varios años.

–¡Puh! Ha cambiado mucho. Los trabajadores de ojotas y ponchos oscuros que tú conociste usan ahora zapatillas y parkas taiwanesas de los colores más fuertes que puedan encontrar. Y se ha modernizado la relación laboral. Yo, desde luego, no tengo casas de trabajadores dentro de los huertos. Sólo cuidadores con perros policiales y portero eléctrico –volvió a reír Rolf–. La gente llega al trabajo en bicicleta –recalcó como aprobándose a sí mismo–. Tampoco contrato personal de más de treinta años, a menos que los cumplan trabajando conmigo. ¿Conociste las casas, el parque? Ahora funciona ahí la escuela agrícola de los padres de Maryknoll.

❖

PELAYO SE TOPA con los ojos de Darío García, un periodista conocido suyo procesado por ofensas a las Fuerzas Armadas. Lo había venido a visitar tres meses atrás y al despedirse le prometió volver pronto, cosa que no hizo. En torno al escaño de García se agrupan unas figuras redondeadas, rechonchas, como moluscos hilachentos llenos de lamas. Son, sin duda, sus pelos y barbas desordenadas, hirsutas y de aspecto sucio, resabios de otros tiempos, los que le dieron esa sensación. La mayoría viste chalecos y suéteres de lana cruda, entre los cuales destaca uno que otro cortavientos. Pelayo se acerca y saluda con esa amabilidad tímida que se apodera de él en estos casos, ante gente como ésta, y que inevitablemente será interpretada como la condescendencia del aristócrata. Un gigantón del que Pelayo no se ha dado cuenta porque estaba sentado, se incorpora, entonces, y le alarga la mano. Sus ojos azules y pelo ceniza están mucho, mucho más arriba que los demás del galpón. García lo presenta como periodista sueco.

Está seguro de que García desprecia el periodismo de *Mira*. Cuando se está entre profesionales como Mempo y Marcial, que viven su vida de burgueses acomodados gracias a las oportunidades económicas abiertas durante el régimen militar, se siente lejos. Pero enfrentado a personajes como García, súbitamente toma conciencia de que *Mira*, pese a sus aires contestatarios y aperturistas, es, quiérase o no, un producto típico de la modernización capitalista en curso.

García pertenece a la clase de periodista que durante los años de la revolución popular aplaudió y justificó la lucha armada, se mofó de las condenaciones de la Sociedad Interamericana de Prensa al régimen de Fidel Castro en Cuba, y ridiculizó, según escribió en una de sus crónicas, el "Estado de Derecho, léase, el derecho de los burgueses a explotar al pueblo según la ley." Producido el golpe se asiló en el Consulado de Méjico, donde vivió entre exiliados chilenos cuyo único anhelo era regresar a la patria. Cuando pudo hacerlo, según Pelayo, su mente había sido ya colonizada por el odio al régimen militar, cuyos tentáculos detectaba en todo: así en el manejo de los cables internacionales como en la existencia del sorteo

"Polla Gol"; en la recesión internacional y el desempleo; en la importación de automóviles japoneses y en el auge del tenis; en el terrorismo y la contaminación ambiental; en la televisión a color ("introducida, por algo, bajo este régimen") y en las bienales de arte auspiciadas por los bancos. Sin duda, también en la cobertura que *Mira* daba a la familia real del Principado de Mónaco. Encargado reo, se había vuelto una personalidad que atraía la atención de las embajadas europeas y los reporteros de todas las agencias de noticias. Estaba vinculado a un programa de Amnesty International que le significaba redactar informes periódicos sobre el estado de los derechos humanos en el país, ganar en dólares, gastar en pesos y no pagar impuestos. Las experiencias a que estuvo expuesto, el dolor inconsolable de los familiares de las víctimas –los materiales de su trabajo– fueron secando su cerebro hasta el punto en que dejó de crecer en él formación alguna cuyas raíces no se hundieran en la política y la confrontación.

Por un instante, Pelayo tiene la impresión de que una amiga del periodista García, en cuyo círculo predominan las mujeres, observa maravillada el buen tweed de su chaqueta. Sí. A la altura del cuello, más bien. Esos son los únicos momentos en que sus camisas de algodón y cuello abotonado pasan a ser de *Brooks Brothers*; sus corbatas se notan de *Sulka* o de *Burberrys'*; sus calcetines de bizcochos se ven ingleses y sus zapatos con hoyitos son, sin duda, zapatos *Church*. Al sublevarse transformándose en marcas, se le hacen inadecuados, inoportunos, impertinentes. Le dan ganas de estar en jeans y en zapatillas blancas, aunque ellas, probablemente, también lo delatarían.

Notando los ojos de los demás en sus hombros, de súbito vuelve la cabeza y comprueba que, detrás suyo, a unos metros, se destaca el porte elegante de Marcial Riesco: era a él a quien contemplaban embobadas esas mujeres. El azul oscuro del traje de tres piezas enmarca sus espaldas bien hechas. La cabeza de pelo rubio y mejillas rosadas, emergiendo de ese azul, parece más tierna y cariñosa.

❖

EN EL GRUPO del periodista procesado el tema es, obviamente, el derrumbe del grupo Toro y la presencia, en el recinto carcelario, del millonario quebrado y sus conspicuos visitantes. Se sabe que para esos banqueros, empresarios, abogados y ejecutivos que se agitan dentro de sus trajes grises o azules, los crímenes que se denuncian constituyen desbordes y excesos al interior de un proceso de fundación del desarrollo. El régimen garantiza un cierto ascetismo forzado, en virtud del cual la gratificación por el empeño se posterga, para las grandes masas, en aras de la acumulación y la inversión requeridas para sustentar el crecimiento. Una vez asegurados los logros económicos, el país estará pacificado y los soldados regresarán a sus cuarteles. Se habrán echado las bases de la democracia más moderna y capitalista de Latinoamérica. ¿Lo otro? Un mal necesario, o accidentes del camino, abusos como los que, según muchos, han arrojado a Toro a la bancarrota y a la cárcel. Aun reconociendo que se han empleado procedimientos non sanctos, sostienen que su caída se debió a su elevadísimo nivel de endeudamiento y, también, un poco, a la amenaza que representa tanta acumulación de poder para los militares. Y con razón. Toro, dicen los críticos más amigos, no ha logrado legitimar su inmenso imperio. Es... ¡demasiado poderoso para un país tan chico!

Al interior del círculo de García, en cambio, esos desbordes y excesos y abusos son el nudo mismo del régimen, su cuerda más íntima y real. Las instituciones y el desarrollo de la economía sólo un pretexto o un disfraz que el transcurso del tiempo y las tensiones sociales echarán por tierra inevitablemente. En el sector del periodista procesado hay dos interpretaciones disputándose la preeminencia: según una de ellas, sustentada por una señora alta y pálida y un hombre bajo de boina verde, el encarcelamiento de Toro es un "tongo" destinado a disimular los verdaderos móviles de la intervención del grupo. La verdad es que Toro "se ha arreglado los bigotes con los milicos". Como se le derrumbó su castillo de naipes y está quebrado, dice, ha promovido la intervención de sus empresas para obtener subsidios y respaldo estatal. La intervención decretada por Rendic es, en realidad, un rescate. Según la otra, defendida con vehemencia por García, el gobierno militar, a punto de ser derribado por las masas, necesita ganar tiempo distrayendo la atención con víctimas propiciatorias a las que hacer responsables del fracaso económico.

—¡Es un desempleo sin precedentes, créeme! —enfatiza García gesticulando—. ¡Sin precedentes desde la Gran Depresión! La agudización del conflicto de clases ha llegado a un punto culminante... Ningún circo publicitario podrá ocultarlo.

Pelayo le escucha tratando de reprimir su escepticismo ante las explicaciones unívocas y conspirativas en las que García ejercita su talento. Es justo, empieza a creer, lo que le molesta en él. Pero su interlocutor, que es perspicaz, lo interpela de inmediato:

—¿Tú no crees, eh? ...Todo está calculado, Fernández. No seas ingenuo.

–Mm. Mm. Tal vez. Salvo que a veces pienso que lo ingenuo es suponer que todo obedezca a un diseño, que haya un director de orquesta.

–Tiene que haber una explicación –responde García frunciendo el ceño y cogiéndose los bordes del cortavientos beige con ambas manos.

–¿Y qué si no la hay? O a lo mejor la explicación que hay se bifurca y adelgaza y vuelve tan múltiple y variada y enredosa que no explica nada; sólo cuenta.

De inmediato, y sin haber por qué, se avergüenza de haber dicho esto. Es absurdo discutir en estas circunstancias. Sin duda la frase le salió pedante y alambicada. Se echa el mechón de pelo que cae sobre su frente hacia atrás y se reacomoda los anteojos. Con ello desvía sin querer la vista hacia el grupo de trajes grises y azules que rota en torno al descorbatado Aliro Toro. Las mujeres de chalecos de lana cruda siguen más pendientes de ese círculo de personas inmersas en el aura que confiere la riqueza y la proximidad a los que mandan, que a la conversación de los dos periodistas.

García guarda silencio y raspa el suelo con su zapato como escarbando. Luego levanta la cabeza con aire triunfal y exclama:

–¡Sin precedentes! La situación es muy grave... ¡Gravísima! Ya ves tú que por meses se discutió la devaluación del peso. Pues bien, cayó Echenique; se devaluó y ¡nada! La cosa sigue de mal en peor. El régimen está enfermo y las masas lo saben, Fernández. Las contradicciones internas de la clase burguesa se multiplican... Aquí vienen días de mucha agitación y turbulencia popular. El PC ha llamado a la lucha armada. Y esta vez no son puras palabras. El régimen está en plena descomposición. Ya ves tú que hasta los curitas están poniéndose bravos. Es cosa de leer los llamados a la desobediencia civil que ha hecho en varias entrevistas de prensa y radio el padre Sánchez. Y los curas se suben siempre, aunque tarde, al carro de la historia. Están acostumbrados al oportunismo; viajan en la pisadera del bus –ríe–. Pero es de la mayor importancia, puesto que este paraguas ético-religioso nos permite amalgamar los intereses del proletariado y de buena parte de la pequeña e, incluso, mediana burguesía, lo que es imprescindible para el triunfo del movimiento de liberación.

Y pegándole la boca al oído susurra:

–Huelo sangre, Fernández. Yo huelo sangre.

Este aleja involuntariamente la cara al sentir las púas de su barba y el soplido en la oreja.

❖

LE PARECE RECONOCER el modo de caminar de Armando Véliz. Saluda a alguien. Sí. Es Véliz. Saluda a otra persona del grupo que rodea a Aliro Toro, y ahora se ve forzado a dar otro paso y estirarle la mano a un nuevo señor. El círculo se adelgaza. La gente mira a un lado y a otro. Alguien se mueve. El círculo se abre: Véliz y Toro frente a frente. El viejo abogado da un paso y se inclina alargando el brazo. Toro lo observa como si se tratara de un insecto cuya estructura rompe las leyes de la zoología de su especie. No es odio; es extrañeza suma. Véliz agacha un poco la cabeza, tuerce la cara y lo mira de reojo, casi suplicante. Los del círculo de trajes grises y azules observan la escena conteniendo el aliento.

Al final del puño de la camisa con colleras plateadas una mano abierta aletea torpemente. El pasmo del otro puede mutarse bruscamente en violencia. Toro está tenso y con su desdeñoso labio inferior en posición de insolencia suma. Un movimiento minúsculo en su ceño indica que su paciencia es frágil, peligrosamente frágil. Véliz, encogido y preso en su postura, se inclina otro poco más sin dejar de mirar a Toro hacia arriba, implorando que cese la tortura y le estreche su mano. De su rostro mofletudo se han volado los colores y su lengua barre inútilmente los labios tratando de mojarlos. Saludarlo sería casi recogerlo del suelo. Pero los ojos turbios de Toro se han endurecido y lo miran como mira un muerto. En ese momento suena el timbre que anuncia el fin de la hora de visita. Véliz se incorpora, gira sobre sus talones y se pone a caminar haciendo como si nada. Se nota el brillo del sudor en los dobleces del cuello y las mejillas. Ahora se ve que cojea de la pierna izquierda. Pelayo está seguro de que no rengueaba cuando recién lo vio. Nada puede haberles ocurrido a sus piernas. Sin embargo, es claro que va cojeando. Es pura afectación, piensa, recordando su caminata por el pasillo del Banco Central, una pose que Véliz mismo, probablemente no percibe como tal. Al pasar a su lado alcanza a notar que a los tacones de sus zapatos les agrega tapillas por parecer más alto.

❖

—¡ALIRO ESTÁ enteramente fuera de la realidad! —oyó decir cuando salía junto a Marcial.

—Sí.

—Por cierto; qué lamentable.

—Pero lo curioso —intervino otro— es que, si de verdad a nosotros y a los acreedores extranjeros nos convencieran sus pronósticos, al grupo Toro le llegarían préstamos de corto plazo, haría caja, recuperaría su solvencia y, nosotros con él, nuestros créditos.

–Sus empresas valen, no hay cuestión –replica alguien de atrás.
–El que no vale ahora un peso es él –exclamó otro–. Lo cagó Barraza. No tiene vuelta.
Los dispersó el corte agudo de una ventolera que corría libre por la calle. El irreductible Aliro Toro, hasta hacía pocos días el hombre más rico de Chile, se quedaba en ese humilladero y quizás por cuántos días y noches más.

❖

ALGUIEN LES HACE SEÑAS desde el manubrio de una pick-up roja nueva, 4WD, doble cabina, focos neblineros y múltiples antenas: Rolf Contreras. Marcial, ocupando la misma mano levantada con que ha respondido, intenta parar un taxi. Un grupo de reporteros colgados de sus cámaras se precipita rodeando un carro celular que llega en ese momento. Con gendarmes a cada lado, baja dificultosamente un hombre alto, de corbata negra y que al pestañear, cegado por los flashes, inclina la cabeza hacia un lado, como violinista.

En pocos segundos Pelayo obtiene de un colega la información: Barraza ha sido encargado reo por comprar doscientos mil dólares a través de una agencia de viajes de la que es dueño su hermano en Concepción, en la cual él tiene un porcentaje. Esta operación tuvo lugar siendo vicepresidente del Banco Central, y siete horas antes de que se anunciara la devaluación del peso en relación al dólar. Nadie pensó que le negarían la libertad condicional ni menos que lo traerían aquí en un carro celular. Detrás de todo esto, opinan los reporteros, hay sin duda una cuestión política.

–¿Contragolpe de Toro? –pregunta Fernández.
–Es lo que estamos tratando de averiguar.

Movido por su curiosidad de periodista, Pelayo convence a Marcial de que traten de acercarse y ver qué pasa. Y en calidad de abogados entran ambos a la siga del reo.

Uno de los gendarmes presenta al alcaide el mandamiento de prisión. Barraza es llevado aparte por los otros dos guardias y queda situado frente al mesón metálico detrás de una reja verde. Parpadea incesantemente, pero mantiene el rostro adusto y solemne.

Se saca con ademán muy serio y digno el cinturón que sujeta sus pantalones y la corbata negra que se ha puesto cada día en recuerdo de su madre muerta. Sin embargo, le indican que falta algo. Barraza pone una rodilla en el suelo y, nerviosamente, se desata los cordones de los zapatos.

Pelayo reconoció la planta de goma sobresaliente y los calcetines granate.

CINCO

ME ESTAS DICIENDO QUE TU Y YO
ESTAMOS CESANTES

MARCIAL SE BAJÓ y cerró la puerta a todo dar. El autito se remeció entero. Pelayo quería ahuyentar de su memoria las imágenes de Véliz con la mano estirada suplicando un saludo, de los suéteres amplios y lanosos del grupo de García, de los calcetines granate y los zapatos sin cordones de Barraza. Los focos neblineros y los anchos neumáticos de la camioneta de doble cabina se detienen en su mente un instante quemándolo como el fierro incandescente con las iniciales de su abuelo con que marcaban a los animales en Chihuaillanca. Busca inútilmente una posición estable sobre el asiento gastado del taxi que opone a su peso una resistencia dispareja. En el tablero, "Dios es mi copiloto". La frase está rodeada de estrellitas fosforescentes. Reconoce una foto de Silvester Stallone; sobre el cenicero, un santito de primera comunión plastificado con la Virgen de Lourdes; y una calcomanía con el indio del equipo de fútbol de Colo-Colo. Al otro lado, difícil de ver para el pasajero, dos piluchas recortadas de alguna revista y pegadas con scotch. Un circuito de calcomanías de trazos cortos, rectos, luminosos, un poco a lo "Broadway" de Mondrian, ironiza Pelayo, enmarcan y confieren unidad al collage. Y se le ocurre que habría que plantear el tema en La Oropéndola: Mondrian y los tableros de los taxis de Santiago.

Y ahora está sentado en el pasto y la ballica pica sus brazos. Tiene once años. Anda con una polera de manga corta. Ahora no es la ballica sino un zancudo el que irritó la piel de su brazo. La brisa se dobla en la hierba y levanta el olor del poleo. Del otro lado de las hebras de alambre de púas que sujetan los palos de ciprés de las guaitecas, se sacude el caballo de Medel. Los espinos amarillándose, rocosos, se agarran al cerro amoratado por los cardos. El horizonte es la nieve que a esta hora de la tarde brilla como encendida recién. Y al otro lado, Pelayo imagina las pampas, y más allá el océano que cruzaron las carabelas. Y luego, las avenidas de París y el Pont d'Alexandre que le ha enseñado su abuela Marta lleno de coches con caballos, en las fotografías color sepia de su álbum. Y más allá, dando la vuelta al globo, después de muchos mares e islas y países y mares y praderas y playas imaginadas y cerros y valles múltiples, está él tendido bajo nubes de queltehues que regresan a sus árboles. Tiene puesta una polera de manga corta y está amodorrado mirando un resplandor inmóvil en los glaciares; siente olor a eucaliptus, a guano y al poleo que azula la ballica.

De pronto, sin saber por qué, se vuelve y mira inquieto hacia atrás, hacia la casa. Ha sido sólo el pavor de un instante. Un miedo súbito e irracional de no verla, de que se pueda estar quemando o cayendo o algo así. Ha torcido la cabeza temiendo que ya no esté. O, quizás, ha necesitado verla para que su presencia le asegure el lugar donde se encuentra, es decir, frente a las casas de Chihuaillanca y no en otra parte, no dentro de un sueño, por ejemplo.

Entonces, le pareció que había algo extraño en el brazo derecho, pero no era la ballica ni los zancudos que le picaban. Era el brazo torcido, acalambrado, tal vez, lo que estaba recordando. Porque en ese momento ya no era él mirando inquieto las casas de Chihuaillanca quien se detenía en su memoria, sino Christina. Llevaba un vestido rosa de mangas cortas. Es ella la que en el cuadro de Wyeth tiene el brazo derecho enfermo, desfigurado. Se vuelve apoyando ambas manos en el pasto y mira inquieta hacia la casa detrás suyo, al borde del potrero. Y la casa está en paz y del granero salen pájaros. Y, sin embargo, ha sucedido algo alarmante, algo como el temor de una premonición.

El taxi ha quedado atrapado entre la vereda y dos buses que lanzan sus gases mal quemados como si fuesen chimeneas con ruedas. Y la mente huidiza de Pelayo pasa de esas manos de Christina hundidas en el pasto, a las de Salomé agarrando crispadas el pelo de la cabeza de Juan Bautista. ¿O sería, más bien, una Judith con la cabeza de Holofernes? Y más que el peso de sus senos llenos, es la sensualidad de sus párpados lo que hace deslizarse más rápido su sangre. Y un manchón rojo en la mejilla de esa Salomé vista de medio perfil. No como la otra que pintó el mismo Klimt con fondo de oro espeso, la que está de frente y tiene un pecho descubierto y otro medio tapado por su pelo. Los párpados hacen juego con los pechos, pues uno de ellos semiabierto deja al ojo ver y el otro lo recubre casi totalmente y se chupa cada mirada. Y en ese irse por el ojo hacia adentro de la mirada está ella. Y también en esos labios que entreabrió el aire filtrado por los alvéolos y empujado desde el fondo.

Y aunque Pelayo nota que es Adelaida la que está recordando, no la temible soñadora que viera hace años en un óleo, en Viena, no quiere darse por aludido. Porque ahora está contemplando tonalidades esponjosas, colores piel. Hay un gato. Hay un libro. Hay una muchachita que se deja ser, lánguida y desnuda. Hay un fuego, o la luz de un fuego que matiza los pigmentos de la alfombra y las paredes, del pelaje del gato, la piel desnuda y el pelo de ella. Y no es la sensual inocencia de la muchacha ni sus párpados ni sus pechos que se levantan siempre con algo abrupto y admirable. El magneto no está precisamente allí, sino en la atmósfera pastosa cargada de virtualidades que crea el pincel de Balthus, el espacio que media entre objeto y objeto, su lasitud, los tintes evanescentes y la llamada enigmática de su superficie a la que sólo se podría corresponder con la sabiduría misteriosa del tacto. Arrisca involuntariamente la nariz. Una oleada de humo inunda el auto. Pero del medio delicuescente de Balthus salta al espejo en que se mira Venus: los tonos se mueven entre el rojo y el rosado. Y entre uno y otro, contra el blanco de un trozo de sábana añuñada, brotan mil tintes diferentes. La maraña de trazos cortos, intermitentes, inquietos, parpadeantes, sugiere no sólo esa postura reclinada, sino al mismo tiempo, la virtualidad de un cambio de postura, su movimiento. La pincelada que deja borrosos los bordes insinúa esa impresión de transcurso. Venus se recuesta desnuda, ágil y armoniosa como el cuerpo de una serpiente en el agua. Sensación de intimidad, de súbita familiaridad. Formas femeninas como al interior de la luz. Su cuerpo envuelto en la atmósfera que lo acoge y que se compenetra con ella. Y ella se mira sin ver al espectador que está a su espalda. De súbito, por cierto, es él. Ha salido del baño del Hotel Constantinopla y sorprende a Adelaida dormida y con gotitas de agua de la ducha en la espalda.

❖

EL TAXI ESTÁ detenido otra vez. La fanfarria de las bocinas no logra destapar el tránsito. El chofer levanta las manos en señal de rendición y le ofrece cigarrillos de una cajetilla manoseada. Comenta que la gente se ha puesto brava. Desde temprano se han visto carabineros con cascos y escudos y bombas lacrimógenas en los cinturones.

—El año pasado —dice— faltaba trabajo. Pero al menos no subían los precios. Ahora están cortando cristianos duro y tupido, toditos los santos días, señor. Las industrias se van en quiebra y las obras se paralizan. Yo tengo dos hermanos que quedaron cesantes, señor. Y además los precios se dispararon. Suben y suben los alimentos, semana a semana. Mi señora no halla qué hacer. Dicen que es por la cuestión del dólar. ¡Vaya a saber uno! Para mí que a alguien le ha de estar llegando esta plata que tenemos que pagar nosotros. ¿No le parece a usted?... ¿No le parece? Esto no da para más, señor. Créame. Cuando llegaron los milicos no me desagradó a mí. Para qué le voy a decir una cosa por otra. Porque con el caballero ése, que tuvimos antes, no había cómo parar la olla. Sobraba la plata y no había productos en los supermercados. Ahora los escaparates están abarrotados y no tenemos plata. ¿Total? ¡La misma cosa para nosotros, señor! El pobre siempre se jode. La plata se la llevan los de arriba haya el sistema que haya. Para mí, señor, que a estos caballeros de gorra les queda repoco. La cuestión no da para más...

El tránsito continúa detenido, pese a las bocinas que recomienzan sus quejas de tanto en tanto, animándose unas a otras y excitándose, hasta irse espaciando otra vez, poco a poco, acalladas por su propia impotencia e inutilidad. Se oyen gritos y carreras. Pelayo decide bajarse y seguir a pie. La Oropéndola no está lejos.

Poco más allá comienza una larga cola. Camina a su lado dos cuadras y media hasta desembocar en el local de un Fondo Mutuo que conoce bien. Se adelanta para leer el aviso en la pizarra. De pronto escucha un ruido y la cortina pasa como guillotina a centímetros de su nariz. Luego, viene un bramido de manada en estampida y la gente lo aprieta contra las rejas. Los gritos, insultos y patadas de hombres y mujeres se estrellan contra la estructura que los separa de sus depósitos.

Alguien arroja un tarro de basura, cuyo contenido heterogéneo, pastoso y maloliente chorrea las rejas del Fondo Mutuo. Un adoquín destruye la vitrina del local contiguo. Pronto llegan los neumáticos y bolsas de basura y palos y cajas de cartón. El crepitar de la hoguera enciende más los ánimos. Suena una sirena y explota la primera bomba lacrimógena del día.

En la confusión del humo y las balizas de los furgones de Carabineros, le parece ver a Pedro. Pero no: es la propia y maciza Leontina, sólo que de cartera y con su traje gris de día de salida.

–Don Pelayo, don Pelayo: me han robado todo. No nos quieren devolver la plata depositada. No había garantías, dicen. ¿Cómo puede ser, don Pelayo? ¿Cómo puede ser? Usted ha visto. Es mi plata, mía; la que yo he ido juntando mes a mes y usted me depositaba. ¡No hay derecho! ¡Que los sequen en la cárcel, don Pelayo! Sinvergüenzas, gangsters de cuello y corbata... ¡No puede ser! Que los militares los sequen en la cárcel! Esto no puede quedar así, don Pelayo. ¡No!

Se le abraza gimiendo y Pelayo se ve con la nariz hundida en su delantal con olor a detergente.

❖

AL ENTRAR A La Oropéndola sintió a la Billy, embebida en su "Prelude to a Kiss" y vio la mesa desde donde lo llamaban, entre destellos de copas y huecos de humo, Camilo, Federico y el profesor Azócar. Se abrió paso entre los que se agolpaban en torno a la barra. Quería contarles lo de la visita a la cárcel y algo alcanzó a decir de cómo estaba el centro, de las bombas lacrimógenas, pero apenas hubo atracado una silla a la mesa, el profesor continuó con lo que parecía ser una discusión comenzada hacía rato.

–La sociedad igualitaria sólo es posible si es jerárquica –dijo–. De otro modo no tiene sentido. A eso se debe la crisis que vive hoy el socialismo.

–¿*La república* de Platón, otra vez? –inquirió Federico inclinándose hacia su interlocutor y juntando las yemas de sus dedos.

–Si lo quieres poner en esos términos, no tengo inconveniente –replicó Azócar mirándolo de soslayo con su ojo avizor–. Porque el sueño de Platón sigue ahí, querido Federico, como un modelo que la humanidad añora y aún no es capaz de lograr. Es un ideal que aparece, se esfuma y reaparece tomando otros ropajes: las primeras comunidades cristianas que no tenían bienes individuales, por ejemplo; luego, las órdenes de monjes militares, como los Templarios y, en general, la vida conventual; las experiencias socialistas que interesaron a Owen o Fourier, en fin, la sociedad sin clases que prevé Karl Marx... Son encarnaciones distintas del sueño de Platón o, al menos, de aspectos de él. Y, sin embargo, ninguno ha tenido la calidad revolucionaria del viejo maestro, ¿no?

–Por cierto que no –dijo Federico apretando los labios y negando con la cabeza.

–Fracasan porque no se ocupan de la raíz de las desigualdades no equitativas, es decir –afirmó Azócar probando su cerveza–, las que no se basan en méritos, en la *areté*. Ese es el quid del problema. Me refiero, naturalmente...

–...a la familia –interrumpió Federico–, a la célula básica de la sociedad –añadió en tono irónico–. Pero la pregunta que usted debe hacerse, profesor, es ¿por qué?

Y Federico buscó apoyo en la mirada de Pelayo y de Camilo, pero ambos parecían estar cateando quién entraba al restaurant.

–Bueno, está claro que en el sistema actual la familia es la gran reproductora de las desigualdades. Se lo decía el otro día al padre Sánchez, que me contó que te ubicaba, dicho sea de paso.

Federico asintió ceñudo, como se ponía cuando escuchaba atentamente.

–Me tocó conocerlo en una peña que organizaron los estudiantes del centro de alumnos –siguió diciendo Azócar– y hablaba y hablaba de la igualdad y el comunismo cristiano. Sostenía que el socialismo sin Dios –y el profesor echó una mirada hacia la barra porque un plato se cayó con estruendo– se pierde. Yo le dije que, a mi juicio, el mal comenzó con el antropocentrismo del Renacimiento; que era esa cosmovisión la que aún no terminaba de fracasar, pero que se vislumbraba ya la posibilidad de volver a una visión teocéntrica de la vida. Eso le gustó y pareció entenderlo y se rió como niño chico. Pero a continuación repitió esto de la igualdad cristiana y del comunitarismo teocéntrico. Entonces yo le planteé la cuestión de fondo, la de la familia, y hasta ahí no más llegó el cura.

–Expláyese, profesor –dijo Federico divirtiéndose, aunque sin dejar de mirar hacia la barra donde en cuclillas, entre la gente, un mozo recogía los trozos del plato hecho añicos.

–No entendió nada, este padrecito. No es más que un tontito de buena voluntad, se ve. ¡Ay del "socialismo frailuno"!, como diría nuestro padre Marx. –Y el profesor Azócar rió con esa risa brusca e irónica suya–. Y tampoco sabía nada del sueño de Platón, en realidad, de su prohibición de conocer a los hijos y de que los hijos conozcan a sus padres; de la educación comunitaria de la prole; de la maternidad como un derecho para la mujer y no un destino forzoso. Lo encontró atroz, me dijo. Hasta ahí le llegó lo avanzado. De inmediato se volvió un reaccionario. No comprendió que la idea es colectivizar la familia, sin lo cual la igualdad de oportunidades educacionales es una gran mentira. ¿Y cómo puede haber igualdad de sexos si la estructura de la familia no se reforma según los lineamientos de *La república*? ¿Cómo se puede hablar de liberación sexual sin destruir los lazos de propiedad que encadenan a los sexos en distintas formas? La noción de propiedad privada y excluyente nace de ahí. ¿Cómo puede aspirarse a la igualdad de los sexos sin separar a las criaturas de quien las parió y criarlas y educarlas colectivamente? La crianza y formación de la prole no puede ser una obligación impuesta, sino una opción para las mujeres y para los hombres que quieran consagrar sus vidas a ello. ¿Cómo procurar la comunidad de bienes materiales manteniendo la concepción individualista y privatista de las relaciones sexuales? Los vínculos que unen hoy al núcleo de padres e hijos deben extenderse y abarcar a la sociedad toda. Esa es la gran tarea del cristianismo del futuro, pienso: preparar el advenimiento de un nuevo orden de vida. Si yo no sé si el niño que tengo al frente es hijo mío o no, los trataré a todos como si fuesen hijos míos. Sólo entonces el ideal de la *cáritas* podrá encarnarse y tener un sentido concreto.

–No, profesor. Los tratará sólo como si pudiesen ser hijos suyos –afirmó Federico recalcando el "pudiesen"–. Es una posibilidad y harto baja; tanto más baja cuanto mayor sea el número de niños en esa sociedad.

—¡Federico! —se lamentó Azócar y le echó una fugaz mirada a Pelayo—. Tú fuiste a Atenas, Federico, a aprender griego para leer a Platón en su original y estar en los sitios donde escribió. Recuerdo tus libros en las ediciones amarillentas de Belles Lettres, enteramente llenas, en los márgenes, de anotaciones y glosas tuyas. Recuerdo, en mis clases, la pasión que te movía. Era tanto que si alguien nombraba un diálogo, tú llegabas a sonrojarte como si se estuviesen inmiscuyendo en algo íntimo y tuyo.

Federico suspiró, pero el profesor Azócar prosiguió mirando por encima de la cabeza de su antiguo alumno por no encontrarse con sus ojos inquietos. Federico recorría ahora con la vista el borde de la nariz, el labio superior, el mentón del barman que agitaba el pisco sour en la coctelera plateada. Luego giró la cabeza y observó el ficus junto a las vidrieras.

❖

—¿QUÉ TE OCURRIÓ ALLÁ, Federico? Regresaste cambiado. Te volviste pragmático y antimetafísico.

Federico no respondió. Se echó un trago de vino que ardió garganta abajo.

—El sueño de Platón no es posible, profesor —dijo al fin.

—¿Por qué, Federico? —replicó con concentrada preocupación y ternura el profesor Azócar. Aplastó su cigarrillo contra el fondo del cenicero de vidrio.

—¿Sabe por qué, profesor?

Y Federico tomó otro trago de su vino.

—¿Por qué?

—¡Por las mucosas!, señor profesor. Son las mucosas las que refutan al sabio.

—¿Las mucosas? —se sorprendió Azócar y buscó, confundido, los ojos de Camilo que seguía esta discusión como ausente.

—Sí. Porque los vínculos de propiedad están protegidos por los celos —dijo Federico y clavó sus ojos en el profesor Azócar, después de pasar rozando los de Camilo que se tocaba las puntas de su bigote nietzscheano.

—¿Y vas a defender los celos como una expresión humana y civilizada? ¿Crees tú, Federico, que el cristianismo, que la civilización del futuro tienen que ver con eso?

—Los celos están en la naturaleza. Existen los celos. Los celos del hijo por la madre y de la madre por el hijo, del hijo por el padre y del padre por el hijo, de los amantes con respecto a sus posibles o actuales sustitutos. Cada vez que hay contacto con las mucosas de otro surgen los celos para proteger ese vínculo y rechazar la interferencia de terceros. Las mucosas no entran en juego si no hay exclusividades –carcajeó Federico buscando infructuosamente la complicidad de Camilo, quien seguía indiferente.

–Y, por consiguiente, la propiedad privada nos la imponen las mucosas –concluyó el profesor Azócar adelantando el tronco–. ¿Y eso te parece a ti inevitable? ¿Por qué es así? ¿Por qué ha sido así hasta ahora?

–Si uno adopta el ángulo de Schopenhauer diría que es conveniente para la especie que los críos tengan padre conocido a quien hacer corresponsable de su suerte. Es la voluntad de la prole la que se expresa con las mucosas. Lo mismo ocurre con la belleza del cuerpo que actúa sobre las mucosas. También aquí es el deseo de ser de las generaciones por venir el que se manifiesta. Y si hay pasión, lo mismo es. Y si hay drama pasional es el individuo, la pareja apasionada la que muere sacrificada al interés implacable y superior de la especie –reiteró Federico y sus carcajadas resonaron. Se calló para abrirle paso en su boca al vino y luego dejó estallar unas cuantas carcajadas más, aunque le salieron sin fuerza y como imitadas de las otras.

–De eso no se sigue que las cosas vayan a seguir siendo siempre así –contestó Azócar poniendo sus ojos de ave de presa–. La especie, si quieres hablar en esos términos, está en evolución. Llegará el día en que el sueño de Platón sea parte del plan y de la voluntad de ser de la especie. Y el cristianismo debe anunciar y preparar ese advenimiento. Porque llegará el día en que sepamos ponerle freno al poder de las mucosas. No será la primera vez que sea preciso sujetar el "caballo negro" de Platón –dijo Azócar y sus pequeñas carcajadas se repitieron como si riera para sí mismo, como si no esperara ni quisiera, tampoco, que nadie compartiera su punto de vista. Porque para un hombre como el profesor Azócar sentir la soledad de sus posiciones, saberse incomprendido intelectualmente era un síntoma de la realidad de su talento y de la distancia que los separaba de los demás mortales. Por eso, en su fuero íntimo, se alegró de que Federico no compartiera su postura.

–Puede ser, puede ser, profesor. Pero ese mundo futuro, eventual, que usted imagina es tan diferente del que conocemos... ¿Alguna experiencia, algún conocimiento de aquí vale allá? No hay parámetros. Ocurre entonces que nada queda excluido de él. Casi todo es posible –aseguró Federico–. Entonces, no puede ser pensado como un orden empírico. Es un mundo meramente posible; pertenece sólo al orden lógico y modal.

—Me extraña que te preocupes de la naturaleza y de los instintos, y argumentes a base de ellos —irrumpió Camilo despertando de su letargo—. En el hombre los instintos son demasiado débiles; por eso pensamos y decidimos, y nos dejamos llevar por la opinión y el hábito. Y la naturaleza cambia —masculló apoyando el mentón en el puño de su mano—. No creo en esas bases sólidas, en esos fundamentos imperecederos, Federico. No hay criterios objetivos, independientes, que se nos impongan desde fuera.

—¿A dónde vas? —le preguntó Federico apartando las manos de su vaso de vino.

—A que, al fin de cuentas, en toda disputa lo que decide es la persuasión. Y eso tiene que ver con el gozo retórico, no con la verdad. A ti te *gusta* el mundo como lo ve Schopenhauer, te parece bien estéticamente el darwinismo o el nihilismo nostálgico de Nietszche o las disquisiciones sobre el sentido del lenguaje que hace Wittgenstein o qué sé yo qué crestas, y entonces te dejas convencer y les encuentras razón y argumentas. Pero en el fondo, lo que hubo fue una opción estética.

—Vaya, vaya —dijo Federico paladeando la última gota que quedaba en su vaso—. El hombre del celuloide, el enemigo jurado de la galaxia de Gutenberg, si bien no ha sido picado por el tábano socrático, al menos ha sido tocado hoy por la dulce miel de Epicuro. Me alegro, pues; me alegro, pues —sonrió alzando su copa.

—No sé nada de Epicuro —protestó Camilo—. Pero consideren, por ejemplo, el caso del naturalista Konrad Lorenz. Sus teorías nos dan placer porque, tal como intuimos desde niños y lo recogen los cuentos tradicionales, hay mucha humanidad en el comportamiento animal. "Vemos" la estratificación social de los gansos.

El profesor Azócar estalló en una carcajada.

—La mirada de Lorenz —continuó Camilo— humaniza el mundo animal. Eso es lo conmovedor de su trabajo, lo estético.

El profesor Azócar seguía riendo.

—Pero, profesores —siguió insistiendo Camilo de buen humor—, confesemos que, por ejemplo, la discusión entre creyentes y ateos es una cuestión de estética.

—¿Cómo? —se molestó Azócar.

—Sí. La pregunta es: ¿Cómo siento más bella mi vida en el mundo: creyendo o no creyendo en Dios? Para el creyente el mundo así se expande y con ello su propia dignidad y la grandeza de su vida sobre la Tierra. Se juega aquí, entonces, nada menos que un destino eterno. Para el no creyente hay más nobleza en el reconocimiento austero y valiente de los límites, en la aceptación sobria y humilde de lo pequeño, concreto y pasajero, de la residencia en lo terrenal. Para él hay en ello más belleza. No la del sueño sino la de lo real. ¿Qué le parece, profesor Azócar? Seguramente no es nuevo lo que digo. ¿O es que estoy desbarrando? ¡Díganme!

Pero el profesor se levantaba ya de la mesa sonriendo para sí y no estimó del caso proseguir una conversación que había dado por concluida antes de que interviniera Camilo. Pelayo vio que se abrían las puertas de la mampara y por detrás divisó una melena oscura. No. No era Adelaida. No conocía a esa mujer. La acompañaba Fresia Ortúzar. Tras ella surgió el rostro enjuto y moreno de Guayo Fisher. Siguieron a uno de los mozos, el de bigote a lo Clark Gable, que los condujo a una mesa desocupada recién. Pero Guayo Fisher se detuvo expectante con las manos atrás, de espaldas a la mampara y con la mirada vacía e indiferente al público del bistró. Esperó en esa postura rígida mientras el mozo retiraba los vasos de vino y tazas de café de los clientes anteriores y cambiaba el mantel de la mesa. Luego Fresia volvió a él y lo trajo de la mano, sorteando las sillas hasta instalarlo al lado de la otra mujer que, según le diría el mozo a Federico, a la pasada, era una importante periodista extranjera. Este, satisfecho con la información, se fue al baño. Ella le estaba preguntando, con acento italiano, mientras saboreaba ávidamente galletitas con trozos de camembert y un vino blanco de Santa Rita, acerca del modo en que él, Guayo Fisher, un artista visual tan comprometido en la escena política latinoamericana, "leía desde acá" el chaleco de pescador de Joseph Beuys. En ese momento se encendieron unas luces que hicieron que la mesa de Fisher resplandeciera al interior de un halo blanco y surgió una cámara cuyos destellos se sucedieron durante un rato. Pelayo miró a Camilo.

—Vengo de la cárcel.

Camilo apegó ambos índices al espeso bigote rubio como si quisiera sujetárselo, lanzó una mirada al círculo blanquecino al interior del cual se recortaba la figura de Fisher. Con su jockey de terciopelo negro y rodeado por un aura de luz ingresaba al santoral de la fama.

—Lo de Aliro Toro es serio, Camilo. No es una detención que se vaya a arreglar en cuestión de días. El grupo está quebrado. Lo mismo que Alam y que Daccarett. La cosa va en serio. No es maniobra publicitaria. No. Barraza también cayó preso. Los interventores del gobierno han congelado los depósitos de la gente en los Fondos Mutuos. En el centro está quedando la cagada... Cuesta respirar por las bombas lacrimógenas.

Camilo miró los restos de espuma que quedaban aún en la copa abandonada por el profesor Azócar.

—Me estás diciendo que tú y yo estamos cesantes.

Y sin haber por qué le preguntó:

—¿Y cómo ha reaccionado Adelaida?

SEIS

QUE ES FICCION

HABÍA LLEGADO TARDE. Por eso quedó un poco atrás. La gente se arremolinaba en torno al profesor Azócar que, de pie, leía unas notas, tembloroso y semidoblado. El lanzamiento del libro de Federico tenía lugar en la librería Altamira, situada en un pasaje entre el Banco Sudameris y un viejo convento de monjas. "El autor, decía Azócar, siguiendo una sugerencia del filósofo de la escuela analítica Arthur Danto, imagina un *cronista ideal* que tiene el don de conocer lo que ocurre en el momento en que ocurre incluso en otras mentes, es decir, es omnisciente y, al mismo tiempo, capaz de transcribir instantáneamente cuanto sucede. Sin embargo, este cronista ideal y omnisciente no sería capaz de decirnos cuanto queremos saber de un hecho. Lo que le falta, se sostiene en este importante libro, es el conocimiento del futuro. Y ocurre que la verdad de un evento sólo puede saberse después y, a veces, mucho tiempo después de que éste ha sucedido. Este es el conocimiento que sólo el historiador puede contarnos a través de su relato."

Se detuvo para mirar su papel y continuó:

"Ningún evento nuevo puede ser descubierto; ninguna consecuencia, aspecto o punto de vista puede ser agregado o alterado en la ficción literaria."

Alguien gritó "¡no se oye!" Azócar acercó la boca al micrófono y agregó marcando las palabras como es común en los profesores:

"Por hipótesis están allí todos y sólo todos los hechos relevantes. Entonces el mismo texto puede ser leído como historia o como ficción. Es lo que ocurre, por ejemplo, con un *found poem*. Lo que cambia son los supuestos de la lectura, lo que cambia es el concepto desde el cual se mira el texto. Y esto tiene consecuencias muy concretas..."

Adelaida siente, junto a su brazo, a un joven pálido, que tiene las uñas muy crecidas en su lánguida mano de guitarrista. Reconoce adelante a Raquel, la señora de Federico, con una niña de pelo negro tomada de la mano. La otra, la menor, se apoya en la pierna de Federico, al lado derecho del profesor Azócar. Gira la cabeza hacia atrás buscando a Pelayo y se encuentra con el traje gris (el único en ese sitio), los hombros anchos, la cara bien quemada y los ojos redondos y transparentes de Marcial: la estaba mirando. Adelaida se sonroja.

"Según este libro, según *El concepto de ficción* de Federico Leiva, cualquier palabra, signo de puntuación u oración que aparezca en una ficción no puede, por hipótesis, ser reemplazada por otra palabra, signo de puntuación u oración. La ficción literaria es un todo cerrado y definitivo en el cual no hay sinónimos y cada palabra está allí por algo suyo. Por hipótesis, por convención, no hay sustituciones *salva veritate*. ¿Pero qué ocurre si, después de leer una novela, sentimos que hay hechos significativos que debieran estar allí y, sin embargo, no están o que, al contrario, hay hechos no relevantes y, sin embargo, relatados? El autor nos dice que ese texto sigue calificándose como novela, aunque se trata, posiblemente, de una mala novela. Aparece aquí la cuestión del valor estético. Puedo percibir lo que falta o lo que sobra porque la novela está construida según este concepto de 'todo cerrado' al que ya me he referido y se lee bajo ese supuesto. Si no puedo imaginar los hechos relatados como el autor me los presenta, el escritor ha fallado. Esto sucede cuando aceptando sus premisas, sus reglas o convenciones, no podemos aceptar, sin embargo, sus proposiciones narrativas, no podemos imaginar sus preguntas porque..."

El pintor Figueroa, de casaca verde y pantalones morados de gabardina, le hace un gesto. Alguien la empuja. Un pisotón, otro. Ruido, confusión, desplazamiento de gente: una camioneta pick-up azul avanza por el pasaje. Se detiene en la puerta de la librería rodeada por la gente. Guayo Fisher, con su jockey de terciopelo negro y su chaleco sin mangas de tela indígena. La gente, pasado un primer instante de estupor, empieza a gritar. Adelaida divisa a Pelayo y se empina.

En la pick-up hay unas ovejas enormes con algo escrito en letras rojas. La gente vuelve a gritar porque la oveja *Es* salta de la camioneta y se confunde entre el público. La cabeza de Pelayo, como un péndulo, oscila de la oveja *Es* al pelo de Adelaida a partir del cual se dibuja de pronto el trazo delicado y preciso de su perfil. Espera, vagamente, que de él broten su mirada y su risa.

"El fundamento de posibilidad del juicio estético es la naturaleza esencialmente conjetural de ese peculiar modo del ser que llamamos *ficción*, así definido. En consecuencia, el fundamento de posibilidad del juicio estético del lenguaje de un texto de ficción proviene de esta misma categoría ontológica puramente formal, quiero decir, de su carácter a la vez hipotético y cerrado."

Pelayo tiene la impresión de haberle oído todo esto a Federico demasiadas veces y por eso se distrae irremisiblemente. Por eso y por el balido de las ovejas.

"Es porque leo *como si* el relato fuese un todo cerrado y en el que no ha lugar a sustituciones *salva veritate*", proseguía el profesor echando furtivas miradas a las ovejas sin despegar la nariz del papel, "que el lenguaje pasa a ser esencial y constituyente de su valor estético. No es al revés, como suele creerse. De lo contrario, el juicio estético quedaría sin base en el ser."

Azócar intenta vanamente continuar su discurso. Federico observa pálido y atónito. Los flashes y los focos que encendieron para la cámara de video aumentan de golpe el destello de los colores de las estanterías y los libros. Es como si en un cuarto clausurado un paño amarillo pasado a toda carrera por los muebles y los objetos borrara el polvo acumulado durante años. El cambio violento en la intensidad de los colores y de las sombras que caen de unos sobre otros como imperceptibles gasas filtrando su luminosidad, los transmuta y anticipa otra traducción, la del electrón que crea en la pantalla seres como ángeles hechos de pura luz. Guayo Fisher está golpeando a las otras dos ovejas. Quiere que salten de la camioneta. Finalmente, se baja el chofer y abre la tapa. *Qué* y *Ficción* saltan de inmediato seguidas de cerca por el camarógrafo. *Qué* y *Es* huyen balando por la galería hacia el patio del convento. La gente se corre para abrirles paso. Pero *Ficción* llega al umbral de la librería y se detiene ante un mesón repleto de libros de sociología acerca del autoritarismo chileno. El público chilla. *Ficción* observa el aspecto extraño del micrófono en el que Azócar apoya sus manos.

"Insisto: No hay sinónimos. Quien no lo note jamás llegará a ser escritor. Uno hubiera querido que Federico Leiva se explayara más acerca de esta intuición crucial para su tesis. Sus citas de W. V. Quine, sus alusiones a su teoría de la referencia, aunque interesantes, sin duda, ameritan un examen más cauteloso y detallado. Es cierto que las teorías lógico-lingüísticas de este pensador conducen al relativismo ontológico; es cierto, también, que desde su punto de vista el sentido de una proposición no se capta en forma aislada sino en un contexto global, en un todo lingüístico mayor, en relación a una familia de oraciones y palabras. Pero la construcción de una teoría estética a partir de la teoría del lenguaje de Quine que propone Federico Leiva, aunque imaginativa y atrayente, aunque, incluso plausible, podría estimarse temeraria por su falta, a esta altura al menos, de una corroboración formal o textual suficiente en el autor que invoca. Tema, entonces, para investigaciones futuras."

Ficción seguía detenida ante el micrófono. Pero al llegar a ese punto del discurso del profesor se da media vuelta y se retira moviendo la cabeza de derecha a izquierda, como negando. Un grupo de jóvenes irrumpe en aplausos. Azócar se detiene. Guayo Fisher de pie, en la parte de atrás de la camioneta, sale a todo motor por el pasaje.

"Ahora bien; otro punto al que nuestro distinguido autor debiera regresar en sus próximos trabajos, es el de la vinculación entre ese mundo hipotético que se genera en el relato de ficción y la vida real del lector. ¿Por qué nos importan estos mundos meramente imaginarios? ¿De qué modo se conectan con nuestra precaria forma de existencia? ¿No será la ficción algo así como un laboratorio en el cual hacemos experimentos imaginarios sometiendo a prueba los campos de fuerza de nuestras intuiciones éticas y psíquicas? Porque, por ejemplo, el texto le sirve al crítico de pre-texto. Porque los mundos posibles sólo alcanzan la vigencia propia de lo que es en cuanto virtualidades del mundo que hay, el real, el único que existe. Uno espera que una teoría general de la ficción estética dé cuenta de ello"...

Azócar ha reanudado su discurso sin querer darse por aludido de nada, pero el murmullo y el desplazamiento de personas buscando a las ovejas que seguían balando lo obligan a terminar rápidamente:

"¿Y la belleza? ¿Qué dice nuestro autor acerca de la belleza? En esto le cede la palabra a Borges: *La música, los estados de felicidad, la mitología, las caras trabajadas por el tiempo, ciertos crepúsculos y*"...

Azócar levantó la vista del papel que tiritaba en su mano y observó con desazón al público distraído por las ovejas...

"*y ciertos lugares*", continuó, "*quieren decirnos algo, o algo dijeron que no hubiéramos debido perder, o están por decir algo; esta inminencia de una revelación, que no se produce, es, quizá, el hecho estético.*"

❖

ADELAIDA SE GUARDÓ el vuelto en la billetera y le pasó su libro a Federico para que se lo firmara. En ese momento se acercaban Marcial y Pelayo. Entonces Federico, llamando a un fotógrafo, se colocó, mirando a Adelaida, en posición de lanzador de jabalina. Marcial y Pelayo lo imitaron. Puestos ahí los tres parecían más bien, pensó Adelaida, los sobrevivientes de un naufragio. Qué lejos estaban, con sus rostros estragados, abollados y pauteados de ahora, con la cabellera plomiza de Federico, o retrocediendo en la cabeza de Marcial, o tan lacia y mustia en la frente de Pelayo, del ímpetu de esos efebos firmes y confiados que se habían detenido un instante frente a las columnas del Partenón casi veinte años atrás. Y Adelaida sintió cuán distinto era el afecto que la unía a ellos ahora. Porque en esos años la amistad apuntaba sólo al futuro, sólo a lo que no había sucedido y podía aún suceder. Pero ahora era la historia de todos ellos la que nutría la ternura que, sentía, se le filtraba al alma. Seguir de alguna manera viviendo la vida juntos era no perderse el pasado y acompañarse por ver, por reconocer, por estar cerca en el momento de sortear los nuevos obstáculos, ilusiones, fracasos y enigmas que esconde la curva de la vida.

El pintor Figueroa se acercó y pidió opiniones respecto del happening *Qué Es Ficción*, dijo, con el que Guayo Fisher había celebrado el lanzamiento del libro de Federico. Que si no pensaba, le preguntó al autor, que "se había robado la película". Se produjo un silencio embarazoso que interrumpió Adelaida para decir que todo lo contrario, que en verdad qué mejor que escribir una teoría de la ficción capaz de suscitar una presentación artística. ¿O no?, sonrió sonrojándose porque se había distraído durante la presentación del profesor Azócar y se sintió insegura. Fresia, la artista conceptual, dijo que, a su juicio, lo mejor de todo había sido cuando la oveja *Ficción* había llegado al umbral de la librería y luego, cambiando de opinión, se había dado la media vuelta. Ella esperaba que en el video que documentaba el happening ese momento hubiese quedado bien tomado por la metáfora que allí se encerraba, ¿no? *Ficción* se niega a entrar a la librería, añadió por aclarar el sentido del símbolo. Figueroa aseguró que él las volvió a ver en el patio de las monjas y se entremezclaban dando vueltas y formando las oraciones *Es Ficción Qué*, *Es Qué Ficción* y *Qué Ficción Es*. Carloto Pereira, el crítico, como tratando de explicar más, aseguró que las galerías de arte eran hoy los medios de comunicación, que los grandes artistas de la época eran los creadores de noticias, como Guayo Fisher. Las de él son noticias que registra el cuerpo, "con sus contracciones y pulsiones como máquina corporal", dijo, "con su re-accionar y no re-accionar ante la 'materialidad' de los materiales (des)contextualizados", dijo, "que interactúan escenificando sus (micro)políticas". Y con sus gestos dibujó los guiones, comillas y paréntesis.

–¡Supongo que no estarán ustedes con los que condenan al arte chileno actual porque es críptico o porque sus textos son difíciles! –protestó Fresia al detectar las comisuras de Pelayo después de la parrafada de Carloto.

Y continuó agitando una mano terca delante de sus voluminosos pechos que emergían dentro de la polera negra.

–Pues en tal caso habría que hablar del fracaso del espectador, no del artista visual; del lector, no del crítico que (des)construye la obra.

Y Fresia también trazó ese paréntesis con los dedos.

–Pero ¿por qué fracasa el espectador? –preguntó Adelaida.

–Porque los circuitos del poder, los circuitos de producción y recepción lo han adiestrado para esperar de una obra de arte visual cualquier cosa menos aquello que los pone en cuestión –afirmó Fresia–. Toda forma de arte que confirme los supuestos estructurales de dominación de los administradores del lenguaje está 'pre-vista'. Lo otro, lo que no es eso, siempre se vive como una interferencia, como interrupción que transgrede su código. Sólo una revolución cultural –prosiguió Fresia sonriendo de entusiasmo– podrá re(unir) al espectador deseado por el artista real con la *opus* deseada por el espectador real.

–Lo que pasa –intervino Carloto Pereira a modo de conclusión– es que en el arte lo que está en juego, en última instancia, siempre es el poder. Y eso es lo que uno echa de menos en tu teoría estética, Federico. Es demasiado ascéptica.

–Lo que pasa, Carloto –remedó Federico–, es que ya nadie cree que detrás de la van-guardia venga nada salvo otra vanguardia. Nos falta la guardia para creerle –rió.

–¿Y eso qué? –dijo Carloto encogiéndose de hombros.

–Eso significa –respondió Federico exagerando su seriedad por resultar cómico– que la visión bíblica de la historia o la visión salvífica o la visión progresista (la misma cosa, al fin de cuentas) que concibe la historia como una ruta con puerto de destino y escalas de viaje ya no convence a nadie. Y eso a pesar de que todavía queden aquí giles de uno y otro bando dispuestos a matar en aras del "progreso" o de conceptos parecidos. Esta *hübris* pasará; ya está pasando.

–Mira, Federico –intervino Fresia–. Hace unos veinte años tú y yo creíamos que los fusiles de los guerrilleros eran necesarios para erradicar la miseria en Latinoamérica. Y le creíamos a Fidel y al Che y todo el cuento. Ahora, y en los últimos años, se nos repite que el tableteo de las ametralladoras de los militares es un mal necesario que permitirá erradicar la "extrema pobreza". Y el famoso PGB ha subido como volantín y luego se ha ido a plomo. ¿Y qué?

–Y sin embargo...

–¡Déjame hablar, Federico!

–¡Es que es el dueño del cumpleaños y está un poco nervioso! Compréndanlo... –bromeó Adelaida.

–Sí, así es –se confundió Federico–. Fresia: soy todo oídos.

–Parece que se me fue la idea... Pero bueno. La cosa es que si antes buscamos el socialismo revolucionario, ahora se nos impone el capitalismo militar. Son los ciclos de una sociedad frustrada. Déjate de leseras: lo que está en juego es una visión de futuro, la conquista del mañana, del progreso, Federico, del desarrollo económico y humano, de la justicia social... Se quiere acceder a una fase de evolución histórica superior. Entonces hay dirección o búsqueda angustiada de una dirección. No veo lo que tú dices.

–Sí –dijo Federico rascándose la cabeza–. Sí, sí. Pero como diría Azócar, lo que buscábamos, Fresia, era *La república* de Platón... Lo del marxismo fue sólo una modalidad transitoria. Seguimos atrapados en la Guerra del Peloponeso. De todas, ésa ha sido la gran confrontación, la paradigmática –exclamó alzando una mano–. Las demás, versiones bastardas. Sólo los intelectuales de esa Atenas lúcida y conversadora del siglo V, agraciada y desenvuelta, podían ser seducidos por sus bruscos y simples vencedores y componer para ellos ese canto de amor que es *La república*... ¡Mejor que no me oiga mi profesor Azócar! ¿Qué les pareció, entre paréntesis, su presentación?...

Y se detuvo desviando la vista hacia el mesón donde se exponía su libro.

–¡Fantástico! –dijo prontamente Adelaida.

Federico vio esos ojos llenos de vida que parecían no atender a lo dicho sino a él y se sintió, por un instante, absolutamente feliz. La expresión de su cara le pareció tan tierna y amorosa y, a la vez, tan real; tan de mujer con la que se puede contar. Carloto se encogió de hombros.

Fresia escrutaba en el rostro del autor indicios del efecto de su silencio crítico y el de Carloto. Federico comprendió por una leve distensión de sus mejillas que ella se alegraba. Y se alegraba porque él, con algún gesto involuntario, un pestañeo, un resquebrajamiento en la luz del ojo o, quizás, con alguna mirada demasiado atenta y expectante, como tratando de desentrañar su opinión sincera, había acusado el golpe. Guayo Fisher recibiría esta información con indisimulado placer, pensó. "Leiva, pese a su erudición, ha producido un texto insatisfactorio..., su definición es alambicada e inútil... No es que su tesis sea falsa: es trivial..." No, no... ¡Mierda! "Por su imaginativa construcción filosófica, por su extraordinaria versación y lucidez, el libro de Leiva constituye un hito en el pensamiento chileno y latinoamericano. La profunda originalidad de su planteamiento estético inaugura... ¡Eso sí! ¡Eso sí!", se dijo inventando reseñas para su obra.

–¿Pero sabes tú cuál es la paradoja? –dijo recobrándose y volviendo con entusiasmo al tema anterior para beneficio de Fresia y Carloto.

–...

–Que dentro de poco a la gente joven le costará incluso imaginar qué estuvo en juego en nuestra generación. Los que no lean al ruso Chernychevsky nunca podrán hacerse la composición de lugar.

–...

–Yo me he ido convenciendo de que lo más probable es que prevalezca el capitalismo por una cuestión de corrientes eléctricas de tipo internacional, ¿me entienden? –precisó, sabiendo que molestaba así a sus críticos.

Pelayo se aburría y buscaba los ojos de Adelaida. Y ella, como siempre que había más personas, esquivaba esas miradas.

–Pero la otra paradoja –decía Federico impetuoso– es que nuestros tecnócratas no sólo padecen de una esquizofrenia aguda que les hace no ver los crímenes de los milicos, sino que, además, no entienden lo que han impuesto y adorado con fe de secta dogmática, con pasión de cruzados. Ellos piensan que han instalado una máquina productora de riqueza y desarrollo económico, una máquina eficiente a la cual entran trozos de país por un lado y sale cada vez un mayor Producto Geográfico Bruto por el otro. Se ponen a comparar los televisores y autos per capita de un año a otro, y suponen que su incremento representa una mayor *eudaimonía*, una mayor felicidad... No se dan cuenta de que la gracia de la sociedad abierta, si tiene alguna, es su capacidad de expresar lo que es la gente, de retratar su buen gusto y su mal gusto, sus veleidades, sus deseos confesados e inconfesados, su vulnerabilidad a las manipulaciones de aquí, de acá y acullá. Esto lo había intuido ya Tucídides en la "Oración fúnebre": "Tenemos por norma respetar la libertad", repitió solemnemente de memoria bajando la cabeza y levantando ambos brazos, "tanto en los asuntos públicos como en las rivalidades diarias de unos con otros, sin enojarnos con nuestro vecino cuando él actúa espontáneamente..." No vivimos para aumentar el PGB, ese brebaje de hechiceros calculistas, ese engendro, ese número místico, cuyas vicisitudes mantienen a este país en vilo, esa mistificación salvífica, ese espejismo fabricado por los demiurgos degradados del Banco Central –gritó riéndose de sus propias exageraciones–. Puede haber pueblos a los que ese número místico no les interese. En la India hay quienes prefieren el hambre a sacrificar las vacas sagradas.

–¿Qué? –dijo Fresia arriscando su nariz redonda que parecía sobrepuesta en su cara.

❖

Un sonido de órgano de agua emerge de la librería. Un bajo, ahora, insinúa una melodía y la deja. La retoma el tecladista. Una descarga de tambores. Luego otra. Han instalado fuera de la librería cuatro Cerwin-Vega de 120 watts de salida cada uno, y en el pasaje los sonidos rebotan yendo y viniendo enloquecidos entre el Banco

Sudameris y los murallones del patio del convento. Adelaida, pese al sonido sucio por la reverberancia, se está imaginando al baterista parapetado tras su muralla de tambores y torreones de platillos. Explora ritmos que toma y deja quebrando siempre las expectativas, como si lo único que le interesara fuera el emboque de uno en otro, el irse hacia adelante barruntando y ser, hacia atrás, un puro esfumarse. Un redoble sin punto de apoyo ni sosiego, sin presente, un ritmo que resbala cayendo fuera de él en el instante mismo de constituirse diluyéndose.

Figueroa se desprende de una señora con aspecto de profesora de liceo con la que hablaba de los nenúfares de Monet en relación al expresionismo abstracto, y se reincorpora al grupo con su carpeta naranja bajo el brazo. Marca el ritmo con una pierna de gabardina morada.

–Para mí la virtud de la *société de consommation* –dice Federico gesticulando para simular aún más vehemencia– es que capta las impurezas, es porosa. Porque siempre hay algo en ella descomponiéndose y algo nuevo apareciendo. Me interesa su infinita maleabilidad –termina con un susurro de misterio.

Un señor mayor y pomposo, de blazer azul, que parece académico de la lengua, pasa por detrás y le golpea las espaldas, como saludándolo y, quizás, felicitándolo. Federico se da vuelta, pero el otro sigue de largo.

Fresia hace un gesto de disgusto con la boca. Figueroa lanza una carcajada desdeñosa y se inclina hacia atrás. Unos pliegos con rayas a carbón resbalan de su carpeta naranja. Adelaida los recoge prestamente y se los pasa haciendo una pirueta divertida al ritmo del piano y los sintetizadores que, en ese momento, se apoderan del espacio. Todos se ríen.

–El capitalismo es basura –dice Fresia impertérrita.

–Exactamente –afirma con el mismo modo tajante Federico–. Sería un sin sentido obligar a las personas a ser virtuosas o felices. Eso creo. ¿O no es así? ¡Oh gran Kant! Ampáranos...

El clinc-clinc de los vasos de vino rellenos hasta la mitad balanceándose en la bandeja del mozo atrapa las miradas.

Adelaida está distraída. Mira con una sonrisa débil a la gente que, como abejas a la entrada de la colmena, zumban apelotonándose ante las puertas estrechas de la pequeña librería, bajo el estruendo de los cuatro Cerwin-Vega. Una vez que logran llegar al mesón, hojean el libro y retroceden hablando de otras cosas. Pocos lo compran. La mayoría son estudiantes, alumnos de Federico. O intelectuales que, por su importancia, esperan que la editorial les envíe el libro de regalo. Hablan más que todo de las ovejas.

Se las arregló para "robarse la película". Me da pena por Federico. Así es Guayo Fisher... Van a exponer este año sus instalaciones en París, dicen.

En eso pasan corriendo las niñitas. La mujer de Federico toma a una en brazos. Con sus ojos gorditos, sonríe radiante rodeada de sus amigas, algo mayores que Adelaida y, por supuesto, de otro círculo social.

Tiene algo llano y franco. A las demás, no las conozco. ¿A qué estará jugando ahora Matías? Es la hora del baño. ¿Habrá logrado la Elvira apagarles la televisión? Catalina estaba tan alborotada en el teléfono esta tarde. Partimos mañana. Para ellos, el Paraíso. Para mí, el Infierno. Pero es sólo un fin de semana largo. No hay más remedio que ir. ¡Me olvidé de comprarle el tónico a Diego! Tendré que hacerlo en La Serena.

Moviéndose ligera entre la gente, se acerca a saludar a la señora de Federico. El sintetizador se encarama por una escalera de notas resbaladizas, peligrosas. Un mozo la intercepta para ofrecerle el último vaso de vino que queda en su bandeja. Le da hambre. Figueroa le toca el hombro y le sonríe. Mira a la pasada sus pantalones morados con manchitas de óleo amarillo esparcidas cerca del bolsillo.

—¿Pero sabes qué? —exclamó Federico cuando ella se reincorporó al grupo.

Un hilillo rosado resbaló por la comisura del labio hacia abajo. Federico se restregó bruscamente con la muñeca. Fresia cuchicheaba con alguien detrás suyo.

—La historia sin dirección es la moda. La moda y la noticia. Estamos en manos de los Pelayo Fernández —bromea Federico apuntándolo—, de los que se dedican a través de los medios de comunicación a detectar y crear, a retroalimentar y liquidar modas, tendencias, efluvios sociales, ondas... ¿No te parece? Porque estos son los tipos que —vuelve a apuntarlo con el dedo— escriben los guiones que después los reporteros instalan en la escena pública, en el ágora —gesticula.

Fresia, que se había separado hacía un momento, regresa abriéndose paso impetuosa. No usa, por principio, colonia ni desodorante. Y se nota, se dice Adelaida. No le importa: cree à outrance en el encanto de los olores naturales.

—¡La oveja *Es* se cagó frente al Banco Sudameris! ¡El administrador del edificio está furioso!

—¿Están todavía por ahí los cabros del video? —le pregunta Carloto.

—Sí. Hay que documentarlo —se alarma Fresia—. ¡Voy a buscarlos!

—Y desaparece nerviosamente entre el bullicio del pasaje.

—Está muy bueno su *convivio* —dice el supuesto académico de la lengua, dándole a Federico unos golpecitos suaves en la espalda y mirando a Adelaida con ojos capciosos.

Y sigue de largo dejando en sus narices el olor de su pipa.
Adelaida siente los ojos transparentes de Marcial en los suyos. Carloto
cavila. Federico también calla.

–Tal vez, *malgré moi*, mi postura, justifica incluso a las ovejas de
Guayo Fisher –le comenta a Adelaida y como sintiéndose incómodo
consigo mismo–. Me da vergüenza haberme molestado por el show
de Fisher. Porque sí, me he molestado. Quizás he sido un poco
envidiosillo –le dice. Pero apenas lo reconoce se alegra de nuevo,
como liberado, en paz, y le hace una seña a la menor de sus niñitas
que corre entre la gente perseguida por la otra.

Adelaida le pregunta entonces por Camilo.

–Anda en Nueva York –le dice Federico– comprando programas
envasados. El canal sale al aire en febrero, para el Festival de Viña del
Mar.

Marcial, tomándola aparte, le pregunta que cómo está. Ella contesta que bien, y siente el aroma de su Eau Sauvage.

–Se te ve muy bien, chiquilla.

Se ha quemado, nota ella, con los anteojos de sol puestos.

–¿Encuentras tú?

Ella lo mira y siente de nuevo su Eau Sauvage que la impregna.
Marcial busca sin encontrar en sí la reacción adecuada. Entonces se
mete las manos en los bolsillos y ella se fija en su facha. Es estupendo.
Y lo imagina jugando tenis con León y azotando la pelota con una
raqueta que prolonga esos brazos grandes adaptándolos, como la
pata palmeada del pato al agua, a la función de cañonero de esa bala
verdosa, fosforescente. Está temiendo que Marcial le hable de León.

–¡Mira! –le dice Adelaida adelantándose.

Marilú se aproxima con el profesor Azócar, que se sonroja con
una mirada bobalicona. Su cabeza se ve más pequeña. Ella lleva un
libro de Isabel Allende publicado hace poco.

Federico, que se les une tras haberse separado un instante para
firmarle su libro a una alumna de anteojos de marco blanco, les
susurra secreteando:

–La fortaleza de este pretendiente radica en que nunca se insinuará
como tal. Mi maestro es platónico en todos los sentidos de la
palabra.

Y dirige una mirada subrepticia al profesor Azócar y a Marilú
que conversan con el académico de la lengua. Adelaida y Federico
se dan vuelta para incorporarlos al grupo. Se habla de Kundera, de
la risa y el olvido, de las ideas súbitas y el humor, de Chaplin y
Woody Allen.

Pelayo, aprovechando un momento de intimidad con Marcial, le
pregunta por Patricia, por los problemas que tenían. Le contesta,
con aire distante, que a qué problemas se refiere. Pelayo le dice que

está pensando en lo que le contó esa noche en casa de Mempo, poco antes que él se separara.

—Ah, sí —dice Marcial echándose hacia atrás—. Eso está superado, quizás exageré un poco. Estábamos todos tan nerviosos y tensos y caramboleados esa noche...

Y ésa sería la última vez que tocaran el tema.

❖

TEMBLÓ EL PISO y el rostro de Marcial se crispó. Los ventanales de la vitrina de la librería y otras tiendas del pasaje caían haciéndose añicos contra el suelo. Hubo una segunda detonación más honda y lejana. Se apagaron las luces. Los Cerwin-Vega quedaron mudos. El miedo selló todos los labios. Alguien prendió un fósforo y, a lo lejos, se oyó el llamado ululante de una sirena.

Pelayo sintió los dedos de Adelaida en su mano y se escabulleron entre la gente a oscuras.

Las calles de Santiago están solas y negras. Los pasos resuenan. Sólo la torre Entel sigue iluminada. En los edificios, algunos departamentos se prenden con la luz débil y temblona de las palmatorias. Un gato da un alarido y se atraviesa a la carrera. Pelayo y Adelaida apuran la marcha. La alarma de un auto repite inútilmente su queja. Oyen un tiroteo y, al rato, el tableteo de una metralleta. Distinguen la Subaru en una hilera de coches estacionados. Pero el ruido de un motor potentísimo los hace mirar hacia atrás y, entonces, arriba. Son las aspas de un helicóptero rasgando violentamente la noche. El aparato sobrevuela como un despiadado y funesto insecto nocturno a metros por encima de sus cabezas y se aleja en dirección de los disparos y las ráfagas que vuelven a oírse de tanto en tanto.

Adelaida partió. Los perros aullaban a los helicópteros.

385

SIETE

EL HEDOR DEL MIEDO

MEMPO SE OCULTÓ los días siguientes a su llegada en el fundo de un amigo de Marcial, en las afueras de Santiago. Su estado de embotamiento general le impidió aventurarse más allá del corredor de las casas. Nada parecía interesarle: ni el grupo ni la suerte de Aliro Toro ni Elenita y sus hijos ni siquiera su propio futuro. Lo dominaba por completo una sensación de alivio, de pesadilla que termina, de entrega ante la imposibilidad de seguir tomando decisiones, de resignación... Pero apenas Marcial lo fue a buscar para presentarse ante el juez, le entró el nerviosismo.

La primera humillación fue ver en manos de Marcial la peluca canosa que, le había advertido, debería ponerse. Siempre hay detectives de Investigaciones en la puerta del juzgado, le dijo. Sin embargo, una vez que oyó la risa de su amigo y se miró en el espejo retrovisor del auto, hizo un esfuerzo para hacer como que tomaba el asunto con humor. Hasta le pareció, por un momento, que le quedaban bien las canas. Con todo, su espíritu se desvaneció al llegar al juzgado. Detrás de un auto rojo con un letrero que decía "Prensa", Marcial le señaló un vehículo plomizo:

—Los detectives, Mempo.

Le seguía un segundo coche de prensa y un furgón policial. Se alegró de la peluca.

Los pasillos estaban repletos de gente: oficinistas, juniors, mujeres modestas que serían esposas o madres de los reos, y uno que otro procurador joven, cuidadosamente afeitado y de aspecto impoluto con los expedientes bajo el brazo y ademanes prepotentes. Mempo avanzaba con la nariz pegada a las enormes espaldas de Marcial, quien se acercó con dificultad hasta el mesón e intercambió algunas palabras con la oficial. Notó, por la amabilidad de la señora, que a Marcial le tenía buena. Se abrió la portezuela del mesón y los dejaron pasar. Mempo observó, en los estantes, las rumas y rumas de carpetas amarillas y rosadas con los folios de los procesos cosidos a mano.

Recorrieron un pasillo estrecho, y se detuvieron al pie de una escalera crujiente, cuya baranda habían ido gastando, a través de los años, las miles y miles de manos traspirosas que pululan en un tribunal del crimen. Tenso y fatigado, Mempo se apoyó contra la pared, pero se retiró al ver lo sucia que estaba; tan sucia y gastada, en verdad, como la baranda de la escalera. Quizás, pensó con repulsión, cuántas manos manchadas, criminales, han sudado aquí de nervios dejando sus huellas en el estuco.

Al costado había unos cajones de bebidas vacías, que examinó con ánimo de sentarse. Los individuos que circulaban por los pasillos o por la desvencijada escalera lo miraban con extrañeza. Se lo dijo a Marcial.

—Pensarán que eres un abogado, como yo —le respondió éste sin darle importancia a la acotación.

Se abrió una puerta que no había visto. Marcial saludó y luego lo presentó. El ministro en visita era un hombre gordo, de unos cincuenta años de edad y bastante miope, a juzgar por el grosor de los lentes de sus anteojos. Le estaba pareciendo hasta amable cuando sintió la mano de Marcial que golpeó su espalda, y la puerta se cerró trás él.

Se sentó en un sofá tapizado con una tela plástica marrón de cuero sintético que se hundió bajo su peso, dejándolo demasiado bajo en relación al escritorio recubierto de punta a punta por altos y altos de carpetas con papeles amarillentos y que comenzaba a centímetros de su nariz. El juez se instaló en su silla al otro lado del escritorio y le pidió que le contara sus actividades en el grupo Toro desde que entró a trabajar en él.

Mempo comenzó la narración a tropezones y echando unas ojeadas al pequeño privado del juez, cuyas paredes verdes sin cuadros, grabados ni calendarios le hicieron recordar el uniforme verde del gendarme que custodiaba la entrada de una de las salas que daba al pasillo.

Contestaba y contestaba preguntas. Sus ojos iban de las paredes vacías al escritorio lleno de papeles, del ventanuco con barrotes del fondo a una vieja máquina de escribir Underwood. Procuraba no encontrarse con la luz que brillaba arriba, a través de los anteojos, al otro lado del escritorio. El juez sacaba de sus carpetas escrituras de múltiples sociedades del grupo constituidas con capitales insignificantes; luego le mostraba copias autorizadas ante notario de los contratos de mutuo que acreditaban los cuantiosos préstamos del Banco Agrícola e Industrial a dichas sociedades y, a continuación, le ponía a la altura de sus narices los poderes especiales conferidos por el directorio al señor Mempo Tamburini para realizar estas operaciones en representación del banco. Su firma constaba en los documentos. Con frecuencia el dinero obtenido era empleado en la compra de acciones de Embotelladora Nacional S. A., principal accionista del propio banco. Otras veces, como en el rescate del Banco de Curicó, una venta entre dos sociedades del grupo de activos sobrevaluados de Embotelladora Nacional S. A. permitía utilidades ficticias, pero de efectos perfectamente reales. Estas cadenas de enjuagues financieros constituían una de las especialidades de Mempo. Sin embargo, tenía la impresión de que el magistrado se sorprendía de movidas comunes y corrientes. No entendía nada de negocios. Los solos montos involucrados le espantaban.

El ministro hizo pasar a un hombre cabezón, de unos cuarenta años y facha de camionero, a quien presentó como el señor Néstor López, actuario del tribunal. El señor López se sentó ante la Underwood, le solicitó el carnet de identidad y se puso a teclear sus respuestas. De cuando en cuando se las leía y Mempo comprobaba que entre juez y actuario se las cambiaban ajustándolas a un lenguaje legal que él no sabía emplear. López se equivocó varias veces y borroneó lo escrito repitiendo la letra "x".

Mempo admitió que "el objeto de estas múltiples maniobras financieras era maximizar ante los bancos la capacidad de endeudamiento de las empresas del grupo." La Underwood anotó que "el objeto de estas múltiples simulaciones era aparentar ante los bancos un mejor estado de situación de las empresas del grupo." Mempo insistió en sus términos: "maximizar la capacidad de endeudamiento..." El señor López levantó los brazos como queriendo exclamar: "¡Por Dios, es lo mismo!" El ministro terció rogándole que añadiera la frase textual del señor Tamburini precedida de la expresión: "en otras palabras..." Mempo transó con tal de que se sustituyera en la frase anterior el verbo "aparentar" por "presentar".

Quizás lo que sintió más engorroso fue dar cuenta de los préstamos personales concedidos por el banco, con su firma, a Chiporro y a sí mismo en vísperas de su viaje. Faltaba la formalización del acuerdo del comité de crédito y la firma del gerente general, Pascual Hernández. Pese a ello, el banco había dado curso a los cheques. El crédito era inválido. Debía restituir el dinero y enfrentar un sumario interno. Pero el juez no parecía inquietarse por eso.

❖

Tamburini salió del despacho y siguió al señor López por el pasillo. Cruzaron el umbral que defendía un gendarme de uniforme verde y entraron a una sala amplia con seis u ocho escritorios.

—La sala de los actuarios —le informó López.

Cada actuario tenía, al otro lado de su mesa, a alguien prestando declaraciones. Mempo reconoció las espaldas de Marcial. Estaba de pie, inclinado sobre el escritorio de un funcionario hablando por teléfono. Gesticulaba enérgicamente con la mano libre. Al pasar junto a él, vio un bototo de gendarme avanzando detrás suyo. De pronto, el gendarme se adelantó para abrir una puerta.

–Deberá esperar unos momentos aquí, señor Tamburini –dijo el señor López y desapareció sin darle la cara.

Bajó unas gradas y dio unos pasos sobre el piso de baldosas. El pasillo era más amplio y frío.

–Esperemos aquí no más –dijo el gendarme–. Pero no se allegue a las rejas; mire que...

Dejó la frase inconclusa. Mempo se volvió para mirar.

–Con permiso –ordenó otro gendarme y cruzó, seguido de una mujer con los brazos atrás y la cabeza gacha.

Tenía zapatillas negras con broches de velcro, jeans, también negros, camiseta amarilla fosforescente y pelo cortado a lo hombre, teñido rojo. Mempo entonces pudo mirar: rejas, jaulas en verdad. Cuatro o cinco jaulas grandes entre cuyos barrotes se apiñaban unos seres de corral. Los reos, se dijo Mempo. Ahí, al bajar esa grada, comenzaba la cárcel, un pedazo de cárcel dentro del tribunal del crimen. Era un encierro de animales. Una intensa repugnancia lo hizo tragar saliva y mirar al suelo de baldosas. Se resistía a levantar la vista. Una suerte de pudor se lo impedía. ¿Por qué lo hacían esperar ahí? ¿Cuánto rato tenía él que soportar esta humillación inútil y enteramente innecesaria? ¿Cómo Marcial toleraba que a un cliente de su categoría lo sometieran, aunque fuera por unos minutos, a un espectáculo como éste? ¿Pero por qué diablos le afectaba tanto estarse ahí unos minutos? ¿Qué tenía que ver él con el mundo de los reos y los hampones? Apretó los labios y arriscó la nariz por un súbito y extraño hedor. Sintió un chiflido. Lo observaba un muchacho delgado, de unos dieciocho años y con la cabeza incrustada entre las rejas. Dio forma con su boca de labios morados a un lento beso, y se lo arrojó. Mempo devolvió sus ojos a las baldosas.

❖

EN EL DESPACHO del juez lo esperaban, además del magistrado, el actuario López inclinado sobre la máquina de escribir y un hombre pálido, delgado y orejas puntiagudas que se mantuvo de pie y en silencio. Con el tecleo de la Underwood como música de fondo, Mempo oyó el parsimonioso modo de hablar del ministro.

–Vistos lo dispuesto en los artículos 468 y 471 del Código Penal y los artículos 44 y 45 de la Ley General de Bancos y los artículos 19 y 20 de la Ley que crea la Superintendencia de Bancos e Instituciones Financieras, y vistos, además, lo dispuesto en los artículos 274 y 275 del Código de Procedimiento Penal...

Los ojos del juez se achicaron liberando un destello duro y penetrante.

–Se declara que se encarga reo y se somete a proceso a Mempo Tamburini Puentes, ya individualizado en autos...

–Perdón, señor Tamburini –intervino el actuario rompiendo el clima de solemnidad creado por el magistrado–. Me dice el señor Riesco, su abogado, que usted no va a apelar para no "dejar abrochada" la encargatoria. ¿Afirmativo?

Se escucharon tres o cuatro golpes más en la máquina y luego el chirrido del carrete. El magistrado abrió espacio entre las carpetas de su escritorio para que pudiera apoyarse y le entregó un lápiz Bic. López le acercó el papel.

–Lea aquí, señor Tamburini.

Reconoció las palabras "Procedimiento Penal" y su nombre. Se saltó a la última línea: "Llámese al reo". Debajo decía: "Rol 19.104.4" y la firma del juez. El señor López dio vuelta la hoja y apareció de nuevo la firma del ministro, al pie de un texto de unas seis líneas.

–Firme aquí, señor Tamburini.

Mempo vio el dedo velludo del actuario cerca de la firma del juez. Alcanzó a leer "...la resolución de auto procesamiento a Mempo Tamburini Puentes, quien manifestó que no apelaba..." Firmó.

Con su gendarme pisándole los zapatos, volvió a la sala de los actuarios. Marcial salió a su encuentro y esgrimiendo un documento le dijo que no se preocupara, que tenía listo el escrito en el cual solicitaba la libertad provisional, que éste era un traspié fácilmente superable.

–Voy al mesón, me lo timbra la oficial, se lo entrego al actuario y se acabó. No debiste haber usado el término "simulaciones".

Esa palabra se la había metido el actuario en la declaración y él la había dejado pasar.

–En diez minutos estarás afuera. ¡Animo, hombre! Se te ve demasiado preocupado –exclamó remeciéndolo de un brazo.

A Mempo le picaron los ojos y bajó la vista . Marcial le dijo algo al gendarme, habló en la puerta de la sala con otro gendarme que estaba sentado detrás de un escritorio, hizo unas señas y partió.

–Esperaremos aquí –le comunicó el guardia a su lado con un acento campesino.

Tamburini lo observó por primera vez. Era muy joven, más bien alto, de piel aceitunada e imberbe. Parecía tímido y eso lo apaciguó. Ante el actuario más cercano declaraba un tal "Ruperto Lucrecio Romero Silva, de veinticuatro años de edad, casado, de profesión obrero de construcción, cesante, domiciliado en..."

❖

EL HOMBRE alto y pálido apoyaba los nudillos sobre el escritorio del juez y se balanceaba sobre los tacos de los zapatos. Usaba un anillo de piedra grande, de fantasía, en el anular de la mano derecha. El juez se levantó de su silla. El actuario López tomó colocación ante la Underwood. Mempo estaba por dejarse caer en el sofá de tapiz plástico de resortes vencidos, cuando notó que el juez empezaba a hablar sin invitarlo a tomar asiento.

—Señor Tamburini...

Los ojos del magistrado, detrás de sus anteojos, brillaron con una luz delgada, filuda y dolorosa.

—...Es mi deber comunicarle que, conforme a lo dispuesto en el artículo 363 del Código de Procedimiento Penal, no ha lugar a otorgarle la excarcelación provisional solicitada.

El juez movió la cabeza con los ojos cerrados en ademán de confirmar su resolución. Las arrugas de la severidad aparecieron en su frente y en el mentón. El hombre pálido se cruzó de brazos y giró para mirar mejor al reo. Mempo bajó la vista a las patas del escritorio.

—¡Señor Tamburini! —intervino el señor López rompiendo el silencio—. Me informa su abogado que usted apelará. ¿Afirmativo?

Hubo unos golpes en el teclado y otra vez chirrió el carrete. Mempo se inclinó sobre la mesa del juez para firmar. Dio un paso atrás y chocó con el sofá. Sintió que perdía el equilibrio, pero lo sujetó el gendarme por el codo.

Avanzó por el pasillo cabizbajo y con las manos atrás. Cruzó junto a los cajones de bebidas vacías y sin haber por qué se acordó de la mesa de dinero del banco. Marcial le había contado que ahora estaba completamente vacía. La llegada de los interventores del gobierno había silenciado ese equipo de rugbistas vibrantes, rápidos, gritones, tal como al desenchufar una lámpara se termina su luz. No podía convencerse de que Alemparte, la Boa y el Nico fueran hoy cesantes de cuello y corbata buscando pega... En cambio Herbert se apitutó con los interventores del gobierno, se dijo... ¡Es increíble! El..., que me lo debe todo a mí. ¡Aliro Toro preso! Chiporro prófugo... ¡Nos fuimos a la chucha! El conchudo de Barraza nos tiró de raja al barro.

Los cajones vacíos trajeron entonces del fondo de su memoria otro cajón: el que había en el taller de su abuelo Benito y sobre el cual se sentaba a trabajar alguna pieza en el torno. De ahí saltó a la población de casitas como insectos, todas iguales con sus antenas de televisión. Le vino rabia y luego un odio como ola que lo arrastrara sin objeto. Y le pareció que volvía a ver la cara de fascinación de su madre cuando le dijo que Pelayo Fernández lo había invitado a una fiesta en casa de su prima Angélica. Se encontró con las baldosas del otro pasillo, el de los presos.

Quiso pararse donde mismo, sin embargo el gendarme le indicó que continuara. Otro gendarme iba delante suyo. Pasaron junto a dos jaulas repletas de reos. Hubo un ruido pesado, como el de la cortina metálica de una tienda.

—Solo se está mejor —dijo el gendarme con voz campesina.

Mempo miró los barrotes. Se asomaba la cabeza del muchacho de labios morados. Un estremecimiento recorrió su cuerpo y el sudor del miedo le empapó la camisa. Los dedos de otro gendarme presionaban su brazo. Sintió un hedor extraño, violento, insoportable. Los eslabones de una cadena se entrechocaron y Mempo escuchó su sonido inconfundible.

—¡Putas el huevón hediondo! —se quejó uno de los gendarmes.

—El sudor del pánico —le contestó el otro—. Y eso que no le han hecho nada todavía...

¿Era posible que ese olor animal viniera de su piel? Sintió repulsión de sí mismo.

Los gendarmes se alejaban por el pasillo. Eran náuseas; ahora eran náuseas y una fatiga incipiente.

Un calor líquido se deslizó de repente por sus pantorrillas. Sintió los calcetines húmedos. Una nueva pestilencia venía de ahí. Miró al suelo: algo le corría por adentro de los pantalones y caía resbalando sobre sus zapatos Bally. Los labios se contorsionaron en un gesto perverso y al otro lado de la reja una mano sucia cubrió esa horrible boca morada.

OCHO

LO QUE RUBEN QUERIA CORROBORAR

CAMILO SE EQUIVOCABA: no quedarían cesantes. Rubén Eskenazi obtuvo de los interventores el traspaso de las acciones de Toro en la Sociedad Nacional de Televisión S. A. que le habían sido otorgadas en prenda cuando hizo de puente entre Toro y los accionistas del Banco de Curicó. Transformado, entonces, en accionista mayoritario, le encargó a Charly Larraín que agilizara la marcha del proyecto. Se confirmaron los nombramientos, incluido el de Robert Mosciatti, el ítalo-americano con experiencia en la CBS y en la televisión de Florida, formalmente como gerente general. El trabajo cobró otro ritmo.

Pelayo, después de separarse y pasar unos días en casa de sus padres, había tomado un viejo departamento cercano al Parque Forestal, en el cual cada pared, cada rincón clamaba por la presencia de una mujer. Por cubrir su desamparo, y mientras llegaba el día de amoblarlo, hizo raspar todas las puertas y sus marcos. Aparecieron así los tonos rojizos y anaranjados de las maderas de raulí. Fue como si, de pronto, se encontrara al interior de un bosque mirando la anchura de los troncos. Entonces se halló. La noticia del triunfo lo sorprendió ahí. Fue un llamado de Charly.

—¡Ganamos, Pelayo! Vente a las oficinas del canal. Estamos descorchando las primeras botellas... ¡Ganamos la licitación, viejo! ¡Canal de TV *habemus*, huevón! Felicitémonos... Estamos aquí con Camilo y el gringo y otra gente del proyecto y vienen en camino Armando Véliz con Rubén Eskenazi. Apúrate. ¡Ganamos, huevón! Vente. ¡Ganamos, Pelayo!

❖

AL ENCAJAR LA LLAVE en la cerradura del departamento esa noche, de regreso del cóctel en las oficinas del canal, se acordó de Mempo, aún en la cárcel, luchando inútilmente por obtener la libertad condicional. Durante ese tiempo no había querido recibir visita alguna. Ni siquiera la de Elenita. Ni siquiera la del padre Tarsicio. Tampoco, por cierto, la del psiquiatra que fue autorizado para entrevistarlo en un privado del recinto carcelario. Marcial no podía entender qué sucedía con sus escritos ante el tribunal. Y Pelayo se acordó de la Leontina, de cartera y traje gris, entre el humo de las hogueras de los manifestantes y los resplandores de las balizas, luchando por recuperar sus ahorros. Y sintió que volvía a vibrar en sus oídos el sonido de los corchos de las botellas de champagne y vio al desaliñado Rubén Eskenazi, de pantalón blanco y la camisa de seda negra con los botones del pecho desabrochados, haciendo chocar su copa con la suya y repitiendo con su destemplada voz y tufo a alcohol:

—¡Putas que es linda la victoria, mierda! ¡Putas que es lindo ganar, Pelayo! ¿No? ¡Putas que es lindo! Ganar... ¡Putas que es lindo!

Apenas hubo cerrado la puerta y encendido la luz, oyó el silencio del departamento vacío que borró todo eso. Era el mismo silencio de tumba que hacía resonar la cuchara, el platillo, la taza, cada mañana a la hora en que preparaba su desayuno. Pensó en Márgara, en su dolor y se le apretó el estómago. Y la imagen de Pedro quedándose dormido sin él, empezó una vez más a carcomer su alma sin querer darle tregua. En su estado de avería sólo había un norte: Adelaida.

❖

Y VIO AL PADRE de la clase de religión paseándose a tranco largo delante del pizarrón, su sotana blanca arremolinándose y las piernas blancas como pantrucas. Trataba de explicarles el *credo ut intelligam* de San Anselmo. "Dice el insensato en su corazón", razonaba, "Dios no existe. Y sin embargo, si pienso en Dios, pienso en algo mayor de lo cual nada puede ser pensado. Y si eso no existe, entonces puedo pensar en algo aún mayor que, además, existe en la realidad. Luego, si pienso en Dios, necesariamente lo pienso como existente. El problema es: ¿por qué tengo que pensar en Dios? ¡Piénsenlo, piénsenlo!" Y Pelayo sentía sobre él su mirada limpia, intensa, profunda; una mirada que se grabaría para siempre en su cerebro como la mirada del hombre para quien la fe es una realidad casi palpable.

Y le pareció entonces que Dios, ese nombre que se le había escapado sin querer en la noche larga de la partida, no podía ser para él una respuesta, una seguridad que acoraza, sino un cierto silencio.

Preludio, quizás, o deseo de una música capaz de hacernos sentir que es baile el movimiento del sol y de las demás estrellas. Y estaba pensando, claro, en el scherzo. Y también, seguramente, en algo más que ese mismo padre de la clase de religión repetía de memoria y él no creía recordar. Claro. No sería una certeza sino el riesgo de una esperanza; no la roca sino el abismo a cuyo borde se escucha el clamor de Job. Y le pareció que la hondura de ese silencio resonaba en su alma y que su cuerpo se doblaba como queriendo envolverlo y conservarlo dentro. Pero no resultaba posible.

Sonó el teléfono. Corrió a contestar. No era Adelaida. Era Marcial Riesco. Llamaba, primero que todo, dijo, para felicitarlo por lo de la licitación, por el nuevo canal que nacía y, segundo, para contarle que había logrado, finalmente, sacar a Mempo libre bajo fianza. Pelayo se durmió en paz.

❖

CUANDO SALIÓ, Mempo se fue a casa con Elenita preguntándole fatigosamente por los niños como si volviese después de una larga enfermedad. Y ni en el trayecto ni después le tocó el tema de la cárcel. Fue como un viaje galante prohibido, destinado a no ser mencionado jamás. Se mantuvo en ese estado de embotamiento que lo había embargado desde que, en la aduana del aeropuerto, fue informado por Marcial del derrumbe del imperio Toro.

Ahora sentía que su casa era un galpón abierto, desocupado, transitorio. Por todas partes había cajas y bolsos y maletas a la espera de la mudanza al departamento de sus suegros, donde tendría que instalarse con Elena, los dos niños y la niña en dos piezas que les estaban preparando. Se repetía en su cabeza la imagen de la colcha floreada del hotel del aeropuerto de Miami en los angustiosos momentos en que sacaba cuentas calculando la deuda que tenía por la tarjeta de crédito. Y, curiosamente, esa pieza luminosa, de muebles blancos, laqueados y doble vidrio separándolo de la pista, retenía en estos momentos la sensación de su última libertad. Ahora, obviamente, no tenía cómo presentarse a banco alguno a pedir un crédito. Sus problemas ya no eran de caja sino de solvencia. Tendría que negociar, le había dicho Marcial, con Herbert Müller, nuevo hombre de confianza del interventor, y Clemente Rodríguez, ascendido a gerente de la banca de personas. En todo caso, su espléndida casa de La Dehesa estaría a disposición del Banco Agrícola e Industrial a partir de las cero horas de mañana.

¡Crestas! Me cagaron. Punto final. Me cagaron. ¿Quién podría negarlo?

Se detuvo en el vestíbulo delante de un paquete de forma extraña que había bajo la consola de mármol rosado. Y reconoció el brazo de la lámpara halógena de su escritorio. Tenía que llamar a Francisca –¡*of all people*!– y gestionar por su intermedio la reunión con Herbert... En eso pensaba cuando sonó el timbre y vio por el ventanal que daba a las hortensias azules un Volkswagen con capó y máscara de Rolls Royce estacionado. Sorpresivamente un puñal de dolor se clavó en sus entrañas.

Era una avalancha de odio a todo. No sólo al oprobio de tener que buscar empleo siendo reo bajo fianza, sino a los anhelos que abrazó en su vida y que ahora se ensañaban punzándolo, a la impotencia ante sus sueños que lo hacían sentirse como un paralítico en su silla tocándose las piernas bajo el chal. Se aborrecía. Y el azor de su despecho encontró de súbito en ese engendro de escarabajo y Rolls un objeto material que le opusiera resistencia y, en su poseedor, al amigo que él había llevado al canal y que sobrevivía triunfante la crisis, alguien a quien poder dañar dañándose a sí mismo. En su rencor, esa primera fiesta en casa de Angélica, ese rito de iniciación en la sociedad del éxito, se le antojó su primera traición, su verdadero pecado original.

¿Sí?, se dijo abatido. Sí. Era realmente eso lo que había deseado desde entonces: ser rico. Ahí comenzó su carrera desbocada. Conocería el éxito, la seguridad, el poder y la admiración de los demás. ¡Ah! Pero ¿quiénes eran "los demás"? ¿Chiporro Sanhueza? ¿Aliro Toro, acaso? ¿Personas más alejadas o Elena? ¿O su abuelo Benito, muerto tanto tiempo ya, y al que a pesar de sus quejas y de la estrechez en que vivían no podía recordar sino contento, silbando en el taller con la mitad del cuerpo perdido bajo un motor? Un atisbo de emoción remeció sus entrañas, pero se controló. No tenía una respuesta. ¿Para quién, para quiénes se había construido esa tremenda casa que lo fijaba a sus actos previos como un ancla? ¿No era para ellos, acaso, sus compañeros de curso como Marcial o Pelayo? Tal vez. Pero en tal caso no para los que eran hoy sino para los que habían sido, esos fabulosos niños de casas con piscina, cuarto especial para el tren Marklin, pista eléctrica de autitos de carrera, y campos con largas avenidas y caballos y alfalfales.

–¡Díganle que no estoy! –gritó a la cocina.

Y le falló la voz y le salió un gallo de adolescente.

Se ocultó entre las gruesas cortinas del ventanal del living y desde allí, excitado por su propia ira, pudo ver a su amigo con el mechón caído sobre la frente y los anteojos sin marco subiendo las gradas que llevaban a su puerta y, luego, bajándolas rápidamente.

Pensó en correr a su encuentro. Sin embargo se contuvo. Su corazón acezaba como si hubiera corrido.

Estaba todavía ahí, entre los pliegues de la cortina violeta. Oyó los pasos de unas zapatillas de tenis que se acercaban. Y vio con incredulidad, primero, y horror después, los dedos crispados, la boca morada del muchacho de la cárcel. ¿Cómo había descubierto su domicilio? ¿Por dónde había entrado? Estaba estirando un brazo para acariciarle el pelo.

—Mempo —le dijo.

Pegó un salto: era la voz de Elenita.

Se recobró al instante y haciendo ella como si nada, le dijo que estaba bien, muy bien, en realidad, que no hubiera recibido a Pelayo, ya que no tenía ganas. Pensar en el canal a ella también le irritaba, le dijo, y la palabra se le enrabió y ensalivó al pronunciarla.

—Venía de hablar por teléfono con el padre Tarsicio —dijo alegre como una niña—. Estamos convidados a comer esta noche a casa de Rubén Eskenazi.

Había sido idea del padre Tarsicio. Ella se había disculpado: "Tengo la casa entera patas para arriba por la mudanza." Sin embargo, la insistencia de Pamela y del padre terminaron convenciéndola. Por supuesto, siempre que él, Mempo, quisiera.

—La verdad —exclamó reafirmándose— es que Pamela lleva tanto tiempo, Mempo, tanto tiempo esperando que el padre Tarsicio acepte ir a comer a su casa. Significa tanto para ella. Esta noche él puede y quiere a condición de que vayamos nosotros. No sé por qué —comentó con falsa resignación y sordo reproche.

Y una levísima y fugaz ráfaga de luz surcó esos ojos redondos

❖

EL ASUNTO COMENZÓ de un modo casual, en la conversación de sobremesa. Pamela fue a buscar y sirvió ella misma el cognac a Rubén y los demás invitados con la pulcritud de una niñita obediente que espera que la celebren. Echaba unas miraditas de reojo al padre Tarsicio como para estar segura de que se percataba él de su conducta modesta y servicial. Después, el padre habló con las señoras del matrimonio de Rolf Contreras que tendría lugar ese sábado. En realidad Mempo no quiso sino hacer un comentario irónico y, quizás, bilioso. No obstante, el interés de Eskenazi lo empujó a seguir adelante.

Dijo, agriado como estaba, medio en broma, medio en serio, que Pelayo era un periodista intelectual, muy talentoso, sin duda, pero un librepensador, un mujeriego, un divorcista, un disipado, qué sé yo, un hombre de moral laxa, pensaba él. Y una vez que hubo acaparado la atención del millonario, adoptando un tono dolido y formal, le dio a entender que él creía que la Iglesia, que los obispos, darían importancia a estos temas. El padre Tarsicio asentía. Se trataba, mal que mal, del primer canal de televisión privado que no estaría en manos de la Iglesia. Aunque fuese sólo por desidia, se podía hacer un daño moral incalculable a la juventud...

La comida terminó apenas el padre se levantó para irse. Eran las doce y cuarto. Un par de semanas después Mempo entraba a trabajar en una fábrica de etiquetas de ropa, de propiedad de Esquenazi.

❖

EN LA PRÉDICA del matrimonio de Rolf Contreras, el padre Tarsicio elogió, invocando la autoridad de los escritos de Dionysius Halykarnassæus, lo que impresionó hondamente a Rubén Eskenazi, las antiguas leyes de la república de Roma que prohibían el divorcio. Atribuyó la decadencia del imperio, precisamente, a la introducción del divorcio y la disolución de la estructura familiar tradicional. Pamela Ortiz, como siempre que él predicaba, se había sentado en una de las primeras bancas. Se sentía orgullosa de estar en la iglesia junto a su marido que olía, en ese momento, "a tabaco y buena loción", se dijo, divertida de que esa frase de Corín Tellado hubiera acudido a su mente. Y como para completar la imagen esa, de telenovela, pensó en el Jaguar negro que los esperaba plácidamente estacionado a la salida, en la elegante curvatura de su carrocería doblándose sobre las ruedas, en las luces verdosas, como de acuario, del tablero, en la adormecedora suspensión de los asientos, en la sensibilidad extrema del acelerador y en el ruido ronco, parejo, potentísimo del motor al arrancar. Le gustaba manejarlo ella. Rubén era tan sumamente distraído... Y vio sus manos tomando el volante de palo de rosa. Se miró las uñas pintadas color fucsia y con lunitas blancas, que la obligaban a ir a la peluquería dos veces por semana. El pensaba comprarse, más adelante, pasado este ciclo económico, le había dicho, nada menos que un Rolls. En Santiago había sólo un Bentley, el legendario de la Embajada de Inglaterra. Aparte, claro, del escarabajo con capó y máscara de Rolls de Pelayo Fernández. Rubén le había prometido que se quedaría ella con el Jaguar. Pero Pamela tenía otros planes: quería un Ferrari Testarosa. Ese era su verdadero sueño.

Se daba cuenta perfectamente de que la gente en la iglesia miraba su espléndida cabellera rubia, su porte tan llamativo aun estando sentada, su collar de brillantes de Van Cleef que les sacaba a las demás chispas de envidia, pero no de que ella tomaba y soltaba esa mano tibia, húmeda y flaca a cada rato, y sin haber por qué.

El padre Tarsicio tenía una cabeza grande, redonda y de pelo pajizo peinado hacia atrás, que escapaba volando de su sitio en los momentos álgidos. De sus ojos provenía una luz acerada que se colaba por entre las cejas rubias y tupidas. Se apoyaba, al hablar, en el movimiento de sus manos grandes, sanas y bien formadas que parecían traducir su lenguaje a otro idioma, a otro código representativo. Con esos ojos de brillo metálico y esas manos acaparaba la atención de sus fieles y armonizaba sus mentes y preocupaciones tan diversas como si fuesen los instrumentos de una sola gran orquesta. Pero lo que realmente conmovía a Pamela Ortiz no era eso, sino la difícil pronunciación de su correcto castellano. La enternecía que ese hombre sabio y santo, que ese hombre que se le figuraba a ella un noble rumano, vacilara, cometiera pequeños errores, y se mostrara vulnerable como un niño que aún no termina de aprender a hablar.

El predicador se estaba refiriendo a los intentos de Augusto por recuperar los viejos hábitos y a las leyes que hizo aprobar con miras a obligar a la gente a contraer matrimonio. Puesto que en Roma, dijo, la práctica del divorcio hizo infrecuente el vínculo matrimonial. A su juicio, esta permisividad enfermaba a los grandes imperios y civilizaciones. Esto era lo que estaba minando las fortalezas del mundo occidental. Porque al divorcio, decía, sigue tarde o temprano, y quiéranlo o no sus propugnadores, una verdadera catarata de males: el uso general de métodos anticonceptivos; la tolerancia de las relaciones sexuales y la cohabitación previa al matrimonio; la indiferencia ante el homosexualismo y, luego, la complicidad con él; la legislación favorable al aborto; la drogadicción a gran escala; la manipulación genética de la cual podría emerger, como previera ya Goethe, la fabricación artificial de seres con formas poderosas e incontrolables de inteligencia satánica; la eutanasia, por cierto y, finalmente, la pusilanimidad y cobardía ante la violencia y la injusticia en sus distintas manifestaciones, es decir, la inanición espiritual.

Rubén Eskenazi bajó la vista, presentándole al sacerdorte su cabeza de pelo colorín y su tonsura. Vendría aquí, temió, la consabida mención a los derechos humanos. En esos días un grupo de cincuenta sacerdotes, encabezados por el padre Sánchez, había dado a la publicidad una "carta abierta a los fieles de nuestras parroquias", denunciando la inmoralidad del régimen militar en materia de derechos humanos y su falta de preocupación por la dignidad humana. "Lo último", afirmaba, "se refleja también en el inaudito número de desempleados que vagan por los pasajes y calles de las poblaciones, expuestos al alcohol, la droga y la delincuencia." Eskenazi se sintió aliviado, empero, cuando el predicador continuó sosteniendo que el camino comenzaba en el divorcio y terminaba inevitablemente en la autodestrucción y el cáncer social. Fue la experiencia de Roma, según lo prueban los escritos de Dionysius Halykarnassæus, repitió. Es, sin duda, la experiencia de ayer, de hoy, de siempre.

–Pero túuu –vociferó de súbito el orador y se le saltaron los pelos–. Pero túuu...

Pamela vio el brazo estirado del padre cubierto por el blanco sobrepelliz que terminaba en un índice recto y acusador. El brazo se paseó por la nave de la iglesia de izquierda a derecha y de derecha a izquierda como buscando al culpable.

❖

–¡PERO TÚUU...! Tú te imaginas que tu casa y sus jardines con cercos electrificados, tus sirvientes, tus depósitos bancarios, tu seguro de vida, te protegen. Pero túuu... te convences a ti mismo que el poder, que la fuerza de las armas te protegen; que tu prestigio profesional, que tu figuración social te preservan. Pero yo te digo: te equivocas, te equivocas gravemente.

El padre Tarsicio retiró el brazo acusador y meneó la cabeza con la vista gacha.

–Te equivocas y te pierdes irremisiblemente. ¿Qué valores les estás trasmitiendo a tus hijos? Construyes tu casa sobre arena; no sobre roca. ¡Recuerda! No amontonéis tesoros en la Tierra, donde hay polilla y herrumbre que los corroen, y ladrones que socavan y que roban.

Y volvió a recorrer la nave con el brazo blanco acusador.

–Recuerda...

Ahora el tono era misterioso, como buscando complicidad.

–No podéis servir a Dios y al dinero. ¡Más fácil es que un camello pase por el ojo de una aguja, que el que un rico entre al Reino de los Cielos! –gritó de golpe.

El mechón de pelo de atrás se encabritó de nuevo. Pamela le lanzó una ojeada inquieta a Rubén. Este escuchaba sin parpadear.

–¿Qué puedes hacer, entonces, si eres rico? –musitó–. Señor, Señor: ¿Qué puedo hacer para entrar al cielo? Guarda los Mandamientos, le responde el Señor al joven rico. Maestro, dice él, todo eso lo he guardado desde mi juventud. Entonces Jesús, fijando en él su mirada, le amó y le dijo: una cosa te falta: anda, toma cuanto tienes, véndelo, dáselo a los pobres y tendrás un tesoro en el cielo; luego ven y sígueme. ¡Ah! ¡Ah! Pero él, abatido por estas palabras, se alejó entristecido porque tenía muchos bienes... ¡Ah! Tenía muchos bienes... ¡Ah!... ¿Y tú? ¿Y túuu...? ¿Cumples siquiera los Diez Mandamientos del Señor? ¿Consagras al Padre del Cielo, de este modo, tu vida, tu actividad cotidiana? ¿Ayudas con algo, siquiera, a mejorar la suerte de los pobres? ¿Sufre tu corazón con la pobreza de los niños, de los niños de Jesús? ¿Eres tan duro acaso? ¿No te dan ganas de hacer, de dar algo? Yo sé que sí. No detengas ese impulso: es santo. ¡Cuidado! No dejes pasar de largo la mano salvadora de Dios. Bien. Das. Pero... ¿cuánto? ¿Un poco de tu valioso tiempo? ¿Algo que te duele, que te hace sentir que te desprendes, que das, o sólo tranquilizas tu conciencia con migajas? ¿Crees que puedes estar seguro en medio de una crisis de valores como la actual? ¡Jamás! ¡Nunca! ¿Qué haces tú para protegerte de los antivalores que devoran a nuestra juventud? ¿Piensas tú que estando los medios de comunicación como están, en manos de quienes están, habrá salida? ¡Cómo va a haberla! Ellos son los grandes agentes contaminantes de la juventud. Y es a través de esa disolución de los valores que se infiltra el monstruo del materialismo totalitario. Pues de esa descomposición moral se nutre la subversión siempre latente, que se disimula, pero que adoptando una u otra modalidad siempre renace. Se guarda y oculta sujetando su resentimiento, su astucia perversa y su odio almacenado. Pues, como dijera el escritor ruso, su proyecto es reconstruir la Torre de Babel, pero no para subir la Tierra al Cielo sino para bajar el Cielo a la Tierra. Más allá de las experiencias históricas concretas, ésta aparece como la "gran" tentación del hombre moderno. Es la forma actual del "Seréis como dioses", que el Demonio falaz prometió a Adán y Eva... Pero ante la monstruosidad totalitaria –el padre Tarsicio se secó los labios salivosos con un pañuelo blanco, bien doblado, que extrajo de la manga del sobrepelliz– surge otra encarnación de la Bestia, quizás más ponzoñosa, persistente y sibilina: la resignación ante la desesperanza. Y si en el caso anterior se pecaba por demasía, en éste se peca por carencia. Si allá se hace del hombre un ángel, aquí una bestia. Por el pecado de la desesperanza queda aherrojado el impulso espiritual ascendente del hombre. Entonces, se piensa que la vida no tiene sentido y eso no importa; que no hay valores objetivos, y eso no importa; que no hay ideales, y eso qué más da. El nihilista clásico era otra cosa. En su interior yacía oculto el resentimiento contra Dios. El verdadero nihilista vive resentido con el hombre de fe y abomina de Dios porque no se le da como él desea. Ese es su drama, un drama religioso, aunque invertido. En cambio, lo que ahora prolifera es una especie de nihilismo pragmático, conformista. ¿Qué les queda a estos jóvenes sino dar rienda suelta, entonces, a las concupiscencias, a la evasión continua, a la irresponsabilidad sistemática? Viven su desquiciamiento sin pena ni gloria. Han atrofiado en su alma los instintos más nobles del ser humano. Se amparan, entonces, en una ironía escéptica y satisfecha que se quiere sofisticada y es sofística, que se quiere ingeniosa y es hipócrita. ¡Ay de vosotros, escribas y fariseos hipócritas, que cerráis a los hombres el Reino de los Cielos!, dice el Señor. Y también: Yo te bendigo, Padre, Señor del Cielo y de la Tierra, porque has ocultado estas cosas a los sabios y prudentes de este mundo y se las has revelado a los pequeños. En vano, entonces, el escéptico inteligente, el nihilista práctico, el irónico profesional nos repiten majaderamente que la dimensión trascendente de la vida no es necesaria. ¡Digámosles: a nosotros la vida de la materia no nos basta! A nosotros... no nos basta... No. No nos basta.

Dio vuelta hacia los novios la cabeza y sonriendo dijo con voz pausada, buena y cariñosa:

—Pero ustedes, queridos Rolf y Josefina, harán de su pasión una fuente inagotable de amor y de unión, de comprensión y de compañía que Dios, Nuestro Padre del Cielo, bendecirá para siempre.

Pamela apretó la mano a Rubén y, sonriendo, lo miró blandamente. Su marido seguía absorto en cada gesto del predicador. Estas palabras tan suaves y calmas, después de las otras, tan doctas y tremendas, cayeron a su alma como a goterones y la empaparon de dulzura. Era maravilloso, simplemente, sentirse buena... Era tan largo y accidentado el camino que había recorrido para encontrar este amor. Pamela se emocionaba con ella misma. Pero es que había dado ella tantos, tantos tumbos dejándose llevar, así no más, por la vida... Hasta que había aparecido el padre Tarsicio. De no ser por él, no se habría casado por la Iglesia con Rubén, y su amor ya no existiría. Estaba segura de que la gracia que transmite el sacramento los mantenía unidos, a pesar de que él era judío y no creyente. Rubén era tan bueno con sus hijos... Rezaba a diario por su conversión. Pero él se resistía: no podía olvidar su Yom Kippur, lo único judío que le quedaba, aparte de la circuncisión, y no quería ser, tampoco, un marrano. No hacía diferencias entre su hijo mayor – moreno, alto para su edad, buenmozo– y esos dos colorines amorosos que había tenido con él.

—Y de ese fuego, de ese hogar, de esa familia, se formará una torre infranqueable contra la tentación y el adulterio; contra el egoísmo y la permisividad; contra el olvido de Dios y la dureza de corazón; contra el orgullo y la indiferencia ante los Mandamientos de Dios y de la Iglesia, cuyo magisterio los fieles deben comprender y acatar; no juzgar por sí y ante sí –dijo levantando un dedo de advertencia– como si el magisterio del Vicario de Cristo, de sus obispos y sacerdotes careciera de autoridad y no tuviera poder... y, ¡vaya que lo tiene!..., de obligar en conciencia. Esa torre infranqueable, surgida del crisol de la pasión de hoy, les permitirá a ustedes y a la prole que así eduquen, gracias a la intercesión de María Santísima, elevarse de la Tierra hasta el Reino del Padre de los Cielos, y reunirse en El con los suyos en esa vida que está más allá de esta vida, en esa vida que es la raíz de la vida que anhelamos.

Estaba tan cerca de los novios que veía perfectamente la suela clara, nueva de los zapatos de Rolf cuando se arrodillaba. El, de gris perla, parecía bastante mayor que ella. Su vestido sencillo, sin velo, dejaba al descubierto unos brazos delgados, bonitos, cuya piel cremosa era atractiva contra el raso blanco, refulgente. Quién sabe por qué se acordó, en ese minuto, de Elenita y Mempo. Se dio vuelta hacia atrás para buscarlos. Pero se arrepintió de inmediato al sentir ese montón de ojos encima.

–Pero ustedes, queridos Rolf y Josefina, serán una sola carne y arderán consumiéndose de amor...

Pamela se sintió incómoda. No le gustaba que el padre Tarsicio hiciera alusiones tan directas a esas cosas. Pero al punto se arrepintió, cuando le oyó decir:

–Recuerden, en el momento de consumar ese acto, que es el símbolo de la unión de la Iglesia y su Dios, un dios celoso. Así lo ha entendido el magisterio de la Iglesia, y también quienes siguiéndolo –musitó– hemos dejado todo para consagrarnos a ese Dios celoso que le habló a Moisés en las zarzas ardientes. Por eso, no lo olviden: el fuego de ustedes es sólo el atisbo, el anticipo de la pasión más encendida y fogosa de que es capaz el alma humana: la del deseo de Dios.

El padre Tarsicio giró hacia un crucifijo al costado del templo, lo contempló en silencio, juntó las manos, y luego bajó lenta, muy lentamente su cabeza hasta besar con sus labios, su dedo corazón. Se estuvo allí de perfil, sin separar las manos, inmóvil como un icono, durante casi un minuto. Pamela observaba su nariz aguileña y le pareció que el padre rejuvenecía en esa pose y llegaba a ser casi un muchacho, un adolescente, pues algo angelical le transmutaba el rostro.

De pronto se volvió y diciendo con voz fuerte "Oremos", regresó al altar a paso vivo y continuó la misa con gestos vigorosos.

❖

–Viejo querido: daría cualquier cosa por no tener que decirte lo que tengo que decirte –dijo Charly–. No es de los asuntos que uno prefiere tocar por teléfono. Sin embargo, te llamo porque las malas noticias es mejor saberlas al tiro.

Se hizo un silencio y Pelayo escuchó su garganta al tragar y el paso del aire precipitándose por las fosas nasales de su amigo.

–Dime.

–Voy a tener que pedirte la renuncia a la dirección de la programación del canal.

–¿Cómo?

–Viejo querido, no hay críticas a tu gestión profesional. El gringo está muy conforme con tu trabajo, habla maravillas de ti.

–¿Cuál es el problema?

–Rubén quiere darle otra orientación al canal, ¿comprendes? Está pensando...

Charly enmudeció. Tragó e iba a decir algo, pero se retuvo y volvió al silencio.

–Viejo, comprende mi posición. Cumplo instrucciones... –dijo casi implorante.

–¿Cuándo quieres que te la presente?

–Cuanto antes, mejor.

Ahora el tono era firme.

–En ese caso, te la presento de inmediato –dijo Pelayo–. Adiós, Charly.

Cortó.

A la mañana siguiente, antes de la ocho, entregó un sobre con su renuncia por escrito y pasó a dejarle un regalo de recuerdo a la secretaria que había trabajado con él en el proyecto. Al atravesar el pasillo vio luz en su oficina: era Camilo.

❖

Pelayo llamó varias veces a Rubén Eskenazi para pedirle explicaciones. Su secretaria primero lo excusó y, luego, le comunicó que estaba fuera del país. Lo único que obtuvo fue un nuevo telefonazo de Charly, más en son de amistad que de trabajo. Por cierto, se había jugado a fondo por su amigo. Pelayo le creyó. Rubén quiso corroborar si era verdad que Fernández favorecía la dictación de una ley de divorcio. Charly le contestó que sí. Habría sido estúpido negarlo, se disculpó.

Antonio Barraza, por intermedio de Armando Véliz, le había enviado un mensaje a Eskenazi apoyándolo a él, a Pelayo. Sin embargo desde la cárcel, lamentaba Charly, no había podido nada frente al juicio severo del padre Tarsicio, que tan enterado estaba, aparentemente, de las infidelidades de Fernández. Su vida licenciosa, había advertido el padre, antecedía con mucho a su ruptura matrimonial y a su mal disimulado amantazgo con la esposa de León Wilson.

–Alguna amante despechada se te habrá ido a confesar con él, pues viejito...

Eskenazi le explicó a Armando Véliz que él era neutro en estas materias, pero no quería que la presencia de un Pelayo Fernández hiciera de blanco para las críticas de la competencia. No había que olvidar, le dijo, que ella provendría, en importante medida, del canal de una universidad pontificia. Por su origen judío él representaba ya una amenaza suficiente. Era mejor no agregar elementos que pudieran dar la sensación de que se quería un canal rapaz, que el día de mañana lucraría con la pornografía y la violencia. No quería roces con los obispos. Eso ahuyentaría teleespectadores y, sobre todo, avisadores. Quería un canal que, como la mujer del César, no sólo fuera sino que pareciera respetable.

Se nombró a Camilo como director de programación simplemente por mantener la continuidad. Y cuando telefoneó a Pelayo para explicarle, confundido, que no le había quedado otra que aceptar, éste lo felicitó y le aseguró que se alegraba. Hubiera querido sentirlo así.

Pero lo que Charly no le contó a Pelayo ni a nadie, fue la otra información que Rubén quería corroborar: si era verdad que, años atrás, antes de conocer él a Pamela, había "habido algo" entre ella y Pelayo. Charly le aseguró que no sabía nada de eso. Y Rubén le dijo que se lo había contado Elenita.

NUEVE

LAS BALAS IMPUTADAS

ADELAIDA TOMÓ la cinta, dio con ella vuelta al tensor, la pegó a los cabezales, la levantó y la enhebró en el otro carrete. Lo hizo con esa fácil y armónica coordinación con que realizaba sus movimientos.

–No, Ricardo. El timbal queda –dijo a su asistente–. Pero hagámoslo con mono.

–Ya.

–...

–¿Qué pasó? ¿Qué es esa música? ¡Crestas! Te cambiaste de pista, Ricardo.

–Sí. Ya me doy cuenta.

–Quiero calzar esto con el balde, Ricardo.

–Ya.

–Ahora sí que hacemos el timbal.

–...

–¡Estamos listos! Oigámoslo de nuevo.

–...

–Abómbalo más, Ricardo. Quítale más agudo y bájalo.

–...

–Agreguémosle un *splash*.

–...

–¡Eso! A ver, veamos cómo quedó otra vez:

–...

–No. El timbal se perdió con el *splash*. Hay que engrosarlo un poquito.

–Sí, Adelaida.

–...

–¿A ver? Sí; se ensució, ¿no?

–Ahora sí, Adelaida.

–Veamos.

–...

–Ahí sí, Ricardo. Ahí sí. Vamos al siguiente.

–...

Miró impaciente la hora: el junior se demoraba siempre más de lo necesario.

❖

Pelayo abrió la puerta negra del estudio. Ella estaba sola y lo saludó sin sacarse los fonos de las orejas. De eso hacía poco más de un año, pero cuánto más largo sentía ese tiempo. Eran los primeros programas pilotos del futuro canal y todavía no pasaba nada entre ellos. Se limitó a pasarle otro par de fonos a fin de que oyera la grabación. Los separaba una mesa de trabajo en la cual había un alto de cintas y cassettes. Adelaida, con movimientos rápidos, pasó frente a la mesa de trabajo y colocó el video cassette en el televisor del frente. Apagó una luz y otra brilló en la pantalla. Sonaron unos timbales.

El video se cortó y Adelaida encendió la luz. Estaba de nuevo detrás de su infranqueable mesa de trabajo. La puerta del estudio había quedado entreabierta y se oyeron unos pasos de mujer que se alejaban por el pasillo hacia la recepción.

—¿Te quedas con este audio o con el que te hice escuchar ayer? —le preguntó Adelaida mecánicamente.

—No sé —respondió Pelayo con indiferencia.

Demoraba la vista en el nacimiento mismo de los labios y trataba de sentir la fuerza que curvaba ahí la piel de ella haciéndola empinarse para confirgurar la forma redonda e inflamada del labio. Tenía la intuición apremiante de que sí, pese a todo, pese a ser la señora de León Wilson, pese a tener tres hijos, quería darle un beso a él, a Pelayo. Solamente un beso. En cualquier momento. Una sola vez. Un beso y nunca más. Porque ella era una señora casada, la señora de León Wilson. Eso, y nunca más nada.

—¿Pero cómo? ¿No me dijiste ayer que querías timbales? ¿No te parece bien como quedó el audio ahora?

Días antes, en La Oropéndola, le había pedido que le prometiera acostarse con él antes de los cuarenta años. Y ella se había reído soltando los cubiertos y echándose para atrás, mientras él mordía el cristal de la copa.

En alguna oficina cercana sonó un teléfono. Contestó una voz de hombre.

Ella continuaba mirándolo con ojos muy abiertos e interrogadores. Pelayo se acercaba con lenta seguridad a su cara.

¿Por qué necesitaba contarse de nuevo y de nuevo ese momento? ¿Se había puesto en marcha ahí, realmente, el programa computacional de cuanto ocurrió después? ¿O antes, cuando su llamado lo contestó la Elvira, o mucho antes, comiendo almendras e higos secos frente al fuego? ¿O todavía antes, junto a una hamaca desteñida que olía a macrocarpas y a sal? ¿Por qué estas preguntas? ¿Por qué este gusto por revivir la fuerza inaudita de ese impulso inicial? ¿Por qué esta nerviosa sensación de maravilla, como si hubieran estado a un paso de un misterio y visto, entonces, en sus manos la marca secreta de un dios y de un destino inexorable?

Lo vio muy, muy cerca y aunque presentía lo que venía no quiso indagar. Ahora ya estaba encima de su cara. Ahora sintió que esos labios abrían los suyos. Ahora apretaban suave su labio inferior rozando casi sus dientes. Era una exploración tímida, tentativa. Ella le rozó rápidamente un labio con la lengua. Y se apartó.

Una pareja pasó por el pasillo conversando.

–Ahí está mucho mejor –murmuró él despacio, mirándola con su sonrisa chueca, y allegándola a su cuerpo.

Entonces vino la presión de las yemas de sus dedos en la nuca, la sensación de su nariz demasiado cerca, el olor de la piel en su cuello, la textura de su chaqueta de tweed, y la lengua, la lengua por encima de los dientes, tocándolos como si fuesen el teclado de un piano enloquecido que sólo pudiera resonar dentro de ellos dos.

Era extrañamente irreal sentir que ahora sí, por fin, podía tener su cara y sostenerla, pese a que lo demás en ella se hundía y perdía consistencia cediendo al contagio de esa lengua maldita, que se abría paso y estaba metida ya por todas partes.

Se oyó muy lejos la voz de alguien que se despedía en la oficina cercana en el teléfono. Luego el repiqueteo de una máquina de escribir. Se acercó en el beso hasta golpear y hacer rechinar sus dientes contra los de él. Luego dejó salir su lengua y ubicándola entremedio se quedó allí mordida y atenta al menor signo de vida de la otra. Como no los hubo, se adelantó tensa y erguida, buscándola. La picó en la punta y se replegó de inmediato. Herida, la otra contraatacó con la desesperación de quien se sabe envenenada y quiere aún vivir sólo por alcanzar a vengarse, matar y morir abrasada.

–Para que veas que tengo lengua –rió y se apretó a él.

Se desprendieron, pero la animación de la mirada los hizo volver a sumirse uno en otro. La lengua de Pelayo era movediza, caliente, carnosa y con un impuro sabor a vida. León fumaba y tenía la lengua indiferenciada, amarga y cenicienta de los fumadores.

Alguien continuaba tipeando con ritmos que se hacían, a veces, sumamente rápidos y en otras ocasiones se volvían cadenciosos y vacilantes. Entonces, se acercaron y se abrazaron como peces ágiles y resbalosos flotando en aguas alegremente torrentosas. Y fueron buscándose por lo más oscuro, sintiendo el peso de olas grandes reventando sobre ellos.

EL JUNIOR de la Productora entró, por fin, en puntillas y le dejó sobre la consola el último número de la revista *Mira* con tres monedas de vuelto encima. Adelaida se abalanzó sobre ella y empezó a dar vuelta vorazmente las páginas levantándolas con sus largas uñas rojas. "Un reportaje de Pelayo Fernández". Y debajo, en letras más grandes: "Las balas imputadas". No le gustó el título. Le pareció extraño. No tan directo como eran los títulos del Pelayo de antes.

Una oleada de rabia contra Mempo y Elenita agitó su sangre y le enrojeció el rostro. Le daba rabia Eskenazi; le daba rabia Camilo, y también Toro y también Barraza y Véliz y el padre Tarsicio: todos. En cambio esta vieja, Susana Weiner –¿quién lo hubiera dicho?–, contra la que Pelayo despotricaba y despotricaba, le había tendido una mano admitiéndolo de vuelta en la revista. Y nada menos que con este artículo terrible, que le dolía tanto comenzar.

Se vio pisando, detrás de Pelayo, los durmientes mojados de la línea del tren en Chihuaillanca. Se vio mirando la foto de los tres amigos delante del Partenón. Se vio con ellos delante del micrófono desde donde Azócar había presentado el libro de Federico... Pero sabía de lo que se trataba y ahora las letras de la revista tiritaban, y era que estaba mirando el nombre impreso de Juan Cristóbal Sánchez, mientras sujetaba una lágrima esquiva e impertinente. Dobló con brusquedad la revista y empezó a leer:

❖

HAN DE HABER SIDO pasadas las dos. Yo estaba sentado esa noche, como de costumbre, en la entrada del edificio. Usted se fijó que este curita no hacía más de cuatro meses que estaba en el edificio. El me contó que era curita; porque pinta, no tenía. Bueno, veo la tele hasta que quedan las puras rayitas no más. Entonces enciendo la radio y según se van apagando las voy cambiando. Pero a veces me quedo adormilado y se me olvida. El padre llegaba tarde. Claro que me despertaba al sentirlo meter la llave en la cerradura de la puerta y me levantaba yo al tiro, así que nunca el padre me pilló dormido. Adormilado, sí. Se reía el padre y me decía: "Sueño, ¿no?" Yo le decía: "No, padre, yo tengo costumbre." Y él: "No seas embustero, Ramón. Dime la verdad. Yo también tengo costumbre y vengo con sueño y también con frío por la moto." *Tenía una moto el padre y con ella llegaba hasta la población donde trabajaba. "Dime que tienes sueño, Ramón." Entonces yo: "Bueno, padre, como usted dice: tengo sueño." Y él: "No como yo digo, hombre. Dime no más: ¿tienes sueño? ¿Sí o no?" Y yo: "Sí, padre." Pero él ya había dejado irse la puerta del ascensor y estaba subiendo. "¡Buenas noches!", me gritaba por la última rendija.*

Bueno, la cosa es que esa noche el padre no subió al ascensor. No alcanzó a meter la llave en la cerradura de la puerta. Lo alcanzaron antes. A unos quince metros de la puerta del edificio habrá sido. Por ahí, antes del acacio le empezaron a dar. Usted sabe: el padre dejaba la moto en la vereda y no la metía nunca para adentro. Por eso la andaba trayendo siempre enterrada y con cagarrutas de pájaros en el estanque de la bencina o en los tapabarros. Yo le decía en veces: "padre, si gusta le echo una lavadita a la moto"... El me decía que bueno, pero muy de cuando en vez. No le importaba. Así que lo estaban esperando. Ellos sabían. Hubiera entrado al estacionamiento esa noche a lo mejor los confunde y no le dan, ¿me comprende? Ahí no lo agarran tan facilito porque habría pasado delante de ellos en moto, no de a pie.

Yo no noté nada raro esa noche al entrar al edificio. Cuando crucé venía un taxi. Venía despacio. Un "Pony", de esos coreanos. Me acuerdo de que al frente había una camioneta Peugeot. No recuerdo haber visto a nadie dentro. No. No había nada raro esa noche cuando me hice cargo del turno.

Como a eso de la una y media llegaron don Carlos y la señora, los que viven aquí en el diecisiete. Venían de una comida. Los saludé como siempre. No me comentaron nada. Oí la puerta de arriba que se cerraba y el ruido del agua del baño.

A mí me despertó, después, la primera ráfaga. Yo miré el televisor, me acuerdo, y vi que estaba apagado. Entonces sentí la segunda y me di cuenta que era aquí al lado, ahí al ladito afuera de la puerta. Hubo una pausa y yo me acerqué a ver. Entonces vino la tercera, que fue la última ráfaga que hubo. Yo me atraqué a la pared porque me parecía que disparaban al edificio. Entonces hubo silencio otra vez. Oí el motor de un auto. Abrí la puerta y me asomé. Lo vi bien: era un Renault Fuego color azul o negro. Pero la patente sí que no la vi. Cuando yo salí no se lo veía bien porque lo tapaban los coches estacionados, ¿ve? Recién cuando dobló en la esquina lo alcancé a ver. Pero la patente, qué iba a poder verla yo de aquí.

Don Carlos me anduvo diciendo ayer que cómo no me había asomado antes para mirarla bien. Sí. Así me anduvo regañando don Carlos ayer. Que yo era el nochero, y que cómo no hice más. Pero yo digo: ¿Y por qué no se asomó él acaso? No hacía media hora que había llegado y seguro que estaba despierto. Yo no lo vi nada abrir la puerta hasta que se hubo ido el auto y una vez que se estuvo bien tranquilita la calle, entonces... ¡Psss! Cuando salió él en bata y chancleteando yo ya había salido y vuelto a entrar a llamar a la ambulancia...

—¡El padre Juan Cristóbal, don Carlos! —le grité yo—. ¡Lo balearon! ¡Hay que llamar a la ambulancia!

Se volvió para adentro y yo lo seguí. Agarró la guía de teléfonos y empezó a buscar. Pero no fue nada él quien llamó. Fue la señora que apareció corriendo a pie pelado y en camisa de dormir.

—Don Carlos —le digo yo—. ¡No tiene unas toallas para que le hagamos un torniquete al padre! Ese hombre de Dios se va a ir en sangre...

La señora hablaba con la Posta o un hospital, qué sé yo. Don Carlos, entonces, me fijo yo que me pone unos ojos así de grandes. Abro la puerta del baño de visitas, que queda ahí en el pasillo de entrada del departamento suyo, descuelga la toalla del lavatorio y sale chancleteando a la siga mía.

❖

DEBIMOS HABER PASADO *al lado de ellos. Ellos ya estaban ahí, seguro. Conversábamos con mi señora comentando lo ricos que le habían quedado los spaghetti a mi hija mayor, que está recién casada, y ellos ya estaban ahí esperando al padre. No cabe duda, no cabe duda alguna. Eso es lo que me impresiona. Y, después, cuando doblamos para entrar el auto al estacionamiento, ellos tienen que haber estado mirándonos, a mí y a mi señora, y bien de cerca. No cabe duda alguna. Porque ellos pueden haber pensado que yo era el padre Juan Cristóbal, quizás, y tuvieron que cerciorarse de que no era. ¿Ve usted?*

A la hora que nosotros notamos algo sospechoso hubiéramos llamado a la policía de inmediato. Créame: no había nada raro. La calle, como siempre, tranquila. Y ellos, sin embargo, ya estaban ahí, no cabe duda, y en pocos minutos aquello sería un callejón en el que retumbaban las balas. Es horrendo. Y este padre no hacía mucho que había llegado al edificio. Unos tres meses cuando más. Era quitado de bulla y yo lo veía tarde, mal y nunca. Dicen que lo trasladaron para acá los propios padrecitos porque ya lo tenían amenazado. Vaya a saber uno. Quizás en qué andaría metido. Pero se le veía muy amable y alegre cuando uno se lo topaba en el ascensor o a la entrada. Tenía una moto, fíjese usted. Y en ésa se iba a la población donde tenía la parroquia, parece.

Yo fui el que entró primero al baño. Lo hacemos siempre así. Una costumbre. Después entró mi señora. Yo me quedé cortando las uñas con la bata puesta, tendido en la cama. Mi señora parece que se demoró mucho en el baño. Cuando sentí que me daba las buenas noches, me sobresalté porque yo estaba quedándome dormido. Entonces

411

resonó la ametralladora y parecía que disparaban debajito de nuestra ventana. Yo me di cuenta de inmediato que era una ametralladora, que estaban matando a alguien. Nosotros vivimos en el primer piso. Temblaban los vidrios. Yo le repetía a mi señora que cuidado, que se arropara y se aplastara bien a la cama, no fuera a llegarnos una bala loca.

¿Usted sabía que mi sobrino murió el 73, el día del golpe, porque se asomó a mirar por la ventana y le llegó una bala loca? Veinte años tenía. Algún soldado o francotirador. Nunca se supo. Fue la misma noche del golpe militar. En casos como estos hay que tener muchísimo cuidado. No cabe duda, no cabe duda alguna.

Así que ahí nos quedamos. Había un motor en marcha. Yo lo sentí partir medio embragado, ¿me comprende? Los tipos corrían. Yo creo que eran dos. Mi señora dice que ella cree que era uno, que era el mismo. Le gritaron algo y ni ella ni yo nos acordamos qué. Pero el tipo se echó a correr. Yo no escuché ningún grito más. La carrera sí. Y yo estoy seguro que eran dos. No cabe duda, no cabe duda alguna. Y entonces el auto se echó a andar. O la camioneta, vaya a saber uno. Porque me han dicho que vieron una camioneta y bien puede ser. Porque tal vez, pensándolo mejor, parece que no oí portazo alguno y entonces a lo mejor los tipos saltaron a la camioneta.

Cuando estaba saliendo apareció Ramón, el nochero, y nos dijo que era el padre Juan Cristóbal, que lo habían baleado, que estaba tirado en la vereda desangrándose. Llamé con mi señora a la ambulancia y salí a socorrerlo.

❖

—ESTÁ MUERTO —*me dice el joven Eduardito.*

—No —*le contesto yo.*

—¡Cómo sabes que no, Ramón, hombre! —*me dice el joven Eduardito.*

—Porque él me habló, señor —*le contesto yo.*

Entonces, en lo oscuro, le veo yo el brillo de los dientes. Era una sonrisa. Estaban debajo de la acacia. Ahí fue que lo acabaron al padre Juan Cristóbal. En eso viene la señora de don Carlos y pasa por el lado mío y se encuclilla al lado del padre.

—Hay que hacerle un torniquete. Se puede desangrar —*dice la señora.*

—Ya está muerto, señora. Hágase a un lado y no lo toque. No hay que moverlo. La policía viene en camino— *dice el joven Eduardito.*

El vive en un departamento del tercero y trabaja en una firma constructora.

—*No está nada muerto* —*digo yo.*

Y la señora Emilia:

—*¡Ayúdame, ayúdame, Ramón, que aquí está oscuro y no veo nada!*

Entonces me pasó la señora el bolso donde ella guardaba su botiquín. Yo se lo conocía. Siempre que viajaba lo echaba adelante, a los pies del asiento de ella.

Entonces el joven Eduardito prendió la linterna.

La señora Emilia estaba agachada en el suelo. Yo lo primero en que me fijé fue que se veía harto entradita en carnes con su camisa de dormir que se trasparentaba. Pienso que a don Carlos tampoco le gustó verla así. Pero no se alcanzó a poner ni la bata por salir a ayudar más rápido. Y lo siguiente que vi fue la pantorrilla del padre, que se le había arremangado el pantalón de la pierna izquierda y bajado el calcetín. Claro. Se le había caído el zapato también.

La señora se volvió para mirarnos y se miró entonces su camisa de dormir, medio encandilada, como conejo, y asustada y se vio que estaba toda con sangre.

Entonces le viene el histérico y se pone a gritar como loca.

—*¡Carlos, Carlos! ¿Dónde estás, Carlos? ¡Sáquenme de aquí! Carlos, ¿dónde estamos? Carlos, ¿dónde estamos?*

Y parada ahí, debajo de la acacia, comienza a levantar los pies descalzos como sin querer pisar la vereda. Hay que haber estado ahí no más para saber lo que fue. Fíjese que tres ráfagas le tiraron con la metralleta. Ah, sí. Tres ráfagas.

❖

—*¡ALÚMBRALO! ¡Alúmbrale la cara, Eduardo!* —*me grita don Carlos. Yo lo había alumbrado ya y movía la linterna como buscando. Entonces se vio el zapato a medio camino entre la moto y la sombra del acacio. Usted ha de haber visto, se pone oscura la vereda en esa parte. El hombre estaba boqueando y tenía los brazos estirados y se agarraba al tronco así como si fuera a pararse. Parecía que estaba vivo, pero no, ya se había ido. Con la boca abierta se fue, tratando de morder un adocreto. Sí. Por las raíces están levantados algunos ahí y el hombre quedó así, como mordiendo. Una mueca con el dolor, creo yo. Puede ser. O porque quiso arrimarse más a la acacia y se ayudó con los dientes o quiso ayudarse con ellos, puede ser. El suelo ligerito se puso pastoso por la sangre y eso fue lo que pisó la señora de don Carlos y por eso le vino el ataque.*

¡Claro que escuché las balas! Si retumbaba toda la calle... Uno tiraba pegado a la puerta del edificio y el otro a unos diez metros más

*allá, le calculo yo. Eran dos. Los sentí correr y subirse a la camioneta.
Era una pick-up Nissan o Luv o Toyota... Alguna de esas. Era difícil
saber. Todo pasó muy rápido. Yo no vi ningún Renault Fuego. Todo
pasó muy rápido, muy rápido. Claro. Estaba a unos veinte metros antes
de llegar a la acacia y unos cuarenta metros más acá de donde cayó la
moto que, a todo esto, seguía dando vueltas en banda hasta que yo fui y
paré el motor.*

*Entonces, donde quedó el mocasín negro le dieron la primera vez.
Yo vi el adocreto con un goterón de sangre un poco antes del comienzo
de la sombra de la acacia. El cura herido después de la primera ráfaga
corrió o, se arrastró a lo mejor, para alcanzar la sombra de la acacia y
protegerse junto al árbol. Eso deduzco yo. Yo soy buen observador. Ya se
lo dije. Tenía toda la rodilla y parte del muslo al aire. Entonces yo
deduzco que se arrastró por lo menos los últimos veinte metros antes de
llegar a la acacia. Porque la primera vez que le dieron lo voltearon al
tiro de la moto y ahí perdió el mocasín. Y después se arrastró. ¡Craso
error!*

*Porque al verlo moviéndose le plantaron esa segunda ráfaga que lo
remató. Como que se queda quieto, a lo mejor, con el apuro y el miedo,
los tipos escapan dejándolo con vida.*

*Una vez bajo la acacia se agarró con las dos manos del tronco y ahí
se quedó.*

*Llamé a Carabineros de inmediato. Me instruyeron en el sentido
de que no moviéramos el cadáver. Nunca he visto señora gritar más.
Ella misma había llamado a la ambulancia. No tuvieron nada que
hacerle al cura, sin embargo el viaje sirvió porque le pusieron a ella
una inyección para echarla a dormir.*

*Ramón, el nochero del edificio, también se puso medio rarito y
empezó a transmitir que el muerto no estaba muerto, que a él le había
hablado, que él había llegado antes. La verdad es que ese viejo es harto
aficionado al frasco y debe andar algo chalado con lo que pasó. Quería
al cura y hablaba con él a veces. ¡Pobre viejo!*

*Quizás qué se traía entre manos el cura éste. No hacía mucho que
estaba aquí, usted sabe. Lo mandaron los mismos padres para protegerlo
porque estaba amenazado. Es lo que les pasa a los que se mezclan en la
"guerra sucia". Porque de eso se trata: hacer un muerto y cargárselo al
otro, ¿ha pensado usted? Los del gobierno dirán que fueron los terroristas para cargárselo a los del gobierno; y los terroristas que del gobierno...
La cosa es quién embarra más al otro, quién es más chacal para
conseguir pegarle al otro la cara de chacal, ¿ha pensado usted? Este
caso no se va a aclarar nunca. Para mí que este pobre curita se metió
al pantano y el pantano se lo chupó. Y eso es todo. Nadie va a saber
nunca quién lo mató. Los hilos de esto quizás a dónde llegan.*

❖

AH, SÍ, TRES RÁFAGAS. *Para mí que el padrecito se protegió detrás de la acacia. Y les costó reharto para matarlo. Yo las escuché clarito las tres. Tres fueron.*

Y, a pesar de eso, cuando yo llegué a socorrerlo estaba vivo. Porque me habló. Yo no lo veía casi por lo oscuro.

—Ya se fueron, Ramón. ¡Apúrate! Anda a llamar a la ambulancia. Soy el padre Juan Cristóbal Sánchez. Todavía estoy vivo. ¡Apúrate! Todavía estoy vivo.

Y es como si aquí adentro, señor Fernández, me lo estuviera diciendo él a mí todavía:

—Estoy vivo, Ramón, apúrate. Anda a llamar a la ambulancia. Soy el padre Juan Cristóbal Sánchez. Todavía estoy vivo, todavía estoy vivo. Apúrate.

DIEZ

HAY OTRA PERSONA, ¿NO ES CIERTO?

ADELAIDA YA NO SENTÍA amor en León, sino una suerte de admiración desprovista de entusiasmo y parecida, en su frialdad, a la antesala del odio o, quizás, a un odio antiguo y soterrado. Su amabilidad, su autocontrol le eran, en tal caso, imprescindibles como barrera de protección contra sí mismo. Había llegado a resentir, quizás, la natural aptitud de ella para estar y ser feliz, para vivir sin esfuerzo en armonía consigo misma y con el medio, para ser bella y fina en las proporciones y en los rasgos pero, sobre todo, en la gracia espontánea de los gestos de su cara, en la ligereza de los ademanes y movimientos de su cuerpo. León, en su desesperanza, había comenzado a detestar lo que más amaba.

No le gustaba pensar en estas cosas. Pero ahora que lo hacía se daba cuenta de que esto se remontaba a muy atrás, antes que ella y Pelayo se reencontraran. Un día que tenían entradas para una película ella llegó atrasada. Fueron sólo siete minutos. León la esperó siete minutos en el departamento de Manuel Montt. Catalina y Matías —Diego no había nacido aún— estaban en La Serena. Se subió al auto indignado y, sin embargo, mudo.

A las seis cuadras de conspicuo silencio, ella le dijo que no se preocupara, que llegarían justo a tiempo. El la miró de arriba a abajo sin decir palabra. Le explicó, entonces, que la habían demorado en la Productora. Trabajaba allí como asistente desde hacía tres semanas. A un cliente no le había gustado el ruido del motor de una lancha que aparecía en el comercial de una crema dental y hubo que bajárselo un poco. Era una cuenta importante para la agencia. El siguió impertérrito otras dos o tres cuadras. De pronto frenó bruscamente. Tenía el rostro pálido de ira. Nunca lo había visto así. Se inclinó hacia ella, estiró el brazo por encima de su falda y le abrió la puerta violentamente. Ella se bajó de inmediato.

Regresó a la media hora y se reconciliaron. Había llegado a tiempo, le confesó después, pero no toleró la película sin ella. "A veces siento que no puedo agarrarte, Adelaida", murmuró. "A veces me parece que tratar de agarrarte es como pellizcar vidrio: tú siem-

416

pre estás más allá, linda como ninguna y exitosa." Entonces ella le dio un beso. Cerró la puerta y le sacó la ropa. Eso ocurrió a los cuatro años de matrimonio. Pero no era odio todavía: era sólo un dolor, una forma de envidia subterránea, de frustración encubierta.

❖

CUANDO ADELAIDA ya estaba con Pelayo y comenzó León a percibir su alejamiento real, le parecía que contenía a duras penas su rencor. Después, pasó todo un período intentando reconquistarla y construir de nuevo su relación. Fue el tiempo del viaje a Amsterdam. Luego volvieron la dureza, el resentimiento, la rabia contenida apenas. Porque León se controlaba por su innato sentido de la dignidad. No sabía nada a ciencia cierta, pero tenía que sospecharlo todo. Y si no la espiaba, si no la encaraba era para no cerrarse las puertas, pensaba Adelaida, e imponerse justamente por dignidad una decisión extrema. Estaba segura de que actuaba así por instinto, nunca con premeditación. Porque sólo proponerse la situación en estos términos habría herido su orgullo irremediablemente. Sin embargo, por algún lado (¿Mempo? ¿Marcial? ¿Elenita? Quizás, Elenita) le tenía que haber llegado un rumor.

León fue siempre un buen padre, un buen marido, un jefe de familia responsable y trabajador. No tenía nada que reprocharle. Salvo, tal vez, que les dedicaba demasiado tiempo a sus negocios, y la dejaba demasiado tiempo sola; salvo esa envidia y frustración enclaustradas que emergieron a la superficie el día en que ella se atrasó siete minutos para ir al cine. Sin duda, esos sentimientos guardados impregnaban la atmósfera de su matrimonio de mil maneras oblicuas e invisibles. Pero aun así, ella no tenía excusa, pensaba. Era lo que debilitaba su posición ante él. ¿Qué podía decirle? ¿Cómo justificarse? ¿Qué explicación darle? Sólo que amaba a otro hombre, que lo amaba con toda su alma y que lo amaba porque sí.

Le inhibía la fuerza moral de su postura paciente, orgullosa, expectante y, desde hacía un tiempo, también reservada y amable, aunque indiferente para con ella como mujer. Se daba cuenta de que León ahora confiaba en algo. ¿Se había resignado a la idea de que su matrimonio estaba muerto y sólo cabía separarse? A ratos llegó a imaginar que tenía una amante. Alcanzó a desearlo, casi. Simplificaba tanto las cosas, hacía la separación tanto menos traumática... Se ponía escrupulosa si se reconocía a sí misma que lo deseaba abiertamente, pero era obvio que si ello ocurría era mejor para todos. ¿O serían celos los que le venían? ¿Todavía le importaba León? Ella creía que no. Aunque sabía que verlo con otra la perturbaría mucho.

¿Qué la ataba a él? ¿Qué la había atado siempre?

Fuese como fuese intuía que la separación definitiva se acercaba con pasos tímidos, pero inexorables. Todavía tenía que pasar algún tiempo. Aunque no tanto como para que Pelayo se desilusionara y perdiera la esperanza, o los sorprendieran y el asunto diera origen a un escándalo. En ese caso León, humillado, se montaría en el macho y haría quizás qué para destruirla. Había que evitarlo a toda costa. Pero aun así, se opondría con esa tenacidad suya. Pero vencería esa resistencia y lograría la separación. Era posible. Sí. Y pronto.

Entonces se acordó de Juan Cristóbal, de su nariz y de sus ojos enrojecidos por la marihuana en la fiesta de Marilú, de la sonrisa con que los acogió, a ella y a León, con sus ornamentos blancos, el día de su matrimonio. Y le pareció tan irreal que él hubiese muerto a balazos, como que ella y Pelayo estuviesen juntos haciendo planes para el futuro. Sintió un apretón en las tripas. Pelayo viajaría pronto a Los Angeles, enviado por *Mira*, a hacer unas entrevistas. Y vio mujeres hermosas tomándose tragos con él, en Hollywood, la grabadora sobre la mesa, y se le volvió a contraer el estómago. Catorce días sin verlo.

❖

Así PENSABA ADELAIDA cuando su madre, por el teléfono, le contó que León le había anunciado que las cosas iban mal. Las alzas continuas del dólar, la caída de los grupos, la nueva administración del Banco Agrícola e Industrial, en fin, la situación era muy difícil. Ella había quedado con los nervios de punta: todos los días se enteraba de la quiebra de alguna persona conocida, con un nombre por el cual responder. ¡Era espantoso! Adelaida cayó de las nubes.

Esa misma noche, después de comida, él le planteó el tema. La devaluación del peso había multiplicado el valor de los créditos de sus empresas y las nuevas autoridades del banco, según entendió Adelaida, se negaban a renegociar las deudas de acuerdo a las "nuevas políticas de la institución". La salida no era fácil ni segura. Tenía que cancelar de golpe los dividendos e intereses acumulados e impagos o, de lo contrario, la mina de manganeso saldría a remate por el banco. Adelaida se enteró, para su sorpresa, que durante todo el último año León no había tenido con qué pagar los dividendos de sus deudas. Sin embargo, por las gestiones de Marcial ante Mempo

Tamburini el banco le prestaba para pagar lo adeudado a cambio de una nueva deuda un poco más cara.

—Es lo que ha estado pasando con casi todas las empresas —se excusó con voz sufrida.

Pero ahora un tal Herbert Müller que, según él, tenía el caso en sus manos, se oponía a mantener "el bibicleteo" y exigía dinero contante y sonante.

—La solución o, mejor dicho, el primer paso hacia la solución es vender esta casa —dijo León.

Adelaida lo observó con estupor. El le tomó la mano.

—Créeme, Adelaida. He sacado las cuentas una y mil veces. No tengo de dónde sacar esa suma si no es de aquí.

Miró en torno de la pieza y se estremeció. La pregunta "¿y tendremos que irnos a vivir a La Serena?" no le salía, se le perdía en la cabeza, y al recuperarla sentía fatiga. Percibía la mirada de León muy cerca de su cara.

—Hay otro tema más importante —dijo él de repente soltándole la mano—. Pienso que es el momento de que tú y yo nos separemos.

Adelaida abrió los ojos, pero la neblina de una lágrima le permitió sólo captar el perfil de un León remoto, desdibujado y como hecho en humo.

—Créeme, Adelaida, lo he meditado mucho. Siento que se han agotado los medios. Separémonos, entonces, dolorosa y amistosamente.

Siguió hablando en términos tan claros y respetuosos que ella, cosa que no le ocurría desde hacía mucho, se volvió a sentir cómoda con él, y confiada, a pesar del desconcierto y el miedo que le daba pensar en lo que venía. A ambos, más que todo, les atormentaban los niños. León le explicó que con parte de la venta de la casa le compraría un departamento pequeño. Los niños pasarían los fines de semana con él en La Serena. Le pidió que le transfiriera sus derechos en las sociedades comerciales en que figuraba por razones tributarias. Por cierto que ella asintió. Le prometió tener el papeleo listo el lunes de la semana próxima.

—Ese domingo será el cumpleaños de mi mamá, Adelaida. No quiero decirle nada todavía. Tú sabes, ha estado tan delicada de salud últimamente. Me gustaría que pasaras ese fin de semana allá con los niños. Puedes aprovechar de traer de la casa algunas cosas tuyas que querrás tener aquí. Y el lunes vamos a la notaría, y se acabó.

Adelaida lo contemplaba entre admirada e incrédula, y conmovida y animosa. Así era León. Siempre lo había sabido: un tipo recto, un hombre de una sola pieza. Se sintió empequeñecida y débil, pero tranquila y feliz de poder estar bien con él. En algún momento le preguntó si había alguna posibilidad de que cambiara y quisiera ser de nuevo su mujer. Ella suspiró.

–Hay otra persona, ¿no es cierto? –le dijo.

–Sí –le respondió Adelaida mirándolo con ojos hondos y silenciosos–. Pelayo Fernández.

El no se merecía menos que la verdad y ese impulso, pensó, había sido sano y natural. Sin embargo, al ver un gesto despreciativo que le pareció terriblemente vulgar en su boca, vaciló. Pero se recuperó al instante cuando dijo:

–Me lo imaginaba –y se sonrió con una pena que le transminó el alma. Ella le tomó la mano–. Pero así ocurren las cosas –prosiguió sin querer mirarla–. No tienes nada que explicarme, Adelaida –dijo notando que sus labios vacilaban mientras trataba, a la vez, de contener el dolor y encontrar palabras que expresaran su ánimo–. La vida es así. Yo sé que tú me has querido tal como yo te he querido y quiero.

Se interrumpió para sacarle una lágrima de la cara con la articulación del dedo índice doblada. Ella le apretó más fuerte la mano. El se incorporó, agarró la taza de café y se tomó de un trago cuanto quedaba. Chasqueó la lengua y salió de la pieza. Adelaida se inclinó en el sofá hacia adelante y tapándose la cara con las manos, sollozó. La espalda y las piernas le temblaban.

ONCE

A LAS ESTRELLAS LES DUELE SU LUZ

–ME ENCANTARÍA ser pintor para dibujarte todos los días.
  –¿Qué harías?
  –Dibujar.
  –¿Dibujar qué?
  –Chuchas. Dibujaría tu chucha todos los días.
  –¡Roto! Roto de mierda.
  Le vino risa e hizo como que le daba una palmada en el cachete.
  –Tan requete roto que eres. Eres un cochino. Cállate.
  –¿Nadie te había dicho algo semejante? ¿No?
  –No, por supuesto.
  –Pero no soy pintor desgraciadamente.
  –Así me quedo más tranquila. ¿Qué eres?
  –Soy nada. Soy un huevón dedicado a tirarte. Y que se lo pasa
intentando proyectos para que te entretengas y después quieras que
te tire. Entonces, hago mis reportajes a todo color de tipos que se
largan en kayak por los rápidos del Biobío, del rock chileno y de
cómo resulta en habla chilena, de las playas buenas para el surf, del
origen del caballo criollo y el legendario potro Alcatraz y las yeguas
quilamutanas, de las "operaciones peineta", del último hit de
Hollywood, del matriarcado de los mapuches y el feminismo chileno, de los autos y casas que prefieren nuestros yuppies, y qué sé yo, y
te los cuento sólo para seducirte. Y salen en la revista sólo para
seducirte, Adelaida. Sólo para seducirte y que me dejes quererte y yo
te quiera, Adelaida. Te quiera. Y eso es todo lo que yo soy. Y se
acabó.
  –¡Mentiroso! Eso es lo que tú me dices, nada más.
  –Precisamente. Es lo que te digo ahora para seducirte ahora,
porque quiero tirarte ahora.
  Adelaida se le echó encima riendo con toda la boca, pero choca-
ron con los dientes y eso les dolió. Se siguieron riendo mientras se
tocaban los dientes con los dedos y se pasaban la lengua temiendo
que a alguno se le hubiese saltado alguna punta, pero no ocurrió así,
no ocurrió nada. Y se siguieron riendo y besándose y asegurándose

con la punta de la lengua del otro que no faltaba ningún pedazo de diente propio.

–Lo que sí sé es que soy feliz contigo como estás ahora, iluminada sólo por la llama de una vela. ¡Ni siquiera me importa, en este momento, que Eskenazi me haya echado de su canal! Creo que me las arreglaré con la revista *Mira*. Estoy contigo. Y eso me basta.

–¡Mentiroso! –rió Adelaida–. Ni a ti ni a mí nos basta.

–Tal vez –admitió Pelayo con una semisonrisa–. Pero tal vez no sea bueno decirlo.

–¿Por qué? ¿Porque tú no crees que podamos ser felices?

–¿Y tú?

–Yo sí creo, Pelayo.

–Yo también, Adelaida. Y tú sabes que lo creo.

–¿Seguro? Otras veces me has dicho que no crees en la felicidad o cosas así.

Adelaida le cerró la boca con un beso.

–Mejor no me hables –le dijo. Y lo besó de nuevo–. Lo que yo sé, Pelayo, es que cuando no sienta ya esos estremecimientos que me vienen apenas tú me tocas, aunque esa angustia de perderte que me hace pensar en ti a toda hora con el tiempo se disipe, yo quiero seguir, Pelayo, siempre contigo. Siempre. Y pase lo que pase. Aunque sea sólo por fidelidad a la fuerza y a la alegría que nos juntó por primera vez. Porque yo te querré y cuidaré siempre. Aunque sólo sea porque te quise tanto.

Pelayo le pasó la mano por el pelo y la besó.

–Yo, en cambio –le dijo–, no quiero dejar de sentirte como te he sentido. Me da miedo que cambies, me da miedo cambiar yo. No quiero que el paso del tiempo, la rutina, esas cosas..., no quiero echarte al trajín. No quiero que tú me eches al trajín. Te lo he dicho tantas veces, me doy cuenta. No quiero que la proximidad de la vida cotidiana me haga olvidarme de ti y te borre de mis sentidos. Le temo a eso, sí, a la inatención. Lo he vivido. Yo he visto cómo la convivencia puede, primero, sosegar la pasión y luego extinguir el amor. ¿Será una utopía lo que pido? No quiero que ese ciclo se cumpla contigo. Te quiero demasiado para eso. Te he amado, Adelaida, con mi sangre y no quiero dejar de amarte a ti así. Pero tú te ríes, tú no me crees nada.

–No –dijo Adelaida.

–¿Por qué?

–Te quiero.

–¿Te da lo mismo lo que digo?

–Sí.

–Porque sabes que ya me echaste el lazo.

–Sí –dijo Adelaida y lo besó otra vez en la boca.

–¿Y no te importa si el día de mañana nos volvemos una pareja casada, latera y lateada?

Adelaida se rió encogiéndose de hombros.

–¿No te importa no volver a sentir lo que hemos sentido?

–¿El día de mañana? Bueno, sí. Hay sensaciones ricas del comienzo que se van, que no se pueden seguir sintiendo. Pero surgen otras. Siempre hay algo que descubrir y así es quererse. ¿No? ¿O te parezco muy ingenua?

–Me gustaría creerte. Toda gran pasión termina en muerte. En la literatura ocurre así porque es más bella la muerte que el olvido. Al final, como dice Federico, servimos *sus* intereses, los de la especie, no los nuestros. Los genes nos engañan. Pero tú no te das cuenta o no te importa y en eso consiste, tal vez, tu armonía.

–Es que si estamos en manos de los malabares de la especie, también lo que tú estás diciendo puede ser un truco suyo. Entonces... –dijo Adelaida y se encogió de hombros–. ¿Sí?

–Sí, Pelayo.

–¿Tú no te das cuenta de que lo que realmente quiere la especie a través tuyo y mío es perpetuarse, tener hijos, criarlos y educarlos? La pasión es un cebo.

–¿Y si te dijera que me doy cuenta perfectamente? ¿Si te dijera que, en realidad, siempre quise vivir contigo, Pelayo? Porque la verdad es ésa: siempre lo quise.

–¿Para qué? Para dejar de quererme, para apaciguar tu amor.

–No, Pelayo. ¿Por qué habría de ser así? Pero no importa que pienses así. Ya lo verás... ¿Sabes? No te creo nada; esas son puras defensas tuyas, nada más. El día que yo esté separada y libre y me case contigo no te podrás ni acordar de lo que estás diciendo y me querrás sin miedos.

–¿Tan confiada estás?

–Ven.

Le dibujó la boca con la punta de la lengua. Y se rió con esa risa entrelazada e insinuante suya, y como tragándosela.

–¿Tan confiada estás, cabrita?

–Fíjate que sí; fíjate que sé, además, por qué.

Y volvía a reírse rodeándolo, sintió Pelayo, como con una capa de carcajadas que no sólo se hundían por sus oídos sino que también caían apegándosele sobre la piel del cuerpo.

–Tu relación con León ha de haber sido muy buena. De otro modo no se explica tu optimismo, ¿no?

–No sé.

–¡Cómo que no sabes! Claro que ha sido muy bueno tu matrimonio con León. De lo contrario no me hablarías así.

–Fue bueno hasta que llegaste.

423

– ¡Ah! Así es que eran muy buenas tus relaciones con él, ¿ah? Te gustaba, ¿no? Y te seguía gustando después de años y años años de vida conyugal, ¿no? Y te seguía gustando cuando te fuiste con él a Amsterdam, ¿no?

–Me encanta cuando te pones celosillo.

Desde que León había aceptado la separaración, lo que se materializaría en tres días más, el lunes con la visita a la notaría, notaba a Pelayo cada vez más celoso de él.

Ella le tomó la cabeza y fue a darle un beso, pero sorteó sus labios cuando ya iba a llegar a ellos y, en vez, le tocó la punta de la nariz con la lengua y luego una oreja.

Pelayo se estremeció.

–Por eso me gustas –le dijo abrazándola–. Porque me haces sentir así y eso es lo que yo, que seguramente soy más ingenuo que tú, no quiero que se nos vaya jamás. ¿Me comprendes, Adelaida? Prométeme que me abandonarás el día en que ya no me sientas así.

–Te lo prometo, pero seguramente te estoy mintiendo –rió ella y sus ojos se alargaron liberando un destello. Y Pelayo sintió cómo lo recorría cortándolo por dentro la herida de Afrodita.

–¿Cómo?

❖

ADELAIDA AVANZÓ con ademán desenvuelto, le dio un beso, sacudió las sábanas e hizo la cama dejándola tan estirada como si la hubiese hecho recién. Faltaban pocos minutos para que empezara el toque de queda y él no alcanzaba a ir y volver. La acompañó hasta la puerta y abrió. Ella salió, pero se devolvió para darle otro beso más. Y se abrazaron divididos por la línea imaginaria del umbral de la puerta de raulí.

Pelayo, momentos más tarde, saltó de la ducha y se quedó mirando como tonto la toalla color damasco en que ella se había envuelto. Se miró al cruzar el espejo, se miró buscando en él las pestañas de ella y sus ojos y sus sombras que el rostro ocultaba. La veía siempre en ese espejo. ¿Sólo en ése? Debía dormir. Tomó su pijama y fue como que se le quebrara en la mano la copa en que iba a beber.

Así le ocurría ahora que ya no iban al Hotel Constantinopla y se encontraban en su departamento. Después que ella salía, deambulaba asomándose a ventanas por las que nunca miraba y sentía la masa de su cuerpo disminuida, y aumentaba, entonces, la fuerza con que la tierra lo fijaba. Incluso le parecía percibir que se intensificaba el imán de los cuerpos menores que la tierra, y creía efectivamente sentir la fuerza gravitacional de cada objeto de los que albergaba su departamento de hombre solo, aún medio vacío.

Ella no más llegar, sentada en su cama, había llamado por teléfono a la Elvira para saber de los niños. Todo estaba en orden. Sus hijos dormían. Que le dejara lista la maleta de los niños, le dijo. Quería partir con ellos temprano. Ese era el compromiso con León: pasar el último fin de semana allá, en La Serena, con los niños y celebrar todos juntos el cumpleaños de su suegra que estaba tan enferma. La veía en su 4WD volando con los niños por las rectas inacabables de la Panamericana Norte. En la quinta la esperaba su bello y noble marido. No lejos de los minerales de manganeso que financiaban su BMW y sus tenidas que admiraban sus amigos y las señoras de sus amigos y que nadie, ni siquiera los que sabían o presumían saber, imaginarían repartidas después por su living o tiradas por la alfombra a los pies de la cama de su dormitorio. ¿O sí? Pero a cambio de ese gozo, cuando ella se iba, como ahora, se quedaba desinflándose hasta terminar chato y empequeñecido como un globo que, tras haber planeado altivo en las alturas, es sólo un poquito de plástico arrugado e insignificante en la mano de un niño decepcionado.

❖

–¿Es posible construir la felicidad de uno sobre la infelicidad de los demás? –le había preguntado Pelayo.

Adelaida lo miró con sus ojos serenos.

–¿Qué quieres decir?

–Bueno, la vieja cosa: Anna no puede ser feliz con Vronsky porque ha hecho infeliz a Karenin y a su hijo. Fue la interpretación que hizo Dostoyevski; por eso Anna se suicida. No sé si Tolstoi estuvo de acuerdo.

–No sé –murmuró Adelaida cabizbaja–. No sé de Anna. Pero sí sé que yo no puedo hacer feliz a León. Y si pudiera, engañándolo, sería a costa de tu infelicidad y de la mía. ¿O no? Entonces, si eso es cierto, tampoco podría reconstruir mi felicidad con León y mis hijos. Cada vez que uno rechaza a alguien le causa un daño, lo hace sufrir. Muchas veces pasa. No sé... Cuando volví con León en lugar de seguir saliendo contigo, por ejemplo... –rió–. ¿Estoy diciendo tonterías? Seguramente no comprendo lo que dijo Dostoyevski.

Se arregló el pelo con la mano, desprendió una plumita blanca de la almohada y continuó con voz sumida:

–En Los Bellotos, Pelayo, esa noche cuando volvíamos de la pérgola habían cerrado las ventanas porque estaba corriendo una brisa fría, ¿no es cierto? No se oía nada, ¿te acuerdas? Y las figuras iluminadas del living se movían brincando enigmáticas en el silencio de la casa sellada. Lo que vimos entonces es lo mismo que sentí cuando hicimos el amor en el sillón de plástico rojo del estudio. Te lo dije, ¿te acuerdas? Los peces apenas dejan de oír la voz de San Antonio, cesan de entender y vuelven a ser meros peces. La casa se ha sellado.

El le cerró la boca con un beso. Ella le tomó la mano y prosiguió:

–Y yo siento eso, Pelayo. Mientras estamos juntos y nos queremos, la corriente se detiene y bailamos con la música. Y cuando me imagino sin ti, la corriente me traga y se vuelve incomprensible tu cuerpo, y baile sin música sus movimientos y mi vida, Pelayo. Creyó ver en la raíz de su mirada oscura el brillo inteligente y verdoso de los ojos de Minerva, el mismo fulgor de los ojos de las lechuzas que iluminaban, a veces, la negrura del entretecho en Chihuaillanca. Pero de pronto ella hizo con su mano de dedos largos y distintos un gesto desdeñoso respecto de lo dicho, como si quisiera borrarlo, correr una cortina y olvidarse. Y se sonrió distendiéndose como si bañara su cuerpo la espuma del mar. Y Pelayo, entonces, reconoció otra vez la invitación de su risa.

❖

Sí, PENSABA PELAYO, mirando a la toalla color damasco que colgaba de una percha en el baño, envolviendo su ausencia. Hundirse en esa Adelaida; acurrucarse en ella; irse adormilando acurrucados; saber, en la soledad de sus noches acribilladas por los recuerdos punzantes de lo que no alcanzó a hacer, de lo que no debía olvidar para el reportaje por despachar mañana, que sólo ella le daba paz; sentir que sólo si dirigía su mente hacia esa imagen se sosegaba su alma y podía dormir: eso era querer a Adelaida y en ella a un amor que no terminaba de hallar.

Y ahora estaba él de espaldas y se instalaba un cojín debajo. Y ella, sentada en él, agarrada a sus brazos, se echaba atrás con los ojos idos, y se enterraba echándose atrás, así, más, mucho más, sí, sí. Pero mucho más

–¿Y quién pudo hacerte tan relinda, Adelaida? ¿Qué diablos habré hecho yo para tener una mujer tan relinda y que me quiera así? ¿Por qué, por qué eres tan rerrica, huevoncita? –le preguntaba con ojos alienados.

Ella movía sus hombros de finas clavículas adelantando uno, mientras el otro subía para bajar, luego, inclinándose y volver a elevarse según se hundía y remontaba una cadera u otra. Mantenía su cuello enhiesto y puro, mientras la corriente negra de su pelo se le iba atrás siguiéndola como bandera. Entreabría los labios y se le levantaba sola la lengua. Y se le quedaba ahí vibrante, avizora, pulsando el aire como víbora.

—Mira cómo me tienes, Pelayo; sí; mira cómo me pones; mira cómo me dejas, Pelayo —reía ella.

Entonces, lo que le interesaba era comprobar que, pese a su lentitud, el tiempo avanzaba y ella, en su casa o en la quinta de La Serena, lo recordaba y daba los últimos pasos para separarse de León. Y se acercaba inexorable el sábado y, con él, el domingo en que tomaría su avión a Los Angeles y, con él, el lunes... Y finalmente, el día en que, de vuelta de Estados Unidos, oiría sonar una campanilla, y correría él como un niño a abrirle de par en par su puerta de raulí, convencido de que nada, nada había en el mundo entero comparable a Adelaida, e indiferente a las muchas voces que atrás resonaban repitiendo: "Cuidado, Pelayo, cuidado, mira que toda pasión es falaz..."

❖

SE MIRÓ al cruzar delante del espejo sobre el cual temblaban las intranquilas sombras de la llama de la vela; se miró buscándola a ella en él y sintiendo que su cuerpo de hombre se interponía y robaba un posible rastro de ella. Pero, naturalmente, carecía ello de sentido, pues Adelaida había pasado por allí como se pasa por agua. El mismo, exacto, espacio que desocupan las aguas para un cuerpo, ocupan luego las aguas que se cierran. No hay pisadas. Lo que le molestaba ahora era estar viendo su cuerpo solo, sin el de ella enredándosele. Le dolió ese recuerdo de un rato antes que se fuera, y siguió mirando esa agua detenida e incapaz de detener. Porque la memoria hacía flotar en su superficie inmóvil la maravilla del cuerpo de Adelaida en movimiento.

Era su melena tapándoles la cara a los dos, era la espalda de él, entrevista apenas, doblada hacia ella. Era su no querer ella queriendo, su vergüenza por querer lo que querría, quizás, no querer, y no lograba —no quería— sortear y dejar de querer. Pero era aún mayor la vergüenza —las ganas— de pensarlo, de darse cuenta. Y era el índice, sólo la uña roja de su dedo índice repasando el borde desnudo del muslo, donde el elástico blanco se le adhería rodeándolo de punta a cabo y separando de su vista esa parte blanqueada, cuyo magneto irradiaba fuerzas que le oprimían el estómago y desacompasaban su respiración llenándola de pálpitos. Y era, entonces, un dedo anular de él orillando la voluptuosidad de su pecho suelto y desnudo, girando, subiendo lento en espiral, acortando las pequeñas vueltas rugosas con paciencia inaguantable por ir llegando sin dejar nunca de llegar. Y era el roce de la yema de un índice de uña roja sobre el borde blanco y redondeado, elástico y sobresaliente. Y la trayectoria de ese índice, sentía Pelayo, tenía la naturaleza de un vector cuya única dimensión fuese la de apuntar a lo que está por suceder. Y cuyo único poder fuese el del anticipo, el de la prefiguración. Y que era capaz de tocar lo que es pura virtualidad y ausencia, e insinuar la posibilidad de transmutarlo en acto, en presente.

Sintió una punzada en el estómago y volvió a su mente el llamado que había hecho Adelaida sentada al borde de su cama para saber cómo estaban los niños y asegurarse de que la Elvira dejara la maleta hecha para partir temprano. Los niños, le habían dicho, estaban entusiasmados por el cumpleaños de su abuela. El no se comunicaría con ella hasta su regreso. Los Angeles. Catorce días. Habían quedado de encontrarse directamente en su departamento a la una y cuarto. Sí. Pero seguramente ella lo llamaría mañana antes de salir de su casa. Y le volvió, entonces, esa punzada: la imagen de la blanca Subaru 4WD rumbo a La Serena a todo motor. A esa misma hora él estaría recogiendo a Pedro en el edificio de Márgara. Pasaría ese fin de semana con él. Lo iría a dejar camino al aeropuerto. Pensar en el niño corriendo a recibirlo, seguido de la Leontina, recubrió la puntada que le había causado la otra imagen, la de ella rodando por la Panamericana Norte en la Subaru. Pensó que algo malo podía ocurrir en la quinta de León Wilson, aunque fuese la última vez. Pensó en un accidente, una enfermedad. Trató de contener esa idea, repitiéndose que los presentimientos carecen de base. Lo logró cuando a través de los velos de su memoria reapareció Adelaida y se extendió inasible su imagen sobre el espejo iluminado por la llama vacilante de la palmatoria.

❖

AHORA la parte blanca había quedado retirada y ella, olvidada de los ojos suyos, se miraba jugar ahí, en el espejo. Y a Pelayo le pareció que los dedos propios y cada cual con su "yo" que había reconocido antes en Adelaida, sólo en la intimidad de ese contacto, cobraban sentido. Pues tenía la impresión de que cada uno de ellos al tomarlo o tocarlo a su modo, extraía un gusto y una lujuria diferentes. La sucesión voluptuosa de los dedos de uñas rojas se entremezclaban alternándose como si fuesen llaves o teclas conectadas al fuelle serpenteante del acordeón de la concupiscencia. Pero entonces ella se topó con los ojos de él en el espejo y miró lo que tenía entre sus uñas rojas y se sonrió y besó a Pelayo en la boca, y volvió a mirar y a sonreírse, y su lengua asomó por entre sus dientes de brillo húmedo. Y era Afrodita.

Echó la cabeza bruscamente atrás sonrojándose y riendo, y su pelo voló antes de golpear sus hombros desnudos. Luego, se inclinó hacia adelante y sin dejar de reír ni abandonar el juego que pasaba entre los dedos de su mano, y contenta, ahora, de atreverse a querer lo que quería, tocó los labios de Pelayo y soltó adentro la lubricidad de su lengua inquieta. Cerró los ojos. Pero un momento después Pelayo los divisó de nuevo en el espejo, sin querer perderse la trayectoria y desplazamiento de los dedos de uñas rojas. Se encontraron ahí, absortos, imantados.

Ella, siempre besándolo, acercó tanto su cabeza y la de él al espejo que pudo Pelayo ver los labios de Adelaida en todo su tamaño natural. Dejó de ver los suyos y sólo veía los de ella. Por un instante tuvo la impresión de que se besaba a sí misma. Pero no; no era eso, en verdad. Parecía besar a alguien que estaría más allá, del lado ciego del espejo. De manera que así besaba Adelaida, así era verla besándose con otro. La habían visto así besándose con León, y con otros antes, con Gaspar Novoa, quizás. ¿Se habría besado con Gaspar Novoa? Apenas la curiosidad terminó de clavar el tirabuzón de los celos comenzó el dolor de los apretujones hacia atrás. Entonces quiso ir a tocar esos labios lascivos, incontinentes y al acercarse no se topó con ella, sino con el frío del espejo empañado. Adelaida rozó al mismo tiempo que él esa superficie de agua inmóvil y retrocedió. Y se alejaron juntos de esa lámina helada que, no más tocarla, escamoteaba la misma imagen que era, en cambio, capaz de ofrecer a distancia.

Comprobó entonces que, obviamente, ella seguía besándolo a él, que no era a ella misma ni a otro a quienes había estado besando todo ese rato, sino a él, a Pelayo Fernández, y a nadie más. Y se sonrió dentro del beso pensando en lo estúpido que había sido dejarse alcanzar por las saetas de los celos imaginarios. Y la quiso más y la halló más arrebatadora que ayer, que hacía un momento, que nunca antes. Y ella hincó, entonces, una rodilla en la alfombra y vio Pelayo en el espejo su melena oscura separando de su vista esa parte suya. Y la quiso todavía más. Y levantándola, la quería y de pie, y se colgaba ella enredada a sus piernas. Y luego la arrojó a la cama sin abrir.

El interponía sus dedos entre su beso y sus labios, y ella lo besaba al través, desesperándose. Aunque, ahora, era ella quien enrejaba sus pechos con los dedos para que él besara, y los perdiera y ganara a su antojo, y se entregara a su merced diluyéndose. Y si sujetaba ella entre el pulgar y el índice sus pezones rojos, rugosos, rigidizados y pedía su boca, los tentaba él con el borde de los labios suaves antes de mordisquearlos como potrillo, yendo de uno a otro, y al pasar, a un hombro suyo o a su boca ardiente.

Y si la lengua de Pelayo punza su ombligo y la parte de adentro de sus muslos, busca arriba su boca y la entretiene con su mano, que ella roe como cachorra un hueso. Pelayo descansa la cara, de lado, en su estómago, su oreja pegada allí. Lo mira tierna y divertida. Y luego él la va remordiendo por aquí y por acá, dándola vuelta, reubicándola hasta dar con la raíz de sus piernas. Toma una. La dobla, la levanta, la pliega, la abre. Y ella se deja ir, y se sonríe.

Adelaida se retuerce, entonces, con las espaldas pegadas al cubrecama, como una mariposa desparramándose, recién clavada al insectario y que al agitarse se topa y retopa con el inamovible metal que la atormenta. Y siente un roce a cada momento más quemante, desgarrador, inevitable. Se estremece y arquea sus caderas, calada, abrasada y abrazándose, arrebatada y arrebatándolo. Y se sintonizan, entonces, y aborrascan y convulsionan y descuajeringan hasta el deliquio. Por un fugaz instante llega a sus oídos el bramido salvaje de los bahuales que en la noche, de muchacho, escuchaba desde su saco de dormir y repetía el cañón, en las cordilleras, más allá de las veranadas de Carimáhuida. Y luego siente que son húmedas las estrellas y les duele su luz.

Acurrucado junto a Adelaida, pegado a ella como un niño regalón y pensando en el sonido de los cascos al galope por los charcos de los potreros, se quedó dormido. Despertó pocos minutos después con el sonido del agua de la ducha que caía sobre el cuerpo de Adelaida, un cuerpo que ahora se figuraba en la toalla color damasco o en el espejo sobre el cual todavía flotaban las imágenes de su lubricidad.

Durmió todo el resto de la noche de un tirón y se despertó a las diez y cuarto. Se incorporó de inmediato. Adelaida había partido a La Serena sin darle un último telefonazo. Definitivamente no sabría de ella hasta su regreso de Los Angeles. Se metió al baño desganado, pero lo reanimaron el vapor de la ducha y la expectativa de pasar a buscar a Pedro, que debía estar ya esperándolo. Se puso sus viejos jeans. Y con el suéter pasado sólo por el cuello abrió el cajón del velador para sacar la billetera y las llaves. Entonces se dio cuenta de que el teléfono había quedado descolgado. Sonrió agradecido del hallazgo, y se encajó sus zapatillas Brooks cuyos cordones amarró en el ascensor. Se sentía lleno de ánimos.

DOCE

PEDRO MIO, PEDRO MIO

—Yo QUIERO estar contigo, papá.

Pelayo puso una mano en su cintura y lo zarandeó con una ternura brusca. Pedro hundió la cara en la colcha de la cama de su padre. Se había quedado dormido poco rato atrás. Lo despertaron sus pasos. Apareció en la pieza con su pijama de algodón azul que era como un buzo apretado y lo hacía verse barrigón. Se bamboleaba borracho de sueño y tapándose los ojos con ambas manos por evitar la luz. Subió con dificultad a los pies de la cama y esperó allí, en silencio, a que su padre se diera por aludido. Con el pulgar, Pelayo le tocó el ombligo. Palpó la plasticidad y blandura de su vientre cálido. Si estiraba el dedo anular llegaba, dando la vuelta, casi hasta la columna vertebral del niño, a la vez que con la palma sentía la dureza de la cadera. Al doblar mínimamente su brazo estirado Pelayo remecía a ese pequeño cuerpo entero.

—Yo te quiero, papá. Yo quiero dormir todos los días contigo, papá.

Los dedos de Pelayo presionaron el brazo y lo sacudió con más fuerza.

—¡Yo te quiero tanto, Pedro! —suspiró.

—Yo sé, papá. Pero ¿por qué no vives en la casa con nosotros?

—Pedro mío: ésta es una cosa muy triste, como te he dicho otras veces. Tu papá y tu mamá es mejor que no vivan juntos. ¿Te acuerdas que lo hemos conversado antes?

—Sí. Pero ¿por qué, papá?

—Ahora eres demasiado chiquitito para poder entenderlo. Es algo que me da mucha pena y también a tu mamá. Hay problemas que tiene la gente grande...

—¡Yo entiendo, papá! Yo entiendo. Es que nosotros estamos separados. ¿Y sabes? Yo me voy a buscar otro papá. ¡Sí! Porque tú eres separado. Voy a cambiar de papá. Quiero tener un papá nuevo.

—No digas eso, Pedro. Porque no sabes lo que estás diciendo.

—¡Sí! La gente separada no es papá.

Ahora el llanto le deformaba la boca.

431

–Pedro mío, Pedro mío.

Se le acercó y tocó su frente con la suya. Sin dejar de apretar su mano en la cintura.

–Yo voy a cambiar de papá –repitió sobreponiéndose al llanto.

–Tú sabes que eso no se puede. Yo soy tu papá y nadie más. Tú tienes un papá y una mamá. Y yo te quiero como sólo te puede querer tu papá. Las mamás y los papás no se cambian.

–Sí se cambian.

–No, Pedro.

–¿Y cómo el Niño Jesús, papá?

–...

–Dios es su papá. Y lo cambió por San José, ¿ves?

–Pero Pedro, eso no tiene nada que ver. Es..., ¿cómo te explico? Es distinto. ¡Quién te dijo eso! ¡Dime! ¿Quién te metió esa ideíta en la cabeza?

–Yo.

–Pedro, tu papá te quiere tanto. Nosotros somos tan amigos. ¿No es verdad que somos amigos, Pedro?

–Tú no sirves para papá. Tú no vives con nosotros en la casa. Yo voy a vivir solo. Eso voy a hacer yo.

–Pero Pedro, ¿cómo vas a vivir solo tú que eres tan lindo y tan chiquitito? Cuando seas grande vas a vivir solo, si quieres. Pasas unos días en el departamento de tu mamá y otros días en el departamento de tu papá. Tú tienes papá, Pedro. Y tu papá te quiere con toda el alma. ¿Sabes que yo te echo de menos y pienso en ti cuando tú no duermes aquí?

–¡Déjame! Yo no quiero estar más contigo. Yo quiero vivir solo.

La sensación de esa cabecita en su mano.

–¡Déjame solo, imbécil! No me hables, no me digas más cosas. Imbécil, papá. ¡Déjame!

Se apartó violentamente y puesto en cuatro patas mordió la colcha. Puso los dedos como garras y los enterró sujetándola firme. Luego aflojó los brazos y se dejó caer aplastando su cara en la cama.

–Necesito una aspiradora –murmuró después de un rato de inmovilidad absoluta–. Una aspiradora grande que se chupe los autos y los árboles.

Pelayo jamás había escuchado esa voz. Era de otro. Una voz que traía consigo el eco de sombras y contorsiones y apariciones y posesiones. Y se desfiguraba, además, por la opresión de la colcha en la boca.

–Y yo voy a chupar con ella las casas, los departamentos y las lámparas y las sillas –siguió diciendo en tono cada vez más miserable y funesto–. Y los cuadros y los libros y los vasos y los platos y la televisión y los juguetes... y voy a chupar a los niños y a la Leontina y a mi papá... y a mi mamá...

Se quedó quieto y callado. No despegaba la cara de la colcha. Pelayo, situado a medio metro de distancia, lo observaba también inmóvil y espantado. Permanecieron así los dos un rato.

Estiró el brazo derecho y le agarró el cuello.

—¡Sal!

Pedro le tiró un puñete arrodillado en la cama y con ademán de púgil.

—¡Sal tú! —le gritó Pelayo jovialmente y le arrojó una almohada.

El púgil cayó derribado. Cogió la almohada y la devolvió.

—¡Malhechor!

La almohada salió disparada contra la pared y dio sobre un grabado inglés que colgaba sobre la cama: un atardecer con barquichuelos volviendo de alta mar. El cuadro quedó chueco y la almohada cayó en el campo de Pedro. Pelayo aprisionó la otra y la lanzó. Las dos almohadas se encontraron en el aire y ambos se rieron. Pedro asió la suya por la punta y blandiéndola como masa le descargó dos golpes formidables.

—¡Maldito! Ya me las pagarás, follón y malandrín.

Pelayo colgaba cama abajo de los pies y con medio cuerpo ya en la alfombra. El niño se deslizó por ese tobogán y lo hizo caer. Trepó velozmente a la cama. Acomodó una almohada y se acostó.

—Yo soy mi papá.

Se estaba tapando y acurrucando. Pelayo sintió un retortijón en el estómago, tomó los anteojos y partió al baño. Un torrente de légamo y sieno rompió estrepitosamente el sosiego del agua clara del excusado. El baño se llenó de olor a azufre.

—¡Papá!

—¿Dime, Pedro?

—¡Papá!

—Dime, hombre.

—¿Qué estás haciendo?

—Caca.

—¡Ah! Papá...

—¡Qué!

—Ven.

—Ya voy.

❖

VOLVIÓ AL DORMITORIO, se acostó y puso su cara al lado de la del niño. Pedro lo tomó por el mentón y lo agitó con rudeza. Lo miraba con los ojos achicados y la boca trompuda que ponía cuando jugaba

a los cowboys. Se incorporó, y acercándose con ademán pendencie-
ro, y sin transición visible, le dio un beso en la nuez. Y otro. Y otro.
Ahora sacó la lengua y con ella apretada a la piel de Pelayo bajó de la
nuez hasta el punto en que se juntan los huesos de las clavículas, en
la base del cuello.

–Tienes pelos –dijo alejándose.

Reclinó la cabeza en la almohada y agarró el cuello de su papá
con el brazo izquierdo. Pelayo tanteó con la mano el interruptor y
apagó la luz. Buscó infructuosamente el techo con las pupilas que
empezaban recién a dilatarse en la oscuridad. Se llevó la mano
derecha a la cara y se restregó los ojos con la saliente del hueso de la
muñeca.

–Cuando tú te sacas los anteojos, la nariz se te pone muy flaca,
papá. Y te ves más feroz, papá. Pareces más cowboy de verdad así.

Y al cabo de un momento él agregó:

–Pedro, ¿por qué no te duermes de una vez por todas,
Scheherazade?

Pensó en el auto de carrera que abrazaba dormido esa noche
larga. El otro brazo colgaba de su cama con la manga del pijama
arremangada.

–¿Sabes, papá? Tú no lloras como yo y la mamá.

–¿No?

–A ti se te ponen los ojos alumbrados y te empiezan a caer lágrimas
a los ojos, no más.

–Duérmete, Pedro mío. Duérmete.

–Papá, ¿no es cierto que Dios es fácil de entender, pero nosotros
no sabemos?

–Sí, Pedro. No sabemos.

–Oye, los elefantes, ¿comen gatos?

–No.

–¿Y los tigres?

–A veces, quiero decir... sólo si tienen un hambre atroz.

–Qué bueno que yo te quiero, papá.

–Sí, Pedro –balbuceó Pelayo restregándose de nuevo con la
muñeca la cuenca de los ojos en la pieza oscura. Cuando lo miró de
nuevo, ya se había quedado dormido.

Y, entonces, ese sábado comprendió por qué, en parte, se había
separado, por qué no había podido continuar con su amor clandestino:
era por Pedro. No se había dado cuenta hasta ahora. Curiosamente,
no lo había visto así esa noche larga de la partida. La misma
exacerbación de su culpa, sus escrúpulos, quizás, se lo habían ocultado.
No toda preocupación y responsabilidad moral requería una terapia,
¿no? Mal que mal existe algo así como un impulso moral, sintió, un
imperativo ético cuya llamada no se puede aplacar desde el sillón del

analista, ¿no es así? Y en este caso, esto tenía que ver con un deber de honestidad. ¿O sería ésta una racionalización a posteriori?, se preguntó. Había otros motivos, por cierto. Uno, en verdad: Adelaida. Por nadie más se habría separado nunca, pensaba. Pero en ese momento le pareció que el medular era éste. Porque al adoptar la decisión no sabía si Adelaida se separaría. Ni siquiera hoy estaba seguro. Aunque sí. No podía negar que sabía lo que le diría Adelaida con sus ojos de vuelta de su viaje: soy libre. Y la imaginó llegando al departamento: soy libre para ti.

Pero aun antes de eso, no había querido, no había podido mentirle a Pedro. Necesitaba que su hijo quisiera a su padre verdadero, al que le había tocado, con sus penas y sus amores, con su vida real. Tenía que ser posible que le amara tal como él era. Y de lo contrario, su amor no le valía, pues se basaba en una impostura; no sería él a quien su hijo amaba. Pero si Adelaida había podido quererlo así, tal cual era, también podría Pedro y entonces, aunque separado, él sería su padre entero. ¿Era posible conseguirlo?

TRECE

SILUETA EN EL ANDEN

ESE DOMINGO, como estaba planeado, dejó a Pedro en el departamento de Márgara, y partió a Los Angeles, donde se abocó a un nutrido programa de entrevistas con actores, actrices y cuantas celebridades pudo dar caza para la revista *Mira*. Estando allá, a través de un contacto, una chilena amiga de él, obtuvo una entrevista con Martin Scorsese. El director de "Taxi Driver" y "Raging Bull" lo recibiría la otra semana en su estudio de Nueva York, lo cual le significó aplazar su regreso nueve días. No pudo avisarle a Adelaida. Y cuando llegó a Santiago, trató en vano de comunicarse con Marilú para hacerle llegar un mensaje: ella también estaba de vacaciones. Pero confiaba en que Adelaida lo llamaría en cualquier momento para decirle: "¡Pelayo: me separé! ¡Somos libres!" Que no contestara nadie el teléfono en su casa de Santiago era una buena señal, pensaba. Debía tener paciencia.

Fue un sábado como a las ocho. Pelayo estaba limpiando sus zapatillas con aceite emulsionado. Por la mañana habían ido con Pedro a los faldeos del cerro Manquehue y sus zapatillas habían quedado imposibles. Sonó el teléfono. Se secó las manos con papel toilette y corrió al dormitorio a contestar. Baltazar, su hermano, estaba de paso en Santiago y esperaba una llamada suya para comer juntos.

Con el tiempo, había venido a sentir a sus dos hermanos como si fuesen mayores. Sobre todo le sucedía eso con Baltazar, que era el menor de los tres. Con Esteban era distinto. Siempre fue el más inteligente y estudioso de nosotros, pensaba, el más logrado, por supuesto. Pero su vida de médico en el extranjero lo fue alejando de los temas íntimos y familiares, de "la cosa humana" como llamaban con Baltazar al interés por los detalles de la vida personal de cada uno y de sus hijos y mujeres. En sus visitas esporádicas a Chile, con Esteban se hablaba de sus éxitos profesionales, de las nuevas técnicas de la cirugía, como el láser, y sólo de generalidades acerca de la familia y los niños. Con Baltazar, especialmente después de su separación, cultivaban una amistad más estrecha. Venía a Santiago desde

436

su campo con frecuencia, aunque más a menudo en invierno que en verano u otoño. Su llegada en febrero era una sorpresa.

Al principio pensó que Adelaida se reía, pero era un sollozo. Hablaba desde un teléfono público.

—Es horrible —entendió de repente—. Ni yo misma puedo creerlo. Jamás pensé que León pudiera hacerme algo así.

Le pidió que se calmara, le dijo que no le oía bien. No pareció escucharlo. Continuaron sus gemidos entremezclados con palabras confusas, de modo que su oído no lograba separarlas y distinguirlas. Era un ruido continuo, jalonado de sollozos y suspiros que fracturaban las frases volviéndolas incomprensibles, arrastradas por una corriente que ella no lograba detener. Por un momento imaginó un accidente, una desgracia. No era eso. Se moldeaban los sonidos y reconocía una letra o una sílaba, pero luego la corriente las empujaba y destruía su forma acústica. Ella estaba perfectamente bien. Pero sí. Había sucedido una desgracia, algo peor que una desgracia, le dijo.

—Me acosté con León. Tuve que hacerlo. Me... Fue horrible. Perdóname...

El le pidió, le rogó, le suplicó que le explicara dónde estaba para ir a buscarla de inmediato. Le contestó que eso era imposible; que ella lo llamaría de nuevo. Insistió. Le advirtió que iría a La Serena, averiguaría la dirección y tocaría el timbre. Le imploró que no hiciera tal; le aseguró que estaba perfectamente bien y que eso echaría todo por tierra.

León, captó entre los lloros, le había sacado a los niños, se los había llevado a La Serena. Eso, la noche en que ella estaba con él. Su teléfono sonaba y sonaba ocupado y no pudo avisarle. Por eso no pudo llamarlo antes de salir.

Llegó a La Serena de madrugada. El le informó que en adelante los niños vivirían allá; que Catalina ya estaba matriculada a partir de marzo en su nuevo colegio; que ella, hiciera lo que hiciera, no lograría separarlo de sus hijos; que viviera ella en su quinta de La Serena o se fuera si quería; que el Código Civil estaba de su parte; que consultara abogado si tenía dudas. Esas eran las decisiones irrevocables que había adoptado.

Le pareció escuchar que su brusco cambio tenía que ver con unos rumores que le habían llegado y una conversación con Marcial que confirmó los rumores. Lo que le hirió, tartamudeó Adelaida, fue que otra gente, que amigos suyos como Marcial, hubieran sabido antes que él. Estuvo dispuesto a aceptar la separación, sollozó, mientras creyó que nadie estaba enterado, que yo le había protegido las espaldas contándoselo a él antes que a nadie. Apreció eso como una prueba de respeto, de confianza. Pero una vez que se sintió no sólo desechado, entendió Pelayo, sino que engañado, se ofendió y quiso lo más duro para mí: apartarme de mis hijos, a menos que dejara Santiago y me fuera a vivir con él. Sintió que yo no tenía derecho a separarlo a él de sus propios hijos; que él no tenía por qué respetar mi amor pues yo no lo había respetado a él. La seguía queriendo, le dijo León, de un modo total, desesperado, de huérfano que no tiene adónde ir. Simplemente, no lograba concebir su vida sin ella y su familia.

Compréndeme. Tú no llegaste de Los Angeles el día prometido. Yo me las arreglé para ir a Santiago sin decirle a León y te esperé parada en la puerta del departamento más de tres horas. Y te llamé y te llamé incansablemente, Pelayo. No contestó nadie. Ahora comprendo lo que te pasó. Me doy cuenta de que no me podías avisar que Scorsese te había dado una entrevista y estabas atrasando tu viaje. Pero yo sufrí porque fui y te quedé esperando. Y me volvía a La Serena sola, Pelayo, y angustiada, con la impresión de que en ese momento no tenía a nadie más que a mis hijos y los estaba empujando a un infierno.

Y después vino el horror, le dijo. Sí.

Insistió en ir a recogerla; en ir a conversar un rato con ella siquiera. Fue inútil. Le repitió, quejándose, que era imposible. Estaba perfectamente bien, le aseguró. Añadió, con voz apenas reconocible, que llamaría de nuevo para explicarle más; que no podía seguir hablando; que no se desesperara; que todo se arreglaría pronto y entonces sí, entonces sí que para siempre; que confiara en ella. "Y, sí. Juro que, Pelayo, te quiero más que nunca, más que nunca, y sólo, sólo necesito estar segura de tu amor para aguantar este tiempo y vencer."

❖

DESPUÉS DE ESA LLAMADA desde un teléfono público, la presencia de Adelaida en su vida se fue adelgazando poco a poco. Pasó tres, cuatro o cinco semanas, quizás, en un estado próximo a la enajenación y sin saber nada de ella. Cumplía las rutinas de su vida con voluntad y premeditación, convencido de que sólo ello lo libraría del desquiciamiento y la locura. Pero todo lo hacía como si viviera dentro de una botella empañada y no pudiese salir de allí.

Marcial, que lo encontró sumamente flaco, adquirió en esos días la costumbre de pasarlo a buscar para ir juntos a clases de tenis. Por supuesto, no le tocaba el tema de Adelaida. Suponía que seguía viendo a León y, quizás, a Adelaida. Por eso estar con él se figuraba, era acercarse a ella.

Una tarde, de vuelta de las oficinas de la revista, encontró un sobre arrojado bajo la puerta del departamento y reconoció su letra: "No te olvides de mí..., te necesito aun estando tan lejos. Te adoro, Adelaida." Un par de meses después su tarjeta decía: "Formas siempre parte de todos mis mundos. Te llevo conmigo donde esté. Te acurruco cada noche y, de repente, en la Subaru o en la despensa o en cualquier parte, lloro. No me olvides. Falta poco; te lo prometo. Ten confianza. Esta tortura terminará pronto. Te adoro siempre, Adelaida." Y abajo una postdata: "No dejes de oír mi scherzo."

❖

Supo, a través de la espesa nube de tristeza que lo separaba del mundo, que León había vendido la casa de Santiago; supo que Márgara había encontrado un médico con quien se quería casar; que Federico estaba de *Visiting Professor* en una Universidad de California disertando acerca de su teoría de la ficción literaria. Su libro en inglés sería editado por la Universidad de Cornell. La casa de Mempo en La Dehesa la compró Rolf Contreras, que estaba muy pudiente. Don Pascual Hernández había sido internado en el Hospital Psiquiátrico. Su encargatoria de reo lo llevó a un estado de depresión agudo. Después de dos intentos de suicidio fue necesario internarlo. Aliro Toro y Antonio Barraza seguían largamente en la cárcel.

Las empresas del grupo fueron desguazadas y salieron a remate. Toro perdió toda su fortuna y Barraza toda su influencia política. A pesar de ello, visto en perspectiva, ambos habían creado y transmitido una obra que subsistiría, mas cuyo alcance y sentido no pudieron prever ni mucho menos controlar. La historia los consumió y el país siguió su curso empleando lo que ellos dejaron para fines nuevos.

Inesperadamente la Contraloría General de la República halló un vicio formal en la licitación que ganó la Sociedad Nacional de Televisión S. A., controlada por Rubén Eskenazi. La licitación finalmente fue declarada desierta. La adjudicación de la frecuencia fue anulada. El Consejo correspondiente no anunció plazo alguno para proceder a una nueva licitación. En definitiva, el gobierno, convencido de que buena parte de su poder residía en el control de la televisión, decidió no permitir nuevos canales. Eskenazi se encontró dueño de una institución sin giro ni proyecto y procedió a liquidar los pocos activos que tenía la Sociedad: veintiocho escritorios, setenta y dos sillas de oficina, dos mesas de reuniones, quince estantes, veinticinco kardex, diez máquinas de escribir Olivetti, cuatro computadores personales Macintosh, catorce aparatos telefónicos, tres líneas y ochenta y seis cajas con cintas de programas pilotos que nunca verían la luz. Camilo, ahora sí, quedó cesante. Acosado por las deudas se escapó a Argentina, donde hacía comerciales y trataba de ahorrar para poder pagar y regresar.

El grupo logró casi triplicar su "consolidado", le explicaba Charly Larraín. Seguía con Eskenazi, aunque ahora se permitía con él rezongos e ironías. La chaqueta se le enanchaba de abajo, pues estaba más trastón y hablaba inclinándose un poco hacia adelante. Gracias a su colaboración, a sus informaciones, logró sortear las querellas y la encargatoria de reo que tanto daño causaron a Mempo. Había atravesado por una de esas situaciones que, según él, "pintaban de cuerpo entero" a la persona en cuestión. Pero los remordimientos seguro que cesaron pronto. Fue un alivio evitarle a Trini y a los niños la impresión horrible de saberlo en la cárcel. También era bueno, por cierto, haber salvado su imagen. Para Charly, la economía nacional estaba repuntando. Había concluido un ciclo. Los precios de los productos de exportación se empinaban. Eskenazi planificaba inversiones muy grandes en la Embotelladora Nacional que había adquirido del grupo Toro intervenido y en la minería del yodo. Significarían más de quince mil puestos nuevos de trabajo en un año. "Ha de ser ésa", le dijo, "la gracia del capitalismo: su capacidad para convertir a los empresarios, que son en verdad y entre nos una mierda, Pelayo, en seres provechosos para la sociedad. Es lo que creía Adam Smith. ¿O no?..."

Charly pensaba que la caída de los grupos que simbolizaban el éxito del nuevo sistema económico, más la abrupta caída del consumo, habían redundado en una impopularidad y descontento tales, que estaban forzando la apertura política y el retorno a la democracia. "Ya la prensa se ha soltado las trenzas", dijo, "y eso es difícil pararlo. Después vendrán los gremios, los partidos políticos y las elecciones. Pero se trataba de eso, ¿no? De construir los cimientos económicos de una democracia capitalista, ¿no? Y eso te vendrá bien a ti, Pelayo. Porque reconozcámoslo: la televisión privada se abrirá paso y, a lo mejor, renacerá el proyecto del canal, pues hombre. ¿No lo crees?" Y se rió palmoteándole la espalda. "¿Por qué no? Claro que a Eskenazi no lo agarran de nuevo para eso..." Y siguió riendo.

Pelayo pensó en el cuerpo de Juan Cristóbal tendido en la vereda, barrido de la vida. Y se le vino a la mente el coronel Adriazola: "La historia no será justa con nosotros". Y le pareció que ello podría aplicarse a todos. ¿Sería así la vida, injusta y mezquina? Pero se acordó, entonces, de Federico, en La Oropéndola, recitando Píndaro copa en mano y una ventolera de alegría le remeció el alma.

A Mempo, en libertad bajo fianza, se lo topó algunas veces

jugando tenis. Seguía trabajando en la fábrica de etiquetas de Eskenazi. Todas las semanas tenía que ir a firmar como reo excarcelado.

La primera vez, entre avergonzado y compungido, lo saludó dándole una especie de pésame. Después le dio la mano evasivo y se puso a hablar con Marcial sobre la reestructuración de la deuda externa, los swaps, la recuperación de los términos de intercambio y el buen ojo de Aliro Toro: sus antiguos negocios, en manos nuevas, lucían como los mejores del país, decía. Hasta que se convenció de que Pelayo de puro orgulloso –ese orgullo que le dejó en herencia su abuela– no quería darse por aludido de nada. Y él tampoco. Aliviado, se atrevió a comentarle que, en verdad, estaba en los huesos.

–Hazte un chequeo, hombre. En serio te digo, hazte ver.

Pedro se resistía a aceptar la convivencia con el médico, el novio de Márgara. Eso lo hizo sufrir... Pero sufrió aún más cuando le contó, yendo al colegio, como todas las mañanas en su viejo escarabajo, lo bien que lo pasaba andando con él en su motocross Kawasaki. Con todo, fue menos que lo que se imaginaba cuando recién se separó. Seguramente ya se había hecho, un poco, a la idea. También había echado más raíces su relación con el niño y se sentía muy cerca suyo y muy su papá. Márgara misma colaboró a ello, pues fue leal y nunca trató de borrarlo de la mente de Pedro. Contraviniendo cuanto su formación dictaba, era posible, después de todo, pese al inaudito dolor de la fractura y la pérdida, pasar la prueba del divorcio, le pareció, y mantener vivo el papel del padre y el de la madre, y darle a su hijo una familia con dos nidos.

Adelaida lo llamó tiempo después, una mañana, a la revista *Mira*. Le hablaba otra vez desde un teléfono público de La Serena. Su voz y su risa eran las de una niñita. Estaba feliz de haberse atrevido a marcar el número. Le repitió que lo quería, que al final la comprendería, que faltaba muy poco y vendría después la nulidad, la libertad para quererse y vivir juntos y casarse y tener hijos. El le dijo que no comprendía nada, que tenía derecho a saber la verdad completa, que necesitaba verla, que se encontraran al día siguiente en la plaza de La Serena. O donde ella le dijera, en cualquier lugar del mundo que ella señalara. Se negó. Y entonces empezó a gemir y le dijo que prefería cortar; que, Pelayo, si es que no hay mejores palabras, yo te adoro, sí, te adoro; y que no quería que la oyera llorar. Y cortó.

❖

441

CUANDO SE ACOSTÓ con Amalia por segunda vez, y hubo cerrado ella la puerta del departamento, volvió a su cama, miró el espejo y lloró en la almohada. Hubiera querido poder echar de menos a su oso. Era de noche y Pedro estaría dormido. No podía tampoco llamarlo y consolarse oyendo su voz. Tuvo miedo de que su amor por Adelaida hubiese muerto y no lo supiera todavía. Sentía que si le abandonaba esa capacidad de sostener su amor por ella no podría decir "yo". Le parecía ver las palabras que le había oído en el teléfono. Sentía que podía casi mirar sus frases desarrollándose y descolgándose de sus labios. Sí. Sus frases, el aire de sus palabras, topaba sus labios y se abría un espacio. "Pelayo". Había dicho: "Pelayo". Y el sonido de esas sílabas al rozar sus labios le hacía imaginar el aire y la sílaba, y pensaba en el poder de su nombre, que él ya no tenía: de estar ahí, entre sus labios. Un poder, una forma de presencia en su vida, en su cuerpo, que ninguna opresión sería capaz de impedir.

❖

AL DÍA SIGUIENTE Márgara le dio una sorpresa. Se encontraba en la oficina de su abogado que tramitaba la nulidad. La sintió alegre y le pareció atractiva. El tenía un resfrío llorado que le hacía sacudirse a cada rato por los estornudos. Sacaba del bolsillo derecho sus pañuelos de tissue de hoja triple y, después de empaparlos en su nariz ya rota, los pasaba al bolsillo izquierdo, donde había colocado una bolsita plástica. Pero en ese momento estaba de pierna cruzada y tocaba sus calcetines con bizcochos a la altura del tobillo. Ella hacía oscilar la cabeza y su pelo golpeaba sus mejillas. El profesional leía con voz engolada las cláusulas que precisaban sus obligaciones pecuniarias por concepto de pensión alimenticia para su hijo.

Márgara interrumpió al abogado cuando éste pronunció la cifra acordada y sostuvo que se trataba de la mitad. El se opuso. Ella insistió con firmeza. El protestó y estornudó. Ella sonrió con naturalidad y persistió en su postura. El abogado entornaba los párpados con molestia e incredulidad. Finalmente, tras una seguidilla de estornudos que le remecieron hasta hacerle doler los brazos, concordaron en un cuarto menos que lo estipulado originalmente.

A la salida le preguntó por qué lo había hecho. Se encogió de hombros y se sonrió. Se agachó, de pronto, y apuntó a su zapato derecho. Le dio un beso rápido en la mejilla y abordó un taxi.

El miró sus zapatos: estaban bien lustrados. Era uno de los irrenunciables de la rutina que le sustentaba: no salir jamás del departamento sin los zapatos bien lustrados. Entonces levantó el zapato, miró la suela y comprendió: se había gastado en la forma de un pequeño óvalo gris. Una capa delgada y flexible al tacto separaba su calcetín de la vereda.

Por cierto, no era tan pobre como para no tener con qué cambiarles suela y tapillas o comprar nuevos; por supuesto, tenía otros buenos zapatos en el closet; pero en ese momento, esa marca de zapatos, se dio cuenta, le estaba definitivamente vedada. Sus ingresos en la revista eran un cuarenta por ciento menos de lo que habían sido durante los días de gloria del nuevo canal. Recién ahora, pisando con cuidado camino al Metro, entre estornudo y estornudo, comenzaba a notarlo. Porque, en verdad, no se compraba ropa desde hacía un par de años. La próxima vez que *Mira* lo enviara a Nueva York a entrevistar algún famoso o a Hollywood a cubrir la entrega de los Oscares, no tendría ninguna posibilidad, obviamente, de entrar a las tiendas que más le gustaban. Hasta ahora, mal que mal, a punta de pequeñas deudas, zozobras y sobregiros siempre se las había arreglado para traer algo de ellas. Era un dispendio tonto al que, sin embargo, le costaba renunciar. Se preguntó si podría seguir usando las chaquetas de Wales, la tienda a la que le había llevado su padre cuando cumplió quince años. ¿Cómo me visto yo?, pensó. ¿Por qué me importa qué me pongo? No supo, tal vez no quiso, responderse estas preguntas. Pero sí se le ocurrió que seguía vistiéndose, los días de semana, con el tipo de chaquetas de tweed y pantalones de Wales, y con los zapatos ingleses y las corbatas que su padre usaba los sábados y domingos. Esa era su ropa.

❖

OCURRIÓ VIAJANDO en el Metro de la línea uno, en la estación de Tobalaba. Miró en el andén la silueta de una mujer embarazada. Se volvió y era Adelaida. Las puertas del tren se cerraban. Entonces lo comprendió todo: la llegada a su casa ese viernes de noche, para encontrarse con que los niños habían sido secuestrados por León; los inútiles llamados a su teléfono que ella misma, sin querer, dejó descolgado; el viaje nocturno a La Serena por la Panamericana Norte; la disputa con León de madrugada; su soberana decisión de pater familiae que, tanto su intachable trayectoria moral como el Código Civil amparaban, de no separarse de los niños ni dejárselos a ella nunca jamás. Y, entonces, la sucesión de silencios imposibles, de noches en que el mero ruido de la garganta del otro al tragar saliva ofende y encoleriza y rebela más que una cachetada en pleno rostro.

Y también los gritos y la irrupción del resentimiento, del odio, de la rabia enconada. Y una noche densa y horrible, viscosa, caraja, funesta como ninguna, ese forcejeo. Después su entrega para evitarse, para evitarle, el oprobio de la violencia. La imaginó distendiéndose para no ser dañada.

Luego, la fatalidad del inesperado embarazo y la súplica de él y su tramposa promesa: "Ten a ese hijo. No nos separemos todavía. Cuando nazca, si persistes en tu decisión, nos separaremos tal como habíamos acordado. Te daré la nulidad, Adelaida. Iniciaremos los trámites legales apenas tú digas. Tendrás la custodia de los niños."

Porque para él este embarazo seguido de separación era un descrédito, una vergüenza. Pensarían, quizás, que el niño no era suyo, que era un cornudo, y cada sílaba de esta palabra lo hería como si la dibujara una Gillette en la materia gris de su cerebro. En cambio la reconciliación o, mejor dicho, la apariencia de reconciliación restablecía su decoro y dignidad. Y ganaba nueve meses por lo menos. Tiempo para regalonearla y hacerse perdonar su dureza, tiempo para quebrar su voluntad de resistencia o la de Pelayo, tiempo para envolverla otra vez en sus redes. Una criatura recién nacida crea tantos vínculos...

Y entendió, cómo ella, confusa, extorsionada, sin haber pensado jamás en el aborto, idea que aborrecía, poseída por el miedo y la humillación, cedió para cogerse de ese hilo de esperanza que él le tendía: nulidad, custodia de los niños, pero en el futuro. La ataban los inmemoriales lazos de la maternidad: jamás podría abandonar a sus hijos. La gobernaban, en ese momento, su formidable instinto de madre, de madre celosa y, al mismo tiempo, la pasión de su sangre que la devolvía a él. Y se ató aún más. Y por querer librarse. Ese era el plazo que corría, esta era la verdad que le ocultaba.

Se quedó parada en el andén, rígida, petrificada de súbito. Sus ojos eran enormes y brillantes. Escrutaba aterrada en los ojos de Pelayo su reacción. Había urgencia en su mirada y una ternura demasiado intensa que fluía sin parar.

Sintió un tirón, se agarró del pasamanos y el túnel se robó su imagen.

INDICE

PRIMERA PARTE

SEGUNDA PARTE

TERCERA PARTE